중학생 독후감 따라잡기 114

# 중학생이 보는
# 마의 산 2

서울대 · 연세대 · 고려대 추천도서

**토마스 만** 지음 | **곽복록**(서강대 명예교수) 옮김
**성낙수**(한국교원대 교수) · **오은주**(서울여고 교사) · **김선화**(홍천여고 교사) 엮음

좋은 책 좋은 독자를 만드는
㈜신원문화사

책 머리에

　더 이상 언급할 필요도 없지만 요즘은 독서의 중요성이 더욱 강조되는 시대입니다. 첨단과학으로 이루어진 대중매체 덕분에 눈으로 읽는 것보다는 말초신경을 자극하는 동영상 쪽으로 관심이 모아지는 데 대한 우려 때문일 것입니다. 꿈과 희망을 가지고 자라나는 학생들에게는 올바른 사고력과 분별력을 키워 주어야 합니다. 그런 점에서 다른 사람들의 생각과 철학, 인생관과 세계관이 들어 있는 명작들을 많이 읽는 것이야말로 바람직한 학습 효과를 거둘 수 있는 지름길이라 생각합니다.
　명작은 오랜 세월에 걸쳐 많은 사람들이 읽고 크게 감동을 받은 인정된 작품들로서, 청소년들의 삶에 지침이 되어 주고 인생관에 변화를 주게 될 것입니다.
　이번에 중학생들에게 꼭 읽히고 싶은 명작들을 선정하여, 작품을 바르게 감상하고 독후감을 쓰는 데 도움을 주고자 이 시리즈를 기획하게 되었습니다. 작품들은 동서고금에 걸쳐 객관적으로 인정받은, 훌륭한 대상만을 선정하였습니다. 그리고 책의 구성을 다음과 같이 하여, 읽고 쓰는 데 도움이 되도록 하였습니다.

하나, 삶에 대한 지혜와 용기를 주고 중학생이라면 꼭 읽어야 할 명작만을 골랐습니다.

둘, 명작을 읽고 난 후의 솔직한 느낌을 논리적·체계적으로 쓸 수 있도록 중학생들의 독후감 작성에 따르는 부담을 덜어 주도록 구성하였습니다.

셋, 작품 알고 들어가기, 내용 훑어보기, 작품 분석하기, 등장인물 알기를 통해 작품을 분석하는 힘을 기를 수 있도록 하였습니다.

넷, 작가 들여다보기, 시대와 연관 짓기, 작품 토론하기 등을 통해 작가의 일생을 알고 시대의 흐름을 파악하여 상상력과 창의력을 키워 주도록 하였습니다.

다섯, 독후감 예시하기와 독후감 제대로 쓰기에서는 책을 읽는 방법과 독후감 모범답안 실례를 제시함으로써 문장력을 길러 주는 한편 독후감 쓰기의 충실한 길라잡이가 되도록 했습니다.

아무쪼록 이 책들이 중학생들의 학습 능력 향상에 큰 도움이 되길 빌어 마지 않습니다.

엮은이 성 낙 수

## 차 례

작품 알고 들어가기 6

제6장 10

제7장 365

독후감 길라잡이 699

독후감 제대로 쓰기 733

## 작품 알고 들어가기

　여러분은 '마의 산'이라는 말을 듣고 무엇이 연상되시나요? 이 책은 어떤 내용과 철학을 담고 있을까요? 주인공이 험준하고 거대한 산에서 여행하는 중 겪는 어려움을 써낸 소설일까요? 아니면 마력적인 것들, 혹은 마귀적인 것들이 모여 산을 이룰 만큼 쌓여가는 과정을 써낸 소설일까요? 사실 이 소설 속 '마의 산'은 현실과 완전히 구분되는 새로운 세계이면서도 유럽 현실 세계의 축소판이라고 할 수 있는 공간이랍니다. 거기에서 어떤 일이 펼쳐지는지 궁금해지지 않나요?

　방대한 장편인 이 소설을 읽기 시작하기가 겁날 수도 있고, 읽어 가면서 작가 특유의 모든 것을 길게 늘여 표현하고 의식의 흐름을 서술하는 문체적 특질 때문에 소설에 몰입하기가 어려울 수도 있을 거예요. 하지만 이 소설은 그만큼 읽어 나가는 보람이 있는 소설이랍니다.

《마의 산》이 왜 20세기의 가장 뛰어난 소설 중 하나로 평가받는지, 작가가 노벨문학상을 받는 데 큰 공헌을 했는지 직접 경험해 보고 싶어지지 않나요? 자, 우리 같이 알찬 등산을 시작해 봅시다!

마의 산 2

# 제 6 장

**변화**

시간이란 무엇인가? 이것은 수수께끼, 실체가 없는 전능한 무엇이다. 현상계(現象界)에 존재하는 하나의 조건으로, 공간 속 물체의 존재와 운동과 결부하여 혼합된 운동이다. 그러나 운동이 없으면 시간도 존재하지 않는가? 시간이 없으면 운동도 없는가? 참으로 기막힌 질문이다. 시간은 공간 작용의 하나인가? 그렇지 않으면 그 반대인가? 아니면 두 가지는 같은 것인가? 얼마든지 물어보라! 시간은 활발한 동사적(動詞的)인 성질이 있어 '무르익어 열매를 맺는' 힘이 있다. 대관절 시간은 무엇을 생성하는 것일까? 변화를 만들어 낸다! 현재는 벌써 당시가 아니고 여기는 이미 저쪽이 아니다. 두 개의 사이에는 운동이 있기 때문이다. 그러나 우리들이 시간을 측정하는 운동은 순환적이고 그 자체로서 완결된 것이기 때문에, 이 운동은 거의 정지와 정체라고 불러도 좋을 것이다. 당시는 쉬지 않고 현재 속에, 저쪽은 쉬지 않고 여기에 되풀이되기 때문이다. 그리고 종말이 있는 시간과 유한한 공간이라는 것은 필사적으로 노력해도 상상할 수 없는 것이기 때문에 우리는 시간은 영원하고, 공간은 무한한 것이라고 생각하도록 이미 결정을 보았다. 간단하게 그렇게 생각할 수는 없다고 하더라도 그러는 편이 어느 정도 생각하기 쉬울 것이라는 의미에서다. 그러나 영원과 무한을 용인한다는 것은 국한된 것과 유한한 것을 논리적으로, 계산적으로 부정하고 영(零)으로 상대적으로 환원시키는 것을 의미하는 것이 아닐까? 영원 속에서 전후나 무한 속에 좌우가 있을 수 있을까? 영원과 무한이라는 임시적인 가정과 거리, 운동 변화, 그리고 공간 속의 제한된 물체의 존재들은 어떻게 조화될 것인가? 얼마든지 물어보라!

마의 산 2

한스 카스토르프도 머릿속에서 비슷한 질문을 했다. 그의 머리는 이 산 위에 도착하자마자 곧 이러한 무모한 생각과 꼬치꼬치 캐묻는 본성을 드러냈다. 그 뒤 그릇된, 그러나 강렬한 욕구를 만족시키고 나서 더한층 예민하게 그러한 생각을 하고, 더욱 대담하게 캐물었다. 그는 스스로에게, 그리고 선량한 요아힘에게도 제기했다. 심지어 먼 옛날부터 지금까지 깊은 눈에 덮여 있는 골짜기에도 물었다. 그러나 그 어느 것으로부터도 해답다운 해답을 들을 수는 없을 것 같았다. 어느 것이 가장 도움이 되지 않았는가는 말하기 어렵다. 자기 자신에게 질문한다는 것은 스스로도 답을 찾지 못했음을 말해 주니까.

요아힘은 그런 문제에 관심을 가질 것 같지 않았다. 한스 카스토르프가 어느 날 밤에 프랑스어로 말한 것처럼 요아힘은 평지에서 군인이 되는 것만을 생각했다. 그러나 그 바람이 이루어질 날이 가까워지는가 하면 다시 조롱하듯 멀리 사라지기 때문에 점점 초조해져 갔다. 최근에는 그 초조함을 직접 행동으로 매듭지으려는 태도까지도 보이기 시작했다. 그렇다. 선량하고 인내심이 강하고 성실하며 근면하고, 규율의 상징과도 같은 요아힘도 반항의 발작에 굴복하고 '가프키 법'에 도전하였다. 가프키 법이란, 진단법의 일종으로(보통 '실험'이라고만 부르는) 지하 실험실에서 환자가 보유하고 있는 박테리아 수를 조사하여 표시하는 방법이었다. 분석된 담(痰) 속에 박테리아 양이 아주 미미하게 존재하는지 아니면 무수히 집단적으로 존재하는지를 가프키 번호의 크기가 규정했다. 따라서 번호가 문제였다. 번호의 크기는 환자의 회복 전망을 아주 공평하게 나타냈다. 즉 환자가 몇 개월, 몇 년을 이 위에 머물러야 하는지를 반년 정도의 단기 체재에서 시작하여 '종신' 선고에 이르기까지(시간적으로는 거의 문제가 안 되는 극히 짧은 기간인 경우도 종종 있었다) 간단하게 결정했다.

요아힘은 이 가프키 법의 권위 자체를 공공연하게 부정했다. 아주 공공연하게 요양원 간부들에게 대들며 거부한 것은 아니었지만, 사촌을 향해 그것도 식사 때 이의를 표명했다.

"난 이제 지쳤어, 이 이상 더 바보가 될 순 없어." 요아힘은 갈색으로 그을린 얼굴이 상기된 채로 큰 소리로 말했다. "2주일 전에는 가프키 2호로 증상이 가벼워 전망이 아주 좋다고 했는데, 오늘은 9호로 그야말로 박테리아가 우글거려 평지로 돌아가는 것은 말도 안 된다는 거야. 이렇게 되면 어떻게 될 것인지 귀신이 아니면 모를 일이야. 이제는 더 참을 수 없어. 샤츠알프 요양원에 그리스인 농부가 있다네. 이 사람은 아르키디아 출신으로 그곳 대리인에 의해 이곳으로 보내졌어. 정말 희망이라곤 없는 경우인데, 급성으로 악화되어 오늘내일하는 용태였다네. 이 사나이는 박테리아가 발견된 일이 지금까지 한 번도 없다는 거야. 그 반대로 내가 여기에 왔을 때 건강해져서 퇴원한 벨기에의 뚱뚱한 대위는 가프키 10호로 박테리아가 우글거렸다고 하는데, 사실은 아주 작은 공동이 하나 있었을 뿐이래. 가프키 같은 것은 집어치우라지. 나는 이제 결말을 내야겠어. 집으로 가겠어. 죽는 한이 있더라도 말이야." 언제나 온순하고 침착한 청년이 이렇게 흥분하는 것을 보고 모두 무어라고 말할 수 없는 충격을 받았다.

한스 카스토르프도 요아힘이 모든 것을 포기하고 평지로 돌아가겠다고 위협하는 것을 듣고는 사육제 날 밤에 제삼자가 프랑스어로 말했던 어떤 일을 생각하지 않을 수 없었다. 그러나 그는 무슨 말을 해야 할지 몰랐다. 슈퇴르 부인이 했던 방법으로, 요아힘에게 인내의 모범으로 삼으라고 훈계할 수 있을까? 슈퇴르 부인은 요아힘에게 그렇게 보기 흉하게 성내지 말고 겸손하게 단념하고 자신의 부단한 노력을 따르라고 타일렀다. 카롤리네 슈퇴르는 언젠가는 완전히 건강해진 아내가 되어 남편 품에 돌아가기 위해, 칸슈타트의 집에서 주부로서 일하는 것을 스스로 부정하는 방법을 사용했다. 그러나 한스 카스토르프는 아무리 해도 슈퇴르 부인처럼 할 수는 없었다. 특히 그는 사육제를 지내고 난 뒤로는 요아힘에게 양심의 가책을 받고 있었기 때문에 더욱 그러했다.

요아힘에게 그날 밤 일을 직접 이야기하지는 않았지만 요아힘은 그 일을 틀림없이 아는 것 같았다. 하루에 다섯 번이나 저 갈색 두 눈으로 별 이유 없이 웃는 버릇과, 오렌지 향수 냄새 등에 자극을 받으면서도 근엄하고 단정하게 눈을 접시 위에 떨어뜨리고 있는 요아힘이 그날 밤 일을, 사촌의 배신적인 탈영 행위를 성실하지 못한 것으로 느끼고 있음이 틀림없다고 한스 카스토르프의 양심이 속삭였다. 아니, 한스 카스토르프의 '시간'에 관한 사고와 견해에 대해 요아힘이 보인 무언의 저항에 대해서조차, 한스 카스토르프는 그의 양심에 대한 비난을 내포하는 군인다운 근엄성을 느꼈다.

한스 카스토르프가 편안한 침대 의자에서 형이상학적인 질문을 던진, 깊은 눈에 덮인 겨울 골짜기, 말하자면 그 봉우리, 절벽 그리고 갈색과 녹색과 담홍색으로 물든 숲은 조용히 흘러가는 지상의 시간에 싸여, 시간의 흐름 속에 묵묵히 서서, 어떤 때는 푸른 하늘 아래로 비치고, 어떤 때는 구름에 덮이고, 어떤 때는 석양에 발갛게 물들며, 또 어떤 때는 달밤의 이상한 아름다움에 금강석처럼 차게 빛났다. 그러나 황급히 지나가기는 했지만 믿을 수 없이 긴 6개월 내내 골짜기는 언제나 눈에 덮여 있었다. 이제는 손님들 모두가 눈이라고는 지긋지긋해졌다. 여름에도 눈에 대한 호기심은 실컷 충족되어 있었다. 게다가 자나 깨나 눈, 쌓인 눈, 눈의 쿠션, 눈의 사면, 인간의 힘으로 도저히 감당할 수 없어 정신과 영혼이 질식할 지경이라고 그들은 불평했다. 그리고 손님들은 눈을 보호하기 위해서라기보다는 오히려 정신을 보호하기 위해서 녹색이나 황색, 적색 선글라스를 끼었다.

골짜기와 산이 눈에 덮인 지 6개월이 되었다고? 아니 7개월이었다! 우리가 이야기하는 동안에도 시간은 쉬지 않고 흘렀다. 우리가 이 이야기에 소비하는 우리의 시간과 마찬가지로 눈 속에 있는 한스 카스토르프 및 그와 같은 운명에 있는 사람들이 깊이 매몰되어 간 시간도 계속 흘렀다. 시간이 흐름에 따라 그곳에서도 변화가 있었다. 모든 것이 한스 카스토르프가 예언한 것처럼 될 것 같았다. 그가 사육제 날 읍내 산책에서 돌아올 때에 수다스럽게 예언하며 세템브리니 씨에게 분노를 산 것처럼 되고 있었다. 하지가 눈앞에 다가온 것은 아니었지만, 부활절은 이미 흰 골짜기를 지나갔고, 4월이 되어 오순절이 임박해졌다. 이윽고 봄이 되어 해빙이 될 것이다. 그러나 눈이 완전히 없어지지는 않을 것이다.

마의 산 2

여름 동안 내리는 눈은 쌓이지 않기 때문에 별 문제가 없지만, 남쪽에 늘어서 있는 산봉우리와 북쪽 래티콘 산의 바위 협곡에는 1년 내내 눈이 남아 있었다. 어떻든 간에 가까운 장래에 1년의 전환기인 봄이 결정적인 변화를 가져올 것은 확실했다. 한스 카스토르프가 쇼샤 부인에게서 연필을 빌렸다가 돌려주고 그 대신 그가 지금 지니고 있는 어떤 기념품을 간청하여 가졌던 사육제의 밤으로부터 6주일, 즉 한스 카스토르프가 처음에 이곳에 머무를 작정이었던 3주일의 두 배가 되는 시간이 흘러갔다.

한스 카스토르프가 클라브디아 쇼샤와 가까워져서, 요양 근무에 충실한 요아힘이 방으로 돌아가고 나서도 한동안 있다가 자기 방으로 돌아간 그날 밤으로부터 실로 6주일이 지나갔다. 그 다음 날 쇼샤 부인이 카프카스 산맥 너머의 다게스탄으로 잠시 여행을 떠난 날로부터 6주일이 지나갔다. 그녀의 출발은 일시적인 것으로, 다시 돌아올 작정인 현재형 출발이었다. 언제가 될지는 몰라도 언젠가는 다시 돌아올 예정, 돌아오지 않으면 안 된다는 것을 한스 카스토르프는 그녀에게 다짐 받았다. 본인의 입으로 직접 다짐을 받았지만 그 다짐은 우리들이 소개한 프랑스어 대화 속에서 행해진 것이 아니라, 그 뒤 시간의 흐름과 결부되어 있는 이 이야기의 진행을 중단시키고, 시간을 순수한 시간으로만 흘러가게 한 공백의 막간 시간에 행해진 것이었다. 어쨌든 그날 밤 청년은 34호실로 돌아가기 전에 그 다짐, 그 위로의 약속을 받았다. 다음 날 쇼샤 부인과는 한마디도 말을 나누지 않았으며, 그 모습을 두 번 정도 멀리서만 보았을 뿐이었다. 점심 식사 시간에 그녀가 푸른 플란넬 스커트에 흰 스웨터 차림으로 유리문을 탕 소리를 내고 사랑스럽게 발소리를 죽이며 식탁으로 걸어갈 때였다. 심장의 고동이 목까지 울려와, 엥겔하르트 양이 날카롭게 주시하지 않았더라면 그는 두 손으로 얼굴을 가릴 지경이었다. 또 한 번은 오후 3시에 출발할 때 그는 그 자리에 나가지 않고 마차가 내려다보이는 복도에서 유리문을 통해 바라보았다.

출발 광경은 한스 카스토르프가 이곳에서 여러 번 보아 온 장면과 다를 바 없었다. 썰매 아니면 마차가 현관 앞 층계에서 기다리고 있었다. 마부와 하인이 트렁크를 잡아맸다. 그리고 완쾌했든 안 했든,

살기 위해서든 죽기 위해서든 평지로 돌아가려는 여행자와 친구들, 그리고 출발을 구경하면서 자극을 얻기 위해 요양 근무를 빼먹은 구경꾼들, 그런 요양원의 손님들이 현관 앞에 모여 있었다. 연미복 차림을 한 사무국의 신사와 때로는 의사들이 모습을 나타냈다. 그리고 출발하려는 본인이 나왔다. 대개의 사람들은 얼굴을 반짝이면서 호기심에 찬 사람들과 뒤에 남은 사람들에게 상냥하게 인사하고 출발의 모험에 한동안 마음이 들떠 있었다. 오늘 거기에 나온 것은 쇼샤 부인이었다. 털가죽으로 가장자리를 댄 길고 거친 천으로 된 여행용 외투를 입고 큰 모자를 쓰고 팔에 꽃을 한 아름 안고 미소 지으며 나왔다. 얼마 안 되는 거리를 그녀와 동행하려는 가슴이 납작한 같은 러시아인인 불리긴 씨가 뒤를 따랐다.

의사가 허가한 출발이든지, 지긋지긋해져서 자포자기로 위험을 무릅쓰고 하는 양심의 가책을 받는 출발이든지 간에 상관없이 출발할 때는 모두가 생활이 변한다는 것만으로 마음이 들떴다. 쇼샤 부인도 마찬가지였다. 볼은 빨갛게 되었고 다리를 털가죽 무릎덮개로 에워싼 채 러시아어로 계속 말했다. 쇼샤 부인과 같은 나라 사람들인 식탁 멤버뿐만 아니라 그 밖의 손님들도 몇 사람 있었다. 크로코브스키 의사도 정력적으로 미소를 지으며 콧수염 속의 누런 이를 보였다. 많은 꽃이 선물로 주어졌다. 왕고모는 언제나 '작은 과자'라고 부르는 러시아 마멀레이드를 선사했다. 이 밖에 여교사 엥겔하르트가 있었고, 좀 떨어진 장소에서 우울한 얼굴로 엿보며 서 있는 만하임 사람도 있었다. 그는 괴로움을 띤 눈으로 유리창 뒤 한스 카스토르프의 모습

마의 산 2

을 발견하고는 우울한 표정으로 꼼짝 않고 쳐다보았다. 베렌스 고문관은 나타나지 않았지만 출발하는 부인과 아마도 사사로운 기회에 작별 인사를 나눴을 것이다.

이윽고 주위에 선 사람들이 손을 흔들고 외치는 가운데 말들이 썰매를 끌기 시작했다. 쇼샤 부인은 썰매가 출발할 때의 반동으로 상반신이 쿠션에 넘어지면서도, 다시 한번 미소를 짓고 베르크호프 건물 정면을 재빨리 눈으로 감싸고 한스 카스토르프를 짧은 순간이나마 응시했다. 뒤에 남은 청년은 창백한 얼굴로 방으로 뛰어 들어가, 마을을 향해 방울 소리를 울리면서 차도를 미끄러져 내려가는 썰매를 발코니에서 다시 한 번 바라보았다. 그러고는 침대 의자에 몸을 던져 가슴에 달린 주머니에서 기념품을 꺼냈다. 옛날처럼 적갈색 연필을 깎은 부스러기가 아니라 좁다란 틀에 끼여 있는 작은 판(광선에 비치지 않으면 보이지 않는 유리판이었다)이었다. 즉 클라브디아의 내면 초상으로 얼굴은 없었지만, 부드러운 형태의 살에 몽롱하게 싸여 있는 상반신의 섬세한 골격을 흉강(胸腔)의 여러 기관과 함께 식별할 수 있었다.

쇼샤 부인이 떠난 이후에도 시간은 변화를 일으키며 흘러갔다. 그 사이에 한스 카스토르프는 이 물건을 몇 번이나 바라보고 입술에 대었을까! 가령 클라브디아 쇼샤가 공간적으로 멀리 떨어져 모습이 보이지 않게 된 이 산 위의 생활에 익숙해진 것도 시간의 흐름이 낳은 하나의 변화였다. 이 산 위의 시간은 익숙해지지 않는 것에 익숙해진다는 의미에서도 익숙해지는 데 적합했고 그 목적으로 구성되어 있기도 했다. 다섯 번의 호화스러운 식사가 시작될 때 울리던 탕 소리는 이제는 기다려도 헛된 일이 되었다. 쇼샤 부인은 이제 어딘가 먼 다른 곳에서 문을 탕 하고 닫고 있을 것이다. 이것은 시간이 공간 속의 물체와 결합되어 섞인 것처럼 그녀의 존재와 병이 결부되어 섞인 성격의 표현이었다. 아마도 그것은, 그것만은 병과 같은 것, 정말 병일 따름이었다. 그러나 그녀가 눈에 보이지 않고 모습도 없다 해도 한스 카스토르프의 기분에는 눈에도 보이고 모습도 있었다. 그녀는 이 위 세계에서 그의 수호신이었다. 평지의 아늑하고 감미로운 노래는 하나도 어울리지 않는 위험하고 모험적인 시간에 한스 카스토르프가 알고 소유한 수호신이었다. 그는 이 수호신 내면의 그림자를 9개월이 되는 지금까지 높이 뛰고 있는 심장 위에 곱게 간직하고 있었다.

그날 밤 그 시간에 한스 카스토르프의 떨리는 입술은 엉뚱한 제안을 외국어와 모국어를 섞어 가며 절반은 무의식중에 절반은 숨을 헐떡이며 토로했다. 그 제안, 그 엉뚱한 계획과 의도는 모두 당연히 쇼샤 부인의 동의를 얻을 수 없었다. 수호신과 카프카스 산맥 저쪽까지 동반하겠다든가, 뒤쫓아 가 그녀가 선택한 장소에서 기다려 두 번 다시 떨어지지 말자는 등의 그런 무모한 제안들이었다. 평범한 청년이 당치도 않은 모험의 시간에서 얻은 것은 그녀의 내면적 초상의 담보였다. 그녀에게 자유를 보증해 주는 병의 용태 여하도 조만간 이 위에 네 번째의 체류를 위해 또다시 돌아올 것이라는 가정에 가까운 예상뿐이었다. 그러나 조만간 언제가 되든 간에, 그들이 작별할 때 그녀가 그에게 다시 물었듯이, 한스 카스토르프는 그녀가 '다시 돌아올 무렵 멀리 가고 없을' 것이라 예언했다. 이 예언이 그대로 무언가 실현될 수 있다는 것이 아니라, 그 실현을 방해하는 무엇을 예방한다는 의미에서 일종의 주술적 예언이라는 것을 이해하지 못한다면 더욱 견디기 어려웠을 것이다. 그런 예방적인 예언은 장래가 어떻게 될 것인가를 예언함으로써 그렇게 되는 것을 부끄러워하도록 조롱의 의미에서 하는 것이다.

게다가 수호신은 앞장에서 소개한 대화에서 그리고 다른 대화에서 한스 카스토르프를 '약간 침윤된 얼룩이 있는 멋진 소시민'이라고 불렀다. 이것은 세템브리니의 '인생의 걱정거리 자식'이라는 표현을 번역한 것이었다. 그 두 가지 특성 가운데서 어느 것이 강점을 보이는지, 이를테면 소시민인가, 아니면 침윤된 부분인가 그것이 문제였다. 게다가 수호신도 고려하지 않은 것이 있었다. 즉 그녀 자신도 여러 번 출발했다가 되돌아온 경험이 있듯이, 한스 카스토르프도 적절한 순간에 되돌아올 수 있다는 것을 고려하지 않았던 것이다. 물론 그가 이 위에 아직 머무르는 것은 결국 이곳의 많은 사람들이 그랬듯이 거류를 위해 다시 되돌아올 필요가 없게 하기 위해서라는 확실한 이유가 있었다.

사육제 날 밤의 쇼샤 부인의 조롱적인 예언은 적중했다. 한스 카스토르프의 체온 차트는 좋지 않았다. 톱니 같은 선으로 급하게 올라가 한스 카스토르프는 심각한 상태로 체온을 기입했다. 그러고 나서 이삼 도 떨어져 체온 차트에 가벼운 물결은 있었지만 지금까지 그랬던 것처럼 고원처럼 평평하게 진행하는 선의 높이에 머물렀다. 이것이야말로 과도체온으로 이 체온의 높이와 지속은 고문관의 말에 따르면 환부 상태와는 일치하지 않는 체온이었다.

"당신은 외모와는 달리 독이 많은 사람이군요, 친구." 하고 그가 말했다. "어떻습니까, 한번 주사를 맞아 보지요. 효과가 있을 겁니다. 내 생각대로 된다면 삼사 개월 안에 당신은 물을 만난 물고기처럼 원기가 왕성해질 것입니다."

이리하여 한스 카스토르프는 1주일에 두 번, 화요일과 토요일 아침에 가벼운 산책을 마치고 지하의 '실험실'에서 주사를 맞게 되었다.

두 의사 중 한 사람이 약을 주사로 놓아주었다. 고문관은 노련한 사람답게 바늘을 찌르는 순간 주사해 버려 눈 깜짝할 사이에 끝냈다. 그러나 바늘이 어디를 찌르는지 개의치 않았기 때문에 가끔 주사 맞은 자리가 참지 못할 정도로 아픈 몽우리가 생기기도 했다. 게다가 주사는 유기체 전체를 완전히 피로하게 만들어 심한 운동을 한 뒤처럼 신경 계통을 뒤흔들었다. 이것은 주사의 숨은 효력을 증명하는 것으로서 주사를 맞은 뒤 한동안 열이 올라가는 것으로 보아 그 효력은 확실했다. 고문관도 열이 올라가리라 예언했던 바이고, 언제나 예언한 대로였기 때문에 예언된 현상에 대해 이의를 제기할 수는 없었다. 순번이 오면 주사는 곧 끝났고 순식간에 해독제는 넓적다리 또는 팔의 피부, 아무튼 피부 아래에 주사되었다. 그러나 고문관이 말하고 싶은 기분이 들고, 한스 카스토르프가 담배를 많이 피워 기분이 울적하지 않을 때면 주사를 맞은 뒤에 두세 번 말을 나눈 적이 있는데 대강 다음과 같은 말이었다.

"언젠가 당신 집에서 커피를 대접받았던 유쾌한 시간을 지금도 기억합니다, 고문관님. 작년 가을이었습니다만 우연히 그렇게 되었지요. 어제인지, 아니면 좀 더 전인지 모르겠습니다만 사촌과 그때의 이야기를 했답니다."

"가프키 7호. 최근의 결과이지요. 그 청년은 아무리 해도 해독이 되지 않아요. 그런데도 그는 여기를 떠나 칼을 차고 다니고 싶어서 나를 귀찮게 굴며 괴롭히는데 최근에는 특히 심해졌지요. 어린애 같으니라고. 3개월의 5배 정도 여기 있었던 걸 가지고 여기서 영원히 지낸 것처럼 떠들어 댑니다. 무슨 일이 있어도 여기서 뛰쳐나가겠다고 합니다. 당신에게도 이렇게 말한 적이 있습니까? 잘 타일러 주십시오. 당신 생각에서 나온 것처럼 강하게 말입니다! 거기에 있는 지도의 오른편 당신네 고장에서 너무 급히 정취(情趣)에 넘친 축축한 안개를 호흡하였다가는 그 사람은 곧 죽습니다. 저렇게 전후를 분별 못 하는 자는 머리를 쓸 필요도 없습니다만 좀 더 사려와 분별도 있고 문화인이며 시민적 소양을 가진 당신은 그가 어리석은 일을 저지르기 전에 머리를 식혀 주어야 할 것입니다."

"그렇게 하겠습니다, 고문관님." 하고 한스 카스토르프는 이야기의 주도권을 낚았다. "그가 그렇게 거역할 때마다 타이를 것이며 그도 내 말을 알아들으리라고 생각합니다. 그러나 눈에 띄는 예가 모두 모범이 될 만한 것은 아닙니다. 이것이 바로 독입니다. 사람들이 계속 떠나가기 때문입니다. 평지로 떠나지요. 제멋대로, 참된 자격도 없이 훌륭한 퇴원인 것처럼 화려하게 퇴원합니다. 그래서 의지가 약한 사람은 유혹을 받습니다. 가령 얼마 전에도……, 누구였던가? 글쎄, 얼마 전에 출발한 인물은…… 일류 러시아인 석의 부인이었지요, 그렇습니다, 쇼샤 부인. 소문에 의하면 다게스탄인가요? 나는 그쪽 기후는 모릅니다만 다게스탄이라는 곳은 아무래도 지도의 오른편 항구 도시인 함부르크보다 나쁘다고는 말할 수 없겠습니다. 그러나 지리적으로는 산지겠지만 지리학적으로 엄격하게 따지면 역시 평지입니다. 나는 그곳 사정에 밝지는 못합니다. 그러나 아직 완쾌하지도 않았는데 그런 곳에서 도대체 어떻게 지낸다는 것입니까. 그리고 기본 개념이 결여되어 있는 곳, 아무도 이 위의 우리들의 관습인 안정 요양과 검온 방법도 모르는 곳에서 말입니다. 게다가 그녀는 다시 돌아올 것이라고 어떤 기회에 말했습니다. 그런데 왜 그녀 이야기가 나왔지요? 그렇습니다. 그때 우리들은 당신을 뜰에서 만났습니다. 고문관님, 기억하고 계십니까? 당신은 우리들과 함께 있었습니다. 우리들은 벤치에 앉아 있었지요. 어느 의자에 앉아 시가를 태웠는지 잘 기억하고 있어 당신에게 정확하게 가르쳐 드릴 수도 있습니다. 나는 시가를 피웠고 사촌은 웬일인지 담배를 피우지 않았습니다. 당신도 그때 마침 시가를 태우고 있어서 우리들은 시가를 교환하기도 했습니다. 지금도 기억합니다. 당신의 브라질산 시가는 맛이 훌륭했습니다. 그러나 어린 말을 조심해서 다루듯이 피워야 했습니다. 그렇지 않으면 언젠가 당신이 그 귀여운 수입 담배 두 개 때문에 가슴을 떨면서 이 세상과 작별할 뻔했던 것처럼 이상한 모양이 될지도 모르는 일이었습니다. 아

마의 산 2

무 일도 없이 끝났기 때문에 웃고 말할 수 있습니다. 그건 그렇고 나는 최근 또 마리아 만치니 2백 개를 브레멘에 주문했습니다. 나는 그 제품을 아주 좋아합니다. 모든 점에서 내 마음에 듭니다. 그러나 관세와 배송비 때문에 값이 비싸지는 것이 꽤 마음 아픕니다. 그래서 이번 진찰에서 상당한 기간이 추가된다면 고문관님, 저도 할 수 없이 이곳 시가로 전향하지 않을 수 없을 겁니다. 쇼윈도에 제법 피울 만한 것이 진열되어 있습니다. 그런데 참, 그 다음에 우리들은 당신의 그림을 보았었지요? 어제 일처럼 생생하게 기억합니다. 그리고 아주 즐겁게 보았습니다. 당신이 유화구로 모험하는 묘기에는 정말 나도 놀랐습니다. 나는 도저히 선생님의 적수가 될 수 없습니다. 우리는 피부가 일류급으로 잘 그려진 쇼샤 부인 초상화도 보았고……. 나는 정말 감격했습니다. 그 무렵에는 나는 모델의 얼굴과 이름만을 알고 있었을 뿐 모델 부인에 대해서는 잘 몰랐습니다. 그 뒤 그녀의 출발 직전에 나는 그녀와 개인적으로 인사를 했습니다."

"무슨 말을 하는 거요!" 하고 고문관이 말했다. 그러나 이전 때로 거슬러 올라가자면 한스 카스토르프가 처음으로 진찰에 앞서 열이 있다는 것을 알렸을 때에도 고문관은 역시 '무슨 말을 하는 거요!'라고 말했었다. 고문관은 더 이상 아무 말이 없었다.

"아니, 그렇습니다, 정말입니다." 한스 카스토르프는 역설했다. "경험상 이 위에서 가까이 지낸다는 것은 결코 쉬운 일이 아닙니다. 쇼샤 부인과 나는 마지막 시간에 그런 사이가 되어 우리는 대화를 통해……."

한스 카스토르프는 입술을 깨물고 숨을 들이마셨다. 주사를 맞느라 바늘이 피부를 찔렀다. "휴." 그는 얼굴을 뒤로 하고 말했다. "바늘이 대단히 중요한 신경을 찌른 것 같습니다. 고문관님, 몹시 아픈데요. 고맙습니다. 조금 마사지하면 덜 아파질 것입니다. 대화를 통해 우리는 가까운 사이가 되었습니다."

"그래요. 그래서요?" 고문관이 고개를 끄덕이면서 물었다. 상대방이 찬미하는 것을 예상하고 거기에 자기 경험에 의한 찬미도 포함시키려는 얼굴빛이었다.

"내 프랑스어는 좀 신통치 않았으리라고 생각합니다." 한스 카스토르프는 꽁무니를 뺐다. "게다가 내가 프랑스어를 어떻게 자유자재로 할 수 있겠습니까? 그렇지만 일단 다급하면 여러 가지 떠오르는 대로 이럭저럭 이해시킬 수가 있었습니다."

"그렇겠지요. 그래서요?" 고문관은 계속해서 재촉했다. 그리고 자기 쪽에서 덧붙였다. "재미있었지요, 어때요?"

한스 카스토르프는 와이셔츠 칼라의 단추를 끼우면서 두 다리와 팔꿈치를 뻗고 얼굴을 천장으로 돌리고 있었다.

"옛 이야기를 하나 하겠습니다." 하고 그가 말했다. "어떤 요양지에서 두 인간 또는 두 가족이 여러 주일을 같은 지붕 아래에서 따로따로 지내고 있습니다. 그러다가 어느 날 가까워져서 서로 호의가 있음을 알게 되었는데 동시에 한쪽이 출발하려는 것을 알게 됩니다. 이런 유감스러운 일은 인생에 흔히 있는 것이라고 생각합니다. 사람들은 그런 상황에서 서로 살아 있는 동안 접촉을 끊지 않으려고 소식을 편지로 전하게 됩니다. 그러나 쇼샤 부인은……."

"그렇지, 그녀는 그것을 희망하지 않지요?" 고문관은 유쾌하게 웃었다.

"그렇습니다. 그녀는 전혀 신경 쓰지 않더군요. 그녀는 당신에게도 소식을 보내지 않던가요? 그녀가 차례로 머무르는 곳에서 말입니다."

"천만에 말씀입니다." 베렌스는 대답했다. "그녀는 그런 것을 생각조차 못할 겁니다. 첫째로 게을러서 그렇고 둘째, 대체 어떻게 쓴단 말인가요? 러시아어를 나는 읽을 수가 없어요. 필요하면 엉터리로 할 수는 있지요. 그러나 단어 하나도 읽을 수가 없습니다. 당신도 마찬가지지요. 그리고 그 새끼고양이 같은 그녀는 프랑스어, 게다가 표준 독일어를 아주 귀엽게 야옹야옹 할 수는 있지만 글로 쓰려면 몹시 당황하겠지요. 그 철자법이라는 것이 참, 이봐요! 그렇지요, 서로 단념하도록 합시다. 젊은이, 그녀는 생각난 듯이 또다시 되돌아올 것입니다. 아까도 말했지만 기술의 문제, 기질의 문제지요. 어떤 사람은 가끔 출발하고 그때마다 다시 되돌아오지 않으면 안 됩니다. 어떤 사람은 두 번 다시 돌아오지 않아도 될 수 있게 처음부터 천천히 체재합니다. 당신 사촌이 지금 출발하려 하거든 그에게 이렇게 말해 보십시오. 당신이 아직 여기 있는 동안에 당당하게 다시 입성하게 될 것이라고요."

"그러나 고문관님, 당신 생각으로는 나는 얼마만큼……."

"당신 말이오? 지금 말하는 것은 그 사람에 대해서요! 그는 이 위에 있었던 만큼 아래에는 있지 못할 겁니다. 솔직히 내 의견을 표현한다면 그래요. 당신이 이 점을 그에게 잘 타일러 말해 주었으면 합니다. 부탁해도 좋다면 말입니다."

이렇게 대화는 한스 카스토르프가 교묘히 주도해 나갔지만 수확은 거의 없이 모호하기만 했다. 완쾌를 기다리지 않고 앞으로 얼마만큼 머물러야 하는지 모호했고 사라진 부인의 소식도 거의 없었다. 공간과 시간의 신비가 그녀를 떼어놓고 있는 동안은 그녀의 소식은 아무것도 들을 수가 없을 것이다. 그녀는 편지를 쓸 방법이 없을 것이다. 게다가 잘 생각해 보면 도대체 무엇 때문에 사태가 지금과는 달라야 한다는 말인가? 전에는 두 사람이 서로 말하는 것이 바람직하긴 하지만 필요하지는 않았는데, 편지를 서로 주고받아야 한다고 생각하는 것은 극히 소시민적이고 옹졸한 생각이 아닐까? 그리고 저 사육제 날 밤에도 그녀 옆에서 정말 교양 있는 유럽식으로 말했던가? 그렇지 않으면 오히려 외국 말로 꿈속에서처럼 그다지 문명적이라고 할 수 없는 방법으로 말했던 것이 아니었던가?

그런데도 평지의 집에 진찰 결과의 변동을 가끔 알릴 때처럼 지금 새삼스럽게 편지나 엽서를 왜 쓴다는 말인가? 클라브디아가 병이 주는 자유 덕분에 편지를 쓰는 의무로부터 해방되었다고 느끼는 것은 당연한 것이 아닐까? 말하는 것, 쓰는 것은 극히 인문주의적이고 공화적인 사항이었다. 말하자면, 덕과 악덕에 관해 책을 내고, 피렌체 사람들을 단련시키고, 그들에게 화술을 가르치며 그리고 그들의 공화국을 정치의 원칙에 따라 통치하는 기술을 가르친 브루네토 라티니 씨의 관심사였다.

그래서 한스 카스토르프의 생각은 로도비코 세템브리니에 이르렀다. 그 순간 그의 얼굴은 언젠가 이 문필가가 뜻하지 않게 밝은 병실로 들어온 것을 보았을 때처럼 붉어졌다. 그의 노력은 지상 생활의 이해로 향해 있었기 때문에 한스 카스토르프의 형이상학적인 신비에 관한 질문에 대하여 인문주의자에게서 해답을 기대할 수는 없었다. 그러나 단지 도전하고 반항한다는 의미에서는 그런 질문을 할 수 있었을 것이다. 그러나 사육제 날 밤에 세템브리니가 피아노실에서 흥분해서 퇴장한 뒤로는 한스 카스토르프와 이탈리아인 사이에는 냉기가 흐르고 있었다. 아마도 전자의 가책과 후자의 교육가다운 강한 불쾌감에서 기인되었겠지만 그 때문에 두 사람은 서로 피하고 몇 주일 동안 한마디도 말을 나누지 않았다. 한스 카스토르프는 세템브리니 씨의 눈에 지금도 인생의 걱정거리 자식으로 보였을 것인가? 아니, 도덕을 이성과 지조 안에서 찾는 인문주의자의 눈에는 한스 카스토르프는 이미 구원할 수 없는 인간으로서 비치는 것일까? 한스 카스토르프는 세템브리니 씨에게 완고해졌다.

그와 얼굴을 마주치면 눈썹을 찡그리고 입술을 뾰족하게 하는 청년을, 세템브리니 씨는 무언의 비난을 담은 채 까맣게 빛나는 눈으로 쏘아보았다. 그러나 한스 카스토르프의 차가운 얼굴은 전에도 말했듯이 이 문학가가 몇 주일에 걸친 침묵 뒤에 처음으로 말을 건 순간 해소되었다. 비록 말을 걸어왔다 해도 옆을 지나가면서 신화적으로 비꼬는 형식으로 말을 걸어왔기 때문에 그 비꼼을 이해하려면 유럽적인 교양이 필요했다. 점심 식사 후의 일이었다. 두 사람은 방음 유리문 근처에서 마주쳤다. 세템브리니는 청년을 앞질러 가면서 처음부터 청년에게서 떨어질 자세를 취하며 말했다.

"그런데 엔지니어, 석류의 맛은 어떻습디까?(구약성서의 〈아가〉에서 솔로몬은 처녀의 전신을 석류 동산에 비교했다. 〈아가〉 제4장 13절 ― 옮긴이)"

한스 카스토르프는 기뻐하면서도 당황스러워 미소 지었다. "그 말씀은…… 무슨 의미입니까? 세템브리니 씨. 석류라고요? 식사 때에 나오지 않았는데요? 나는 아직 한 번도…… 아니, 꼭 한 번 석류 과즙을 소다수에 섞어서 마신 일이 있습니다. 달짝지근한 것이었지요."

이탈리아인은 옆을 지나가면서 이쪽을 돌아보고 말 하나하나에 힘을 주어 말했다.

"신과 인간은 가끔 저승을 방문하고 다시 돌아올 수가 있었습니다. 그러나 저승 사람들은 저승의 실과를 먹은 사람이 저승을 빠져나가지 못한다고 알고 있습니다."

세템브리니는 이렇게 말하고 전과 같이 밝은 색의 바둑판무늬 바지를 입고 의미심장한 빈정거림으로 폐부를 꿰뚫렸을 한스 카스토르프를 뒤에 남기고 지나갔다. 한스 카스토르프는 정말 다소 그러했지만 그것을 예견했던 이탈리아인 심사에 화가 나기도 하고 우습게도 느껴져 중얼거렸다.

"라티니, 카르두치, 비비 부비 트라피, 나를 가만히 내버려 두시오!"

그러나 그는 얼음 같은 침묵이 깨진 데 대해 정말 행복한 감동을 느꼈다. 예의 전리품, 음산한 선물을 가슴에 간직하고는 그는 세템브리니 씨를 경애했고, 그가 곁에 있어 주는 것을 고맙게 느꼈다. 그에게서 영원히 배척받고 버림받는다는 생각은, 알빈 씨처럼 불명예의 특전을 향수하고 있는 가운데 더 이상 학생이 될 수 없는 것보다 더 괴롭고 무서운 일이었음에 틀림없었다. 그러나 이쪽에서부터 선생에게 말을 걸 용기는 없었다. 그래서 선생이 다시 걱정거리 자식인 제자에게 가까이 하기까지는 몇 주일이 지나갔다.

이 두 번째의 접근은 영원히 단조로운 리듬을 갖고 몰려오는 시간의 흐름을 타고 부활절에 찾아왔다. 이 위에서는 모든 명절이 반드시 축하되었다. 하루하루를 보내는 일이 단조롭지 않도록 하기 위해서였다. 부활제를 베르크호프에서 축하했을 때의 일이었다. 그날의 첫 번째 아침 식사에는 모든 좌석의 식기 옆에 오랑캐 꽃다발이 놓였다. 두 번째 아침 식사에는 모두가 물들인 달걀을 받았다. 화려한 점심 식사의 식탁은 설탕과 초콜릿으로 만든 귀여운 토끼로 장식되어 있었다.

"당신은 배 여행을 한 일이 있습니까, 소위님? 엔지니어, 당신은?"

세템브리니는 식사 후 이쑤시개를 입에 물고 홀에서 사촌들의 테이블 가까이 와서 물었다. 사촌들은 손님의 대부분이 그러했듯이 오늘은 정오의 안정 요양을 10분간 단축해서 코냑이 든 커피를 마시려고 테이블에 앉아 있었다.

"저 토끼, 저 물들인 달걀을 보니 큰 기선 위의 생활이 생각났습니다. 몇 주일을 짭짤한 소금물의 황야에서 공허한 수평선을 바라보며 떠다니면서 사치스러운 배 안의 설비도 황야의 무한대를 다만 표면적으로 잊게 할 뿐, 마음 한가운데서는 무한대의 의식이 남모르는 공포가 되어 마음을 조금씩 파먹어 가는 생활을 말입니다. 나는 그런 네모난 배로 육지의 축제를 경건하게 상기하고 축하하는 정신을 이 위에서도 식별합니다. 그것은 인생의 뒤안길에 있는 자의 회상, 달력에 의한 감상적인 회상입니다. 오늘은 육지에서는 부활절이지요, 그렇지요? 육지에서는 오늘 주님의 부활을 축하하고 있습니다. 우리들도 할 수 있는 축하를 하고 있습니다. 우리들도 인간이기 때문입니다. 그렇지 않습니까?"

사촌들은 동의했다. 사실 그렇다고 말했다. 한스 카스토르프는 말을 걸어 준 것에 감격했다. 양심의 가책 때문에 세템브리니의 말을 함축성 있는 훌륭한 문필가다운 말이라고 칭찬하고 상대방의 말에 박자를 맞추려고 애썼다. 세템브리니 씨가 아주 조형적으로 표현한 것처럼 대양 기선의 사치스러운 생활도 주변과 그 무서움을 표면적으로 잊게 해 주었을 뿐이다. 만약 자기 생각을 덧붙인다면, 배 안의 완비된 생활 자체가 그에게는 경박하고 도전적인 기분으로 느껴졌다. 말하자면, 옛날 사람들이 오만이라고 부른 것과 유사한 기분(한스 카스토르프는 상대방의 의견에 영합하려고 옛사람들의 말까지 인용했다) 즉 '나는 바빌론의 왕이다!'라고 한 기분, 요컨대 오만이 느껴졌다. 그러나 한편으로는 갑판 위 호화 생활은 인간 정신과 인간의 존엄성의 위대한 승리를 내포하고 있었다('내포'라니!). 즉 인간은 호화롭고 쾌적한 생활을 짧짤한 파도 위에도 대담하게 수립하여, 야만스러운 자연의 난폭한 힘을 정복했다. 그리고 이러한 말을 사용할 수 있다면 이것이야말로 혼돈에 대한 인간 문명의 승리를 내포하고 있는 사실이다.

세템브리니는 두 발을 모으고 팔짱을 낀 채 뻗쳐올라간 콧수염을 이쑤시개로 점잖게 쓰다듬으면서 귀를 기울여 들었다.

"이상한 일입니다." 그는 말했다. "자신을 완전히 배반하지 않고서는, 자신의 모든 것을 그 속에 무의식적으로 포함시키지 않고서는, 인간은 가장 일반적인 방식으로조차 자신의 사고를 요약할 수 없습니다. 마치 자기 생활의 원리와 근본 문제를 어떤 형태로든 비유적으로 말하는 것 같습니다. 지금의 당신 경우가 그렇습니다, 엔지니어. 당신이 지금 말씀하신 것은 정말로 당신의 인격 근저에 놓여 있는 것이고, 당신 인격의 현재 상황을 시적으로 표현하고도 있습니다. 그것은 여전히 실험 상태입니다."

"실험 채택이죠!" 한스 카스토르프는 동의를 표시하고 웃으면서 이탈리아어 식으로 부드럽게 발음하였다.

"그렇습니다. 그 실험은 인생 실험의 훌륭한 정열에서 일어난 것이지, 방종에서 일어난 것이 아니었기 때문입니다. 당신은 '오만'이라고 말하면서 그 말을 사용했습니다. 그러나 자연의 컴컴하고 난폭한 힘에 대한 이성의 오만은 인간성의 가장 숭고한 표시입니다. 그로 인해 질투심이 강한 신들의 복수를 사서 가령 호화스러운 방주가 암초에 부딪쳐 바닷속으로 침몰했다 해도 그것은 명예스러운 파멸입니다. 프로메테우스의 행위도 오만한 것이었지만 스키티아의 암산 위에서의 그의 고난은 우리들에게 아주 신성한 순교였습니다. 이와는 반대로 다른 오만은 어떤가요? 이성의 적, 인류의 적인 모든 힘을 방종을 위해 실험하고, 그로 인해 파멸하는 것은? 이것도 명예로운 파멸이라고 말할 수 있을까요? 그렇습니까, 그렇지 않습니까?"

한스 카스토르프는 비어 있는 커피 잔을 저었다.

"엔지니어, 엔지니어." 이탈리아인은 머리를 끄덕이면서 말하고는 까만 눈을 깊이 생각하는 듯이 응시했다. "당신은 육욕의 죄인을 튀어 오르게 하고 흔들어 대는 제2지옥(단테의 《신곡》 '지옥편' 참고—옮긴이)의 선풍이 무섭지 않습니까? 쾌락 때문에 이성을 배반한 불쌍한 인간을 튀어 오르게 하는 선풍이? 아, 신이여! 당신이 엄벙덤벙 돌아가고 자빠지는 꼴을 생각하면 나는 슬픈 나머지 송장이 넘어가듯 쓰러질 것만 같습니다."

사촌들은 세템브리니가 농담을 시적인 것과 섞어 말해서 안심하고 웃었다. 그러나 세템브리니는 덧붙였다. "당신은 사육제 날 밤에 포도주를 마실 때 일을 기억하고 계시지요, 엔지니어? 당신은 나에게 말하자면, 작별을 했습니다. 그렇습니다, 바로 그런 느낌이었습니다. 그런데 오늘은 내 차례입니다. 여러분, 이렇게 나는 여러분에게 작별 인사를 하게 되었습니다. 나는 여기를 떠납니다."

두 사람은 정말 놀랐다.

"무슨 말씀입니까! 농담이시겠지요?" 한스 카스토르프는 쇼샤 부인이 떠난다고 했을 때처럼 부르짖으며 외쳤다. 그는 그때와 거의 마찬가지로 놀랐으며 세템브리니도 그때의 부인과 꼭 마찬가지로 대답했다.

"절대로 농담은 아닙니다. 당신에게 말씀드린 대로입니다. 그리고 이것은 지금 처음으로 말씀드리는 것은 아닙니다. 나는 전에도 한번 당신에게 말씀드린 일이 있습니다. 내가 어느 정도 전망이 보이는 기간 안에 일의 세계로 돌아갈 가망이 없다면 그 순간에 임시 숙소를 청산하고 어딘가 이 땅에서 영주할 장소를 찾아볼 작정이라는 것을 말입니다. 그런데 드디어 그 순간이 찾아왔습니다. 나는 병이 나을 가망이 없습니다. 이제 결정을 했습니다. 여기, 이 땅에서는 더 이상 나라는 존재를 꾸려 나갈 수 없습니다. 판결, 최종 판결은 '종신'입니다. 베렌스 고문관은 매우 좋은 기분으로 그것을 선고하였습니다. 좋습니다. 나는 그 판결에 따라 행동하겠습니다. 방도 빌리고 얼마 안 되는 세속적인 소지품과 문학 작업을 위한 도구를 새 거처로 운반하려 합니다. 여기서 그렇게 멀지 않은 마을 안에 거처가 있습니다. 앞으로 우리들은 만날 수 있을 겁니다. 나는 당신에게서 눈을 떼지는 않을 것입니다. 그러나 동숙인으로서는 당신들에게 공손하게 작별 인사를 드릴 때가 된 것 같습니다."

 세템브리니는 부활절 일요일에 이렇게 털어놓았다. 사촌들은 이 말에 더 말할 나위 없이 감동한 것 같았다. 두 사람은 계속해서 문필가와 이야기를 나누었고 그의 결심에 관해 이야기했다. 문필가가 이제부터 혼자가 되어 요양 근무를 어떻게 계속할 것인가에 관해, 또 그가 인수한 광범위한 백과사전 작업, 고뇌와 그 해소를 대상으로 한 문학상의 걸작 집대성을 새 거처에 옮겨 놓고 계속하는 일에 관해서, 또 세템브리니 씨가 '향료 가게'라고 소개한 집 2층에 관해 말을 했다. 향료 가게 주인은 이 집의 2층을 보헤미안 출신인 부인복 재단사에게 빌려 주었는데 이 재단사가 또 하숙인을 두는 것이라고 그는 말했다.

그러나 이 대화도 과거의 일이 되었다. 시간은 흘러 벌써 여러 가지 변화를 일으켰다. 세템브리니는 이미 국제 요양원 베르크호프에서 기거하지 않고, 부인복 재단사인 루카세크의 가게에 하숙한 지 벌써 이삼 주일이 되었다. 그는 썰매를 타지 않고 걸어서 이사했다. 깃과 소매에 털가죽을 단 누렇고 짧은 외투를 입고 현관 앞에서 식당 아가씨의 볼을 두 개의 손가락으로 꼬집은 뒤에 문학에 관한 짐과 세속적인 짐을 실은 손수레를 한 사나이에게 끌게 하고 자신은 지팡이를 흔들면서 걸어갔다. 앞에서도 말했지만 4월도 거의 지나고, 4분의 1 가량 남아 있지만 아직 한겨울임에는 틀림없었다. 아침의 실내 온도는 6도, 바깥 기온은 영하 9도로 발코니에 두었던 병 속의 잉크는 하룻밤 사이에 석탄처럼 얼었다. 그러나 역시 봄이 가까워져서, 해가 내리쬐는 점심때에는 봄의 가냘프고 희미한 촉감이 가끔 공중에 떠돌기 시작하여 해빙의 계절이 눈앞에 다가왔음을 느끼게 했다. 베르크호프에서 차례로 일어난 변화는 봄이 가까이 온 것과 관계가 있어, 고문관의 말이 가지는 권위로도 막을 수는 없었다. 고문관은 병실에서나 식당에서 진찰할 때마다, 회진할 때마다, 식사할 때마다 해빙의 계절에 대한 일반의 편견을 타파하려고 애썼다.

마의 산 2

고문관은 물었다. 자기가 돌보아 주는 것은 겨울 스포츠맨인가, 그렇지 않으면 병자, 환자인가? 대체 환자에게 눈이, 얼어붙은 눈이 왜 필요한가? 해빙의 계절이 환자에게 좋지 않은 계절이라고? 천만에,

가장 환영할 만한 계절이다! 1년 중 다른 어떤 계절보다도 이 계절에는 골짜기 어디서나 침대에 누워 지내는 환자의 수가 적다는 것은 통계적으로 분명하다!

세계의 어느 지방의 기후도 이 계절의 이곳처럼 결핵 환자에게 좋은 곳은 없다. 약간의 분별력이 있는 인간이라면 이 위에 계속 머물러 기상 상태의 단련 작용을 활용할 것이다. 이 위에서 단련을 받으면 베이든지 찍히든지 꼼짝 않게 되어 세계의 어떤 기후에도 견뎌낼 수 있게 된다.

그러나 그렇게 되려면 병이 나을 때까지 이 위에 계속 머무를 필요가 있다고 고문관은 역설했다. 그러나 고문관이 아무리 역설해도 소용없었다. 해빙의 계절에 대한 편견이 모든 사람의 머리에 박혀 요양지는 쓸쓸해지기 시작했다. 다가오는 봄에 피가 끓어, 이 위에 여러 해를 주저앉아 있던 사람들도 들뜬 나머지 변화를 찾게 되었다. 베르크호프 요양원에서는 '무모한' 출발, '그릇된' 출발이 걱정스러울 지경으로 늘어났다. 가령 암스테르담에서 온 잘로몬 부인은 진찰할 때 고급 레이스 속옷을 노출하는 쾌감을 버리고 전혀 허락을 받지 않은 채 무모하고 그릇되게 떠나 버렸다. 그것도 병이 나아가기 때문이 아니라 악화일로였기 때문이었다. 그녀는 한스 카스토르프보다도 훨씬 전에 이 위에서 체재하기 시작했으며, 일 년이 넘었다. 처음에는 아주 경환자여서 첫 판결은 3개월이었다.

4개월 후에는 '앞으로 4주일 안으로는 반드시 건강해진다.'고 했지만 그로부터 6주일 후에 병이 낫는다는 것은 생각도 못 하게 되어 적어도 앞으로 4개월은 있어야 한다고 했다. 이렇게 하여 오늘에 이르렀던 것이다. 여기는 감옥도, 시베리아의 광산도 아니므로 잘로몬 부인은 이 위에서 계속 머무르며 고급 속옷을 선보였다. 그러나 최근 진찰에 해빙의 계절을 눈앞에 두고 왼쪽 가슴 위에서 들리는 피리 소리와 왼쪽 겨드랑이 밑에서 분명히 들리는 탁음 때문에 또다시 5개월이 추가되자, 드디어 참을 수가 없어서 마을과 읍내, 유명한 공기, 국제 요양원 베르크호프, 의사들에 대해 악담과 항의를 퍼붓고 바람이 센 물의 도시 암스테르담으로 떠났던 것이다. 이 출발은 현명한 것이었을까? 베렌스 고문관은 어깨를 움츠리고 두 팔을 들었다가 그것을 허벅지 위에 딱 하고 떨어뜨렸다. 늦어도 가을에는 잘로몬 부인이 다시 돌아올 것이지만 그때는 종신형이라고 고문관은 말했다. 고문관의 예언대로 될 것인가? 우리들은 그것을 보게 되겠지. 우리들은 이 환락경에 한동안은 있어야 하기 때문이다. 그러나 잘로몬 부인과 같은 경우는 예외가 아니었다. 시간은 계속 변화를 일으켰다. 지금까지도 그랬지만 아직은 눈에 확 띌 정도는 아니었지만 점진적인 변화가 있었다. 이제 식당에는 빈자리가 생겼다. 일곱 개의 어느 식탁에도, 일류 러시아인 석에도, 이류 러시아인 석에도, 옆을 향한 식탁에도, 가로로 향한 좌석에도 빈자리가 눈에 띄었다. 이것만으로 요양원의 경기를 확실히 말할 수는 없었다. 다른 계절 때와 마찬가지로 도착하는 사람도 있었고, 방도 찼을 것이다. 그러나 이것은 말기적 용태 때문에 거주 선택의 자유를 제한받는 사람들이었다. 말했듯이 식당에서는 거주 선택의 자유가 아직 있기에 모습을 감춘 사람들도

마의 산 2

몇 있었고, 더 심각하고 공허한 의미에서 없어져 버린 사람들도 있었다. 예컨대 지금은 이 세상에 없는 블루멘콜은 맛없는 음식을 입에 넣은 것 같은 얼굴 표정을 지으며 오랫동안 침대에서 살다가 죽었지만 아무도 그것이 언제 일인지 확실히 알지 못했다. 언제나 마찬가지로 조심스럽게 슬쩍 처리되어 버렸다. 이것도 하나의 공석이었다.

슈퇴르 부인은 그 공석 이웃에 앉아 있어서 그 공석을 기분 나쁘게 생각했다. 그래서 부인은 바로 이웃인 침센 저쪽의 좌석 즉 완쾌하여 퇴원한 로빈손 양의 좌석으로 옮겨 한스 카스토르프의 왼쪽에서 조금도 동요치 않고 계속 머무르고 있던 여교사와 마주 앉았다. 현재 여교사는 식탁 저쪽에 혼자가 되었고 다른 셋은 비어 있었다. 학생인 라스무센은 날이 갈수록 멍해지고 기력이 없어지더니 침대에서만 지내게 되어 위독 환자로 간주되었다. 왕고모는 조카 손녀와 풍만한 가슴의 마루샤를 데리고 여행을 떠났다. '여행을 떠났다'라고 하는 것은, 세 사람이 가까운 장래에 돌아올 것을 모든 사람들이 기정사실로 생각하기 때문이다. 가을에는 세 사람 다 되돌아올 것이라는 말인데 이것도 출발이라고 부를 수 있을까? 눈앞에 다가오는 오순절이 찾아오면 하지까지는 금방이 아닐까? 그리고 하지가 지나면 그때부터 점점 급속히 겨울이 된다. 요컨대 왕고모와 마루샤는 이제는 거의 돌아와 있는 거나 마찬가지다. 이것은 좋은 일이었다. 웃기 좋아하는 마루샤는 결코 완쾌한 것이 아니고 병독이 없어진 것도 아니었다. 여교사의 말에 따르면 갈색 눈의 마루샤는 풍만한 가슴에 결핵성의 궤양이 있어 여러 번 수술 받아야 했다. 한스 카스토르프는 여교사가 말할 때 요아힘의 얼굴을 힐끗 쳐다보았다. 요아힘은 반점이 있는 얼굴을 접시 위에 떨구고 있을 뿐이었다.

명랑한 왕고모는 같은 식탁의 멤버인 사촌들과 여교사 그리고 슈퇴르 부인에게 레스토랑에서 철갑상어 알젓, 샴페인, 리큐어 등의 만찬을 작별을 위해 대접하였다. 이 향연이 있는 동안 요아힘은 말없이 앉아 가끔 쉰 목소리로 몇 마디 말을 할 뿐이었다. 그래서 호인인 왕고모는 요아힘을 격려하는 차원에서, 문명사회의 예의범절을 무시하고 요아힘을 자네라고 불렀다.

"아무것도 아닌데 왜 그렇게 신경을 쓰지요? 먹고 마시고 말하세요. 우리는 곧 돌아오겠어요. 모두 먹고 마시고 지껄여 봅시다. 비관할 이유는 조금도 없다고 보아요. 눈 깜짝 할 사이에 하느님이 또 가을을 주실 겁니다. 비관할 필요가 어디 있는지 생각해 보세요." 하고 그녀는 말했다.

다음 날 아침, 그녀는 식당 안에 있는 사람들 대부분에게 작은 과자가 담긴 여러 색깔의 작은 상자를 기념으로 돌리고는 두 젊은 아가씨와 함께 한동안 여행을 떠났다.

그러면 요아힘은 어떠하였을까? 그는 그 이후 기분이 해방되어 한결 가벼워졌을까? 아니면 공석이 된 식탁 옆자리를 보고 참을 수 없는 공허를 느꼈을까? 그답지 않게 요즈음에 시작된 반항적인 초조, 이 이상 더 놀려 대면 무모한 출발을 하겠다는 위협은 마루샤의 출발과 관계가 있을까? 그렇지 않으면 오히려 그가 곧 출발하지 않게 고문관의 해빙 계절 예찬에 귀 기울인 것은 풍만한 가슴을 한 마루샤가 정말로 떠난 것이 아니라, 여기의 최소 시간으로 다섯 단위가 지나면 다시 돌아온다고 하는 것과 관련 있는 것인가? 아, 이런 것에 대해서는 한스 카스토르프는 요아힘과 서로 말을 하지 않아도 그것을 상상할 수 있었다. 한스 카스토르프는 요아힘이 잠깐 여행을 떠난 누군가의 이름을 입 밖에 내는 것을 피한 것처럼 마루샤의 일을 입 밖에 내는 것을 엄격히 삼갔다.

그건 그렇고, 세템브리니의 식탁, 이탈리아인의 좌석을 점령한 네덜란드인은 누구일까(이 네덜란드인의 식욕은 대단해서 다섯 번의 식사 때마다 스프도 나오기 전에 계란 프라이를 세 개씩 가져오게 했다)? 흉막 진탕의 지옥과 같은 모험을 겪은 안톤 카를로비치 페르게였다! 그렇다. 페르게 씨는 침대를 떠나 있었다. 기흉 수술을 하지 않아도 용태가 좋아져 하루 대부분의 시간을 평상복을 입고 걸어 다녔다.

선량한 인상을 주는 수염, 역시 선량한 인상을 주는 큰 목을 내보이며 식사를 함께 했다. 사촌들은 가끔 페르게 씨와 식당 아니면 홀에서 이야기를 나눴다. 사촌들은 요양 규정 산책을 할 때도 페르게 씨와 우연히 마주치면 산책을 함께 했다. 이 소박한 인종의 미덕을 지닌 사람에게 그들은 깊은 애정을 느꼈다. 안개가 자욱한 해동의 진흙 속을 함께 산책하면서 페르게 씨는 고상한 말은 아무것도 이해하지 못한다는 것을 미리 전제한 후 고무신 제조법과 러시아의 벽지인 사마라와 그루지야에 관한 이야기를 꽤 재미있게 들려주었다.

정말 길은 거의 걸을 수 없을 정도로 질퍽거렸고 안개도 자욱했다.

고문관은 그것이 안개가 아니라 구름이라고 했지만, 한스 카스토르프의 생각에 따르면 궤변에 불과했다. 봄은 찾아오는데 악전고투가 이어졌다. 3월에도 해가 비치는 날은 발코니의 침대 의자에 누워 있으면 아주 얇은 옷을 입고 차양을 쳐도 더워서 견딜 수 없었다. 벌써부터 부인들 가운데는 첫 번째 아침 식사에 여름 옷차림으로 모슬린 옷을 입고 나타나는 사람도 있었다. 이 위의 기후는 다른 데와는 달라서 계절의 기상을 뒤섞어 놓아 혼돈하기 쉬웠다. 이 점에서 부인들의 이런 조급함도 어느 정도 당연하다고 할 수 있었다. 그러나 부인들의 조급함은 상당 부분 인식 부족과 상상력의 부족 때문이기도 했다. 상황이 앞으로 어떻게 변할지 모른다는 것을 미처 생각하지 못하는 찰나주의자들의 어리석음 때문이기도 했고, 무엇보다도 변화를 찾고 시간을 뛰어넘는 성급함 때문이기도 했다.

3월은 봄이지만 실제로는 여름이라고도 할 수 있어 가을이 오기 전에 모슬린 옷을 입은 모습을 보이려는 것이었다. 정말이지 이제는 가을이라고도 할 수 있었다. 4월로 접어들자 축축하고 냉랭한 날이 계속되었고, 연일 비가 눈으로 휘몰아치기도 했다. 발코니에서 자고 있노라면 손가락이 얼었다. 두 장의 낙타 담요가 다시 사용되기 시작했고 슬리핑백까지 나올 지경이었다.

사무국은 스팀을 보내기로 결정했고, 모두가 봄을 놓쳤다고 불평했다. 5월 말경에는 모든 것이 깊은 눈에 덮이게 되었다. 그러나 민감한 경험자들이 예감하고 예언한 것처럼 남풍이 불기 시작했다. 슈퇴르 부인도, 상아색의 레비 양도, 헤센펠트 미망인도 남쪽의 화강암

산봉우리 위에 한 점의 구름도 나타나지 않았는데 입을 모아 남풍이 불기 시작할 것이라고 예언했다. 헤센펠트 미망인은 곧 히스테리컬한 울음을 터뜨렸고, 레비 양은 드디어 누워 버렸으며, 슈퇴르 부인은 토끼 같은 이빨을 드러내며 각혈을 할지도 모른다는 미신적인 공포를 한 시간마다 털어놓았다. 남풍은 각혈을 촉진시키고 유발한다는 소문이 퍼져 있었기 때문이었다.

  믿기 어려울 정도로 따뜻해져서 스팀은 꺼졌고 발코니로 나가는 문은 아침부터 열려져 있었으며, 그리고 다음 날 아침의 실내 온도는 11도였다. 눈이 녹아 얼음 같은 색으로 변했고 벌집처럼 구멍도 생겨, 두껍게 쌓인 눈이 무너져 땅속으로 기어 들어갈 것 같았다. 어디나 눈이 녹는 소리, 뚝뚝 떨어지는 소리, 흘러가는 소리로 가득 찼다. 숲 속에도 눈이 녹아 미끄러져 떨어지는 소리, 물 떨어지는 소리가 이곳저곳에서 들렸다. 길 양쪽에 삽으로 치워진 눈 더미도, 풀밭에 쌓인 창백한 눈 융단도 순식간에 없어지기에는 많은 양이었지만 서서히 없어졌다. 그리고 골짜기의 규정된 산책길에는 이상한 현상, 전에 한 번도 본 일이 없는 동화 같은 봄의 경이가 일어났다. 거기에는 넓고 푸른 초원이 있었다. 그 너머에는 아직 깊은 눈에 덮인 슈바르츠호른의 돔 같은 봉우리가 솟아 있었다. 오른쪽에는 깊은 눈에 덮인 스칼레타 빙하가 보였다. 건초를 높이 쌓아올린 초원 지대도 아직 눈을 뒤집어쓰고 있었다. 그러나 그 눈옷은 벌써 얄팍해져 언덕이 까맣고 거칠게 드러나 마른풀이 도처에 보였다.

  산책을 하는 사촌들이 보았던 것처럼 풀밭 위의 적설은 어디나 똑같은 것이 아니라 저쪽 숲의 비탈로 감에 따라 깊어졌으며, 가까운 곳은 색이 바랜 풀 위에 눈이 점점이 꽃처럼 뿌려져 있어 아직 겨울인 것 같았다. 사촌들은 그것을 더 가까이에서 보고는 깜짝 놀라 그 위에 몸을 구부렸다. 눈이 아니라 꽃이었다. 눈꽃, 꽃눈, 대가 짧은 작은 화관, 흰색과 청담색의 꽃, 틀림없이 사프란이었다. 눈 녹은 풀밭에 눈이라고 잘못 보아도 이상하지 않을 만큼 수없이 많이 꽃이 사방에 피어 있었고, 점점 멀어짐에 따라 어느 곳에서는 정말로 눈으로 변해 있었다.

사촌들은 자기들의 착각에 웃고는, 눈앞에 나타난 봄의 기적, 다른 것보다 앞서 용감하게 다시 땅 위에 머리를 든 유기체의 가련하고, 수줍어하며, 주위에 적응하는 모습을 보고 즐거워 웃었다. 두 사람은 그 꽃을 꺾어서 꼼꼼하게 들여다보고, 섬세한 술잔 모양의 모습을 살펴보고, 옷의 단춧구멍에 꽂아 집으로 가지고 와 컵에 꽂았다. 골짜기의 무기적(無機的) 경직상태가 계속되는 것이 짧기는 했지만 길기도 했기 때문이었다.

그러나 꽃눈은 또다시 진짜 눈으로 덮였고, 사프란에 잇달아 핀 푸른 앵초꽃과 노랗고 붉은 앵초꽃도 같은 운명에 빠졌다. 그렇다. 봄은 이 위의 겨울을 뚫고 살아나가기 위해 얼마나 악전고투를 계속할까! 봄이 이곳에 발판을 굳히기까지는 여러 번 내동댕이쳐져야 했다. 그리고 겨울이 다시 흰 눈보라와 얼음 섞인 바람과 난방장치를 동반하여 찾아오기까지 이 위에 머무를 것이다. 5월 초에(우리들이 눈꽃에 대해 이야기하는 사이에 벌써 5월초가 되어 있었다) 발코니에서 평지에 엽서를 쓰는 것이 고통스러웠다. 마치 11월 같은 엄한 추위에 손가락이 꽁꽁 얼었다. 주위의 얼마 안 되는 활엽수는 1월경 평지의 수목처럼 스산한 모습이었다. 며칠 동안 계속해서 비가 내렸다. 1주일 내내 억수 같은 비가 쏟아졌다. 침대 의자가 안락하지 않았다면, 물안개 속에서 축축하고 뻣뻣한 얼굴을 하고 많은 시간을 바깥에서 누워 있는 것은 고행이었을 것이다. 내리는 비가 궁극적으로 봄비라는 사실은 비가 내리면 내릴수록 확실히 드러나고 증명되었다. 그 비로 거의 모든 눈이 사라졌다. 이곳저곳에 회색빛으로 더럽혀진 얼음 같은 눈이 남아 있을 뿐, 흰 것은 어디서나 없어지고 드디어 풀밭은 푸르러지기 시작했다!

한없이 오랫동안 흰빛뿐이었다가 바뀐 풀밭의 푸른색은 눈에 얼마나 큰 기쁨을 주었던가! 풀밭에는 다른 푸른색, 새싹의 푸른색보다 더 섬세하고 신선한 부드러움을 가진 푸른색이 있었다. 그것은 가문비나무의 어린 침엽이었다. 한스 카스토르프는 규정된 산책을 하면서 그것을 손으로 어루만지고 볼 대 보지 않을 수 없었다. 아주 부드럽고 신선해서 이루 말할 수 없을 만큼 사랑스러웠다.

"식물학자가 되어도 좋겠어." 청년은 동료에게 말했다. "이 위에서 겨울이 끝나 자연이 눈을 뜨기 시작하는 것을 보는 기쁨은 한 사람으로 하여금 식물학자가 되겠노라 진정 결심하게 할 만한 데가 있어. 저것은 에델바이스야. 저 비탈에 보이는 것 말이야. 그리고 저기 저것은 누렇고 작은 오랑캐꽃의 일종인데 내가 아직 모르는 종류야. 그리고 여기에 봉선화도 있지. 평지에서 보는 것과 그다지 다를 바 없는 것 같아. 미나리과의 식물인데 이것은 이상하게 꽃잎이 여러 겹이군. 아주 매력적인 식물이야. 게다가 양성화(兩性花)의 식물로 보는 바와 같이 많은 화분 주머니와 몇 개의 씨방이 있어. 아마 수술과 암술일 거야. 식물학 책 몇 권을 사서 이쪽 영역의 지식도 잘 알아 두어야겠어. 정말이지 온 천지가 이루 말할 수 없이 화려하게 울긋불긋해졌는걸."

"6월이 되면 더 아름다워질 거야." 요아힘은 말했다. "여기의 꽃들은 유명하다네. 그러나 나는 여기에 그때까지는 있지 않을 거야. 자네가 식물학을 공부하고 싶다는 것은 아마 크로코브스키의 영향이겠지?"

크로코브스키? 그건 또 왜 그럴까? 아, 그렇군. 사촌이 그런 말을 한 것은 크로코브스키가 연속 강연 중에 요즈음에는 식물학자처럼 말했기 때문이다. 시간이 만들어 내는 변화가 일어남에 따라 의사 크로코브스키의 강연도 마지막이라고 생각하는 사람이 있다면 그것은 물론 큰 오산이었다. 여름 동안만 신는 샌들을 아직 신지는 않았지만, 여전히 연미복 차림으로 그는 식당에서 격주 월요일 강연을 계속하고 있었다. 한스 카스토르프가 이곳에 처음 와 피투성이가 된 채로 늦게 출석한 그때처럼.

정신분석학자는 9개월 동안 사람과 병에 관해 계속 이야기를 했다. 한꺼번에 많이 이야기를 하지 않고 조금씩 30분이나 45분간 잡담 형식으로 과학적이고 철학적인 지식을 피력했다. 누구나 이 학자가 그치지 않고 영원히 그런 식으로 이야기를 계속할 것 같은 인상을 받았다. 그것은 장황하게 이어지는 격주간의 《아라비안나이트》와 같은 것이었고, 그리고 셰헤라자드 왕비가 호기심 강한 왕을 위해 한 이야기처럼, 각각의 강의는 청중을 즐겁게 하고 무모한 행동을 단념시키도록 계산되어 있었다. 의사 크로코브스키의 테마는 막막하고 한정이 없다는 점에서 세템브리니가 협력하고 있는 고뇌 백과사전의 작업을 연상시켰다. 그것이 얼마나 변화가 심한 테마였던가는 강연자가 요즈음에는 식물학, 더 자세히 말하면 버섯에 관해서까지 끄집어내는 것에서도 상상할 수 있을 것이다. 그런데 그는 대상을 다소 변경한 것 같아 최근에는 오히려 사랑과 죽음을 취급하기 시작했다. 이 테마는 반은 우아한 시적인 관찰에, 한편으로는 준엄한 과학적인 관찰로 결론이 내려졌다. 정신분석학자는 이런 맥락으로 식물학 즉 버섯에 대해 언급했다. 그는 동유럽인답게 질질 끄는 악센트, 즉 입천장에 혀를 한 번 대는 r음으로 말하였다. 그 성장력이 왕성한 환상적인 유기 생명, 즉 버섯은 육감적인 성질을 갖고 동물계에 접근하는 동물성 신진대사의 산물로, 조직 속에 단백질 글리코겐 즉 동물성 전분을 가지고 있다. 의사 크로코브스키는 고대 이래 그 형태 때문에, 그리고 그것이 가지고 있다고 믿어지는 성능 때문에 유명해진 버섯에 관해 이야기했다. 즉 그것은 그물버섯의 일종으로 그 라틴명에는 '음탕한'이라는 형용사가 포함되어 있으며 형태는 사람을, 냄새는 죽음을 연상시켰다. 왜냐하면 그 음탕한 버섯의 종 모양의 삿갓에서 푸르스름하고 끈적끈적한 점액, 포자(胞子)를 붙이고 있는 점액이 뚝뚝 떨어질 때에 발산하는 냄새가 이상하게도 시체 냄새를 연상시키기 때문이었다. 그러나 이 버섯은 오늘날에도 무지한 사람들 사이에서 미약(媚藥)이 되어 왔다.

이 말은 부인들에게는 좀 심한 말이라고 파라반트 검사가 비평했다. 검사는 고문관의 선전을 도덕적인 근거로 삼고 여기서 해빙의 계절을 보내고 있었다. 마찬가지로 이 위에 꼼짝 않고 계속 머무르며 무모한 출발의 어떠한 유혹에도 넘어가지 않았던 슈퇴르 부인도 오늘 있었던 크로코브스키의 고전 버섯 이야기는 아무리 생각해도 '외매'했다고 식탁에서 비평했다. 이 어이없는 부인은 외설이라고 말해야 될 것을 외매라고 말하며, 이 말할 수 없는 무교양으로 자신의 병을 모독했다.

그러나 한스 카스토르프가 이상하게 느낀 것은 요아힘이 의사 크로코브스키의 식물학 이야기를 꺼낸 것이었다. 사촌 두 사람은 정신분석학자에 관해서는 쇼샤나 마루샤에 관해서와 마찬가지로 말을 해 본 적이 없었다. 두 사람 모두 정신분석학자에 대해 언급한 적이 없고 이 학자의 인물과 활동을 묵살하고 있었다. 그런데 요아힘은 지금 조수의 이름을 불렀는데 그 말투는 초조한 것 같았다. 게다가 들꽃이 만발하기까지 여기에 있을 생각이 없다고 한 어조도 내뱉는 듯한 것이었다. 선량한 요아힘은 점점 평정을 잃어 가는 것 같았다. 목소리에 신경질이 섞여 떨린 탓에 온건하고 사려 깊었던 사촌과는 딴 사람처럼 되었다.

그는 오렌지 향수 냄새를 맡지 못하게 된 것을 괴로워하는 것일까? 가프키 번호에 조롱당해 자포자기한 것일까? 여기서 가을까지 기다릴 것인지, 그릇된 출발을 할 것인지를 아직 스스로 결정하지 못한 것이 아닐까?

　요아힘의 목소리가 신경질 난 것처럼 떨리며 거의 조롱하는 듯한 어조로 최근의 식물학 강의에 대해 언급한 데에는 사실은 전혀 다른 원인이 있었다. 이 원인에 관해서 한스 카스토르프는 아무것도 몰랐다. 다른 말로 하면, 요아힘이 알고 있는 것을 그는 모르고 있었다. 모험가이고 아는 체하는 인생의 걱정거리 자식인 그 자신이 그것을 너무나 잘 알고 있었기 때문이다. 한마디로 말해 요아힘은 사촌의 어떤 비밀을 목격했다. 사촌이 사육제인 화요일에 범한 행위와 똑같은 성질의 불신행위를 또다시 범하는 것을 우연히 보았던 것이다. 한스 카스토르프가 이번에는 그것을 상습적으로 계속하고 있다고 생각한 요아힘은 이를 더욱 괘씸하게 여겼다.

　시간 흐름의 영원히 단조로운 리듬, 매일 같은 날의 연속, 어느 날이나 혼동스럽고, 당황스러울 정도로 늘 같은 나날, 정지된 영원이면서 어떻게 시간의 변화가 생기는 것인지 통 이해할 수 없는 것이 당연한 다음 날, 이러한 평일의 신성한 일과 속에는 오후 3시 반부터 4시까지 의사 크로코브스키의 병실 전체 회진이 포함된다는 것은 독자들도 아직 기억할 것이다. 발코니를 한 바퀴 돌고 침대 의자로 방문하는 회진이었다. 한스 카스토르프는 수평 생활을 할 때 조수가 그를 피해 다니자 그것에 분개한 일이 있었지만, 그 뒤 베르크호프의 평일은 몇 번이나 되풀이되었던 것일까! 8월 무렵의 방문객은 이미 오래 전에 동료로 변해 있었다. 그래서 의사 크로코브스키가 용태를 보러 돌아왔을 때에 '동료'라는 이름으로 여러 번 불렀는데, 혓바닥을 외국인답게 입천장에 한 번만 치는 r음의 이 군대용어는 한스 카스토르프가 요아힘에게 말한 바에 의하면 크로코브스키에게는 몸서리쳐질 정도로 어울리지 않았다. 그러나 조수의 억세고 남성적인 밝은 태도, 순진하게 신뢰하기를 재촉하는 태도에는 그 말도 그다지 우습지는 않았다. 물론 그 태도는 까만 콧수염과 창백한 얼굴 때문에 어딘지 모르게 가짜같이 느껴졌고, 정말 무언가 의심스러운 생각이 항상 들었다.

"그런데 동료, 어떻게 지냅니까, 용태는 어떻습니까?" 의사 크로코브스키는 행실이 나쁜 러시아인 부부의 발코니에서 이동하여 한스 카스토르프의 침대 의자 베갯머리에 가까이 왔다. 그러나 그토록 무시무시한 말로 불린 청년은 다른 날과 마찬가지로, 두 손을 가슴 위에 모으고 의사의 까만 수염 사이에 보이는 누런 이빨을 바라보면서 상냥하게 미소 지었다. "충분히 잘 쉬었습니까?" 의사 크로코브스키는 계속했다. "곡선이 내려갑니까? 오늘은 위로 올라갑니까? 괜찮습니다. 결혼식까지는 괜찮을 겁니다. 자, 그러면 안녕." 이 안녕도 이상하게 발음하여 역시 몸이 오싹했지만 크로코브스키는 이렇게 인사를 하고 요아힘의 발코니로 사라졌다. 잠깐 용태를 살피는 회진이라 그걸로 다였다.

물론 의사 크로코브스키는 "안녕." 하며 회진을 계속하기 전에 가끔 넓은 어깨를 보이며 남성적인 미소를 짓고 동료와 날씨, 출발한 사람과 도착한 사람, 환자의 기분, 환자의 개인적 사정, 출생과 장래의 일 등에 관해 이것저것 이야기를 나누었다. 한스 카스토르프는 기분

49

을 바꾸기 위해 두 손을 머리 밑에 넣고 역시 미소를 지으면서 조수의 질문에 대답했다. 물론 온몸이 오싹거리는 느낌을 가지면서였다. 두 사람은 낮은 목소리로 이야기했다. 발코니마다 칸막이를 한 유리판이 완전히 각 방을 갈라놓은 것은 아니었지만 요아힘은 이웃 발코니의 대화를 알아들을 수 없었고 억지로 노력하지도 않았다. 그는 사촌이 침대 의자에서 일어나 의사 크로코브스키와 방 안으로 들어가는 소리를 들었다.

아마 체온표를 보이기 위해서 들어간 것이겠지만, 대화는 방 안에서도 한동안 계속되었는지 조수가 안쪽 복도를 나와 요아힘 앞에 얼굴을 나타내는 데는 시간이 걸렸다.

동료 두 사람은 무슨 이야기를 했을까? 요아힘은 그것을 묻지 않았다. 우리 가운데 요아힘의 그런 점을 따르지 않고 묻는 사람이 있다면 우리들은 그 사람에게 막연하게나마 다음 사항을 지적해야 할 것이다. 즉 두 사람의 동료 중 한 사람은 수양의 도상에서 물질을 정신의 타락, 정신의 의심스러운 자극 증대라고 생각하는 영역에 도달해 있었다. 또 한 사람은 의사이긴 하지만 유기 질환의 제2차적 성질을 평소부터 주장하는 인물이었다. 어느 쪽의 근본 관념도 이상주의적인 색채를 띠고 있는 두 사람, 동료 사이에서는 정신적 교환의 재료와 계기가 얼마나 많았을까? 비물질의 파렴치한 타락이라는 의미에서 물질, 물질의 음탕의 결과로서의 생명, 생명의 방종한 형태로서 병에 대해 두 사람은 얼마나 많이 토론하고 이야기했을 것인가? 가령 지금 계속하고 있는 강연에 관련하여, 병을 형성하는 힘으로서 사랑, 징후의 정신적 의의, '낡은' 환부와 '신선한' 환부, 가용성 독소와 사랑의 미약, 무의식 세계의 의식화, 정신분석의 효과, 징후의 환원 등에 대해 서로 말을 주고받았다. 그러나 이것은 순전히 의사 크로코브스키와 한스 카스토르프 청년 두 사람이 어떤 주제로 말했을까 생각해 본 사견과 억측에 불과하다는 것도 우리가 알고 있는 바다.

그러나 이제 두 사람 모두 더 이상 말을 하지 않았다. 오래전, 이삼 주 동안 잠깐 말한 것이 전부였다. 요즘 의사 크로코브스키는 이 환자도 다른 환자들과 다르게 대우하지 않았다. 회진하는 길에 그가 하는 말은 대개 "그런데, 동료는?" 그리고 "안녕."에 그쳤다. 그 대신 요아힘은 다른 사실을 발견했다. 그가 한스 카스토르프의 배신행위라고 느낀 것은 정말 우연이었다.

군인답게 담백한 그가 탐정 같은 짓을 하지 않았다는 것은 믿어도 좋다. 요아힘은 수요일 아침의 안정 요양 때 마사지를 하도록 지하실로 불려 내려갔다. 거기서 우연히 그 일이 일어났다. 그는 깨끗한 리놀륨이 덮인 진찰실 입구의 문이 내려다보이는 계단을 내려갔다.

진찰실 양쪽에 두 개의 투시실이 있었다. 왼쪽에는 유기 투기실, 즉 뢴트겐실이 있었고 오른쪽 구석으로 두 계단 내려가 정신 투시실 문에 의사 크로코브스키의 명함이 꽂힌 정신분석실이 있었다. 계단을 내려오던 요아힘은 한가운데서 발을 멈추었다. 한스 카스토르프가 주사를 맞고 진찰실에서 나오고 있었다. 사촌은 바쁜 발걸음으로 나와서 문을 두 손으로 닫고, 정신을 가다듬어 오른쪽으로 대여섯 걸음 소리 없이 몸을 구부리고 옮겨 명함이 핀으로 꽂힌 문 앞으로 갔다. 그리고 문을 두드리고 귀를 기울였다. 방 안에서 주인의 바리톤 음성으로 "들어오시오!"가 외국인다운 발음의 r음과 비뚤어진 ei의 이중모음으로 들려왔다. 요아힘은 사촌이 의사 크로코브스키의 함정과 같은 분석실의 어둠 속으로 사라지는 것을 보았다.

### 또 한 사람

1년 중에서 가장 낮이 긴 날이 계속되었다. 즉 객관적으로 천문학적인 길이는 휙 지나가 버리든 우리 관심을 끌든 아무런 상관이 없는 것이다. 춘분으로부터 거의 3개월이 지나 지금은 하지였다. 그러나 이곳 산 위의 세계에서 실제 계절은 달력상의 표시보다는 늦어지게 마련이어서 요즘에 와서야 비로소 봄이 되었다. 아직 여름의 짓눌리는 것 같은 괴로움은 전혀 없고, 향기롭고 상쾌하며 가벼운 공기와 은색으로 빛나는 푸른 하늘과 귀여운 들꽃들이 만발한 봄이 들어서는 참이었다.

한스 카스토르프는 전에 그가 올 때 요아힘이 친절하게도 환영의 뜻으로 방에 장식해 주었던 몇 송이의 꽃, 톱풀꽃과 방울꽃이 다시 비탈에 피어 있는 것을 보았다. 이것은 그에게는 이 산 위에 온 지 벌써 1년이 지났다는 것을 의미했다. 그러나 새로 자라난 연초록의 풀밭을 따라서, 그 얼마나 많은 유기 생명체가 골짜기의 대지와 넓은 초원에 모습을 나타내고 있는지……. 종 모양, 별 모양, 술잔 모양, 그리고 고르지 않은 모양의 유기 생명체가 햇빛으로 따뜻해진 공기를 마른 향기로 채웠다. 끈끈이대나물, 야생의 삼색 오랑캐꽃이 사방에 피고, 데이지, 나무쑥갓, 황색과 적색의 앵초 등은 한스 카스토르프가 평지에서 본 것보다도(평지에서 그가 이런 것을 눈여겨보았다면 말이다) 훨씬 크고 아름다웠다. 그리고 이 지방의 특산인 청색, 자색, 장미색의 돌매화나무도 섬모가 붙은 종 모양의 작은 꽃을 피워 고개를 까닥였다.

한스 카스토르프는 진지한 목적으로, 이 귀여운 꽃들을 꺾은 꽃다발을 가지고 돌아왔다. 그것으로 방을 꾸미기 위해서라기보다는 엄정한 과학 실험의 재료로 쓰기 위해서였다. 식물학 방면의 도구도 몇 점 구비했다. 식물학개론 한 권, 식물 채취용 작은 삽 하나, 건조 식물 표본 한 권, 도수 높은 확대경 하나, 이것들을 사용하여 청년은 발코니에서 연구를 계속했다. 다시 여름 옷차림으로, 여기에 올 때 가지고 온 옷 중의 하나를 입고 연구를 계속했다. 이것 역시 1년이 다시 돌아왔다는 것을 의미했다.

그는 신선한 꽃을 여러 개의 물컵에 꽂아서 여러 가구의 위, 심지어 쾌적한 침대 의자의 작은 사이드 테이블 위에도 놓았다. 반쯤 시들어 약해졌지만 아직 마르지 않은 꽃이 발코니의 난간과 마루에 흩어져 있었다. 다른 꽃은 알뜰히 펼쳐서 수분을 빨아내는 압지 사이에 끼워지고 돌에 눌려 앨범에 붙이기에 알맞은 편평한 건조 표본으로 변하고 있었다. 한스 카스토르프는 두 무릎을 세우는 동시에 두 다리를 포개고 침대 의자에 누워 가슴 위에 입문서를 지붕 모양으로 덮고 확대경의 둥글고 두터운 렌즈를 한쪽 눈과 꽃 사이에 들었다. 꽃 기둥을 잘 들여다볼 수 있게 화관이 잘린 그 꽃을 두꺼운 렌즈에 대면 꽃 모양이 거대할 만큼 두꺼운 모양으로 확대되었다. 꽃줄기 끝에 달려 있는 꽃가루 주머니는 노란 꽃가루를 떨어뜨렸고, 씨방에서는 머리를 가진 암술대가 나와 있었다. 칼로 암술대를 자르면 가운데에 가느다란 도관(導管)이 보이는데, 그 속에서 화분핵(花粉核)과 화분관(花粉官)이 당질(糖質)의 분비물에 의해 배낭(胚囊) 속으로 보내진다. 한스 카스토르프는 헤아리고 조사하고 비교했다. 꽃받침과 잎과 꽃잎의 구조와 위치, 암수의 생식기관의 구조와 위치를 조사하고, 눈으로 관찰한 결과가 책에 표시된 도형이나 사진과 일치하는가를 검사했다. 그가 알고 있는 식물이 과학의 설명과 일치하는 구조를 가졌다는 것을 확인하니 만족스러웠다. 이름을 알 수 없는 꽃들은 린네의 식물 분류법대로 유(類)·군(群)·과(科)·종(種)·족(族)·속(屬) 별로 분류하는 작업에 착수했다. 그는 시간이 너무 많이 남아돌았기 때문에 비교 형태학에 의거한 식물 분류를 어느 정도 이해하게 되었다. 그리고 앨범의 건조 표본 밑에 라틴명을 보기 좋은 꼼꼼한 필체로 적고 그 꽃의 특성도 덧붙여 적어, 그것을 선량한 요아힘에게 보여서 그를 깜짝 놀라게 했다.

밤에는 별을 관찰했다. 지나가는 해〔年〕에 강한 흥미를 느꼈기 때문이다. 지구가 20회 이상 돌아가는 동안 지상에 살고 있던 그는 그런 것에는 아직 한 번도 흥미를 가져 본 일이 없었다. 우리들은 '춘분'이라는 말을 자동으로 사용했다. 우리가 그 화제에 접할 때 한스 카스토르프가 그 용어를 이미 염두에 두었음을 우리가 알고 있었기 때문이다. 요즘 가끔 한스 카스토르프의 입에 오르내리는 용어는 그쪽 방면의 말이며, 또 그 방면 지식으로 사촌을 깜짝 놀라게 했다.

"지금 태양은 거해궁(巨蟹宮)으로 들어가려고 해." 그는 어느 날 산책하면서 이런 말을 하기 시작했다. "자네는 그것을 알고 있나? 12궁 중에서 최초의 여름 궁이야, 알았어? 얼마 안 있으면 태양은 사자궁과 처녀궁을 지나 추분점, 즉 낮과 밤의 평분점의 하나로 향하게 돼. 9월 말에는 말이야. 그리고 그때 이 3월의 태양이 백양궁에 들어갔을 때처럼 태양의 위치가 또다시 천구의 적도 위에 오게 되지."

"그건 몰랐는데." 요아힘은 투덜거렸다. "그런데 자네 수다스럽게 무슨 말을 하는 거야? 백양궁? 12궁?"

"그래, 12궁, 황도대야. 태곳적 그대로의 12궁이야. 천갈궁, 인마궁, 마갈궁, 보병궁 외에 여러 가지가 있는데 어떻게 흥미를 갖지 않을 수가 있겠나? 한 계절에 세 개씩 있는데, 오르막과 내리막 궁으로 나뉘어져 있고, 태양이 통과하는 성좌의 원이야. 그야말로 웅장하지. 생각해 봐, 자네. 이집트의 어떤 사원 천장에 이게 그려져 있는 것이 발견되었어. 미의 여신인 아프로디테를 모신 테베 근처에 있는 사원의 천장에서야. 칼데아인들도 벌써 그것을 알고 있었어. 칼데아인들 말이야, 자네. 태고의 저 뛰어난 민족 말이야. 아라비아계의 셈족으로 점성술에 뛰어난 민족이지. 그들이 유성의 궤도인 황도대를 연구하여 12개 궁, 즉 도데카테모리아로 나누었고 이것이 현재 전해지고 있어. 웅대하지. 이것이야말로 인류야!"

"자네도 이제 '인류'라는 말을 하나? 세템브리니처럼!"

"그래, 그 사람처럼 말이야. 혹은 좀 다른 의미일 수도 있지. 인류를 있는 그대로 평가하더라도 그래도 여전히 인류는 웅장해. 침대 의자에 누워 칼데아인들도 이미 알고 있었던 유성을 바라보노라면 그들의 일이 곰곰이 상상돼. 그들은 총명한 민족이었지만 유성 전부를 알지는 못했어. 그러나 그들이 알지 못한 유성은 우리들도 볼 수 없는 유성이야. 천왕성은 요즘 망원경으로 비로소 발견되었어. 120년 전에 말이야."

"요즘?"

"괜찮으면 요즘이라고 부르고 싶어. 발견되기까지의 3천 년에 비교하면 말이야. 침대 의자에 누워 유성을 보고 있으면 그 3천 년도 요즘이 되어 버려. 그 같은 유성을 바라보면 그것을 규명해 낸 칼데아인의 일들이 곰곰이 상상되는 거야. 바로 이것이 인류야."

"좋아, 자네는. 장대한 구상에 빠져 있군."

"자네는 '장대'라고 하지만 말이야. 나는 '친밀'이라고 말하고 싶네. 어느 쪽이나 마찬가지지만. 그래서 태양이 약 8개월 후에 천평궁에 들어오면 낮이 또다시 짧아지고, 낮과 밤의 길이가 같아져서 크리스마스 때까지 낮은 계속 짧아지는 거야. 이것은 자네도 알고 있겠지. 그래서 말인데 생각해 보게. 태양이 겨울의 궁, 즉 마갈궁, 보병궁, 쌍어궁을 통과하는 동안 낮이 또다시 길어지는 거야. 춘분이 다시 돌아오는 거야. 칼데아인들 때부터 3천 번째지. 그리고 낮이 다시 길어져 해가 바뀌어 여름이 시작되기까지 그것이 계속되는 거야."

"당연한 일이지."

"그렇지 않아, 이것은 일종의 장난이라고 할 수 있어! 겨울동안 낮이 길어지고 일 년 중 낮이 가장 긴 날, 초여름의 6월 21일이 되면 다시 내리막길로 낮이 다시 짧아져 겨울로 향하게 되네. 자네는 이것을 당연하다고 말하지만 다르게 생각하면 불안해져서 걱정이 될 정도야. 순간적으로 말이야. 그리고 발작적으로 무엇인가에 매달려 보고 싶어진다네. 마치 오일렌 슈피겔(1305년에 죽은 독일의 장난꾸러기로 이 인물을 주인공으로 한 많은 이야기들이 있다—옮긴이)이 겨울 초에 봄이 시작되고 여름 초에 가을이 시작되는 것처럼 꾸민 장난과 같은 거야. 코를 잡고 어떤 한 점을 향해 빙빙 돌면 그 한 점이 회전점, 즉 원주의 회전점으로 바뀌는 거야. 원주는 연장이 없는 회전점이 모아진 거니까 말이야. 곡선에는 직선적인 길이가 없고 한순간도 같은 방향으로 달리지 않아. 따라서 영원은 '직선으로'가 아니라 회전목마처럼 '빙빙' 도는 거야."

"이제 그만!"

"하지의 축제!" 한스 카스토르프는 말했다. "하지! 산불, 활활 타오르는 불 주위를 손을 잡고 추는 윤무! 나는 그것을 아직 한 번도 본 적이 없지만, 자연인들은 그렇게 춤을 춘다고 들었어. 사실은 가을이 시작하는 여름의 마지막 날 밤을 원시 부족들은 그렇게 축하한다는 거야. 1년의 정오이고 절정인 거야. 그러고는 다시 내리막길을 시작하는 첫날 밤 말이야. 그들은 춤추고 빙빙 돌면서 환호성을 지르는 거야. 그들이 그렇게 환호성을 지르는 것은 무엇 때문일까. 자네 그 이유를 알겠나? 그들은 어째서 그렇게 들떠 법석을 떠는 것일까? 이제부터 내리막이 되어 캄캄해지기 때문일까, 아니면 이때까지 계속 올라가 드디어 회전점이자 머무를 수 없는 낙하점인 한여름 밤의 절정이 기쁨 속에 우수를 숨기고 돌아왔기 때문일까? 나는 있는 그대로를 생각나는 대로 말하고 있어. 원시 부족들이 환호성을 지르고 불덩이 주위를 춤추며 돌아가는 것은 우수를 감춘 환희, 환희에 넘친 우수에서이며, 양성의 절망에서 온 것이야. 즉 원(圓)의 장난, 지속적 방향을 한시도 갖고 있지 않은 모든 것이 빙빙 도는 순환인 영원한 장난에 경의를 표시하는 거야. 자네, 이렇게 말하고 싶지 않은가?”

“나는 아무것도 말하고 싶지 않아.” 요아힘은 중얼댔다. “그런 걸 내게 말하지 말게. 자네가 밤에 누워서 생각하는 것들은 요원한 거야.”

“나도 부정하지 않아. 자네가 러시아어 문법을 공부하는 것이 더 유익하다는 것 말이야. 자네는 얼마 후 그 나라 말을 유창하게 말하게 될 것이 틀림없어. 그렇게 되면 자네는 대단한 존재야. 전쟁이라도 시작되면 말이야. 물론 전쟁은 없어야겠지만.”

“전쟁이 없었으면 좋겠다고? 문화인답게 말하는군. 전쟁은 필요해. 전쟁이 없으면 세계는 곧 썩을 거라고 몰트케도 말했어.”

“그렇기도 해. 이 세상은 확실히 그런 경향이 있어. 그리고 이것만은 나도 인정할 수 있네만.” 하고 말하면서 한스 카스토르프는 덧붙여 칼데아인으로 말을 돌리려고 했다. 칼데아인은 셈족으로 실제로는 거의 유대인이었지만 전쟁을 해서 바빌로니아를 점령했었다. 그

때 사촌들은 바로 앞을 걸어가던 두 신사가 이쪽 이야기에 끌려 말을 그치고 이쪽을 돌아보는 것을 동시에 보았다.

그곳은 번화가로 요양 호텔과 벨베데레 호텔의 중간이었으며, 다보스 마을로 가는 귀로였다. 골짜기는 화려하게 단장하여 부드럽고 밝은 기쁨에 찬 색채로 물들어 있었다. 공기는 이루 형용할 수 없이 상쾌했다. 마르고 청명해진 날씨에 따뜻해진 대기는 갖가지 들꽃 향기의 교향악으로 채워져 있었다.

그들은 로도비코 세템브리니가 낯선 신사와 나란히 있는 것을 보았다. 누구인지 몰랐는지 아니면 사촌들과 함께 있고 싶지 않았는지 좌우간 세템브리니는 서둘러 다시 얼굴을 정면으로 돌리고는 애써 제스처를 하면서 동반자와 이야기 나누며 발걸음을 빨리 했다. 사촌들은 그의 옆으로 다가가 반갑게 인사했다. 그는 물론 놀란 표정으로 "어이구 이거! 이것 뜻밖입니다!" 하고는 놀란 시늉을 하고 기뻐하는 얼굴로 걸음을 늦춰 사촌들이 자신의 옆을 지나치게 하려고 했다. 그러나 사촌들은 그가 하는 행동의 의미를 이해하지 못했거나, 어쩌면 영문을 몰라서 전혀 주의를 기울이지 않았다. 오히려 그들은 세템브리니를 오랜만에 만나서 진심으로 기쁘게 생각했다. 그들은 세템브리니 옆에 서서 악수를 하고 근황을 물으며 그가 동반자를 소개해 주기를 기대하면서 공손히 쳐다보았다. 사촌들은 당연히 자기들에게 동반자를 소개해 줄 것이라고 생각했다. 세템브리니는 마음이 내키지 않는 것 같았지만, 공식적으로 소개를 할 수밖에 없었다. 세템브리니는 이들 세 사람을 맺어 주려는 듯한 몸짓과 명랑한 말로 세 사람을 각각 소개했다. 세 사람은 걷다가 반쯤 서서 세템브리니 눈앞에서 악수했다.

세템브리니와 같은 연배로 보이는 이 낯선 이방인은, 세템브리니와 같은 집에 살고 있었다. 부인복 재단사인 루카세크의 방을 빌려 쓰는 사람으로 청년들이 들은 바로는 나프타라는 이름의 인물이었다. 말끔하게 수염을 깎은, 마르고 키가 작은 사나이는 날카로운 인상이었고, 얼굴 생김새도 무척 흉해서 사촌들은 깜짝 놀랐다. 그의 얼굴은 아주 날카로운 느낌을 주었다. 얼굴 인상을 결정하는 매부리코와 엷게 다물어진 입술이며 엷은 회색 눈에 끼고 있는 테가 가느다란 두꺼운 안경알까지 모든 것이 차디찬 느낌을 주었다. 계속되는 침묵으로 보아 한번 입을 열었다 하면 신랄하고 이론이 정연할 것 같은 인상이었다. 물론 모자는 쓰지 않았고 외투도 입지 않았다. 옷은 아주 고급 옷이었다. 사촌들의 익숙한 눈이 본 바로는, 흰 줄무늬의 남색 플란넬 옷으로 유행을 고상하고 점잖게 따르고 있었다. 그리고 사촌들은 키 작은 나프타가 두 사람의 복장을 날카롭게 훑어보는 것을 알아챘다. 로도비코 세템브리니가 올이 굵은 거친 플란넬 상의와 바둑판무늬 바지를 점잖고 고상하게 입는 기술을 알지 못했더라면 이 세련된 동반자와 나란히 설 때 틀림없이 보기 흉했을 것이다. 그러나 바둑판무늬의 바지는 다리미로 잘 다려져 있어 얼핏 보면 새 옷으로 생각될 정도로 조금도 손색없이 말끔했다. 다리미 솜씨는 틀림없이 하숙집 주인인 루카세크의 것이었을 것이다. 추한 나프타는 옷이 멋지고 세련된 점에서는 그의 동숙자보다는 오히려 사촌들에게 가까웠지만, 청년들보다 나이가 더 먹었다는 점 등에서는 청년들에 반해 오히려 세템브리니의 친구였다. 그것은 이 두 패의 얼굴빛 때문이었다고 생각하는 것이 더 알기 쉬운 설명일 것이다. 한 패는 갈색과 붉은색으로 그을려 있었고, 다른 한 패의 두 사람은 창백했기 때문이다. 요아힘의 얼굴은 겨울 사이에 더한층 적동색으로 되었고, 한스 카스토르프의 얼굴은 금발 아래에서 장미색으로 반짝였다. 그에 반하여 세템브리니 씨의 이탈리아인다운 창백함은 햇빛에도 영향을 받지 않았고 검은 콧수염은 아주 고상하게 길러져 있었다. 그의 동행도 금속과 같이 광택이 없는 회색에 가까운 금발이 높이 솟은 이마에서 올백으로 넘겨져 있었다. 얼굴빛은 갈색에 광택이 없는 독특한 흰 우윳빛이었다. 네 사람 중에서 지팡이를 가진 사람은 한스 카스토르프와 세템브리니 둘뿐이었다. 요아힘은 군인이기에 지팡이를 가지고 있지 않았고, 나프타는 소개가 끝나자 두 손을 곧 등 뒤로 돌린 것으로 보아 갖고 있지 않은 모양이었다. 나프타의 손발은 아주 작고 아담하여 작은 체구에 어울렸다. 감기에 걸렸지만, 어딘지 기운 없는 연약한 그의 기침에 아무도 관심을 가지지 않았다.

세템브리니는 청년들을 보았을 때의 당황한, 혹은 불쾌한 듯한 기분을 교묘하게 극복했다. 그러고는 아주 기분 좋은 태도를 보이며 농담을 섞어 가며 세 사람을 소개했다. 가령 나프타를 "스콜라 학파의 우두머리"라고 소개하는가 하면, 아레티노의 말을 빌어 "내 가슴의 넓은 방에는 기쁨이 기라성과 같은 궁전을 소유하고 있다."라고 하면서 그것은 찬미할 봄의 공적을 의미한다고 했다. 또 그는 이와 같이 덧붙였다. "내가 이 위의 생활에 대해 여러 가지로 할 말이 있을 것이라는 것은 여러분들도 알고 계시는 바와 같이 지금까지 여러 번 울분을 토로한 대로입니다. 그러나 이 고원의 봄만큼은 꼭 찬미하고 싶습니다! 이 위의 봄은 이곳의 모든 추악한 현상을 잠시나마 화해시켜 줍니다. 평지의 봄처럼 마음을 혼미하게 하거나 자극시키는 일이 조금도 없습니다. 밑바닥에서 끓어오르는 것도, 수증기를 담은 무더운 안개도 없습니다! 천명, 건조, 명랑과 오직 아름다움뿐입니다. 내가 소망하는 대로의 봄, 절호의 봄입니다!"

네 사람은 줄을 맞추지 않고 걸어갔다. 가능하면 나란히 걸었지만, 전방에서 사람이 오면 오른쪽의 세템브리니가 차도로 내려가기도 하고, 네 사람 중의 누군가가, 가령 왼쪽의 나프타, 아니면 인문주의자와 요아힘 사이에 끼어 있는 한스 카스토르프가 열 뒤로 빠졌다가 다시 열로 돌아오곤 하여 형태가 가끔 무너졌다. 나프타는 코감기 때문에 탁한 목소리로 짧은 웃음소리를 냈고, 말소리는 금이 간 접시를 손가락 관절로 치는 것처럼 울렸다. 그는 오른쪽 끝을 걷고 있는 이탈리아인을 턱으로 가리키면서 질질 끄는 악센트로 말했다.

"여러분, 볼테르주의자이며 합리주의자가 하는 말을 들어 보십시오. 그가 자연을 찬미하는 것은 자연이 번식의 계절에도 신비로운 수증기를 가지고 인간을 혼미하게 하지 않고, 고전적인 건조성을 잃지 않기 때문이랍니다. 그러나 라틴어로 습기는 무엇이라고 합니까?"

"유머(Humor)."라고 세템브리니가 왼쪽 어깨 너머로 대답하였다. "그리고 우리 교수의 자연관에서 유머의 본질은 빨간 앵초를 볼 때마다 시에나의 성녀 카테리나처럼 그리스도의 빨간 상처를 연상한다고 하는 것에 있습니다."

나프타는 대답했다.

"그것은 유머라고 하기보다는 기지라고 해야 될 것입니다. 그러나 아무튼 그것은 자연에 정신을 주입해야 한다는 말입니다. 자연은 그럴 필요가 있습니다."

세템브리니는 목소리를 낮추어 어깨 너머로 말하지 않고 완전히 왼쪽 어깨를 내려다보면서 말했다. "자연은 당신의 정신을 필요로 하지 않습니다. 자연은 그 자신이 정신입니다."

"당신은 일원론만 밀고 나가는 것이 지루하지도 않습니까?"

"아, 그렇다면 당신은 자기 스스로 인정하시는군요. 당신이 세계를 서로 반대되는 두 부분, 신과 자연으로 떼어 놓는 것은 지적 유희에 지나지 않는다는 것을 말입니다!"

"내가 정열과 정신이라고 부르는 것을 지적 유희라고 말씀하시는 것은 흥미롭군요."

"그런 저속한 목적에 그런 어마어마한 말을 사용하는 당신이 나를 가끔 웅변가라고 말씀하시다니요."

"당신은 정신을 저속한 것이라고 규정하고 있습니다만 정신이 원래 이원적이라는 것에 대해 유감을 표명하신다 해도 어쩔 수 없습니다. 이원론, 반대 명제, 이것이야말로 세계를 움직이는 정열적, 변증적, 지적 원리입니다. 세계를 서로 상반된 두 부분으로 떼어 놓고 생각한다는 그 자체가 정신입니다. 모든 일원론은 지루합니다. 아리스토텔레스도 언제나 투쟁을 좋아했습니다."

"아리스토텔레스? 그는 보편적 이념의 실재성을 각 개체에 옮겼습니다. 이것은 범신론입니다."

"틀렸습니다. 토마스와 보나벤투라가 아리스토텔레스학파의 입장에서 그렇게 한 것처럼, 당신도 개체의 실재성을 인정하고 즉 만물의 본성을 보편적인 것으로부터 특수한 것에 전이하게 되면, 세계는 최고의 이념과의 모든 일치성을 잃고 신으로부터 분리되며 신은 초월적인 존재로 변합니다. 이것이야말로 고전적 중세입니다."

"고전적 중세라, 재미있는 말 배합이군요?"

"용서를 빌겠습니다. 그러나 나는 고전적이라는 개념이 꼭 들어맞는다고 생각되는 경우에는 말하자면 하나의 이념이 절정에 이르렀을 때에는 서슴지 않고 사용합니다. 고대는 항상 반드시 고전적인 것은 아니었습니다. 당신은 범주의 폭넓은 적용을, 절대성을 혐오하는군요. 당신은 정신이 절대적인 것이 되는 것도 원하지 않습니다. 당신은 정신이 어디까지나 민주주의적 진보일 것을 요구하고 있습니다."

"정신은 아무리 절대적인 것일지라도 결코 반동의 대변자가 될 수는 없다고 확신하는 점에서 우리들은 생각을 같이하기를 희망합니다."

"그러나 정신은 언제나 자유의 대변자입니다."

"그러나라고요? 자유란 인류애의 원리이지 니힐리즘이나 악의가 아닙니다."

"당신은 그 두 가지를 무서워하는 것 같군요."

세템브리니는 머리 위로 팔을 휘젓는 듯한 몸짓을 하였다. 논쟁은 중단되었다. 요아힘은 깜짝 놀란 눈으로 두 사람을 번갈아 쳐다보았고, 한스 카스토르프는 눈썹꼬리를 치켜뜨고 발끝을 내려다보았다. 나프타는 넓은 의미에서 자유를 옹호하는 입장이었지만, 어조는 날카롭고 단정적이었다. 특히 "틀렸습니다!" 하고 항의하는 어조는 불쾌했다. '습'의 발음으로 입술을 내밀고 난 다음 굳게 다물었다. 세템브리니는 명랑하게 응수했다. 가령 어떤 근본적 의견에서 두 사람의 생각이 일치한다는 것을 암시할 때에는 말에 아름다움과 따뜻함을 품고 있었다. 그리고 나프타가 입을 다물었기 때문에 세템브리니는 사촌들이 지금 초면인 나프타에 대해 토론 과정 중에 매우 궁금해 할 것이라고 생각하고 나프타에 대해 설명하기 시작했다. 나프타는 개의치 않는다는 듯이 하는 대로 그냥 내버려 두었다. 세템브리니는 이탈리아인답게 소개되는 인물의 지위를 될 수 있는 대로 드러내어 보이면서, 나프타는 프리드리히 대왕학교의 상급반 고전어 교수라고 설명했다. 나프타의 운명은 세템브리니의 운명과 비슷했다. 그는 건강 탓에 5년 전에 이 위에 올라왔지만, 장기 체재를 필요로 한다는 진단을 받고 요양원을 나와 부인복 재단사인 루카세크의 집에 하숙하게 되었다. 이 지방의 고등 교육기관이 이 출중한 라틴어 학자, 어떤 수도원 부속학교의 졸업생—세템브리니는 다소 애매하게 설명했다—을 현명하게도 강사로서, 학교의 자랑으로서 맞이했다. 요컨대 세템브리니는 이때까지 이론 투쟁을 했던 상대인 나프타, 당장 포문이 열릴 논쟁 상대인 보기 싫은 나프타를 적지 않게 치켜세웠다.

세템브리니는 이어서 나프타에게 사촌들을 소개했다. 그는 나프타에게 전에 이 젊은이들에 대해 한 번 말한 적이 있는 듯 소개했다. 이쪽이 베렌스 고문관에게 침윤 부분을 발견당한, 3주일 예정으로 온 젊은 엔지니어이고 저쪽이 프러시아 군대의 젊은 희망에 찬 침센 소위라고 말했다. 그리고 그는 요아힘의 반항적 기분과 출발 계획을 말하고는, 엔지니어도 요아힘과 마찬가지로 작업의 세계로 돌아가는 날을 손꼽아 고대하고 있다고 생각하지 않으면 엔지니어에게 실례가 될 것이라고 말했다.

나프타는 얼굴을 찡그리며 말했다. "두 분에게는 이렇게 웅변가 후견인이 있군요. 나는 세템브리니 씨가 두 분의 생각과 희망을 올바르게 소개했음을 의심하고 싶지 않습니다. 어떻습니까, 그가 작업, 작업이라고 하는 이 용감한 말로 효과를 얻을 수 없었던 시대, 오히려 이상과는 반대의 것이 훨씬 존경받았던 시대가 있었다는 것을 내가 지적한다면, 그는 나를 곧 인류의 적이라고 규정할 것입니다. 가령 베른하르트 폰 클레르보는 로도비코 씨가 꿈에도 생각하지 못했던 완전한 생활 단계를 가르치고 있습니다. 어떤 단계인지 알고 싶은가요? 그 생활의 최하위는 '제분소', 그 두 번째가 '밭', 가장 존중해야 할 세 번째 단계는 ─세템브리니 씨 듣지 말아 주십시오─ '침대 위' 입니다. 제분소, 이것은 세속 생활의 상징입니다. 잘못된 비유는 아닙니다. 밭은 설교사와 성직에 있는 선생들이 경작해야 할 세속인들의 영혼을 의미합니다. 이 단계는 첫 번째 단계보다도 존경할 만한 단계입니다. 그러나 침대 위야말로……"

"이제 그만! 알고 있습니다!" 하고 세템브리니는 외쳤다. "여러분, 이 사람은 여러분들에게 침대의 목적과 용도를 피력할 것입니다."

"당신이 그렇게 점잖은 분이신 줄은 몰랐습니다. 로도비코 씨, 아가씨들에게 추파를 던지는 당신을 보면……. 저 이교도적인 천진난만함은 어디에 가 버렸습니까? 그리고 침대란 사랑하는 자와 사랑을 받는 자가 잠자리를 함께하는 장소, 인간이 하느님과 잠자리를 함께하기 위해 세계와 피조물로부터 명상적으로 은신하는 상태를 상징합니다."

"안 돼! 그만, 그만두어요!" 이탈리아인은 거의 울상이 되어 가로막았다. 모두가 웃었다.

그리고 세템브리니는 진지한 얼굴로 돌아가 계속했다.

"그렇습니다. 나는 유럽인, 서유럽인입니다. 당신의 단계는 순전히 동양인입니다. 동양인은 행동을 싫어합니다. 노자는 무위(無爲)는 천지간의 모든 것보다도 유익하다고 했으며, 모든 인간이 무위로 돌아갈 때 지상에는 완전한 평화와 행복이 찾아올 것이라고 했습니다. 이게 당신이 말하는 잠자리를 함께한다는 것입니다."

"무슨 말씀을 그렇게 하십니까? 그러면 유럽의 신비주의는? 페넬롱을 그 일파의 한 사람이라고 생각할 수 있는 정적주의는? 하느님만이 행동할 것을 원하기 때문에, 인간이 행동하려고 하는 것은 언제나 하느님을 노하게 하고 따라서 악이라고 가르친 정적주의는? 나는 몰리노스의 주장을 인용한 것뿐입니다. 그러나 행복을 정적 속에서 찾으려고 하는 정신적 경향은 동서를 막론하고 인간에게 공통된 것입니다."

여기서 한스 카스토르프도 입을 열었다. 그는 단순한 용기를 갖고 논쟁에 끼어들어 허공을 쳐다보면서 말했다.

"명상의 경지, 은둔 상태, 나쁘지는 않군요. 들어 둘 가치가 있습니다. 이 위에 우리들은 꽤 높은 고지에서 은둔 생활을 하고 있다고 하겠습니다. 우리들은 54피트의 고지에서 아주 좋은 의자에 누워서 세계와 피조물을 내려다보며 명상에 잠겨 있습니다. 잘 생각해 보면, 그리고 사실을 말한다면 침대는, 즉 침대 의자는 말입니다. 오해 말아 주십시오. 평지에서 제가 온 생애 동안 노력했던 것 이상의 무엇에 대해 10개월 사이에 생각할 수 있게 만들었습니다. 이것은 아무래도 부정할 수 없는 사실입니다."

세템브리니는 슬픈 빛을 띤 채 까만 눈으로 청년을 바라보았다. "엔지니어." 그는 짜내는 듯한 목소리로 말했다. "엔지니어." 그리고 한스 카스토르프의 팔을 잡고는 다른 일행이 듣지 않게 개인적으로 충고하려는 듯이 그를 조금 옆으로 끌어당겼다.

"내가 이때까지 당신에게 몇 번이나 말했지 않습니까. 당신 자신이 어떤 사람이라는 것을 알아차리고 스스로에게 알맞은 생각을 하시라는 것 말입니다! 어떤 제창이 있더라도 유럽인의 이상은 이성, 분석, 행동, 진보이지 수도사의 나태한 침대는 아닙니다!"

나프타는 그 말을 들었다. 그가 뒤를 돌아보며 말했다.

"수도사의? 유럽의 문화는 수도사 덕택입니다. 현재의 독일, 이탈리아, 프랑스가 원시림과 원시의 늪에 덮이지 않고 우리들에게 곡식과 실과와 포도를 베풀어 주는 것은 수도사의 힘에 의한 것입니다.

당신, 수도사는 정말 근면하게 일했습니다!"

"아니, 그래 그게 어떻다는 겁니까?"

"가만 계십시오. 종교인의 일은 그 자체가 목적, 마취제가 아니었습니다. 또한 세계를 진보시킨다든지 경제적 이익을 획득하는 것도 목적이 아니었습니다. 종교인의 일은 순전히 금욕적인 수행, 고행의 일부, 영혼의 구제 수단이었습니다. 육욕에 대한 방어, 정욕의 억압이었던 것입니다. 따라서 감히 단정한다면, 그러한 일은 완전히 비사회적인 성질의 것이었습니다. 극히 순수한 종교적인 이기주의였습니다."

"깨우쳐 주셔서 고맙습니다. 그리고 노동의 축복이 인간의 의지에 반하여서도 실현될 수 있다는 것을 알아 기쁩니다."

"인간의 의도에 반한다, …… 정말 그렇습니다. 이것에 의해 배울 수 있는 것은 공리적인 것과 인간적인 것 사이의 차이점 그 자체입니다."

"나는 당신이 또다시 세계를 두 개로 갈라놓으리라는 것을 알고 있습니다. 그것이 좀 불만입니다만."

"불만스럽다니 정말 유감입니다. 그러나 우리는 모든 현상을 구분하고 정리하여 하느님의 자식인 인간이라는 이념을 불순한 성분으로부터 보호해야 합니다. 당신들 이탈리아인은 환금과 은행을 발명했습니다. 하느님이 당신들의 죄를 용서해 주시기를 바랍니다. 그러나 영국인은 경제적 사회 이론을 발명했습니다. 인류의 수호천사는 영국인을 결코 용서하지 않을 것입니다."

"아, 인류의 수호천사는 저 섬나라의 위대한 경제학자들의 마음속에서도 살아 있었습니다. 무슨 말씀을 하려고 했습니까, 엔지니어?"

한스 카스토르프는 그의 말을 부정했지만, 결국 무엇인가를 말하기 시작했다. 나프타도 세템브리니도 다소 긴장하여 청년의 말에 귀를 기울였다.

"그렇다면 나프타 씨, 당신은 내 사촌의 직업에 공감하고 있고 사촌이 그 직업에 종사하고 싶은 나머지 못 견디게 초조해 하는 것을 이해하시겠군요. 내가 철두철미한 문화인이라며 사촌은 곧잘 비난합니다. 나는 한 번도 군 복무를 한 일이 없으므로 그야말로 평화의 자식임을 명백히 언명하는 바입니다. 성직자도 충분히 될 수 있지 않았나 하고 가끔 생각하기도 합니다. 사촌에게 물어보십시오. 나는 그런 소망을 여러 번 입 밖에 내어 말했습니다. 그러나 그런 개인적인 취미를 떠나 생각해 볼 때, 정확하게 말하자면 그것을 떠나 생각할 필요는 조금도 없겠지만, 나는 군대 생활에 관해서 꽤 깊은 이해와 호감을 가지고 있습니다. 군인의 계급은 아주 진지한 서열로 말하자면 '금욕적'이라고도 할 수 있는 성질의 것입니다. 당신은 아까 어딘가에서 '금욕적'이라는 말을 사용하셨지요. 그리고 군인은 언제나 죽음과 관계를 맺을 각오를 가져야 하는 것입니다. 게다가 성직자도 죽음과 관계있습니다. 그래서 군인은 이렇게 말해도 괜찮을지 모르지만 단정함, 서열과 권위에 대한 복종 그리고 스페인식의 명예를 존중합니다. 그리고 군인은 군복에 딱딱한 칼라를 달고, 성직자는 풀 먹인 깃을 하고 있다는 차이는 거의 문제가 되지 않습니다. 당신이 아까 적절하게 표현한 것처럼 최종적인 목적은 '금욕적'이라는 점에서 같습니다. 어떻습니까, 내가 생각하고 있는 것을 올바르게 설명했는지요."

"물론 잘 압니다. 물론입니다." 이렇게 나프타는 말하고 세템브리니 쪽을 힐끗 보았으나 세템브리니는 지팡이를 흔들면서 하늘을 바라보았다.

"그래서 이렇게 생각합니다." 하고 한스 카스토르프는 계속했다. "나프타 씨가 말씀하시는 것으로 보아 당신도 사촌 침센의 취향에 공감하고 있음에 틀림없다고 생각합니다. 나는 결코 '왕권과 제단' 그리고 이 밖에도 단지 질서를 사랑하는 단순한 마음씨의 사람들이 그 두 개의 권력 사이의 동질성을 가끔 정당화하는 그런 배합을 말하는 것은 아닙니다. 내가 말하고 싶은 것은 직업적 군인의 업무, 즉 군인인 경우에는 군무라 하는 것은 상업적 이익의 목적으로 행해지는 것도 전혀 아니고 또한 당신이 '경제적 사회 이론'이라고 부르는 것과도 전혀 관계가 없다는 것입니다. 그러므로 영국인은 작은 군대 즉 인도에 극소수의 병력 그리고 본국 사열식을 위한 극소수의 병력이 있을 뿐입니다……"

"아무리 해도 소용없습니다, 엔지니어." 세템브리니가 가로막았다. "소위님의 기분을 언짢게 하려는 것은 아닙니다만, 군인의 존재는 정신적으로는 토론의 여지가 없습니다. 순전히 형식적 존재로서 그 자체로서는 내용이 없습니다. 군인의 원형은 이 목적 저 목적에 따라 모집된 용병입니다. 요컨대 스페인의 반종교 개혁의 군인, 혁명군의 병사, 나폴레옹의 병사, 가리발디의 군인, 프르시아의 군인이 있었을 뿐입니다. 군인에 관해서는 무엇 때문에 서로 싸우는가를 알아야 비로소 말할 수 있습니다."

나프타가 보충하듯이 말했다. "서로 싸우는 것은 좌우간 군인의 특성이라고 말할 수 있습니다. 그 명백한 직업적 특성에 대해 우리는 충분히 동의할 수 있습니다. 그것이 '지적으로 토론의 여지가 있는' 것인지 규명하기에는 충분하지 않지만 그것만으로도 그들을 존재에 대한 부르주아적 현세주의 시야 밖의 영역으로 높여 줄 것입니다."

세템브리니 씨는 뻗쳐오른 콧수염 아래 입술을 굳게 다물고 끝만 살짝 움직이면서, 칼라에서 비스듬히 위로 기묘하게 목을 비틀며 대답했다. "당신이 부르주아적 현세주의라고 부르는 것은 이성과 윤리라는 귀중한 이념을 지키기 위해서 그리고 청년들의 흔들리는 영혼에 영향력을 미치기 위해서 어떤 식으로라도 계속 싸워 나갈 것입니다."

침묵이 흘렀다. 두 청년은 깜짝 놀라 앞을 쳐다보았다. 몇 걸음 걸어간 후에 세템브리니는 머리와 목을 다시 정상적인 위치로 돌리고 말했다.

"놀라지 마십시오. 이 사람과 나는 가끔 토론을 벌입니다. 아주 우호적인 분위기에서, 여러 모로 서로 양해하면서 하는 것입니다."

고마운 말이었다. 세템브리니 씨의 신사적이고 인간적인 마음씨에서 우러나온 것이었다. 그러나 요아힘은 선의에서 대화를 부드럽게 계속하려는 의도였겠지만 무언가 눈에 보이지 않는 압박과 강요 때문에, 말하자면 본의 아니게 이렇게 말했다.

"우리들도 우연히 전쟁 이야기를 했습니다. 사촌도 나도…… 조금 전 두 분의 뒤를 걸을 때에 말입니다."

"들었습니다." 하고 나프타가 말했다. "나는 그 말을 듣고 뒤를 돌아보았던 것입니다. 정치를 논했습니까? 세계정세를 논했습니까?"

"아니, 천만의 말씀입니다." 하고 한스 카스토르프는 웃었다. "어떻게 우리가 그런 것을 말할 수 있었겠습니까! 사촌은 직업상 정치를 논하는 것은 온당치 못하며 내 쪽에서도 정치론은 기권입니다. 아무것도 모르니까 말입니다. 이 위에 올라온 후로 아, 한 번도 신문을 읽어 본 적이 없습니다."

세템브리니는 언젠가 말했듯이 이번에도 현명하지 못하다고 꾸짖었다. 그는 세계정세를 누구보다도 잘 알고 있음을 과시했다. 그리고 그는 세계정세가 문명에 유리하게 진전되는 경우에는 그것에 호의를 갖고 평했다. 그의 말에 따르면 유럽 천지는 평화 사상과 군축안으로 가득 차 있었다. 민주주의 이념은 팽배했다. 세템브리니는 청년터키당 운동이 혁명적 봉기를 준비 완료했다는 신뢰할 만한 정보가 있다고 주장했다. 터키가 입헌제 자주 국가로 변한다는 것은 얼마나 찬란한 인간성의 승리인가!

나프타는 비웃었다. "이슬람의 자유화, 걸작입니다. 계몽된 광신, 훌륭합니다. 게다가 이것은 당신과 관계있는 일입니다." 하고 요아힘에게 말했다. "압둘 히미드가 몰락하면 터키에서 당신 나라의 세력은 끝나고 영국이 터키의 보호자로 등장하게 될 것입니다. 당신은 세템브리니 씨의 정보와 연락을 반드시 중요시해야 합니다." 하고 나프타는 사촌들에게 말했다. 무례한 충고였다. 그는 사촌들이 세템브리니 씨가 말하는 것을 중요시하지 않으리라고 생각하는 것 같았다. "민주적 혁명 운동에 관해서 세템브리니는 정통해 있습니다. 그의 고국에는 영국의 발칸문제위원회와 긴밀하게 연락하는 사람들이 있습니다. 그러나 로도비코 씨, 당신의 진보주의자들이 성공한다면 레발협정은 어떻게 됩니까? 에드워드 7세는 러시아에 대해 다르다넬스 해협의 자유 통행권을 더 이상 승인하지 못하게 될 겁니다. 그리고 오스트리아가 그 상황에도 적극적인 발칸 정책에 매진한다면, 그렇게 되면……."

"또 세계가 멸망한다는 예언입니까!" 하고 세템브리니는 가로막았다. "러시아 황제인 니콜라이 2세는 평화를 사랑합니다. 최고급의 도덕적 산물인 헤이그평화회의는 니콜라이의 노력으로 실현되었습니다."

"아니지요. 러시아는 동양에서 약간 불운했기 때문에 한동안 휴식을 취할 필요가 있었습니다."

"무슨 말이오. 당신은 이상 사회를 건설하려는 인류의 동경을 조롱하는 것은 아니겠지요? 인류의 그러한 노력을 방해하는 민족은 도덕적 도편추방을 당할 수밖에 없을 것입니다."

"정치란 도덕적으로 타협하는 기회를 서로 주는 것 외에 어떤 존재 이유가 있습니까!"

"당신은 범게르만주의의 찬미자이시군요?"

나프타는 반듯하지 않은 어깨를 움츠렸다. 그는 보기 흉한 데다가 몸매도 약간 비뚤어져 있었다. 그는 상대를 얕보고 대답하려고 하지 않았다. 세템브리니는 비평했다.

"어쨌든 당신이 말씀하시는 것은 악의적입니다. 민주주의가 전 세계를 민주화하려는 고매한 노력을 당신은 단지 정치적인 관계로만 생각하려고 합니다."

"당신은 나에게 그러한 노력에 대해서 이상주의 혹은 경건한 정신을 인정하라고 요구하는 거군요? 그것은 아무에게서도 인정받지 못하는 세계관이 자기 보존 본능의 잔재를 가지고 약하디약한 최후의 발버둥을 치는 것일 뿐입니다. 멸망은 반드시 찾아오며, 찾아오지 않을 수 없습니다. 모든 방법으로, 여러 가지 모습으로 찾아올 것입니다. 영국의 정책을 생각해 보십시오. 인도라는 보루를 확보하려는 영국의 요구는 정당한 것입니다. 그러나 그 결과는? 페테르부르크의 위정자들이 만주에서 당한 실패를 속여 가며, 마치 빵이 생명에 당연히 필요하듯이, 민심을 혁명으로부터 다른 데로 필사적으로 돌릴 필요가 있다는 것을 에드워드는 당신과 나와 마찬가지로 모두 알고 있습니다. 그는 그것을 알면서도 러시아의 팽창욕을 유럽으로 돌리려 하고 있습니다. 페테르부르크와 비엔나 사이에 잠자고 있는 경쟁의식을 눈뜨게 하려는 것입니다."

"아! 비엔나! 당신이 세계 진보의 장애가 되는 비엔나를 걱정하는 것은 비엔나를 수도로 하는 죽어 가는 제국을, 신성 로마제국의 미라 판이라고 인정하기 때문이겠지요!"

"당신은 러시아 후원자이시군요. 정교일치에 대한 인문주의적인 공감 때문이겠지요."

"민주주의는 비엔나의 궁정보다 크레믈린에 더 많은 기대를 할 수 있습니다. 그리고 이것은 루터와 구텐베르크를 낳은 나라의 치욕입니다."

"이것은 치욕일 뿐만 아니라 어리석은 짓이기도 합니다. 그러나 그 어리석음도 숙명입니다!"

"아, 숙명 같은 것은 들먹이지 말아 주십시오! 바라기만 한다면 인간의 이성은 숙명보다 더 강하고 좋아질 수 있습니다. 원한다면 더욱 더 강해질 수 있습니다."

"인간이 원하는 것은 언제나 이미 운명으로 정해진 것뿐입니다. 자본주의적 유럽도 스스로의 운명을 원합니다."

"전쟁을 충분히 혐오하지 않는 인간만이 전쟁이 불가피하다고 믿습니다."

"민족국가로부터 시작하지 않는 한 당신의 전쟁 혐오는 논리적인 모순입니다."

"민족국가는 지상의 원리입니다. 당신은 그것을 악마의 전유물인 것처럼 말씀하시지만, 그러나 각국의 국민을 자유롭게 하고, 평등하게 하고, 약소민족을 압박에서 지키고 정의를 수립하며 민족 간의 경계선을 확립하게 되면……."

"브레네르 경계선 말이군요. 알고 있습니다, 오스트리아의 파산. 내가 알고 싶은 것은 그것이 어떻게 전쟁 없이 실현될 수 있을까 하는 것입니다."

"내가 알고 싶은 것은 언제 내가 민족 해방 전쟁까지를 부정했는가 그 말입니다."

"나에게도 귀가 있습니다."

"아니지요. 이제 내가 세템브리니 씨를 위해서도 증언해야겠군요." 하고 한스 카스토르프는 논쟁에 끼어들었다. 그는 걸어가면서 머리를 비스듬히 하고는 그때그때 발언자의 말을 주의 깊게 경청했다. "사촌과 나는 이미 세템브리니 씨와 함께 그런 문제나 그와 비슷한 문제에 대해 언급했던 적이 있었습니다. 그때마다 그는 그의 의견을 전개하고는 모든 것을 명확하게 단정했고, 우리들은 그저 경청할 따름이었습니다. 그래서 나는 증언할 수 있고 사촌도 기억할 겁니다. 세템브리니 씨는 진보와 반항, 그리고 세계 개혁의 원리에 대해 아주 감격해서 여러 번 말했습니다. 그 원리 자체는 그다지 평화적인 것은 아니라고 생각합니다. 그 원리가 세계 어느 곳에서나 승리를 거두고 전 세계에 행복한 세계 공화제가 선포되기까지는 아직 많은 노력이 필요하다는 것이었습니다. 물론 훨씬 조형적이고 저술가다운 말씀이었다는 것은 두말할 필요가 없겠습니다. 좌우간 그런 의미의 말씀이었습니다. 그러나 나는 건전한 문화인으로서 정말 놀랐기 때문에 지금도 잘 기억하고 있습니다. 세템브리니 씨는, 승리의 날은 비둘기의 발이 아니라 독수리의 날개를 갖고 찾아올 것이라고 말씀하셨습니다(나는 독수리의 날개라는 말에 정말 놀랐습니다. 아직도 기억합니다). 그리고 경사스러운 날을 맞이하기 위해서는 비엔나의 머리 위에 철퇴를 내려야 한다고 말씀하셨습니다. 그렇기 때문에 세템브

마의 산 2

리니 씨가 한마디로 전쟁 그 자체를 거부한다고는 말할 수 없습니다. 내가 말한 것이 맞습니까, 세템브리니 씨?"

"대체로 그렇습니다." 하고 이탈리아인은 얼굴을 돌리고 지팡이를 흔들면서 간단하게 대답했다.

"좋지 않은데요." 하고 나프타는 징그럽게 미소 지으며 말했다. "당신은 제자에게 호전적 경향을 지적당했습니다. 그대, 독수리의 날개로 오라."

"볼테르 자신도 문명 전쟁을 긍정했고 심지어 프리드리히 2세에게 터키에 대한 선전 포고를 진언했습니다."

"그렇지만 프리드리히 2세는 터키하고 동맹을 맺었지요. 헤헤, 게다가 세계 공화제! 행복과 통일이 실현되면 진보와 반항의 원리는 어떻게 될 것인지는 묻지 않겠습니다. 그러나 그 순간에 반란은 범죄가 될 것입니다."

"내가 말하는 인류의 진보라는 것은 무한으로 생각될 수 있는 것임을 당신은 잘 알고 있겠지요. 여러 젊은이도 역시."

"그러나 모든 운동은 원을 형성합니다." 하고 한스 카스토르프는 말했다. "공간적으로도 그렇고 시간적으로도 그렇습니다. 이것은 질량 불변의 법칙과 주기율이 가르쳐 줍니다. 사촌과 나는 조금 전 여기에 대해서도 말을 했습니다. 다만 방향의 지속이 없는 주기적 운동에 진보가 있을 수 있을까요? 나는 밤에 누워서 황도대를 관찰합니다. 우리 눈에 보이는 것은 절반뿐입니다. 그리고 고대의 현명한 민족을 생각하면……."

"당신은 환상이나 몽상에 빠져서는 안 됩니다, 엔지니어." 하고 세템브리니는 가로막았다. "당신의 행동력 있는 연령과 종족의 본능에 필연코 따라가야 합니다. 당신은 당신의 자연과학적 교양의 입장에서 진보의 이념에 맞게 살아가야 합니다. 당신은 생명이 수많은 세월을 거쳐 원생동물에서 인간으로 진화 발달한 것을 보았지요. 그리고 인간의 무한한 가능성도 의심치 않습니다. 또 당신이 어디까지나 수학을 고집한다면 당신은 이윽고 원주를 완전에서 완전으로 원추운동이라고 생각하게 될 것입니다. 그리고 인간은 원래 선량하고 행복하고 완전했는데 사회적 결함 때문에 왜곡되고 타락되었을 뿐이며, 사회 기구를 비판하고 개량함으로써 다시 선량하고 행복하고 완전하게 될 것이라는 18세기의 가르침을 기쁘게 받아들여야 할 것입니다."

"세템브리니 씨, 거기에 더 첨부할 것이 있습니다." 하고 나프타는 이야기 중간에 끼어들었다. "루소의 목가가 교회 교리의 개혁이라는 것입니다. 즉 인간의 본래의 무국가 상태와 무죄 상태, 하느님에게 직접 속해 있고 하느님의 아들이었던 상태를 설교하고 인간이 이런 상태로 다시 되돌아가야 한다고 설교하는 교회 교리의 궤변적 개악이라는 것을 말입니다. 그러나 지상 국가의 모든 형태가 소멸되었을 때 하느님 나라의 재건은 지상과 천상, 감각계와 초감각계가 접촉하는 곳에서 행해지며, 구원이란 초경험적입니다. 그리고 박사님, 당신의 자본주의적 세계 공화제와 관련하여 당신이 '본능'에 대해 말씀하시는 것은 정말 이상하게 느껴집니다. 본능이란 민족국가 측면에만 있는 것으로 하느님 스스로가 인간에게 자연적 본능을 부여했으며 그 본능에 의해 각 민족은 여러 국가로 분열했습니다. 전쟁은……."

"전쟁은……." 하고 세템브리니는 외쳤다. "전쟁마저도 지금까지 진보를 도와주는 결과가 되었습니다. 이 점에 대해서는, 당신이 좋아하는 어떤 시대의 사건 하나, 즉 십자군 전쟁을 상기한다면 당신도 나에게 반대하지는 않을 것입니다! 그 문명 전쟁은 여러 국민의 관계를 경제적 교역, 그리고 상업 정책적 교역 면에서 현저하게 촉진시켰고 유럽의 인류를 한 가지 이념의 기치 아래 결합시켰습니다."

"당신은 이념에 대해서 아주 관용적입니다. 그렇다면 나도 한층 더 공손하게 당신의 생각을 정정하고자 합니다. 십자군과 그 결과로 생긴 교통의 활성은 모든 국민을 접근시키기는커녕 서로의 상이점을 자각시켰고 민족국가 이념의 형성을 현저하게 촉진시켰습니다."

"옳은 말씀입니다. 성직자 계급에 대한 국민의 관계만을 문제로 하는 경우에는 그렇습니다! 그 당시부터 교회의 전횡에 대해 국민적 자각심이 높아지기 시작했습니다."

"여기서 당신이 성직자 계급의 전횡이라고 부르는 것은 정신의 기치에 의한 인류 결합의 이념일 따름입니다!"

"우리들은 그 정신이 어떤 정신인지를 알고 있습니다. 그리고 그것을 거부합니다."

"당신의 민족적 광신이 교회의 세계 정복에 의한 사해동포주의를 혐오하는 것은 이상하지 않습니다. 그러나 당신이 그 혐오를 전쟁 혐오와 어떻게 조화시키려는 것인지, 그것을 가르쳐 주셨으면 합니다. 당신의 복고적인 국가 예찬으로 말미암아 당신은 법률의 실증적 해석의 옹호자가 되지 않을 수 없겠지만, 그 옹호자로서…….."

"이번에는 법률입니까? 국제법에는 자연법과 보편적 이성이라는 생각이 계속 살아 있습니다."

"아니, 당신의 국제법이라는 것은 자연과 이성에는 아무 관계도 없는 계시에 의거한 신권의 루소적 개악에 지나지 않습니다."

"명칭을 가지고 서로 이러니저러니 논쟁하는 것은 그만둡시다. 교수님! 제가 자연법, 국제법으로 존중하는 것을 당신은 신권이라고 좋으실 대로 부르십시오. 중요한 것은 민족국가의 실증적 법률 위에 상위의 보편적인 법이 존재하며, 국가 간의 이해 문제가 국제 중재에 의해 해결될 수 있다는 것입니다."

"중재 재판에 의해서라……, 황송한 말씀입니다! 속세의 문제를 재판하는 부르주아적 중재 재판에 의해 신의 뜻을 헤아리고 역사를 규정한다! 좋습니다. 비둘기의 발에 관해서는 그 정도로 해둡시다. 그러면 독수리의 날개는 어떻습니까?"

"부르주아적 문명은……."

"아니지요. 부르주아지는 자신이 무엇을 원하는지를 모릅니다. 그들은 출산율 감퇴 방지를 외치고 자녀의 양육비와 직업 준비, 교육비의 경감을 떠들어 댑니다. 또한 인구 과잉 때문에 질식할 것 같으며, 모든 직업은 과잉 인원으로 인해 생존경쟁의 두려움이 과거의 어떤 전쟁의 두려움까지도 능가할 정도입니다. 공터와 전원 도시! 민족 청년의 체질 향상! 이렇게 외치고 있습니다. 그러나 문명과 진보가 전쟁이 일어나지 않기를 원한다면 어떻게 해서 체질 향상이 이룩될 수 있습니까? 전쟁은 모든 것을 방지하고 모든 것을 촉진시키는 수단입니다. 체질을 향상하고 출산율 감퇴를 방지하기까지 합니다."

"당신은 농담을 하고 있습니다. 이제는 더 이상 진지한 이야기가 나오지 않는군요. 이야기는 끝맺을 때가 되었습니다. 이제 다 왔군요." 세템브리니는 이렇게 말하고는 멈추어 서서 사촌들에게 네 사람 눈앞에 있는 담장문 뒤의 작은 집을 지팡이로 가리켰다. 마을 입구에 가깝게 거리로 향해 있고 좁은 뜰이 거리를 막고 있는 소박한 집이었다. 뿌리가 땅에 드러난 포도나무 덩굴은 정문을 둘러싸고, 구부러진 가지는 벽을 따라 오른쪽 1층의 유리문, 작은 소매상의 진열창 쪽으로 기어 올라갔다. 세템브리니는 1층은 소매상인의 거처라고 설명했다. 나프타의 방은 2층 재단사 거처의 일부분이고 세템브리니 자신은 다락방에 산다는 것이었다. 조용한 서재라고 덧붙였다.

나프타는 놀랄 정도로 어울리지 않게 상냥한 어조로 첫 모임 이후 종종 만나고 싶다는 희망을 표명했다. "우리가 사는 곳을 방문해 주십시오. 세템브리니 박사가 여러분들의 오랜 친구가 아니라면 나를 방문해 달라고 말하고 싶을 지경입니다. 다소라도 대화를 하고 싶으면 언제든지 와 주십시오. 나는 젊은이들과 이야기를 나누는 것을 좋아합니다. 아마 나에게도 교육자의 전통이 전혀 없는 것은 아닐 것입니다. …… 우리들의 비밀공제조합 지부장(이렇게 말하면서 세템브리니를 가리켰다)이 모든 교육자적 소질과 천직을 부르주아적 인문주의의 독점물이라고 생각한다면 거기에 대해 항의를 해야겠습니다. 자, 그러면 가까운 장래에 또 만납시다."

세템브리니는 난처한 기색을 보였다. 거기에는 문제가 있다고 그는 말했다. 소위님이 이 위에 있을 날이 앞으로 얼마 안 될 것이고 엔지니어도 뒤따라 평지로 돌아가기 위해 요양 근무에 더한층 노력하고 있기 때문이라고 말했다.

두 청년은 나프타와 세템브리니에게 번갈아 가며 동의를 표했다.
나프타의 초대를 경례하여 받아들이고 세템브리니가 열거한 난점에도 곧 머리와 어깨로 수긍한다고 표했다. 이렇게 하여 모든 것이 미결정 상태로 남게 되었다.

"그 사람은 세템브리니를 뭐라고 불렀지?" 하고 요아힘은 베르크호프로 향한 차도를 걸어 올라가면서 사촌에게 물었다.

"비밀공제조합 지부장이라고 그랬어." 하고 한스 카스토르프는 말했다. "나도 그 생각을 하고 있었어. 농담을 한 것이 아닐까. 두 사람은 서로 이상한 이름으로 불러. 세템브리니도 나프타를 스콜라 학파의 우두머리라고 불렀지. 이것도 나쁘지 않군. 스콜라 철학자는 중세의 신학자이자 독단적인 철학자라고도 할 수 있기 때문에 말이야. 게다가 그 밖에도 중세가 여러 가지로 화제에 올랐지. 그래서 생각난 것인데 세템브리니는 내가 처음으로 그를 만났을 때 말하기를 이 위의 우리들이 있는 곳에는 중세를 연상시키는 것이 여러 가지 있다는 거야. 아드리아티카 폰 밀렌동크의 이름으로부터 그런 화제가 시작되었지. 자네는 그에게서 어떤 인상을 받았나?"

"그 작은 사람 말인가? 좋지 않아. 그렇지만 그가 말한 것 중에는 마음에 드는 것이 여러 가지 있기는 했어. 정말이지 그가 말한 대로 중재 재판이란 것은 위선이야. 허나 그 사내의 인상이 나빠서 아무리 멋진 말을 많이 해도 수상쩍어 보이니 아무 소용없어. 수상쩍은 사람이야. 그것은 자네도 부정할 수 없을 거야. '잠자리를 함께하는 장소' 이야기만도 아주 이상한 거야. 게다가 그 코, 그 매부리코는 어때? 그리고 그렇게 작은 몸집으로 보아 유대인임에 틀림없어. 자네는 정말 그 사람을 방문할 작정인가?"

"물론이지, 방문하고말고!" 하고 한스 카스토르프는 선언했다. "자네는 군인이기 때문에 몸집이 작은 것에 대해서 이러쿵저러쿵 말하는 거야. 그러나 칼데아인도 그런 코를 하고 있었지만 신비학뿐만 아니라 다른 면에서도 아주 우수한 인종이었어. 나는 나프타의 신비학적인 면에 적지 않게 흥미를 느꼈어. 오늘만으로 그를 다 알았다고 할 수는 없지만 이제부터 자주 함께 있으면 알게 될 거야. 그리고 그때마다 우리들은 다른 점에서도 더 현명하게 될 거야."

"정말이지 자네는 생물학이니 식물학이니 끝없는 전환점이니 하는 따위로 이 위에서 점점 현명해지고 있군. '시간' 문제만 해도 이 위에 온 다음 날부터 상관했지. 그러나 우리가 이 위에 있는 것은 건강하게 되기 위해서지, 현명하게 되기 위해서는 아니야. 건강해져서, 완전히 건강해져서 그들도 급기야는 우리를 자유롭게 놔 주어 완치된 인간으로서 평지로 돌아갈 수 있게 하기 위해서야!"

"산 위에 자유가 있나니!" 하고 한스 카스토르프는 마음이 들떠 높이 읊조렸다. "무릇 자유란 무엇인가를 들려주기 바라네." 하고 그는 평소 어조로 돌아가 얘기했다. "나프타도 세템브리니도 아까 이 문제를 갖고 논쟁을 했지만 결국 의견이 일치하지는 않았어. '자유는 인류애의 원리다!'라고 세템브리니는 말하지만 이것은 그의 조부인 카르보나리의 말투야. 그러나 카르보나리가 아무리 용감하다고 해도 또 우리들의 세템브리니가 아무리 용감하다고 해도……."

"그렇지. 개인적인 용기라는 이야기를 했을 때 그는 안절부절 못하는 기색이었어."

"…… 그는 작은 나프타가 무서워하지 않는 것을 무서워하는 걸까? 그리고 그가 흔히 말하는 자유도, 용기도 혹시 헛소리가 아닐까? 자네는 세템브리니에게 '살신성인의 용기'가 있다고 생각하나?"

"왜 또 프랑스어로 말하는 거야?"

"그냥 해보는 거야. 분위기가 아주 국제적이기 때문이야. 저 두 사람 중의 어느 쪽이 여기 분위기에 더 만족을 느끼는지, 부르주아 세계 공화제의 세템브리니인지, 아니면 성직자 계급적 사해동포주의의 나프타인지 알 수가 없단 말이야. 보다시피 나는 두 사람의 말을 긴장하며 들었지만 뭐가 뭔지 모르게 끝나 버렸어. 오히려 나는 두 사람의 대화에서 심한 혼란을 느꼈지."

"그건 언제나 그래. 토론하고 의견을 말할 때는 혼란이 일어나기 마련이라는 것은 자네도 잘 알고 있지 않나. 생각하건대 우리들이 어떠한 의견을 가지고 있느냐가 문제가 아니라, 신뢰할 수 있는 인간인지 아닌지가 문제야. 처음부터 의견 같은 건 전혀 가지지 말고 할 일을 묵묵히 실행하는 것이 제일 좋은 거야."

"그렇지. 자네는 '용병'이고 순전히 형식적인 존재이기 때문에 그렇게 말할 수도 있지. 나의 경우는 좀 달라. 나는 문화인으로 어느 정도 책임이 있어. 그래서 말이야. 저렇게 혼란한 상태를 보고 있으면 흥분해 버려. 한 사람은 국제적 세계 공화제를 설교하고 원칙적으로는 전쟁을 승인하지 않으면서 또한 지독히 애국적이어서 어디고 간에 브레네르 경계선을 확정할 것을 주장하면서 그것을 위해서는 문명 전쟁도 불사하지 않아. 또 한 사람은 국가를 악마의 것이라고 생각하고 모든 인류의 보편적 결합 원칙을 구가하고, 자연적 본능의 원칙을 옹호하고 평화 회의를 조롱하고 있으니 말이야. 그 혼란을 해결하기 위해서도 꼭 방문할 필요가 있어. 자네는 우리들이 여기서 현명해지기보다는 더 건강해져야 한다고 말하지만 말이야. 그러나 건강해지는 것과 현명해지는 것은 양립시키지 않으면 안 되는 일이야. 그렇게 생각하지 않는다면 자네는 세계 양분을 기도하는 인물이야. 그런 짓을 하는 것은, 자네에게 말해 두지만, 언제나 큰 잘못이야."

## 신의 나라와 사악한 구원

한스 카스토르프는 발코니에서 식물을 분류했다. 천문학상의 여름이 시작되어 낮이 다시 짧아진 요즘 여기저기에 무성하게 자라고 있던 미나리아재빗과의 매발톱꽃, 일명 아퀼레지아는 긴 줄기와 넓은 이파리에다 청색, 보라색, 적갈색의 꽃을 피웠다. 이 꽃은 여기저기 피었지만 특히 한스 카스토르프가 약 1년 전에 처음으로 이 꽃을 보았던 외진 골짜기에서 무성하게 자라고 있었다. 1년 전 혈기에 찬 나머지 너무 서둘렀기 때문에 몸에 맞지 않아 그날의 산책을 실패로 끝냈던, 작은 다리와 휴식용 벤치가 있는 물살이 빠르고 얕은 여울 소리에 찬 고요한 장소를 그는 여러 번 방문했다.

그 당시 너무 욕심을 냈기 때문에 그렇게 되었지만 사실 거기까지는 그리 멀지 않았다. 마을의 봅슬레이 결승점에서 비탈을 조금 올라가면 군데군데 나무다리 아래로 숲길을 지나가는 샤츠알프에서 내려가는 봅슬레이 코스가 있었다. 길을 돌아간다든지, 아리아를 부른다든지, 피곤하여 휴식을 취하지 않으면 20분 정도면 그 그림과 같은 장소를 찾을 수가 있었다. 날씨가 좋은데도 요아힘이 진찰, 뢴트겐 사진 촬영, 혈액 검사, 주사, 체중 측정 같은 요양 근무 때문에 외출할 수 없을 때에는 한스 카스토르프는 두 번째 아침 식사 또는 가끔 첫 번째 아침 식사를 끝마치고 그곳에 갔다. 때로는 오후의 차 마시는 시간과 저녁 식사 전 시간을 이용하여 좋아하는 그곳을 찾아갔다. 1년 전에 코피를 심하게 쏟았을 때 쉬었던 그 벤치에 앉아 시냇물 소리에 귀를 기울이고 주위의 고요한 풍경과 올해에도 변함없이 피어 있는 푸른 매발톱꽃을 바라보았다.

그는 오로지 벤치와 꽃 때문에 이곳을 찾아온 것일까? 아니, 혼자서 수개월 동안의 수많은 변형된 인상과 모험을 생각하기 위해 벤치에 앉아 있었다. 인상과 모험은 여러 가지로 엉클어지고 섞여 있는 것처럼 느껴져, 종종 지각 가능한 현실과 단순히 생각하고, 꿈꾸며, 공상했던 것과 분리할 수 없을 정도여서, 정리하기에 그리 쉽지 않았다. 그러나 모든 것이 모험이었다. 모험을 회상할 때마다 이 위에 온 첫날부터 민감해진 채로 정상 상태로 돌아가지 않는 심장이 갑자기 멎었다가 다시 빠르게 고동쳤다. 혹은 1년 전에 코피 때문에 생활력이 감퇴되었을 때 프리비슬라프 히페의 모습이 역력히 눈앞에 나타난 장소에 아퀼레지아가 변함없이 피어 있는 것이 아니라, 벌써 다시 꽃을 피우고 있는 것을 보니 처음 예정이었던 '3주일'이 얼마 안 있으면 꼭 1년이 된다는 것을 깨달은 나머지 심장이 그렇게 이상하게 고동친 것일까?

물론 이제는 시냇가 벤치에 앉아 있어도 코피가 나오지 않았다. 그것은 벌써 지나간 일이었다. 여기 기후에 익숙해지기 어렵다는 것은 이 위에 오자마자 요아힘에게 들었고 한스 카스토르프도 직접 경험했다. 도착 11개월 후인 현재는 여기 기후에 완전히 적응했다고 해도 좋을 정도가 되었다. 더 이상의 순응은 있을 수 없을 정도였다. 위의 화학적 반응도 되찾아 조절되었다. 마리아 만치니에 대한 미각도 회복했다. 그의 마른 코 점막의 신경은 시가의 진가를 얼마 전부터 다시 느낄 수 있게 되었다. 이 국제 요양지의 진열장에도 마음에 드는 담배가 눈에 띄었지만 한스 카스토르프는 마리아 만치니가 떨어질 것 같으면 보수적인 경건한 마음씨에서 여전히 브레멘에서 마리아를 주문했다. 마리아는 평지에서 이탈한 한스 카스토르프와 평지를 또 그와 고향을 연결하는 끄나풀이 된 것이 아니었을까? 가령 그의 마리아 주문이 가끔 평지의 숙녀들에게 보내는 엽서보다 더욱 효과적으로 그와 평지를 연결시켜 주는 것이 아닐까? 그가 이 위의 시간관념에 젖어 대규모의 시간 소비를 몸에 익힘에 따라 점점 엽서를 보내는 간격이 멀어지게 되었다. 애교로 그는 눈에 덮인 골짜기나 여름 풍경의 아름다운 그림엽서를 사용하였다. 이것은 의사의 최근 진단의 보고와 매월 종합 진찰의 결과를 친척들에게 보고할 만한 여백밖에 없었다. 가령 청진 결과와 뢴트겐 사진 결과로는 분명히 병이 나아간다는 것은 인정하지만 아직 완전히 병독이 해소되었다고는 말할 수 없었고 여전히 가벼운 열이 있었다. 아직 작은 환부가 없어지지 않고 남아 있으며, 꾹 참고 치료를 계속하면 반드시 열이 없어져 다시 이곳에 올라올 필요는 없을 것이라는 보고로 그 여백이 꽉 찼다. 더 자세한 내용의 편지를 바라거나 기다릴 염려가 없을 것은 확실했다. 편지를 읽는 사람들은 인문주의적인 웅변가가 아니었고 이쪽에서 받는 답장도 그렇게 열성을 띤 글은 아니었다. 답장과 함께 돌아가신 아버지 유산의 이자로 보내고 있는 생활비를 받는 경우가 많았다. 그 돈은 이 위의 돈으로 바꾸면 매우 큰 금액이었기 때문에 다음 생활비를 받기 전에 다 써 버리는 일은 한 번도 없었다. 타이프로 친 여러 행의 편지에는 야메스 티나펠이 서명하고, 종조부의 그리고 때로는 해군에 있는 페터의 인사와 안부가 덧붙여져 있었다.

한스 카스토르프는 고문관이 요즘 주사를 놓는 일을 그만두었다는 것을 고향에 보고했다. 이 젊은 환자에게 주사는 체질에 맞지 않는 모양이었다. 두통·식욕 감퇴·체중 감소·피로가 뒤따랐다. 주사를 맞고 나면 곧 열이 올라 한참 뒤에도 내려가지 않았다. 이 메마른 열이 장미색 얼굴로 타오르는 것처럼 느껴졌다. 이것은 평지와 그 습기

찬 기후 속에서 태어난 청년에게는 이 위의 기후에 익숙해지는 것은 역시 익숙해질 수 없는 것에 익숙해지는 것임을 말해 주었다. 물론 라다만토스도 익숙해지지 않은 듯 언제나 푸른 얼굴이었다. "아무리 해도 익숙해지지 않는 사람도 드물지는 않아." 이렇게 요아힘은 그가 이곳에 도착하자마자 말하였지만 한스 카스토르프도 같은 부류의 사람이었다. 그가 이 위에 오자마자 고통 받기 시작한 목의 경련도 없어지지 않고 걷거나 말할 때면 으레 시작되었고, 심지어 푸른 꽃들이 만발한 명상의 장소로 올라와서 모험을 회상하고 있을 때에도 기다렸다는 듯이 시작되었다. 그 때문에 한스 로렌츠 카스토르프처럼 그 중후한 턱을 당겨 붙이는 것이 이제는 거의 습관이 되어 버렸다. 즉 한스 카스토르프 자신도 떨리는 것을 막기 위해 턱을 당겨 붙이며 할아버지의 높은 칼라, 주름 잡힌 예복을 입은 자세, 담황색의 둥근 세례반, 경건한 '증, 증' 소리, 그 밖에 이와 비슷한 일들을 혼자 생각하고, 자신의 희귀한 운명을 새삼 되돌아보지 않을 수 없었다.

프리비슬라프 히페의 모습은 11개월 전처럼 확실하게 나타나지는 않게 되었다. 이 위의 순응이 완료되어, 이제는 환영이 나타나지 않았다. 몸은 더 이상 벤치에 누워 있지 않았으며, 영혼이 예전으로 돌아가는 일은 없어졌다. 그런 일은 이제는 일어나지 않게 되었다.

추억의 모습이 눈앞에 떠올라도 그 선명함과 생생함이 정상적인 건강의 영역을 넘지는 않았다. 한스 카스토르프는 추억의 영상이 떠오를 때 가슴에 달린 주머니에서 유리로 된 기념품을 종종 꺼내어 보곤 했다. 이중 봉투에 넣어 다시 지갑 속에 보관하고 있는 것은, 지면과 평행한 위치로 보면 까맣게 반짝일 뿐인 불투명한 유리판이었다. 그러나 광선에 비추어 밝아지고 인간 같은 상이 나타나면, 인체의 투명상, 늑골의 구조, 심장 모양, 횡격막의 구형, 폐장의 풀무, 쇄골과 상박골이 보였다. 그것들이 모두 청백의 몽롱한 물질, 한스 카스토르프가 사육제의 밤에 이성에 반해서 맛본 살에 싸여 있었다. 이 기념품을 볼 때마다 민감해진 심장이 멎었다 빨리 뛰었다고 해서 그것이 이상하다고 할 수 있을까?

거친 휴식용 벤치에 기대어 두 팔을 모으고 고개를 비스듬히 하고 시냇물 소리에 귀를 기울여 짙푸르게 만발해 있는 매발톱꽃을 보며 '모든 것'을 회상했다.

별이 반짝이던 추운 밤에 고상한 연구를 하던 때와 마찬가지로 지금도 한스 카스토르프의 눈앞에는 유기 생명의 고귀한 상, 인간상이 떠올랐다. 그가 그 내면을 관조할 때마다 청년 한스 카스토르프는 여러 가지 문제를 검토하고 해부해야 했다. 선량한 요아힘은 그런 문제에 상관할 의무가 없다고 생각했다. 한스 카스토르프도 아래 평지에서는 그런 문제를 한 번도 의식한 일이 없었고, 의식하지 않고 지냈다. 그러나 5천 피트 높이의 관조적인 은둔 상태에서 세계와 피조물을 내려다보고 명상에 빠지는 이 위에서는 그것이 절실한 문제가 되고 그것에 상관해야 할 의무가 있는 것처럼 느껴졌다. 아마 이것은 메마른 열이 되어 얼굴에서 불타는 육체의 앙진(昂進), 가용성 독소에 의한 육체의 강조에 기인한 것이리라. 한스 카스토르프는 그 내면의 상을 볼 때마다 세템브리니, 손풍금장이 교육자를 생각했다. 그리스에서 태어난 인문주의자를 아버지로 두고, 인간성에 대한 사랑을 정치, 반항, 웅변의 의미로 해석하고, 시민의 창을 인류의 제단에 봉헌하는 세템브리니. 동료인 크로코브스키의 일도 생각났다. 역시 얼마 전부터 이 동료와 함께 컴컴한 밀실에서 행했던 것들을 생각했다. 그는 분석의 명암 양면의 성질을 생각하고, 어떻게 그것이 행동과 진보에 도움이 되고, 묘혈과 그 추잡한 분해와 흡사한가를 생각했다. 또 반항적인 할아버지와 경건한 할아버지, 각기 다른 이유에서 일생 동안 검은 옷을 입었던 두 명의 할아버지를 생각하고, 두 할아버지를 대조하고 각자의 존엄성을 비교했다. 또 형식과 자유, 정신과 육체, 명예와 불명예, 시간과 영원이라는 고매한 문제에 대해서도 명상하고, 그리고 매발톱꽃이 다시 피고, 1년이 된 것을 생각하자 순간 심한 현기증에 빠졌다.

한스 카스토르프는 그림과 같은 은둔 장소에서 책임 있는 명상을 이상한 이름, 즉 '술래잡기'라고 불렀다. 이 명상은 공포와 현기증 갖가지 심장의 혼란을 동반하고 얼굴의 상기를 격화시키긴 했지만, 그는 이것을 사랑스러운 놀이라고 느끼고 '술래잡기'라는 유희의 말, 아이들의 용어로 불렀다. '술래잡기' 놀이는 항상 긴장을 동반하기 때문에 턱을 가슴에 붙이고 있어야만 했다. 이것을 '술래잡기' 놀이에 어울리지 않는 현상이라고는 느끼지 않았다. 이러한 현상은 눈앞에 떠오르는 고귀한 상을 보면서 빠져 버리는 '술래잡기'가 마음에 불러일으키는 육중한 기분에 어울렸기 때문이었다.

밉상인 나프타는 영국의 사회 이론에 대항하여 숭고한 이미지를 옹호하면서 그것을 '하느님의 자식인 인간'이라고 불렀다. 한스 카스토르프가 문화인으로서 책임감과 '술래잡기'의 흥미로 인해 요아힘과 함께 이 작은 사나이를 방문해야 한다고 느꼈다고 해서 그것이 이상한 일이었을까? 그러나 세템브리니는 분명 이것을 기뻐하지 않았다. 한스 카스토르프는 그것을 명확하게 느낄 수 있는 두뇌와 신경을 가지고 있었다. 그가 나프타와 처음으로 만났을 때에도 인문주의자는 그것을 좋지 않은 일이라고 생각하여 가로막으려 했고 두 청년, 특히 한스 카스토르프를 빈틈없는 '걱정거리 자식'으로 생각했다. 교육자답게 나프타에게 가까이하지 말도록 한 것이었다. 그런데도 세템브리니 자신은 나프타와 교제하고 나프타와 논쟁을 벌였다. 교육자란 그런 것이다. 그들은 흥미 있는 대상에 대해 자기들은 '어른'이므로 가까이 해도 괜찮다고 주장하지만, 젊은이는 얼마나 스스로가 '미성숙'한지 알아야 한다며 심지어 그것을 금지한다. 손풍금장이는 사실 한스 카스토르프에게 무엇을 금할 권리는 없었다. 진정으로 무엇이든지 금하려고 하지 않았다는 것은 다행한 일이었다. 걱정거리 제자는 무신경을 가장하고 멍청하게 있으면 되었다. 그가 키 작은 나프타의 초대에 상냥하게 응해서 안 될 이유는 없었다. 드디어 방문을 실행에 옮겼다. 나프타를 처음 알게 된 날부터 며칠 후인 어느 일요일 오후, 정오의 안정 요양을 마친 후에 좋든 궂든 간에 동행을 하게 된 요아힘과 함께 방문했다.

베르크호프의 차도를 내려가 포도덩굴이 감겨진 입구까지는 몇 분 거리였다. 현관으로 들어가 오른쪽에 보이는 구멍가게 입구를 지나

갈색의 좁은 계단을 올라가면 2층 입구가 나오는데 초인종 옆에는 부인복 재단사인 루카세크의 문패가 붙어 있었다. 사촌들에게 문을 열어 준 소년은 짧은 줄무늬 윗옷에 각반 차림의 제복을 한 나이 어린 귀여운 사환으로 짧은 머리에 볼이 붉었다. 사촌들은 나프타 교수님이 집에 있냐고 묻고는 둘 다 명함을 가지고 있지 않았기 때문에 이름을 여러 번 되풀이해서 말했다. 사환이 나프타에게 알리기 위해 안으로 들어갔다. 소년은 나프타의 이름에 교수라는 명칭을 붙이지 않고 불렀다. 입구의 열린 문 사이로 재단사의 작업장이 보였다. 안식일인데도 루카세크가 다리를 포개고 작업대 앞에 앉아 재봉을 하고 있었다. 루카세크는 안색이 좋지 않으며 머리가 벗겨지고, 굉장히 큰 매부리코 밑에 까만 콧수염이 까다롭게 입술 좌우에 드리워져 있었다.

"안녕하십니까!" 하고 한스 카스토르프가 인사를 했다.

"어서 오십시오." 하고 재단사는 그의 이름과 외모에 어울리지 않는 다소 어색한 느낌을 주는 스위스 사투리로 대답했다.

"수고하시는군요." 하고 한스 카스토르프가 고개를 끄덕이면서 계속 말했다. "오늘은 일요일인데요."

"급한 일이라서요." 하고 루카세크는 짧게 대답하고 계속 재봉질을 했다.

"아주 고급 옷인 것 같군요." 한스 카스토르프는 짐작해서 말했다. "급히 필요한 모양이지요? 사교 무도회나 뭔가로."

재단사는 이 질문에 한동안 대답하지 않고, 실을 이로 끊고는 다시 새로 바늘에 실을 꿴 후에 고개를 끄덕여 보였다.

"멋진 옷이 되겠군요." 하고 한스 카스토르프는 계속해서 물었다. "소매가 달리게 됩니까?"

"네, 소매를 답니다. 나이 든 부인의 옷이니까요." 하고 루카세크는 심한 보헤미아 사투리로 대답했다. 문 너머의 대화는 소년 사환이 돌아왔기 때문에 끝났다. 소년은 나프타 씨가 손님들더러 들어오시라 했다고 전하면서 두세 발짝 오른쪽에 있는 문을 열고 그 뒤에 쳐져 있는 커튼을 올려 주었다. 나프타는 이끼 같은 녹색의 융단 위에 가죽 슬리퍼를 신고는 들어오는 두 사람을 맞았다.

유리창이 두 개 있는 서재로 안내된 사촌들은 눈이 부실 정도로 아주 호화스러운 광경에 깜짝 놀랐다. 집 전체, 계단, 보잘것없는 복도를 보면 이런 호화스러운 방이 기다리고 있으리라고는 생각할 수 없었다. 이런 대조가 나프타의 방 장식에 동화 같은 느낌을 주었다. 만일 이 대조가 없었으면 이 방의 장식만으로는 그런 느낌은 없었을 것이고 한스 카스토르프와 요아힘 침센의 눈에도 그런 느낌은 일어나지 않았을 것이다. 그러나 좌우간 훌륭하고 너무나 번쩍이는 나머지 사무용 책상과 책장이 있는데도 남자의 방이라는 느낌은 거의 없었다.

실내는 연지색 비단, 빨간 비단 등 많은 비단이 사용되었다. 허름한 문을 감추고 있는 커튼도 비단이고 창문 커튼, 가구 세트의 커버도 비단이었다. 이 세트는 방의 좁은 쪽에 있는 두 번째 문 반대쪽에 놓여 있었고, 벽을 거의 가린 벨벳으로 만든 벽걸이 앞에 배치되어 있었다. 금속으로 장식된 둥근 테이블이 있었고, 그 옆에는 팔걸이에 가느다란 쿠션이 달린 바로크 양식의 팔걸이의자, 그 뒤에는 비단 쿠션이 놓인 역시 바로크 양식의 소파가 하나 있었다. 책장은 두 번째 문 옆의 벽을 가리고 있었다. 마호가니 책장에는 유리문이 달려 있고 그 안에는 녹색 비단이 쳐져 있었다.

두 개의 유리창 사이에 놓여 있는 책상, 접이식 뚜껑이 달린 책장 겸용 책상도 마호가니였다. 그리고 소파 세트 왼쪽 구석에는 미술품이 붉은 천으로 덮은 대좌 위에 놓여 있었다. 그것은 정말로 처절한 느낌을 주는 커다란 채색 목각이었다. 그리스도의 시체를 안고 서러워하는 성모 마리아를 표현한 피에타로서, 단순하고 그로테스크하기까지 한 인상을 주었다.

수건을 쓴 성모는 눈썹을 찌푸리고 비통에 이지러진 표정으로 입을 벌리고 무릎 위에 수난의 그리스도를 안고 있었다. 그러나 그리스도의 모습은 각 부분의 균형이 잘 맞지 않고, 해부학적으로 과장되어 해부를 전혀 모르는 사람의 작품처럼 보였다. 흐트러진 머리에는 가시관이 얹혀 있었고, 얼굴과 사지에는 피가 묻었으며, 옆구리의 상처와 손발에 있는 못 자국에는 흘러나온 피가 큰 포도알처럼 엉겨 있었다. 이 미술품은 비단투성이의 방에 독특한 인상을 주었다.

책장 위와 유리창 좌우의 벽지는 현재의 하숙인이 바른 것으로 보였다. 녹색 세로무늬 벽지는 마룻바닥에 깐 붉은색의 부드러운 융단과 잘 어울렸다. 낮은 천장만은 어떻게 할 수 없었는지 원래 상태대로 금이 가 있었다. 그러나 베네치아풍의 작은 샹들리에가 천장에 드리워져 있었고, 창에는 마룻바닥까지 내려온 크림색의 커튼이 달려 있었다.

"우리 두 사람은 대화를 나누러 왔습니다." 하고 한스 카스토르프는 뜻하지 않은 화사한 이 방의 주인보다 구석에 있는 처절하고 신성한 조각으로 눈길을 향한 채 말했다. 나프타는 사촌들이 약속대로 찾아와서 고맙다며, 작은 오른손을 상냥하게 흔들면서 손님들을 비단 의자로 안내했다. 그러나 한스 카스토르프는 끌려가듯이 곧장 조각 앞으로 가서는 손을 허리에 대고 고개를 갸우뚱하며 서 있었다.

"이건 무슨 조각입니까?" 하고 그가 작은 목소리로 말했다. "정말 굉장히 잘 만들어졌군요. 이런 고뇌의 모습이 과거에 있었습니까? 물론 오래된 것이겠지요?"

"14세기 작품입니다." 하고 나프타는 대답했다. "아마 라인 강 지방의 것일 겁니다. 감탄하셨습니까?"

"네, 무척 감명받았습니다. 이 작품을 보고도 감명받지 않는 사람은 아마 없을 겁니다. 나는 정말이지 생각하지 못했습니다. 실례입니다만, 이렇게 추악한 동시에 이렇게 아름다운 것이 있으리라고는 말입니다."

"영혼의 세계와 표현의 세계의 산물은 언제나 아름답기 때문에 추악하며, 추악하기 때문에 아름답습니다. 하나의 법칙이지요. 우리는 정신적인 아름다움을 다루지 육체적인 아름다움은 다루지 않습니다. 육체적인 아름다움은 절대적으로 어리석습니다. 게다가 추상적이기도 합니다." 하고 나프타는 말했다.

"육체의 아름다움은 추상적입니다. 진실성은 내면적인 아름다움, 종교적 표현의 아름다움에만 있습니다."

"아주 명확하게 구분하고 분류해 주셨습니다." 하고 한스 카스토르프는 말했다. "14세기라고 하셨지요?" 하고 그는 재차 물었다. "…… 천삼백 몇 년이겠군요. 그렇다면 정말 중세군요. 내가 요즘 중세에 대해서 생각했던 것을 이 조각에서 확인할 수 있습니다. 사실 나는 그러한 것에는 전혀 문외한이었습니다. 나는 기술과 진보라는 방면의 인간입니다. 나 같은 사람의 입장이 이 세계에 통용된다면 말입니다. 그러나 이 위에서는 중세에 대한 생각이 여러 가지 형태로 친근해졌습니다. 확실히 중세에는 경제적 사회 이론 같은 건 아직 없었습니다. 그것만은 확실합니다. 도대체 이 작품을 만든 예술가는 어떤 사람입니까?"

나프타는 어깨를 움츠렸다.

"그게 중요한 문제인가요?" 하고 그가 말했다. "우리는 그것을 문제로 삼을 필요가 없을 것입니다. 이것이 만들어진 당시에도 그것은 문제가 되지 않았으니까요. 이것은 아무개라는 개인이 만든 작품이 아닙니다. 무명의 공동 작품입니다. 물론 이것은 훨씬 후기 중세의 고딕 시대의 것으로 금욕의 상징입니다. 로마네스크 시대가 십자가에 못 박힌 그리스도를 상징하는 데 필요하다고 생각하는 것들, 가령 왕관, 세속에 대한 빛나는 승리와 순교자는 이 작품의 어느 곳에서도 이제는 찾아볼 수 없습니다. 모든 것이 고뇌와 육체의 무력에 의한 과격한 표현입니다. 고딕 취미야말로 비로소 회의적, 금욕적인 취미라고 할 수 있습니다. 당신은 이노센트 3세의 《인간 조건의 비참에 관하여》라는 저서를 읽어 보셨나요? 아주 기지에 찬 저서입니다. 12세기 말에 나온 그 저서에 이 조각품이 비로소 삽화로 등장했습니다."

"나프타 씨." 하고 한스 카스토르프는 한숨을 쉬었다. "당신이 하는 이야기가 모두 무척 흥미롭군요. '금욕의 상징'이라고 말씀하셨나요? 그 말을 잘 기억해 두겠습니다. 또 '무명의 공동 작품'이라고 말씀하셨습니다. 그것도 생각해 보겠습니다. 이노센트 3세를 모를 것이라고 말씀하셨듯이 유감스럽게도 그렇습니다. 다만 그는 교황이었을 것이라 짐작됩니다. 그 책은 금욕적이고 기지에 차 있는 책이라고 들었습니다. 정말인가요? 솔직히 말씀드려서 나는 금욕과 기지가 결합할 수 있으리라고는 한 번도 생각한 일이 없었습니다. 그러나 잘 생각해 보면 정말 결합이 가능하다고 수긍할 수도 있습니다. 물론 인간의 비참에 관한 논문은 기지를 조롱하기 쉽습니다. 육체를 희생하고 말입니다. 그 책을 사 볼 수 있습니까? 내 라틴어 실력을 짜내면 그럭저럭 읽을 수 있을 것 같습니다."

"내게 그 책이 있습니다." 나프타는 책장 하나를 턱으로 가리키면서 말했다. "좋으실 대로 이용하십시오. 그런데 아무튼 앉지 않으시렵니까? 피에타는 소파에서도 볼 수 있습니다. 뭐라도 드시면서……."

소년 사환이 차 그릇과 은제 금속으로 장식한 아름다운 바구니를 가지고 들어왔다. 바구니 속에는 레이어 케이크 몇 조각이 들어 있었다. 소년 뒤에서 "이거 뜻밖입니다!"를 연발하며 섬세한 미소를 띤 채 누군가 들어왔다. 위층에 사는 세템브리니 씨가 손님들을 상대하기 위해 들어온 것이었다. 사촌들이 오는 것을 창문으로 보고는 쓰고 있던 백과사전 한 페이지를 서둘러 다 쓰고 내려왔다고 했다.

그가 온 것은 조금도 이상할 게 없었다. 베르크호프의 주민들과는 오랜 친구였고 나프타와는 심각한 의견 대립이 있어도 교제와 대담을 자주 하는 모양이었다. 방 주인도 놀란 기색 없이 논적을 맞아들였다. 그러나 한스 카스토르프는 세템브리니가 얼굴을 내밀었을 때 확실히 두 가지 인상을 받았다.

첫째로, 세템브리니가 모습을 나타낸 것은 한스 카스토르프와 요아힘을(정말은 단지 한스 카스토르프를) 키가 작고 밉상인 나프타와 단 둘이 있게 하지 않고, 자기도 거기에 버티면서 교육자로서 대항할 생각으로 출두한 것처럼 느껴졌다. 둘째로는 세템브리니 씨가 다락방 생활을 잠시 벗어나 비단으로 된 사치스러운 방에서 잘 준비된 차를 마시는 자리에 동석하는 기회를 놓치지 않고 적절히 이용하고 있다는 것이 확실히 느껴졌다. 그는 유난히 새끼손가락만 털이 나 있는 누런 손을 비빈 뒤에 접시에 손을 뻗어 초콜릿을 그물코 모양으로 얹은 케이크 조각을 집어 들고는 사뭇 맛있다는 듯이 찬사를 보내면서 먹었다.

한스 카스토르프가 처음부터 피에타를 주의 깊게 바라보고 거기에 대해 이야기했기 때문에 피에타를 중심으로 대화가 계속되었다. 한스 카스토르프는 인문주의자 세템브리니 씨가 이 미술품을 비판하게끔 그를 쳐다보면서 말했다. 그러나 인문주의자가 그 미술품을 싫어한다는 것이 그쪽을 돌아보는 눈짓에서도 역력히 나타났다. 그는 그쪽에 등을 대고 앉아 있었다. 생각하는 바를 사양하지 않고 말하는 무뢰한이 아닌 세템브리니 씨는 피에타 조상 각 부분의 균형과 형태에 나타난 결함을 비판하는 데 그쳤다. 그 조각의 사실성 부족은 그 조각이 만들어진 시대의 유치한 기술 부족이 아니라 어떤 악의, 근본적인 악의에 원인이 있기 때문에 자기에게 감동을 주기에는 거리가 너무 멀다고 했다. 여기에는 나프타도 물론 기술 부족 같은 것은 문제가 아니라고 말하며, 비웃듯이 찬성했다. 그것은 차라리 정신을 자연의 속박에서 의식적으로 해방시키려고 하는 것이며, 자연에 복종하는 것을 전면적으로 부정함으로써 자연이 얼마나 불쌍한 것인가를 종교적으로 나타낸 것에 지나지 않는다고 나프타는 말했다. 여기에 대해 세템브리니는 자연과 그 연구를 경시하는 것은 인간적으로 정도가 아닌 사도라고 말했다. 그리고 중세와 중세를 모방한 시대를 이상으로 한 부조리한 몰형식주의에 대해서 그리스와 로마의 문화, 고전주의 형식, 미, 이성, 이교적 명랑성을 칭송하고 그것만이 인간의 사명을 촉진시킨다고 흥분된 말로 논하기 시작하자 한스 카스토르프도 끼어들었다. 세템브리니 씨가 말한 대로라면, 자기 자신의 육체를 부끄러워했던 플로티누스는 어떻게 되는 것일까. 그리고 리스본의 파렴치한 지진에 대해 이성의 이름으로 반항한 볼테르는 어떻게 되는 것인가 하고 반문했다. 이것도 부조리란 말인가? 이것도 부조리일는지는 몰라도, 그러나 곰곰이 생각해 보면, 부조리한 것이야말로 정신적으로 훌륭한 것이라고 할 수 있으며, 고딕 예술의 부조리한 반자연성도 결국은 플로티누스나 볼테르의 태도와 마찬가지로 훌륭하다고 할 수 있었다. 왜냐하면 그것은 운명과 현실로부터의 해방을 의미하는 것과 마찬가지로 어리석은 힘인 자연에 복종하는 것을 거절

마의 산 2

101

하는 불굴의 자긍심을 의미하기 때문이다.

　나프타는 금이 간 접시를 연상케 하는 목소리로 웃었지만 그것이 마지막에는 기침으로 변하였다. 세템브리니는 품위 있게 말했다.

　"그렇게 기지를 부려 대면 이쪽 주인에게 미안하고 이렇게 값진 케이크 대접에도 실례가 됩니다. 도대체 당신은 감사할 줄 알고 계십니까? 물론 감사한다는 것은 받은 선물을 잘 쓰는 것이라고 생각합니다만."

　한스 카스토르프가 부끄러워했기 때문에 세템브리니는 애교 있게 덧붙였다.

　"당신이 장난꾸러기라는 것을 잘 알고 있습니다, 엔지니어. 나는 훌륭한 대상을 선의로 놀려 대는 버릇이 있는 당신이 그 대상을 사랑한다는 것을 의심하지는 않습니다. 당신도 물론 아시겠지요. 자연에 대한 정신의 반항도 인간의 존엄과 아름다움에 의한 반항이라면 훌륭하다고 말할 수 있습니다. 인간의 모욕과 타락을 염원하지 않는다 해도 그런 원인에 기인한 반항은 결코 훌륭하다고 할 수 없습니다. 내 뒤에 있는 미술품을 낳은 시대가 얼마나 비인간적인 잔인성, 피에 굶주린 편협한 시대였는가를 당신은 알고 있을 것입니다. 당신이 가령 콘라드 폰 마르부르크 같은 무서운 종교 재판관의 피비린내 나는 인품과 그가 천국의 규율에 조금이라도 반항하는 모든 것을 마구 죽이려고 했던 파렴치한 광신을 연상한다면 그것으로 충분합니다. 당신은 칼과 화형의 장작을 인간애의 도구라고 인정하지 않겠지요?"

　"그렇지만 성직자 회의는 그러한 도구를 이 세상에서 나쁜 시민을 제거하는 인간애를 위해서 사용했습니다. 교회의 형벌은 화형이나 파문, 모두 영혼을 영원한 타락에서 구원하기 위해 행사한 것이고, 자코뱅 당원의 광적인 살육과는 비교가 안 됩니다. 내세의 신앙에서 출발하지 않은 고문과 피비린내 나는 재판은 모두가 비굴하고 무의미한 것이라고 말하고 싶습니다. 그리고 인간 타락의 역사는 부르주아 정신의 역사와 완전히 보조를 맞추고 있습니다. 르네상스, 계몽 정신, 19세기의 자연과학과 경제사상은 인간의 타락을 조금이라도 조장할 수 있는 것은 모두 빠짐없이 가르쳐 왔던 것입니다. 우선 첫째로 근대 천문학이 그것입니다. 신과 악마가 서로 수중에 넣으려고 열망하는 피조물인 인간을 사이에 두고 양자가 서로 싸우는 존엄한 무대인, 우주의 중심지인 이 지구를 근대 천문학은 한 개의 평범한 작은 유성으로 바꾸어 인간의 위대한 우주적 지위, 즉 점성술의 성립을 가능케 하는 기초 지위를 당분간 말살하였습니다." 하고 나프타는 말했다.

"당분간이라니요?" 하고 세템브리니 씨는 진술자가 의심할 여지 없이 죄를 고백하기를 원하는 종교 재판관이나 판사 같은 몸짓으로 반문했다.

"물론입니다. 거의 이삼백 년 동안은 말입니다." 하고 나프타는 냉정하게 단언했다. "모든 정세가 틀리지 않는다면 이 점에서도 스콜라 학파의 명예를 회복할 때가 가까워졌습니다. 아니, 지금 잘 진행되고 있습니다. 코페르니쿠스는 프톨레마이오스에 의해 패배당할 것입니다. 태양 중심설은 점점 정신적 반격을 받고 있으며 이 반격

시도는 아마 소기의 목적을 달성할 것입니다. 과학은 교회의 교리가 이 지구를 유지시키려고 했던 모든 빛나는 지위를 부득이 다시 철학적으로 지구에 대해서 승인해야만 되겠지요."

"무어라고요? 정신적 반격? 부득이 다시 철학적으로? 소기의 목적을 달성한다고요? 그건 또 무슨 주의입니까? 그렇다면 무전제적 탐구는요? 순수 인식은? 자유와 밀접한 관계가 있는 진리의 개념은 어떻게 되는 것입니까? 당신은 과학에 종사하는 사람들을 지구를 비방하는 사람들이라고 말하지만 오히려 지구의 영원한 자랑이라고 할 수 있습니다. 그러한 순교자들을 낳은 진리의 개념은 어떻게 되는 것입니까?"

세템브리니는 대들듯이 물었다. 뒤로 젖히듯이 앉아서 작은 나프타 씨에게 진지하게 퍼붓다가 마지막에는 언성을 높였다. 나프타 씨의 응답을 부끄러워하는 침묵에 지나지 않을 것이라고 확신하는 것 같았다. 그는 손가락 사이에 케이크 한 조각을 들고 얘기했는데 이렇게 따지고 나서는 먹을 생각이 나지 않았는지 케이크를 쟁반에 도로 놓았다.

나프타는 무서우리만큼 침착하게 대답했다.

"친구여, 순수 인식이란 존재하지 않습니다. 아우구스티누스의 '나는 인식하기 위해 믿는다.'라는 말에 요약되어 있는 교육 철학은 움직일 수 없는 진리입니다. 신앙은 인식의 기관이며 지성은 제2차적인 것입니다. 당신이 말하는 무전제적 과학은 신화에 불과합니다. 하나의 신앙, 세계관, 이념, 즉 하나의 의지가 언제나 존재해, 이성은 단지 그것을 논평하고 증명할 따름입니다. 언제나, 어떠한 경우에라도 항상 마지막으로 문제되는 것은 '무엇을 증명하려고 하였는가.'입니다. 이미 증명이라는 개념은 심리적으로 볼 때 강한 자생적 요소를 내포합니다. 12세기와 13세기의 위대한 스콜라 학자들의 생각은 신학의 입장에 어긋난 진리는 철학적으로 진리일 수는 없다고 확신한 점에서 일치합니다. 원하신다면 신학은 잠시 상관하지 말도록 합시다. 그러나 철학에 비추어서 오류인 것은 자연과학에서도 진리일 수는 없다는 것을 부정하는 인문주의는 참된 인문주의가 아닙니다. 갈릴레이에 대한 종교 재판의 판결은 그의 명제가 철학적으로 부조리하기 때문이었습니다. 이 이상 더 적절한 논증은 없습니다."

"천만의 말씀입니다. 우리들의 불행하고 위대한 갈릴레이의 논증은 더욱 확실하다는 것이 증명되었습니다! 아니, 좀 더 진지하게 말해 봅시다. 교수님! 열심히 듣고 있는 두 젊은이에게 대답해 주십시오. 당신은 진리를 믿습니까? 객관적 진리, 과학적 진리를 말입니다. 도덕의 최고 목적이 그 진리를 추구한다는 것을, 그리고 권위에 대해 진리가 승리하는 것이 인간 정신의 역사에서 가장 빛나는 장을 의미한다는 것을 믿습니까?"

한스 카스토르프와 요아힘은 세템브리니에게서 나프타에게로 눈길을 옮겼지만 전자는 후자보다도 눈길을 더 빨리 옮겼다. 나프타는 대답했다.

"당신이 말하는 승리는 불가능합니다. 왜냐하면 권위는 인간 자신이며, 인간의 이해, 인간의 존엄성, 인간의 구원이 권위이기 때문입니다. 그리고 권위와 진리 사이에 충돌 같은 것은 있을 수가 없습니다. 양자는 일치합니다."

"그러면 진리란 도대체……."

"인간에게 도움이 되는 것이 진리입니다. 자연은 인간 속에 요약되어 있습니다. 모든 자연 가운데서 인간만이 창조되었고 다른 자연은 모두 인간을 위하여 만들어졌습니다. 인간이 만물의 척도이며, 인간의 구원이야말로 진리의 표지입니다. 인간의 구원이라는 이념에 실제적 관련이 없는 이론적 인식은 참으로 흥미 없는 것이어서 진리로서 가치를 조금도 인정할 수 없고 용납될 수도 없습니다. 그리스도교 시대에는 자연과학이 인간에게 아무 가치도 갖지 않았다는 점에서 완전히 일치했습니다. 콘스탄티누스 대왕이 왕자의 교사로 선택한 라크탄티우스도 솔직하게 말하지 않았습니까. 나일 강의 수원지가 어디 있는지 알고 있어도, 또 물리학자들의 천체에 대한 바보 같은 이야기를 알고 있어도, 그것이 인간의 구원에 무슨 도움이 되겠느냐고 정확한 의미에서 올바르게 물었습니다. 그것을 당신이 라크탄티우스에게 가르쳐 주십시오! 플라톤 철학이 다른 모든 철학보다 더 존경을 받는 것은 그 철학이 자연 인식을 문제로 삼지 않고 신의 인식을 문제로 삼았기 때문입니다. 나는 요즈음의 인류는 내가 말한 바와 같은 견해로 되돌아가고 있다고 단언할 수 있습니다. 참된 과학의 임무란 구원이 없는 인식을 좇아가는 것이 아니라, 해로운 것, 혹은 단지 관념적으로 가치가 없는 것을 원칙적으로 배제하고 한마디로 말해서 본능, 절도, 선택을 가르치는 데 있다는 것을 통찰하기 시작했습니다. 교회가 광명에 대항하여 암흑을 옹호했다고 생각하는 것은 유치하기 이를 데 없습니다. 교회가 자연 인식의 무전제적 추구를, 즉 정신을 고려하지 않고 구원의 목적을 고려하지 않은 인식 추구를 벌주어야 한다고 한 것은 아주 현명하다고 하겠습니다. 오히려 '무전제적', 즉 비철학적인 자연과학이 인간을 암흑으로 인도하였으며 지금도 더욱 어두운 곳으로 인도하고 있습니다."

"당신은 일종의 실용주의를 창도하고 계십니다." 하고 세템브리니가 말했다. "그 실용주의를 정치 세계로 옮겨서 생각한다면 그 막심한 위험성을 알 수 있을 것입니다. 좋습니다. 국가에 이익이 되는 것만이 진리이고 옳은 것이라고 합시다. 그리고 국가의 행복, 국가의 존엄, 국가의 융성만이 도덕의 표시라고 합시다. 좋습니다! 그 결과 모든 범죄에 문호가 열리게 되면 인류의 진리, 개인의 권리, 민주주의 이것이 어떻게 될 것인지 두고 볼 만한 일입니다."

"좀 논리적으로 말해 주십시오." 하고 나프타는 응수했다. "프톨레마이오스와 스콜라 학파의 생각이 옳은 것이라고 한다면 세계는 시간적, 공간적으로 유한한 것이 됩니다. 그렇다면 신은 초월적인 존재이고, 신과 세계의 대립은 엄연히 존재하며, 따라서 인간도 이원적 존재가 되어, 영혼의 문제는 감각적인 면과 초감각적인 면의 투쟁을 의미하게 되고 모든 사회적인 문제는 전적으로 2차적인 것이 됩니다. 나는 이런 의미의 개인주의만을 논리정연하다고 인정할 수 있습니다. 이와는 반대로 당신이 말한 것처럼 르네상스 천문학자들의 주장이 진리라고 한다면 우주는 무한입니다. 그렇다면 초감각적 세계는 존재하지 않으며 이원론도 성립하지 않고 내세는 현세 속에 포함되고 신과 자연의 대립은 해소됩니다. 이 경우에는 인간의 인격은 서로 대립되는 두 원리의 투쟁의 무대가 아닌 조화되는 단일한 것으로 돌변합니다. 따라서 인간의 내면적인 투쟁은 개인과 집단의 이해 충돌에만 기인하게 되고 국가의 목적이 도덕의 기준이 된다는, 그야말로 이교도적인 도덕관에 도달하게 됩니다. 이상의 두 가지 견해 가운데 한 가지가 됩니다."

"나는 반대합니다!" 하고 세템브리니는 찻잔을 든 손을 상대방에게 내밀듯이 하면서 외쳤다. "나는 근대 국가가 개인의 저주받을 노예 상태를 의미한다고 하는 비방에 반대합니다! 또한 당신이 우리들에게 프러시아주의와 고딕적 반동 가운데 어느 한쪽을 택하게 하는 번거로움에 반대합니다! 민주주의의 의의는 국가 지상주의에 개인주의적 수정을 가하는 데에 있습니다. 진리와 정의야말로 개인주의 도덕의 정화이며 이 두 가지가 국가의 이해와 모순되는 경우에는 반국가적 사상과 같은 외관을 띨는지는 모르지만 사실은 국가의 한층 더 높은, 대담하게 말한다면 초지상적인 선을 염두에 두고 있는 것입니다. 르네상스가 국가 신화의 근원이라니! 이런 궤변이 또 어디 있습니까! 르네상스와 계몽 정신이 서로 싸워서 쟁취한 전리품, 나는 어원적으로 쟁취했다고 말하는 것입니다만, 그것은 인격과 인간의 권리와 자유입니다."

세템브리니 씨의 웅변적인 응수에 숨죽이고 있던 사촌들은 숨을 크게 쉬었다. 한스 카스토르프는 조심스럽기는 했지만 테이블 가장

자리를 손가락으로 두드리지 않을 수 없었다.

"훌륭합니다!" 하고 그는 이 사이로 말했다.

요아힘도 프러시아주의를 좀 공박받기는 했지만 깊은 만족의 빛을 표시했다. 그리고 두 사람은 반격당한 나프타에게 다시 눈길을 돌렸다. 한스 카스토르프는 긴장한 나머지, 돼지 선화를 그릴 때처럼 팔꿈치를 테이블 위에 얹고 턱을 주먹으로 받치고 나프타 씨의 얼굴을 바로 옆에서 응시했다.

나프타 씨는 마른 손을 무릎 위에 놓고, 긴장한 듯 조용히 앉아 있었다. 그는 말했다.

"나는 대화를 논리적으로 하려고 했습니다. 당신은 유창한 웅변으로 대답했습니다. 르네상스가 이른바 개인주의, 자유주의, 인문적 시민권을 초래한 것은 나도 어느 정도 알고 있습니다. 그러나 당신이 말하는 '어원적 강조'는 나에게는 흥미가 없습니다. 왜냐하면 당신이 이상으로 하는 진리와 정의는 그 투쟁적인 영웅적 시기가 벌써 지나갔고, 현재에는 적어도 빈사 상태에 있으며, 그러한 당신의 이상에 최후의 일격을 가하는 새로운 이상이 찾아오려고 하고 있기 때문입니다. 당신은 내가 잘못 본 것이 아니라면 혁명가를 자칭하고 있습니다. 그러나 장래의 혁명적 산물이 자유라고 생각하고 계신다면 그릇된 생각입니다. 자유의 원리는 과거 5백 년 동안 할 일을 다 해서 노쇠해 버렸습니다. 또한 오늘날 계몽 정신의 후예를 자처하면서, 비평, 개인의 해방과 육성, 절대시되어 온 생활양식의 폐지를 교육 수단이라고 생각하는 그런 교육은 웅변에 의해 일시적으로 갈채를 받을 수는 있겠지만 그 반동성은 식자의 눈엔 의심스러운 점이 많습니다. 교육적인 모든 단체는 언제나 모든 교육의 목표가 무엇인가를 알고 있었습니다. 즉 교육의 목표는 절대명령, 절대복종, 규율, 희생, 자기 부정, 인격의 억압에 있습니다. 청년들이 마음속으로 자유를 좋아할 것이라고 믿는 것은 궁극적으로 청년에 대한 철저한 오해입니다. 청년의 깊은 기쁨은 복종입니다."

요아힘은 자세를 가다듬었다. 한스 카스토르프는 얼굴을 붉혔다. 세템브리니 씨는 흥분하여 아름다운 콧수염을 손으로 비틀었다.

"그렇습니다!" 하고 나프타는 계속했다. "자기 해방과 발전은 시대의 비밀도 명령도 절대 아닙니다. 시대가 필요로 하고 요구하고 실현시킴에 틀림없는 것, 그것은 테러입니다."

나프타는 이 마지막 말을 이제까지의 말보다도 목소리를 낮추어 부동자세로 말했다. 안경알만이 번쩍였을 뿐이었다. 그의 말을 듣던 세 사람은 깜짝 놀랐다. 세템브리니도 처음에는 그랬지만 얼마 후에 그는 평정을 되찾고 미소를 띠었다.

"그렇다면 누가 또는 무엇이에 관한 질문을 해도 좋겠습니까? 저는 늘 질문투성이라 어떻게 물어야 할지 모를 지경입니다. 당신의 말을 되풀이하는 것이 주저됩니다만, 어떻게 당신은 누가 또는 무엇이 그 테러의 담당자라고 생각하십니까?"

나프타는 안경알을 번쩍이면서 조용히, 그리고 날카로운 자세로 앉아 있다가 이윽고 말했다.

"대답해 드리겠습니다. 나는 인류의 이상적인 원시 상태, 국가도 없고 권력도 없었던 상태, 직접 신의 자식이었던 상태로, 지배도 예속도 없고, 법률도 형벌도 없고, 부정도 육신의 결합도 없고, 계급 차이도 없고, 노동도 재산도 없고, 오직 평등과 우정과 윤리적 완성만이 존재했던 시대를 가정한다는 점에서 당신과 의견을 같이한다고 생각해도 좋을 것입니다."

"좋습니다. 찬성입니다." 하고 세템브리니는 단언했다. "육신의 결합을 제외하면 말입니다. 이 결합은 어느 시대에나 존재하였음에 틀림없기 때문입니다. 인간이 고도로 발달한 척추동물임에도 불구하고 다른 생물과 마찬가지로……."

"그 점은 좋을 대로 생각하십시오. 나는 원죄로 말미암아 잃었던 원시 낙원의 무법 상태, 단지 신의 직접적인 아들이었던 상태에 대해서 우리 둘의 의견이 근본적으로 일치함을 확인했을 따름입니다. 우리는 앞으로도 한동안 손잡고 나갈 수 있을 것입니다. 즉 국가의 기원은 죄를 가려내고 부정을 방지하기 위해 체결된 사회계약에 근거를 둔 것이어서, 국가를 지배 권력의 근원이라고 생각하는 점에서도 우리는 의견을 같이합니다."

"명언입니다." 하고 세템브리니는 외쳤다. "사회계약, 이것이야말로 계몽 정신, 루소입니다. 의외입니다."

"가만히 계십시오. 우리는 여기에서 생각이 갈라지기 시작합니다. 지배와 권력의 모든 것이 본디 민중의 것이라는 사실, 그리고 민중이 입법의 권리와 모든 권력을 국가와 군주에게 위탁했다는 사실로 볼 때 당신의 학파는 군주에 대한 민중의 혁명 권리를 결론짓고 있습니다. 이에 반하여 우리들은⋯⋯."

'우리들?' 하고 한스 카스토르프는 긴장하면서 생각했다. '우리들이란 누구를 말하는 것일까? 나중에 반드시 세템브리니에게 들어 보아야겠다. 나프타의 '우리들'이란 누구인가.'

"우리들로서는⋯⋯." 하고 나프타는 말했다 "아마 당신들에게 지지 않을 혁명적인 생각일 겁니다만, 무엇보다도 맨 먼저 교회는 지상의 국가보다 우위에 있다는 것을 결론지어 왔습니다. 왜냐하면 국가의 세속적인 본성이 확실하게 표면화하지 않더라도 국가란 본디 민중의 의사에 근거를 둔 것이며, 교회처럼 하느님의 뜻에 의거한 제도라고 생각할 수 없다는 역사적 사실에서도, 국가가 악의적인 제도는 아니라고 할지라도, 어쨌든 임시적이며 죄에 빠지기 쉬운 불완전한 것이라는 것이 증명되기 때문입니다."

"이보시오, 국가란⋯⋯."

"당신의 민족국가에 대한 견해는 나도 알고 있습니다. '조국애와 무한한 명예심은 모든 것에 우선한다.' 이것은 베르길리우스의 말입니다. 이것을 자유주의적 개인주의로 다소 수정하면 그것이 민주주의입니다. 그러나 국가에 대한 당신의 근본적 관계는 조금도 변하지 않습니다. 국가의 영혼은 금전이라고 말씀드려도 당신은 반론하지 않을 것입니다. 그렇지 않다면 이의가 있습니까? 고대는 국가 중심이었기 때문에 자본주의적이었습니다. 그리스도교적 중세는 확실히 세속적 국가의 자본주의적 경향을 인식했습니다. '금전이 황제가 되리라.' 이것은 11세기의 예언이었습니다. 모든 것이 이 예언대로 되었고 이로 인해 인생의 타락이 절정을 이룬 것을 당신은 부정하시겠습니까?"

"친구, 그대로 계속하십시오. 나는 테러의 담당자, 위대한 수수께끼의 담당자를 알고 싶어 이제 더 이상 참을 수가 없습니다."

"세계를 구렁텅이로 몰고 간 자유의 담당자인 사회 계급의 대변자로서는 대담한 호기심입니다. 내 말에 대한 당신의 논박을 듣는 것을 단념할 수도 있습니다. 나 역시 부르주아지의 정치적 이데올로기를 잘 압니다. 그들의 목표는 민주주의 제국, 민족국가의 원리를 보편적 원리로 대하는 것, 즉 세계국가입니다. 이 제국의 황제는 누구겠습니까? 나는 그것이 누구인지 알고 있습니다. 당신들의 유토피아는 추악한 것입니다. 그러나 우리들은 여기서 다시 의견이 일치하는 것 같습니다. 왜냐하면 당신의 자본주의적 세계 공화제는 초월적 성질을 갖고 있기 때문입니다. 그렇습니다. 세계국가는 세속적 국가의 초월적인 존재입니다. 그리고 우리들은 인류의 완전한 원시 상태의 재현으로서, 지평선 저쪽 완전한 이상향을 믿는 점에서 생각이 일치합니다. 신의 나라의 창시자인 그레고리우스 1세 시대부터 교회는 인간을 신의 통치하에 복귀시키는 것을 임무로 생각해 왔습니다. 교황의 지배권 요구는 지배권 그 자체가 목적이 아니었습니다. 교황이 신의 대리자로서 행사한 독재권은 인류 구원이라는 목적을 위한 수단과 방법이었고 세속 국가에서 신의 국가에 도달하기 위한 과도기적 형태였습니다. 당신은 여기 두 사람에게 교회의 살육 행위나 형벌의 비관용성을 말하셨지만 정말 우스운 일입니다. 왜냐하면 신의 신앙이

마의 산 2

평화적일 수 없는 것은 당연한 것이라고 그레고리우스도 말했습니다. '칼에 피를 묻히기를 꺼리는 자는 저주받을지어다!' 권력이 악이라는 것은 우리들도 알고 있습니다. 그러나 신의 나라를 도래시키려면 선과 악, 내세와 현세, 정신과 권력의 이원론은 금욕과 지배로 이루어진 원리에 의해 잠시 지양되어야 합니다. 이것이 내가 말하고자 하는 테러의 필연성입니다."

"그 주체는! 주체는!"

"그것을 묻고 싶으십니까? 자유 무역학파인 당신들은 경제학의 인간적 극복을 의미하는 사회 이론의 존재를 깨닫지 못했습니까? 그리스도교적인 신의 나라와 원칙과 목적을 하나로 하는 사회 이론의 존재를? 교회의 장로들은 '나의 것', '당신의 것'이라는 말을 위험한 말이라고 칭하면서 사유 재산을 약탈, 절도라고 불렀습니다. 장로들은 토지의 사유를 비난했습니다. 신의 자연법에 따르면 토지는 만인의 소유물이며 만인이 공동으로 사용할 수 있도록 결실을 가져오기 때문입니다. 장로들은 원죄의 결과인 탐욕이 소유권을 옹호하고 사유 재산제를 낳았다고 가르쳤습니다. 장로들은 비상업적이고 인간적이라고 할 만큼 모든 경제 활동을 영혼의 구원, 즉 인간성에 위험한 것이라고 불렀습니다. 금전과 금융업을 미워하고 자본주의적 재화를 지옥불의 연료라고 불렀습니다. 그들은 물가는 수요 공급 관계의 결과라고 하는 경제 원칙을 철저하게 멸시하여 경기의 이용을 이웃의 곤궁을 틈타 이용하는 비열한 착취라고 배척했습니다. 그러나 그들이 볼 때에 가장 모독적인 착취는 시간에 의한 착취였습니다. 말하자면 오로지 시간이 경과함에 따라 보너스, 즉 이자를 지불하게 하고 이로 인해 만인 공유의 신성한 조직인 시간을 사리를 위하여 남에게 해를 끼치면서까지 악용한다는 것이었습니다."

"명언입니다." 하고 한스 카스토르프는 감격한 나머지 세템브리니 씨가 찬성할 때의 말투를 흉내 내어 외쳤다. "시간…… 만인 공유의 신성한 조직……, 정말 중요한 것이군요."

"물론입니다." 하고 나프타는 계속했다. "인간성이 풍부했던 장로들은 금전의 자동적 증가라는 것을 혐오의 대상으로 여기고 금리 투기 직업을 모두 부정한 폭리 행위라는 개념하에 한데 묶어 부자는 모두 도둑 아니면 도둑의 상속인이라고 하였습니다. 그들은 또 한 걸음 더 나아가 토마스 아퀴나스와 마찬가지로 거래 일반, 즉 재화의 가공과 개량을 하지 않은 채 이익을 거둘 뿐인 순수한 상행위를 천한 직업이라고 하였습니다. 대체로 장로들은 노동 그 자체를 존중하지 않는 경향이 있었습니다. 왜냐하면 노동이란 윤리적인 문제이지 종교적인 문제는 아니며, 생활을 위한 것이지 신을 위한 일은 아니기 때문입니다. 그리고 문제가 단순히 생활과 경제의 문제일 경우에는 생산적인 활동을 경제적 이익의 조건, 귀천의 표준으로 해야 한다고 그들은 요구하였습니다. 그들의 눈에 존경할 만한 인간은 상인과 산업자본가가 아닌 농민·수공업자였습니다. 왜냐하면 그들은 수요에 따른 생산을 원했고 대량 생산을 싫어했기 때문입니다. 그래서 이 모든 경제 원칙과 기준은 수백 년 동안 파묻혀 있다가 근대 공산주의의 운동으로 부활된 것입니다. 이 양자의 부합은 국제 노동 계급이 국제 상인 계급과 투기 계급에 대항하여 내건 지배 요구의 의미에 이르기까지 일치할 정도입니다. 현 세계의 부르주아적 자본주의의 부패에 대항하여 인도주의와 신의 나라를 창도하려는 세계, 무산 계급이 내건 요구의 의미에 이르기까지 일치하고 있습니다. 노동자 계급의 독재, 시대의 정치적·경제적 구원의 요구는 지배 그 자체의 영원에 걸친 지배를 의미하는 것이 아니라 십자가의 이름 아래 정신과 권력의 대립의 일시적 지양입니다. 그것은 세계 지배에 의한 현 세계의 극복 방법, 과도성, 즉 초월성, 신의 나라라는 의미가 있습니다. 노동자 계급은 그레고리우스 교황의 임무를 이어받고, 그레고리우스의 신에 대한 열정은 노동자 속에 불타고 있습니다. 그 손에 피를 묻히는 것을 그레고리우스처럼 두려워해서는 안 될 것입니다. 노동자 계급의 임무는 세계 구원의 궁극의 목표를 달성하는 것, 즉 계급도, 법도 없는 세상에서 사는 신의 자식 상태를 재현하기 위해 테러를, 정치를 행하는 데 있습니다."

나프타는 이렇게 날카로운 열변을 토했다. 세 사람의 경청자는 아무 말이 없었다. 두 청년은 세템브리니 씨를 쳐다보았다. 세템브리니가 응수할 차례였다. 그는 말했다.

"놀라운 일입니다. 그렇습니다. 정말 놀랐습니다. 꿈에도 예기치 못했던 일입니다. '로마는 말했노라.' 그 말은 어떠한 것이었겠습니까! 우리들 눈앞에서 성직자적 곡예를 해 보였습니다. 곡예에 성직자적이라는 형용사가 모순된 것이라고 해도 로마는 그 모순을 '한동안 지양' 했습니다. 아, 그렇습니다! 되풀이하여 말합니다만 놀라운 일입니다. 다만 시종일관이라는 점에서 이의를 제기해도 괜찮겠습니까, 교수님? 당신은 아까 신과 세계의 이원론에 입각한 그리스도교적 개인주의를 우리들에게 설명하면서 그 개인주의가 정치적 색채를 띤 모든 윤리성에 우선한다는 것을 이해시키려고 하였습니다. 그런 당신이 몇 분 뒤에는 사회주의를 창도하고 독재와 테러까지도 찬미하고 있습니다. 이 두 가지가 어떻게 조화를 이룬다는 것입니까?"

"서로 대립하는 것은 서로 조화를 이룹니다. 서로 조화를 이루지 않는 것은 어중간한 것, 평범한 것뿐입니다. 아까도 주의를 환기시켰지만 당신의 개인주의는 불완전하고 타협적입니다. 당신의 개인주의는 당신의 이교도적인 국가 도덕을 약간의 그리스도교, 약간의 '개인의 권리', 약간의 이른바 자유로 수정한 것입니다. 그게 다입니다. 이와는 반대로 개인 영혼의 우주적, 점성술적인 중요성에서 출발하는 개인주의, 비사회적이고 종교적인 개인주의, 즉 인간성을 자아와 사회 사이의 하나의 모순으로 경험하지 않고 자아와 신, 육체와 정신 사이의 모순으로 경험하는 이러한 본디의 개인주의는 아무리 구속과 의무가 많은 공동체라도 멋진 조화를 이룰 수 있습니다." 하고 나프타는 대답했다.

"그것은 익명이고 공동체적이군요." 하고 한스 카스토르프는 말했다.

세템브리니는 깜짝 놀라 한스 카스토르프의 얼굴을 쳐다보았다.

"당신은 잠자코 계십시오, 엔지니어!" 하고 그는 신경질적이고 긴장한 듯한 어조로 엄숙하게 명령했다. "당신은 배우려고만 하십시오. 의견을 내세워서는 안 됩니다!" 그리고 그는 다시 나프타를 향해 말했다. "그것도 하나의 대답입니다. 만족스러운 것은 아니지만 하나의 대답임에는 틀림없습니다. 그러면 그 대답에서 결론을 끌어내 봅시다. 그리스도교적 공산주의는 공업을 부정함으로써 기술, 기계, 진보를 부정합니다. 당신이 상인 계층이라 부르는 것, 즉 고대 사회에서 농업이나 수공업보다 더 높이 평가되었던 금융업이나 금전을 배격함으로써 자유도 부정하게 됩니다. 왜냐하면 그렇게 함으로써 중세와 마찬가지로 공사의 관계 모두가, 그리고 입 밖에 내는 것도 주저됩니다만, 인격까지도 토지에 얽매이게 된다는 것이 분명합니다. 토지만이 인간을 기를 수 있다고 한다면 자유를 주는 것도 토지뿐입니다. 수공업자와 농부는 아무리 훌륭한 존재라 할지라도 토지를 가지지 않는 한 토지를 가진 자에게 예속되지 않을 수 없습니다. 사실 중세 말기까지 도시에 사는 대부분의 주민들은 노예였습니다. 당신은 아까부터 인간의 존엄에 대해 말씀하셨지요. 그런 당신이 인간의 예속과 오욕의 원인이 될 경제 체제를 변호하고 있습니다."

"존엄과 오욕에 관해서는 여러 가지 이야기가 있을 수 있습니다. 그러나 오늘 당신이 이 이야기에서 자유를 다만 하나의 아름다운 제스처만이 아닌 하나의 문제로 생각할 수 있다면 나도 만족하겠습니다. 당신은 그리스도교적 경제 도덕이 아름답고 인간적이지만 노예를 만든다고 말씀하셨습니다. 나는 거기에 반대합니다. 그것은 아무리 극히 도덕적인 쟁점이 될 수 있을지라도 자유의 문제, 더 구체적으로 말하면 도시의 문제라고 말할 수 있습니다. 그것은 경제 도덕의 가장 비인간적인 부패, 근대 상업주의와 투기 사상의 모든 참화, 화폐의 악마적 지배, 거래와 역사적으로 밀접한 관계가 있다고 단정합니다." 하고 나프타는 대답했다.

"나는 당신이 회의와 이율배반을 내세우지 말고 자신이 가장 추악한 반동에 가담하고 있다고 확실히 공언해야 한다고 주장합니다!"

"참된 자유와 인간성에 도달하기 위해서는 '반동'이라는 개념에 겁을 먹지 않는 것이 무엇보다 중요합니다."

"이제 그만합시다." 하고 세템브리니 씨는 빈 찻잔과 과자 그릇을 물리고는 비단 소파에서 일어나 떨리는 목소리로 말했다. "오늘은 이것으로 충분합니다. 하루치로는 충분합니다, 교수님. 맛있는 다과와 퍽 재기발랄한 말씀에 깊이 감사드립니다. 베르크호프의 이 친구들이 요양을 하러 돌아가기 전에 위층의 내 암실을 보여 드리려고 합니다. 자, 두 분 같이 갑시다! 안녕히 계십시오, 신부님!"

세템브리니는 이번에는 나프타를 '신부'라고 불렀다! 한스 카스토르프는 눈썹을 치켜세우면서 그 말을 마음에 새겨 두었다. 세템브리니는 회의가 끝났음을 알리면서 사촌들에게는 입을 열 기회를 주지 않았고, 나프타가 함께 구경할 것인가 의견도 묻지 않았지만, 다른 세 사람도 이에 반대하지 않았다. 청년들이 감사를 드리고 작별 인사를 하자 나프타는 또 찾아오라고 했다. 두 사람이 이탈리아인과 함께 나갈 때, 한스 카스토르프는 낡고 두꺼운 표지의 《인간 조건의 비참에 대하여》라는 책을 빌렸다. 세 사람이 다락방으로 올라가기 위해 사다리 같은 계단을 거쳐 루카세크의 열려 있는 문 앞을 지날 때, 콧수염이 난 루카세크가 까다로운 표정을 하고는 아직도 작업대 앞에 앉아 노부인의 소매 달린 옷을 재봉하고 있었다. 그런데, 올라가서 보니 꼭대기 층은 제대로 된 곳이 아니었다. 그곳은 지붕 판자 뒤로 들보가 드러났고 곡식을 두는 헛간처럼 더운 기가 도는 공기와 따뜻한 목재 냄새가 감도는 다락방이었다. 그러나 두 개의 작은 방이 있는 이 다락방이 공화제적 자본주의자의 거처로 '고뇌 사회학'의 문학 부문 담당자의 서재와 침실이었다. 세템브리니는 명랑하게 두 청년에게 방을 보이면서, 비밀스러워서 안정감을 주는 방이라고 소개했다. 마치 두 사람에게 방을 칭찬하기에 적절한 말을 제공하려는 듯했다. 손님들도 입을 모아 참 멋지고, 비밀스러워서 안정감을 주는 방이라고 그가 말한 대로 칭찬했다.

 두 사람은 침실을 들여다보았다. 다락방의 한구석에 좁고 짧은 침대가 놓여 있었다. 침대 앞에는 몇 가지 색실로 무늬를 짜 넣은 작은 융단이 깔려 있었다. 사촌들은 다시 서재로 눈을 돌렸다. 이것도 초라한 점에서는 침실과 마찬가지였다. 그러나 모든 것이 깔끔히 정돈되어 있어 거의 싸늘한 느낌마저 주었다. 짚으로 엮은 고풍스러운 의자 네 개가 문의 좌우에 똑같이 배치되어 있고, 긴 의자가 벽 옆에 기대어 있으며, 방 한가운데 녹색 커버의 둥근 테이블 위에 장식용인지 마시기 위해서인지 주둥이에 컵이 씌워진 물병이 아무튼 소박하게 놓여 있었다. 작은 책장에 제본된 책과 가제본된 책들이 비스듬히 세워져 있었다. 열려진 작은 창 앞으로 다리가 길고 간소한 탁자 모양의 책상이 있었고, 그 앞에는 한 사람이 설 수 있는 크고 두꺼운 펠트

융단이 있었다. 한스 카스토르프는 시험 삼아 얼른 그 탁자 앞에 섰다. 세템브리니 씨가 인간의 고뇌라는 측면에서 백과사전을 위해 문학과 씨름하고 있는 작업장에 서 보니, 여기는 정말 동떨어져 있어 안정감을 느낄 수 있다는 것을 알았다. 로도비코의 아버지도 일찍이 파두아에서 그 책상 앞에 긴 콧날을 하고 이렇게 있었을 것이라는 생각이 들었다. 정말로 그가 서 있는 책상은 돌아가신 할아버지께서 일하시던 책상이며, 짚으로 엮은 의자와 둥근 책상, 또 물병까지도 할아버지로부터 물려받은 것이었다. 짚으로 엮은 의자는 카르보나리 당원이었던 할아버지가 변호사였던 시절에 밀라노의 사무실 벽 옆에 있었던 것이었다. 감동적이었다. 그 의자를 보자 청년들은 갑자기 정치적 선동성을 띠기 시작하더니, 요아힘은 그 의자에 다리를 꼬고 무심코 앉아 있다가 그 말을 듣고는 당황해 일어나서 어딘지 이상하다는 듯이 의자를 바라보고는 두 번 다시 거기에 앉으려고 하지 않았다. 그러나 한스 카스토르프는 세템브리니의 아버지가 사용했다는 높은 책상 앞에 서서 할아버지의 정치와 아버지의 인문주의를 문학 속에 결합시키면서 그 책상에서 일하는 세템브리니의 모습을 상상하였다. 이윽고 세 사람은 방을 함께 나섰다. 문필가가 사촌들을 배웅하기로 했다.

세 사람은 한동안 말없이 걸었지만 사실은 세 사람 다 나프타를 생각했다. 한스 카스토르프는 말없이 기다렸다. 세템브리니 씨가 동숙자인 나프타에 대해서 먼저 이야기하리라는 것, 아니 그것을 목적으로 사촌들을 배웅하러 나온 것이 분명했기 때문이다. 역시 한스 카스토르프의 생각은 적중했다. 마치 스타트를 끊는 것처럼 깊은 숨을 들이쉬고는 이탈리아인이 말했다.

"여러분, 나는 여러분들에게 경고하고 싶습니다."

세템브리니가 여기서 말을 끊었기 때문에 한스 카스토르프는 자연스럽게 놀란 얼굴을 하고 물었다. "무엇을 말입니까?" 그는 적어도 '누구를요?' 하고 물을 수도 있었지만 완전한 순진성을 나타내기 위해 비인칭 형식으로 한 것이다. 경고의 의미는 요아힘도 확실히 알고 있었다.

"우리들이 방문했던 인물을 말입니다." 하고 세템브리니는 대답했다. "내가 본의 아니게 두 분에게 소개해 드린 그 인물을 말입니다. 아시다시피 우연히 그렇게 된 것이라 어쩔 수 없었습니다. 그러나 저는 책임을 통감할 뿐만 아니라 몹시 후회하고 있습니다. 저 인물과의 교제가 젊은 당신들에게 얼마나 정신적인 위험을 끼치는가를 억지로라도 주의시켜 드리고 위험하지 않은 범위 내에 교제하도록 요망하는 것이 내 임무입니다. 그의 말의 외면적 형식은 논리적이지만 본질은 혼돈입니다."

"그러고 보니 확실히 그런 것 같군요." 하고 한스 카스토르프가 말했다. "사실 나프타 씨는 기분 나쁜 데가 전혀 없다고는 할 수 없으며, 말하는 것도 가끔 약간 이상한 느낌을 줍니다. 정말로 태양이 지구의 주위를 돈다고 믿는 것처럼도 들리기까지 합니다. 그러나 결국 세템브리니 씨의 친구인 나프타 씨와 교제하는 것이 현명하지 않다고 어떻게 결론지을 수 있겠습니까. 세템브리니 씨 스스로 말한 것처럼 우리는 당신의 소개로 나프타 씨를 알게 되어 당신과 함께 만났습니다. 당신도 나프타 씨와 산책을 하고 가벼운 마음으로 나프타 씨의 방으로 차도 마시러 내려오곤 하니 요컨대 이것은……."

"그렇습니다, 엔지니어. 물론 그렇습니다." 세템브리니는 체념한 듯한 부드러운 목소리로 말했지만 그 목소리는 가냘프게 떨렸다.
"당신이 그렇게 말씀하시는 것은 당연합니다. 좋습니다. 기꺼이 대답하겠습니다. 나는 저 인물과 같은 지붕 밑에서 살고 있기 때문에 얼굴을 마주치지 않을 수 없어 여러 가지 이야기를 나누며 가까이 지내고 있습니다. 나프타 씨는 날카로운 두뇌를 가진 인물입니다. 이건 드문 일입니다. 나도 그렇지만, 그는 토론을 좋아합니다. 나를 비난한다 해도 별 수 없지만, 나는 언제나 대등한 논적과 관념상의 칼을 겨눌 수 있는 기회를 놓치지 않고 이용합니다. 나는 이 위에서 그 사람 말고는 한 사람도……, 요컨대 당신이 말한 대로입니다. 나는 그를 찾고 그는 나를 찾아 두 사람이 줄곧 함께 산책도 합니다. 우리는 논쟁을 합니다. 거의 매일 철저하게 논쟁하지만, 솔직히 말해서 그가 나와는 다른 대립적인 생각을 가지고 있다는 점이 그와 대화하는 매력적 요소입니다. 나는 마찰이 필요합니다. 신념은 논쟁의 기회를 가지지 않으면 계속 유지될 수가 없습니다. 그리고 나의 신념은 논쟁으로 인해 더욱 공고해집니다. 당신들도 마찬가지라고 주장할 수 있지 않겠습니까, 소위님? 그리고 엔지니어 당신도요. 당신들은 지적 기만에 대해 무방비 상태이며, 절반은 광신적이며 절반은 악의적인 궤변의 감화로 인해 정신과 영혼에 해를 입을 위험에 처해 있습니다."

"그렇습니다. 그렇습니다." 하고 한스 카스토르프가 말했다. "말씀대로일지도 모르겠습니다. 사촌과 나는 어쩌면 다소 위험에 처한 인물일 겁니다. 인생의 걱정거리 자식이라는 뜻이지요. 알고 있습니다. 그러나 세템브리니 씨도 아시다시피 거기에 대해서는 페트라르카의 잠언을 인용할 수 있을 것입니다. 나프타 씨의 이야기는 아무튼 경청할 가치가 있다고, 공평하게 인정하지 않으면 안 됩니다. 가령 단지 시간의 경과에 의해 이득을 취해서는 안 된다는, 시간에 대한 공산주의적 입장에서 한 발언은 멋진 것이었습니다. 교육에 대해서도 이야기를 들을 수 있었다는 것은 아주 흥미 깊은 것으로 나프타 씨에게서가 아니면 그런 이야기는 아마 절대로 듣지 못했을 것입니다."

세템브리니 씨가 입술을 꽉 깨물었기 때문에 한스 카스토르프는 당황하여 자신이 당연히 어느 편을 든다든가 하는 입장을 확실하게 하는 짓을 삼가고, 다만 나프타 씨가 청춘의 열망에 대해 말한 것은 들을 가치가 있다고 느꼈을 뿐이라고 덧붙였다.

"그건 그렇고, 설명 좀 해 주시겠습니까?" 하고 그는 계속했다. "나프타라는 사람……. 나는 굳이 '나프타라는 사람'이라고 말했습니다. 나는 그 인물에 대해 무조건 호감을 가질 수는 없고 오히려 내심으로는 아주 냉담한 태도를 취한다는 것을 지적하고 싶기 때문입니다."

"현명한 태도입니다." 하고 세템브리니는 기쁜 듯이 말했다.

"그런데 그는 이른바 국가의 영혼이라고 하는 금전에 대해서 여러 가지로 악담을 하며 사유 재산을 절도라고 비난했습니다. 요컨대 자본주의의 부를 비난하여 지옥불의 장작으로 간주했다고 생각합니다. 나의 생각이 틀리지 않았다면, 그런 식으로 한번 비평을 해 놓고 나서 중세의 이자 금지책을 입을 모아 격찬했습니다. 그러나 자신은…… 유감입니다만, 그의 방에 들어가 보면 정말 눈이 휘둥그레집니다. 어디나 화려한 비단투성이로…….”

"그래요. 그야말로 그의 특성을 나타내는 취미입니다." 세템브리니는 미소를 띠면서 말했다.

"그 호사스러운 옛날식 고풍 가구." 하고 한스 카스토르프는 생각나는 대로 열거했다. "14세기의 피에타, 베니스제 샹들리에, 제복 차림의 사환, 거기다 초콜릿이 든 케이크도 실컷 먹을 수 있게 나왔고, 그 자신은 아마……"

"나프타 씨는." 하고 세템브리니가 이었다. "개인적으로는 나와 마찬가지로 자본주의자는 아닙니다."

"그러나?" 하고 한스 카스토르프는 물었다. "…… 이제 여기서 '그러나'가 나올 때쯤 되었는데요, 세템브리니 씨."

"그네들은 동지를 굶어 죽게 하지는 않습니다."

"'그네들'이란 누구입니까?"

"신부들 말입니다."

"신부? 신부?"

"그렇습니다, 엔지니어. 예수회 회원들 말입니다."

한동안 침묵이 계속되었다. 사촌들은 완전히 놀란 모양이었다. 한스 카스토르프는 외쳤다.

"맙소사, 원 그럴 수가. 그는 예수회 회원입니까?"

"그렇습니다." 세템브리니가 점잖게 말했다.

"아니, 나는 꿈에도……. 누가 그런 것을 생각했겠습니까! 그래서 당신은 그를 신부라는 칭호로 부르셨군요?"

"그건 정중한 과장이었습니다. 나프타 씨는 신부가 아닙니다. 지금은 병 때문에 당분간 신부가 될 수 없습니다. 그러나 그는 수련을 마치고 서원을 한 상태입니다. 그는 병 때문에 신학 공부를 중단할 수밖에 없었습니다. 그러나 병을 앓는 중에도 이삼 년 동안 수도회 소속 기관에서 생도감, 즉 젊은 생도들의 감독자, 교사, 지도자 일을 했습니다. 이것은 그의 교육자적 취향에 맞았습니다. 이 위에 와서는 프리드리히 대왕학교에서 라틴어를 가르치면서 그 취향을 만족시키고 있습니다. 이 위에 온 지 벌써 5년이 됩니다. 이곳을 떠날 수 있는지, 언제 떠나게 되는지는 확실하지 않습니다. 그러나 그가 예수회 회원으로서 예수회와의 관계가 희박해졌다고 하더라도 그가 어디에 있든지 생활의 불편은 없을 것입니다. 나는 아까 당신들에게 그는 개인으로는 가난하고, 즉 소유한 것이 없다고 말했지요. 물론 그렇습니다. 그것은 예수회의 규약 때문입니다. 그러나 예수회 자체는 막대한 자산이 있어, 당신도 보신 바와 같이 회원들의 생활을 보장해 줍니다."

"이건 정말." 하고 한스 카스토르프는 중얼거렸다. "그런 것이 있으리라고는 생각조차 못했습니다. 예수회 회원, 그렇습니까? 그러면 한 가지 물어보겠습니다만, 저 인물이 그쪽에서 그렇게 풍부한 생활

보장을 받는다면 왜 그런……, 물론 나는 당신들의 거처를 나쁘게 말하는 것은 아닙니다. 세템브리니 씨, 루카세크네 가게의 당신 거처는 훌륭합니다. 매우 은밀한 데다 무엇보다도 안정감을 주는 곳입니다. 내가 말하고 싶은 것은, 나프타 씨가 그렇게 호주머니가 넉넉하다면, 탁 털어놓고 말씀드립니다만, 그렇다면 왜 좀 더 멋진 넓은 계단이 있는 방을, 크고 더 좋은 집, 즉 다른 거처를 택하지 않습니까. 무언가 수상쩍은 이유가 있을 것 같습니다. 저런 움막 같은 방에 비단으로 치장하다니……."

세템브리니는 어깨를 으쓱해 보였다.

"그가 그렇게 하는 것은 체면과 취미상의 이유에서일 것입니다." 하고 세템브리니는 말했다. "허술한 방에서 기거하면서 그는 반자본주의적 양심을 편하게 하고, 그리고 그것을 생활 스타일로 보충하는 거라고 저는 추측합니다. 게다가 체면이라는 것도 있겠지요. 뒷구멍으로부터 악마가 도와주고 있다는 것을 세상에 떠벌이려는 사람은 아무도 없기 때문입니다. 정문은 아주 검소하게 해 두고 방 안은 비단으로 장식하는 성직자 취미를 발휘하는 것입니다."

"정말 놀랐습니다." 하고 한스 카스토르프는 말했다. "솔직하게 말씀드리자면 나에게는 정말 처음인, 충격적인 이야기입니다. 아니 우리들은 그 인물을 알게 된 것을 감사합니다, 세템브리니 씨. 우리는 이제부터 가끔 그곳을 찾아가 그를 방문하려고 생각합니다. 어떻게 생각하십니까? 이것은 기정사실입니다. 이런 교제는 정말 뜻하지 않게 시야를 넓혀 주어, 이런 것이 있었는가 할 만큼 깜짝 놀란 세계를 보여 줍니다. 진짜 예수회 회원! '진짜'라고 말한 것은 이미 내 머릿속에 번쩍이는 생각을 주의해야 해서, 그 준비 작업으로 말했던 것입니다. 제 의문은 저 인물은 진짜일까 하는 것입니다. 뒷구멍으로 악마의 도움을 받는 인간이 진짜일 수 없다고 말씀하시는 것은 이해할 수 있습니다. 그러나 나의 질문은 바로 이것입니다. '그는 진짜 예수회 회원일까?' 이것이 머릿속에 번쩍이는 의문입니다. 그는 여러 가지 견해를 밝혔습니다. 어떤 견해를 지적하는 것인지는 아시는 대로입니다. 근대 공산주의와, 손에 피를 묻히는 것을 두려워해서는 안 된다는 노동자 계급의 광신적인 신앙에 대해, 요컨대 여러 가지 견해를 밝혔습니다. 나는 거기에 대해서 새삼 무어라고 말하지 않겠습니다. 그러나 당신의 할아버지, 시민의 창을 가진 할아버지는 거기에 비하면 정말 청순한 어린 양과 같습니다. 이렇게 말한 것을 용서해 주십시오. 도대체 그는 이래도 괜찮단 말입니까? 윗사람의 승인을 얻고 하는 것일까요? 내가 알기로는 예수회는 온 세계에 퍼져서 로마 가톨릭을 위해 책동한다고 하는데 로마 가톨릭과 그의 견해는 양립하는 것일까요? 그것은…… 무어라고 할까요, 이단적이고, 비정통적이며, 불순한 것이 아닐까요? 나는 나프타에 관해 이렇게 생각하는데 여기에 대해 당신은 어떻게 생각하는지요?"

세템브리니는 미소 지었다.

"아주 간단합니다. 나프타 씨는 무엇보다도 먼저 예수회 회원입니다. 거짓 없는 진짜 회원입니다. 그러나 두 번째로, 그는 총명한 인물입니다. 그렇지 않다면 그와 교제하지 않았을 것입니다. 그래서 그는 새로운 결합, 적합, 관련, 시대에 알맞은 변화를 찾고 있습니다. 당신도 보시다시피 나도 오늘 그의 이론에 깜짝 놀랐습니다. 이때까지 나와 그렇게 구체적인 것을 토론해 본 일이 없었습니다. 당신들이 경청하고 있다는 사실에 분명히 영향을 받으리라는 것을 이용하여, 나는 그를 자극시켜 어떤 면에서 그의 결정적인 말을 실토하게끔 했던 것입니다. 그런데 그 결정적인 말은 정말 기괴하고 몸서리쳐지는 것이었습니다."

"그렇습니다. 그렇습니다. 그런데 그는 대 신부가 되지 않았습니까? 나이로 보면 벌써 신부가 되고도 남았을 텐데요."

"그것은 아까도 말했습니다만 병 때문에 그렇게 될 수 없었습니다."

"그렇군요. 그렇지만 이렇게 생각할 수도 있지 않을까요? 그는 첫째로 예수회 회원이고 둘째로 총명한 사람이며 여러 가지 사상의 배합을 좋아하는 인물이라면, 이 두 번째는 병과 어떤 관계가 있다고 생각하지 않습니까?"

"그건 또 무슨 뜻입니까?"

"아니, 아무것도 아닙니다, 세템브리니 씨. 제 생각에 그는 침윤 부분 때문에 신부가 될 수 없었을 것입니다. 또 그의 사상의 배합 취미 때문에 신부가 될 수 없었을 것입니다. 사상의 배합 취미와 침윤 부분 사이에는 어느 정도 관련이 있을 것이라고도 생각됩니다. 그도 그 나름대로 인생의 걱정거리 자식이라고 할 수 있는 인물입니다. 침윤 부분을 가진 예수회 회원이니까요."

세 사람은 요양원에 도착했다. 작별하기 전에 요양원 앞 둔덕에 기대 서서 세 사람은 작은 그룹을 지어 이야기를 계속했다. 그때 현관 앞에서 왔다 갔다 하던 환자 몇 명이 세 사람이 이야기하는 것을 바라보았다. 세템브리니 씨가 말했다.

"되풀이하여 말씀드립니다만, 젊은 두 분에게 경고하겠습니다. 이것을 계기로 젊은 호기심에서 이 이후에도 교제를 계속하신다면 나로서는 이것을 금할 권리는 없습니다. 그러나 교제할 때에는 경계하는 마음과 정신으로써 무장하여 비판적인 저항을 결코 게을리하지 말아 주십시오. 그는 한마디로 말해서 음탕한 사나이입니다."

사촌들은 얼굴을 찡그렸다. 이윽고 한스 카스토르프가 말했다.

"그가……, 무어라고요? 그러나 그는 예수회 회원이 아닙니까? 그렇게 되려면 일정한 선서를 해야 한다고 들었습니다. 게다가 그는 그렇게 작고 몸도 허약한데요."

"어리석군요, 엔지니어." 하고 세템브리니 씨가 말했다. "그런 것은 몸의 허약함과는 아무런 관계가 없습니다. 그리고 선서 말인데요. 여기에도 예외가 있습니다. 그러나 내가 말한 것은 당신도 요즈음 차차 이해하시리라 생각하는 넓은 의미, 정신적인 의미에서입니다. 당신은 아직 기억하겠지요? 내가 언젠가 당신 방을 방문했을 때, 오래전, 아주 오래전 일입니다. 당신은 뢴트겐 사진 결과에 의해서 마침 침대 생활을 끝낼 무렵이었습니다."

"기억합니다. 당신은 석양이 깃든 방에 들어오셔서 전등불을 켰습니다. 어제 일같이 기억하고 있습니다."

"맞습니다. 그때 우리들은 다행히도 가끔 있었던 것처럼 고상한 문제에 대해 이야기를 나눴지요. 삶과 죽음에 대해서도 이야기했고, 죽음이 삶의 조건이자 부속물인 경우 죽음의 존엄성에 대하여, 추하게도 그러한 죽음을 하나의 지적 원리로서 독립시킬 경우에 죽음이 가지는 추악함에 대해 서로 얘기했습니다. 그러나 여러분!" 하고 세템브리니 씨는 두 청년에게 바싹 다가서서 왼손 엄지와 가운뎃손가락을 포크처럼 세우는가 하면, 다시 오른손 집게손가락을 경고하는 것처럼 세우고 두 사람의 주의를 환기시켰다.

"…… 잊지 말아 주십시오. 지성은 주권자이고, 그 의지는 자유이며, 지성은 윤리적 세계의 결정자입니다. 지성이 죽음과 삶을 이원적으로 분리하게 되면, 그 의지로 말미암아 죽음은 실재적으로, 정말로 실재적으로 됩니다. 이해하겠습니까? 죽음은 삶에 대한 독립된 힘, 삶에 대립하는 원리를 지닌 무서운 유혹의 힘으로 돌변하여 죽음의 세계는 음탕한 세계가 됩니다. 왜 음탕한 세계인가 물으시겠지요? 대답해 드리죠. 죽음은 분해되어 해방되기 때문입니다. 죽음은 악으로부터 해방이 아니라 악의 해방이기 때문입니다. 죽음은 풍습과 윤리를 분해하고 규율과 절도로부터 해방하여 음탕으로 빠지는 자유를 줍니다. 제가 본의 아니게 소개해 드린 인물을 경계하기를 간청하고, 그와 교제하고 토론할 때 비판 정신을 갖고 이중 삼중으로 무장해 달라고 주의시킨 것도 그의 사상이 모두 음탕한 성질의 것이기 때문입니다. 왜냐하면 그의 사상은 모두 죽음의 비호를 받고 있기 때문입니다. 언젠가도 당신에게 말한 적이 있는 방종하기 그지없는 힘인 죽음의 지배하에 있기 때문입니다. 지금도 그때 한 말을,

기회를 보아 얘기한 중요하고 적절한 말을 기억하고 있습니다. 죽음은 풍습, 진보, 일, 생명에 대립하는 힘을 가진 것으로 교육자의 가장 귀중한 의무는 바로 그 악마의 호흡에서 젊은 사람들의 영혼을 지키는 일입니다."

세템브리니 씨보다 더 멋지게 명석하고도 완전하게 이야기한다는 것은 불가능했다. 한스 카스토르프와 요아힘 침센은 그가 들려준 말에 대해 진심으로 감사드리고 작별 인사를 마치고는 베르크호프의 현관으로 들어갔다. 세템브리니 씨는 나프타의 비단으로 장식한 암실의 한 층 위에 있는 다락방으로, 인문주의자의 책상으로 돌아갔다.

이상이 사촌들이 첫 번째로 나프타를 방문한 경위였다. 그 뒤 두세 번의 방문이 있었으며 한 번은 세템브리니 씨가 없을 때도 있었다. 이러한 방문은 한스 카스토르프가 푸른 꽃들이 만발한 은둔 장소에 앉아 마음에 떠오르는 고귀한 인간상, 이른바 신의 아들인 인간을 바라보면서 '술래잡기'를 할 때 충분한 명상의 재료가 되었다.

### 분노, 그리고 더 서글픈 일

8월이 왔다. 그리고 다행히도 우리의 주인공이 이 위에 도착한 기념일은 월초에 슬쩍 지나가고 말았다. 그날이 지나갔다는 것은 고마운 일이었다. 그날이 다가오는 것이 한스 카스토르프 청년에게는 다소 불쾌하게 느껴졌기 때문이었다. 대부분의 경우 이렇게 느끼는 것이 당연한 노릇이었다. 아무도 이 위에 도착한 날을 기억하고 싶어 하지 않았다. 1년 이상 이곳에 있는 사람들은 그날을 기억조차 못 했다.

사람들은 여느 때는 축제와 축배의 구실이 될 기회는 하나도 빼놓지 않았고, 1년이라는 리듬과 맥박을 타고 찾아오는 일반적인 큰 행사에 가급적 많은 개인적인 사건들을 추가했다. 생일, 종합 진찰, 임박한 자포자기 출발과 정규 출발, 그 밖의 사건들이 레스토랑에서 요리와 샴페인 터뜨리는 소리로 축하되었다.

그러나 도착 기념일만은 그저 말없이 지내고 심지어 실제로 잊어버리는 일조차 있어서 사람들이 그날을 그렇게 정확하게 기억하지 않는다는 것만은 분명했다.

모두가 시간의 단락을 존중해서 달력의 순환, 외부의 반복에는 주의를 게을리하지 않았다. 그러나 그 이외의 주어진 공간과 결부된 각자의 시간, 즉 개인적인 시간을 셈하거나 계산하는 것은 단기 체류자와 초심자만 해당될 뿐이었다. 그리고 그 점에 대해서 정주자는 자기도 모르게 속절없이 흘러가는 영원한 시간, 10년이 하루와 같이 지나가는 날을 존중했다. 그리고 다른 사람도 자기와 같은 기분일 것이라고 서로 사려 깊게 이해해 주었다. 누구에게나 그 사람이 이 위에 온 지 오늘이 3년째 된다고 말하는 것은 심한 실례요, 잔인한 일이었다. 그런 일은 일어날 수 없었다. 다른 일에서는 실수만 하는 슈퇴르 부인도 이 점에서는 분명하고 세련되게 절대로 실책을 범하지 않았다. 그녀의 병과 열의 상태가 심한 무교양과 결부되어 있음에도 말이다. 그녀는 요즘도 식탁에서 자신의 폐의 침윤을 습윤이라고 불렀고, 역사 문제가 화제에 오르면 역사 연대는 가장 자신 있는 부분이라고 자랑하여 주위 사람들을 깜짝 놀라게 했다. 그러나 이런 일을 하는 그녀도 가령 2월에 침센 청년에게 도착 기념일을 상기시키는 짓은 하지 않았다. 이미 생각이 났다고 하더라도 그녀의 불쌍한 머리는 하찮은 연월일이나 사건으로 가득 찼고, 그녀는 남 대신 날짜를 계산하기를 좋아하였다. 그러나 주위의 관습에 얽매여 잠자코 있었다.

한스 카스토르프의 기념일에 관해서도 마찬가지였다. 슈퇴르 부인은 식사 때 그에게 의미심장한 눈짓을 하였지만, 그가 부인의 신호를 무표정한 얼굴로 받아넘겼기 때문에 그녀는 얼른 취소하고 말았다. 요아힘도 사촌에게 1주년 이야기는 하지 않았지만, 그러나 이 위를 방문한 사촌을 마을 역으로 마중 나갔던 날짜는 틀림없이 기억하고 있었다. 그러나 요아힘은 천성적으로 말이 적은 사람이었다. 그 점에서 적어도 한스 카스토르프가 이 위에서 수다쟁이가 된 것과 비교도 되지 않았고, 두 사람의 친구가 된 인문주의자 떠버리와는 전연 비교가 안 되었다. 요아힘은 얼마 전부터 이상하게 말이 없고 눈에 띌 정도로 말수가 줄어들어 입을 벌려도 띄엄띄엄 한두 마디 할 뿐이었다.

그러나 그의 얼굴 표정은 무언가를 심사숙고하는 것 같았다. 그는 마을 역을 마중과 도착 말고도 다른 것과 결부하여 생각하기 시작한 것이 분명했다. 그는 평지와 편지 왕래를 자주 하고 있었다. 그의 머릿속에는 결실이 무르익었다. 그가 시작한 준비 공작은 막바지에 이르렀다.

7월은 따뜻하고 청명한 날씨였다. 그러나 8월에 들어서자 날씨는 나빠지기 시작하여 음울하고 축축하게 진눈깨비가 내렸다. 이윽고 그것이 확실하게 눈이 되고, 가끔 여름 같은 맑은 날씨를 가운데에 끼고 8월 말에서 9월 초까지 나쁜 날씨가 계속되었다. 처음에는 최근의 여름 같은 나날의 잔재로 아직 따뜻하여 실내 온도가 10도 정도 되어 이럭저럭 지낼 수 있었다. 그러나 그날부터 날이 갈수록 추위가 급속히 심해졌고, 환자들은 골짜기를 메우는 눈이 내리기 시작한 것을 환영했다. 아무리 추워도 골짜기를 메우는 눈을 보지 않으면 사무국 사람들은 스팀을 보낼 생각을 하지 않았기 때문이다. 처음에는 식당에, 다음에는 각 방에 스팀이 보내졌다. 안정 요양이 끝난 뒤 두 장의 담요를 벗고 발코니에서 방으로 돌아와 차갑게 언 손을 따뜻한 스팀관에 대고 녹일 수 있었다. 스팀으로 건조해진 공기 때문에 볼은 더욱 상기되었다.

벌써 겨울이란 말인가? 감각으로는 그런 결론을 피할 수가 없었다. 환자들은 자연적이고 인위적인 환경의 영향을 받아 정신적으로도, 실제로도 시간을 허비하여 자기 스스로 속아 넘어갔는데도 "여름을 도둑맞았다."라고 하면서 불평했다. 이성적으로는 아름다운 가을 날씨가 잇달아 올 것이라고 말하려 했다. 즉 만약 태양의 고도가 이미 낮아졌고, 일몰 시간이 어느새 빨라진 것을 생각하지 않는다면, 여름이라고 불러도 지나친 칭찬이 아닌 따스하고 화창한 날이 찾아올 것이라고……. 그러나 이런 위로의 생각보다 바깥 겨울 풍경을 바라보는 데서 오는 기분의 영향 쪽이 강했다. 발코니로 통하는 닫힌

문 뒤에 서서 눈보라를 참지 못하겠다는 듯이 바라보는 사람이 있었다. 바로 요아힘이었다.

"겨울이 벌써 다시 시작되었나?" 그는 목 메인 듯한 목소리로 말했다.

한스 카스토르프는 그의 등 뒤에서 대답했다.

"아직 좀 이른 것 같은데, 제대로는 아니겠지. 그러나 무서울 만큼 결정적인 광경이야. 음산함과 눈과 추위, 따뜻해진 스팀관이 겨울 풍경이라면 이제는 부정할 도리가 없는 겨울이지. 바로 얼마 전까지 겨울이 계속되어 겨우 해동기가 끝난 것을 생각해 봐. 아무튼 그런 생각이 들면 마치 어제까지만 해도 봄이었던 것 같지 않나? 생각하는 순간 기분이 이상해질 것 같아. 그건 그래. 이건 인간의 생활력에 위험스러운 요소야. 어째서 그러한지 설명하도록 하지. 내 생각에 이 세계는 보통 인간의 욕망을 충족하고, 인간의 생활력에 적합하도록 만들어져 있어. 이건 누구나 인정할 거야. 나는 자연의 질서, 가령 지구의 크기, 그리고 지구의 자전과 공전에 각각 필요한 시간, 하루와 사계절의 변천, 원한다면 우주의 리듬이라고 해도 좋지만 그것이 우리들의 요구에 맞추어 만들어졌다고 말하지는 않겠어. 그런 것은 철면피 같고 단순하여, 사상가의 이른바 목적론이 되겠지. 그러나 우리들의 요구와 근본적인 자연 법칙이 고맙게도 합치하는 것은 사실이야. '고맙게도'라고 한 것은, 정말 그것은 신에게 감사를 드려도 좋을 사실이기 때문이지. 그리고 평지에서 여름이 찾아오고 겨울이 찾아온다는 것, 그 전에 여름 또는 겨울이 항상 동일했기에, 이번의 여름 또는 겨울이 신선하고 고맙게 느껴지는 거야. 말하자면 생활력의 토대는 이런 거지. 그런데 이 위에서는 그 질서 있는 조화가 깨져 있어. 첫째로 자네가 언젠가 말했듯이 여기에는 정말 사계절다운 사계절이 없고, 여름다운 날과 겨울다운 날이 두루 섞여 있을 뿐이야. 둘째로는 여기에서 흘러가는 시간은 대체로 시간이 아니기 때문에 새로이 찾아온 겨울이 조금도 신선하게 느껴지지 않고 언제나 똑같은 겨울이 다시 한 번 온 것처럼 느껴져. 자네가 유리문 너머로 밖을 보고 불만을 품는 기분도 이것으로 설명할 수 있어."

"고맙네. 자네는 그런 설명을 함으로써 아마 만족하겠지. 무엇보다도 상황 그 자체에 만족하는 모양이니까……. 하지만 그것은…… 아냐." 하고 요아힘은 말했다. "그만두겠어. 모든 것이 치사하고 구역질 날 정도로 더러워. 만약 자네가 아직도…… 그러나 나는……."
그리고 요아힘은 빠른 걸음으로 방을 나와 밖에서 문을 세게 닫았다. 만약 잘못 본 것이 아니라면, 그의 아름답고 부드러운 눈에는 눈물이 괴어 있었다.

뒤에 남은 청년은 당황한 기분이었다. 한스 카스토르프는 사촌이 어떤 결심을 공공연히 입 밖에 내는 동안 그것을 곧이듣지 않았다. 그러나 그 결심이 사촌의 얼굴에 말없이 나타나고 지금과 같은 태도를 보이자, 이 군인이 자기 결심을 실행에 옮길지 모른다는 것을 느껴 깜짝 놀랐다. 자기와 사촌, 두 사람 때문에 새파랗게 질릴 정도로 놀랐다. '그는 아마 죽을 거예요.' 하던 말이 생각났다. 그러나 이것은 분명 제3자로부터의 정보임이 틀림없었다. 그래서 절대로 지워진 적이 없는 옛 의혹의 고통과 그것이 뒤섞이자, 그는 이런 생각이 들었다.

'요아힘이 나를 이 위에 혼자 남겨두고 갈 수 있을까? 요아힘을 찾아 이 위에 온 나를 두고?' 그리곤 자기 자신에게 타일렀다. '어리석고 무서운 것, 너무나 어리석고 무서운 것이어서 얼굴이 새파래지고 심장이 불규칙하게 뛰는 것을 느낄 수 있을 정도다. 혼자서 이 위에 남게 되면…… 요아힘이 출발하면, 혼자 남는 수밖에 없다. 요아힘과 함께 출발한다는 것은 도저히 생각할 수 없을 것이고……, 그렇게 되면…… 심장이 완전히 멎으려고 하는군. 그렇게 되면 여기에 영원히 남게 되어, 혼자 평지로 돌아갈 희망은 절대로 없을 것이다.'

한스 카스토르프는 전전긍긍하며 여기까지 생각했다. 그리고 그날 오후, 그는 그 문제의 추이에 대해서 확실히 알 수 있게 되었다. 주사위는 던져졌고 요아힘은 최후통첩을 했다.

차를 마신 뒤 사촌들은 매달 하는 진찰을 받기 위해 밝은 지하실로 내려갔다. 9월 초의 일이었다. 스팀으로 건조해진 지하실로 들어가자 의사 크로코브스키는 사무용 책상에 마주 앉아 있었으며 고문관은 아주 창백한 얼굴로 팔짱을 끼고 벽에 기대어 한쪽 손에 쥔 청진기로 어깨를 두드리고 있었다. 그는 천장을 쳐다보며 하품을 했다. "안녕하십니까? 여러분!" 하고 나른한 목소리로 말했지만 힘이 없고 우울하여 모든 것에 흥미가 없는 것처럼 보였다. 아마 담배를 너무 많이 피운 것이리라. 그러나 실상 불쾌한 일도 있었다. 그 일에 관해서는 사촌들도 이미 들어 알고 있었다. 그것은 지겨울 정도로 흔해 빠진 병원 안의 사건이었다.

재작년 가을에 이 요양원에 입원했다가 6개월 뒤인 작년 8월에 완쾌하여 퇴원한 아미 뇔팅이라는 젊은 아가씨가, 집에 돌아가서는 '기분이 좋지 않다'는 이유로 9월도 채 끝나기 전에 이 위에 다시 돌아와 금년 2월에 완쾌하여 이상이 없자 다시 평지로 돌아갔다. 그런데 7월 중순에 또다시 돌아와 일티스 부인 식탁의 예전 좌석에 앉게 되었다. 그런데 이 여자가 그녀의 방에서 오전 1시에 폴리프락시오스라는 환자와 함께 있는 것을 발각된 것이다. 폴리프락시오스는 사육제 밤에 날씬한 두 다리 때문에 센세이션을 일으킨 젊은 그리스인 화학자로 아버지는 피레우스에서 염료 공장을 경영하고 있었다. 오전 1시의 현장을 발견한 것은 다른 사람 아닌 아미의 여자 친구였다. 그녀는 폴리프락시오스와 같은 통로, 즉 발코니를 따라 아미 방으로 살짝 들어가서 접하게 된 장면 때문에 마음의 고통과 분노로 무서운 고함을 질러 위아래에 소동을 일으켰다. 이리하여 스캔들이 드러났다. 베렌스는 아테네인, 뇔팅, 그리고 질투에 미쳐 부끄러움도 체면도 잊어버린 그 여자 친구 이 세 사람에게 추방을 선언해야 했다. 그리고 아미도, 아미의 행각을 폭로한 여자 친구도 의사 크로코브스키의 사적인 분석 요법을 받고 있었기 때문에 베렌스는 이 조수와 스캔들의 선후책을 의논했다. 베렌스는 사촌들을 진찰하는 동안에도 우울과 체념의 어조로 그 문제에 대해 계속 이야기했다. 그는 청진의 권위자로 환자 체내를 청진하면서, 다른 이야기를 계속 말하는 한편 조수에게 청진의 결과를 기입하게 했다.

"아, 정말 신사 여러분, 저주받을 성욕입니다!" 하고 베렌스는 말했다. "당신들에게는 이런 일이 물론 재미있겠지요. 지루함을 풀게 되어 좋을 것입니다. '폐포음.' 그러나 원장이 되고 보면 정말이지 질색입니다. '탁음.' 정말입니다. 폐병에는 호색이 따른다고 하지만 그걸 내가 어떻게 하겠습니까? '가벼운 수포음.' 내가 그렇게 주선한 것도 아닌데 나도 모르는 사이에 이렇게 마치 포주같이 되었지 뭡니까. '이곳 왼쪽 어깨 밑 단축음.' 여기서는 분석 요법을 하고 있어서 무엇이든지 입 밖에 낼 수 있습니다. 그런데 말입니다. 저 수포음 인종은 입 밖에 내면 낼수록 성욕적으로 됩니다. 나는 수학을 장려하고 있습니다. '이쪽은 회복, 잡음 소멸.' 수학 공부는 제 의견으로는 성욕 진정에 가장 효과가 있습니다. 그것 때문에 아주 괴로웠던 파라반트 검사도 수학에 전념하여 지금은 원의 구적법에 열중하느라 그렇게 괴로워하지 않게 되었습니다. 그러나 대부분의 환자는 어리석고 게으르므로 수학이 문제가 아니라 불쌍한 자들입니다. '폐포음.' 그런데 여러분, 나는 잘 알고 있습니다. 젊은이들이 여기서 쉽게 타락하여 폐인이 되어 버린다는 것을……. 그래서 나도 전에는 풍기 문란을 여러 번 단속하려고 했습니다. 그런데 어떤 부인의 오빠인지 약혼자인지 하는 자가 도대체 당신은 우리들과 무슨 관계가 있느냐고 따져 물은 일이 있었습니다. 그 뒤부터 나는 오로지 의사 노릇만 하고 있지요. '오른쪽 위에 가벼운 수포음.'"

고문관은 요아힘의 진찰을 끝마치자 청진기를 수술복 주머니에 넣고 커다란 왼쪽 손으로 두 눈을 비볐다. 이것은 '실패'하여 우울할 때의 버릇이었다. 그는 반기계적으로 우울증 때문에 가끔 하품을 하면서 언제나 하는 설교를 유창하게 하기 시작했다.

"침셴 군, 낙심하지 말고 아무튼 기분을 내십시오. 아직 모든 상태가 생리학 책에 쓰인 대로라고 단정할 수만은 없습니다. 여기저기 아직 잡음이 있습니다. 게다가 가프키와의 인연도 아직 완전히 끊어진 것이 아니어서 최근에도 번호가 하나 올라가지 않았습니까. 이번에는 6호이지요. 그렇다고 해서 세상을 비관해서는 안 됩니다. 그것은 서류로 증명을 해 드릴 수 있습니다. 당신이 앞으로 5개월이나 6개월……, 옛날에는 달을 '모나트'라고 하지 않고 '마노트'라고 한 것을 알고 있습니까? '마노트' 쪽이 사실은 훨씬 듣기가 좋습니다. 이제부터는 '마노트'라고 부르겠습니다."

"고문관님" 하고 요아힘이 말을 꺼냈다. 그는 상반신을 드러내고 가슴을 펴더니 구두 뒤꿈치를 모으고 부동자세를 취했다. 안색은 한스 카스토르프가 어떤 기회에 햇볕에 탄 얼굴이 핏기를 잃으면 이런 색이 되는가 하고 처음으로 알았을 때처럼 얼룩져 있었다.

베렌스는 여세를 몰아 말했다. "당신은 앞으로 만 6개월 여기서 엄격한 근무를 계속하면 성공입니다. 콘스탄티노플을 점령하는 것도 가능합니다. 그렇게 되면 용맹성을 인정받아 국경 지방의 사령관이 될 수도 있을 것입니다."

요아힘이 오늘이야말로 말을 해야지, 딱 잘라 말을 하자고 불굴의 태도를 보여 상대방을 어리둥절하게 하지 않았다면 베렌스는 우울한 상태에서 또 무슨 말을 했을지 몰랐다.

"고문관님, 저는 출발할 결심이 섰음을 알려 드리고 싶습니다." 하고 요아힘이 말했다.

"뭐라고요? 우리를 떠나고 싶다고요? 나는 당신이 더 시일이 지난 뒤에 건강하게 되어서 군대로 돌아갈 작정인 줄로만 알았는데요."

"아닙니다. 나는 곧 출발해야 합니다, 고문관님. 일주일 안으로 말입니다."

"내가 잘못 들은 것은 아닙니까? 당신은 예정을 단념하고 도망가려는 것입니까? 이것이 의무의 방기라는 것을 알고 계십니까?"

"아니오. 나는 그렇게 생각하지는 않습니다, 고문관님. 나는 당장 연대로 원대 복귀해야 합니다."

"정확히 하루도, 더도 덜도 말고 앞으로 6개월이면 틀림없이 돌려보내 드린다고 하는데도 말입니까?"

요아힘의 자세는 더욱 군대식으로 되었다. 배를 들이밀고 서서 말을 짧게 끊고 목소리를 누르면서 말했다.

"나는 여기서 1년 6개월 이상을 지냈습니다, 고문관님. 이 이상 더 기다릴 수 없습니다. 고문관님은 처음에는 3개월이라고 말했습니다. 그 뒤 요양 기간은 차례차례 3개월, 그리고 6개월로 연기되었습니다. 그런데도 나는 아직 건강하지 못합니다."

"그것이 내 잘못이란 말입니까?"

"아니오, 고문관님. 그러나 이 이상 더 기다릴 수는 없습니다. 군대로 들어갈 기회를 놓치지 않으려면 여기서 완전히 병이 나을 때까지 기다리고만 있어서는 안 됩니다. 지금부터라도 당장 아래로 내려가야 합니다. 장비와 그 밖의 준비를 하려면 아직 시간이 좀 필요합니다."

"당신은 집안사람들과 얘기가 되어서 행동하시는 것입니까?"

"어머니는 이해해 주셨습니다. 모두 결말이 지어졌습니다. 나는 10월 1일에 사관후보생으로 제76연대에 입대합니다."

"어떤 위험도 무릅쓰고 말입니까?" 베렌스는 충혈된 눈으로 청년을 쳐다보았다.

"그렇습니다, 고문관님." 요아힘은 입술을 떨면서 대답했다.

"그렇다면 좋습니다, 침센 군."

고문관은 얼굴 표정을 부드럽게 하고, 몸가짐을 늦추고, 몸도 마음도 느슨하게 가졌다. "좋습니다, 침센 군. 행동 개시! 여행이 무사하길 빕니다. 당신은 자신이 하는 일이 무엇을 의미하는지 분별하고 계시는 것 같습니다. 모든 것을 스스로 책임지세요. 당신이 모든 책임을 맡는 순간부터 그건 당신의 문제이지 내 문제는 아닙니다. 인간은 자기 운명의 주인입니다. 당신은 자기 책임 아래 여행합니다. 나는 전혀 책임지지 않겠습니다. 하지만 잘 되겠지요. 당신이 하려는 직업은 공기가 신선한 야외의 일이니까. 그것이 몸에도 도움이 되어 당신은 성공할 수 있을 것입니다."

"나도 그렇게 생각합니다, 고문관님."

"그런데 문명사회의 청년, 당신은? 당신도 함께 떠나시는 거겠지요?"

이번에는 한스 카스토르프가 대답해야 할 차례였다. 그는 1년 전, 방문객에서 환자로 바뀐 원인이 되었던 진찰 때처럼 푸른 얼굴을 하고 그때와 같은 장소에 앉았다. 이번에도 심장의 고동이 늑골에 울리는 것을 확실히 느꼈다. 그는 말했다.

"나는 당신이 결정하는 대로 따라가겠습니다, 고문관님."

"내가 결정하는 대로? 좋습니다!"

고문관은 청년의 팔을 잡아끌고 타진했다. 그는 그 결과에 대해서는 기입하게 하지 않았다. 꽤 빨리 타진을 끝마치자 그는 말했다.

"당신은 여행을 해도 좋습니다."

한스 카스토르프는 말을 더듬거렸다.

"그렇다면…… 무슨 말씀인지요? 내가 건강을 되찾았단 말입니까?"

"그렇습니다. 당신은 건강합니다. 왼쪽 위의 환부는 이제 문제가 아닙니다. 당신의 열은 그 환부에서 오는 것 같지는 않습니다. 그 열이 어디서 오는 열인지는 나도 말할 수가 없습니다. 그다지 걱정할 필요가 없는 열이라고 생각합니다. 내 의견으로는 출발하셔도 괜찮습니다."

"그렇지만…… 고문관님…… 지금 그 말씀은 진정으로 하신 말씀이 아니시겠지요?"

"진심이 아니라니? 왜요? 도대체 당신은 무슨 생각을 하는 겁니까? 당신은 나를 어떻게 생각합니까? 좀 들어 봅시다. 당신은 나를 무엇이라고 생각합니까? 창녀의 포주로 아는 겁니까?"

분노였다! 고문관의 창백한 얼굴은 끓어오른 피로 자색으로 변했고, 콧수염 아래의 입술 한쪽이 치켜 올라가 이가 엿보였다. 황소처럼 머리를 내밀고 충혈된, 눈물이 괸 눈이 튀어나올 듯했다.

"그런 생각은 금물입니다!" 하고 그는 외쳤다. "첫째로 나는 이곳의 주인도 아무것도 아닙니다! 나는 고용인에 불과합니다. 나는 의사입니다. 단순한 의사일 뿐입니다! 알았습니까? 나는 뚜쟁이 영감이 아닙니다. 아름다운 나폴리의 톨레도 출신의 색골은 더욱 아닙니다. 알았습니까? 나는 병을 앓는 사람들의 봉사자입니다! 당신들이 여기에 있는 나를 그렇지 않은 사람으로 생각했다면 두 사람 모두 될 대로 되라는 것입니다. 소멸하든 멸망하든 마음 내키는 대로 하십시오. 기쁜 여행이 되길 빌겠습니다."

고문관은 뢴트겐실의 대합실로 통하는 문을 향해 성큼성큼 걸어가서 그 문을 뒤로 쾅 밀어붙이고는 나가 버렸다. 사촌들은 어떻게 하면 좋은가 하고 물어보듯 의사 크로코브스키를 바라보았지만 조수는 서류를 열심히 읽는 체했다. 사촌들은 서둘러 옷을 입었다. 계단에서 한스 카스토르프가 말했다.

"굉장한데, 전에도 저렇게 성을 낸 적이 있었나?"

"없었어. 저렇게 성을 낸 적은 없었어. 저게 상관의 벼락이라는 거야. 두말없이 묵묵한 자세로 받아들이는 것이 상책이야. 보나마나 폴리프락시오스와 뇔팅의 일로 화가 나 있었던 거야. 그러나 자네도 보았지?" 하고 요아힘은 계속해서 말했지만, 목적을 관철한 기쁨에 가슴이 벅찼다. "자네도 보았지? 내가 결심이 대단하다는 것을 알고 그가 손을 든 것을 말이야. 칼을 빼어들고 끝까지 대들어야 해. 그래서 허락을 받은 거야. 그 자신도 말했어, 나는 아마 성공할 것이라고. 그리고 일주일 안으로 우리들은 출발……, 나는 3주일 안으로 연대로

가 있겠지."

요아힘은 한스 카스토르프의 일을 건드리지 않고 기쁨에 떨리는 말을 자기의 영역에만 국한하였다.

한스 카스토르프는 잠자코 있었다. 그는 요아힘의 출발 '허락'에 대해서도, 자신의 '허락'에 대해서도 아무런 말을 하지 않았다. 그는 안정 요양을 준비하고 체온계를 입에 물고 두 장의 낙타 담요를 간단하고 정확한 솜씨, 완전한 기술, 평지에서는 아무도 예상할 수 없는 완전하고도 차분한 솜씨로 몸에 감고는 초가을 오후의 싸늘한 습기 속에서 편안한 침대 의자에 막대기같이 움직이지 않고 누워 있었다.

비구름이 낮게 드리워져 아래의 까닭 모를 도안의 깃발은 거두어들여졌다. 전나무의 젖은 가지 위에는 잔설이 얹혀 있었다. 1년 전에 알빈 씨의 목소리가 울려오는 것을 처음 들었던 아래의 안정홀로부터 요양 근무 중인 청년의 귀에 소곤대는 말소리가 들려왔다. 한스 카스토르프의 손가락과 얼굴은 곧 축축하고 싸늘하게 굳어 버렸다. 그는 이런 것에도 익숙해져서 이제 이것이 유일한 편안한 생활 방식이 되었다. 그리고 그는 이곳의 생활 방식의 은혜, 누구의 번거로움도 받지 않고 누워서 모든 것을 생각할 수 있는 것을 감사했다. 드디어 결단은 내려져 요아힘은 출발하는 것이다. 라다만토스는 요아힘을 석방한 것이다. 건강한 사람으로서 정식 석방이 아니었지만 요아힘의 단호한 결심을 인정하고 마지못해서 석방한 것이었다. 요아힘은 협궤 열차를 타고 아래 세상의 란트크바르트에 내려가 로만스호른에 도착하여 전설 속의 기사가 말을 타고 건너갔다는 넓고 깊은 호수(독일과 스위스 사이에 있는 보덴 호수—옮긴이)를 건너 독일 전토를 횡단하고 집으로 갈 것이다. 그리고 사촌은 아래 세상, 평지 세계에서 살게 될 것이다. 어떻게 살아야 하는지를 전혀 모르는 사람들, 체온계 사용법, 담요를 몸에 감는 방법, 가죽 슬리핑백, 하루 세 번의 산책에 관해 전혀 모르는 사람들 사이에서……. 평지의 사람들이 모르는 것을 하나하나 열거하여 입 밖에 내는 것은 쉬운 일이 아니었다. 그러나 요아힘이 이 위에서 1년 반 이상이나 지낸 뒤에 아무것도 모르는 사람들 사이에서 지내야 한다는 생각에 한스 카스토르프는 매우 혼란스러웠다. 물론 이 생각은 요아힘에게만 직접 관계되고, 아주 멀리까지 가정했을 때 한스 카스토르프와도 관계되었다. 그는 눈을 감고 그 생각을 뿌리치는 손짓을 했다. 그리고 "불가능해. 불가능해." 하고 중얼거렸다.

마의 산 2

그것이 불가능한 것이라면, 그렇다면 이 위에서 혼자 요아힘 없이 계속 지낼 수 있을까? 정말 그렇다. 언제까지? 베렌스가 완쾌되어 석방시켜 줄 때까지, 그것도 오늘처럼 석방되는 것이 아니라 진정으로 석방시켜 줄 때까지? 그러나 첫째로 그 시기는 요아힘이 어떤 기회에 해 보였던 것처럼, 허공에 알 수 없다는 몸짓으로 그려 보인 '언제까지란 말인가.'였다. 둘째로 그때가 오면 불가능한 것이 가능하게 될 것인가? 아니, 오히려 그 반대가 될 것이다. 불가능한 것이 나중에는 그야말로 정말 불가능한 것이 되기 전에 이번과 같은 일이 일어난 것은 구원의 손길이 뻗친 것이라고 공평하게 인정해야만 했다. 자기 혼자서는 영원히 평지로 돌아갈 수 없을 것 같은데 요아힘의 자포자기한 출발에 의해 한스 카스토르프에게 평지로 돌아갈 지원와 인도의 손길이 주어졌다. 인문주의적 교육자가 이 기회를 알게 되면 그 구원의 손길을 붙잡고 인도에 따르도록 적극적으로 권했을 것이다. 그러나 세템브리니 씨는 대변자의 한 사람에 지나지 않았다. 들을 가치가 있는 것이었지만 그것만이 오직 유일한 절대 진리라고는 할 수 없는 문제와 정신의 대변자에 지나지 않았다. 요아힘에 대해서도 마찬가지였다. 그는 정말 군인이었다. 그래서 그는 풍만한 가슴을 한 마루샤가 돌아올 때를 즈음하여(마루샤가 10월 1일에 돌아온다는 것은 모두 알고 있었다) 출발하고 싶어 했다. 이와는 반대로 문화인인 한스 카스토르프는 출발할 수가 없었다. 언제 다시 돌아올지 전혀 알 수 없는 클라브디아 쇼샤를 기다려야 한다는 것이 중요한 이유였다.

"나는 그렇게 생각하지 않습니다." 하고 요아힘은 라다만토스가 탈주라고 규정한 데 대해 대답했다. 요아힘은 탈주라는 것은 우울증에 걸려 있는 고문관의 헛소리라고 하지 않을 수 없었다. 그러나 문화인인 한스 카스토르프의 경우에는 역시 사정이 다를 수밖에 없었다(그렇다, 정말 의심할 여지없이 그러했다. 그 결정적인 생각을 포착하기 위하여 그는 오늘 이 축축하고 차디찬 바깥에서 누워 있는 것이었다). 그에게는 이번 기회를 잡고 무모한 혹은 무모에 가까운 평지 출발을 감행하는 것은 그야말로 탈출일 것이다. 신의 자식인 인간의 관점에서 이 위에서 일어난 방대한 책임으로부터 탈출인 것이며, 발코니나 푸른 꽃이 피는 장소에서 전념했던, 곤란하고 힘에 겨운,

그러나 모험적인 기쁨을 느끼게 하는 '술래잡기'의 의무에 대한 배반을 의미하는 것이었으리라.

한스 카스토르프는 입에서 체온계를 뺐다. 수간호사에게서 그 가느다란 기계를 사서 처음 사용하던 때를 제외하면, 처음으로 난폭하게 입에서 빼고는 그때와 마찬가지로 수은주를 들여다보았다. 수은은 껑충 올라 37도 8부, 거의 9부에 가까웠다.

한스 카스토르프는 담요를 차 던지고 벌떡 일어나 방으로 뛰어들어 가서는 복도로 향한 문으로 달려갔다. 하지만 곧 생각을 달리하고 다시 돌아왔다. 그리고 발코니에서 다시 원상태로 돌아갔다. 몸이 다시 수평 상태로 돌아간 뒤 작은 목소리로 요아힘에게 말을 걸어 사촌의 체온을 물었다.

"나는 이제 검온은 안 해." 하고 요아힘은 대답했다.

"그래? 나는 온(溫)이 있는걸." 하고 한스 카스토르프는 슈퇴르 부인이 샴페인을 샴프라고 하는 식으로 체온을 줄여서 온이라고 흉내 내어 말했다. 유리 칸막이 저쪽에서는 아무런 대답이 없었다.

요아힘은 그날도 그 다음 날도 그리고 그 뒤에도 아무 말도 하지 않았고, 한스의 계획과 결심에 대해서도 한마디 질문이 없었다. 한스의 계획과 결심은 출발이 다가왔기 때문에 행동에 의해 또는 행동하지 않는 것에 의해 자연히 알게 될 것이 틀림없었다. 사실은 행동하지 않을 것이 확실했지만 말이다. 한스 카스토르프는, 하느님은 하느님만이 행동하는 것을 희망하기 때문에 인간이 행동하려고 하는 것은 하느님을 욕되게 하는 것이라고 주장하는 정적주의를 신봉하는 것 같았다. 아무튼 한스 카스토르프가 요 며칠 사이에 행동한 것은 베렌스를 한 번 방문한 것뿐이었다. 그때 두 사람 사이에 오고간 이야기에 관해서는 요아힘도 알고 있었고, 어떻게 낙착이 되었는지 요아힘은 그곳에서 들은 것처럼 상상할 수 있었다. 한스 카스토르프는 고문관이 불쾌한 순간에 성을 내며 한 말보다도 고문관이 평소에 말해 준 충언, 병을 철저하게 고쳐서 두 번 다시 이곳에 돌아오지 않도록 해야 한다는 충언을 존중하고 싶었다. 현재도 체온이 37도 8부나 되어 정식으로 석방할 수 있다고 느낄 수 없었다. 앞서 고문관의 말을 추방 처분이라고 해석할 것이 아니라면(그런 처분을 받을 일을 한 일은 전혀 없기 때문에) 냉정하게 숙고한 결과 요아힘 침셴의 결정에 의식적으로 따르지 않고, 더 오래 이곳에 머물러서 병이 완전히 해소되는 날을 기다리기로 결심했다고 설명했다. 여기에 대해 고문관은 거의 똑같은 대답을 했다. "좋지, 좋아." 그리고 "요전에 화낸 것은 나쁘게 생각하지 말도록." 고문관은 한스 카스토르프를 분별 있는 청년이라고 칭찬하고, 저 무분별한 탈주병보다는 환자의 천분을 가지고 있음을 처음부터 알았다고도 말했다. 그 밖에도 이와 비슷한 말이 오고갔다.

요아힘의 추측에 따르면 이야기는 이렇게 진행되었지만 요아힘은 여기에 대해서는 한마디도 하지 않았다. 그는 한스 카스토르프가 출발 준비를 하지 않는 것을 말없이 확인했다. 게다가 선량한 요아힘은 자기 자신의 일을 처리하기도 벅찼다. 정말이지 사촌의 운명이나, 그가 여기에 그대로 머물러 있음을 걱정할 겨를이 없었다. 가슴이 폭풍으로 뒤흔들리는 심정이었으리라. 그것은 상상할 수 없는 것은 아니었다. 그가 검온을 포기한 것은 잘된 일이었다. 그의 말에 따르면 체온계를 무심코 떨어뜨려 깨뜨렸다는 것이다. 현재의 요아힘처럼 흥분하여 기쁨과 긴장 탓에 얼굴이 붉어지고 푸르러질 때에 검온이라는 것은 기분을 혼란하게 하는 결과를 초래할는지 모를 일이었다. 그는 이제 더 이상 누워 있지 않았다. 한스 카스토르프가 들은 바에 따르면 그는 '베르크호프'의 수평 상태가 되어야 하는 하루 네 번의 안정 요양의 시간에도 방 안을 이리저리 거닐었다. 여기에서 1년 반! 드디어 평지로, 집으로 돌아가고, 정말로 연대로 들어가는 것이었다. 정식으로 허락이 내려진 것은 아니었지만 말이다. 이것은 어떤 의미로서나 결코 예사로운 일은 아니었다. 한스 카스토르프는 안절부절 못 하며 이리저리 걸어 다니는 사촌의 태도에 동감할 수 있었다. 18개월 동안, 꼬박 1년하고 반년 동안 이 위에서 거주하며, 이 위의 생활 기준에 익숙해지고, 신성한 생활양식에 완전히 젖어, 7일을 70번 곱한 세월 동안 줄곧 살아왔다. 마침내 집으로, 다른 세계로, 이곳에 대해 모르는 사람들에게 가는 것이다! 평지의 생활에 익숙해지려면 얼마나 많은 갖가지 곤란을 겪어야 할까? 요아힘이 기쁨 때문에 흥분한 것만이 아니라 익숙해진 생활에서 떠나가는 불안과 슬픔으로 방 안을 서성거리지 않을 수 없다고 해도 그것이 이상한 것일까? 마루샤의 일은 별도로 치더라도 말이다.

마의 산 2

그러나 기쁨이 불안과 슬픔을 이겼다. 선량한 요아힘은 기쁨에 넘쳐 가만히 있을 수 없어 자기 이야기를 하면서도 사촌의 일은 언급하지 않았다. 그는 모든 것이 얼마나 새롭고 신선하게 될 것인가 이야기했다. 생활도, 그 자신도, 어느 하루도, 어떤 시간도. 그는 다시 충실한 시간을 갖게 될 것이며 천천히 귀중한 젊은 세월을 보내게 될 것임을 알았다. 또한 그는 어머니, 한스 카스토르프의 이모인 침셴 미망인에 대해 이야기했다. 요아힘과 마찬가지로 부드러우면서도 까만 눈을 한 침셴 부인은 아들 요아힘이 산 속에서 지내는 동안 한 번도 그녀를 보지 못한 것처럼, 그녀도 사정이 생겨 달이면 달마다, 한 계절에서 다음 계절로 방문을 연기해서, 결국은 아들을 방문할 결심을 할 수가 없었다. 요아힘은 얼마 뒤 수행할 입대 선서에 대해서도 감격의 미소를 띠면서 말했다.

"연대기를 앞에 세우고 장엄한 의식에 따라 연대기와 군기를 향해 선서를 하고 연대에 편입되는 거야."

"뭐라고?" 하고 한스 카스토르프는 반문했다.

"진정이란 말인가? 나무토막에? 헝겊에 대고?"

"암, 물론이지. 그리고 포병대에서는 대포를 향해 선서를 한다네, 상징의 의미에서."

"거참 감상적이고 광신적인 관습인데……" 하고 문화인은 말했다. 이 말에 대해 요아힘은 자랑스러운 듯, 행복한 듯이 머리를 끄덕였다.

요아힘은 준비에 몰두했다. 사무국에서 마지막 계산을 끝마치자 자기가 결정한 출발 날짜 며칠 전부터 짐을 꾸리기 시작했다. 여름옷과 겨울옷을 짐 속에 넣고 슬리핑백과 낙타 담요도 기동 연습에 사용할지 모른다며 요양원의 일꾼에게 부탁하여 삼베 부대 안에 넣어서

꿰매게 했다. 그러고는 나프타와 세템브리니를 찾아가 작별 인사를 했다. 혼자서였다. 사촌은 그 방문에는 동행하지 않았고 세템브리니가 요아힘의 임박한 출발에 대해, 한스 카스토르프가 함께 출발하지 않는 것에 대해 어떻게 생각하며 무슨 말을 하는가에 대해서도 묻지 않았다. 세템브리니가, "그래요?" 또는 "좋아, 좋아요." 또는 둘 다, 아니면 "불쌍한 사람."이라고 하든 말든 사촌은 아무래도 좋았다.

드디어 출발 전날 밤이 되었다. 그날 요아힘은 모든 것, 즉 식사, 안정 요양, 산책 등을 마지막으로 끝마치고 두 의사와 수간호사에게 작별 인사를 하였다. 그리고 출발 당일이 되어 요아힘은 충혈된 눈과 찬 손을 하고 아침 식사에 나타났다. 어젯밤에는 줄곧 잠을 이루지 못했다. 아침 식사도 거의 입에 대지 않았다. 난쟁이 아가씨로부터 짐이 모두 마차에 실렸다는 보고를 받고 요아힘은 의자에서 급히 일어나 식탁 친구들에게 작별 인사를 했다. 슈퇴르 부인은 작별 인사를 하면서 교양 없는 여자의, 값싸고 소금 맛도 없는 눈물을 흘렸다. 그녀는 그 눈물이 채 마르기도 전에 요아힘에게 보이지 않도록 여교사에게 머리를 흔들고 손가락을 편 손을 이쪽저쪽으로 돌려 보이면서, 요아힘의 출발 자격과 용태에 대해 오만상을 찌푸리며 사뭇 의심스럽다는 듯 야비한 표정을 지어 보였다. 한스 카스토르프는 사촌 바로 뒤에 따라가려고 선 채로 커피를 마시면서 슈퇴르 부인의 얼굴을 보았다. 요아힘은 여전히 사소한 인사치레를 해야 했고, 현관에서는 요양원 대표자의 공식 작별 인사에 대답해야 했다. 오늘도 환자들이 마차의 출발을 구경하려고 모여들었다. 키가 작은 일티스 부인, 상아색의 레비, 품행이 단정하지 못한 포포브와 그의 아내의 얼굴이 보였다. 마차가 뒷바퀴에 브레이크를 걸면서 차도를 내려가기 시작하자 전송하는 사람들은 손수건을 흔들었다. 요아힘은 장미꽃을 선사받았다. 그는 오늘 모자를 쓰고 있었다. 한스 카스토르프는 모자를 쓰지 않았다.

오랫동안 음산한 날씨가 계속된 뒤에 비로소 화창하게 햇빛이 비치는 멋진 아침이었다. 시아호른, 그뤼넨튀르메, 그리고 도르프베르크의 둥근 정상들이 이전과 마찬가지로 이 지대의 간판처럼 푸른 하늘을 뒤로 하고 솟아 있었다. 요아힘의 눈은 거기에 머물렀다.

"유감인데. 출발하는 날의 날씨가 이렇게 화창하다니 말이야. 심술궂군. 마지막 인상이 나쁘면 작별하기가 쉬운 법이지."

여기에 대해 요아힘은 작별하기가 쉽지 않아도 괜찮다고 말했다. 평지에서라면 군대 훈련에 더 바랄 수 없는 날씨로 마음껏 이용할 수 있었을 것이라고 했다. 두 사람 중 어느 쪽의 사정으로도, 그리고 현재 두 사람 사이의 사정으로 보아도 이렇다 하고 말할 것이 없었다. 게다가 마차 앞의 마부석 뒤에는 마부와 나란히 요양원의 절름발이 문지기가 앉아 있었다.

한 마리의 말이 끄는 이륜마차의 딱딱한 쿠션 위에 똑바로 앉아 있는 사촌들은 마차의 동요로 뛰어오르며, 시냇물과 협궤 철도를 뒤로 하고, 선로와 평행으로 달리는 큰길을 따라, 불쑥불쑥 튀어나온 건물들을 지나, 창고와 별 차이가 없는 마을 역 앞의 자갈 광장에 도착했다. 한스 카스토르프는 모든 것을 깜짝 놀라는 기분으로 다시 보았다. 13개월 전에 이 역에 도착하여 황혼이 깃들기 시작할 때 보고 나서 그 뒤 한 번도 이 역에 온 일이 없었다.

"여기에 내가 도착했었구나." 하고 한스 카스토르프는 말했다.

요아힘은 "그렇지, 여기야."라고만 대답하며 마부에게 요금을 건네주었다.

절름발이는 고맙게도 승차권, 짐 등을 모두 맡아 주었다. 요아힘은 회색 쿠션이 있는 작은 객실에 외투, 무릎덮개, 장미꽃을 놓고 좌석을 확보한 뒤에 사촌과 장난감 같은 기차의 객실 앞 플랫폼에 나란히 섰다.

"이제 자네는 열광적인 선서를 하겠군." 하고 한스 카스토르프가 말하자 요아힘이 대답했다.

"암, 하고말고."

그 밖에 무슨 할 말이 있단 말인가. 두 사람은 평지의 사람들과 이 위의 사람들에게 마지막 인사를 각각 부탁했다. 그러고 난 뒤 한스 카스토르프는 지팡이로 아스팔트 위에 무엇인가를 그리고만 있었다. 승차를 재촉하는 소리를 들었을 때 그는 깜짝 놀라, 얼굴을 들어 요아힘을 쳐다보았고, 요아힘도 한스 카스토르프를 쳐다보았다. 두 사람은 손을 꼭 잡았다. 한스 카스토르프는 막연한 미소를 지었고, 요아힘의 진지한 눈에는 슬픈 기운이 있었다.

"한스!" 하고 요아힘은 말했다.

아아, 신이여! 이렇게 참을 수 없는 일이 이때까지 이 세상에 있었을까? 요아힘은 한스 카스토르프의 이름을 불렀다. 언제나 서로 불렀던 '자네', '여보게'라고 부르지 않고 관습이 갖는 신중성과 형식을 모두 버리고 도저히 참을 수 없는 감정적인 어조로 '한스'라고 불렀던 것이다. "한스!"라고 요아힘은 말하고 골똘히 생각하는 불안한 얼굴로 사촌의 손을 잡았다. 한스 카스토르프는 어제 잠을 자지 못한 사촌, 출발에 흥분하고 있는 사촌, 깊이 감동한 사촌이 '술래잡기' 때의 한스 카스토르프와 마찬가지로 목을 흔드는 것을 보았다. "한스!" 하고 그는 열심히 말했다. "곧 뒤따라오도록 해." 그러고는 열차 발판에 뛰어올랐다. 문이 닫히고 기적이 울리고 바퀴가 움직였다. 작은 기관차가 끌기 시작하자, 열차는 미끄러지기 시작했다. 이곳을 떠나는 자는 창문에서 모자를 흔들고 이 위에 남는 자는 손을 흔들었다. 한스 카스토르프는 가슴이 찢어지는 듯한 심정으로 한참 동안 멍하니 서 있었다. 그리고 그는 요아힘이 1년 전에 그를 안내해 준 길을 천천히 다시 돌아갔다.

### 물리친 공격

시간의 바퀴는 굴러갔다. 시계의 바늘은 돌아갔다. 제비란과 매발톱꽃은 시들었고 야생 패랭이꽃도 사라졌다. 진한 푸른빛의 별 모양을 한 용담과 창백하고 독이 있는 사프란이 젖은 풀 속에 다시 보였고, 숲의 표면이 붉은 빛을 띠기 시작했다. 추분이 지나 만령절이 가까워 오고 시간 낭비의 선수들에게는 강림절의 제1주일, 동지, 크리스마스의 축제일도 가까워졌다. 그러나 아직도 10월의 아름다운 날씨가 계속되었다. 사촌들이 고문관의 유화를 본 날과도 같은 날씨가 말이다.

요아힘이 떠나고 나자 한스 카스토르프는 전의 식탁에 앉지 않았다. 의사 블루멘콜이 죽어 모습을 감추었고, 마루샤가 까닭 없이 웃으며 오렌지 향수의 손수건을 입에 대던 식탁, 슈퇴르 부인이 앉는 식탁에는 앉지 않게 되었다. 그 식탁에는 그가 전혀 알지 못하는 새로운 손님들이 앉게 되었다. 우리들의 친구는 2년 하고도 2개월이 지난 현재 사무국에서 다른 식탁을 지정받았다. 그는 이전 식탁과 가로 놓인 식탁 왼쪽 베란다로 나가는 문에 더 가까운, 이전 식탁과 일류 러시아인 석 사이의 식탁, 간단히 말하면 전에 세템브리니가 앉아 있던 식탁의 멤버가 되었다. 그렇다. 한스 카스토르프는 공석에 앉아, 고문관과 조수가 회식할 때를 위해 일곱 식탁 중 언제나 비워 둔 상단 의사 좌석과 마주앉았다.

빈자리 왼편에는 꼽추인 멕시코인 아마추어 사진사가 쿠션을 여러 개 겹친 위에 웅크리고 있었다. 이 사나이는 여기서 오가는 언어를 전혀 몰라 벙어리와 다름없는 얼굴이었다. 그 오른쪽에는 지벤뷔르겐에서 온 노처녀가 앉아 있었다. 언젠가 세템브리니 씨가 한탄한 것처럼 그 부인은 아무도 모르는, 알고 싶지도 않은 형부 이야기를 아무에게나 지껄였다. 그녀는 요양 규정 산책에는 툴라산의 은제 손잡이 지팡이를 가지고 돌아다녔는데, 매일 일정한 시간에 그 지팡이를 목에 비스듬히 대고 발코니의 난간 앞에서 위생 심호흡으로 접시처럼 납작한 가슴을 펴는 모습을 보였다. 그 노처녀의 맞은편에 체코인이 앉아 있었다. 아무도 그 사나이의 성을 발음할 수가 없어 체코 씨라고 불렀다. 세템브리니 씨도 베르크호프에 있었을 때 그 성을 구성하는 까다로운 자음의 배합을 가끔 발음해 보려고 했다. 물론 진정으로 한 것이 아니라 그의 우아한 라틴어가 그 까다로운 음의 밀림에 속수무책인지 흥겹게 실험한 것이었다. 그 보헤미아인은 오소리처럼 살이 쪄 있어서 이 위의 사람들 사이에서도 놀랄 만큼 특별한 식욕을 보였는데 4년 전부터 자기는 죽을 것이라고 계속 말해 왔다. 그는 밤의 모임에는 리본으로 장식한 만돌린으로 고향의 노래를 부르면서, 사랑스러운 아가씨들이 일하고 있는 그의 사탕무 농장에 대해 이야기하였다.

이 사나이 다음에는 한스 카스토르프의 좌석 가까운 곳에 할레에서 온 양조업자인 마그누스 씨와 마그누스 부인이 식탁 양쪽에 앉아 있었다. 마그누스는 당분을, 부인은 단백질을, 두 사람 다 생명에 중요한 신진대사 산물을 잃고 있었기 때문에 부부의 신변에 어딘지 우울한 공기가 감돌았다. 두 사람 다, 특히 마그누스 부인은 희망이라고는 전혀 없는 것 같아 정신적인 빈곤이 그녀에게서 지하실 공기처럼 발산되어서, 그녀의 병과 우둔함의 결합은 교양 없는 슈퇴르 부인보다 더 노골적으로 나타났다. 언젠가 한스 카스토르프는 병과 어리석음의 결합이 불쾌하다고 말했다가 세템브리니 씨에게 꾸지람을 듣기도 했다. 마그누스 씨는 부인보다는 좀 활기가 있어 가끔 세템브리니의 문학적 신경을 건드리는 말투이긴 했지만 대화하는 것을 좋아했다. 게다가 그는 성을 잘 내 체코 씨와 정치적인 일 이외 다른 일로 가끔 충돌을 일으켰다. 마그누스 씨는 대체로 보헤미아인의 국민주의적인 언동이 마음에 들지 않는 데다 보헤미아인이 금주 운동에 찬성하여 양조업에 대해 도덕적 견지에서 경멸적인 언사를 하자 자신의 이해관계가 밀접한 술이 위생적으로 무해함을 얼굴을 붉혀 가면서 옹호했다. 그럴 때면 전에는 세템브리니 씨가 유머러스하게 조정을 한 일이 있었지만, 한스 카스토르프에게는 그를 대신할 만한 역량도 없었고 사람들에게 그럴 만한 권위를 인정받을 관록도 없었다.

식탁 멤버 중에서 두 사람만이 한스 카스토르프와 비교적 친했다. 그중 한 사람은 그의 왼쪽 이웃의 안톤 카를로비치 페르게였다. 페테르부르크 출신의 이 선량한 인종자(忍從者)는 다갈색 콧수염이 더부룩한 입으로 고무신 제조와 벽지, 북극권, 극지의 영원한 겨울에 대해 말했다. 한스 카스토르프는 이 이웃과 규정된 요양 산책을 가끔 함께 하기도 했다. 다른 한 사람도 우연히 합류하여 산책할 때마다 함께했다. 그는 멕시코인 꼽추의 맞은편 식탁 상단 가까이에 앉는, 머리숱이 적고 충치가 많은 만하임 사람으로 페르디난드 베잘이라는 상인이었다. 그는 쇼샤 부인의 요염한 모습을 욕정에 타는 눈길로 보던 사람이었다. 이 사나이는 저 사육제의 밤부터 한스 카스토르프와 친구가 되고 싶어 했다.

베잘은 한스 카스토르프에게 끈기 있고 아래에서 우러러보는 것 같은 비굴한 헌신으로 계속 우정을 희망했다. 헌신을 받은 한스 카스토르프는 그 헌신의 복잡한 의미를 간파했기 때문에 아주 싫고 몸서리나는 기분이었지만 애써 인간적으로 응대하였다. 이쪽에서 눈썹을 조금 찌푸리기만 해도 가련한 사나이가 당황하여 흠칫할 수 있다는 것을 알았기 때문에, 한스 카스토르프는 자기를 낮추고 아양을 떨 기회를 잡기에 급급한 베잘의 비굴한 태도를 침착한 얼굴로 받아넘겼다. 만하임 사내는 산책할 때에 가끔 경건한 태도로 팔에 외투를 걸치고 따라왔다. 그는 마침내 만하임 사내의 매우 서글픈 이야기까지도 참고 들어 주었다. 베잘은 가령 이런 질문을 해 왔다. 이쪽이 사랑하는데 저쪽은 상대도 해주지 않는 여성에게 애정을 고백하는 것은 의미가 있을까? 희망이 없는 애정 선언에 대해 어떻게 생각하는가? 베잘은 그것을 무한한 기쁨이 결합되어 있는 애정이라고 생각했다. 물론 혐오를 느끼게 하고 여러 가지 굴욕감을 동반하지만, 고백하는 그 자체는 애정의 대상을 잠시 친밀한 관계로 만들어 이쪽의 정열의 불길로 끌어들일 수 있는 것이다. 물론 이로 인해 만사가 끝장나기는 하지만 순간의 절망적인 쾌감은 영원한 상실을 보충하고도 남는다. 왜냐하면 고백은 일종의 폭력으로서 상대방이 여기에 대해 저항하고 혐오를 나타내면 낼수록 말할 수 없는 쾌감을 느끼기 때문이다. 여기서 한스 카스토르프가 눈썹을 찌푸리자 베잘은 물러섰다. 우리의 주인공이 눈썹을 찌푸리는 것은 도학자적인 완고성에서가 아니라, 고상하고 어려운 문제와는 관계가 없다는 것을 여러 번 강조하는 선량한 페르게 씨의 면전을 생각했기 때문이었다. 우리들은 한스 카스토르프를 실제보다 더 좋게도 나쁘게도 보일 생각은 추호도 없으니까 바로 다음 이야기를 보고하기로 한다. 불쌍한 베잘이 어느 날 밤 한스 카스토르프에게 사육제 모임 뒤의 체험과 경험에 대해 부디 자세하게 말해 달라고 떨리는 목소리로 애원했을 때, 한스 카스토르프는 호의를 가지고 온화하게 그 이야기를 해 주었다. 독자도 상상하다시피 조용한 장면에 천하고 경박한 느낌은 추호도 없었다. 마찬가지로 우리는 여러 가지 이유에서 독자를 그에게서, 그리고 우리 자신을 그 이야기에 접촉하게 하고 싶지 않고, 다만 베잘이 그 뒤로 한스 카스토르프의 외투를 더욱 공손하게 들고 다녔다는 것을 부언하여 둔다.

한스 카스토르프의 새로운 식탁 멤버에 관해서는 이 정도로 해 두자. 그의 오른쪽 좌석은 잠시 동안, 불과 며칠 동안 점령되었다가 다시 공석이 되었다. 며칠 동안 그 좌석에 앉아 있었던 사람은 전에 한스 카스토르프가 그러했듯이 청강생, 친척의 한 사람, 평지에서 올라온 손님, 말하자면 평지의 사자, 즉 한스 카스토르프의 숙부 야메스 티나펠이었다.

뜻하지 않게도 고향을 대표하는 사자가 옛날 세계, 멀리 잠겨간 세계, 예전 생활의 공기를 풍기면서, 즉 멀리 아래로부터 영국제 모직물의 신선한 냄새를 풍기면서 옆자리에 앉게 된 것은 모험적인 사건이었다. 그러나 이것은 언젠가는 오고야 말 일이었다. 한스 카스토르프는 오래전부터 평지의 이러한 공격을 남몰래 각오하고 있었고, 마침내 누가 정찰 임무를 띠고 실제로 방문할지에 관해서도 처음부터 정확히 예상했다. 그리 어려운 예상은 아니었다. 해군에 적을 두고 있는 페터가 올라온다는 것은 거의 생각할 수 없었다. 그리고 티나펠

종조부는 이 지방의 기압 때문에 만일의 경우를 염려하여 열 마리의 말에 끌려도 이 위를 방문할 염려가 없는 것은 처음부터 확실했다. 그렇다. 고향 사람들을 대표하여 고향을 이탈한 연고자의 상황을 탐지하기 위해 올 사자는 야메스밖에 없었고 그가 찾아올 것은 훨씬 전부터 예상했었다. 그러나 요아힘이 혼자서 평지로 돌아가서 친척들에게 이 위의 사정을 보고하고 난 뒤, 공격의 시기는 너무나도 빨리 닥쳐왔다. 한스 카스토르프는 요아힘이 출발한 지 14일 만에 문지기에게서 한 통의 전보를 받고 올 것이 왔구나 하고 생각했다. 그래서 그는 야메스 티나펠의 단기 체재를 알리는 전보를 읽었을 때 조금도 놀라지 않았다. 야메스 숙부는 스위스에 볼일이 있어 왔다가 한스 카스토르프가 있는 고원도 방문하기로 했다. 모레 이곳을 방문한다는 것이었다.

'좋아.' 하고 한스 카스토르프는 생각했다. '좋지.' 하면서 '어서 오십시오.'라는 말도 마음속에서 붙였다. '숙부가 무엇을 안단 말인가.' 하고 그는 다가오고 있는 사자에게 마음속으로 말했다. 요컨대 그는 그 통지를 태연하게 읽고 그것을 베렌스 고문관 사무국에 보고하여 방을 하나 준비하게 했다. 요아힘의 방이 아직 비어 있었다. 이틀 후 그는 전에 자신이 도착한 시간, 그러니까 거의 오후 8시가 되어 어두워진 뒤에 요아힘을 보냈던 딱딱한 마차를 타고 마을 역으로 가서 정찰하러 찾아오는 평지의 사자를 맞이하기 위해 기다렸다.

한스 카스토르프는 빨갛게 상기된 얼굴에 모자를 쓰지 않고 외투도 입지 않은 채 플랫폼 끝에 서 있다가 열차가 들어오자 숙부가 앉아 있는 창가로 가서, 도착했으니 빨리 내리시라고 재촉했다. 티나펠 영사는 명예직 부영사로서 늙은 아버지의 부담을 크게 덜어 주고 있었다. 티나펠 영사는 추운 듯이 겨울 외투로 몸을 감싸고 있었다. 10월의 저녁은 정말 몸서리쳐질 정도로 추웠고, 그 공기는 맑으면서도 쌀쌀해서, 정말 새벽에는 얼음이 얼 정도였다. 그는 깜짝 놀란 들뜬 기분을 북서부 독일 신사다운 아주 세련되고 어딘지 섬세한 느낌을 주는 말로 표현하고 객실에서 나왔다. 그는 사촌 같은 조카에게 인사를 하고 조카의 건강한 모습에 만족한 듯 기뻐하며, 절름발이가 짐을 모두 맡아 준다는 것을 알고, 마차의 딱딱하고 높은 좌석에 한스 카스토르프와 같이 앉았다. 두 사람은 별이 많은 밤하늘 아래를 마차를 타고 갔다. 한스 카스토르프는 머리를 뒤로 기대고 집게손가락을 들어 사촌과 같은 숙부에게 고원의 장관을 설명하고 여기저기 반짝이는 성좌를 말과 몸짓으로 가리켰으며 운성의 이름도 알려주었다. 야메스는 우주의 일보다도 옆자리 조카의 태도에 더 신경이 쓰였다. 지금 여기서 별 이야기를 한다고 해서 나쁠 것이 없고 미친 짓이라고도 할 수 없었지만, 그 밖에도 할 이야기가 많이 있을 텐데 하고 혼잣말로 중얼거렸다. 도대체 언제부터 하늘에 대해 그렇게 관심이 많아졌냐고 그가 한스 카스토르프에게 묻자, "춘하추동 언제나 발코니에서 밤의 안정 요양을 한 부산물입니다."라고 한스 카스토르프는 대답했다.

마의 산 2

"뭐라고? 밤에도 발코니에서 잔다는 말인가?"

"그렇습니다. 영사님도 그렇게 하게 될 것입니다. 그렇게 하는 수밖에 별도리가 없을 것입니다."

"물론이지, 여부가 있겠나." 야메스 티나펠은 환영하는 듯하면서도 좀 당황해서 대답했다. 함께 동생처럼 자란 조카는 태연하고 담담하게 말했다. 엄한 추위와 같은 가을 추위 속에서 조카는 모자도 외투도 없이 앉아 있었다.

"너는 조금도 춥지 않은 것 같구나?" 하고 야메스는 물었다. 야메스는 두꺼운 플란넬 외투를 둘러쓰고도 몸을 떨었다. 이빨이 맞추어지지 않아 말투도 다소 성급한 듯 얼어붙은 것 같았다.

"우리들은 춥지 않습니다." 하고 한스 카스토르프는 조용히 짧게 대답했다.

영사는 한스 카스토르프의 얼굴을 옆에서 한동안 뚫어져라 쳐다보았다. 한스 카스토르프는 고향의 친척들과 친구들의 근황도 물어보지 않았다. 야메스가 전한 평지 사람들의 인사, 그리고 연대로 들어가 행복과 자부심의 절정에 있는 요아힘의 인사를 전해도 한스 카스토르프는 그저 묵묵히 들을 뿐, 그 이상 아무것도 캐묻지 않았다. 야메스는 무언가 막연한 불안을 느꼈다. 그 원인이 조카에게 있는 것인지 여행 도중에 있는 야메스 자신의 생리 상태에 있는 것인지 판단할 수 없었다. 주위를 돌아보았지만 알프스 계곡의 경치는 거의 눈에 들어오지 않았다. 그는 공기를 깊이 들이마시고 토해 내면서 멋진 공기라고 칭찬했다. 그렇다고 상대방은 대답했다. "세상에 널리 알려진 만큼은 확실히 좋습니다. 공기는 대단한 기능을 가지고 있습니다. 전신의 신진대사를 촉진시키고 또한 몸에 단백질이 붙습니다. 모든 사람이 가진 병을 고치는 힘이 있지만, 처음에는 그 병을 강하게 촉진시

커 유기체를 자극하고 앙진함으로써 병을 화려하게 폭발시키는 힘도 공기는 가지고 있습니다." "실례지만 화려하게 말인가?" "숙부께서는 병의 폭발에는 어딘가 화려한 느낌이 동반한다는 것을 한 번도 느낀 적이 없습니까? 육체의 일대 기쁨을 나타내는 듯한 느낌이요."

"물론이지, 당연하지." 하고 숙부는 아래턱을 덜덜 떨면서 대답하고는, 위에는 8일이나 6일 즉 일주일, 따라서 7일간만 있게 될 것 같다고 말했다. 그리고 한스 카스토르프의 용태는 아까도 말했지만 정말로 뜻밖에 길어진 요양 덕택에 놀랄 정도로 기운이 좋고 건강해졌으니 함께 평지로 돌아갈 수 있을 것이라고 야메스는 말했다.

"그렇게 오시자마자 너무 무리한 말씀은 말아 주십시오." 하고 한스 카스토르프는 말했다. 야메스 숙부의 말은 평지의 인간들의 말이다. 이 위에서 우선 좀 견학을 하고 여기 생활에 익숙해져야 한다.

그렇게 되면 생각이 틀림없이 달라질 것이다. 중요한 것은 완치이고, '완치'가 가장 결정적인 요소다. 그리고 베렌스 고문관은 얼마 전에도 앞으로 반년을 언도했다.

여기서 숙부는 조카를 '너'라고 부르며 정신 나간 거 아니냐고 물었다.

"너 완전히 돌았구나?"

분명히 휴가를 이용해 잠깐 머무른다는 것이 1년하고도 3개월이 지났고, 앞으로 반년 더라니! 맹세코, 인간에게는 그렇게 많은 시간이 없다! 이 말에 대해 한스 카스토르프는 하늘을 쳐다보며 태연스레 짧게 웃었다. "그렇습니다. 시간 말이지요. 시간, 지상의 시간에 대해서 말인데요. 숙부님은 무엇보다도 이 점에서 평지에서 가지고 온 관념을 검토하여 고쳐야 할 것입니다. 그런 다음에 여기서 시간에 관해 의논하는 것이 좋을 것입니다." 야메스 티나펠은 내일 안으로 한스의 문제로 고문관하고 의논하겠다고 약속했다.

"좋습니다. 그는 틀림없이 숙부의 마음에 드실 겁니다. 흥미로운 성격이며, 명랑하고도 우울합니다." 한스 카스토르프는 샤츠알프 요양원의 전등을 가리키면서 봅슬레이로 골짜기로 내보내는 시체에 관해서도 덧붙여 이야기했다.

한스 카스토르프는 손님을 요아힘의 방에 안내하고 좀 쉬게 했다. 그러고 나서 두 신사는 베르크호프 식당에서 식사를 함께했다. 한스 카스토르프는 방을 메틸알데히드로 소독했다고 말했다. 방 주인이 자포자기로 출발한 것이 아니라 전혀 다른 출발, 탈주가 아니라 퇴장했을 때와 마찬가지로 철저하게 소독한다고 한스 카스토르프는 말했다. 숙부가 무슨 이야기를 하는 거냐고 묻자 조카는 대답했다.

"은어입니다. 우리들이 쓰는 말입니다. 요아힘의 경우는 탈주입니다. 군기 아래로 탈주한 것입니다. 그런 경우도 있습니다. 그건 그렇고, 따뜻한 식사를 하러 가지요."

이렇게 두 사람은 따뜻하게 난방된 식당에서 비교적 높은 식탁에 마주 앉았다. 식당의 난쟁이 아가씨가 민첩하게 두 사람의 시중을 들었다. 야메스가 부르군트산 포도주를 한 병 주문하자 그것은 작은 바구니에 담겨 테이블 위에 놓였다. 두 사람이 술잔을 서로 부딪치자 온화한 술기운이 몸 전체에 스며들었다. 연소자는 이 위의 사계절에 따른 생활, 식탁 한 사람 한 사람의 인물평을 지껄였고 기흉에 관해 말했다. 선량한 페르게의 경우를 예로 들어 기흉이 어떤 것인가를 그리고 그 수술 중에 일어날 수 있는 흉막 진탕의 무서운 점에 관해서도 자세히 말했으며, 그리고 페르게 씨가 당했다고 하는 3색의 기절, 그리고 흉막 진탕에 한몫을 차지한 후각의 환각, 그리고 기절하면서 일으킨 껄껄웃음에 대해 말했다. 그는 혼자서 지껄였다. 야메스는 늘 그랬지만 여행과 공기의 변화 때문에 식욕이 왕성해져 마구 먹고 마셨다. 하지만 그는 음식 먹는 걸 가끔 멈추고 입에 가득 찬 음식을 씹는 것도 잊고, 나이프와 포크를 접시 위에 팔자(八字)로 놓은 채 한스 카스토르프의 얼굴을 물끄러미 쳐다보았다. 한스 카스토르프도 그것을 별로 꺼리지 않는 것 같았다. 금발 머리칼이 엷어진 티나펠 영사의 관자놀이에는 혈관이 부풀어 있었다.

고향 이야기, 개인적인 이야기나 가정 이야기, 도시 이야기, 장사 이야기, 기계 체조, 툰더 운트 빌름스 회사 이야기는 전혀 화제에 오르지 않았다. 이 회사에서는 젊은 견습사원의 입사를 아직도 기다리고 있었다. 물론 회사 업무는 이것만이 아니기 때문에 언제까지나 기다려 줄지는 의문이었다. 물론 야메스 티나펠은 그쪽 이야기를 마차를 탄 뒤에 언급했다. 그러나 한스 카스토르프의 침착하고 단호한 무관심한 태도에 부딪혀 무슨 이야기도 땅에 굴러 떨어져 그대로 버려졌다. 그 태연하고 불사신 같은 태도는 가을 저녁나절의 찬 기운에 무감각한 것이라든지, '우리들은 춥지 않습니다.'라는 말을 기억나게 했다. 숙부가 조카의 얼굴을 옆으로 여러 번 자세히 쳐다본 것도 아마 조카의 그러한 태도 때문이었을 것이리라. 수간호사와 의사들의 이야기도 나왔고 의사 크로코브스키의 강연 이야기도 나왔다. 야메스도 여기에 일주일 정도 머문다면 강연을 한 번은 들을 것이라고 말했다. 숙부가 그 강연에 참가할 것이라고 조카에게 말했단 말인가? 아무 말도 하지 않았다. 한스 카스토르프가 그렇게 정하고 유유히 단호하게 기정사실로 결정했던 것이다. 거기에 출석하지 않을는지 모르겠다고 생각하는 것조차도 부자연스럽게 느껴져, 그렇게 잠시라도 생각한 것을 의심받지 않으려는 듯 당황하여 숙부는 "그야, 물론이지." 하고 말했다. 조카의 그런 태도에 티나펠 씨는 막연하지만 어떤 힘을 느껴, 사촌이라고 해도 좋을 조카를 자기도 모르게 쳐다보지 않을 수 없었다. 이번에는 입을 벌린 채로였다.

　코감기에 걸린 것도 아닌데 숨을 쉬는 코의 통로가 막혔다. 그는 조카가 이곳의 모든 사람의 전문적 관심 대상인 병과 그 병의 수용 체질에 대해 이야기하는 것을 들었다. 그리고 그는 한스 카스토르프의 약하지만 오래 가는 병의 증상에 대해 들었다. 즉 기관지의 분지와 폐세포 조직이 세균에 감염되었을 때의 자극에 대해, 결핵 형성에 대해, 가용성의 마취성 독소의 제조에 대해, 세포의 붕괴와 폐의 치즈화에 대해 말하는 것을 들었다. 그리고 그 치즈화가 석회화와 결체 조직의 유착에 의해 무사히 그치거나 또는 한층 더 큰 연화 구멍을 계속 형성하면서 커지는 공동을 뚫고 폐장을 파괴한다는 문제를 들었다. 또 그는 그 파괴 현상의 격심한 분마성(奔馬性) 형태에 대해, 그 형태가 이삼 개월 사이에, 아니 이삼 주일 안에 환자를 사망하게 만든다는 것을 들었다. 그리고 고문관의 대가다운 솜씨의 기흉 수술, 폐 절개에 대해서, 이 위에 온 지 얼마 안 되는 중증의 부인이 내일이나 모레 수술을 할 예정에 대해서 들었다. 예전에는 꽤 매력적이었을 그 스코틀랜드 부인은 폐회저(肺壞疽)에 걸려 있어 체내에 암녹색의 병독이 번지기 때문에 스스로 구역질로 인해 기절하지 않으려고 하루 종일 석탄산 용액의 분무를 들이마셔야 한다는 이야기도 들었다. 여기서 부영사는 갑자기 웃음보를 터뜨렸다. 본인도 전혀 뜻밖의 일이어서 크게 부끄러워했다. 그는 웃음보를 터뜨리자마자 곧 웃음을 참고 기침을 하면서 뜻밖에 일어난 일을 모든 방법을 써서 얼버무리려고 애썼다. 게다가 그는 한스 카스토르프가 지금의 무례한 태도를 알아차리지 못할 리가 없는데도 조금도 개의치 않고 무관심하게 있는 것을 보고 안심했지만 그 안심은 새로운 불안을 내포하고 있었다. 조카의 그런 무관심은 조심이나 사양이라든지, 예절 같은 것이 아니라 순전한 무관심, 오불관언, 무서울 정도의 관용이라고 할 수 있는, 그런 실책에 신경 쓰는 것도 이미 잊은 태도였다. 영사는 지각없이 웃은 것에 대해 뒤에라도 그럴 듯한 이유와 의미를 붙이려고 했는지 그렇지 않으면 어떤 생각에서였는지 관자놀이에 부풀어 오른 혈관을 보이면서 남자들이 클럽에서 서로 주고받는 종류의 말을 이야기하기 시작했다. 지금 함부르크의 성 파울리 환락가에서 잘나가는 상송 가수, 아주 멋지고 인기 있는 가수 이야기를 하면서 그 여자가 고향의 자유 도시의 신사들을 현혹하는 강력한 매력을 조카에게 설명했다. 야메스는 그 말을 할 때 혓바닥이 좀 풀리지 않았지만, 조카는 거기에 대해

마의 산 2

서도 신경쓰지 않고 태연했기 때문에 야메스는 괴로워할 필요가 없었다. 아무튼 야메스는 여독이 점점 심해져서 10시 반경에 벌써 대화를 그만하자고 했고, 가끔 얘기를 들었던 의사 크로코브스키와 홀에서 처음 대면하기로 한 약속을 내심 귀찮아했다. 조수는 신문을 읽으면서 살롱의 문 옆에 앉아 있었다. 조카가 그에게 숙부를 소개했다. 의사의 힘차고 명랑한 인사에 대해 야메스는 "정말 당연하지요."라는 말밖에는 거의 대답할 말이 없었다. 조카는 내일 아침 8시에 아침식사를 하러 오겠다는 말을 남기고, 요아힘의 소독이 끝난 방에서 발코니를 통해 자기 방으로 돌아갔다. 야메스는 언제나 자기 전에 피우는 담배를 입에 물고 탈주병 요아힘의 침대에 몸을 던졌을 때에야 깊은 안도의 숨을 돌릴 수 있었다. 불이 붙은 담배를 입에 문 채로 두 번이나 꾸벅꾸벅 졸다가 하마터면 불을 낼 뻔했다.

한스 카스토르프가 '야메스 숙부'라고 부르기도 하고 '야메스'라고도 불렀던 야메스 티나펠은 날씬하고 긴 다리를 가진 40세에 가까운 신사였다. 영국제 원단으로 맞춘 양복에 하얗고 부드러운 속옷을 입고 있었다. 숱이 적은 담황색 머리카락, 좁은 양미간 사이의 푸른 눈, 짧게 다듬은 엷은 갈색 콧수염에, 손은 깔끔하게 손질되어 있었다. 야메스는 수년 전에 결혼했고 자식도 있었지만, 하르베스테후더 거리에 있는 늙은 영사의 큰 저택에서 다른 곳으로 이사할 필요를 느끼지 못했다. 아내는 그와 같은 사회계층 출신으로 문화적이고 세련되었고, 그와 마찬가지로 작은 목소리로 빠르고 신랄하면서도 은근히 말하는 부인이었다. 가정에서 야메스는 아주 정력적인 데다 사려 깊고 우아한 반면 사업에서는 냉정하고 실제적이었다. 그러나 풍습이 다른 타향, 남부 독일을 여행할 때, 예컨대 너무나 지나치게 정중하고 겸손했으며 심하게 상냥한 태도를 취했다. 이 성격은 그가 자라난 문화에 자신이 없어서가 아니라, 오히려 그 문화의 굳건한 가치에 대한 자각과 자신의 귀족적인 성향을 개선하려는 욕망을 반영한 것이었다. 그래서 심지어 공감할 수 없는 풍습에 접촉해도 이상하게 여기는 분위기를 보이지 않으려고 했다.

"그건 정말 당연하지요!" 하고 세련되지만 융통성 없는 사람이라는 생각을 남에게 심어 주지 않으려고 당황하여 말했다. 이 위를 방문한 것은 바로 실제적인 사명 때문이었다. '감상적인' 젊은 조카의 동태를 정력적으로 확인하고 건강진단을 한 다음, '방탕에서 그를 끄집어내어' 집에 데려가기 위해 찾아온 것이었다. 그러나 막상 이 위에 와 보니, 이 위의 세계가 다른 세계라는 것을 통감했다. 이 위에 도착한 순간부터 그가 손님으로 방문한 세계, 다른 풍습이 지배하는 세계가 굳건한 자신감을 가지고 있다는 점에서 그 자신의 세계에 지지 않을 뿐만 아니라 훨씬 능가하고 있어서, 실무자의 정력과 신사의 교양 사이의 갈등이, 그것도 대단히 심각한 갈등이 일어날 것이라는 강한 예감에 사로잡혔다. 그를 맞이한 이 위 세계의 자신만만함이 정말 압도적이라는 것을 느꼈다.

한스 카스토르프가 영사의 전보를 읽고 남몰래 침착하게 '어서 오십시오.' 하고 중얼거렸을 때 예견한 것도 바로 그것이었다. 그렇다고 해서 그가 이 세계의 강한 개성을 의식적으로 숙부에게 이용했다고 생각해서는 안 된다. 그런 것을 하기에는 그는 벌써 오래전부터 이 세계의 한 사람이었다. 따라서 공격자에 대해 이 세계의 왕성한 기력을 의식적으로 이용한 것이 아니었다. 오히려 영사가 조카의 태도에서 그의 사명이 달성될 것 같지 않음을 막연하게 예감한 순간부터 마지막까지 한스 카스토르프가 우울한 미소로 보내지 않으면 안 되었던 결말에 이르기까지, 모든 것이 아주 단순한 경로로 그렇게 되었다.

다음 날 아침 식사에 본과생은 청강생을 식탁 멤버에게 소개하였다. 베렌스 고문관도 검은 콧수염과 파란 얼굴의 조수를 대동하고 큰 키에 이상한 얼굴 그대로를 하고 식당으로 들어와서 수식적인 아침 인사 "잘 주무셨습니까?"를 연발하면서 식당을 잠시 누비고 다녔다. 베렌스는 야메스가 외로운 조카를 잠깐이라도 위로해 주기 위해 이곳을 방문한 것은 멋진 생각이었을 뿐만 아니라, 야메스 자신도 언뜻 보아 빈혈이 분명하므로 이곳을 방문한 것은 그 자신의 이해관계로도 엄청나게 현명한 일이었다고 말했다.

"빈혈! 내가, 이 야메스 티나펠이 말이오?"

"그렇습니다. 물론입니다." 하고 베렌스는 말하고 야메스의 아래 눈꺼풀을 집게손가락으로 뒤집었다. "심한 빈혈입니다. 숙부께서 요 몇 주일을 여기 발코니에서 유유히 누워 모든 점에서 조카의 예를 따라 정진하시면 그야말로 빈틈없는 행동이라고 할 수 있을 것입니다. 숙부님 같은 상태라면 한동안 가벼운 폐결핵이라 생각하고 생활하시는 것이 무엇보다도 상책이라고 할 수 있을 것입니다. 아무튼 폐결핵의 징조가 있습니다."

"그야 그렇겠지요!" 하고 영사는 당황하여 말했다. 그리고 영사는 헤엄치듯 가 버린 긴 목의 사나이를 입을 벌린 채 한참을 자세히 바라보았다. 한편 조카는 그 옆에 태연하게 서 있었다. 그러고는 숙부와 조카는 시냇가 벤치로 규정 산책에 나섰다. 산책에서 돌아오자, 야메스 티나펠은 조카에게 지도받으며 무릎 덮개와 조카에게서 빌린 낙타 담요를 덮으면서 최초의 안정 요양을 했다. 조카는 화창한 가을 날씨라 담요 한 장으로 충분했다. 조카는 숙부에게 담요를 몸에 감는 순서를 차근차근 가르쳐 주었다. 영사를 미라처럼 둥글게 감아 놓은 뒤에 규정된 순서를 혼자서 되풀이하도록 했다. 가끔 여기저기 거들었다. 그는 차양을 의자에 고정시키고 그것을 태양의 위치에 따라 이동하는 것도 가르쳐 주었다.

마의 산 2

영사는 농담을 했다. 그는 평지의 기분을 아직 잃지 않아 아까 아침 식사 뒤에 마친 규정 산책에 대해서도 농담을 했고, 지금도 담요를 두르는 방법을 배우면서 농담을 했다. 그러나 조카가 그 어느 농담에도 전혀 상대하지 않고 태연스러운 조용한 미소를 지었을 때, 이 세계의 얕볼 수 없는 자신만만함이 그대로 나타나 있는 것을 보고 불안을 느꼈다. 그리고 자신이 실무자로서 지닌 정력에 압도당하는 것이 두려워 평지에서 가지고 온 자아의식과 에너지를 동원할 수 있는 동안, 그날 오후 안에라도 재빨리 조카의 일로 고문관과 중대한 의논을 하기로 결심했다. 이 세계의 정신이 그의 사교성을 끌어들여, 그가 가진 평지의 정신과 에너지에 대해 위험한 동맹을 맺어 평지의 정신과 에

너지가 사라져 가는 것을 느꼈기 때문이다.

　게다가 야메스는 고문관이 빈혈을 이유로 환자들의 생활을 본받으라고 충고한 것도 따를 필요가 없다고 느꼈다. 그것은 당연히 그래야 하는 것이어서 달리 생각할 필요도 없었다. 그러나 그렇게 느낀 것이 어느 정도까지 한스 카스토르프의 태연자약한 자신만만한 태도에 영향받은 것인지, 어느 정도까지 그것이 객관적이며 필연적으로 그렇게 할 수밖에 없어서인지, 신사인 야메스로서는 처음부터 구별할 능력이 없었다. 최초의 안정 요양이 끝나자 양이 많은 두 번째 아침 식사와 마을 산책이 필연적으로 뒤따랐다. 이 세상에 이것처럼 자연스러운 일은 없었다. 그 산책에서 돌아오자 한스 카스토르프는 숙부의 몸을 다시 담요에 쌌다. 문자 그대로 숙부의 몸을 푹 쌌다. 가을 햇빛 속에서 잠자리로는 좋기가 이를 데 없는, 아니 극도로 찬미해야 할 침대 의자에 숙부를 눕히고 난 뒤 조카도 이웃 발코니의 침대 의자에 누웠다. 얼마 안 있어 환자들을 점심 식사에 부르는 종소리가 울려 퍼졌다. 그 점심 식사는 푸짐한 최고의 요리로, 점심 식사 뒤의 정오의 안정 요양은 단지 형식적인 관습만이 아니라 생리적으로 필요한 개인적인 욕구에서 하는 것이었다. 그리하여 푸짐한 저녁 식사가 끝나면 광학 응용의 오락 기구가 갖추어진 살롱에서 밤의 사교 모임을 갖는 것이었다. 이렇게 온화하고 부드럽게 강요되는 일과에 대해서는 불평을 하려 해도 할 수 없었고, 몸 상태가 바뀌어 영사의 판단력이 둔해져 있었다 하더라도 그 일과에 대해서 이러쿵저러쿵할 수는 없었다. 영사는 좋지 않은 몸 상태를 병이라고까지는 말하고 싶지 않았지만 피로와 흥분이 결합되어 몸에 열이 나는 동시에 한기가 일어났다.

불안한 기분으로 기다렸던 베렌스 고문관과의 회담 절차가 밟아졌다. 즉 한스 카스토르프의 부탁을 받은 마사지 선생을 통해 영사는 수간호사와의 이상한 대면을 하게 되었다. 수간호사는 영사가 누워 있는 발코니에 나타나서 둥근 통나무처럼 담요를 두르고 쓸쓸하게 누워 있는 영사에게 이 위의 이상한 관습에 따라 말을 걸어와 예의바른 그를 아주 번거롭게 했다. 부디 이삼 일만 더 기다려 달라고 수간호사는 말했다. 고문관은 수술, 종합 진단으로 꼼짝 못 하고 있었다. 그리스도교의 가르침에 따라 병든 사람들을 우선적으로 취급해야 했다. 그는 건강한 것 같으니 여기서 첫 번째를 요구하지 말고 한 걸음 뒤로 물러서서 기다려야 했다. 그러나 진찰을 받으려 한다면 이야기는 달라졌을 것이다. 그렇다고 해도 그녀 아드리아티카는 별로 놀라지 않았을 것이다. 그녀는 야메스에게 눈과 눈을 마주치라 하고는, 역시 눈이 다소 흐리다고 말했다. 침대 의자에 누워 있는 모습이, 대체로 그녀가 보기에는 완전 정상과는 거리가 멀고, 그다지 깨끗하다고도 할 수 없었다.

마의 산 2

"그런데 영사님이 바라는 것은 진찰입니까, 아니면 사적 회담입니까?"

물론 후자의 것, 사적 회담을 희망한다고 침대 의자의 사나이는 단언했다.

"그렇다면 나중에 통지가 있을 때까지 기다려 주십시오."

고문관은 사적 회담을 할 시간은 거의 없었다. 요컨대 모든 것이 야메스가 기대했던 것에서 완전히 틀어져 버렸고, 수간호사와의 대화는 마음의 평정에 지울 수 없는 충격을 주었다. 조카는 태연자약한 태도로 보아 여기서 이루어지는 일에 잘 적응하고 있음이 분명했다. 그런 조카에게 수간호사가 얼마나 소름끼칠 정도로 느껴졌는가 이야기하기에는 야메스는 너무나 신사였다. 그래서 야메스는 조심조심 조카의 방으로 가서 수간호사가 좀 이상한 여자가 아니냐고 슬그머니 타진했다. 여기에 대해 한스 카스토르프는 깊이 생각하는 듯 허공을 쳐다본 뒤 밀렌동크 양이 체온계를 강매하지 않더냐고 반문했다. 이것은 야메스의 질문을 반은 긍정한 것이 되었다.

"아니, 내게? 그녀가 그런 일도 한단 말인가?" 하고 숙부는 물었다. 그러나 조카가 물어본 일이 실제로 일어났다 해도 조카는 놀라지 않았으리라는 것이 얼굴에 확실히 나타나 있어 야메스는 마음이 편치 않았다. 그 얼굴에는 '우리들은 춥지 않습니다.'라고 하는 것과 똑같은 것이 나타나 있었다. 영사는 추위서 견딜 수 없었다. 얼굴에는 열이 올랐지만 몸은 계속 얼어 있었다. 그래서 그는 이렇게 생각했다. 수간호사가 자기에게 정말로 체온계를 강매한다면 그는 물론 거절했겠지만 그러나 어쩌면 거절하는 것은 결국은 옳지 않았을 것이다. 왜냐하면 남의, 가령 조카의 체온계를 빌리는 것은 무례한 일이었기 때문이다.

이렇게 하여 며칠이, 사오 일이 지나갔다. 사자의 생활도 틀이 잡혔다. 그리고 준비된 궤도 밖을 달린다는 것은 생각할 수 없게 되었다. 영사는 여러 가지를 견문했고 갖가지 인상을 받았지만 우리가 그것을 더 이상 캐 볼 필요는 없으리라. 어느 날 그는 한스 카스토르프의 방에서 검고 작은 유리판을 집어 들었다. 그것은 한스 카스토르프의 깨끗한 거처를 장식하는 자질구레한 소품 중의 하나였다. 조각을 한 작은 사진틀에 끼워 놓은 것인데, 광선에 비추면 사진이 음화인 것을 알 수 있었다.

"이것은 도대체 무언가?" 하고 숙부는 그 유리판을 비춰 보면서 물었다. 그렇게 묻는 것은 당연한 일이었다! 머리 부분이 없는, 어렴풋이 살에 싸인 인체의 상반신 골격 사진이었다. 여성의 상반신이라는 것을 알 수 있었다.

"그거 말입니까? 기념품입니다." 하고 한스 카스토르프는 대답했다.

숙부는 그 말을 듣자 "이것 참, 실례했는데." 하고는 사진을 사진틀에 다시 꽂고 황급히 나갔다. 이것은 요 사오 일 동안 야메스의 견문과 인상 중 한 가지 예였다. 의사 크로코브스키의 강연에 나타나지 않는다는 것은 생각할 수 없었기 때문에 거기에도 얼굴을 내밀었다. 그리고 기다렸던 베렌스 고문관과의 사적 회담은 6일째에 실현되었다. 호출을 받고 야메스는 첫 번째 아침 식사 뒤에 조카와 조카의 시간 낭비에 대해 고문관과 담판 지을 결심으로 지하실로 내려갔다.

다시 지상으로 올라왔을 때, 그는 작은 목소리로 말했다.

"이런 말을 자네는 들어본 적이 있나?"

그러나 한스 카스토르프도 처음 듣는 이야기가 아닐 테고 또 별로 놀랄 것도 없었기에, 야메스는 그것으로 입을 다물었다. 그런데 조카가 그다지 흥미 없는 듯 어떤 이야기였느냐고 반문하자 "아니, 아무것도 아니야."라고 대답했을 뿐이었다. 그러나 그때부터 영사는 새로운 버릇을 선보였다. 즉 눈썹을 찡그리고, 입술을 앞으로 내밀고, 위를 비스듬히 쳐다보고, 다음에는 당황하여 머리를 돌리고는 반대로 위쪽을 같은 눈초리로 보았다. 베렌스와의 회담이 영사가 생각했던 것과는 다른 결과로 끝난 것일까? 이야기가 한스 카스토르프의 일이 아니라 야메스 티나펠의 일로 바뀌어 회담은 사적 회담의 성질을 잃어버린 것일까? 영사의 상태로 판단하건대 그러했을 것이다. 영사는 들뜬 듯 계속 떠들며 지껄였고 이유 없이 웃으며 조카의 옆구리를 주먹으로 찌르고는 "여, 선배!" 하고 외치는 것이었다. 그리고 그는 이쪽저쪽을 당황한 듯이 보았다. 그러나 그의 눈은 식사 때도, 규정된 산책 때도, 밤의 모임 때에도 어떤 일정한 방향으로 향해졌다.

현재 부재중인 잘로몬 부인과 둥근 안경의 대식가 소년의 식탁에 앉은 폴란드의 산업자본가의 부인인 레디쉬 부인에게 영사는 처음에는 그다지 주의를 기울이지 않았다.

그녀는 정말이지 요양홀의 평범한 한 부인에 지나지 않았다. 게다가 그다지 젊지도 않고, 백발이 다소 섞인 거무스름한 머리와 피부에, 사랑스러운 이중 턱을 가질 정도로 뚱뚱했으며, 갈색 눈이 건강해 보였다. 그녀는 세련미라는 점에서는 아래 평지의 티나펠 영사 부인하고는 비교가 안 되었다. 그러나 일요일 저녁 식사 뒤 홀에서 영사는 레디쉬 부인의 가슴이 무척 풍만하다는 것을 깨달았다. 부인은 금박을 한 검은 옷으로 어깨와 가슴을 드러내, 묵직하게 양쪽에 붙은 여자다운 유방이 보였고 젖무덤 사이의 골이 꽤 깊게 보였다. 한창 나이의 세련된 영사에게 이것은 완전히 신선하고 전대미문인 것으로 그의 영혼을 뒤흔들어 놓는 매력적인 발견이었다. 그는 레디쉬 부인에게 접근하려 했으며 여기에 성공했다. 처음에는 서서 오랫동안 그녀와 이야기를 나누었고 다음에는 앉아서 이야기를 했고, 나중에는 콧노래를 부르면서 방으로 돌아왔다. 다음 날 레디쉬 부인은 금박을 한 검정 옷을 입지 않고 어깨와 가슴도 보이지 않았지만, 영사는 어젯밤에 본 유방이 눈앞에 어른거려 그 인상을 계속 쫓았다. 그는 되도록 요양 산책을 그녀와 나란히 하여, 진지하고 매력 있는 특별한 태도와 말씨로 몸을 돌리고 굽히면서 걸어갔다. 식탁에서는 그녀를 향해 잔을 들어 건배했다. 그녀도 여러 개의 금니를 번쩍이면서 미소 짓고 영사를 위해 건배했다. 영사는 조카와 이야기할 때 그녀를 '여신과 같은 피조물'이라고 부르며 콧노래를 시작하였다. 한스 카스토르프는 당연하다는 듯한 얼굴로 침착하고 너그러운 태도로 바라보았다. 그러나 이것은 연장자인 숙부의 권위를 높이는 것은 아니었고 영사의 사명에도 일치하지 않았다.

그가 식탁에서 레디쉬 부인을 위해 술잔을 들어 건배한 것은(실은 생선 스튜와 셔벗이 나올 때 두 번 건배했다) 베렌스 고문관이 한스 카스토르프와 방문객의 식탁에서 회식을 할 때의 일이었다. 고문관은 일곱 식탁을 순서대로 청강하고 다니기 때문에 모든 식탁에 식기가 준비되어 있었다. 고문관은 큰 손을 접시 앞에 모으고 콧수염을 한쪽으로 추켜올려 베잘과 꼽추 멕시코인과 스페인어로 이야기를 나눴다. 그는 모든 나라 말을 할 줄 알아서 터키어와 헝가리어로도 말했다. 저쪽에서 티나펠 영사가 보르도 포도주가 담긴 잔을 들어 레디쉬 부인에게 경의를 표시하는 것을 벌겋게 충혈되고 튀어나온 파란 눈으로 바라보았다.

잠시 후 식사 중에 고문관은 야메스에게서 자극받아 식탁 이쪽에서 저쪽까지 일장 연설을 했다. 야메스가 인체가 부패하면 어떻게 되는가라고 변덕스러운 질문을 했기 때문이다. 고문관은 인체를 연구했고 물론 인체가 그의 전공 분야였다. 말하자면 그는 일종의 인체의 군주라고도 할 수 있었다. 그러니까 그는 만약 육체가 분해되면 일어나는 과정을 말해 주어야 했다.

"무엇보다도 복부가 파열합니다." 하고 고문관은 식탁에 팔꿈치를 세우고 손을 모으고 몸을 굽히면서 대답했다. "당신은 톱밥과 대팻밥 속에 누워 있습니다. 그러면 가스가, 아시다시피 개구쟁이들이 개구리에 바람을 불어 넣는 것처럼 당신을 부풀게 합니다. 결국 당신은 풍선처럼 부풀어 복부의 가죽은 그 고압에 견디지 못하여 파열하는 것입니다. '펑' 하면 당신은 눈에 띄게 홀가분해집니다. 이스카리옷 유다가 나뭇가지에서 떨어진 것처럼 배 안에 있는 것을 모두 털어 냅니다. 그렇습니다. 그 뒤에야 당신은 다시 실제로 사회적으로 모습을 나타낼 수 있습니다. 저 세계에서 휴가를 받고 이 세상에 다시 돌아오셔도 유족들의 미움을 받지는 않으실 것입니다. 그 뒤에 이 세상의 공기를 만나도 옛날과 마찬가지로 멋진 남자가 됩니다. 포르타 누보 근교 카프친 수도원 지하실에 달려 있는 팔레르모 시민들의 미라처럼 됩니다. 그들은 우아하게 마른 모습으로 천장에 매달려 만인의 존경을 받고 있습니다. 문제는 가스를 방출하는 것입니다."

"그렇군요." 하고 영사는 말했다. "대단히 감사합니다!" 그리고 그다음 날 아침 야메스는 사라졌다.

그는 아침 첫차로 평지를 향해 떠나갔다. 계산을 다 끝마치고 난 뒤에 출발한 것은 두말할 필요도 없다. 당연한 일이다! 상담을 위해 만났다가 받게 된 진찰 요금도 지불하고, 아마 전날 저녁 때 아니면 출발 당일, 아직 모두가 자고 있는 이른 아침에 조카에게 한마디 귀띔도 하지 않고, 절름발이에게 살짝 두 개의 여행 가방에 짐을 꾸리게 하였을 것이다. 한스 카스토르프가 첫 번째 아침 식사 시간에 숙부 방에 들어가 보니 방은 비어 있었다.

조카는 두 손을 허리에 대고 서서 "그렇군, 그랬었군." 하고 말했다. 그리고 그의 얼굴에 우울한 미소가 떠오른 것은 그때였다. "아, 그렇구나."

이렇게 말하고 고개를 끄덕였다. 마침내 도망친 것이다. 지금이야말로 호기이고, 일생일대의 큰일이라고 결단을 내리고 아무 말도 하지 않고 재빨리 서둘러 짐을 가방 속에 넣고 도망을 친 것이었다. 조카와 함께가 아니라, 훌륭하게 사명을 다하고 난 뒤가 아니라 혼자만이라도 도망갈 수 있음에 안도하며 정직한 숙부 야메스는 평지의 깃발 아래 봉기한 시민이자 탈주자로서 도망쳤다. 자 그럼, 여행이 무사하시기를 빌겠습니다!"

한스 카스토르프는 이 위를 찾아온 숙부가 자기도 전혀 모르게 출발했다는 것을 아무도 모르게 했다. 특히 영사를 역까지 전송한 절름발이에게는 더욱 그랬다. 그는 보덴 호수에서 보내 온 엽서를 받았다. 이 엽서에 따르면 야메스는 평지에서 전보를 받고는 상거래 일로 바삐 평지로 돌아갔다는 것이었다. 조카에게 폐를 끼치고 싶지 않았기 때문에 아무 말 없이 출발했다는 것이다. 꾸며 낸 거짓말이었다.

"앞으로도 유쾌하게 지내도록!" 이것은 빈정대는 말일까? 그렇다면 정말 속되고 나쁜 조소라고 하겠다. 황급하게 출발한 숙부는 도저히 조소나 농담을 할 심적 여유가 없었을 것이기 때문이다.

숙부는 일주일을 이 위에서 지내고 난 뒤 평지로 돌아가면, 아침 식사 뒤 요양 근무의 산책이 있는 것이 아니고, 그 뒤 정해진 순서로 담요를 몸에 두르고 바깥에서 수평이 되는 것도 아니며, 그 대신 사무실에 출근하는 평지 생활이 한동안 완전히 그릇되고 부자연스러운 용서할 수 없는 것으로 느껴질 것임을 알아차리고, 그 예상에 얼굴이 새파랗게 질릴 정도로 놀랐던 것이다. 이 깜짝 놀라게 하는 예감이 그가 도망친 직접적인 원인이었다.

이 위에 머무른 채 꼼짝도 않는 한스 카스토르프를 평지로 다시 데리고 가려던 평지의 시도는 이렇게 하여 실패로 끝났다. 한스 카스토르프는 평지의 공격이 실패하리라고 처음부터 알고 있었지만, 이 실패가 평지의 사람들에 대한 그의 관계에 중대한 의미를 가진다는 사실을 숨기려 하지 않았다. 그 실패는, 평지의 사람들에게는 어깨를 움츠리고 영원히 단념한 것을 의미하며, 한스 카스토르프에게는 완전히 자유의 몸이 되었다는 것을 의미했다. 그러한 생각을 해도 그의 심장은 이제 높이 뛰지 않게 되었다.

### 정신적 수련

레오 나프타는 폴란드의 갈리시아와 우크라이나의 볼리니아 국경에 가까운 작은 마을에서 태어났다. 그는 아버지에게 존경한다고 말했는데, 그것은 자라난 세계를 호의적으로 이야기할 수 있을 만큼 그 세계를 초탈해 버렸다는 감정을 뚜렷하게 보여 주었다. 아버지는 도살업자였다. 그러나 수공업자이며 상인인 그리스도교 국가의 도살자와는 전혀 달리, 종교관계 공무원이었다. 랍비에게서 경건한 기능 시험을 받고 나서 모세의 율법에 의해 죽여도 좋다고 인정받은 가축을 탈무드의 규정에 따라 도살하는 권능을 수여받은 엘리아 나프타는 온화한 종교적 믿음에 가득 차 있었다. 그리고 아들의 말에 의하면, 그는 별빛을 닮은 푸른 눈을 가졌다. 그의 인품은 어딘지 사제와 흡사했고, 그 장중한 느낌은 도살이 고대에는 사실 사제의 일이었다는 것을 상기시켰다. 아버지는 역도 선수 같은 타입의 유대인 젊은이를 하인으로 두었다. 힘이 장사인 이 젊은이와 나란히 있으면 금발 턱수염을 둥글게 깎은 약한 엘리아는 더한층 우아하고 가냘프게 보였다. 레오, 또는 어릴 때 불린 이름으로 라이브는 아버지가 그 젊은 하인을 조수로 하여, 앞뜰에서 의식적인 직무를 집행하는 것을 보도록 아버지에게서 허락받았다.

사지가 빗장으로 묶여 있었지만, 의식을 잃지 않은 동물을 향해 아버지는 큰 도살용 칼을 휘둘러 목줄 깊이 찌른다. 그러면 하인이 넘쳐흘러 김이 펄펄 나는 피를 한 사발이나 받았다. 아들인 레오는 외재적인 것을 통해서 본질을 보는 어린이의 눈으로 그 광경을 마음에 새기곤 했다. 별과 같은 눈을 가진 엘리아의 아들에게는 그 점에서 특별히 은총을 받았을 것이다. 레오는 그리스도교 국가의 도살자가 도살할 때에는 처음에 곤봉 아니면 손도끼의 일격으로 동물의 의식을 잃게 하고 죽인다고 알고 있었다. 이 규칙은 동물 학대와 잔혹함을 피하기 위한 것이었다. 그리고 그의 아버지는 그리스도교 국가의 거친 도살자들보다 훨씬 섬세하고 총명하며, 어느 누구도 가지지 못한 별과 같은 눈을 가졌지만, 모세의 율법에 따라 의식이 확실히 있는 동물에게 칼을 찔러 동물이 넘어질 때까지 피를 흘리게 해야 했다.

라이브는 단지 한 명의 소년일 따름이었지만, 라이브는 거친 이교도의 방법은 불철저하고 세속적인 선량함에 근거를 두고 있다고 느꼈다. 그리고 아버지의 엄숙한 무자비함에 비한다면 신성한 것에 대한 경외심이 희박한 것처럼 느껴져 그의 마음속에는 경건이라는 생각이 잔인함과 결부되었다. 그의 공상 속에는 넘쳐흐르는 피의 광경과 냄새가 무언가 신성한 것, 영적인 관념과 결부되었다. 그리스도교 국가의 억센 근육의 도살자, 그리고 부친의 유대인 하인이 그 직업에서 느끼는 듯한 잔인한 취미에서가 아니라, 정신적인 의미에서 레오의 아버지가 이런 피비린내 나는 직업을 택한 것이며, 그의 섬세한 몸짓에도 불구하고 별과 같은 눈에 나타나 있는 정신에서 택했다는 것을 잘 알고 있었다.

사실 엘리아 나프타는 내성적인 사색가였다. 모세 오경의 율법 연구가이자 율법 비평가여서, 그 내용에 관해 랍비와 토론하고 때로 논쟁으로 번지는 일도 드물지 않았다. 그는 그 지방에서 어딘지 특별한 인간으로 간주되었다. 그 지방 신자들 가운데 일부에 의해서 특히 부분적으로 종교적 문제에 관해서뿐만 아니라 다른 한편으로는 좀 비범하다는 의미에서, 아무튼 보통은 아니라는 의미에서 다른 이들 이상으로 많이 알고 있는 인간으로 간주되었다. 그에게는 교조적이지 않은 무엇인가가 있어, 마치 신과 대화하는 자, 바알셈 또는 자디크, 즉 기적을 행하는 자라는 느낌이 있었다. 특히 그가 한번은 어떤 부인의 악질 부스럼을, 한번은 어떤 소년의 경련을 피와 주문으로 고쳐준 사실도 있어서 한층 더 기적을 행하는 자라는 느낌이 강했다. 그러나 이 어딘가 위험한 경건함은 직업의 피비린내가 하는 역할과 곁들여 그가 파멸하는 원인이 되었다. 그리스도교 신자의 두 아이가 영문 모를 죽음을 당해 민중 운동과 폭동이 일어났을 때 엘리아는 불타는 그의 집 대문에 못 박혀 죽었다. 폐를 앓던 그의 아내는 어린 라이브와 네 형제자매를 데리고 두 손을 높이 쳐들며 처절하게 울부짖으면서 고향을 떠났다.

엘리아가 평소에 저축을 했던 덕에 불행한 처자는 그날부터 거리에서 헤매지는 않고, 오스트리아 포라를베르크 지방의 작은 도시에

마의 산 2

정착할 수 있었다. 나프타 부인은 그 도시의 방적 공장에서 일자리를 얻어, 건강이 허락하는 한 일을 계속하면서 아이들을 차례로 초등학교에 보냈다. 이 학교의 교육 내용은, 레오 형제자매의 소질과 요구에는 충분했을지는 몰라도 장남인 레오에게는 매우 불충분했다. 레오는 어머니에게서는 폐병 초기 증상을 물려받았다. 그러나 아버지에게서는 우아한 몸짓과 비범한 오성을 물려받았다. 이 지적 선물은 어릴 때부터 불손한 본능, 정신적 공명심, 귀족적 생활양식에 대한 강한 동경과 결부되어 타고난 계급을 탈피하려는 강한 욕망을 낳게 되었다. 14세와 15세 때의 레오는 고생하여 입수한 책으로 학교에서 배우는 것 외에 비체계적이고 성급한 방법으로 독학하고 오성에 양식을 주었다. 그는 계속 쇠약해 가는 어머니가 머리를 비스듬히 어깨 사이에 움츠리고 마른 두 손을 펴서 쳐들고 개탄하는 모습을 보며 그 원인에 대해 생각하고 말했다. 종교 수업에서 레오의 태도와 대답은, 경건하고 학식이 있는 그 지방 랍비의 주의를 끌었다. 그는 레오에게 개인 교수를 해 주었다. 소년의 어학 욕구에 대해서는 히브리어와 고전어를 가르쳤고, 논리의 욕구에 대해서는 수학을 가르쳐 그의 본능을 만족시켜 주었다. 그러나 이 선량한 학자는 그러한 노력에 대해 은혜를 원수로 돌려받은 경우가 되어, 뱀을 가슴에 키운 것이 날이 갈수록 확실해졌다. 일찍이 아버지인 엘리아 나프타와 그 논적인 랍비 사이에 일어났던 일이 이 두 사람 사이에도 일어나, 사제지간은 사사건건 의견이 맞지 않았다. 사제지간에는 종교, 철학의 마찰이 끊이지 않았고, 날이 갈수록 심해졌다. 성실한 율법학자는 젊은 레오의 정신적 반항벽, 비평벽, 회의벽, 항변벽, 날카로운 변증력에 정신적인 고통을 겪었다. 그뿐 아니라 레오의 궤변벽과 정신적 선동벽에는 혁명적 색채가 더해 갔다. 오스트리아 국회의원인 사회 민주주의자의 아들과 친해져 아버지인 국회의원을 소개받은 것을 계기로, 레오의 정신은 정치 방면으로 인도되어 그의 논리적 열정은 사회 비판의 경향을 띠게 되었다. 그는 온건한 사상을 충실하게 지키는 선량한 탈무드 학자에게 소름이 끼치게 하는 열변을 토해 사제지간의 화합에 최후의 일격을 가했던 것이다. 요컨대 나프타는 마침내는 스승에게서 배척받고 그 서재에서 영원히 추방당했다. 그때가 바로 어머니인 라헬 나프타가 임종하던 때였다.

어머니가 죽고 얼마 안 있어, 레오는 운터페르팅거 신부를 알게 되었다. 그날 16세의 레오는 도시의 서부에 있는 마르가레테코프라고 불리는 언덕의 공원 벤치에 혼자 앉아 있었다. 거기서는 일 강과 라인 강 유역의 골짜기를 멀리 환히 바라볼 수가 있었다. 레오가 벤치에 앉아 자기의 운명과 장래에 대해 어둡고 쓰디쓴 생각에 잠겨 있을 때, 거기에 예수회의 샛별 학원이라는 기숙학교 교수 한 사람이 산책하러 와서 레오 옆에 앉았다. 모자를 옆에 놓고 교구신부복 밑에 다리를 모으고 한동안 성무 일과서를 읽고 난 뒤에, 레오와 이야기를 시작했다. 곧 이 대화는 매우 활발해져 레오의 운명을 결정하게 되었다.

그 예수회 신부는 세상을 넓게 보고 있어 언동에도 교양이 느껴졌다. 열정적 교육자, 인간에 대한 판관, 사람을 낚는 어부는 초라한 옷차림을 한 유대인 소년이 그의 질문에 조롱조롱 짜임새 있게 대답한 최초의 말부터 귀를 기울이고 들었다. 그는 소년의 대답에서 예리하기는 하나 고통스러운 정신이 인다는 것을 느꼈지만, 더 깊이 질문함에 따라 깊은 지식과 사고의 신랄한 세련성에 접촉하게 되었고, 이 두 가지는 소년의 초라한 외양 때문에 한층 더 뜻밖이란 느낌을 주었다. 《자본론》을 보급판으로 읽었기에 레오는 같이 이야기할 수 있었고, 헤겔로 화제가 옮겨 가면 이 철학자의 저서와 그에 관한 문헌도 꽤 많이 읽었기 때문에 명석한 의견을 몇 마디 표명할 수가 있었다. 타고난 역설벽에서인지 아니면 상대방을 기쁘게 하려는 생각에서인지 레오는 헤겔을 '가톨릭적' 사상가라고 말했다. 여기에 대해 신부는 미소를 지으면서, 헤겔은 프러시아적 국가 철학자로서 본질적으로는 프로테스탄트라고 해야 하는데, 가톨릭적이라는 것을 어떻게 논증할 수 있느냐고 물었다. 레오는 '국가 철학자'라는 말이야말로, 물론 교회적 교의는 별개로 치더라도 종교적 의미에서는 헤겔이 가톨릭 사상가라는 주장을 입증하는 것이라고 대답했다. 왜냐하면(왜냐하면이라는 접속사는, 나프타가 특히 좋아하는 말로서 그가 이것을 입 밖에 내면 웬일인지 의기양양하고 가차 없는 느낌을 주었으며 그는 그 접속사를 말 속에 삽입할 때마다 안경알 뒤에서 눈을 번쩍였다) 정치라는 개념과 가톨릭이라는 개념은 심리적으로 결합되어, 이 두 가지는 객관성, 실천성, 활동성을 실현하여 구체화하는 하나의 범주를 형성하기 때문이다. 이 범주에 대해 경건주의적인, 그리고 신비 사상에서 생긴 프로테스탄트의 세계가 대립하고 있다. 예수회의 사상에는 가톨릭의 정치적 그리고 교육적 경향이 나타나 있으며, 예수회는 국가 경영과 교육을 언제나 전문 영역이라고 생각해 왔다. 레오는 여기서 괴테를 예로 들었다. 괴테는 경건주의에 의거한 프로테스탄트임에는 틀림없지만, 그의 객관주의와 행동주의에서 볼 때 극히 가톨릭적인 일면을 가지고 있다. 괴테는 비밀 고해성사를 옹호했으니 교육자로서 거의 예수회 회원이었다고 말했다.

나프타는 이것을 사실로 믿었고, 그것을 기지에 찬 생각이라고 느꼈기 때문에, 또는 남에게 아첨을 해야만 하는 가난한 인간, 무엇이 자기에게 이익이 되고, 무엇이 자기에게 불리한가를 신중하게 타산하는 가난한 인간으로서 상대방에게 호감을 사려고 했기 때문에 말했을 수 있다. 어느 쪽이든지 간에 어쨌든 신부는 소년의 말이 옳은지 그른지 하는 것보다도 그 말에 나타난 전체의 총명성에 주의를 돌려 대화는 계속되었다. 예수회 신부는 얼마 안 있어 레오의 개인적인 사정도 알게 되어, 운터페르팅거가 레오에게 학원을 찾아와 줄 것을 권유하는 데서 대담은 끝났다.

이리하여 나프타는 샛별 학원에 입학 허가를 받았다. 학문적으로 그리고 사회적으로 자부심에 찬 이 학원의 분위기는 오래전부터 소년의 지적 동경의 대상이었다. 그는 이 사태 전환에 의해 예전의 교사보다 그의 본성을 훨씬 깊이 평가해 주고 촉진시켜 주는 새로운 지도자와 후원자를 얻었다. 이 지도자의 가치는 냉정한 사해동포주의에 있었다. 레오는 그 세계로 들어가는 것에 강한 동경을 느꼈다. 명석한 유대인 대부분이 그러한 것처럼 나프타는 본질적으로 혁명가이자 귀족주의자이기도 했다. 사회주의자인 동시에 자부심이 높고 고상한, 배타적이고 전통적인 생활양식 세계에 가입하고 싶은 꿈을 안고 있었다. 가톨릭 신학자의 눈앞에서 그가 입 밖에 낸 최초의 말은 순전히 분석적이고 비교적인 의미에서 로마 가톨릭교에 대한 사랑의 고백이었다. 그는 로마 가톨릭교를 고귀하고 정신적인 권력 즉 반유물적, 비현실적, 반세속적, 다시 말해 혁명적인 권력으로 느꼈던 것이다. 그리고 그의 사랑은 진실한 것으로, 본성에서 우러나온 것이었다. 왜냐하면 그 자신도 주장한 것처럼 유대교는 그 현세적이고 즉물적 경향, 그 사회주의, 그 정치적 영성 덕분에 자기 구제와 신비적 주관성을 특징으로 하는 프로테스탄티즘보다 훨씬 가톨릭 세계에 가깝고 비교가 안 될 만큼 그 세계와 비슷했기 때문이다. 따라서 유대인이 로마 가톨릭교로 개종하는 것은 프로테스탄트가 로마 가톨릭교로 개종하는 것보다 정신적으로 훨씬 자연스러운 과정을 의미했다.

최초의 종교 단체의 지도자와는 사이가 나빠져 부모도 없고, 의지할 곳도 없는 데다가, 그럼에도 그의 천분으로는 당연한 권리인 존재 형태, 더욱 순수한 생활에 강한 동경을 품었으며, 그리고 법률상으로도 벌써 성년에 달했던 나프타는, 고해에 의한 개종의 날을 일일 천추의 기분으로 기다렸다. 그래서 그의 '발견자'는 이 영혼을, 그보다 이 비범한 두뇌를 자기들의 종교 세계에 끌어들이는 노력을 구태여 할 필요가 없었다. 아직 세례를 받기 전부터 레오는 신부의 진력으로 샛별 학원에 우선 정착하여, 신변과 정신상의 보호를 받게 되었다. 이렇게 하여 그는 정신적 귀족주의자다운 무신경과 냉담성으로 동생과 누이동생은 그들의 가난한 천분에 알맞은 운명에 맡겨 빈민 구제소의 손에 넘기고 자기만 샛별 학원에 옮겨 살게 되었다.

샛별 학원의 대지는 광대했고 건물은 4백 명에 가까운 생도를 수용할 수 있는 넓이였다. 교내에는 여러 개의 숲과 목장이 있고 여섯 개의 운동장, 농장 건물, 수백 마리의 소를 넣는 목사가 있었다. 학원은 기숙학교, 모범 농장, 체육 학교, 고등학교, 극장이기도 했다. 극장이기도 했다는 것은 연극과 음악이 언제나 개최되었기 때문이다. 학원 생활은 귀족적이고 수도원적이었다. 학원의 엄격한 기율과 우아함, 밝은 안정성, 정신성과 세련성, 변화에 찬 일과의 규칙성, 그러한 것이 레오의 깊은 본성에 꼭 맞았다. 그는 한없이 행복했다. 학원의 복도에서와 마찬가지로 침묵의 의무가 지배하는 큰 식당의 중앙에는 젊은 생도감이 높은 단 위에 앉아 식사를 하는 생도를 낭독으로 즐겁게 해 주었다. 학과에 대한 레오의 지식욕은 강렬했고 오후의 스포츠와 유희에는 레오는 가슴이 약한데도 뒤지지 않으려고 온 힘을 다했다. 그가 매일같이 이른 아침의 미사를 듣고 일요일마다 장중한 예식에 참가한 경건성은 신부인 교육자들을 기쁘게 했다.

마의 산 2

이에 못지않게 그의 사교적인 태도도 신부들을 만족하게 했다. 축제일에는 오후에 케이크와 포도주를 먹은 뒤에 녹회색의 제복, 높은 칼라, 줄무늬 바지, 모자 차림으로 질서 정연하게 열을 지어 산책했다.

그의 출생, 그의 유아적인 그리스도교 신앙, 개인적인 사정에 대해 베풀어 준 관대함에 그는 그저 감사하고 기쁠 뿐이었다. 이 학원에서는 그가 급비생이라는 것을 아무도 모르는 것 같았다. 학원의 규칙은 그가 연고자도 고향도 없는 신세라는 것을 학우들에게 알리지 않게 되어 있었다. 식품이나 과자류의 소포를 보내는 것은 일반적으로 금지되어 있었다. 그런데도 보내온 것은 모두에게 분배되고 레오도 나누어 가졌다. 이 학원의 국제적인 분위기에서는 레오의 민족적 특성이 드러날 염려는 조금도 없었다. 젊은 이방인이 몇 사람 있었다. 그들 가운데 레오보다도 훨씬 유대적으로 보이는 포르투갈계 남아메리카인들이 있어서 '유대적'이라는 개념은 존재하지 않았다. 나프타와 함께 같은 시기에 입학한 에티오피아의 왕자는 고수머리의 흑인이었지만 매우 세련된 생도였다.

레오는 수사 학급에 올라갔을 때 신학을 배우고 싶다는 희망을 말해 어느 정도 여기에 해당되는 자격이 인정되면 언젠가는 예수회의 한 사람이 되고 싶다는 뜻을 말했다. 그 결과 그는 식사와 생활이 비교적 검소한 제2기숙사의 급비생에서 제1기숙사의 급비생이 되었다. 이번에는 식사 때마다 급사가 따르고 슐레지엔의 폰 하트부팔 운트 샤마레 백작과 모데나의 디 랑고니 산타 크로체 후작의 침실 사이의 방을 쓰게 되었다. 그는 훌륭한 성적으로 졸업하여 결심한 대로 학원의 학생 생활을 끝맺고 가까이에 있는 티지스의 수도원으로 들어가 경건한 봉사 생활, 침묵과 복종, 종교적 수련을 하며 이전의 과격한 사상에서 느낀 만족과 똑같은 정신적인 만족을 느꼈다.

그러나 그 동안에도 그의 건강은 더욱 나빠졌다. 건강에 도움이 되었던 수련 생활의 엄격성이라기보다는 그의 내면생활이 원인이었다. 그에게 적용된 교육 수단은 현명함과 예리한 점에서 그의 개인적 소질에 합치했고 그의 타고난 소질을 조장하기도 했다. 그는 매일같이 낮뿐만 아니라 밤의 일부에도 바친 정신적 수련, 양심의 검토, 관조, 사색, 명상 속에서 심술궂게 비뚤어진 열정으로 인해 여러 가지 곤란, 모순, 당착에 부딪쳤다. 그는 담임인 묵상 지도 신부를 변증벽과 비뚤어진 사고로 매일같이 괴롭혀 지도 신부가 절망하기도 했고, 동시에 큰 기대를 걸기도 했다. "이것을 어떻게 생각하십니까?" 하고 그는 안경알을 번쩍이면서 질문했다. 궁지에 몰린 신부는 영혼의 평화를 얻기 위해서 기도하라고 권하는 수밖에 없었다. 그러나 개성의 전면적인 마비, 질식에 의해 얻어진 평화가 이룩되었다 해도 한 인간이 생활과 평화 도구로 되는 것이며 정신적인 무덤의 평화에 지나지 않았다. 수도사 나프타는 그러한 평화의 무서운 징후를 주위의 공허한 눈초리와 표정에서 인정할 수 있었지만, 그에게는 육체의 붕괴에 의지하는 것밖에는 그러한 평화를 얻는 것이 가능할 것 같지 않았다.

마의 산 2

나프타의 이러한 회의와 의혹에도 불구하고 상사들이 그를 계속 신뢰했다는 것은 그들의 정신적인 높이를 말해 주었다. 2년의 수련기가 끝났을 때 관구장 신부가 나프타를 불러 그와 이야기해 보고는, 그를 예수회에 받아들이겠노라 말했다. 이리하여 젊은 스콜라 철학자는 하급 서품, 즉 수문 미사의 시자(侍者), 독사(讀師), 구마사(驅魔師)의 자격을 받고는 통상(通常) 서원(誓願)을 마쳤다. 그리고 드디어 정식으로 예수회에 소속되어 신학 공부를 하기 위해 네덜란드 팔켄부르크의 신학원으로 가게 되었다.

그 무렵 나프타는 20세였지만 3년 뒤에 그의 체질에 위험한 북구의 기후와 정신적 과로가 화근이 되어, 어머니에게서 물려받은 병이 더 이상 머무르는 것이 치명적일 정도까지 악화되었다. 각혈을 하자 상사들은 크게 놀라 몇 주일을 생사지경을 헤매고 난 뒤 얼마쯤 회복된 그를 출발한 곳으로, 즉 샛별 학원으로 돌려보냈다. 결국 나프타는 그가 한때 생도였던 교육 기관에 완벽한 지위로, 학생의 감독자로, 고전 문학과 철학 교사로 채용되었다.

이러한 일시 중단은 본디 규정에도 있었고, 일반적으로 이러한 근무를 이삼 년 계속한 뒤 신학원으로 돌아가 7년간 신학 연구를 계속, 완료하는 것으로 되어 있었다. 수도사 나프타는 이것을 할 수가 없었다. 그는 건강이 여전히 좋지 않았다. 의사와 상사들은 이 학원에서 신선한 공기를 마시고 생도들 사이에서 지내며 농사를 짓는 것이 한동안 그에게 가장 적합한 생활일 것이라고 생각했다. 그는 상급 품급의 제1단을 받아 일요일의 장엄 미사에서 사도서한을 낭송하는 품급을 받았지만, 음악적 재능이 전혀 없는 데다 목소리가 병적으로 갈라져 노래 부르는 데에는 적합하지 않았기 때문에 그 일을 실제로 행사할 수는 없었다. 그는 부조제(副助祭) 이상으로는 승진하지 못하여 조제도 되지 못했고 더구나 사제 서품까지는 이르지 못했다. 각혈이 되풀이되어 열도 없어지지 않았기 때문에, 그는 예수회의 비용으로 천천히 요양을 하도록 이 위에 오게 되었다. 이 위의 체재도 이제 6년째로 접어들었다. 지금은 거의 요양이라고는 할 수 없고 환자들을 위한 고등학교에서 라틴어 교사로 있지만, 이미 이 공기가 희박한 세계에서 지내는 것이 그에게는 절대적인 생활 조건이 되었다.

이것은 대략의 사정에, 한스 카스토르프가 나프타에게서 직접 들은 더 자세한 이야기를 첨부한 것이었다. 청년이 혼자서 비단으로 꾸민 나프타의 방을 방문했을 때, 또는 식탁 친구인 페르게와 베잘을 데리고 갔을 때, 혹은 산책에서 나프타와 함께 같이 '마을'로 돌아갈 때에 들은 이야기였다.

기회 있을 때마다 단편적으로 연속 이야기처럼 들었다. 그도 그것을 아주 색다른 이야기라고 느꼈고, 페르게와 베잘에게도 그렇게 생각하기를 촉구하여 두 사람도 그렇게 느꼈다. 물론 페르게는 고상한 것은 모두 이해할 수 없다는 것을 되풀이했다(단순하고 평범한 인간 수준을 넘는 경험으로 그에게는 흉막 진탕의 경험이 있었을 뿐이기 때문이다). 이와는 반대로 베잘은 처음에 불행했던 나프타가 행복해지면서부터 너무 유명해져서 하느님을 잊어버리지 않게 하기 위해 다시 운이 나빠지기 시작하여 보통 사람과 마찬가지로 악화되는 병 이야기가 퍽 마음에 든 것 같았다.

한스 카스토르프는 나프타의 중단을 애석하게 생각했고, 명예를 존중하는 요아힘의 얼을 자랑스럽게 또 한편으로는 불안한 기분으로 생각하였다. 요아힘은 라다만토스의 강력한 궤변의 그물을 영웅적인 힘으로 끊어 버리고 군기 밑으로 뛰어가 지금쯤은 그 깃대를 잡고 오른손 세 손가락을 높이 처들고 충성을 맹세하고 있겠지 하고 한스 카스토르프는 상상했다. 나프타도 하나의 깃발에 충성을 맹세하고 포섭되어 있었다. 이것은 한스 카스토르프가 나프타에게, 그가 소속해 있는 예수회에 대해 설명해 줄 것을 간청했을 때 나프타가 사용한

마
의
산
2

말이기도 했다. 그러나 샛길로 빠졌거나 새로운 철학적 배합에 빠졌던 나프타는 요아힘이 그 깃발에 충성을 다한 것처럼 그의 깃발에 충성하지는 못했을 것이다. 물론 한스 카스토르프는 문화인으로서, 평화의 아들로서 이전의 또는 미래의 예수회 이야기를 듣고 있으면, 요아힘과 나프타 두 사람이 다 같이 서로의 직업과 계급에 호의를 느껴 자기가 거기에 서로 가깝다고 생각하고 있음에 틀림없다는 예감이 강하게 들었다. 왜냐하면 어느 쪽도 각기 상대방만큼 군대의 소명을 여러 의미에서 가지고 있었기 때문이었다. 금욕이라는 의미에서도 서열, 복종, 스페인적인 명예심이라는 의미에서도 그러했다.

특히 스페인적인 명예심은 나프타의 예수회에서는 아주 큰 힘을 가졌다. 예수회의 발상지는 다 아는 바와 같이 스페인이다. 예수회의 심령 수업의 규정은 뒷날 프러시아의 프리드리히 대왕이 프러시아의 보병을 위해 편찬한 규정과 좋은 짝을 이루고 있다. 본디는 스페인어로 작성된 것이기 때문에 나프타도 그의 이야기와 설명 가운데 가끔 스페인어를 입 밖에 냈다. 가령 지옥의 군대와 성직자의 군대가 일대 전투를 하기 위해 각기 주위에 집결했던 '두 개의 군기'를 '도스 반데라스(dos banderas)'라 했고, 천국의 군대는 예루살렘 지방에 진을 치고 모든 선남선녀의 총대장인 그리스도가 지휘하였고, 지옥의 군대는 바빌론의 평야에 진을 치고 지옥의 왕이 그 수령이었다고 설명했다.

샛별 학원은 사관학교가 아니었지만, 생도를 '부대(部隊)'로 나누어 영적이고 군대적인 예절을 본분으로 가르쳤다. '딱딱한 칼라'와 '스페인식 장식의 옷깃'과의 결합이었으니, 이것을 무엇이라고 설명해야 하겠는가? 요아힘의 계급에서 아주 주요한 역할을 하는 명예와 공로는 나프타가 유감스럽게도 병 때문에 높이 올라갈 수 없었던 사회에서도 똑같이 음모적이었다고 한스 카스토르프는 생각했다. 나프타의 말을 들으면 예수회는 근무에서 남보다 뛰어나고자 하는 공명심에 불타는 사관들로 구성되어 있는 조직이라고 할 만했다. 그것을 라틴어로 '인시그네스 에세(Insignes esse)'라고 했다. 창시자이자 초대 대장인 스페인의 로욜라의 가르침과 규정에 따라 사관들은 분별만으로 행동하는 사람들보다도 많은 훌륭한 일을 수행한다. 그뿐만 아니라 사관들은 그들의 임무를 필요 이상으로 수행하고 다만 육신의 반란에 저항할 뿐만 아니라(이것뿐이라면 일반의 분별만으로도 할 수 있는 일이지만) 관능, 이기심, 세속적 집착의 움직임에 대해 일반에게 허락되어 있는 것에도 처음부터 공세로 나가 억압하려고 하는 것이다. 적에 대해 공세로 나간다, 즉 선수를 친다는 것은 단지 수세를 취한다는 것보다도 중요하고 명예롭기 때문이었다. 적을 약화, 분쇄하라고 야전 근무 규정에도 적혀 있어, 그 저자인 스페인의 로욜라는 그 점에서도 요아힘의 총대장인 프로시아의 프리드리히 대왕이 '돌격! 돌격!', '적을 물고 늘어지라', '언제나 공격하라'를 전쟁의 철칙으로 한 것과 완전히 같은 정신을 가지고 있었다.

그러나 나프타의 세계와 요아힘의 세계가 무엇보다도 공통된 점은 피에 대한 두 사람의 관계로써, 손에 피를 묻히는 것을 무서워하지 않는다는 원칙이었다. 예수회와 군대는 세계, 질서, 직업으로도 똑같았다. 평화의 자식인 한스 카스토르프는 나프타가 중세의 전투 수도사에 대해 이야기하는 것을 아주 흥미 깊게 들었다. 그 수도사들은 피로와 쇠약의 극에 이르기까지 금욕적이었고, 그러면서도 종교적 정복욕에 불타 신의 나라, 초월적 세계 제패를 실현하기 위해 주저 않고 피를 흘렸다고 한다. 이 성당 기사 수도회는 신앙이 없는 사람들과의 싸움에서 죽는 것을 침대에서 죽는 것보다 명예로운 죽음이라고 생각하고, 그리스도를 위해 죽이고 죽는 것은 죄악이 아니라 최고의 명예라고 생각했다. 세템브리니가 이런 말을 듣지 않았던 것은 다행한 일이었다. 이 말을 들었다면 그는 언제나 마찬가지로 방해가 되는 손풍금장이 역할을 연출하여 평화를 창도했을 것이다. 세템브리니 자신도 현재 비엔나에 대해 행해지는 신성한 민족 전쟁과 문명 전쟁에는 결코 반대하지 않았고 그러한 정세와 약점 때문에 나프타의 조롱과 멸시를 사고 있었다. 아무튼 나프타는 이탈리아인이 그러한 민족적 감정에 불타면 여기에 대해 그리스도교적 사해동포주의를 들고 나와, 어떤 나라 어떤 조국도 부르려 하지 않고, 예수회의 니켈이라는 이름의 한 장군이 말한 "조국애는 페스트와 같은 것이다. 그리스도교적 사랑의 가장 확실한 사랑의 죽음을 의미한다."를 신랄한 어조로 되풀이했다.

　나프타가 조국애를 페스트라고 부른 것은 그의 금욕주의에 의하면, 페스트라는 말로 불리지 않는 것은 하나도 없었고, 금욕과 신의 나라라는 그의 생각에 위배되지 않는 것도 하나도 없었기 때문이다. 가족과 고향에 애착을 느끼는 것이 그러했고 건강과 생애에 애착을 느끼는 것도 그러했다.

나프타는 이탈리아인이 평화와 행복을 창도하면 그것을 건강과 생애에 집착하는 것이라고 하여 인문주의자를 비난하고 육신의 사랑, 관능의 사랑이라 하여 공격했으며, 생과 건강에 조금이라도 가치를 인정하는 것은 극히 시민적, 반종교적이라고 공박하였다.

두 사람의 건강과 병에 대한 일대 토론은 크리스마스가 가까워진 어느 날, 마을까지 눈 속을 산책하고 다시 집으로 돌아올 때 두 사람의 생각의 차이에서 발단되었다. 이 산책에는 세템브리니, 나프타, 한스 카스토르프, 페르게, 베잘 모두가 참가했다. 모두 가벼운 열이 있는 데다 고원의 심한 추위 속에서 걷거나 지껄이거나 하여 머리가 마비되고 흥분해 있어서 한 사람도 빠짐없이 덜덜 떨었다. 나프타와 세템브리니처럼 줄곧 지껄이는 사람뿐 아니라, 대부분 듣기만 하다가 가끔 몇 마디 의견을 말하며 토론하던 세 사람도 모두 열중한 나머지 자기를 잃고 여러 번 무리를 짓고 서서, 길을 막고 말을 하거나 몸짓을 하면서 서로 엉켜 지껄였다. 길을 지나던 사람들은 그들 주위를 돌아 지나기도 하고 옆에 서서 귀를 기울이기도 하면서 5인의 바른 길을 벗어난 토론을 듣고 놀랐지만, 그들은 여기에는 관심이 없었다.

토론은 카렌 카르슈테트의 일에서 발단되었다. 손가락 끝이 괴저(壞疽) 때문에 헐었던 불쌍한 카렌은 최근 죽었다. 한스 카스토르프는 카렌의 병이 갑자기 악화되어 이 세상으로부터 퇴장한 것을 전혀 모르고 있었다. 알았다면 동료로서 장례식에 참가했을 것이다. 어떤 장례식에도 친근감을 느낀다고 고백했던 그였으니 말이다. 그러나 카렌이 죽은 것도, 그녀가 눈 모자를 옆으로 비스듬히 썼던 수호신의 동자상이 서 있는 무덤에서 영원한 수평 상태로 돌아간 것도, 그는 이곳의 관습인 비밀주의 때문에 뒤늦게 알게 되었다. "영원한 안식이 있을지어다." 한스 카스토르프는 카렌을 추억하면서 부드러운 말을 몇 마디 했다. 이것이 계기가 되어 세템브리니는 한스 카스토르프의 자선 활동, 즉 그가 라일라 게른그로스, 장삿속이 밝은 로트바인, 너무 쌀쌀한 침머만 부인, 호언장담을 잘 하는 '둘 다', 고통을 한 몸에 지고 있었던 나탈리에 폰 말린크로트 부인을 방문한 것을 조롱조롱 공박했고, 엔지니어가 그런 전혀 쓸모없고 우스운 무리들에게 경의를 표시하기 위해 값비싼 꽃을 보낸 것도 조롱했다. 여기에 대해 한스 카스토르프는 꽃을 보낸 사람들은 폰 말린크로트 부인과 테디 소년은 당장은 예외라고 하더라도 모두가 죽음에 이른 사람들이라는 것을 강조했다. 그러나 세템브리니는 죽음이 그 사람들을 조금이라도 존경할 만하게 만들었냐고 반문했다. 한스 카스토르프는 비참한 불행에 대한 그리스도교적인 존경이라고 말할 수 있다고 응수했다. 세템브리니가 그것을 공박하기 전에, 나프타가 중세에 행해진 애정 행위의 경건한 방종, 병자 간호의 광신과 도취의 놀라운 실례를 이야기하기 시작했다. 왕녀들이 악취를 내뿜는 나병 환자들의 상처에 입을 맞추어 스스로 나병에 감염되어 생긴 궤양을 나의 장미라고 부르고, 고름이 나는 환자들을 씻은 물을 마시면서 이렇게 맛있는 것은 맛본 일이 없다고 말했다는 것을…….

　세템브리니는 구토를 일으키지 않을 수 없다는 표정을 지었다. 그러한 장면과 생리적인 불쾌감보다도, 행동적인 인간애를 그렇게 해석하는 기괴한 광기가 구토를 일으키게 한다고 세템브리니는 말했다. 그는 상반신을 일으키고는 밝고 우아한 태도로 돌아가 근대의 진보된 박애 간호의 형태, 전염병에 대한 느리지만 굳건한 예방에 대해 말했고, 중세의 공포에 대해 근대의 위생과 사회 개선을 의학의 업적과 함께 비교했다.

부르주아적 의미에서는 존경할 만한 그러한 현상도 나프타가 예로 든 세기의 사람들에게는 그다지 좋지는 못했을 것이다. 그것은 병들고 비참한 사람들에게나 건강하고 행복한 사람들에게나 마찬가지였을 것이며, 건강하고 행복한 사람들은 동정심보다도 자기들의 영혼의 구원을 위해 병자들에게 따뜻하게 대했던 것이다. 이 사람들은 훌륭한 사회 개혁이 성공하면 그들의 가장 중요한 수단을 빼앗기고, 병자들도 신성한 뒷받침을 잃게 된다. 따라서 가난과 병이 언제까지나 없어지지 않게 하는 것은 당사자 어느 쪽에도 필요한 것이며, 이런 생각은 순전히 종교적 견지를 고수할 수 있는 한은 가능한 것이다.

잘못된 견해라고 세템브리니는 말했다. 그리고 그러한 태도는 공박할 가치도 없다고 느꼈다. 왜냐하면 '신성한 뒷받침'이라는 생각도, 엔지니어가 남의 흉내를 내어 비참한 불행에 대한 그리스도교적 존경이라고 부른 것도 모두 속임수이며, 착각, 그릇된 감정 이입, 심리적 인식 부족에 근거를 두었기 때문이다. 건강한 사람이 병자에게 품는 동정, 즉 자기가 그러한 고뇌를 당하면 어느 정도 견딜 수 있을까 생각하고 병자에 대해 갖는 외경에 가까운 동정, 그러한 동정은 전적으로 과장된 것이었다. 병자는 아무 권리가 없었다. 그것은 그릇된 추론과 상상의 실패에 의한 동정이었다. 왜냐하면 건강한 사람은 자기 감성의 민감함을 그대로 병자에게도 상정하고, 병자를 병의 고통을 가지고 있는 건강한 사람으로 생각하는데, 이것은 큰 잘못이기 때문이다. 병자는 병자인 것이며 병자로서의 자질과 감성을 가지고 있을 뿐이었다. 병은 병자를 자극하여 서로 타협하게 했다. 지각을 감퇴시키고, 의식을 마비시키며, 자비로운 혼수상태를 만들었다. 이 모든 것은 고통을 경감시키고, 정신적으로나 도덕적으로도 병고를 완화시키는 조건에 이르도록 하는 기관을 자연이 찾아내도록 하는 것으로, 건강한 사람은 그것을 계산에 넣는 것을 단순하게도 잊어버리고 만다. 그 가장 좋은 예는 여기 있는 폐를 앓는 무리들의 경솔한 행동, 어리석음, 파렴치, 건강 회복 의욕 결여 등이었다. 요컨대 동정적이거나 대단히 건강한 사람이 병에 걸려, 건강을 잃게 되면, 병이라는 것이 하나의 상태이지만 그러나 결코 명예로운 상태가 아니고 자기가 그것을 이때까지 너무 진지하게 생각하였다는 것을 깨달을 것이다.

여기서 안톤 카를로비치 페르게는 화를 내면서 세템브리니의 중상과 멸시에 대해 흉막 진탕을 옹호했다. 아니 뭐라고? 흉막 진탕을 너무 진지하게 생각한다고? 당치도 않은 말이오! 페르게 씨는 후두와 선량한 콧수염을 올렸다 내렸다 하면서, 수술할 때에 경험한 고통을 절대로 멸시받고 싶지 않다고 말했다. 그는 보험 회사의 영업사원인 단순한 인간으로, 고상한 것과는 거리가 멀었다. 아까부터 이야기는 그의 수준을 넘었다. 그러나 세테브리니 씨가, 가령 흉막 진탕을 지금 말한 것처럼 생각한다면, 유황의 악취와 세 가지 색의 각기 다른 기절을 동반하는 저 간지러운 지옥의 고통을 그렇게 생각한다면 당치도 않은 말이다. 그러한 생각은 반대한다. 흉막 진탕에는 감퇴, 고마운 마비, 상상의 오류 같은 것은 전혀 없으며, 그것은 이 세상에서 가장 크고 가장 심한 고통을 경험한 일이 없는 사람에게는, 그런 비열한 것이란 정말…….

"그렇고말고, 아무렴." 하고 세템브리니가 말했다. 페르게 씨의 진탕은 그것을 경험한 날이 멀어질수록 점점 과장되어 후광처럼 그의 머리를 둘러싸게 되었다. 그러나 세템브리니로서는 감탄을 강요하는 병자를 존경할 기분이 나지 않았다. 그 자신도 가볍다고는 할 수 없는 병을 앓고 있었다. 그러나 그것을 자랑스럽게 생각하지 않을 뿐만 아니라 오히려 그것을 부끄럽게 느꼈다. 물론 그는 개인적인 의미에서가 아니라 철학적으로 말했으며, 병자와 건강한 사람의 체질과 감성의 차이에 대해 말한 것도 근거가 전혀 없는 것이 아니었다. 여러분은 가령 정신병자의 환각을 생각해 보기 바란다. 여기에 있는 5인 중에 누군가가 가령 엔지니어가, 또는 베잘 씨가, 오늘 밤 어스름한 방 한구석에 돌아가신 아버지가 앉아, 엔지니어를 또는 베잘 씨를 쳐다보고 말을 거는 것을 본다면 그것은 그 인물에게 정말로 기분 나쁜 경험, 극도로 놀랍고 당황스러운 체험일 것이다. 자기의 오관과 이성에 자신을 잃어 곧 방을 차고 나와 신경과 의사의 문을 두드리고 싶을 것이다. 그렇지 않은가? 그러나 여러분은 정신적으로 건강하여 그런 일이 절대로 일어나지 않는다는 것이 오히려 흥미로운 것이다. 가령 그러

마의 산 2

한 것이 여러분에게 일어날 수 있다고 한다면 여러분은 건강한 것이 아니라 병에 걸려 있는 것으로, 건강한 사람 같은 반응을 보이지 않고, 즉 놀라 떨면서도 망가지지 않고 그 현상을 이상하다고 느끼지 않고 받아들여, 환각증 환자의 의식으로 대화를 시작할 것이다. 그러한 환자가 건강한 사람처럼 환영에 대해 공포를 느낀다고 믿는 것은, 건강한 사람이 빠지기 쉬운 상상의 잘못이었다.

세템브리니 씨는 방 한구석에 앉아 있는 아버지에 대해 아주 유머러스하게 조형적으로 말했다. 모두 웃지 않을 수 없게 되었고 지옥과 같은 경험을 가볍게 취급받아 기분을 상한 페르게 씨도 웃었다. 인문주의자 자신은 모두의 들뜬 기분을 이용해서 환각증 환자와 정신병 환자는 일반적으로 논할 가치가 없다고 설명하거나 주장했다. 우리는 이런 인간들이 어처구니 없는 행동을 해도 너그럽게 봐 준다. 이들은 또 바보스러운 행동을 하지 않으려고 마음만 먹으면 하지 않을 수도 있다. 이것은 그가 정신병원을 방문하여 목격한 사실이다. 의사나 외래인이 입구에 나타나면 환각증 환자는 많은 경우 찌푸린 얼굴, 혼잣말, 몸짓을 하지 않지만, 누가 자기를 보지 않는다고 의식할 때에는 다시 멋대로 행동하기 시작한다. 즉 광기란 대개의 경우, 자기를 억제하지 못함을 말하는 것으로 큰 괴로움으로부터의 도피이며, 약한 인간이 제 정신으로는 견딜 용기가 없는 거센 운명에 대해 나타내는 방어 수단이다. 그러할 때에는 누구라도 좋지만 세템브리니도 이때까지 몇몇 미친 사람을 노려보는 것만으로도, 그들의 지껄임에 준엄한 이성적인 태도를 보인 것만으로도, 적어도 한동안은 그들을 본심으로 돌린 일이 있었다.

나프타는 비웃었지만, 한스 카스토르프는 세템브리니 씨의 말을 전적으로 믿고 싶다고 말했다. 세템브리니 씨가 콧수염 밑에서 미소 지으며 미친 사람을 노려보는 모양을 상상하면, 불쌍한 광인이 그의 출현을 귀찮기 그지없는 것이라고 느끼면서도 마음을 가다듬고 제정신이 되려고 하지 않을 수 없었던 기분을 이해할 수 있었다. 그런데 나프타도 정신병원의 '특별 병동'을 견학했을 때의 일을 말했는데 그 방에서 본 모습과 장면은, 아, 신이여, 세템브리니 씨의 이성적인 응시도, 엄격한 태도도 거의 어쩔 수 없는 것이었다. 단테의《신곡》그대로의 장면, 공포와 고뇌에 찬 그로테스크한 광경으로 나체의 광인들이 목욕탕 속에 웅크리고 불안과 공포성 치매의 모든 자세를 취하고, 어떤 자는 큰 소리로 슬피 울부짖고, 어떤 자는 팔을 쳐들어 입을 크게 벌린 채 폭소를 터뜨리는 것은, 지옥의 요소들이 죄다 모인 것 같았다.

"그것 말입니다." 하고 페르게 씨는 말하면서 그가 기흉 수술을 할 때 터뜨린 폭소를 모두에게 상기해 달라고 했다.

요컨대, 세템브리니 씨의 준엄한 교육학도 특별 병동의 처절한 광경을 앞에 놓고는 말없이 물러날 수밖에는 없었을 것이다. 그 광경에 대하여는 종교적 외포의 전율 쪽이 우리의 찬연한 태양 기사, 솔로몬의 대리자가 즐겨 광기에 대치한 오만한 이성 도덕가 같은 태도보다도 더 인간적인 반응이었을 것이다.

한스 카스토르프는 나프타가 세템브리니에게 증정한 칭호에 관심을 둘 겨를이 없었다. 그는 기회가 생기는 대로 그 칭호를 알아보자고 순간 생각했다. 그러나 지금 당장은 계속되는 토론에 모든 주의를 빼앗겼다. 나프타는 건강에 원칙적으로 모든 영광을 주고 병을 될 수 있는 한 천하고 가치 없는 것으로 보려는 인문주의자가 빠지기 쉬운 일반적인 경향을 날카롭게 비판하고 공박했다. 세템브리니 씨의 태도는, 그가 병자의 한 사람이라는 것을 생각하면 물론 주목할 가치가 있었다. 거의 감탄할 공정 무사한 태도이지만 그릇된 태도임이 분명했다. 그것은 육체를 존중하고 경배하려는 데서 나온 태도로서, 육체가 지금처럼 오욕의 상태가 아닌, 신이 만든 그대로의 상태에 있다면 정당화될 수 있었다. 그러나 처음에 불사의 생명을 받았던 육체는 원죄라는 자연의 타락 때문에 사악하고 추악한 것으로 변해 주검과 부패의 운명을 모면하지 못하게 되어 영혼의 감옥 취급을 받게 되었다. 성 이그나티우스가 말한 것처럼 수치와 곤혹의 감정을 불러일으킬 뿐이었다.

  그 감정에 대해서는 주지하는 바와 같이 인문주의자인 플로티노스도 말한 바 있다고 한스 카스토르프는 외쳤다. 그러나 세템브리니 씨는 손을 어깨에서 머리 위로 흔들면서 한스 카스토르프에게 여러 가지 견지를 한데 섞지 말고 차라리 잠자코 들으라고 요구했다.

  그러는 동안 나프타는 그리스도교적 중세가 육체의 비참함에 대해 표시한 외경심을 중세 사람들이 그 비참함을 보고 느낀 종교적 만족감에서 나온 것이라고 설명했다. 육체에 난 종기는 단지 육체의 타락을 확실하게 느끼게 할 뿐만 아니라, 원죄에 의한 영혼의 부패를 반영하여 그들로 하여금 교화적, 정신적 만족을 느끼게 했다. 이와는 반대로 건강한 육체는 그릇된 현상, 양심에 대한 공격으로서, 즉 병고에 대해 깊은 경건심을 가짐으로써 부인하는 것이 가장 바람직했다. 이 죽음의 육체에서 누가 나를 해방시켜 줄 것인가? 이것은 영혼의 목소리였으며, 영원히 참된 인간성의 목소리였다.

"아니, 그것은 암흑의 목소리입니다." 하고 세템브리니가 떨리는 목소리로 말했다. 그것은 이성과 인간성의 태양을 본 적이 없는 세계의 목소리인 것이다. 세템브리니 씨의 육체야말로 병독에 침범되어 있지만 그는 정신의 건강성과 순결성을 계속 가지고 있어서, 신부 냄새 나는 나프타의 육체 문제에 대해 멋지게 응수하여 나프타가 말하는 영혼을 조롱하기에 충분했다. 그는 인체를 신이 계시는 참된 성당이라고까지 불렀다. 여기에 대해 나프타는 인체라는 조직체는 인간과 영원 사이에 있는 커튼에 지나지 않는다고 주장하였다. 그러자 세템브리니는 나프타가 '인간성'이라는 말을 입 밖에 내는 것을 단호히 금했다. 논쟁은 이렇게 계속되었다.

추위에 얼굴이 꽁꽁 언 채, 모자도 쓰지 않고, 고무 덧신을 신고, 재가 뿌려진 길 위에 높이 쌓인 눈을 힘껏 밟기도 하고, 차도에 쌓인 부드러운 눈도 밟아 가면서 두 사람은 논쟁을 벌였다. 세템브리니는 비버 모피로 된 깃과 소매의 털이 빠져 부스럼이 생긴 것 같은 재킷을 멋지게 입고, 나프타는 안에 털가죽이 있으나 밖에서는 전혀 보이지 않는, 복사뼈까지 내려오는 검정 옷깃의 외투를 입고 육체와 영혼의 문제에 대해 각자에게 절실하기 그지없는 문제인 것처럼 열심히 논쟁했다.

두 사람 모두 서로 응수하면서 한스 카스토르프에게 말을 했다. 말하는 한 사람이 다른 한 사람을 턱과 엄지손가락으로 가리키면서 의견을 진술하는 일도 가끔 있었다. 두 사람이 한스 카스토르프를 사이에 두고 서로 응수하자, 청년은 얼굴을 저쪽 혹은 이쪽으로 향하고, 이 말 저 말에 찬성하기도 했다. 그리고 몸을 비스듬히 뒤로 젖혀 염소가죽 장갑을 낀 손으로 몸짓을 하면서 유치하기 짝이 없는 자기 의견을 말하기도 했다. 페르게와 베잘은 세 사람 주위를 걸으면서 세 사람을 앞서기도, 뒤처지기도, 나란히 가기도 하다가 사람이 지나가면 열을 다시 풀기도 했다.

세 청강생이 가끔 끼어든 말이 계기가 되어 논쟁은 더욱 절실한 문제로 옮아갔다. 화장, 체형, 고문, 사형 등의 문제가 속속 화제에 올라 다섯 사람 모두 열중했다. 태형이란 말을 처음 꺼낸 사람은 페르디난드 베잘이었다. 한스 카스토르프도 느낀 바로는 베잘이 끄집어낼 만도 한 화제였다. 세템브리니 씨가 이 야만스러운 형벌에 교육상으로, 그리고 사법상으로까지 인간의 존엄성을 강조하며 아름다운 말로 반대한 것은 이상하지 않았고, 나프타가 태형을 지지한 것도 결코 이상하지는 않았다. 그러나 나프타의 태형 찬성의 변론은 어딘지 음산하고 노골적이어서 모두를 놀라게 했다. 그에 의하면 태형을 가지고 인간의 존엄성을 들고 나오는 것은 인간 존엄성은 육신이 아닌 정신에 있기 때문에 바보스러운 짓이었다. 그리고 인간의 영혼은 자못 인생의 기쁨을 육신에서만 찾으려 하기 때문에 육신에 고통을 주는 것은 육신의 기쁨을 저지시키고, 말하자면 흥미를 육신에서 정신으로 돌리고, 정신을 다시 지배자의 위치에 높이기 위해서는 아주 적절한 수단이라는 것이었다. 따라서 태형을 어딘지 특별히 저주스러운 형벌처럼 말하는 것은 바보스러운 비난이었다. 성 엘리자베스도 그녀의 고해 신부인 콘라드 폰 마르부르크에게 피가 나올 정도로 맞아 그 때문에 성담에도 '그녀의 혼은 제3급 천사까지 이르렀다.'고 적혀 있다. 그리고 성녀 자신도 너무 졸려 고해를 게을리 하는 노파를 매질하였다고 한다. 어떤 수도회와 종파의 사람들, 그리고 일반적으로 진지한 사람들이 정신적인 원리를 가슴에 깊이 새겨 두려고 자기 손으로 자신의 육체에 가한 태형을 누가 진심으로 야만이고 비인간적이라고 말할 수 있단 말인가? 문명국이라고 자칭하는 나라에서 법률에 의해 태형을 금지한 것을 참된 진보라고 생각하는 것은 고집하면 고집할수록 우스운 생각이다.

"물론이지요, 육체와 정신의 대립에서는 물론 육체가, 사악한 악마적인 원리를 체현⋯⋯ 하하하⋯⋯ 체현하고 있다는 것은 절대로 부정할 수 없습니다. 왜냐하면 만약 부족하나마 교양과 지식에 의지하여 감히 말한다면, 육체는 물론 자연에 속해 있거든요. 당연히 자연의 일부라 나쁘지 않은데 말이지요! 또한 자연은 정신, 이성과 대립하는 점에서 분명히 사악하고, 신비하게도 사악한 것이라고도 말할 수 있을 것입니다. 그리고 누군가 그러한 견해를 수립했다면, 논리적으로 필연적인 결과는, 감히 모험적으로 말한다면 신비하게 사악하다고 할 수 있는 모종의 형벌을 육체에 가한다는 것입니다. 아아, 세템브리니 씨 몸이 허약해서 바르셀로나의 진보 회의에 가지 못하게 되었을 때 성 엘리자베스와 같은 여성이 옆에서 채찍으로 때렸더라면……." 하고 한스 카스토르프는 말했다.

모두 크게 웃었다. 인문주의자가 성을 내려고 해서 한스 카스토르프는 자기가 일찍이 채찍으로 맞은 경험담을 이야기하기 시작했다. 그가 다닌 고등학교의 저학년에서는 태형이 부분적으로 남아 있어서 승마용 채찍이 교실마다 비치되어 있었다. 교사들은 사회적인 위신 때문에 그에게 채찍을 사용하지 않았지만, 그는 그보다 힘이 센 장난꾸러기 동급생에게 그 연한 채찍으로 허벅지와 양말만 신은 종아리를 맞았었다. 그 아픔은 치욕적이고 잊을 수 없고, 잔인무도하고, 거의 신비적이라고 할 수 있을 정도였으며, 그는 부끄러울 정도로 엉엉 소리를 내어 울면서 분하고 불명예스러운 고통 때문에—베잘 씨, 이 말을 사용하는 것을 널리 용서해 주십시오—눈물이 흘렀다. 게다가 어디서 읽은 바에 따르면, 감옥에서 태형을 가하면 아무리 포악한 강도 살인범이라도 어린아이처럼 울부짖는다는 것이다.

세템브리니가 낡아빠진 가죽 장갑을 낀 두 손으로 얼굴을 가리고 있는 동안, 나프타는 정치가 같은 냉담성을 띤 어조로, 반항적인 범죄인을 고문대와 채찍 없이 어떻게 다룰 수 있겠는가, 그런 고문 도구는 감옥에 양식상으로 적합한 것이 아니냐고 물어보았다. 인도적인 감옥 같은 것은 미학적으로도 불철저한 존재이며 타협에 불과한 것이었다. 세템브리니 씨는 미문(美文)의 웅변가이지만 근본적으로 미에 대해서는 조금도 아는 것이 없는 것 같다고 규정했다. 교육학에 있어서는 더더구나 그러하다. 나프타에 의하면, 태형을 무슨 일이 있어도 폐지하려고 하는 사람들의 인간적 존엄성이라는 생각은 부르주아 인문주의 시대의 자유주의적 개인주의, 계몽적 절대주의의 자기중심성에 뿌리를 두고 있다는 것이었다. 또한 그러한 것은 이미 죽어가고 있고, 새로 탄생하고 있는 가장 남성적인 사회 이념, 즉 속박과 봉사, 강제와 복종이라는 이념으로 대체되고 있는데, 이 새로운 이념에서는 신성한 잔인성이 없어서는 안 되며, 짐승의 썩은 고기와 같은 육체에 태형을 가하는 것도 지금과는 다른 눈으로 다시 보게 될 것이었다.

"그래서 죽은 말에 채찍질하는 것을 보고 맹종이라 하는군요." 하고 세템브리니는 비웃었다. 이 말에 나프타는 신이 원죄의 벌로 인간의 육체를 비참한 부패의 오욕에 맡겼기 때문에 그 육체에 태형을 가하는 것쯤은 결코 큰 죄라고 할 수 없을 것이라고 말했다. 그래서 화제는 곧 화장으로 옮겨졌다.

세템브리니는 화장을 찬미했다. 나프타 씨가 말하는 오욕은 화장에 의해 제거될 것이라고 그는 기쁘게 말했다. 인류는 실제적인 이유에서도, 정신적인 이유에서도 부패의 오욕을 제거하려고 했다. 그리고 세템브리니 씨는 자기가 화장 보급 국제회의의 준비위원이라고 밝히면서 그 회의가 아마 스웨덴에서 개최될 것이라고 했다. 그 회의에서는 현재까지의 모든 경험을 살려서 설계된 모범적인 화장터와 납골당의 모델 전람회가 계획되고 있으며, 이 전람회가 화장이 더욱더 널리 퍼져가는 발전을 고무할 것이라고 기대했다. 매장은 얼마나 전근대적인, 시대에 뒤떨어진 방법인가! 도시는 팽창했다. 묘지는 나날이 교외로 밀려 나갔다. 공간의 낭비와 지가의 상승 때문이었다. 근대 교통 기관의 필수적인 이용으로 인해 장례 절차가 얼마나 간소화되었는지……. 세템브리니 씨는 그 주제들에 대해 실제적인 적절한 의견을 피력했다. 그는 슬픔에 잠긴 홀아비가 죽은 애처의 무덤을 매일같이 찾아가 그녀가 잠들어 있는 곳에서 그녀와 이야기하는 모습을 유머러스하게 말했다. 그러한 목가적인 실천을 하기 위해서는, 그 인물은 인생에서 가장 귀중한 상품인 시간의 잉여를 놀랍게 많이 가져야만 했다. 말할 것도 없이 근대의 대규모 공동묘지의 활기 넘치는 매장 업무가 그런 목가적 감상을 깨뜨렸다. 시체를 비참한 분해 작용과 하등 생물의 먹이에 맡기는 매장에 비교할 때, 화염에 의한 육체의 소멸은 얼마나 깨끗하고 위생적이고 훌륭한, 아니 영웅적인 생각인가. 이 새로운 처리법은 인간의 기분, 영속을 희구하는 기분에도 맞을 것이다. 왜냐하면, 화염에 의해 소멸하는 것은 살아 있을 때 인체의 신진대사에 의해 일생동안 다 타 버린 한결 변하기 쉬운 구성 성분이었고, 신진대사에 거의 영향을 받지 않는, 일생 동안 거의 변화가 없는 부분은 화염에도 멸망하는 일 없이 재가 되었기 때문이다. 유족들은 그 재를 죽은 사람의 불멸의 부분으로서 주워 모으는 것이었다.

"아주 훌륭한 이야기입니다." 하고 나프타는 비웃듯이 말했다.

그러나 나프타는 생리학적인 사실에 대해 인류의 비합리적인 입장을 고집하는 것 이상은 아닌 것 같았다. 물론 그는 죽음이 가장 신비로운 공포에 싸인 테러이고 따라서 맑은 이성의 눈으로 그 현상을 보지 못하게 막아야 한다는 유치한 종교적 수준을 옹호하고자 했을 것이다. 이 얼마나 야만적인 생각인가! 죽음에 대한 공포는 문화의 정도가 아직 극히 낮고 부자연한 죽음이 보통이었던 시대의 유물이었다. 그 당시에는 그러한 폭력적인 죽음은 하나의 규율이었고 그리고 폭력적 죽음과 관련된 인간 감정에 직접 연결된 테러는 여러 시대 동안 죽음 그 자체에 대한 생각과 어느덧 결부되었다. 그러나 위생이 발달하고 개인 생명의 안전이 확보됨에 따라 자연사가 일상 규범이 되었다. 근대 노동자에게는 자신의 에너지를 합리적으로 다 소진하고 난 후 영원한 휴식으로 들어간다는 생각은 조금도 무서움을 주지 않았으며, 오히려 자연스럽고 바람직하게도 느껴졌다. 그렇다, 죽음은 무서운 것도 신비스러운 것도 아니며, 명백히 이성적인, 생리적으로 필연적인 환영할 만한 현상으로서, 필요 이상으로 죽음에 대한 생각에 몰두하는 것은 생의 권리를 침해하는 것이다. 그러한 이유에서 앞에서 말한 모범 화장터와 부속 납골당, 즉 '죽음의 전당' 외에 '생의 전당'을 만들어서 건축, 회화, 조각, 음악, 문학이 협력하여 유족의 기분을 죽음의 경험, 무익한 비애, 무기력한 비탄으로부터 인생의 환희로 돌리는 것도 계획되었다.

마의 산 2

"그렇다면 빨리 하셔야지요!" 하고 나프타가 비웃었다. "유족이 죽음의 예배에 너무 빠져 버리기 전에, 아니, 죽음이라는 단순한 사실, 그것이 없으면 건축, 회화, 조각, 음악, 문학도 존재하지 않는 사실의 예배에 너무 깊이 빠져 버리기 전에 말입니다."

"유족이 죽음의 군기 밑으로 탈주해 버리기 전에 말이지요." 하고 한스 카스토르프가 꿈을 꾸듯 말했다.

"엔지니어, 당신은 어떻게 그런 애매한 말을 할 수 있습니까?" 하고 세템브리니는 한스 카스토르프에게 말했다. "비난을 받아 마땅합니다. 죽음의 경험은 결국, 생의 경험이어야 합니다. 그렇지 않다면 죽음의 경험은 순전히 환상에 불과한 것입니다."

"아까의 '생의 전당'은 고대의 석관에서 가끔 볼 수 있듯이 음란한 상징화로 장식되는 겁니까?" 하고 한스 카스토르프는 진지하게 물었다.

좌우간 멋진 눈요기가 될 것이라고 나프타는 비웃었다. 대리석과 유화에 의해 인체는 고전적 취향으로 표현될 것이다. 부패에서 구원된 죄진은 인체를 말이다. 조금도 이상할 것 없다. 너무도 사랑스러운 나머지 채찍을 대고 싶은 생각이 조금도 없으니 말이다.

여기서 베잘이 고문을 화제에 올렸다. 이것도 그에게는 어울리는 테마였다. 고통을 주어 신문한다. 여러분은 이것을 어떻게 생각하는가. 역사적 문화 중심지가 있는 고장을 업무로 여행갈 때, 그 사람, 페르디난도는 옛날 고문이라는 양심 탐색이 행해졌던 숨겨진 장소를 견학하는 기회를 언제나 빼먹지 않았다. 가령 뉘른베르크와 레겐스부르크의 고문실도 견학하고 교양의 목적으로 그곳을 자세히 돌아보았다. 당연히 거기서는 영혼의 구원을 위해 정말 거칠게, 갖가지 교묘한 방법으로 육체에 고통을 주었다. 비명소리조차도 없었다. 고문 사상 유명한 배, 맛이라곤 전혀 없는 배를 입에 틀어넣었기 때문에……. 그래서 고문이 행해지는 가운데도 거기에는 고요만이 지배했다.

"더럽습니다." 하고 세템브리니가 이탈리아어로 중얼거렸다.

페르게는 배를 이용한 고요 속의 형벌 집행도 이상적이라고 말했다. 그러나 흉막을 탐색하는 것 이상으로 야비한 것은 그 당시에도 고안해 내지 못했을 것이다.

그것은 치료를 위해 행해진 일이 아닌가!

영혼의 구원뿐만 아니라 영혼에 개전의 정이 없이, 정의가 해를 입은 경우, 잠정적인 고문은 정당화될 수 있을 뿐 아니라 고문은 합리적인 진보의 소산이라고 나프타가 응수했다.

"나프타 씨는 아마 제정신이 아니겠지요."

"아니오, 나는 제정신입니다. 세템브리니씨는 문필가이기 때문에 중세의 재판관이 금방 머리에 떠오르지 않겠지요. 중세의 재판관은 정말 인간 이성의 진보의 적용으로서, 즉 순수하게 이성적인 생각에 기반을 두고 사법으로부터 점차 신이 추방당한 것이었습니다. 신에 의한 재판은 강자가 옳지 않아도 이기는 것을 알았기 때문에 없어졌습니다. 세템브리니 씨 같은 회의론자, 비평가가 그 사실을 확인하고 옛날의 소박한 재판 대신 신문에 의한 재판을 등장시키는 데 성공한 것입니다. 이것은 진실을 판가름하는 데에 신에게 의지하는 것을 포기하고 피고로부터 진실의 고백을 끄집어내려고 하는 것입니다. 자백 없이 선고는 없다. 오늘이라도 사람들에게 물어보아도 좋습니다. 이 원리가 본능적으로 깊이 뿌리를 박고 있어서, 증거가 정연하게 갖추어져 있어도 자백이 없으면 어떠한 선고도 위법이라고 느껴질 것입니다. 그러면 어떤 방법으로 자백을 시킬 것인가? 단지 전망, 혐의에 머물지 않는 확실한 진실을 알리면 어떻게 해야 할 것인가? 진실을 감추고 자백을 거절하는 인간의 마음과 머리를 들여다보려면 어떻게 해야 하는가? 정신이 말을 듣지 않으면 말을 듣는 육체에 물을 수밖에 없습니다. 반드시 필요로 하는 자백을 끌어내는 수단으로서 고문은 이성의 요구에 의한 것입니다. 그리고 자백에 의한 재판을 요구하고 그것을 실현시킨 것은 세템브리니 씨입니다. 그는 고문의 원조입니다."

인문주의자는 모두에게 나프타가 말한 것을 믿지 말도록 부탁했다. "정말 악질적인 농담입니다. 만일 모든 것이 나프타가 말하는 대로이고, 이성이 무서운 고문의 발명자라고 해도, 그것은 이성이 언제나 주위로부터 지지와 계몽을 얼마나 필요로 하였는가를 증명하며, 또 자연 본능의 찬미자들은 이성의 세력이 지상에서 너무 커져 가는 것을 무서워할 필요가 없다는 것을 증명할 뿐입니다. 그러나 나프타 씨가 말한 것은 확실히 그릇된 것입니다. 고문이라는 재판상의 만행은 지옥의 신앙에서 시작된 것으로서 이성의 소산이라고는 할 수 없습니다. 박물관과 고문실을 돌아보시면 압니다. 거기에 진열되어 있는 조이고, 끌고, 비틀고, 지지는 여러 도구들은 분명히 말해, 모두가 유치하고 어리석은 공상의 산물로서, 지옥의 영구한 고문실에서 행해지는 것을 모방하려는 종교적 욕구에서 창조한 것입니다. 게다가 또 고문은, 죄지은 자의 불쌍한 영혼은 자백을 하려는데 사악한 원리인 육신이 양심의 방해를 하는 것이라고 생각했기 때문입니다. 그래서 범죄자의 육체를 고문에 의해 약화시키는 것은 사랑의 봉사를 베푸는 것이라고도 생각했던 것입니다. 금욕적인 망상입니다."

"그러면 고대 로마인들도 그러한 망상에 사로잡혀 있었을까요?" 하고 나프타는 비웃었다.

"로마인이? 천만의 말씀!" 하고 세템브리니는 대답했다.

"그렇지만 로마인도 재판의 수단으로 고문을 알고 있지 않았던가요?" 하고 나프타가 반문했다.

논쟁은 곤궁에 빠졌다. 한스 카스토르프는 그것을 타개하려고 토론의 사회자인 것처럼, 사형 문제를 화제에 올렸다. 그는 말했다. 오늘날에도 예심 판사가 피고를 괴롭히려고 술책을 부리는 것은 변함없는 일이지만 고문만은 폐지되었다. 그러나 사형은 어느 세상에도 존재하고 있어, 없어서는 안 되는 것 같다. 문화가 가장 발전한 나라에서도 사형을 폐지하려고 하지 않았다. 프랑스인들은 사형 대신 국외 추방을 했는데, 쓰라린 경험을 하였다. 인간의 가죽을 쓴 짐승에 가까운 인간은 목을 자르는 것 외에는 어떻게 할 도리가 없는 경우가 있었다.

그러한 인간도 '인간의 가죽을 쓴 짐승'은 아니라며 세템브리니 씨는 꾸짖었다. 그들도 엔지니어나 지금 말하고 있는 나와 마찬가지 인간이었다. 단지 의지가 약하고 불완전한 사회의 희생자일 뿐이었다. 세템브리니 씨는 어떤 중범죄인, 전과가 있는 살인범 이야기를 했다. 검사가 논고에서 '짐승과 같은 인간', '인간의 모습을 한 짐승'이라고 부른 유형의 그 사나이는 독방의 벽에 시를 써서 채웠다. 그 시는 결코 서투른 시가 아니고 검사들이 기회 있을 때마다 썼을는지 모를 시보다 훨씬 훌륭한 것이었다.

그것은 예술의 특이한 일면을 암시하는 사실이지만, 그 외에 별로 문제 삼을 것은 없다고 나프타는 말했다.

한스 카스토르프는 나프타가 사형의 존속을 찬성하는 것이 틀림없다고 생각한다고 말했다. 그는 세템브리니 씨와 마찬가지로 혁명적이기는 하지만 보수적인 의미에서 혁명적, 즉 보수적 혁명가였다.

여기에 대해 세템브리니 씨는, 세계는 반인문적인 반동 혁명을 뛰어넘고 제 궤도에 오를 것이라고 자신만만하게 미소 지으면서 말했다. 나프타 씨는 예술이 극악한 인간까지도 인간답게 해 주는 사실을 인정하지 않기 위해서 오히려 예술 그 자체에 혐오를 가질 것이다. 그러나 그러한 광신에 의해서는 광명을 찾는 젊은 사람들의 마음을 잡을 수는 없다. 사형 폐지를 목표로 하는 국제 연맹이 여러 문명국에서 탄생했다. 세템브리니도 그 일원이 되는 영광을 누렸다. 첫 회의의 개최지는 아직 결정되지 않았지만, 그 회의에서 열변을 토하는 사람들이 사형에 대해 훌륭한 반대론을 준비하고 있다고 믿을 만한 이유가 충분히 있었다. 세템브리니는 사형에 반대하는 이유를 여러 가지 열거했다. 그 가운데에는 그릇된 심리에 의해 죄 없는 사람들을 사형할 위험이 언제나 있다는 것, 범죄자가 개심의 희망이 전혀 없다고는 할 수 없다는 것 등의 이유가 있었다. 그는 '원수는 내가 갚으리라'(《신약 성서》〈로마서〉 제12장 제19절)는 말을 인용하면서, 국가가 원하는 것이 폭력이 아닌 교화라면 악을 악으로 갚아서는 안 된다고 역설하고, 죄라는 개념을 과학적 결정론의 입장에서 배격하고 벌이라는 개념을 부정했다.

이어서 '광명을 찾는 청년들'은, 나프타가 세템브리니의 논거를 하나하나 반론하는 것을 경청해야 했다. 나프타는, 박애주의자인 세템브리니가 피를 두려워하고 생명을 존중하는 태도를 비웃고, 개인의 생명 존중이 극히 천박하고 저속한 부르주아 시대의 것이라고 했다. 또한 역사가 획기적 전환을 하는 순간, 즉 '안전'을 초월하는 단일한 이념, 가령 개인보다 훨씬 초개인적, 초자아적인 말하자면 홀로 지고 무상하고, 따라서 고상한 수준의 정상상태에 있는 무엇이 작동하는 순간, 개인의 생명 같은 것은 그 높은 이념 때문에 언제나 희생될 뿐만 아니라, 개인 자신도 주저 없이 기꺼이 생명을 내놓을 정도로 위험을 무릅쓰기도 할 것이라고 했다. 자기의 논적인 박애주의는 생명에서 모든 복잡하고 결정적으로 진지한 측면을 제거하며, 생명의 거세를 목표로 하고 있고, 이른바 과학적 결정론도 마찬가지라고 나프타는 말했다. 그러나 사실은 죄의 개념은 결정론에 의해 제거되지 않았고, 결정론에 의해 무게와 무서움이 한층 깊어졌다.

"좋은 말씀입니다. 그러면 나프타 씨는 사회의 불쌍한 희생자가 마음으로 죄를 자각하고 만족하여 단두대에 오르기를 요구하는 것인가요?"

"물론이지요. 범죄자는 자의식을 가짐과 동시에 자신의 죄를 의식하고 있습니다. 왜냐하면 그는 있는 그대로의 자신인 것이며, 다른 누군가가 될 수도 없고 되기를 원할 수도 없기 때문입니다. 이것이 그의 죄인 것입니다." 나프타는 죄와 공적을 경험적인 차원에서 형이상학적인 차원으로 옮겼다. 그는 말했다. "행위나 행동에 있어서는 결정론이 물론 성립하고 거기에는 자유는 있을 리 없지만, 인간의 본성에는 자유가 있습니다. 인간은 존재하려고 존재했으며, 소멸할 때까지 존재하려고 희망했을 것입니다. 범죄자는 '생명을 걸고' 스스로 사람을 살해했기 때문에, 생명으로 지불해도 비싼 대가라고는 할 수 없습니다. 그는 가장 깊은 쾌락을 맛보았으니 죽어도 좋을 것입니다."

"가장 깊은 쾌락을?"

"그렇습니다. 가장 깊은 쾌락을."

모두는 입술을 굳게 다물었다. 한스 카스토르프는 기침을 했다. 베잘은 아래턱을 일그러뜨렸고, 페르게 씨는 한숨을 쉬었다. 세템브리니는 점잖게 말했다.

"일반론으로 말하면서도 또한 대상의 개인적인 색깔을 띠게 하는 방법이 있는 것 같군요. 당신은 살인을 하고 싶은가 보지요?"

"그것은 당신에게 아무런 관계도 없는 일입니다. 그러나 내가 누군가를 죽였다면, 인도주의자들이 나를 죽이는 대신 내가 천명을 다할 때까지 살려 두려고 한다면 나는 그 인도주의적인 무지를 비웃을 것입니다. 살해자가 피해자보다 더 오래 산다는 것은 무의미합니다. 두 사람은 유사한 환경에서 둘이 하나가 되는 방식으로 영원히 결부되어 있습니다. 이와 유사한 또 하나의 경우처럼, 한 사람은 능동적으로, 또 한 사람은 수동적으로 결부되어 있는 것입니다. 두 사람은 서로 일체를 이룹니다."

여기에 대해 세템브리니는 그러한 죽음과 살인의 신비론을 이해할 능력이 자기에게 없는 것이 전혀 유감스럽지 않다고 냉담하게 말했다. 나프타 씨의 종교적인 재능을 두고 뭐라 할 생각도 없었고, 그것이 자신의 재능을 능가하리라고 믿었지만, 분명하게 말한다면, 그는 그것을 부럽다고 생각하지는 않았다. 실험을 좋아하는 카스토르프 청년이 일찍이 설명했듯이, 비참에 대한 존경이 단지 생리적인 방면뿐만 아니라 정신적인 방면에도 넓혀져 있는 세계, 즉 덕과 이성 그리고 건강이 멸시되고 악덕과 병이 이상하게도 존경받는 세계에 가까이 가는 것을 좌시하지 않는 억누를 수 없는 결백의 욕구를 그는 느꼈다.

덕과 건강은 사실 종교적인 상태는 아니라고 나프타는 단언했다. 종교가 대체로 이성 그리고 도덕과 조금도 관련이 없다는 것이 명백해진다면 그것만으로도 좋은 것이다. 왜냐하면 종교는 대체로 인생과는 아무런 관련을 가지지 않았기 때문이다, 하고 나프타는 덧붙였다. 인생은 일부분은 인식론에, 일부분은 도덕의 영역에 속해 있는 모든 제약과 원리에 기반을 두었다. 즉 인식론에 속해 있는 것은 시간, 공간, 그리고 인과성이고, 도덕의 영역에 속하는 것은 윤리성과 이성이다. 이것들은 모두 종교의 본질과는 관련이 없을 뿐만 아니라, 대립 관계에 있다. 왜냐하면 그러한 것은 인생을 형성하는 것, 이른바 건강, 즉 저속하기 짝이 없는 가장 부르주아적인 것을 형성하지만, 종교의 세계는 그것과는 절대적으로 정반대의 것, 절대적으로 정반대의 성질이라고 해야 하기 때문이다.

물론 나프타는 사람의 삶이 모종의 성질을 가질 가능성이 전혀 없다고 말하고 싶지 않았다. 장엄할 만큼 우직스럽다고 말할 수밖에 없는 현세적 시민성, 속물적 위대함이 존재하며, 그 장엄한 시민성이 뒷짐 진 채 가슴을 내밀고 발을 벌리고 거만하게 떡 버티고 서 있는 모습은 반종교성의 화신을 의미한다고 생각하는 한 존경할 가치가 있다고 해도 좋을 것이다.

여기서 한스 카스토르프는 학교에서 하는 것처럼, 집게손가락을 들었다. 그는 어느 쪽도 공박하고 싶지 않다고 말했다. 여기서 지금 문제가 되는 것은 분명히 인류의 진보이며, 따라서 어느 정도 정치, 웅변적 공화제, 교양 있는 서구 문명이기도 했다. 이 점에 관하여 인생과 종교의 차이점, 혹은 나프타 씨가 무슨 일이 있어도 대립이라고 한다면, 양자의 대립은 궁극에 가서는 시간과 영원의 대립이 될 것이라고 그는 말하고 싶었을 것이다. 왜냐하면 진보는 시간 속에서만 존재했으며 영원 속에서는 진보도, 정치도, 웅변도 없었기 때문이다. 말하자면 신의 품속에 머리를 기대고 눈을 감는 것이었다. 그리고 두서없이 표현하자면 이것이 종교와 도덕의 차이점이었다.

세템브리니 씨는 엔지니어가 한 말의 유치함보다도 남의 생각을 공박하지 않으려고 하는 태도와 악마적인 생각에 타협하려고 하는 경향이 더 위험하다고 말했다.

아니, 그 악마에 관해서라면 한스 카스토르프와 세템브리니가 1년 전에도 함께 토론한 일이 있었다. 그때 세템브리니 씨는 '오, 악마여,

오, 반역이여'라고 말했다. 그러면 악마와 타협하고 있다는 것인가? 반역과 일, 비판의 악마라는 것인가, 다른 악마라는 것인가? 정말 위험한 말이다. 오른쪽에도 악마, 왼쪽에도 악마, 악마의 이름에 걸어 말하자면, 도대체 어떻게 빠져나가야 하는 것인가!

그런 식으로는 세템브리니 씨가 알고 싶어 하는 사태를 올바르게 표현할 수 없다고 나프타는 말했다. 인문주의자의 세계관이 갖는 결정적인 특징은, 신과 악마를 별개의 두 인물 혹은 원리라고 생각하며, 또한 극히 중세적인 모범에 따라 '인생'을 두 원리 사이의 쟁탈물로 둔다는 점이었다. 그러나 사실은, 신과 악마는 하나이며 인생, 현세적 시민성, 윤리, 이성, 덕과 대립하고 있을 뿐이었다. 신과 악마는 함께 재현되는 단일한 종교적 원칙이었다.

"구역질 나는 혼합이군요. 정말 가슴이 답답해지는 혼합이군." 하고 세템브리니는 외쳤다. 선과 악, 신성한 것과 악행이라는 모든 것이 혼합되어 있다! 비판도 없다! 의지도 없다! 배격해야만 하는 것을 배격할 기력도 없다! 대체 나프타 씨는 이 청년들의 면전에서, 신과 악마를 뒤범벅으로 하고 그 방종한 혼합에 의해 윤리적 원리를 부정하는 것이 무엇을 부정하는 것을 의미하는지 이해하는가를 그는 염려했다. 그는 모든 가치 판단을 부정했다. 말하기도 무서웠다. 좋다! 선도 악도 없고, 윤리적 질서가 없는 세계가 있다고 하자! 그러면 비판의 존엄성을 가진 개인도 존재하지 않고 모든 것을 삼키고 균등화하는 공동체만이 존재하며, 개인은 그 공동체 속에 흔적도 없이 사라지게 될 것이다. 개인은······.

세템브리니 씨가 또다시 개인주의자라고 자처하는 것은 재미있는 일이었다! 개인주의자이기 위해서는 윤리성과 종교적 지복 사이의 차이를 알아야 했을 것인데, 선량한 계명 결사원이자 일원론자인 세템브리니 씨는 그것을 거의 몰랐다. 인생 자체를 어리석게도 자신의 목적이라고 생각하고 인생보다도 우위에 있는 의의와 목적을 전혀 생각하지 않을 때에는 종족의 윤리, 사회 윤리, 척추 동물적 도덕은 있어도 참된 개인주의는 있을 수 없었다. 참된 개인주의는 종교성과 신비성의 세계, 세템브리니 씨가 말하는 윤리적 질서가 없는 세계에만 존재하는 것이다. 세템브리니 씨의 윤리성이란 도대체 어떤 것이며, 무엇을 바라는 것인가? 그 윤리성은 생활에 결부되어 있어 유용할 뿐, 불쌍할 만큼 비영웅적이었다. 사람이 나이 먹고, 행복하고, 유복하고, 건강하기 위한 것이 그 목적이었던 시기였다. 이 하찮은 이성관과 작업관이 그에게는 윤리성이었다. 이와는 반대로 나프타로 말하면, 그러한 윤리를 불쌍한 현세적 시민성이라고 부를 자유를 다시 한 번 누렸다.

여기에 대해 세템브리니는 진정해 주기를 바란다고 부탁했지만 그렇게 말한 그도 흥분하여 떨리는 목소리로 응수했다. 그 이유는 나프타 씨가 오직 신만이 아는 경멸적인, 귀족적인 어조로 여러 번 '현세적 시민주의'에 관하여 말한 것, 즉 만인이 다 아는 인생과 대립하는 것이 인생보다 더 고귀한 양 말하는 것은 차마 들을 수가 없다고 세템브리니는 말했다.

또다시 새로운 표어가 등장했다. 이번에는 고귀성, 귀족성의 문제가 화제에 올랐다. 한스 카스토르프는 추위와 화제의 불확실성에 흥분되고 피로해 자신의 말을 남이 이해한 것인지, 그렇지 않으면 잠꼬대와 같이 엉뚱한 말이었는지 자신 없는 생각을 가지면서 추위에 마비된 입술로 지껄였다. 자기는 죽음을, 스페인식으로 풀을 먹여 주름잡은 깃을 단 것, 높은 칼라의 약식 정장과 결부하여 생각했고, 이와는 반대로 생을 현대의 낮은 칼라와 결부시켜 생각해 왔다고 말했다. 그러나 한스 카스토르프는 자신의 말씨가 도취적이고 몽상적, 비사회적인 것을 느끼고는 깜짝 놀라, 그렇게 말할 생각은 없었다고 변명했다. 그리고 그는 말을 이었다. 이 세상에는 너무나 속되어 그 때문에 죽을 것 같지 않은 인간, 그러한 타입의 인간이 있지 않은가? 다시 말하면 생활력이 넘쳐 결코 죽을 것 같지도 않은 인간, 죽음의 정화를 받을 가치가 없게 느껴지는 인간이 있지 않은가라고…….

세템브리니는 한스 카스토르프가 반박당하기 위해서 그런 말을 한 것이라고 생각한다고 말했다. 한스 카스토르프 청년이 그러한 위험한 생각에 정신적으로 저항하려고 할 때에는 언제나 세템브리니는 조력을 아끼지 않았다.

'생활력이 넘친다'라고 그가 말하였는가? 아니면 경멸적인 의미에서 그렇게 불렀는가? '살 가치 있는'이라는 말로 대치해야 할 것이다. 그러면 여러 개념은 융화하여 정말로 아름답게 서로 조화될 것이다. '살 가치 있는' 하고 말하면 곧 '사랑할 가치 있는'이라는 생각이 아주 자연스럽고 쉽게 연상된다. '사랑할 가치 있는'이라는 생각은 '살 가치 있는'이라는 생각과 아주 흡사하여 정말로 살 가치 있는 것만이 정말로 사랑할 가치가 있는 것이라고 말할 수 있다. 그리고 이 두 가지, 즉 살 가치가 있는 것과 사랑할 가치가 있는 것이 결합하여 고귀한 것이라고 불리는 것을 만들어 낸다.

한스 카스토르프는 이 이야기를 멋진 이야기, 지극히 경청할 가치가 있는 말이라고 했다. 세템브리니 씨의 조형적인 이론에 완전히 매혹당했다고 그는 말했다. 왜냐하면 가령, 병은 높아진 생명의 상태이며, 따라서 병에는 다소 화려한 데가 있다고 누군가 말했을 수도 있고 이것은 대개 확실했기 때문이다. 병은 육체적인 것의 과도한 강조를 의미하고, 인간을 육체만의 존재로 되돌려 전적으로 그것에 의존하게 해서, 말하자면 인간을 단순한 육체로 전락시킴으로써 무(無)로 만들 정도로 인간의 가치와 존엄성에 아주 위험한 것이었다. 따라서 병은 비인간적이었다.

병은 지극히 인간적이다라고 나프타는 즉각 반박했다. 인간이란 것은 병이기 때문이라고 했다. 그렇다. 인간은 원래 병을 앓는 생물이며, 병을 앓는 것이 인간을 비로소 인간으로 만드는 것이다. 최근 신생활의 창도자, 생식주의자, 옥외 생활 예찬자, 일광욕 지도자들이 마치 예언자처럼 선전하는 것, 인간을 건강하게 하자, 인간을 자연과 화목하게 하여 '자연으로 돌아갈 것'을 '인간은 한 번도 자연이었던 일이 없었는데도' 권하는 것은 모든 루소주의자들이 인간의 비인간화와 동물화를 지향하는 것 이상의 것이 아니다. 인간성? 고귀성? 자연에서 완전히 이탈하여 자신을 자연과 전혀 반대의 존재라고 느끼는 인간을 다른 모든 유기 생명으로부터 구별하는 것은 정신이었다. 인간의 존엄성과 고귀성은 정신에, 병에 있는 것이다. 한마디로 말하면 인간은 병을 앓으면 앓을수록 인간다워지는 것으로 병의 수호신은 건강의 수호신보다 더 인간적이었다. 인간의 애호자로 자처하는 자가 인간성의 이러한 근본 진리에 눈감으려는 것은 이상하다고 하지 않을 수 없다. 세템브리니 씨는 입버릇처럼 진보를 말한다. 진보라는 것이 있다면 그것은 병만이 주는 것이며 천재만의 보물인 것이다. 천재란 병 외의 아무것도 아니다! 건강한 사람은 어느 시대나 병이 만드는 것에 의해 살아왔다! 인류를 위해 진리를 인식하려고 자기 스스로 병과 광기에 빠진 사람들이 있었는데, 이 사람들이 광기에 의해 쟁취한 인식은 건강한 인식으로 변하고 이 영웅적인 희생 행위에 의해 인류가 소유하고 이용하는 인식은 병과 광기의 흔적을 남기지 않는다. 이것이야말로 정말 십자가 위의 죽음이었다.

"아아!" 하고 한스 카스토르프는 감탄했다. '당신은 자신의 이론의 배합으로 십자가상의 죽음을 해석하는 부적절한 예수회 회원! 당신이 신부가 되지 못한 것도 나는 이해할 수 있습니다. 침윤 부위가 있는 멋진 예수회 수사, 포효를 질러라! 사자!' 하고 한스 카스토르프는 세템브리니 씨를 바라보면서 생각했다. 그리고 세템브리니 씨는 '으르렁' 거렸다. 그는 나프타가 지금 역설한 것은 모두 속임수, 궤변, 세계 교란이라고 단정했다.

"확실히 말하십시오." 하고 그는 논적을 향해 외쳤다. "이 교화되기 쉬운 청년들 앞에서 교육자로서 책임감을 가지고 확실히 말하십시오. '당신의 정신은 병이오.'라고! 당신은 이로써 청년들에게 정신에 봉사하는 용기를 주고 정신의 신봉자로 바꿀 수가 있을 것입니다! 그리고 또 병과 죽음을 고귀한 것, 건강과 생명을 저속한 것이라고 말하는 것은 그야말로 제자들에게 인류에 대한 봉사를 생각하게 하는 가장 적절한 수단일 것입니다. 정말로 무서운 일입니다!" 그리고 세템브리니는 자연이 주는, 정신을 겁낼 필요가 없는 건강과 삶의 고상함을 기사처럼 옹호했다. "형태!"라고 그는 말하고, 나프타는 고자세로 "로고스!"라고 말했다. 그러나 로고스를 문제 삼지 않으려는 세템브리니는 "이성!"이라고 말했다. 그러자 로고스의 기사는 "열정!"을 옹호했다. 혼란이 지배했다. 한쪽에서 "객관적 실재"를 외치자 다른 한쪽에서 "주체!"를 외쳤다. 마지막으로 한쪽은 "예술!"을, 다른 한쪽은 "비평!"을 외쳤다. 아무튼 마지막까지 "자연!"과 "정신!"이 반복되어 어느 쪽이 더 고귀한가 하는 것, 즉 '진정한 귀족성'의 문제가 논의되었다. 그러나 토론에는 명확함도, 질서도, 이원적이고 전투적인 분류도 전혀 없었다. 모든 것이 서로 충돌했을 뿐만 아니라 뒤범벅이 되어 논쟁하는 두 사람은 의견이 충돌했을 뿐만 아니라, 둘 다 자기가 말하는 것과 모순이 된다는 것을 주장했다. 세템브리니는 '비평'에 대해 여러 번 웅변조의 만세를 외쳤지만 비평과는 반대의 것인 '예술'을 더 고상한 원리라고 주장했다. 나프타가 여러 번 '자연 본능'의 옹호자로 자처하면, 세템브리니는 자연을 '어리석은 힘'이며, 하나의 사실과 운명에 지나지 않으며 이성과 인간의 자부심은 자연에 굴복할 필요가 없다고 역설했다. 나프타는 이번에는 정신과 '병' 쪽에 서서 귀족성과 인간성은 정신과 '병'에만 있다고 주장하자,

세템브리니는 이때까지의 해방적 사상을 모두 잊어버리고 자연과 그 건강한 귀족성의 변호사로 탈바꿈했다. '객체'와 '주체'에 관해서도 혼란 상태는 마찬가지였다. 그뿐만 아니라 언제나 같은 성질의 것이었던 혼란이 여기서는 수습할 수조차 없게 되어, 도대체 어느 쪽이 경건하고 어느 쪽이 자유사상 쪽인지 문자 그대로 아무도 알 수 없게 되었다. 나프타는 세템브리니 씨에게 '개인주의자'라고 자칭하는 것을 엄한 말로 금하였다. 그에 의하면, 세템브리니가 신과 자연의 대립을 부정하고, 인간이라는 문제, 인간의 내면적 갈등이라는 문제를 개인의 이해와 사회의 이해 사이의 갈등이라고 여겨, 그래서 인생을 목적 자체라고 생각하고 비영웅적으로 실리만을 노리며 국가의 목적을 도덕률이라고 생각하는 부르주아적 윤리성을 옹호했기 때문이라는 것이었다.

이와는 반대로 나프타 자신은 내면적 인간의 문제는 오히려 감각적인 것과 초감각적인 것과의 싸움에 있다는 것을 확실히 알고 있어, 그런 의미에서 참된 신비적인 개인주의를 대변하며, 참된 의미에서 자유와 주체의 옹호자라고 역설했다.

그러나 '나프타가 자유와 주체의 옹호자라고 한다면, 많은 모순들 가운데 일례를 들어 '무명성과 공동성'은 어떻게 되는 것일까?' 하고 한스 카스토르프는 생각했다. 그리고 전에 나프타가 운터페르팅거 신부와의 대화에서 국가 철학자 헤겔의 '가톨릭성', '정치'와 '가톨릭적'이라는 두 개 개념의 내적 연관성, 이 두 개의 개념이 단일한 객관적 실재를 이루고 있다고 언급한 신기한 설은 어떻게 되는 것일까? 정치와 교육은 언제나 나프타가 속해 있는 수도회의 전문적인 활동 영역이 아니었던가? 그러나 무슨 교육이었을까! 세템브리니씨도 확실히 열성스러운 교육자, 방해가 되고 성가실 정도의 열성스러운 교육자였지만, 그의 교육 원리는 금욕적, 자아 부정적인 객관성의 부분에서 나프타의 원리와는 도저히 맞설 수가 없었다. 절대명령, 강철과 같은 구속, 강제, 복종, 공포! 이것도 훌륭한 원리일는지 몰라도 개인의 비판적 존엄성에는 거의 일고의 가치도 없었다. 프러시아의 프리드리히 대왕과 스페인의 로욜라의 규정이며, 경건과 피비린내 날 정도로 남성적이지만 단 한 가지 문제가 되는 것은, 나프타는 순수 인식, 무가정적 탐구, 즉 진리, 객관적 진리, 과학적 진리를 조금도 믿지 않는다고 공언하는데도, 왜 피비린내 나는 절대주의만을 믿게 되었는가 하는 것이다. 로도비코 세템브리니는 객관적 진리를 추구하는 것을 인간 윤리성의 최고 법칙이라고 생각한다. 세템브리니의 이 생각은 경건하고 진지한 데 반하여 나프타가 진리를 인간에게 관계시키고, 인간을 위하는 것이 진리라고 주장하는 것은 성실하지 않은 방종인 것이다. 그렇게 진리를 인간의 이해에 종속시키는 것이야말로, 현세적 시민주의의 실용성이 아닐까? 엄밀히 말해서 그것은 철저한 객관성이라고는 할 수 없고 레오 나프타가 생각하는 것보다 훨씬 자유와 주관성을 내포하고 있다. 물론 그것은 세템브리니의 교훈적인 '자유는 인간애의 원칙'이라는 말과 마찬가지로 '정치'이기는 했다. 세템브리니의 말은 자유를 인간에게 결부시키고 있지만, 이것은 나프타가 진리를 인간에게 결부시키는 것과 마찬가지이다. 이것은 확실히 자유라기보다 오히려 경건이라고 할 수 있는 것이지만 이 구별도 이렇게 정의함에 따라 사라져 버린다. 아, 세템브리니 씨! 그는 문필가, 다시 말하면, 정치가의 손자요, 인문주의자의 아들이 될 만도 했다. 비평과 아름다운 해방을, 감격을 갖고 염원하면서도 길거리에서는 아가씨에게 콧노래를 불렀다. 한편 날카로운 작은 사나이 나프타는 서약에 몸이 묶여 있었다. 나프타는 자유사상 같은 말만을 입에 담는 방탕자에 가깝고 한편 세템브리니는 말하자면 도덕 광이라고도 할 수 있었다. 세템브리니 씨는 '절대정신'에 공포를 느껴, 정신을 무슨 일이 있어도 민주적 진보에 결부시키려고 했고, 더 나아가 호전적인 나프타가 신과 악마, 신성과 악행, 천재와 병을 뒤범벅으로 하여 어떤 가치 판단, 이성에 대한 판단, 어떤 의사도 인정하려고 하지 않는 종교적 방종에 세템브리니는 기겁했다. 도대체 어느 쪽이 자유이고 어느 쪽이 경건이란 말인가. 그리고 인간의 참된 자격과 본질을 이루고 있는 것은 무엇이란 말인가. 모든 것을 삼키고 평준화해 버리는 집단 속으로 침몰하는 것인가. 그것은 방종임과 동시에 금욕적인 행위이기도 했다. 그렇지 않으면 호언장담과 부르주아적 근엄이 서로의 영역을 침해하는 '비평적 주체'란 말인가! 아, 원리나 견해는 쉴 새 없이 서로의 영역을 침범하고 내용적인 모순에 차 있었다. 책임감 있는 문화인에게는 대립하는 어느 쪽을 선택할 것인가를 결정하는 것은 물론, 그것을 표본으로 분류, 정리하는 것도 무섭고 곤란했다. 도리어 나프타의 '윤리적 질서가 없는 세계'에 거꾸로 뛰어들어 가고 싶은 유혹이 자못 컸다. 모든 것이 교차하여 얽히

마의 산 2

는 일대 혼란이어서, 논쟁하는 두 사람도 논쟁하면서 그 혼란에 기분이 무거워지지 않았더라면, 이처럼 흥분하지는 않았을 것이라고 한스 카스토르프는 생각했다.

　다섯 사람은 함께 베르크호프까지 올라갔다. 그리고 베르크호프에서 지내는 세 사람이 바깥에 사는 두 사람을 하숙집까지 바래다주고, 그 집 앞에서 오랫동안 눈 속에 서서 나프타와 세템브리니의 논쟁, 한스 카스토르프도 잘 알다시피, 교육 목적을 가진 논쟁, 광명을 찾는 염색되기 쉬운 청년을 염색시키려는 논쟁을 듣고 있었다. 페르게 씨에게는, 그가 여러 번 선언한 것처럼, 어떤 이야기도 너무나 고상했고, 베잘도 태형과 고문이 화제에 오르지 않게 된 뒤로는 흥미가 없는 모양이었다. 한스 카스토르프는 고개를 숙이고 지팡이로 눈을 파면서 일대 혼란에 대해 생각했다.

　드디어 다섯 사람은 작별 인사를 하였다. 영원히 함께 서 있을 수는 없었고, 아무리 토론을 해도 끝이 없었기 때문이다. 베르크호프의 세 사람은 다시 그들의 요양원으로 돌아갔고, 두 명의 교육적 논쟁가 중 한 사람은 비단으로 꾸민 방으로, 또 한 사람은 책상과 물병이 있는 인문주의적인 다락방으로 어깨를 나란히 하고 돌아갔다. 그리고 한스 카스토르프는 자기 방 발코니로 돌아왔지만, 예루살렘과 바빌론에서 진격한 양군이 두 개의 군기 아래 충돌하여 일대 혼전을 벌이는 소리와 무기 소리로 아직도 귀가 윙 하고 울렸다.

# 눈

일곱 개의 식탁에서는 하루 다섯 번 식사를 할 때마다, 금년 겨울의 일기 상태에 대해 이구동성으로 불만이 터져 나왔다. 모두의 생각에 따르면, 금년 겨울은 고원의 겨울로서 임무를 아주 게을리하고 있어, 이곳에서 자랑하는 요양에 맞는 일기 상태가 안내서처럼, 여러 해를 이 위에 있는 사람들이 매년 보아 온 것처럼, 그리고 새로 온 손님들이 상상한 것처럼 만족스럽지 못했다. 우선 병 치료에 중요한 조건인 태양, 그 도움이 없으면 회복이 늦어지는 일광이 아주 부족했다. 이 고원에 모여 있는 요양객들이 완쾌와 이 위의 '고향'에서 평지로 가는 귀환을 얼마만큼 진심으로 생각하는가에 대해서, 세템브리니 씨가 어떻게 판단하는가는 별도로 하더라도, 요양객들은 그들의 권리를 요구하며, 부모, 남편이 내고 있는 비용을 돌려받으려고 식탁에서, 승강기 속에서, 홀에서 불평을 털어놓았다. 사무국도 조력과 보상의 의무를 충분히 느끼고 있다는 것을 나타냈다. 고원의 태양을 인공적으로 보충하는 태양등 장치도 지금의 두 대만으로는, 전기의 힘으로 얼굴을 그을리게 하려는 사람들의 수요를 채워 줄 수 없어서 한 대를 새로 사들였다. 태양등에 의한 그을림은 젊은 아가씨와 부인들에게 잘 맞았지만, 실은 남자들에게도 수평 상태로 지내고 있음에도 억센 스포츠맨답고 정복자다운 외양을 가져다주었다. 그렇다. 그 외양은 구체적인 성과를 얻었다. 부인들은 그러한 남성적인 것이 기계에 의한 공학적인 성질의 것이라는 것을 잘 알면서도, 어리석어서인지 교

마의 산 2

활해서인지는 모르나 착각에 빠져, 환영에 도취되어, 여성답게 마음을 빼앗겼다.

"아이, 멋져!" 하고 베를린에서 온 머리카락이 빨갛고, 눈 가장자리가 붉은 환자 쉰펠트 부인이, 어느 날 밤 홀에서 다리가 길고 가슴이 움푹 들어간 신사에게 말했다. 그 사나이는 '면허비행사, 독일 해군 소위'라고 프랑스어로 인쇄된 명함을 가진 기흉의 소유자로, 점심식사에는 정장 차림으로 나타나고 밤에는 그것을 벗었는데, 해군에서는 이것이 규칙이라고 했다.

"아이, 멋져!" 하고 쉰펠트 부인은 해군 소위를 탐내듯 들여다보면서 말했다. "고원의 햇볕에 멋지게 그을렸군요. 독수리 사냥꾼 같아요. 난봉꾼!"

"각오하고 있어요, 물의 요정님!" 하고 소위는 승강기에 타면서 부인의 귀에 속삭여 부인을 와들와들 떨게 하였다. "당신의 뇌쇄적인 추파는 대가를 치러야 합니다." 그리고는 난봉꾼 독수리 사냥꾼은 발코니를 따라 유리 칸막이를 지나 물의 요정 방으로 살짝 들어갔다.

그러나 인공 태양도 금년 겨울의 햇빛 부족을 충분히 보충할 수는 없었다. 한 달에 이삼 일, 쾌청한 날씨가 있었다. 그런 날에는 깊은 회색 안개의 베일이 점점 걷히는 가운데 햇빛이 더욱 찬란하게 비쳐, 흰 산의 봉우리 뒤에 깊은 비단과 같은 푸른 하늘이 나타나 무한한 온 세계가 금강석처럼 반짝여 사람들은 목과 얼굴에 쾌적한 태양열을 느꼈다. 그러나 이삼 일만으로는, 아무리 위안을 요구해도 지나치지 않은 운명의 사람들에게는 너무 적었다. 이 사람들은 평지의 인간 생활의 기쁨과 슬픔을 버린 대가로 활기는 없지만 매우 여유 있는 쾌적한 생활, 시간 가는 줄 모를 정도로 싫증이 나지 않는, 정말 안락한 생활을 보증받기를 남몰래 기대했다. 베르크호프의 생활은 이런 일기 상태라 해도 감옥이나 시베리아 탄광의 생활과는 다르다고 고문관은 타일렀다. 이 위에는 공기가 희박하고 가벼워서 거의 우주의 공허한 에테르나 다름없으며, 좋든 나쁘든 지상의 갖가지 혼합물이 거의 없으므로, 햇빛이 없더라도 평지의 안개나 증기에 비하면 이 위의 세계는 훌륭한 장점이 있다고 그가 말했지만 그다지 효과가 없었다. 우울증과 항의가 날이 갈수록 쇄도하고 자포자기 출발로 위협하는 환자의 수가 날로 늘어 갔다. 최근에도 잘로몬 부인의 슬픈 귀향과 같은 사건에 힘입어, 위협을 실행에 옮기는 사람들이 속출했다. 잘로몬 부인의 병은 고질이긴 했지만 원래 그다지 중병은 아니었는데 습기가 많고 바람이 센 암스테르담에 멋대로 머물러 있다가 불치의 병이 되었다.

그러나 햇빛 대신 눈이 있었다. 대량의 눈, 한스 카스토르프가 이 세상에 태어나 처음 보는 많은 양의 눈이었다. 작년 겨울에도 적지 않은 눈이 내렸지만 금년 겨울에 내린 눈에 비할 수가 없었다. 올 겨울의 적설량은 놀라울 정도로 엄청나, 이 위의 세계가 특이하고 야릇하다는 것을 통감하게 했다. 날이면 날마다 밤낮의 구별도 없이 눈이 계속 내렸다. 눈은 흩어져 떨어지듯 내리기도 하고 바로 앞이 보이지 않을 정도로 내리기도 하면서 계속 내렸다. 걸어갈 수 있게 열린 길 양쪽에는 사람의 키보다도 높은 눈 벽이 있어서 길이 좁아 보였다.

석고처럼 흰 벽면은 수정처럼 반짝여서 기분을 상쾌하게 해 주었다. 고원의 손님들은 그 벽면에 글씨와 그림을 그려, 여러 가지 알림, 농담, 빈정거림을 전달하는 데에 이용했다. 눈을 치운다고 치웠는데도, 벽 사이 통로에는 아직 눈이 듬뿍 쌓여 있어서 곳곳에 구멍이나 허술한 곳이 있었다. 그런 곳에서는 뜻하지 않게 무릎 가까이까지 푹 들어가기도 했으므로 다리를 다치지 않도록 조심해야 했다. 휴식용 벤치도 팔걸이 일부가 겨우 보일 뿐, 눈에 덮여 모습을 감추었다. 아랫마을에서는 거리의 고도가 완전히 변하여, 건물 1층 가게가 지하실처럼 바뀌고 보도에서 가게로 가려면 눈 계단을 내려가야 했다.

　이렇게 쌓인 눈 위로 눈은 더욱더 쌓였다. 매일매일 낮이나 밤이나 살을 에는 추위가 아닌, 영하 10도에서 15도 정도의 적당한 냉기 속에서 소리 없이 내리고 쌓였다. 솔직히 추위는 거의 느낄 수 없는 영하 5도나 2도 정도였다. 바람이 없고 공기가 건조하여, 찌르는 듯한 추위는 없었다. 아침은 어둑어둑했다. 아침 식사는 둥근 천장 가장자리에 재미있는 무늬가 장식된 식당에서 샹들리에의 인공 달빛 아래서 했다. 바깥은 음울한 허무, 유리창에 달라붙는 희뿌연 솜, 눈보라와 안개에 두툼하게 쌓인 세계였다. 산의 모습은 보이지 않았다. 가장 가까운 침엽수 숲도 가끔 희미하게 보일 뿐, 눈을 덮어 쓴 숲은 곧 눈보라 속에 사라지고, 가끔 가문비나무 한 그루가 무겁게 얹힌 눈을 털고서, 가루처럼 날리는 흰 눈을 잿빛 세상에 쏟아냈다. 10시쯤 태양은 산 위에 약하게 비치는 안개처럼 올라와, 분간하기 어려운 모호한 평지에 관능적인 빛을 희미하게 비추었다. 그러나 모든 것은 몽롱한 부드러움과 청백색에 녹아 버려 눈으로 확실히 잡을 수 있는 선은 어디에도 보이지 않았다. 봉우리의 윤곽도 안개와 연기에 덮여 희미했다. 창백하게 비친 눈의 사면이, 밑에서 위로 쌓여서 그것을 더듬는 눈길을 공허한 상공으로 인도했다. 그리고 어딘가의 절벽 앞에 빛을 받은 한 조각 구름이 모양을 바꾸지 않고 연기처럼 길게 떠 있었다.

정오쯤에 태양이 구름을 반 떠밀어 안개를 푸른 하늘로 바꾸려 했지만 거의 성공을 거두지 못했다. 그러나 푸른 하늘이 깜박깜박 모였고, 이윽고 새어 나온 약간의 빛은 눈으로 인해 이상하게 변형된 너른 풍경이 멀리까지 금강석처럼 반짝이게 하는 데에 충분했다. 눈은 대체로 정오쯤에 일단 멈추어, 마치 이렇게 많이 쌓였노라고 빨리 보러 오라는 것 같았다. 겨울에 드문 햇볕도 같은 목적인 것 같았다. 지상을 비추는 햇빛이 새로 내린 눈의 화려하고 참신한 설면을 녹이려고 시도했다. 주위의 풍경은 동화 속 세계처럼, 유치하고 재미있는 데가 있었다. 나뭇가지에는 누군가가 부드럽게 뿌린 듯한 두터운 눈 쿠션이 쌓여 있었다. 키 작은 관목이나 바위 머리가 눈에 감추어져 볼록한 지면이 되었다. 기어가는 난쟁이처럼 웅크린 듯한 우스운 풍경은, 마치 옛날이야기 속 세상에 온 것 같기도 했다. 눈길을 힘겹게 걷는 사람들의 눈에 가까운 경치는 동화책에서 나온 것처럼 유머러스하게 느껴졌지만, 멀리에서 보이는 배경, 눈에 덮인 알프스의 높이를 나타내는 입상은 숭고하고 신성한 기분을 불러일으켰다.

한스 카스토르프는 오후 2시부터 4시까지 발코니에 누워, 몸을 담요로 따뜻하게 감싸고 높지도 낮지도 않은, 꼭 알맞은 멋진 침대 의자 등받이에 머리를 대고 눈의 쿠션이 놓인 난간 너머로 숲과 산을 바라보았다. 눈을 뒤집어쓴 암녹색 전나무 숲이 비스듬히 펼쳐져 있었고, 나무와 나무 사이에는 어디나 부드러운 눈이 이불처럼 깔려 있었다. 숲 위에는 바위산이 잿빛 하늘을 배경으로 솟아 있었다. 그 한없이 넓은 눈의 사면이 군데군데에 까맣게 부서진 채, 능선은 안개로 부드럽게 흐려져 있었다. 소리 없이 눈이 내렸다. 시선은 눈에 덮여 무의 세계로 빨려 들어가 멍하니 졸기 시작했다. 잠드는 순간, 선뜻한 한기를 느꼈지만, 얼음처럼 찬 공기 속에서 잠드는 것보다 더 순수한 잠은 없다. 꿈을 꾸지 않는 잠은 유기체가 생을 영위함에 의한 막연한 괴로움에 구애받지 않았다. 공허하고 건조한 공기를 호흡하는 것은 죽은 사람이 호흡하지 않는 것처럼 유기체에 부담이 되지 않았다. 눈을 뜨자, 산은 눈의 안개 속에 완전히 모습을 감추었다. 그 일부분으로 봉우리 하나, 바위 하나가 이삼 분 동안 교대로 나타났다가는 다시 안개에 휩싸였다. 안개의 장막이 부리는 요술을 미묘한 변화에 이르기까지 엿보려면 정신 차리고 주시해야 했다. 봉우리도 산기슭도 보이지 않는 안개 속에서 바위 산맥의 일부분이 험하게 불쑥 나타났다. 그러나 순간, 거기에서 눈을 떼는 사이에 갑자기 사라졌다.

 이윽고 눈보라가 갑자기 심해져, 바닥과 잠자리를 두껍게 덮어 버릴 것 같아 발코니에 머물러 있을 수가 없었다. 그렇다. 고원의 별천지에도 눈보라가 치는 일이 있었다. 희박한 대기가 난동을 부리기 시작하여, 바로 눈앞조차 볼 수 없게 눈송이의 난무로 채워졌다. 숨이 막힐 듯한 거센 돌풍이 눈보라를 광포하게 휘몰아쳐 아래에서 위로, 골짜기에서 공중으로 회오리치게 하고, 종횡무진 회전시켜 춤추게 했다. 이제는 눈이 오는 그러한 것이 아니었다. 희고 검은 혼돈, 난맥, 상식을 벗어난 세계의 처절한 탈선이었고, 갑자기 떼를 지어 모습을 나타낸 눈방울새만이 그 세계를 자기의 집인 양 날고 있었다.

그러나 한스 카스토르프는 눈 속의 생활을 사랑했다. 그는 눈 속의 생활이 여러 가지 점에서 해변의 생활과 비슷하다고 느꼈다. 자연의 원시적인 단조로운 모습이 두 세계에 공통된 점이었다. 이 위의 눈, 깊고 가볍고 깨끗한 가루눈이, 해변의 황색 모래와 같은 역할을 했다. 어느 쪽도 감촉이 깨끗했으며, 추위에 얼어붙은 가루눈은 평지의 깊은 바다에서 밀어올린 모래나 돌 그리고 조개 가루처럼 구두와 옷에서 털어낼 수 있어 조금도 흔적이 남지 않았다. 표면이 태양열에 녹았다가 밤이 되어 단단하게 얼어붙은 경우는 제외하고 눈 위를 걸어다니는 것은 바닷가의 모래 언덕을 걸어 다니는 것과 마찬가지로 고생스러웠다. 굳게 얼어붙은 눈 위는 마루 위보다도 가볍게 걸을 수 있어서, 파도치는 기슭의 부드럽고, 딱딱하고, 탄력 있는 젖은 모래 사장 위와 마찬가지로 사뿐하게, 기분 좋게 걸을 수가 있었다.

그러나 금년은 눈이 유례없이 많이 내려 스키를 타는 이들을 제외하고는 누구든 야외에서 돌아다닐 수 있는 기회를 완전히 제한받았다. 제설차가 활약했지만 사람이 가장 많이 붐비는 요양지 거리와 중앙 거리를 이럭저럭 다닐 수 있게 하는 것도 쉬운 일이 아니었다. 제설되지 않은 곳에서 더 이상 나가지 못했지만, 제설된 몇몇 길에는 건강한 사람과 환자, 이곳에서 사는 사람과 온갖 국적의 호텔 손님들로 붐볐다. 걷는 사람들 사이로 일인용 썰매를 타고 달리는 사람들이 뛰어들기도 했다. 이 남녀는 몸을 뒤로 눕힌 채, 두 발을 앞으로 내밀고, 썰매놀이를 얼마나 중요하게 여기는지 여실히 드러내는 경고의 외침 소리를 지르면서 작은 썰매를 타고 정신없이 흔들리면서 사면을 미끄러져 내려갔다. 다 내려가면 유행하는 장난감의 줄을 끌고 다시 고개를 올라갔다.

한스 카스토르프는 이런 산책길에 진저리가 났다. 그는 두 가지 소망이 있었다. 그중 더 큰 소망은 혼자 명상과 '술래잡기'를 하고 싶다는 것인데 이것은 발코니에서 형식적이나마 할 수는 있었다. 다른 소망은 지금 말한 소망과 관련이 있는 것으로 큰 관심을 갖게 된 산, 눈으로 뒤덮인 산과 더 친밀하게 자유로이 접촉해 보고 싶다는 것이었다. 그러나 이 소망은 그것을 원하는 본인이 장비도, 날개도 없는 보행자에 지나지 않는 한 꿈이었다. 제설된 통로는 모두 막다른 길이었고, 그곳에서 한 발이라도 앞으로 나가려고 하면 가슴 위까지 눈 속으로 빠져 버렸다.

한스 카스토르프는 이 위에서 두 번째 겨울을 맞게 된 어느 날, 자기의 소망을 실현하기 위해서 스키를 사 필요한 기술을 몸에 익히기로 결심했다. 그는 스포츠맨이 아니었고, 베르크호프의 몇몇 손님들과는 달리 몸을 단련할 생각이 거의 없었기에 스포츠에 관심을 가진 적도 없었고, 스포츠맨이라고 과시하지도 않았다. 이런 손님들은 이곳 정신과 유행에 따라 옷차림에 멋을 부렸다. 특히 부인들이 그랬다. 예컨대 헤르미네 클레펠트는 호흡 곤란 때문에 코끝과 입술이 언제나 창백했지만, 점심 때 모직 반바지 차림으로 화사하게 차려입고 나와, 식사 후에는 로비의 등받이 의자에 다리를 넓게 벌리고 늘어졌다. 만약, 한스 카스토르프가 그의 엉뚱한 계획을 고문관에게 털어놓았다면, 당치 않은 말이라고 퇴짜 맞았을 것이다. 베르크호프에서도, 그 외의 같은 시설에서도 일반적으로 사람들이 스포츠 같은 것을 즐기는 것은 엄중히 금지되어 있었다. 이 위의 공기는 숨쉬기 편한 것처럼 느껴질지라도, 사실은 심장에 큰 부담을 주었다. 한스 카스토르프의 경우, '익숙하지 않은 것에 익숙해진다'는 그 자신의 경구는 현재도 유효했고, 라다만토스가 침윤으로 해명했던 발열도 좀처럼 사라지지 않았다. 그것이 없어졌으면 이 위에 더 있을 필요가 있었겠는가? 그래서 그의 소망과 계획은 모순된 것이었고 허용될 수가 없었다. 그러나 여기서 그에 대해 오해하지 말라. 유행 중이라면 공기가 탁한 실내에서 카드놀이에도 열중하였을, 옥외 산책을 하는 멋쟁이 남성들이나 멋진 의상뿐인 스포츠맨과 겨루어 보겠다는 그런 야심에 그가 사로잡힌 것은 아니었다. 그는 자신이 한 사람의 관광객이 아니라 다른, 좀 더 구속된 사회의 일원이라는 것을 분명히 느꼈다. 그리고 더한층 새롭고 폭넓은 견지에서 볼 때 세상 사람들로부터 그를 떼어 놓고 있는 자부심과 그리 강하지 않은 책임감으로, 관광객들처럼 마음이 들떠 눈 속에서 미친 사람처럼 뒹굴고 다니는 것은 내키지 않았다. 그는 분수에 어긋나는 행동을 하거나, 과격하게 행동할 생각도 없었다. 그가 계획했던 일은 라다만토스도 허락해도 좋았을 것이다.

그러나 라다만토스는 요양원 규칙을 내세워 역시 허락해 줄 것 같지 않았다. 그래서 한스 카스토르프는 숨어서 살짝 실행하기로 했다.

한스 카스토르프는 자기 계획을 세템브리니 씨에게 슬며시 이야기하였다. 세템브리니 씨는 기뻐 어쩔 줄 몰라 청년을 껴안으려고 했다.

"좋습니다. 좋아요, 엔지니어. 꼭 실행해 보십시오! 아무에게도 상담하지 말고 하십시오. 그야말로 당신의 수호신의 분부입니다! 생각이 바뀌기 전에 곧 시작하십시오! 나도 함께 가겠습니다. 함께 가게로 가서 그 축복된 도구를 사도록 합시다! 산에도 함께 가서 메르쿠리우스처럼 날개 달린 구두를 신고 함께 마음껏 날고 싶습니다. 그러나 나에게는 허락되지 않습니다. 아니죠, 허락되지 않았다고요? '허락되지 않았을' 뿐이라면 하겠습니다만, 나에게는 불가능합니다. 나는 이제는 가망이 없는 사람입니다. 그러나 당신에게는…… 아무 해가 없습니다. 그렇습니다. 좀 지장이 생긴다 해도, 역시 당신을 수호하는 천사가 그것을 당신에게……. 나는 이 이상 아무것도 말하지 않겠습니다. 아무튼 너무나 멋진 계획입니다! 여기에 2년간 있으면서도 여전히 그런 생각을 할 수 있다니! 아, 정말 당신은 심지가 굳군요. 당신 일로 절망할 까닭은 없겠습니다. 브라보! 브라보! 당신은 여기 염라대왕의 눈을 속일 거예요. 스키를 사서 나나 루카세크의 방이나, 아래의 향료 가게에 맡겨 두세요. 그것을 꺼내 신고 연습하십시오. 곧장 미끄러져 가는 것입니다."

세템브리니가 말한 대로 되었다. 스포츠는 아무 것도 모르지만 그럴 듯한 스키어를 자처하는 세템브리니 씨 눈앞에서 한스 카스토르프는 중심가의 전문점에서 한 벌의 멋진 스키를 샀다. 질이 좋은 물 푸레나무에 달걀색 래커가 칠해져 있고, 멋진 가죽 끈이 붙어 있으며, 앞이 뾰족하게 위로 튀어 올라간 스키와 끝에 쇠가 박히고 고리가 달린 스틱도 사서 그것을 어깨에 메고 세템브리니의 하숙집으로 운반했다. 그는 그것을 아무에게도 시키지 않고 직접 했고, 향료 가게에 그것을 보관해 두어도 좋다고 가게 주인에게 허락받았다. 스키 타는 법에 대해 많은 시간을 관찰하고 나서 한스 카스토르프는 코치 없이 연습하기 시작했다.

그는 베르크호프 요양원 뒤에서 멀지 않은, 거의 나무 하나 없는 슬로프에서 매일 서투른 스키를 탔다. 세템브리니 씨도 가끔 조금 떨어진 곳에서 지켜보면서, 두 다리를 유연하게 모으거나 스틱에 몸을 기대는 등 기술이 늘어 가자 환호를 연발하면서 기뻐했다. 어느 날 한스 카스토르프는 가게에 스키를 맡기려고 제설한 길로 마을을 향해 내려가는 도중, 고문관을 우연히 만났다. 그러나 무사했다. 초심자인 스키어는 고문관과 거의 부딪힐 뻔하였으나 대낮인데도 베렌스는 한스 카스토르프인 줄 모르고 시가의 연기에 싸인 채, 땅을 힘차게 밟으면서 옆을 지나갔다.

한스 카스토르프는 진정 필요하다면 기술을 곧 마스터할 수 있다는 것을 알았다. 스키의 명수가 되려는 생각은 없었다. 그가 필요로 하는 정도의 기술은 과도하게 열을 올린다든지, 숨차 헐떡거리지 않아도 며칠 안에 습득할 수 있었다. 좌우의 스키를 가지런히 평행선이 되도록 연습하고, 활강할 때에 스틱을 어떻게 조종하는가를 실험하며, 작은 돌출 장애물을 팔을 벌려 폭풍우를 넘어가는 작은 배처럼 몸을 띄우기도 하고 낮추기도 하면서 뛰어넘는 것도 배웠다. 스무 번째의 연습부터는 전속력으로 활강하면서 한쪽 무릎을 앞으로 내밀고 다른 무릎을 뒤로 굽히고, 텔레마크 회전법을 구사하여 브레이크를 걸 때도 넘어지지 않게 되었다. 차차 연습 장소를 넓혀 갔다. 그러던 어느 날 세템브리니 씨는 한스 카스토르프가 회백색 안개 속으로 사라져 가는 것을 보고 두 손을 오목하게 입에 대고 주의하라고 외치고, 교육자다운 만족감을 느끼면서 하숙집으로 돌아갔다.

겨울 산 속은 아름다웠다. 온화하고 친근한 아름다움이 아니라 서풍이 광란하는 사나운 북해의 아름다움과 같았다. 뇌성과 같은 소리도 없고, 죽은 듯 고요했지만 북해와 같은 외경심을 불러일으켰다. 한스 카스토르프는 날씬하고 긴 스키에 몸을 싣고 이리저리 미끄러져 내려갔다. 왼쪽 슬로프를 따라 클라파델 방향으로, 암젤플루의 산덩어리가 안개 속에 몽롱하게 보이는 전방의 프라우엔키르히와 글라리스 기슭을 오른쪽으로 내려갔다. 그는 디슈마 골짜기에도 내려갔고 베르크호프 뒤에 솟은, 숲으로 쌓인 눈의 뾰족 봉우리만이 식물대 위에 솟아 있는 제호른 방향으로도 내려갔다. 깊은 눈에 쌓인 레티콘 산이 창백하니 불에 비친 그림자처럼 보이는, 드루자차 숲의 방향으로도 그는 미끄러져 내려갔다. 긴 스키를 메고 케이블카로 샤츠알프의 가파른 사면을 올라가 2천 미터의 높이의 가루눈이 반짝이는 세계에서 한가로이 타고 돌아다녔다. 전망이 좋은 쾌청한 날씨에는 그의 갖가지 모험의 무대인 웅장한 풍경을 멀리 바라볼 수 있었다.

한스 카스토르프는 접근할 수 없는 장소에 갈 수 있게 해 주고, 장애물도 거의 없게 해 주는 이러한 기술의 습득이 기뻤다. 그 기술 덕분에 소망한 혼자만의 세계로 들어갈 수 있었다. 그 세계는 불안한 기분이 가슴을 스쳐 가는 비정과 위험의 세계였다. 한쪽으로는 전나무로 덮인 급사면이 눈의 안개 속으로 떨어져 있었고, 또 한편으로는 바위벽이 솟아 있어, 그 바위벽에 거인처럼 당치도 않게 큰 적설이 반월 모양의 아치를 만들고 있었다. 스키 소리도 나지 않게 하려고 멈추어 서면, 이 세상에서 어느 곳에서도 들은 적도, 경험한 적도 없는 절대적인, 완전한 솜뭉치 같은 눈에 덮인 정적이 있었다. 나뭇가지를 살랑살랑 흔드는 미풍도 없고, 재잘대는 새소리도 없었다. 한스 카스토르프는 스틱에 몸을 기대고 서서 고개를 갸우뚱한 채 입을 벌리고 태고의 정적을 들었다. 이 정적 속에 눈이 쉬지 않고 소리도 없이 잠잠하게 내리며 쌓였다.

아니, 밑바닥이 없는 깊은 침묵에 싸인 이 세계는 아주 무뚝뚝했다. 그는 위험이 생겨도 스스로 책임져야 하는 침입자였다. 침입자는 무시무시한 불길한 방법으로 이 세계를 감수해야 하는 존재였다. 그리고 그는 말없이 위협하는 것, 그의 주위를 둘러싼, 적의가 없으면서 오히려 무관심하고 무생물적인 기본적인 힘들을 감지할 수 있었다. 태어날 때부터 야성적인 자연과는 거리가 멀고 관계가 적은 문명의 아들은, 어릴 때부터 자연을 의지하고 자연과 함께 생활한 순박한 자연의 아들보다 자연의 위대함에 훨씬 더 민감했다. 문명의 아들이 눈썹을 추켜올리고 자연 앞으로 나아가는 종교적인 외경심은 자연의 아들이 거의 모르는 기분이었다. 이 외경심은 문명의 아들의 자연에 대한 모든 감정의 기저를 이루어, 사라지지 않는 경건한 감동과 떨리는 흥분을 계속 가지게 했다. 한스 카스토르프는 소매가 긴 낙타 조끼를 입고, 각반을 매고, 질이 좋은 스키를 타고 원시의 고요, 죽음을 감춘, 소리도 없는 겨울의 황량함에 귀를 기울이고 있으려니, 스스로 너무 앞뒤 생각이 없는 사람처럼 느껴졌다. 돌아오는 길에 느낀 안도감은 아까까지의 위험 상태를 확실히 일깨워 주었고 긴 시간 동안 남모를 신성한 외경심에 차 있었다는 것을 느끼게 했다. 한스 카스토르프는 한때 질트 섬의 큰 파도가 부딪치는 바닷가에서 흰 바지 차림에 마음 편하고 유연한 기분으로, 마치 무서운 이빨을 보이면서 큰 입을 낙타처럼 벌리고 하품을 하는 사자의 우리 앞에서처럼 서 있었다. 그는 헤엄을 쳤다. 그리고 감시인은 대담하게 해변 가까이의 파도를 헤치고 멀리 헤엄쳐 나가려는 사람들, 또는 몰려오는 거친 파도 가까이에 가까이 접근하는 사람들에게 호각을 불어 경고했다. 물살이 빠른 여울 같은 큰 파도의 최후의 물결에 맞았을 때는 사자의 앞다리로 맞은 것 같았다. 그때부터 한스 카스토르프 청년은 자연의 힘에 완전히 안기는 것이 파멸을 의미하며, 동시에 그러한 자연의 힘과의 가벼운 사랑놀이가 감격에 찬 행복을 의미한다는 것도 알게 되었다. 하지만 그는 무서운 자연과 감격적인 접촉을 하는 것이 위험하다는 것을 알게 되었다. 무장을 하고, 문명의 힘을 이럭저럭 갖추고는 있지만 원래 왜소한 인간의 자식인 그가 무서운 자연 세계에 계속 깊이 파고들어가, 혹은 언제까지나 그 세계에서 도망치려 하지 않고 드디어는 한계를 알지 못할 위험이 닥칠 정도로 접촉하면서, 바위에 부딪쳐 튀는 물결이나 앞발의 가벼운 두드림만으로는 만족하지 못하고, 파도에, 나락에, 바다에 먹히게 되는 위험이 있다는 것을 한스 카스토르프는 아직 모르고 있었다.

한마디로 말해, 한스 카스토르프는 이 위에서 용감해졌다. 자연의 힘에 대해 용감하다고 하는 것이 자연력에 대한 용기나 둔감한 냉담성이 아니라 의식적인 외경심을 의미하며, 친근감에 의해 죽음의 공포를 억제하는 것을 의미한다면 말이다. 친근감? 한스 카스토르프는 문화인다운 가냘픈 가슴 속에 자연의 힘에 대한 친근감을 품었다. 물론이다. 그리고 그가 미끄러지고 넘어지는 사람들을 보고 느낀 새로운 자부심, 발코니에 있는 호텔식의 고독이 아니라, 더 깊은 위대한 고독을 바람직하고 소망스러운 것으로 느끼게 한 새로운 자부심과 자연의 힘에 대한 친근감 사이에는 관련이 있었다. 그는 발코니에서 안개에 덮인 높은 산과 미친 듯이 날뛰는 눈보라를 바라보며, 발코니 난간에 기대어 여유 있게 자연을 바라보는 자기를 내심 부끄럽게 생각했다. 그래서 스키를 연습했던 것이지 스포츠에 대한 열정이나 체육에 대한 천성적인 취미 탓은 아니었다. 거대한 자연, 눈이 계속 내리는 죽은 듯한 고요 속에서 그는 두려운 생각이 들었다. 문명의 아들인 그로서는 분명 두렵게 느껴졌다. 그는 이 두려움을 오래전에 이 위에서 정신과 감각으로 이미 맛보았다. 나프타와 세템브리니의 논쟁만 하더라도, 역시 정글 같은 아주 위험한 세계로 말려들어 가는 무시무시한 논쟁이었다.

한스 카스토르프가 거대하고 황량한 겨울의 자연에 대해 친근감을 품게 된 까닭은 자연에 대해 경건한 공포를 느끼면서도, 갖가지 사상적 의문을 해결하는 데 자연이 알맞은 무대라고 느꼈기 때문이며, 어떻게 인간이 그러한 의무를 가지게 되었는지는 몰라도 신의 자식인 인간의 위치와 본성에 대해 '술래잡기'를 하는 의무를 가지게 된 인간에게 자연은 알맞은 무대라고 느꼈기 때문이다.

시야에서 사라져 가는 한스 카스토르프의 뒷모습에 대고 두 손을 입에 모으고 외친 세템브리니 씨가 감시인이 아니라고 한다면, 무분별한 인간에게 즉각 위험을 경고하는 감시인은 여기에 한 사람도 없었다. 그러나 한스 카스토르프는 용기와 공감을 가지고 있었다. 그는 등 뒤의 외침을 이제 돌보지 않았다. 일찍이 사육제가 있던 날 밤, 뒤에서 들려 온 외침에 신경쓰지 않았던 것처럼. "여보시오, 엔지니어. 좀 이성을 가지시오. 여보시오!"

'아, 이성과 반역의 교육자적 악마 같으니.' 하고 한스 카스토르프는 생각했다. '그러나 그래도 나는 당신이 좋아. 당신은 허풍쟁이에 손풍금장이지만, 당신에게는 착한 마음씨가 있다. 당신은 저 날카롭고 작은 예수회 회원인 테러리스트, 안경알이 번쩍이는 스페인의 고문관보다는 마음씨가 좋아. 당신 편이 나는 더 좋아. 물론 당신들이 언쟁을 벌일 땐 후자 쪽이 거의 언제나 옳지만……. 중세에 신과 악마가 인간을 둘러싸고 싸웠던 것처럼 교육적인 견지에서 나의 불쌍한 영혼을 둘러싸고 싸울 때에는…….'

한스 카스토르프는 가루눈 투성이가 된 두 다리로, 어딘지 모를 새

하얀 사면을 올라갔다. 홑이불을 깐 것 같은 그 사면은, 점차로 테라스를 만들면서 계단의 무도장처럼 위로 위로 계속되어 어디까지 올라가는 것인지 끝이 없었다. 거기에는 종점이라는 것이 없는 것 같았다. 위쪽이 희고 몽롱하게 하늘과 서로 융합되어 어디서부터가 하늘인지 분간할 수가 없었다. 봉우리도 산등성도 보이지 않고 모두 희미한 무(無)였다. 한스 카스토르프는 거기를 향해 올라갔다. 그의 배후에서 사람이 사는 골짜기는 눈 깜짝할 사이에 닫혀 보이지 않고, 소리 하나 들리지 않았다. 그래서 그의 고독, 아니 실종은 부지중에 더 이상 바랄 수 없는 깊이가 되어서 공포를 느낄 정도로 깊어졌다. 공포야말로 용기의 원천이었다. "무릇 이 세상의 것은 무상이니라." 한스 카스토르프는 이렇게 인문주의적 정신에 어울리지 않는 것을 라틴어로 중얼거렸다. 그 문구는 언젠가 나프타에게서 들었던 것이다. 그는 멈추어 서서 주위를 살펴보았다. 흰 하늘로부터 흰 지면에 떨어지는 작은 눈송이 하나하나 외에는 아무것도 보이지 않고 고요한, 압도당할 정도로 공허한 정적이었다. 한스 카스토르프는 흰 무(無)가 눈부셔 눈초리가 희미해졌고, 계속 올라가자 심장이 심하게 뛰는 것을 느꼈다. 근육 조직에서 생긴, 이 기관의 동물 같은 형태와 고동 상태를 그는 언젠가 뢴트겐실의 탁탁 소리 나는 전광 속에서 무례하게도 본 일이 있었다. 그리고 지금 그의 심장, 자연 속에서 고동치는 인간의 심장, 얼음 눈에 덮인 이 위의 무의 세계에서 의문과 수수께끼에 대해 생각하면서 완전히 자기 혼자가 되어 뛰고 있는 심장에 대해, 감동된 기분, 단순하고 경건한 친근감이 솟아오르는 것을 느꼈다.

그는 계속 앞으로, 위로, 하늘로 올라갔다. 가끔 스틱의 끝을 눈 속에 박고서 다시 빼낸 구멍 밑으로 푸른빛이 스틱을 따라 올라오는 것을 보았다. 그것에 흥미를 느껴 한동안 멈추어 서서 이 사소한 광학 현상을 여러 번 실험하여 보았다. 그 빛은 산과 땅 속의 독특하고 미묘한 녹색을 띤 푸른빛, 얼음처럼 투명하고, 그러면서도 그림자 진 신비스러운 매력에 찬 빛이었다. 한스 카스토르프는 그 빛을 바라보면서 어떤 눈, 세템브리니 씨가 인문주의자의 입장에서 '타타르인의 눈'과 '초원의 이리의 눈빛'이라고 멸시하여 말한 눈, 숙명적인 저 사팔눈, 어렸을 때 보고 이 위에서 숙명적으로 다시 만난 눈, 히페와 클라브디아 쇼샤의 번쩍이는 눈빛을 상기했다.

"좋아요." 하고 그녀는 고요 속에서 작은 목소리로 속삭였다. "조심하세요. 망가지기 쉬우니까요. 나사를 틀어서 심을 내는 거예요." 그러자 그는 뒤에서 이성을 가지라고 하는 낭랑한 목소리의 경고가 울려오는 것을 들은 것 같았다.

오른편의 좀 떨어진 곳에 숲이 안개처럼 떠올라 보였다. 한스 카스토르프는 초현실적이고 흰 세계 대신 눈을 현실적인 목표로 지향할 생각으로 그 숲 쪽으로 몸을 돌리고 지면이 움푹 꺼진 것을 전혀 모르고 갑자기 활강하기 시작했다. 흰빛 일색에 눈이 부셔 지형을 식별하는 것이 불가능했다. 아무것도 보이지 않고 모든 것이 눈앞에서 몽롱해져 있었다. 전혀 뜻밖의 장애에 몸을 부딪치면서 그는 사면의 경사도를 눈으로 재지 않고 오직 스키의 활강에 몸을 맡겼다.

그를 끌어당긴 숲은, 그가 뜻하지 않게 미끄러져 들어간 골짜기의 저쪽에 있었다. 부드러운 눈에 덮인 골짜기 바닥은 산의 사면을 따라 계속되었다. 그는 그곳을 따라 약간 내려가다가 그것을 알아차렸다. 내려감에 따라 좌우의 사면이 높아지고, 내려가는 움푹 파인 길처럼 주름이 산속을 파고들어간 것 같았다. 이윽고 스키의 끝이 다시 올라가기 시작하여 설면이 오르막이 되고, 한스 카스토르프의 정처 없는 방황은 다시 넓게 펼쳐진 산중턱에서 하늘로 계속 올라갔다.

그는 그의 뒤쪽 아래로 전나무 숲이 있는 것을 보았다. 그는 그곳으로 스키 방향을 돌려 재빨리 내려가 눈을 뒤집어쓴 전나무 숲에 이르렀다. 사각형으로 나란히 서 있는 전나무는 안개 덮인 숲의 전초(前哨)처럼 나무가 없는 사면에 나와 있었다. 한스 카스토르프는 그 전나무 가지 아래에서 쉬면서 시가를 피웠다. 그는 여전히 주위의 깊은 정적과 모험적인 고독에 어느 정도 압박감과 긴장감, 그리고 가슴이 답답해지는 것을 느꼈다. 그러나 이러한 환경을 그가 본능적으로 구하는 권리를 찾았다는 것에 자부심과 용기를 느끼기도 했다.

오후 3시였다. 정오의 안정 요양의 일부분과 오후의 차 마시는 시간을 걸러 스키를 타고, 어두워지기 전에 돌아갈 작정으로 점심 식사가 끝나자마자 출발했다. 돌아가기까지의 몇 시간 동안 넓은 천지를 방황한다고 생각하니 마음이 기쁨에 들떴다. 승마바지 주머니에 초콜릿이 몇 개 들어 있었고, 조끼 호주머니에도 포도주 작은 병이 들어 있었다.

태양은 짙은 안개에 싸여 있었고, 위치는 거의 알 수가 없었다. 이쪽에서는 보이지 않았지만, 뒤쪽 골짜기의 출구에서 산이 꺾어져 있는 근방에 검은 구름이 몰려 있었다. 안개도 다른 곳보다도 더 진해 마치 이쪽으로 전진해 오는 것 같았다. 마치 긴급한 필요에 응하려는 것같이 훨씬 많은 눈이 내려 본격적인 눈보라가 될 것 같았다. 이윽고 한스 카스토르프가 있는 산허리에는 작은 눈송이가 소리 없이 쏟아지기 시작했다.

한스 카스토르프는 숲에서 나와 눈송이를 여러 개 소매 위에 받아 아마추어 연구가다운 과학적인 눈으로 관찰했다. 눈은 육안에는 형상이 없는 작은 알맹이로 보였지만, 한스 카스토르프는 베르크호프에서 눈송이를 여러 번 확대경으로 관찰한 일이 있었다. 그래서 눈이 얼마나 섬세하고 규칙적인 작은 형태로 구성되어 있고, 양심적인 보석 세공업자도 이 이상 더 멋지고 섬세하게는 만들 수 없는 보석, 별 모양의 훈장, 다이아몬드 브로치로 조립되어 있다는 것을 그는 알고 있었다. 그렇다. 숲 전체를 깊숙이 덮고, 산과 골짜기를 감추고, 한스 카스토르프의 스키를 미끄러지게 해 주는 가볍고 부드러운 가루눈은, 고향 바닷가의 모래를 연상시키는 것 말고도 다른 특징이 있었다. 눈송이를 구성하는 것은, 다 알다시피 모래알은 아니며, 응결하여 갖가지 규칙적인 결정을 이루고 있는 물방울의 무수한 집합체였다. 즉 그것은 식물과 인체의 생명 원형질을 부풀게 하는 무기 성분인 물방울의 결정이었다. 그리고 이 수만 개 마법의 꽃 가운데 육안으로 보이지 않는 은밀하고 세밀한 아름다움은 어느 하나도 같은 것이 없었다. 어느 꽃에도 등변 등각의 육각형 원형이 변화와 정교한 응용으로써 무한히 고안되어 되풀이되었다. 그 차가운 작품은 엄격한 균형과 얼음처럼 차가운 규칙성이 있었다. 이 꽃의 무서운 점은 비유기성, 반생명적인 점으로 너무나 정연하였다. 생명을 이루는 유기 물질은 이렇게까지 정연한 법은 절대로 없었다. 생명은 지나치게 균형이 잡힌 그 규칙성에 놀라서 그것을 생명을 위협하는 것, 죽음의 신비를 감추고 있는 것이라고 여겼다. 한스 카스토르프는 고대의 신전 건축가가 줄기둥의 배치 어디에다 남몰래 그 균형을 조금 틀리게 한 것을 웬일인지 이해할 수 있을 것 같기도 했다.

스틱을 뒤로 짚고 스키를 전진시켜 숲 가장자리를 따라, 깊은 눈 위를 안개 덮인 아래쪽으로 활강하여 죽은 듯 조용한 세계를 올라가고 내려가고 하면서 정처 없이 유유히 돌아다녔다. 물결치는 공허한 설면이 넓혀지고 말라빠진 낮은 소나무가 군데군데 외로이 거무스름하게 서 있을 뿐, 느슨한 기복이 시야를 한정시키는 죽음의 세계는 모래 언덕으로 이어진 바닷가와 놀랄 만큼 유사했다. 한스 카스토르프는 멈추어 서서 그 유사함에 재미있는 듯이 만족하며 고개를 끄덕였다. 얼굴은 상기되고 손발이 떨리고, 흥분과 피로가 이상하게 뒤섞인 현기증을 느꼈다. 그러나 그것도 바닷가의 공기가 역시 신경을 흥분시키기도 하고 잠들게도 하는 원소를 다량으로 내포하고 있는 것을 다정하게 상기시켰기 때문에 흐뭇한 기분으로 이것을 감수하였다. 날개 돋친 자유로운 몸, 생각나는 대로 활주하는 몸을 만족스럽게 생각했다. 전진하는 데 길에 얽매이는 일이 없이 돌아갈 때에도 여기까지 왔을 때와 같은 길을 취할 필요도 없었다. 처음에는 깊이 꽂아 놓은 막대기가 눈 세계의 도표 역할을 했지만, 한스 카스토르프는 감독 역할을 하는 그 도표를 곧 멀리 버리고 말았다. 그러한 도표는 뿔피리를 쥔 사나이를 생각하게 했고, 웅장한 겨울의 황량함에 대한 그의 기분에 꼭 들어맞지 않았기 때문이다.

눈에 덮인 바위의 언덕 사이를 오른쪽으로, 왼쪽으로 미끄러져 갔다. 언덕 뒤에는 사면이 있었고, 그 뒤로는 평지가, 그 다음으로는 큰 산맥이 이어졌다. 그 산맥의 협곡과 고갯길은 눈에 부드럽게 덮여 있어, 오라는 손짓을 하는 것 같았고 쉽게 접근할 수 있을 것도 같았다. 저 멀리 점차적으로 높이 펼쳐진 산들의 잠잠한 모습은 한스 카스토르프를 유혹하여 복귀가 늦어질 위험을 무릅쓰고 황량한 침묵의 세계, 무섭고 차디찬 세계로 깊이 들어가게 했다. 아직 시간이 안 되었는데도, 하늘이 어두워져 회색 베일처럼 주위에 드리웠다. 한스 카스토르프는 긴장되고 불안한 기분이 공포로 바뀌었지만 전진을 중단하지는 않았다. 그 공포로 인해 그는 방향 감각을 잃고, 골짜기와 인가가 어느 방향에 있는지를 모르게 되었으며, 정말로 방향을 완전히 알 수 없게 되었다. 물론 지금 돌아서서 활강을 계속하면 베르크호프에서 좀 떨어진 골짜기로 돌아갈 수 있으리라는 안심은 되었다. 너무 일찍 돌아가면 시간을 다 소모하지는 못할 것이었다. 그러나 눈보라에 부딪치면 돌아갈 길을 한동안은 알 수 없게 될 것이 틀림없었다. 그렇지만 그 때문에 남은 시간으로부터 도망치기는 싫었다. 자연의 힘에 대한 공포, 마음속의 공포가 그것을 좋아하는 만큼 죄어왔다. 이러한 그의 행동은 스포츠맨다운 것은 아니었다. 왜냐하면 스포츠맨은 분별력이 있는 사람이기 때문이었다. 스포츠맨은 자연의 힘을 제어하는 힘이 있는 동안은 그 힘과 상대를 하지만, 신중히 행동하고 돌아가야 할 때에는 돌아갈 줄 알았다. 그러나 한스 카스토르프의 내부에서 움직인 기분은 도전이라는 단어로 표시할 수밖에 없는 것이었다. 도전이라는 이 단어는, 그 감정에 진정한 공포가 결부되어 있을 때에는 비록 경멸적일 수 있으며, 잠시만 생각해 보아도 이것은 훨씬 더 명백해진다. 그러나 이 위에서 여러 해를 살아온 젊은이, 젊은 사나이의 영혼 내부에는 갖가지 감정이 모여 있거나, 혹은 엔지니어 한스 카스토르프의 말을 빌면, '축적되어' 있었다. 그것이 어느 날 격렬한 '아, 무슨 소리야!'라든지 '올 테면 와라!' 하는 초조한 분노, 즉 도전, 현명한 분별의 포기로 폭발하는 것은 인간적 측면에서 대체로 이해할 수 있다. 이리하여 한스 카스토르프는 긴 목재 슬리퍼를 타고 계속 달려, 눈앞의 사면을 내려가 여기에 이어진 산 중턱을 오르기 시작했다. 그 산 중턱에서 좀 떨어진 곳에 무거운 돌을 눌러 놓은, 건초 헛간인지 산막인지가 있었다. 한스 카스토르프는 그 산 중턱 훨씬 앞에 있는 산으로 계속 올라갔다. 그 산등성이에는 전나무가 빽빽이 들어차 있었고, 높은 연봉이 안개 속에 솟아 있었다. 산막 뒤에 바로 솟아 있는 암벽은 상당히 가파른데다 성근 숲이 점점이 있었다. 그러나 오른쪽으로 비스듬히 적당히 올라가 암벽 뒤로 나가면 그 앞에 무엇이 있는가를 식별할 수 있을 것 같았다. 한스 카스토르프는 그 탐험을 시작하고 산막 앞 평원을 떠나 오른쪽에서 왼쪽으로 바꾸어 꽤 깊이 떨어진 골짜기로 활강하여 갔다.

다시 오르막에 들어섰을 때, 예상대로 눈과 바람이 매섭게 몰아치

마의 산 2

기 시작했다. 한마디로 말하면 아까부터 위협하고 있던 눈보라가 도착한 것이다. 물론 '위협한다'는 말을 맹목적이고 무의식적인 자연의 힘에 적용할 수 있다면 말이다. 자연은 우리를 파멸시키려는 계획을 가지고 있지 않으며, 어떤 의미에서는 안도가 될 수도 있지만, 자연은 무서우리만큼 무관심하며 그것을 부차적으로 여기기도 한다. 최초의 돌풍이 눈보라를 옆으로 휘날려 그에게 부딪쳐 올 때 한스 카스토르프는 '왔구나!' 하고 생각하고 멈추어 섰다. '대단한 돌풍인데, 뼛속에까지 스며드는구나.' 정말이지, 이 바람은 악질적이었다. 습기 없는 공기가 여느 때와 마찬가지로 움직이지 않고 조용히 있을 때, 사실 영하라 해도 사람들은 대개 무시무시한 추위라고 여기지 않는 법이다. 그것은 온화하다고까지 느껴질 때가 있기도 했다. 그러나 바람이 움직이자마자 추위는 칼처럼 살을 찔렀다. 그리고 바람이 정말로 불어닥칠 때면, 지금처럼 처음 옆으로 때린 돌풍은 선발대에 불과하기 때문에 담요를 일곱 장 덮어도 얼음처럼 찬 죽음의 공포가 뼈를 찌르는 것을 막지는 못했을 것이다. 그리고 한스 카스토르프는 담요 일곱 장은커녕 양털 조끼 한 장을 입고 있을 뿐이었다. 보통 때 같으면, 이것만으로도 조금도 춥지 않고 햇빛이 조금이라도 비치면 그 한 장도 힘겨운 짐이었다. 아무튼 바람은 다소 비스듬히 뒤쪽에서 불어 왔기 때문에 뒤로 돌아서서 바람을 정면으로 받는 것은 그다지 현명하지 않았다.

그런 생각도 들고, 또 지지 않겠다는 기분, 내부에 축적된 '이것쯤이야, 뭐!'라는 기분도 생겨, 용감한 젊은이는 여기저기 외톨이로 서 있는 전나무 사이를 계속 올라가 목표 삼은 산 뒤로 돌아가려고 했다.

그러나 이것은 쉬운 일이 아니었다. 휘몰아치는 눈이 내린다기보다는 굉장히 짙은 소용돌이의 뭉치로 사방을 채워, 그는 한 치 앞도 볼 수 없었다. 얼음처럼 사나운 바람은 귀에 예리한 아픔을 남겼고, 다리를 마비시키고, 손의 감각을 빼앗아 스틱을 쥐고 있는지 아닌지 느끼지 못하게 했다. 눈이 뒤에서 목 언저리로 불어와 등골을 따라 녹아 버려, 두 어깨 위에 쌓여 몸 오른쪽을 덮었다. 한스 카스토르프는 이 산중에서 얼어붙은 손에 스틱을 쥔 채로 눈사람이 되지 않을까 생각했다. 비교적 조건이 좋은 지금도 이렇게 처참했기 때문에, 만약 뒤로 돌아선다면 더한층 처참한 꼴이 될 것이었다. 그러나 돌아가는 길에는 꽤 악전고투를 할 것이지만, 아마 더 이상 돌아가는 것을 주저할 수는 없었을 것이다.

마의 산 2

그리고 그는 멈추어 서서, 화난 듯이 어깨를 움츠리고 스키를 돌렸다. 바람이 기다리고 있었다는 듯이 숨이 막힐 듯 불어왔다. 그래서 그는 숨을 쉬려고, 그리고 무정한 적에 대항하기 위해 각오를 새롭게 하여 힘들지만 다시 방향 전환을 했다. 이번에는 머리를 푹 숙이고, 숨을 주의 깊게 조절하면서 겨우 반대 방향으로 출발할 수 있었다. 그런데 각오는 했었지만, 무엇보다도 눈이 잘 보이지 않고 숨을 쉴 수가 없어 도저히 전진할 수 없을 것 같았다. 숨을 쉬기 위해 머리를 숙이고 눈을 떠서 활주해야 하는데다, 흰 박명(薄明)으로 아무것도 보이지 않아서 나무에 부딪히거나 장애물에 넘어지지 않기 위해 그는 부단히 멈추어 서야 했다. 눈송이가 얼굴에 날아들어 얼굴은 꽁꽁 얼었다. 눈송이는 입속으로도 들어와 희미한 물맛과 함께 녹았고, 눈꺼풀에도 눈송이가 붙어 경련이 난 것처럼 눈을 깜박였으며, 눈가에 물이 고여 아무것도 보이지 않게 되었다.

시야는 두꺼운 베일로 완전히 닫혀 있어, 흰색 한 가지뿐이었다. 시각은 기능이 정지되었기 때문에 무엇이 보인다고 해도 의미가 없었다. 억지로 보려고 눈을 부릅떠도 보이는 것은 희게 소용돌이치는 무(無)였다. 가끔 그 무 속에 현상계의 희미한 그림자가 떠올라 키가 낮은 소나무 무더기, 가문비나무 무더기, 아까 지나온 건초 헛간의 희미한 실루엣이 보일 뿐이었다.

한스 카스토르프는 건초 헛간을 뒤로 하고 산중턱을 돌아 귀로를 찾았다. 그러나 길은 없었고, 앞쪽은 자기 손이 겨우 보일 뿐, 스키의 앞 끝도 보이지 않을 정도여서, 방향을 제대로 잡아 숙소나 골짜기로 돌아간다는 것은 판단력보다는 오히려 요행의 문제였다. 비록 앞이 잘 보였다고 해도 전진하기 곤란한 장애물은 이외에도 아주 많았다. 눈으로 시야가 가려진 것도 그중 하나였다. 호흡을 곤란하게 해 숨을 들이쉬고 내쉬는 것도 방해하거나, 쉬지 않고 얼굴을 돌려 헐떡이게 하는 강풍도 그중 하나였다. 이러한 상태에서 한번 전진해 보라. 한스 카스토르프 혹은 더 굳센 사람이라도 누구든지 멈추어 서서 헐떡이고 깜박거리면서, 눈썹에서 물을 떨어뜨리고, 몸 전면에 붙은 눈 갑옷을 털면서 앞으로 간다는 것은 비상식적인 주문이라고 느낄 것이다.

그러나 한스 카스토르프는 나아갔다. 나아갔다기보다 움직였다.

그것이 과연 목적에 맞는 움직임, 올바른 방향의 움직임인가, 아니면 (불가능해 보이긴 하지만) 차라리 현재의 위치에 꼼짝하지 않는 것이 좋은가. 그것은 이론적인 확률상 좋은 방법이 아닌 것 같았다. 실천적으로도 현재 위치가 무언가 올바르지 않다는 것을 믿게 되었다. 말하자면 반드시 있어야 할 어느 곳에 있지 않았다. 즉 그가 골짜기에서부터 어렵게 힘들여 올라온 산중턱, 활강해야 할 평평한 산중턱에 서 있지 않는 것처럼 느껴졌다. 평평한 부분이 너무 빨리 끝나고 다시 오르막길이 되었기 때문이다. 남서쪽 골짜기의 출구에서 불어오는 강풍에 밀려, 진로가 옆으로 비켜났던 것이다. 있는 힘을 다하여 꽤 오랫동안 움직인 것이 그릇된 방향이었다. 회오리치는 흰 밤에 싸여 보이지 않는 눈으로, 이 무관심한 위협적인 세계 속으로 계속 깊이 들어갔던 것이다.

마의 산 2

"큰일났구나!" 하고 한스 카스토르프는 이를 악물고 외치며 멈추었다. 이전에 라다만토스에게 침윤 부분을 발견당했을 때처럼 심장이 일순간 얼음처럼 찬 손에 잡힌 것 같이 경련하여 오므라들고 이윽고 망치로 늑골을 친 듯 뛰기 시작했지만, 그는 '큰일났구나!' 하고 비장하게 외칠 방법밖에 없었다. 도전한 것은 그 자신이며, 심각한 상황도 모두 자초한 것이기에 놀라 소리치거나 몸짓을 할 권리가 없다는 것은 그도 잘 알고 있었다. "이것도 나쁘지 않지." 하고 말은 했지만 표정, 얼굴 근육이 굳어져 영혼의 명령대로 되지 않았고, 공포, 분격, 멸시의 어떠한 것도 표현할 수 없다는 것을 느꼈다.

"이제 어떻게 할 것인가? 비스듬히 내려가, 곧장 전진하여 바람을 안고 움직이는 거야. 말하기는 쉽고 행동으로 옮기는 것은 어렵지." 하고 그는 어쩔 수 없이 다시 내려가면서, 숨 차 헐떡이면서도 작은 목소리로 혼잣말을 했다.

"그러나 무슨 수를 써야 한다. 여기 주저앉아 우두커니 있을 수만은 없다. 규칙적인 육각형의 꽃에 묻혀, 세템브리니가 뿔피리를 울리면서 찾아왔을 때, 나는 여기서 눈 모자를 비스듬히 쓰고, 유리알과 같은 눈을 하고 웅크리고 있을 터이니 말이다."

그는 자신이 혼잣말을, 그것도 좀 이상한 혼잣말을 중얼대고 있다는 것을 알아차렸다. 이래선 안 되겠다고 스스로를 꾸짖었지만 곧, 또 작은 목소리로 분명히, 감각이 없는 입술을 사용하는 것은 단념하고 입술의 도움을 필요로 하는 자음은 생략하고 혼잣말을 중얼거렸다. 그러면서 이전의 사육제 밤을 상기했다. "입을 다물고, 여기서 빠져나갈 것을 생각하라." 이렇게 말하고 덧붙였다. "헛소리를 하고 있어. 머리가 좀 이상해진 것 같다. 이것은 어떤 의미에서는 좋지 못한 일이다."

그러나 이곳으로부터 탈출한다는 견지에서 상황이 좋지 못하다는 인식은 이성에 의한 순수한 확인, 말하자면 걱정은 하지만 참견도 않고 아무 관계도 갖지 않는 타인의 확인이었다. 그의 물리적인 일부는 점점 심해지는 피로 탓에 그를 소유하려는 혼미의 상태에 몸을 맡기고 싶다는 유혹에 빠져 들어갔다. 그는 그 유혹을 알아차렸다. 그의 사념(思念)은 그것을 비난했다.

"이것은 산에서 눈보라를 만나, 돌아갈 길을 알 수 없게 된 인간이 경험하는 전형적인 상태다." 하고 그는 악전고투를 하면서 생각하고 헐떡이면서 띄엄띄엄 중얼거렸지만, 더 확실한 말을 입 밖에 내는 것은 피했다. "나중에 이런 경험담을 듣는 사람은 얼마나 무서운 상황이었을까 상상하겠지만, 현재 내 상태도 어느 정도 병이긴 하나 병이 병자로 하여금 병과 타협할 수 있게끔 조정한다는 것을 잊을 것이다. 지각 감퇴, 마비의 은혜 같은 것들은 자연이 신체에 강구하는 고통 완화의 조치지. 그러나 여기에 대해서는 싸워야 한다. 자연의 그러한 조치는 선악의 양면을 가지고 있어 지극히 애매한 것이니까. 그것을 어떻게 평가하는가는 모두 관점의 문제다. 집으로 돌아갈 수 없게 된다 해도, 그것이 실제로는 하나의 축복이지만, 나같이 좌우간 아직 집으로 돌아가는 것이 문제가 되는 경우에는, 매우 해로운, 전력을 다해서 정복해야 할 문제인 것이다. 나는 여기서 어이없을 정도로 규칙적인 결정체에 몸을 묻을 생각은 추호도 없다. 이 폭풍처럼 뛰노는 심장은 그런 걸 꿈에도 생각하지 않아."

마의 산 2

사실 그는 벌써 완전히 피로해져서 의식이 몽롱해지기 시작해, 희미한, 열에 들뜬 것 같은 상태로 계속 싸우고 있었다. 따라서 평평한 코스에서 이탈되었다는 사실을 알아차렸을 때에도 보통 같으면 깜짝 놀랐겠지만 그러지도 않았다. 이번에는 반대 방향으로, 산중턱 내리막으로 나온 듯했다. 맞바람을 비스듬히 받으면서 내려갔기 때문이다. 그가 지금 이렇게 내려가는 것은 삼가야 했겠지만 현재로서는 그것이 가장 고통이 적었다. '상관없어.' 하고 그는 생각했다. '좀 더 아래로 내려가면 또 옳은 방향을 잡게 되겠지.' 이렇게 생각하고 그는 그렇게 했다. 혹은 그렇게 하려고 생각했다. 혹은 자신도 그렇게 못 믿게 되었다. 혹은 이건 더 위험한 일이지만, 그렇게 했는지 안 했는지 상관없게 되었다. 이렇게 해서 아리송한 의식의 탈락이 나타나기 시작하여 그는 힘없이 그것과 싸웠다. '익숙하지 않은 것에 익숙해진다'는 환경 순응을 보인 베르크호프의 손님 한스 카스토르프가 익숙해진 일상적인 상태인 피로와 흥분의 혼합은, 두 성분 다 심해져서 오관의 작용 저하에 대해 분별 있는 태도를 취한다는 것은 이제는 생각할 수 없었다. 현기증이 나 비틀거리면서 그는 도취와 흥분으로 몸을 떨었다. 나프타와 세템브리니의 논쟁을 들은 뒤의 상태와 매우 흡사했지만 비교가 되지 않을 정도로 심하게 떨렸다. 그 때문에 그는 외관의 마비적인 저하와 싸우는 미온적인 상태, 그러한 토론을 홀연히 회상함으로써 미화하려고 했을 것이다. 즉 그는 규칙 바른 육각형의 꽃에 매몰당하는 것에 멸시와 분격을 느끼면서도 다음과 같은 의미의 것을, 혹은 의미 없는 것을 헛소리처럼 중얼거렸다. 이 애매한 마비와 계속 싸우려는 의무감은 단순한 윤리, 즉 인색한 현세적 시민주의와 비종교적 속물근성에 지나지 않는다. 누워 쉬고 싶다는 소망과 유혹이 그의 마음에 스며들어와 그는 이런 것을 생각했다. 이건 사막의 열풍과 비슷하다. 그런 때 아라비아인들은 얼굴을 숙여 몸을 구부리고, 모자가 달린 외투인 버누스를 머리에 뒤집어쓴다고 한다. 다만 자기가 버누스를 갖지 않아서 털 조끼로는 머리를 푹 쓸 수 없다는 사정을, 그는 아라비아인 같은 조치를 강구할 수 없는 근거라고 느꼈다. 또한 그는 어린아이는 아니어서, 어떻게 동사하는가를 여러 가지 경험담으로 잘 알고 있었다.

활강은 꽤 빨리 끝나 한동안 평평한 곳이 계속되었다. 다시 아주 가파른 오르막이 이어졌다. 그러나 골짜기를 내려가는 도중 한 번은 오르막이 있을 것이었기에 잘못 움직이고 있다고 할 수는 없었다. 바람의 방향이 제멋대로 바뀌어 이번에는 바람을 등으로 받아, 그것 자체로서는 고마운 일이었다. 그러나 뒤로 불어오는 강풍이 앞으로 몸을 구부리게 하는 것일까, 그렇지 않으면 어스름한 눈보라가 베일처럼 덮고 있는 눈앞의 부드러운 흰 비탈이 그의 몸으로 하여금 매력을 느끼게 하여 그를 비탈로 기울게 하는 것일까? 매력에 몸을 맡기려면 그쪽으로 몸을 기울이기만 하면 되기 때문에 그 유혹은 컸다. 완벽하게 전형적으로 위험한 상태로서 책에 특필되어 있는 그대로였다. 그러나 그렇게 위험하다고 책에 씌어 있어도 유혹의 힘은 줄어들지 않았다. 유혹의 힘은 보편적으로 알려진 것 속에서 분류되어 재인식되기를 거부하고 개별적 권리를 주장했으며, 비할 데 없는 박력을 가진 독특한 것임이 드러났다. 물론 그 유혹이 어떤 방면의 속삭임이라는 것은 부정할 수 없었다. 눈같이 흰 쟁반 모양의 주름진 장식깃이 달린 스페인식의 검정 옷을 입은 어떤 존재의 암시였다. 그 이념과 원리적 관념에 모든 음산한 것, 예리한 예수회적이고 반인간적인 것, 고문관이나 태형관의 모든 성격이 결부되어 세템브리니 씨는 몸서리치며 이를 거절했다. 그러나 그것에 비하면 세템브리니 씨는 손풍금과 이성을 들고 나선 가소로운 존재에 지나지 않게 되는 그런 세계의 암시였다.

그래도 한스 카스토르프는 성실하게 계속 싸워 나가 비탈에 쓰러지고 싶은 유혹에 저항했다. 아무것도 보이지 않았지만 계속 싸우면서 움직였다. 목적에 맞는 움직임인지 아닌지는 몰라도 아무튼 최선을 다했고, 거센 찬바람에 사지가 점점 무겁게 마비 상태로 되는 것과도 싸우면서 계속 움직였다. 비탈이 심한 급사면이었기 때문에 옆으로 꺾어 한동안 비탈을 옆으로 돌았다. 경련으로 뻣뻣해진 눈꺼풀을 억지로 뜨고 전방을 보려고 해도 헛된 노력이라는 것이 증명되었기 때문에 새삼 시도할 용기는 나지 않았다. 그래도 가끔 가문비나무가 무더기로 서 있는 모습이 보였고, 눈이 쌓인 양쪽 기슭 사이에 검은 선을 확실하게 긋고 있는 시냇물인지 도랑인지가 보였다. 다시 설면이 내리막이 되더니 이번에는 바람을 정면으로 안고 가는데 조금 떨어진 앞쪽에 인가가 눈보라의 베일 속에 떠 있는 것처럼, 말하자면 공중에 떠 있는 듯이 보였다.

반가웠다. 마음이 놓이는 발견이었다! 악전고투의 연속이긴 했지만, 성실하게 싸운 덕분에 인간이 사는 골짜기가 가까운 것을 알리는 인가가 나타난 것이었다. 아마 저기에는 사람이 살고 있을 것이다. 어쩌면 집 안에 들어가게 되어 지붕 밑에서 눈보라가 그치기를 기다리다가 저녁때가 되었을 때 필요하다면 동행이나 안내를 부탁할 수도 있을 것이다. 한스 카스토르프는 흰 황혼 속에 가끔 완전히 사라져 버리는 환영 같은 그림자를 향해 방향을 잡았지만 거기에 도착하려면 다시 바람을 거슬러서 힘을 소모시키는 등반을 감행하지 않으면 안 되었다. 그리하여 그가 거기에 당도하였을 때 그것이 무거운 돌로 지붕을 눌러 놓은 아까의 헛간이며, 여러 가지로 길을 우회하고 악전고투의 노력을 계속한 후 결국 똑같은 곳에 당도한 것을 알고 그는 분개하고 놀라고 무서운 나머지 현기증이 일어났다. 분한 노릇이었다.

심한 저주의 말이 한스 카스토르프의 굳어진 입술에서 순음이 탈락된 채 흘러나왔다. 방향을 알기 위해 헛간 주위를 돌면서 자기가 헛간 배후에서 다시 헛간으로 접근한 것, 즉 그의 계산으로 꼭 한 시간을 완전히 아무 소용없는 가소로운 노력을 계속한 것을 알았다. 그러나 이것도 역시 바로 책에 씌어 있는 대로의 일이었다. 악전고투를 하며 제 딴에는 바로 가는 줄 알지만 실은 빙빙 돌기만 하여 사람을 속이는 1년의 순환과 마찬가지로 다시 출발점을 되돌아오는 저 광대하기 짝 없는 호(弧)를 그린 것이다. 사람은 이렇게 빙빙 돌며 헤매다가 마침내 집으로 돌아가는 길을 잃어버리게 되는 법이다. 한스 카스토르프는 말로만 듣던 현상을 일종의 만족과 더불어 인정했지만 이것은 끔찍한 일이었다. 이런 경우에 흔히 일어난다고 하는 일이 그의 특수한 개인적인 이 현실의 경우에 이토록 정확하게 일어났으므로 그는 분노와 놀라움으로 말미암아 자기의 허벅다리를 쳤다.

이 외딴 집은 문에 자물쇠가 잠겨 있어 안으로 들어갈 수도 없었다. 그러나 앞으로 나온 처마가 어딘지 방을 제공해 줄 것만 같은 환상을 주었으며 한스 카스토르프가 택한 산에 면한 통나무를 쌓아올린 헛간 벽에 어깨를 기대고 있으면 실제로 눈보라를 막아 주었기 때문에 우선은 거기에 머물러 있기로 결심했다. 긴 스키가 방해가 되어 마음대로 등을 벽에 기댈 수 없었다. 스틱을 옆에 있는 눈 속에 꽂고 두 손을 호주머니에 넣고 양털 조끼의 깃을 올려 바깥쪽 다리를 지탱해 비스듬히 기대며 눈을 감고 힘없는 머리를 통나무 벽에 기대었다. 그리고 어깨 너머로 골짜기 저편이 베일 속에 가끔 희미하게 모습을 나타내는 것을 보았다.

자세는 비교적 괜찮았다. '이 상태면 만약의 경우에 아침까지라도 서 있을 수 있겠다.'라고 그는 생각했다. 버팀목을 한 다리를 가끔 바꾸어 몸을 뒤척이고 그 사이에 움직여 돌아다니면 말이다. 꼭 움직여 돌아다녀야 했다. 몸의 외부는 얼어 있지만 움직여 다닌 덕분으로 몸 속에는 열이 축적되어 있다. 그러므로 헛간에서 헛간으로 빙빙 돌기는 하였지만 움직인다는 것은 전연 헛된 일은 아니었다.

'…… '빙빙 돈다'란 무슨 말일까? 나는 퍽 독단적으로 그 말을 사용했어. 웬일인지 머리가 혼란스러웠기 때문이야. 그러나 적어도 내게는 그 말이 알맞을 것이다. 아무튼 여기서 이렇게 견딜 수 있게 되었다는 것은 고마운 일이다. 이 소동, 눈보라, 이 형태는 내일 아침까지 계속될지도 몰라. 어두워질 때까지 계속된다 하더라도 매우 위험해. 어두워지면 순환할 위험, 빙빙 돌아갈 위험이 눈보라 속과 마찬가지로 크기 때문이다. 이제 저녁 6시에 가까워졌을 것이다. 빙빙 도는 데에 그렇게 시간을 소비하였으니 말이다. 대체 지금 몇 시나 되었을까?'

굳어져 감각이 무뎌진 손가락으로 시계를 옷에서 어렵게 꺼내 시간을 보았다. 이름의 첫 글자를 따 넣은 뚜껑 있는 금시계는 이 황량한 눈보라 속에서도 기운 좋게 충실하게 시간을 새기고 있었다. 그것은 그의 심장, 인간의 감동적인 심장이, 흉곽의 유기 체온 속에서 움직이는 것과 같았다.

4시 반이었다. 이건 어찌된 일일까? 눈보라가 시작된 것이 거의 그때쯤이었는데, 길을 잃고 헤매면서 다닌 것이 고작 15분밖에 안 되었다는 말인가?

'시간의 걸음이 내게는 길어졌다.'라고 그는 생각했다. '빙빙 도는 것은 시간을 길게 하는 것 같다. 그러나 5시나 5시 반이 되면 본격적으로 어두워지고, 그 후에는 쭉 어두워진 대로다. 그때까지는 눈보라가 멎을 것인가? 다시 한 번 빙빙 돌지 않아도 좋을 정도란 말인가? 그때까지 포도주를 한 모금 마시고 기운을 내는 것이 좋겠다.'

한스 카스토르프가 이 어중간한 음료를 준비한 것은 베르크호프에서 그 납작한 병을 소풍 나가는 사람들에게 팔고 있었기 때문이다. 그렇다고 이것이 허가도 없이 눈과 추위가 엄한 날에 산 속을 헤매다가 이러한 상황에서 밤을 맞이하려는 사람을 위해 팔던 물건은 결코 아니었다. 한스 카스토르프가 좀 더 정신이 있었다면 베르크호프로 돌아간다는 점에서 포도주는 더욱 삼가야 할 음료라고 생각했을 것이다. 그는 두세 모금 마시고는 그것을 알아차렸다. 왜냐하면 두세 모금이 이 위에 도착한 밤에 마신 쿨름바하산 맥주와 똑같은 효과를 나타냈기 때문이다. 그날 밤, 생선 요리 간장이나 이와 비슷한 너절한 이야기를 하여 세템브리니 로도비코 씨의 교육자적 기분을 상하게 했지만, 광인마저도 단 한 번의 눈초리로 이성을 되돌려 정신을 차리게 만든다는 이 교육자가 애를 먹이는 제자, 인생의 걱정거리 자식을 무모한 상태에서 건져 올리려고 성큼성큼 접근하는 것을 알리는 뿔피리 소리가 크게 공중에 울려 퍼지는 것을 한스 카스토르프는 들었다.

그러나 이것은 물론 완전한 난센스로 어쩌다가 마신 쿨름바하산 맥주 때문이었다. 첫째로 세템브리니 씨는 뿔피리가 아닌 손풍금밖에는 없었기 때문이다. 세템브리니 씨는 가는 다리로 보도에 서서 손풍금을 멋지게 타면서 인문주의자다운 눈길을 집집의 창문마다 높다랗게 보냈다. 둘째로 그는 이제 베르크호프에 살고 있지 않으며 부인복재단사인 루카세크 집에서 나프타의 비단투성이의 방 위층에, 물병이 있는 헛간 같은 방에서 살기 때문에 현재 무슨 일이 일어났는지 알지 못했다. 게다가 언젠가 사육제 날 밤에 한스 카스토르프가 병든 클라브디아 쇼샤에게 그의 연필, 프리비슬라프 히페의 연필을 돌려주었을 때와 같이 무모하고 위험한 상태에 있음을 알았던 것과 마찬가지로 세템브리니는 이번에도 간섭할 권리도, 기회도 전혀 없었다. 그러나 '상태'란 무엇을 의미하는 것일까? 상태라는 말은 눕는다는 말에서 만들어진 것이었다. 이 말이 단순한 형용의 의미가 아니라 그 진정한 특수한 의미를 가지려면, 그는 서 있지 않고 누워 있어야 한다. 수평, 이것이 이 위에 여러 해 있었던 인간에게 어울리는 상태였다. 그는 눈이 오는 추운 날에도, 낮이나 밤이나 옥외에서 눕기에 익숙해 있지 않았던가? 한스 카스토르프는 이렇게 생각하고 주저앉으려 했다. 그러나 '상태'에 관한 쓸데없는 지껄임도 쿨름바하산의 맥주 탓이며 전형적인 위험한 욕망으로서, 책에도 씌어 있는, 눕고 싶다, 자고 싶다는 초개별적인 소망에서 생긴 것인데 그 소망이 궤변과 말의 유희로 자신을 속이려고 한다는 것을 알고 그는 깜짝 놀라, 말하자면 목덜미를 잡혀 흔들려 깬 것처럼 주저앉으려던 것을 그만두었다.

'실수했구나.' 하고 그는 깨달았다. '포도주는 좋지 않았어. 몇 모금 마셨는데도 머리가 무겁고 턱이 가슴에 닿으려는 것 같군. 생각도 혼란스럽고 분간할 수 없어서 함부로 믿을 수가 없어. 처음 머리에 떠오르는 생각뿐만 아니라, 그 생각을 비평하는 것도 신용할 수 없으니 큰일이야. 그의 연필? 아니야. 사실은 그녀의 연필이지, 그의 것은 아니야. 이 경우에는 연필이라는 말이 남성 명사이기 때문에 '그의'라고 말할 뿐인 것이다. 그 밖의 것은 모두 농담이다. 대체 그런 것을 이렇게 문제 삼다니! 그런 것보다 더 긴급한 문제가 있는데도 말이다. 버팀목으로 삼고 있는 왼쪽 다리를 보면 세템브리니의 손풍금을 지탱하는 나무다리가 유난히 연상되는군. 그는 언제나 그것을 무릎으로 밀며 보도 위를 전진해 갔지. 창 밑으로 다가가서 아가씨들에게 얼마간의 동전을 던져 달라고 비로드 모자를 내미는 거야. 그런데 무언가 보이지 않는 힘이 양손을 끌고 가 눈 속에 눕게 하는 것만 같다. 그것을 막으려면 운동을 해야 해. 쿨름바하산 맥주를 마신 벌로 그리고 나무다리처럼 굳어져 버린 이 다리를 부드럽게 하기 위해서도 움직일 필요가 있다.'

한스 카스토르프는 오른쪽 어깨에 힘을 주었다. 그러나 그가 벽에서 몸을 떼고 한 발짝 디딘 순간, 바람이 낫같이 휘몰아쳐 그를 보호

마의 산 2

하는 벽 쪽으로 되돌려 보냈다. 그 처마 밑은 그에게 주어진 유일한 피난처로 한동안 거기에 가만히 있어야 했다. 그래도 기분 전환을 위해 왼쪽 어깨를 벽에 기대고 오른쪽 다리를 버팀목으로 하여 왼쪽 다리를 조금 흔들어서 발이 저리지 않도록 할 수는 있었다.

'이런 기후에는 집에 가만히 있어야 해.' 하고 그는 생각했다. '다소의 기분 전환은 좋지만, 혁신을 요구하거나 돌풍에 싸움을 거는 것은 하지 말아야 할 일이거든. 아무튼 골치가 아플 때는 뭐라 해도 움직이지 않고 가만히 머리를 숙이는 게 제일이야. 이 통나무 벽이 고맙군. 어딘지 모르게 온기가 벽에서 전해져 오는 것 같은 느낌이 들어. 이런 상태에서 온기라고 할 수 있다면 말이야. 목재에 깃든 그윽한 온기가 전해져 오는 것 같아. 물론 이것은 아마 기분의 문제로 주관적인 온기일 것이다. 아, 저 많은 나무! 아, 저 생명에 찬 대지. 얼마나 멋진 향기란 말인가.'

그의 눈 아래는 공원이 펼쳐 있는 것 같았다. 그는 그것을 발코니에서 보는 것처럼 느꼈다. 활엽수에 덮인 넓고 넘칠 듯한 녹색의 충만한 공원으로, 느릅나무, 플라타너스, 너도밤나무, 단풍나무, 자작나무 등이 풍만하고 신선한 잎의 장식에 색채의 희미한 음영을 보이고, 나뭇가지 스치는 소리를 부드럽게 내고 있었다.

나무 향기를 담은 상쾌하고 습한 미풍이 불었다. 따스한 소나기가 살짝 지나갔지만, 그 빗방울은 햇빛으로 밝게 반짝였다. 멀리 상공까지 대기가 밝은 안개비로 반짝이는 것이 보였다. 얼마나 아름다운가! 아, 고향의 숨결, 오랫동안 접촉하지 못한 평지의 향기와 생명!

대기는 새들의 지저귐으로 가득 차, 새의 모습은 한 마리도 보이지 않는데 그 가련하고 가느다랗고 감미로운 피리 소리, 지저귐, 비둘기의 울음소리 같은 소리, 흐느끼는 소리가 넘쳤다. 한스 카스토르프는 감사에 차서 대기를 들이마시면서 미소 지었다. 모든 것은 순간마다 아름다움을 계속 더해 갔다. 무지개가 옆으로 풍경 위에 걸려, 완연하고 선명하게 호를 그려 보였다. 무지개는 청순하고 화려해, 일곱 빛깔이 촉촉하게 반짝이고, 그 빛깔이 지상의 울창하고 밝은 푸름에 기름처럼 풍요하게 흘러 들어갔다. 마치 음악 소리 같았는데, 플루트와 바이올린 소리가 섞인 하프 소리를 듣는 느낌이었다. 특히 청색과 보라색이 아름답게 흘렀다. 모든 것이 그 빛깔 속에 이상하고 희미하게 녹아 들어가 변화하고, 새로 탄생하며, 순간마다 아름다워지고 있었다.

한스 카스토르프는 수년 전의 세계적인 성악가의 노래를 듣는 것 같았다. 그 이탈리아 테너 가수의 목에서 나온 은혜로운 예술의 힘이 청중의 마음을 파고들었다. 성악가는 처음부터 아름다운 고음으로 계속해서 노래를 불렀다. 그리고 그 열정적이고 아름다운 음성은 점점 꽃봉오리처럼 계속 열리고 부풀어 올라 시시각각으로 밝아졌다. 아무도 그때까지는 알아차리지 못한 베일이 한 장 그리고 또 한 장, 그 높은 음에서 벗겨지고 마지막 베일도 엿보여 이로써 마지막 가장 순수한 광채에 이르렀다고 생각하는 사이에 마지막 중의 마지막 한 장이, 그리고 설마라고 생각한 마지막 한 장이 벗겨져서 광채와 눈물에 번쩍이는 아름다움에 넘치는 밝음으로 바뀌어, 청중은 거의 항의

하는 듯한 기쁨의 신음 소리를 내어 한스 카스토르프 청년도 흐느껴 울 지경이었다. 지금 눈앞에서 변화하고, 베일을 계속 벗고 광채를 더해 가고 있는 풍경도 이와 똑같았다. 푸른빛이 사방에 넘쳤다. 밝은 안개비 베일이 벗겨지고 바다가 나타났다. 바다, 그것은 남국의 바다였다. 은빛으로 빛나는 깊은 남빛의 바다, 찬란하고 아름다운 바다였다. 해안에서 먼 바다 위에 한없이 아지랑이가 끼어 있고, 육지가 멀어짐에 따라 푸름이 엷어지는 산맥에 넓게 둘러싸이고 군데군데에 섬이 있다. 그 섬에는 종려수가 높이 서 있고, 측백나무 숲 속에 작고 하얀 인가가 반짝이는 것이 보였다. 아, 이제 그만, 정말로 과분하다. 얼마나 즐거운 빛깔의 파도, 하늘의 깊은 깨끗함, 화창한 바닷물의 싱싱함인가!

한스 카스토르프는 세상에 태어나 한 번도 이런 것을 본 일이 없었다. 정말 본 일이 없었다. 방학 여행 때에도 남국에는 가 본 일이 거의 없고, 북쪽의 거칠고 푸르른 바다를 알고 있을 뿐이었다. 그 바다에 소년다운 서투른 애착을 느꼈을 뿐, 지중해 즉 나폴리, 시칠리아 또는 그리스를 방문한 적은 한 번도 없었다. 그러나 그는 상기했다. 그렇다. 그가 느낀 것은 이상하게도 재회의 기쁨이었다.

'아, 그렇다, 이것이다!' 하고 마음속에서 외쳤다. 마치 눈앞에 전개되는 푸른 바다의 행복을 남몰래 자신도 모른 채 늘 가슴에 품고 있었던 것 같았다. 그리고 이 '늘'은 하늘이 가련한 보라색으로 그 위를 덮고 있는 왼쪽 먼 바다와 같이 넓은, 무한히 넓은 '늘'이었다.

수평선은 높고, 먼 곳은 올라가 있는 것처럼 보였지만, 이것은 한스 카스토르프가 다소 높은 장소에서 가까운 바다를 내려다보았기 때문이었다. 산들은 여기저기 뻗어 나갔다. 바닷속에 돌출한 무성한 숲에서부터 시작하여, 한스 카스토르프가 있는 곳에서부터 거리가 먼 중간점에서 반원형으로 솟아올라, 그리고 훨씬 후방에까지 줄을 지었다. 그는 햇볕으로 따뜻해진 돌계단 위에 쭈그리고 있었다. 거기는 앞산이 바다에 접해 있는 바닷가로 눈앞에 이끼 낀 돌이 굴러다니는 모래사장이, 숲이 우거진 계단 모양의 대지를 이루고 평탄한 물가까지 내려와 있었다. 그 물가에는 갈대 사이의 자갈이 푸른빛을 띤 바다, 작은 항구, 호수를 이루었다. 그리고 이 화창한 장소는 쉽게 접근할 수 있는 해안의 언덕, 바위뿐인 밝은 분지, 보트가 왕래하는 섬까지의 바다, 어딜 보나 사람들로 붐볐다. 사람들, 즉 태양과 바다의 아들들, 보기에도 즐겁고 총명하고 밝고 아름다운 젊은이들이 여기저기에서 움직이고 휴식을 취했다. 한스 카스토르프는 그 젊은이들을 바라보자 가슴이 탁 트이고 애정에 가득 차, 가슴이 터질 듯이 부풀었다.

마의 산 2

젊은 사람들은 말을 달렸다. 힝힝대면서 머리를 흔들며 달리는 말의 고삐를 쥐고 나란히 달리기도 하고, 뒷발로 버둥거리는 말을 긴 고삐로 잡아당기기도 하고, 안장 없는 말에 올라타 맨발의 발꿈치로 말의 옆구리를 차고 바닷속으로 들어가곤 했다. 젊은이들의 등 근육은 햇빛을 받아 갈색 피부 밑에서 꿈틀거렸다. 그들이 서로 외치는 소리, 말에게 외치는 소리는 웬일인지 사람을 끄는 울림이 있었다. 산의 호수처럼 기슭을 비치는 바다, 육지에 깊이 들어가 있는 해안에서는 한 무더기의 소녀들이 춤을 추었다. 그중 한 소녀는 뒷머리를 높이 묶은 모습이 유달리 사랑스러웠다. 그 소녀는 땅이 움푹 파인 곳에 들어가 앉아 피리를 불면서, 피리 위에서 움직이는 손가락 너머로 춤추는 주위 소녀들을 보았다. 춤추는 소녀들은 길고 느슨한 옷을 입고 웃으면서 혼자 두 팔을 벌리기도 하고, 둘이서 볼을 사랑스럽게 맞대기도 하면서 스텝을 밟으면서 걸었다. 피리를 부는 소녀는 두 팔을 뻗고 있었기 때문에 희고 날씬하고 가련한 등이 옆으로 약간 굽었고, 그 뒤에는 소녀들이 껴안거나 춤추는 것을 보면서 조용히 말을 하기도 하면서 앉거나 서 있었다. 좀 떨어진 데에선 젊은이들이 활 쏘는 연습을 했다. 연상의 젊은이들이 아직 미숙한 곱슬머리 소년들에게 시위를 다루는 방법, 화살을 재는 방법을 가르치고 함께 겨냥을 하고, 화살이 시위를 떠나는 반동으로 비틀거리는 소년들을 웃으면서 받쳐 주었다. 마음이 뿌듯해지는 행복한 광경이었다. 낚시를 하는 젊은이들도 있었다. 기슭의 평평한 바위 위에 배를 깔고 엎드려 한쪽 다리를 흔들면서 낚싯줄을 바다에 드리우고 옆에 있는 젊은이에게 유유히 얼굴을 돌리고 말을 건넸다. 상대방은 경사진 바위 위에 앉아, 몸을 쭉 뻗어 먹이를 던졌다. 돛대와 돛이 달린, 뱃전이 높은 보트를 바다에 띄우려고 밀고 버티고 하는 젊은이들도 있었다. 어린아이들은 방파제 사이에서 놀기도 하고 함성을 울리기도 했다. 한 젊은 여인이 다리를 쭉 뻗고 배를 땅에 깔고 위를 쳐다보고 있었다. 그 여인 앞에 서 있는 날씬한 젊은이는 잎이 달린 과일을 가진 손을 여인 쪽에 장난하듯 내밀었다. 그녀는 그 과일을 잡으려고 한쪽 손을 과일 쪽으로 달라는 듯이 내뻗고, 다른 손으로는 화사한 옷을 두 가슴 사이로 끌어올렸다. 바위의 낮은 곳에 기대어 있는 사람, 두 팔을 가슴 위에 포개고 두 손으로 어깨를 누르면서 물가에 서서 발끝으로 물의 차가움을 시험해 보는 사람도 있었다. 젊은 남녀 여러 쌍은 해변을 거닐었다. 한 청년은 함께한 소녀를 사이좋게 인도하면서 소녀의 귓전에 무엇인가를 속삭였다. 털이 탐스러운 산양들은 이 바위 저 바위를 뛰놀았고, 산양들을 감시하는 젊은 목동은 한쪽 손을 허리에 대고 또 한쪽 손을 긴 막대기 위에 올려놓고 뒤쪽 챙이 올라간 작은 모자를 갈색 곱슬머리 위에 쓰고는 높은 곳에 서 있었다.

마의 산 2

'이거 참 멋지구나!' 하면서 한스 카스토르프는 감격하여 생각했다. '정말 즐겁고 매혹적인 광경이다! 얼마나 사랑스럽고 총명하고 행복한 사람들인가! 그렇다. 모습이 아름다울 뿐만 아니라 기분도 총명하고 사랑스럽다. 그것이 나를 이다지도 감동시키고 매혹시킨다. 그들은 본성의 근저에 숨어 있는 정신과 기분이라고 말하고 싶다. 그들이 함께 있고, 함께 생활하는 정신과 기분이 총명하고 사랑스럽기 때문이다!'

그가 이렇게 생각한 것은 태양의 아들들이 서로 어울리는 깊은 친밀감과, 차별 없이 서로 대하는 우아하고 예의바른 마음씨를 느꼈기 때문이다. 거의 눈에 띄지는 않았지만, 그들의 마음속에 확실히 흐르는 한 가지 생각과 깊이 뿌리박힌 이념의 힘으로 서로 언제 어디서나 표시하는 근엄한 경애심이 미소에 감추어져 흐르고 있었다. 품위와 엄격함은 밝은 명랑함 속에 완전히 녹아 들어가, 어두움이 없는 진지함, 총명한 근엄함이라는 비길 데 없이 아름다운 정신적인 배경으로 그들의 일거일동을 일관했다. 물론 의식적(儀式的)인 느낌을 주는 면이 다소 있기는 했다. 가령 저쪽 이끼 낀 둥근 돌 위에는 갈색 옷을 입은 한 젊은 어머니가 앉아 한쪽 어깨를 낮추고 아이에게 젖을 먹이고 있었다. 그리고 그 옆을 지나가는 자는 모두, 태양의 아들들의 행동에 드러났던 특징 있는 방법으로 어머니에게 인사를 했다. 즉 젊은이들은 그 어머니 쪽으로 두 팔을 가슴 위에 의식적으로 가볍게 십자로 포개고 미소 지으면서 머리를 숙이고 지나갔다. 소녀들은 참배자들이 제단 앞을 지나갈 때 살짝 무릎을 굽히듯 하며 지나갔다. 그들은 이와 동시에 씩씩하고 밝고 기쁘게 여러 번 어머니에게 고개를 끄떡였다. 어머니는 유방을 집게손가락으로 눌러 어린아이가 먹기 쉽게 해 주고 아기에게서 눈을 떼며, 경애의 정을 나타내는 젊은이들에게 미소 짓고 고개를 끄덕이며 답례했다.

그 유연하고 온화한 점은, 젊은이들의 의식적인 경애와 밝고 친밀함이 섞인 태도와 함께 한스 카스토르프의 마음을 황홀하게 해 주었다. 그는 광경을 지그시 응시하고 있었지만, 이렇게 응시해도 실제로 괜찮은 것인지 걱정되어 자문했다. 자기 생각에도 거칠고 더럽고 보기 흉한 국외자인 그가, 밝고 예의바른 행복을 살짝 바라보고 있다는 것은 무서운 모독이 아닐까 하고 생각했다.

그러나 그렇게 걱정은 하지 않아도 좋을 듯했다. 탐스러운 머리를 옆으로 가르고 이마 위와 관자놀이에 차양을 드리운 한 아름다운 소년이 두 팔을 가슴 위에 십자로 포개고, 친구들과 떨어져, 한스 카스토르프가 앉아 있는 곳 바로 아래에 멈추어 섰다. 토라진 것은 아니고 슬픈 듯 웬일인지 모두로부터 떨어진 느낌이었다. 그리고 이 소년은 한스 카스토르프 쪽으로 몸을 돌려 그에게 눈길을 주며, 바닷가 광경과 번갈아 보면서 비교하는 듯했다. 그러나 갑자기 소년은 한스 카스토르프의 머리 위 너머 먼 곳을 바라보았다. 그 순간 소년의 아름답고 단정한 앳된 얼굴에서 태양의 아이들 모두에게 공통적으로 보이는 예의바르고 친밀한 미소가 사라졌다. 그렇다. 눈썹은 찌푸리지 않았지만 그의 얼굴에는 마치 돌에 새겨진 것 같은 무표정함, 규명할 수 없는 무표정함, 죽음과 같은 싸늘함이 나타났다. 그 바람에 가까스로 기분이 가라앉으려고 했던 한스 카스토르프는 그것을 보고 질색할 정도로 놀랐지만 그 표정의 의미에 관해서는 막연한 예감이 들었다.

한스 카스토르프도 뒤를 보았다. 그의 뒤에는 대롱 모양의 석재를 쌓아올린 거대한 돌기둥이 밑받침도 없이 나란히 있었다. 석재의 이음매에는 이끼가 끼어 있었다. 그것은 신전의 문기둥이었다. 문의 중앙에서 내다보이는 돌계단 위에 그가 앉아 있었던 것이다. 무거운 마음으로 일어난 그가 돌계단 옆으로 내려가서는 문으로 깊숙이 들어가 포석을 깐 길을 걸어 나가니 얼마 안 가 새로운 앞마당 문이 나왔다. 그곳을 다시 빠져나가 신전 앞에 있는 다른 앞뜰 문 앞으로 나왔다. 장중하고 큰 신전은 풍화작용 탓에 녹회색이 되었고 급경사의 계단이 광대한 정면을 이루었다. 그 정면을 받치고 있는 돌기둥은 억세고 뭉툭하며 위로 올라갈수록 가늘어지는 모양이었다. 그리고 그 돌기둥의 석재, 세로로 홈이 파진 원통형의 석재 가운데 몇 개는 이음매에서 옆으로 빠져나와 있었다. 한스 카스토르프는 가슴이 점점 답답해져 헐떡이면서 두 손으로 간신히 높은 돌계단을 기어 올라가 줄기둥이 늘어선 홀로 갔다. 홀은 아주 깊었다. 그 중앙을 일부러 피하고 거기에 발을 돌리지 않으려고 하면서 담청색 바닷가의 너도밤나무 숲을 걸어가듯 홀 안을 걸어갔다. 그러나 그는 다시 중앙으로 돌아와, 줄기둥이 좌우로 갈라지는 곳에서 하나의 군상 앞에 섰다. 그것은 대좌 위 두 여인의 석상으로 어머니와 딸 같았다. 앉아 있는 여인은 나이 들고 품위도 높아, 정말 온화한 신 같은 모습이었지만 눈동자가 없는 공허한 눈 위에 탄식하는 듯이 눈살을 찌푸리고 있었다. 주름이 많은 속옷과 저고리를 입고 노부인답게 물결치는 머리칼을 베일로 덮고 있었다. 다른 한 여인은 이 어머니에게 자애롭게 안겨서 처녀다운 얼굴을 하고 두 팔과 두 손을 주름 사이에 숨기고 있었다.

 한스 카스토르프는 그 입상을 보는 동안, 막연하나마 불안한 예감으로 가슴이 더욱 무거워졌다. 용기는 없었지만, 그는 입상 뒤로 돌아 가까이 있는 두 줄의 둥근 기둥 사이를 지나갈 수밖에 없었다. 줄기둥 사이를 지나가자 신전의 신각 문이 열려 있었다. 그 속을 들여다본 한스 카스토르프는 깜짝 놀라 몸이 꼿꼿해져 금방이라도 고꾸라질 것 같았다. 그 안에서는 흰 머리를 산발하고 추악하게 늘어진 유방과 손가락 길이만 한 젖꼭지를 한 반나체의 두 노파가 가물가물 불이 타오르는 화로를 사이에 두고 무시무시한 모습을 하고 있었다. 노파들은 큰 화로 위에서 몸서리나게도 태연하게 두 손으로 어린아이를 찢어서—한스 카스토르프는 어린아이의 부드러운 금발이 피투성이가 되는 것을 보았다—그 살점을 먹었다. 연한 뼈가 노파들의 입속에서 오독오독 소리를 내며 부서지고 핏방울이 입술에서 뚝뚝 떨어졌다. 한스 카스토르프는 피가 얼어붙는 것 같은 무서움에 꼼짝 못 했다. 손으로 눈을 가리려 했으나 그것마저 할 수 없었다. 도망치려고 했으나 도망칠 수가 없었다. 이윽고 노파들은 그 무서운 일에 전념하면서도 그의 모습을 보았다. 그러고는 피투성이가 된 손을 흔들며, 한스 카스토르프의 고향 사투리로 추악하고 음탕한 욕을 나지막하게 퍼부었다. 그는 기분이 상했다. 난생 처음이라고 할 정도로 기분이 나빴다. 그는 필사적으로 그곳에서 뛰어나오려다, 그 뒤의 돌기둥 아래에서 옆으로 넘어졌다. 그러나 실은 헛간 옆의 눈 속에, 한쪽 팔을 깔고 누워서 머리를 기대고, 스키를 신은 두 다리를 뻗고 있는 자신의 모습을 보았다. 노파들의 무서운 외침은 여전히 귓전을 울리고 무서운 공포에 전신이 굳어져 있었다.

마의 산 2

그러나 아직 잠이 깬 것은 아니었다. 무서운 노파들로부터 도망쳐 나온 것에 안도의 숨을 쉬면서 눈을 깜박였을 뿐, 자기가 아직도 신전의 돌기둥 밑에 누워 있는 건지 헛간 옆에 누워 있는 건지 확실하지 않았고 중요하게 느껴지지도 않았다. 그는 아직도 꿈을 꾸는 것 같았다. 더 이상 환상적 장면은 아니었지만 생각으로 꿈이 계속 이어지는 듯 모험적이고 혼란스러웠다.

'꿈을 꾸었다고 나도 생각했어.' 하고 한스 카스토르프는 잠꼬대처럼 중얼댔다. '공원, 나무, 기분 좋은 습기, 그 밖의 아름답고 무서운 것도 나는 모두 처음부터 알고 있었다. 그러나 어떻게 해서 그런 것을 알고, 황홀해하거나 무서워할 수가 있었을까? 섬이 있는 아름다운 바다, 혼자 있던 저 소년의 눈이 가르쳐 준 신전의 세계를 나는 어떻게 알았을까? 우리들은 자신의 영혼만으로 꿈을 만들지 않는다. 각기 형태는 다르더라도 익명의 공동으로 꿈을 꾼다고 나는 말하고 싶다. 우리들이 바로 그 일부분인 하나의 큰 영혼이 우리들을 통해, 각자 서로 다르게 남몰래 영원한 대상을 꿈꾸는 것이다. 그 영혼의 청춘, 희망, 행복과 평화 그리고 피비린내 나는 향연을……. 나는 이렇게 돌기둥 아래에 누워 영원 속에 꿈의 흔적을 남기고 있다. 피비린내 나는 향연의 몸서리치는 공포, 그리고 거기에 앞서 마음속의 기쁨, 태양의 아들들의 행복과 근엄한 예절에 대한 기쁨이 아직 남아 있다. 나는 여기에 누워 그런 것을 꿈꿀 어엿한 자격을 가지고 있다. 나는 이 위의 사람들이 있는 곳에서 모험과 이성에 대해 여러 가지 경험을 했다. 나는 나프타와 세템브리니와 함께 위험하기 그지없는 이 산들을 돌아다녔다. 나는 인간에 대한 모든 것을 알고 있다. 나는 인간의 살과 피를 맛보고 병든 클라브디아에게 프리비슬라프 히페의 연필을 돌려주었다. 그러나 육체를 아는 자는 인생도 알고 죽음도 안다. 그러나 그것만이 전부가 아니고 교육적으로 생각하면, 단지 시작에 지나지 않는다. 거기에 다른 절반, 반대의 절반이 첨가되어야 한다. 왜냐하면 죽음과 병에 대한 흥미는 생에 대한 흥미의 한 형태에 불과하기 때문이다. 어떻게 인문과학적 분과인 의학이 생명과 그 병에 대해 늘 매우 우아하게 라틴어로 말하는지 보라. 그러나 그것은 어떤 하나의 큰, 아주 절실한 관심의 한 형태에 지나지 않는데, 그 관심을 가장 친근하게 표현한다면 그것은 인생의 걱정거리 자식, 즉 인간에 관한 것, 인간의 위치와 본성에 관한 것이라고 이름 붙일 것이다. 평지에서 밀려난 후 나는 그에 대해 꽤 알게 되었고, 이 위의 사람들에게서 많은 것을 배웠으며, 거의 숨이 막힐 지경이었다. 지금 이렇게 돌기둥 아래에서 나쁘지 않은 전망을 즐기고 있다. 나는 인간의 위치를 꿈꾸고, 신전에서 무서운 피의 향연이 행해지는 것을 배경으로 하여 인간의 예의바르고 총명하고 경건한 공동생활을 꿈꾸었다. 태양의 아들들은 피의 향연의 무서움을 염두에 두고서 예의바르게 서로를 위로하는 것일까? 그렇다면 그들은 정말로 우아하고 훌륭한 결론을 내렸다고 할 수 있다. 나는 영혼 내부에서 태양의 아들들과 생각을 나누고 나프타의 생각에도 세템브리니의 생각에도 물들지 않으리라. 두 사람은 수다쟁이에 지나지 않는다. 한 사람은 음탕하고 악의적이다. 또 한 사람은 언제나 이성의 뿔피리를 불면서 미친 사람까지도 냉정하게 만들 수 있다고 자부하고 있다. 얼마나 악취미이고, 얼마나 속물적인가! 확실히 그것은 단순한 윤리, 비종교에 지나지 않는다. 그러나 나는 키 작은 나프타와도 동조할 수가 없다. 신과 악마, 선과 악의 뒤범벅으로, 개인이 거꾸로 추락하여 공동체 속의 신비스러운 침몰을 목적으로 하는 나프타의 종교도 동조할 수 없다. 두 사람의 교육자! 저 두 사람의 논쟁과 대립 그 자체가 뒤범벅에 지나지 않고 혼란한 소용돌이로, 머릿속이 조금이라도 자유롭고 마음이 경건한 사람이라면 아무도 그러한 것에 현혹당하지 않는다. '진정한 귀족'에 대한 두 사람의 논쟁, 귀족성에 대한 토론, 죽음과 삶, 병과 건강, 정신과 자연, 서로 과연 모순된 것일까, 문제가 되는 것일까? 이렇게 나는 묻고 싶다. 아니다. 그것은 문제가 되는 것이 아니고, 어느 것이 고귀한가 하는 것도 문제가 되지 않는다. 죽음의 모험은 삶 속에 포함되고, 그 모험이 없으면 삶이 아니며, 그 한가운데에, 모험과 이성 사이의 활력 가운데 신의 아들인 인간이 위치해 있다. 그것은 인간의 조건이 신비스러운 집단과 미약한 개인 사이에 위치하는 것과 마찬가지다. 그 모든 것을 나는 이 돌기둥 아래에서 보고 있다. 그 중간 위치에서 인간은 유연하게, 우아하게, 온화하고 경건하게 자신을 대우해야 한다. 왜냐하면 고귀한 것은 인간뿐이며 대립하는 생각이 고귀한 것은 아니기 때문이다. 인간은 대립하는 생각의 주인이며, 모든 생각은 인간에 의해 존재하는 것이기 때문에 인간은 어떤 생각보다도 고귀한 것이다. 인간은 죽음에 종속시키기에는 너무나 고귀한 두뇌의 자유를 가졌기 때문에 죽음보다 고귀하다. 인간은 생에 종속시키기에는 너무나 고귀한 정신의 경건함을 가지고 있기 때문에 삶보다도 고귀하다. 이제 나는 하나의 시를 썼다. 인간에 대한 꿈과 같은 시를. 그것을 잊지 말도록 하자. 착한 마음씨를 가지도록 힘쓰자. 내 생각을 죽음에 지배당하지 않도록 하자! 착한 마음씨와 인간애가 그 가운데 드러나며, 그것만을 의미하기 때문이다. 죽음은 위대한 힘이다. 죽음 앞에서 우리는 모자를 벗고, 까치걸음으로 몸을 흔들며 전진한다. 죽음은 과거의 존엄을 나타내는 장식의 한 깃을 달며, 살아 있는 우리도 죽음에 경의를 표하여, 엄숙하게 검정 옷을 입는

다. 이성은 죽음 앞에서는 어리석은 존재가 된다. 이성은 단순히 덕에 지나지 않지만 죽음은 자유, 방종, 혼란 그리고 쾌락이기 때문이다. 쾌락은 사랑이 아니라고 나의 꿈은 말한다. 죽음과 사랑, 이것은 잘못된 몰취미한 배합이다. 사랑은 죽음에 대립하는 것이다. 이성이 아니라 사랑만이 죽음보다 강하다. 이성이 아니라 사랑만이 올바른 생각을 자극한다. 형식도 사랑과 선의에서 생긴다. 즉 인간의 정당한 국가, 이성적이고 분별 있는 공동체의 예의범절이, 피의 향연에 대한 조용한 관심으로부터 생긴다. 아! 나는 이처럼 확실하게 꿈을 꾸고 멋지게 '술래잡기'를 했다. 이것을 잊지 말자. 마음속으로 죽음에 대해 성실한 생각을 계속 가지도록 하자. 그러나 죽음과 과거에 대한 성실성이 우리의 생각과 '술래잡기'를 지배한다면 그 성실성은 악의와 음산한 음탕과 반 인간성으로 바뀐다는 것도 확실히 기억하자. '선의와 사랑을 잃지 않기 위해서 인간은 생각을 죽음에 종속시켜서는 안 된다.' 자, 이제 눈을 뜨자. …… 이것으로 나는 꿈을 마지막까지 다 꾸고 목적을 달성한 셈이다. 나는 오래전부터 히페가 모습을 나타낸 장소에서, 발코니에서, 어디에서나 이 진리를 찾고 있었다. 그 진리를 찾아 이 눈 덮인 산으로 들어왔다. 이렇게 그것을 찾아낸 것이다. 내 꿈이 그것을 확실하게 계시했고 영원히 그것을 기억할 것이다. 그렇다. 나는 기뻐 몸이 따뜻해졌다. 심장이 크게 뛰었지만, 왜 그런지 알고 있다. 신체의 손톱이 아직 자란다고 하는 단순한 생리적인 이유에서 그런 것이 아니다. 인간적인 이유에서 뛰고 있으며, 참으로 내 영혼이 행복하기 때문에 뛰는 것이다. 내 꿈의 말은 향기 높

마의 산 2

은 술, 포도주나 흑맥주보다도 향기롭고 혈관을 사랑과 생명으로 흐르게 하여 나를 잠과 꿈에서 해방시켜 준다. 이 잠과 꿈이 내 생명에 아주 위험하다는 것은 나도 충분히 알고 있다. …… 일어나라, 일어나라! 눈을 떠라. 눈 속의 이 다리는 내 다리다. 다리를 끌어당기고 일어나라! 보라, 좋은 날씨다!'

일어나지 못하도록 얽어매는 질곡에서 몸을 해방시키기가 무척 힘들었지만, 한스 카스토르프가 분발한 용맹심은 얽어맨 질곡보다 더 강했다. 그는 한쪽 팔꿈치를 짚고 무릎을 용감하게 당겨, 팔꿈치에 기대면서 일어섰다. 스키를 신은 발로 눈을 밟고 팔로 늑골 둘레를 두드리고, 두 어깨를 흔들며, 긴장한 눈초리로 주위를 돌아보고는 하늘을 쳐다보았다. 베일처럼 엷은 청회색의 구름이 천천히 흐르고 있었다. 그 사이로 물색의 하늘이 보이고 가느다란 낫과 같은 달이 모습을 나타냈다. 어스름한 황혼이었다. 폭풍이 끝나고 눈도 이제는 내리지 않았다. 전나무 숲에 얼룩덜룩 덮여 있는 저쪽 절벽이 그 모든 모습을 선명하고 뚜렷이 보이면서 평화롭게 누워 있었다. 그 절벽 하반부는 어두웠으나, 윗부분은 희미한 장밋빛에 물들어 있었다. 도대체 어떻게 된 것일까, 세계는 어떻게 된 것일까? 아침일까? 밤새도록 눈 속에 누워 있으면서도 책에 써 있듯이 얼어 죽지 않았단 말인가? 한스 카스토르프는 상황을 판단하려고 노력하면서 걸어 보고 몸을 흔들고 몸을 두드리는 것을 게을리하지 않았다. 아무데도 얼어붙은 데가 없었다. 손가락 하나 얼지 않았다. 귀와 손끝과 발끝은 감각이 무뎌졌지만, 겨울의 발코니에서 누워 있을 때 가끔 경험했던 바와 마찬가지였다. 시계를 꺼낼 수 있었다. 아직 가고 있었다. 밤에 시계태엽을 감는 것을 잊었을 때에 그랬던 것처럼 자고 있지 않았다. 아직 5시도 되지 않았다. 5시가 되려면 아직 멀었다. 5시가 되려면 12분 내지 13분이 부족했다. 이건 놀랄 일이다! 여기 눈 속에 누워 행복과 공포의 장면을 그렇게 연이어 보고 모험에 찬 생각에 잠겨 있었는데, 10분 아니면 그보다 조금 더 길었을 뿐이라니. 그 사이에 육각형의 괴물은 내습했을 때처럼 빠른 속도로 재빨리 물러가 버렸으니, 이런 일이 있을 수 있는 것일까? 그렇다면 한스 카스토르프는 집으로 돌아간다는 관점에서 본다면, 감사해야 마땅한 행운의 자비를 받았던 것이다. 왜냐하면, 그의 몽상과 공상은 흥분하여 뛰어오를 정도의 전환을 두 번이나 했기 때문이다. 한 번은 공포 때문에, 두 번째는 기뻐서였다. 인생은 깊은 미궁에 빠진 걱정거리 자식에게 호의를 가지고 있는 것 같았다.

마의 산 2

어쨌든 간에, 아침이든 오후든지 간에, 아직도 여전히 늦은 오후든 이른 저녁이든지 간에, 아무튼 집으로 활주하는 것을 방해하는 것은 주위의 상황에도 한스 카스토르프 개인의 상태에도 존재하지 않았다. 이리하여 그는 활주했다. 직선 활주의 연속으로 골짜기로 내려갔다. 가는 길은 아직 남아 있던 빛으로 충분히 밝았지만, 골짜기에 그가 도착했을 때는 이미 전등이 켜져 있었다. 목장이 있는 숲 가장자리를 따라 브뢰멘뷜을 내려가 5시 반에 마을에 도착했다. 그는 스키를 향료 가게에 맡기고 세템브리니 씨의 다락방에서 휴식을 취하면서 눈보라에 습격당한 것을 보고했다. 인문주의자는 정말로 놀라워했다. 그는 한 손을 머리 위로 올려 흔들며 그런 위험한 경거망동을 호되게 나무라고는 기진맥진한 청년을 위하여 알코올램프에 불을 붙여 커피를 끓여 주었다. 진한 커피도 한스 카스토르프가 세템브리니 방에서 의자에 앉은 채 잠이 드는 것을 막을 수는 없었다.

그로부터 1시간 후에는 한스 카스토르프는 베르크호프의 높은 문화적 분위기에 잠겨 있었다. 저녁 식사는 대단한 식욕으로 먹어 치웠다.

눈 속에서 꾼 꿈은 희미해지기 시작했다. 눈 속에서 생각한 것은 그 날 밤 사이에 벌써 알 수 없게 되었다.


### 훌륭한 군인

요아힘이 떠난 뒤 한스 카스토르프는 계속 그로부터 간단한 소식을 받고 있었다. 처음에는 위세 당당한 좋은 소식이었던 것이 점점 신통치 않은 소식이 되었고, 마지막에는 무언가 대단히 슬픈 일을 암시하는 소식이 되었다. 일련의 엽서가 요아힘의 입대와 낭만적인 의식을 즐겁게 알려 왔다. 한스 카스토르프가 답장 엽서에 쓴 말을 빌면 이 의식에서 요아힘은 청빈, 순결, 복종을 맹세했다. 그런 후에도 명랑한 소식이 잇달아 전해졌다. 좋아서 택한 길이기도 하고 상관들의 사랑도 받아, 순조롭게 진행되는 사촌의 새로운 인생행로의 일상이 희망과 기대에 차 보고되었다. 요아힘은 전에 두세 학기의 예비 교육을 받았기 때문에 사관학교를 다니지 않아도 되었고 견습 사관

근무도 해제되었다. 새해에는 하사관으로 승진하여 수장이 달린 옷차림의 사진을 보내 왔다. 조금도 빈틈없이 조직되어 있으면서도 인간미를 까다롭고도 유머러스하게 살리고 있는 근엄한 계급 제도의 세계에 편입된 요아힘의 감격이 간단한 소식 어디에서나 넘쳐 났다. 그의 부대의 거칠고 광신적인 상사가 사촌에게 보이는 낭만적이고 복잡한 태도에 대해서도 여러 가지 실례가 보고되었다. 상사는 현재는 미숙한 젊은 부하인 사촌이 내일에는 존경할 상관이 될 것이며, 현재에도 이미 장교 집회소에 출입하는 것을 잊지 않았다. 유머러스하고 별세계 같은 이야기였다. 그리고 장교 시험 이야기가 담긴 소식이 왔다. 4월 초에 요아힘은 소위가 되었다.

소위가 된 요아힘보다 더 행복한 인간, 그보다도 본성과 영혼이 군대라는 특수한 생활양식에 융합할 수 있었던 인간은 없었을 것이다. 그는 막 승진한 소위의 찬란한 모습으로 처음으로 의사당 앞을 지나갔을 때 보초가 똑바른 부동자세로 경례를 붙였을 때, 좀 떨어진 장소에서 고개를 끄떡여 보인 것을 수줍은 듯, 그러면서도 기뻐서 알려 왔다. 근무상의 작은 불만이나 만족, 멋진 동료애, 사병들의 교활한 충실성, 훈련과 학과 때의 우스운 사건, 사열, 회식에 관해서도 알려 왔다. 초대, 오찬, 무도회 같은 사교적인 일에 대해서도 가끔 소식이 있었지만, 건강 상태에 관해서는 한 번도 언급하지 않았다.

늦봄이 지났다. 그러고 나서 침대에 누웠으며, 슬프게도 병가를 내야 했고, 감기에다 열이 있지만 며칠 안에는 회복될 것이라는 것 등을 알려 왔다. 6월 초에 그는 다시 근무에 들어갔지만 그달 중순경에 다시 '지쳐' 버려서 자신의 불운을 심하게 탄식했다. 그리고 마음으로부터 고대하던 8월 초의 대연습에 참가하지 못할지도 모른다는 걱정을 감추지 않았다. 쓸데없는 걱정이었다. 7월에는 완전히 건강해져 몇 주일은 무사히 지나갔다. 그러나 얼마 안 있어 체온의 급격한 변화 때문에 갑자기 진찰을 받아야 했다. 모든 것은 이 진찰 결과에 달려 있었다. 그 결과에 대해서 한스 카스토르프는 오랫동안 아무 소식도 듣지 못했다. 그러다가 얼마 후 사실을 알게 된 것은, 요아힘의 편지를 통해서가 아니었다. 요아힘은 편지를 쓸 용태가 아니었든지, 그렇지 않으면 부끄러워서 그랬는지 어머니인 침센 부인이 전보로 알려왔다. 침센 부인은 '의사의 진단 결과 요아힘은 휴가를 취하는 것이 절대로 필요하다는구나. 즉시 알프스 전지 요양을 떠나라 한다. 방 두 개 부탁. 반신 요금 보냄. 발신인 루이제 이모.'라는 전문을 보냈다.

한스 카스토르프가 발코니에서 이 전문을 대충 훑은 다음에 두세 번 더 읽어 보았을 때는 7월 하순이었다. 읽으면서 가볍게 고개를 끄덕였다. 머리뿐만 아니라 상반신 전부를 움직여 이 사이로 중얼거렸다. "그래, 그래, 그래, 그것 봐라, 그것 봐, 그것 봐!" 갑자기 그는 기쁨에 넘쳐 소리쳤다. "요아힘이 또다시 돌아오는구나!" 그러나 곧 평정으로 돌아가 생각했다. "흠, 흠, 이건 중대한 뉴스다. 곤란한 뉴스라고 말할 수 있다. 이건 정말 어이없는 일이다. 벌써 고향으로 다시 돌아오다니! 어머니와 함께 오는구나." 그는 '루이제 이모'라고 하지 않고 '어머니'라고 불렀다. 친척과 일가에 대한 기분은 어느새 타인에 대한 기분만큼 엷어져 있었던 것이다.

'이건 쉬운 일이 아니로구나. 그 착한 사나이가 그렇게 고대하던 연습을 앞두고…… 흠, 흠, 이건 정말 기분 잡치는 일인데, 악질적인 장난이야. 이상주의에 대한 도전적인 사실이다. 육체가 승리를 거두어 영혼이 바라는 것과 반대의 것을 주장하고, 자기 생각을 밀고 나가려고 한다. 육체를 영혼에 종속시키는 것이라고 가르치는 이상주의자들은 면목을 잃겠군. 이상주의자들은 무엇을 말하는지 자기들도 모르는 것 같다. 그들이 말하는 것이 옳다면 사촌의 경우에는 영혼이라는 것이 매우 의심스러운 것으로 되어 버리기 때문이야. 사리판단이 바른 사람에게는 이만하면 충분하거든. 나는 자신 있다. 내가 말하는 것은 영혼과 육체를 대립시키는 것이 얼마나 그릇된 일인가. 두 가지는 오히려 한 지붕 아래 살며 남몰래 친히 지내고 있다는 것인데, 다행히도 높이 앉은 이상주의자들은 이것을 모르는 것 같다. 착한 요아힘, 자네와 군무에 대한 자네의 사랑에 대해 누가 욕할 것인가! 자네는 성실하다. 그러나 육체와 영혼이 한 지붕 아래 살고 있다면, 성실하다는 것이 무슨 소용이 있단 말인가, 하고 묻고 싶다. 자네는 슈퇴르 부인의 식탁에서 자네를 기다리는 저 신선한 냄새, 풍만한 가슴, 이유 없는 웃음을 아무래도 잊을 수 없다는 것이 어쩌면 사실이 아니겠는가? …… 요아힘이 돌아오는구나!' 하고 그는 생각하고 기쁨에 가슴이 죄어드는 것 같았다.

마의 산 2

'딱한 용태로 돌아올 것이 틀림없다. 그러나 우리들은 다시 둘이서 지낼 것이다. 이 위에서 혼자 지내지 않게 되었다. 고마운 일이다. 모든 것이 이전과 똑같지는 않을 것이다. 그가 있었던 방은 점령되어 있다. 맥도날드 부인이 그 방에서 힘없는 기침을 하면서 그녀의 어린 아들 사진을 테이블 위에 올려 두었든지 손에 쥐고 있을 것이다. 그러나 그 부인은 말기 증상이기 때문에 그 방이 아직 예약이 되어 있지 않으면, 그렇게 되면…… 우선은 다른 방이 비어 있을 것이다. 확실히 28호실이 비어 있지. 곧 사무국으로 가 보자. 특히 베렌스를 방문하도록 하자. 아무튼 뉴스거리다. 어떤 의미에서는 슬퍼할 뉴스, 어떤 의미에서는 기쁜 뉴스지만 어떻든 간에 중대한 뉴스다! 우선 '안녕' 했던 전우를 기다리기로 하자. 이제 3시 반이 되어 가니 곧 나타날 것이다. 크로코브스키가 이래도 또 육체를 제2의 적이라고 생각해야 한다고 주장할 것인지 물어보고 싶다.'

오후 차 마시는 시간이 되기 전에 그는 사무국을 방문했다. 그가 예정한 방, 그의 방과 같은 복도에 면한 방은 역시 점령되어 있지 않았다. 침센 부인의 방도 마련될 것이라고 했다. 한스 카스토르프는 베렌스에게 급히 갔다. 베렌스는 실험실에서 한 손에 시가를, 한 손에는 빛깔이 탁한 액체가 들어 있는 시험관을 쥐고 서 있었다.

"고문관님, 알고 계십니까?" 하고 한스 카스토르프가 말을 꺼냈다.

"알고 있습니다. 애태우는 일이 없어지지 않는군요." 하고 기흉의 명의는 대답했다.

"이것은 우트레히트에서 온 로젠하임의 담입니다."

이렇게 말하고는 시가를 쥔 손으로 컵을 가리켰다. "가프키 10호죠. 그런데 제조업자인 슈미츠가 와서 로젠하임이 산책길에 침을, 가프키 10호의 침을 뱉었다고 고함을 지르면서 불평을 하는 겁니다. 나더러 로젠하임을 꾸짖어 달라는 것입니다. 그러나 내가 꾸짖으면, 로젠하임은 성을 낼 것입니다. 그 친구는 성을 잘 냅니다. 게다가 그는 가족과 함께 방을 세 개나 점령하고 있는 귀한 손님입니다. 나는 그를 내보낼 수는 없습니다. 그렇게 하면 이 사회와 맞서게 될 것입니다. 이렇게 언제 어떤 분쟁에 말려들지 모릅니다. 내가 아무리 점잖고 태연하게 내 길을 걸어가려고 해도 말입니다."

"바보 같은 이야기입니다." 하고 한스 카스토르프는 만사를 잘 아는 고참병다운 견식을 갖고 말했다. "나도 저 두 사람을 알고 있습니다. 슈미츠는 무서울 정도로 깔끔하고 열심입니다. 로젠하임은 너무 야무진 데가 없는 사나이입니다. 그러나 두 사람 사이에는 그러한 위생상의 이유 말고도 마찰이 있을 겁니다. 나는 그렇게 믿습니다. 슈미츠와 로젠하임은 두 분 다 클레펠트 식탁의 바르셀로나에서 온 페레츠 부인과 친하게 지내는데 거기에 정말 이유가 있을 것입니다. 담을 뱉지 말라는 금령을 일반적으로 다시 환기시키고, 실제로는 눈을 감고 있으라고 권하고 싶습니다."

"물론 눈을 감고 있습니다. 늘 눈을 감고만 있어서, 눈꺼풀 경련증을 일으킬 정도입니다. 전 그렇고, 무슨 용건으로 오셨습니까?"

한스 카스토르프는 슬프고도 기쁜 뉴스를 털어놓았다.

고문관은 전혀 놀라지 않았다. 어떤 경우에도 놀라지는 않았겠지만, 특히 이번에는 질문을 받든 받지 않든 간에 한스 카스토르프가 요아힘의 용태에 대해 벌써 5월에 요아힘이 누워 있다는 것을 보고했기 때문이다.

"그래요?" 하고 베렌스는 말했다. "역시 그렇군요. 내가 당신에게 뭐라고 말했습니까? 당신에게도, 그에게도 열 번 가량, 문자 그대로 백 번도 더 이야기했잖습니까? 결국은 이렇게 되었군요. 그는 9개월간 자기 생각대로 하여 자신의 천국을 가졌습니다. 그러나 병독이 완전히 없어지지 않은 천국에는 진정한 행복이 없었을 것입니다. 저 탈주병은 이 늙은 베렌스의 말을 믿으려고 하지 않았습니다. 늙은 베렌스가 하는 말은 어떤 경우에도 진짜 믿어야 합니다. 그렇지 않으면 결국 나쁜 심지를 뽑고 변을 당하고 나서 눈을 떠 보아도 때는 이미 늦은 겁니다. 그는 소위가 되었습니다. 물론입니다. 좋습니다. 그러나 그것이 무슨 소용이 있습니까? 신은 인간의 마음만을 보시고 계급과 지위는 보시지 않습니다. 신 앞에 우리들은 누구나 태어났을 때 그대로의 발가벗은 모습으로 서는 것입니다. 장군이든 사병이든 간에 말입니다."

고문관은 계속 지껄였고 시가를 손가락 사이에 끼고 있는 큰 손으로 눈을 비비고 오늘은 이것으로 용서해 달라고 했다. 요아힘의 방은 물론 잘 준비될 것이고, 도착하면 곧 침대에 누워 있게 하라, 베렌스는 누구도 원망하지 않고 아버지처럼 두 팔을 벌려 송아지를 요리해서 탈주병을 맞이할 기분이라고 말했다.

한스 카스토르프는 전보를 쳤다. 그는 사촌이 돌아온다고 만나는 사람마다 말했다. 요아힘을 아는 사람은 누구나 진심으로 상심하기도 했고 기뻐하기도 했다. 요아힘의 소탈하고 기사도적인 인품을 모두 좋아했다. 그리고 입 밖에 내지는 않았지만 많은 사람들이 요아힘이 이 위에서 가장 좋은 사람이었다고 대답했다. 개인적으로 누구를 지적하는 것은 아니지만, 요아힘이 군인 사회에서 수평 상태로 돌아와 다시 이 위의 사람이 되어야 한다는 것에 대해 몇 사람들이 어떤 만족감을 느꼈을 것이라고 생각한다. 알다시피 슈퇴르 부인이 가장 먼저 느꼈다. 요아힘이 평지로 출발할 때 그녀가 입 밖에 낸 저속한 의혹이 적중했다고 그녀는 거리낌 없이 자랑했다. "이상했지요, 이상했어요." 그녀는 말했다. 그녀는 그때 먼저 이상하다고 생각했지만, 침센 청년이 고집을 부림으로 해서 일이 고약하게 되지 않기를 바랐다고 말했다. "고약하게." 하고 그녀는 저속한 말씨로 말했다. 그렇게 될 것이라면 자기처럼 처음부터 얌전하게 있는 쪽이 훨씬 현명하여 자기도 평지의 칸슈타트에 남편이 있는 아내로서 그리고 두 아이의 어머니로서 여러 가지 일들이 기다리고 있지만, 자기를 억누르고 있다고 말했다.

마의 산 2

요아힘에게서나 침센 부인에게서나 더 이상 답장이 없었다. 한스 카스토르프는 두 사람이 도착하는 날도, 시간도 몰랐다. 그래서 정거장에도 마중 나가지 않았는데 전보를 치고 나서 3일 후에 두 사람은 갑자기 모습을 나타냈다. 요아힘 소위는 흥분해서 웃음소리를 지르면서 사촌의 침대 의자에 가까이 왔다.

밤의 안정 요양이 시작된 후였다. 요아힘과 어머니는 한스 카스토르프가 이 년 전에 왔을 때와 같은 열차로 도착했다. 이 년은 짧지도 않고 길지도 않고 말하자면 무(無)라고도 할 수 있고, 여러 가지 일을 체험했다고도, 동시에 아무 것도 체험하지 못하거나 결핍되었다고도 할 수 있는 세월이었다. 계절도 여름이고, 날도 역시 같은 8월 상순의 어느 날이었다. 아까도 말했지만, 요아힘은 기쁜 듯이 다가왔다. 그렇다. 지금은 기쁜 듯이 흥분하여 한스 카스토르프의 방으로 들어와, 들어왔다기보다도 급한 발걸음으로 방을 지나 발코니로 나가, 웃음 짓는 얼굴로 숨을 헐떡이며 목소리를 낮추어서 띄엄띄엄 인사를 했다. 그는 긴 여행 끝에 온 것이다. 여러 나라를 통과하고 바다 같은 큰 호수를 넘어, 험한 길을 지나 여기까지 올라왔다. 마치 이때까지 이 곳에 있었던 사람처럼 눈앞에서, 수평 상태에서 몸을 일으킨 사촌으로부터 "잘 왔어?" 하고 환영을 받았다. 요아힘은 야외 생활 때문인지, 여행의 흥분 때문인지 얼굴이 싱싱했다. 그는 어머니가 몸차림을 하는 동안, 다시 현실로 된 지나간 날의 반려자에게 인사하기 위해 자기 방에 발을 들여놓기 전에 34호실로 직행했다. 10분 후에는 물론 식당에서 저녁 식사를 먹기로 되어 있었다. 한스 카스토르프는 이미 저녁 식사를 한 뒤였지만, 함께 무엇을 먹어도 좋고 포도주를 한잔 마셔도 좋다고 말했다. 요아힘은 사촌을 28호실로 끌고 갔다. 그 방에서 한스 카스토르프가 이 위에 도착한 날 밤과 똑같은 일이 벌어졌다. 이번에는 주객이 뒤바뀌었다. 요아힘은 열에 들뜬 사람같이 흥분하여 지껄이면서 번쩍번쩍 빛나는 세면대에서 손을 씻고, 한스 카스토르프는 이것을 지켜보았다. 한스 카스토르프는 사촌이 의외로 일반 신사복을 입고 있어서 다소 실망했다. 사촌의 어디를 봐도 군인이라는 것을 인정할 수가 없었다. 한스 카스토르프는 언제나 장교복 차림, 군복 차림의 사촌을 상상했다. 그 사촌은 다른 어떤 사람들과 다름없는 쥐색의 신사복 차림으로 서 있었다. 한스 카스토르프가 이렇게 말하자 요아힘은 어린애 같다고 말하고는 웃었다. 천만의 말씀, 군복은 집에 두고 왔다. 군복이라는 것을 그렇게 생각하면 곤란했다. 군복은 어디든지 입고 갈 수 있는 성질의 것이 아니었다.

"아, 그렇구나. 설명 고맙습니다." 하고 한스 카스토르프는 군대식 말투를 흉내 냈다. 그러나 요아힘은 자기의 설명에서 실례되는 의미를 전혀 알아채지 못하였고, 그리고 베르크호프의 모든 사람들과 그 상황에 대해서 조금도 뽐내지 않고 고향에 돌아온 여행자의 강한 관심과 감동을 나타내면서 물었다. 이윽고 침센 부인이 연결된 문을 열고 모습을 보였다. 이런 경우에 가끔 사람들이 하는 것처럼 그녀는 이곳에서 조카를 만난 것을 기쁜 듯이 놀라는 얼굴로 인사를 했다. 그 모습은 여행의 피로와 요아힘의 일 때문인지 조용한 슬픔과 우수에 잠겨 있었다. 세 사람은 승강기를 타고 아래에 내려갔다.

마의 산 2

루이제 침센은 요아힘과 마찬가지로 아름답고 검고, 온화한 눈을 가지고 있었다. 검은 머리카락에 백발이 불어나 있었으며, 눈에 거의 띄지 않는 그물로 머리카락을 단정하게 고정하고 있었다. 이 모양은 생각이 깊고, 상냥하고, 침착하고, 부드럽고 착실한 인품, 말하자면 정신적으로는 단순하면서도 기분 좋은 품위를 느끼게 하는 그녀의 인품에 어울렸다. 요아힘은 뺨이 상기된 채로 숨을 헐떡이면서 바쁘게 지껄였다. 고향에 있을 때도 이 위에 오는 도중에도 이런 일은 없었던 모양이었고, 사실 그의 지금의 처지에는 어울리지 않는 태도였다. 침센 부인은 아들의 그러한 태도를 이해할 수 없어 다소 불만스러운 것 같았다. 한스 카스토르프도 어머니의 그 심정을 모르는 것은 아니었다. 이 위로 다시 돌아오게 된 것은 슬픈 일이며, 그녀의 생각으로는 거기에 알맞은 태도를 취해야 했다. 이 위의 비교할 데 없이 가볍고 공허하고 자극적인 공기를 오래간만에 마시자 제 집으로 돌아왔다고 하는 요아힘의 들뜬 기분이 한층 더 일깨워져, 얼근히 취한 기분이 우울한 생각을 모조리 잊게 한 것이었다. 그러나 이 상태를 침센 부인은 이해할 수 없었다. '불쌍한 요아힘'이라고 생각하면서도 그녀는 그 불쌍한 요아힘이 사촌과 흥겹게 대화하며 추억을 차례차례로 이야기하고 여러 가지 질문을 나누고 대답하면서 의자에 몸을 엎드리고 웃는 것을 바라보았다. 부인은 여러 번 "아니, 얘들아!" 하고 꾸짖지 않을 수 없었다. 그리고 그녀가 드디어 "요아힘, 너의 그런 태도를 보는 것은 정말 오랜만이다. 소위로 승진하던 날처럼 다시 기운을 되찾으려면 역시 이 위로 돌아와야 했구나." 하고 말한 것은 기쁘게 들렸어야 할 텐데, 사실은 어이없다는 듯이, 다소 나무라는 듯이 들렸다. 그래서 요아힘의 들뜬 기분이 끝난 것은 물론이었다. 요아힘은 기분이 언짢아져서 생각에 잠기어 아무 말 없었고, 크림을 친 아주 맛있는 식후의 초콜릿 수플레에도 손을 대려고 하지 않았다. 한스 카스토르프는 배부른 저녁 식사 후 겨우 한 시간이 지났을 뿐이었지만, 요아힘 대신 케이크를 먹었다. 요아힘은 마지막에는 눈을 전혀 들려고 하지 않았다. 눈에 눈물이 괴어 있었음이 틀림없었다.

침센 부인이 그런 마음으로 말한 것은 아니었을 것이다. 단지 이곳이 요양원이라는 것을 고려하여 좀 진지한 기분을 가지도록 할 생각으로 그녀는 말했지만, 이 위에서는 적당한 절제 있는 태도는 있을 수 없고 양 극단의 어느 한 편을 선택할 수밖에 없다는 것을 몰랐던 것이다. 그녀는 아들이 완전히 기운을 떨어진 것을 보고 자기도 눈물이 나올 것 같았으나, 침울해진 아들의 기분을 다시 기쁘게 해 주려고 하는 조카의 노력을 고맙게 생각했다. 현재 여기 있는 친구들로 말하면, 요아힘은 여러 가지 변화와 신진대사가 행해진 것을 알았다. 그가 없는 동안, 옛날처럼 여기에 돌아와 있는 사람도 있었다. 가령 왕고모는 동반한 처녀들을 데리고 돌아와 있었다. 그들은 현재도 슈퇴르 부인의 식탁에 앉아 있었다. 마루샤는 여전히 명랑하게 웃었다.

요아힘은 잠자코 있었다. 침센 부인은 조카의 말을 듣고서 여행 중에 만난 어떤 사람이 부탁한 전갈이 생각나서 잊기 전에 말하고자 했다. 홀몸인 데다 눈썹이 무척 진해 보이는데도 호감이 가는 한 부인이 이틀 밤을 기차에서 보내는 중에, 뮌헨에서 침센 부인과 요아힘의 식탁으로 다가오면서 요아힘에게 인사를 했다는 것이었다. "전에 함께 지냈던 환자인 모양인데 요아힘, 네가 좀 말해 주려무나." 침센 부인은 말했다.

"쇼샤 부인이야." 하고 요아힘은 조용히 말했다. 쇼샤 부인은 현재 아는 이의 요양지에 묵고 있는데, 가을에 스페인으로 갔다가 겨울에는 아마 이곳으로 다시 돌아오리라는 것이었다. 부디 안부를 전해 달라는 것이었다.

한스 카스토르프는 이제는 어린아이가 아니었기 때문에, 얼굴을 붉거나 푸르게 하는 혈관 신경의 장난을 억제할 수 있는 힘을 가지고 있었다. 그는 말했다.

"아, 그녀? 알다시피 그녀가 카프카스 산맥 저쪽에서 다시 나온 거로군. 그리고 이제 스페인으로 간다는 건가?"

그 부인은 피레네 산맥의 어떤 지명을 말했다 한다. "예쁜 분이더라. 매력이 있었어. 목소리도 호감이 가고, 태도도 좋더라. 그러나 개방적이고 소홀한 데가 있더구나." 하고 침센 부인이 말했다. "요아힘의 말을 들어 보면 그렇게 친한 사이도 아닌 것 같은데 우리에게 절친한 사이처럼 다정하게 말을 걸고 질문하는 걸 보니 좀 이상하더라."

"동방 사람이고 환자여서 그렇습니다." 하고 한스 카스토르프는 대답했다. 그녀에게 인문주의적 문명의 척도를 갖고 접근해서는 안 된다. 그것은 잘못이다. 그런데 생각나는 것은 쇼샤 부인이 스페인으로 가려고 한다는 것이다. 흠, 스페인, 이것 역시 인문주의적 중용과는 거리가 멀고, 부드러운 쪽이 아니라, 엄격한 쪽에 기울어진 나라다. 스페인은 무형식이 아니라 형식 과다로, 말하자면 형식에 의한 죽음이며 죽음에 의한 분해가 아니라 죽음에 의한 엄격으로, 검정 옷, 고귀, 피비린내 나는 종교 재판, 풀 먹인 주름으로 장식한 것, 로욜라, 에스코리알 궁전이다. 쇼샤 부인이 스페인에서 어떤 감상을 가지게 될는지는 흥미 있는 일이다. 스페인에서는 문을 탕 하고 닫을 용기는 없을 것이다. 그리고 두 개의 비인문적 진영의 조정 같은 것이 행해져서 그녀에게 인간적인 영향을 줄지 모른다. 그러나 동방 사람이 스페인으로 가면, 아주 악의적이고 피비린내 나는 일이 생길지는 모른다.

아니, 한스 카스토르프는 붉어지지도 푸르러지지도 않았지만, 예기치 않던 쇼샤 부인의 소식을 듣고 흥분하여 쉬지 않고 지껄여 대므로 듣는 쪽은 깜짝 놀라 잠자코 있는 수밖에 없었다. 요아힘은 사촌의 명석한 두뇌를 예전부터 알고 있었기 때문에 그다지 놀라지 않았다. 그러나 침센 부인은 눈에 놀란 빛을 보이고, 마치 한스 카스토르프가 아주 실례되는 발언을 했다는 반응을 계속 나타내었다. 한동안 어색한 침묵이 계속된 후에 그녀는 아무렇지도 않은 듯이 그 장면을 마무리하는 말을 하며 테이블에서 일어섰다.

제각기 자기 방으로 돌아가기 전에 한스 카스토르프는 요아힘에게 진찰이 끝날 때까지 내일부터 침대에 누워 있으라는 고문관의 명령을 전했다. 그리고 앞일은 그때 가서 생각하자는 말도 전했다. 그리고 세 사람의 친지들은 발코니로 나가는 문을 열어 놓고 각자 나름의 생각에 잠겨 여름밤 고원의 상쾌한 공기 속에서 잠자리에 들었다. 한스 카스토르프는 쇼샤 부인이 반년 내에 이 위로 다시 돌아올 것이라고 생각했다.

불쌍한 요아힘은 한동안 병후를 정양하는 것이 바람직하다고 하여 다시 이 고향으로 돌아왔다. 한동안 병후를 정양한다는 말은 평지에서도, 이 위에서도 사용되고 있었다. 베렌스 고문관도 요아힘에게 우선 4주간의 침상 생활을 명령하면서 이 말을 사용했다. 심하게 나빠진 부분을 고치고, 새삼 이 위의 기후에 익숙해지며, 체온 상태를 응급으로 조절하는 데만도 4주의 침상 생활이 필요하다는 말이었다. 병후의 정양 기한에 대한 언질을 주는 것은 약삭빠르게 피했다. 총명하며 눈치가 빠르고, 다혈질인 데가 조금도 없는 침센 부인은 요아힘이 누워 있는 침대에서 멀리 떨어진 곳에서 가을이 되면, 10월경이 되면 퇴원할 수 있을 것인가 타진해 보았지만, 베렌스는 그때가 되면 지금보다는 이럭저럭 좋아질 것이라는 대답밖에 하지 않았다. 게다가 베렌스는 침센 부인의 마음에 든 것 같았다. 그는 침센 부인에게 상냥하게 대했고 충혈된 젖은 눈으로 부인을 정중히 쳐다보면서 '사모님'이라고 부르고, 학생 조합원다운 말투를 연발하면서 슬픔에 잠겨 있는 침센 부인을 웃게 했다. "저 애를 안심하고 이곳에 두고 갈 수 있겠습니다." 그녀는 이렇게 말하고 도착한 지 1주일 후에 함부르크로 돌아갔다. 이렇다 할 간호의 필요도 없을 뿐더러 사촌이 곁에 붙어 있기 때문이기도 했다.

"정말이지 잘 되었구나. 가을까지라잖아." 하고 한스 카스토르프는 28호실의 사촌 침대 옆에 앉으면서 말했다. "그 늙은이도 언질을 준 셈이니깐 말이야. 그것을 믿고 기다리면 돼. 10월이라는 것은 참 그런 달이구나. 10월이 되면 여러 사람들이 스페인으로 갈 것이고 자네는 군기 아래로 돌아가 더한층 두각을 나타내게 될 테니 말이야."

요아힘을 위로해 주는 것, 특히 요아힘이 8월에 시작되는 대연습을 이 위에서 보고만 있어야 하는 것을 위로하는 것이 한스 카스토르프의 일과가 되었다. 요아힘은 그 연습에 참가하는 것을 단념할 수 없어, 제일 중요한 때에 쓰러진 것에 대해 거의 자기혐오의 말까지 했다.

"육체의 반항이라는 거야." 하고 한스 카스토르프는 말했다. "자네로서도 별 도리가 없는 거야. 아무리 용감한 장교라 해도 어떻게 손을 쓸 수 없어. 성 안토니우스도 이와 비슷한 말을 했지. 다행히도 연습은 매년 있잖아. 게다가 자네도 이 위의 시간이 어떤 것인지는 알잖아. 시간이라고는 할 수 없는 시간이지. 자네도 그렇게 오래 이곳을 떠나 있지 않았으니까 여기의 템포에 맞추기는 어렵지 않아. 그리고 눈 깜짝할 사이에 병후의 정양이 끝나 버릴 거야."

그러나 요아힘이 평지의 생활에서 경험한 시간 감각의 쇄신은 4주라는 시간을 그다지 무서워하지 않을 정도로 간단한 것은 아니었다. 그러나 주위의 사람들이 그 4주를 지내는 것을 여러 가지로 협력해 주었다. 누구나 요아힘의 단정한 인물에서 느낀 호의는 주위의 사람들이나 그렇지 않은 사람들의 방문 형식으로 나타났다. 우선 세템브리니가 찾아와, 동정과 애교를 보이면서 전에 요아힘을 이미 '소위님'이라고 불렀기 때문에 이번에는 '대위님'이라고 불렀다. 나프타도 방문했고, 베르크호프의 환자들 가운데 전에 친했던 사람들도 요양 근무 사이의 짧은 시간을 이용해 차례로 방문하여, 침대 옆에 앉아 병후의 잠깐 동안의 정양이라는 말을 되풀이하면서 요아힘에게서 그의 불운을 들었다. 여자는 슈퇴르, 레비, 일티스, 클레펠트, 남자는 페르게, 베잘 등이었다. 어떤 사람들은 꽃을 가지고 오기까지 했다. 4주가 끝나자, 요아힘은 걸어 다녀도 좋을 정도로 열이 내려가 침대를 떠나 식당에서 사촌과 마주 앉았다. 테이블 이쪽 구석자리는 전에 야메스 숙부가, 그리고 며칠간 침센 부인도 앉았던 자리였다.

이리하여 두 청년은 전과 마찬가지로 서로 이웃하여 지내게 되었다. 아니, 그뿐인가. 맥도날드 부인이 아들 사진을 손에 쥐고 마지막

숨을 거두자, 마치 예전 생활을 그대로 재현하려는 듯이 요아힘은 한스 카스토르프의 옆방, 즉 이전의 방으로 물론 메틸알데히드로 철저히 소독하고 난 뒤에 옮겨 왔다. 사실대로 말한다면 이번에는 요아힘이 한스 카스토르프의 옆방에서 지내게 된 것이며, 그 반대는 아니었다. 즉 이번에는 한스 카스토르프가 이곳 사람이며 요아힘은 사촌의 생활양식을 한동안 실험적으로 함께하는 것뿐이었다. 중추 신경계의 어딘가가 인문적 상태를 좀처럼 유지하려고 하지 않아 피부의 조정적인 체온 발산을 방해하고 있음에도 불구하고 요아힘은 10월이라는 기한을 한사코 잊지 않으려 했다.

사촌들은 세템브리니와 나프타를 방문했고, 이 싸움 친구인 두 사람과 함께 산책하는 것도 부활시켰으며, 안톤 카를로비치 페르게와 페르디난드 베잘도 가끔 동행하였기에 모두 여섯이 되었다. 그러나 사상적 싸움 친구인 두 사람은 끝날 줄 모르는 토론을 계속했다. 만약 그것을 완전하게 소개하려고 한다면 우리마저 생각하지도 않은 절망적인 무한의 세계에 빠져들어 갈 것은 뻔한 일이다. 두 사람은 매일 몇 사람의 청중을 앞에 두고 논쟁을 벌였지만 한스 카스토르프로서는 그의 불쌍한 영혼이야말로 두 사람의 변증법적 토론의 주요 대상이라고 생각하고 싶었다. 한스 카스토르프는 나프타에게서 세템브리니가 프리메이슨 단원이라는 것을 들었는데, 이 말에는 이탈리아인에게서 나프타가 예수회에 속해 있고 그 단체에 의해서 양육되고 있다는 것을 들은 것과 마찬가지의 인상을 받았다. 정말이지 프리메이슨이라는 것이 존재한다고 듣고 여우에 홀린 것처럼 놀라, 앞으로 몇 년 있으면 창립 2백 년이 되는 이 이상한 제도의 기원과 본질에 대해 테러리스트인 나프타에게서 알아내려고 열심이었다. 세템브리니는 나프타의 정신적 경험에 대해 그것이 어딘지 아주 구식의 시대착오적인 것으로 느끼게 하려고 했다. 그 세계는 과거 자유사상가에 의해 행해진 부르주아적 계몽주의에 대한 시도였고, 이것은 현재에는 불쌍한 망령에 지나지 않는데도 오늘날에도 혁명적 생기에 넘쳐 있다고 하는 이상한 자기기만에 도취하고 있다는 것이었다.

"어떻게 생각하십니까?" 나프타는 말했다. "그의 할아버지가 카르보나리, 즉 독일어로 숯 굽는 사람이었습니다. 그는 할아버지에게서 이성, 인류 진보에 대한 숯 굽는 사람다운 신념과 그리고 고전적, 부르주아적인 이데올로기의 잡동사니 모두를 이어받았습니다. …… 보십시오, 세계를 혼란스럽게 하는 것은 정신의 민첩성과 물질의 터무니없는 둔중, 완만, 퇴영, 고집 사이의 불균형입니다. 이 불균형만으로도 정신이 현실계에 흥미를 조금도 가지려 하지 않는 것은 당연하다고 인정하지 않을 수 없습니다. 왜냐하면 현실계의 혁명을 초래하는 발효 물질이 정신에게는 오래전에 구토증을 느끼게 하는 것이 되었기 때문입니다. 살아 있는 정신이 볼 때 이미 생명을 잃은 정신 같은 것은, 가령 현무암보다도 더 어리석은 것입니다. 그러한 현무암보다도 못한 존재는 정신이 이미 오래전에 졸업한 과거 현실의 잔재인 것입니다. 정신은 거기에다 현실이란 개념을 결부시키는 것조차 거부하고 있습니다. 그러나 그것은 멍청하고 무감각하게 계속 존재하여, 광기를 띤 것이 자신이 얼마나 제정신이 아닌지 느끼지 못하는 웃지 못할 사태를 초래합니다. 나는 일반적인 이야기를 하고 있습니다만, 당신은 내가 한 말을 저 인문주의적 자유사상가에 맞추어 적용하는 법을 알 것입니다. 지배와 권력에 대해 지금도 영웅적 입장에 있다고 믿는 그에게 말입니다. 아, 그리고 자유사상가가 자신의 진가를 입증하려고 대망하는 저 파국은 무엇입니까! 그가 준비하고 있으며 언젠가 실현시키려고 꿈꾸고 있는, 시대에 뒤떨어진 장엄한 승리는 무엇입니까! 만일 그러한 파국에서 승리자와 수혜자로 출현하는 것을, 즉 낡은 세계와 미래의 세계를 스스로 융합시켜 참된 혁명을 실현시키는 산 정신이라는 것을 모른다면, 그러한 이념만으로도 산 정신의 소유자에게는 아주 끔찍하면서도 지긋지긋할 것입니다. 그건 그렇고, 한스 카스토르프 씨, 사촌은 어떻습니까? 당신도 알다시피 나는 그에게 호의를 느끼고 있습니다."

"고맙습니다, 나프타 씨. 사촌에게는 모두가 호의를 갖는 것 같습니다. 누가 보든지 저렇게 훌륭한 청년이니까 말입니다. 세템브리니 씨도 사촌의 직업에 포함된 광신적인 테러리즘에는 물론 반대겠지만, 사촌에 대해서는 호의를 느끼는 것 같습니다. 그런데 세템브리니 씨가 프리메이슨 단원이라고 들었습니다. 아니 정말, 놀라지 않을 수 없습니다. 그 사람이 지금까지와 달리 보이고 여러 가지 일이 확실해지기도 합니다. 그 사람도 가끔 두 다리를 직각으로 벌리고 악수에 특별한 의미를 포함시키는 것일까요? 나는 그런 것은 여태까지 한 번도 몰랐습니다마는……."

"우리의 존경하는 심문관은 그런 어린애 같은 일에는 초월해 있을 겁니다. 내 생각으로는 프리메이슨 의식도 근대 부르주아지의 더욱 산문적인 정신에 겨우 순응하는 것입니다. 단원들은 이전의 의식을 비문명적인 속임수라고 부끄러워할 것입니다. 그것도 틀린 생각이라고는 할 수 없습니다. 무신론적 공화주의를 신비주의처럼 분장하는 것은 어쩌면 부끄러운 노릇이니까요. 세템브리니 씨가 어떤 방법으로 담력 떠보기를 통과했는지 나도 모르겠습니다. 눈을 감고 여러 복도를 끌려다니다가 어두운 방에서 기다린 뒤에 반사 광선에 채워진 본부 홀에서 눈가림을 풀었을까요? 아니면 엄숙한 비밀 결사 문답을 받고 해골과 세 개의 촛불 앞에서 벌거숭이 가슴에 칼을 번쩍였을까요? 당신이 직접 그에게 물어보아야 할 것입니다. 아마 그는 말하려고 하지는 않을 것입니다. 왜냐하면 의식이 좀 더 부르주아풍으로 행해졌을지라도, 그는 침묵을 서약했을 것이니까요." 하고 나프타가 대답했다.

"서약했습니까? 침묵을요? 그러면 역시?"

"그렇습니다, 침묵과 복종을."

"복종까지도……. 그 말을 들으니 세템브리니 씨는 내 사촌의 직업에 대해 열광주의와 일종의 테러리즘을 가지고 있다고 비판할 수는 없다고 생각됩니다. 침묵과 복종! 나는 세템브리니 씨 같은 자유 사상가가 그런 완전히 스페인적인 규약과 선서에 복종한다는 것은 생각도 못 했습니다. 나는 프리메이슨단에는 정말 무언가 군대적이고 예수회적인 데가 있다고 느껴집니다."

"당신이 그렇게 느끼는 것은 전적으로 옳습니다. 당신의 마법 지팡이는 철썩 움직여서 광맥을 찾아냈습니다. 단(團)이라는 개념 그 자체가 벌써 절대적인 것이라는 개념과 긴밀히 연결되어 있습니다. 따라서 그 개념은 테러리즘적이고 반자유주의적입니다. 그것은 개인의 양심에서 무거운 짐을 벗어 버리고 절대 목적이라는 이름 밑에, 어떠한 수단, 피비린내 나는 수단, 범죄라도 시인합니다. 이전에 프리메이슨단에서 단원의 선서가 상징적인 의미에서 피를 가지고 행해졌다고 믿을 수 있는 이유가 있습니다. 무릇 모든 결사는 정관적인 것이 될 수 없으며, 본질적으로 절대정신에 기반을 둔 조직이 되는 것이 일반적입니다. 한동안 프리메이슨단과 거의 하나로 융합했던 계명 결사의 창시자도 한때 예수회 수사였다는 것을 모르셨는지요?"

"네, 물론 처음 듣습니다."

"아담 바이스하우프트는 인도적 비밀 결사를 예수회와 똑같은 모델에 따라 조직하였습니다. 그 자신은 프리메이슨 단원이었는데, 당시의 유명한 프리메이슨 단원은 계명 결사원이었습니다. 내가 말하는 것은 18세기 후반의 일입니다. 세템브리니 씨는 그의 결사 시대를 부패의 시대라고 주저 않고 당신에게 묘사할 것입니다. 사실은 그 시대는 결사의 가장 찬란한 시대로, 일반적으로 비밀 결사의 전성기였습니다. 그 시대에 프리메이슨이 정말로 훌륭하다고 할 수 있는 활동을 시작했습니다. 그 후 그 활동도 우리들의 저 박애주의자인 체하는 사람들의 손에 소탕되고 말았습니다. 세템브리니 씨도 그 당시에 살고 있었다면 프리메이슨단의 예수회적 경향과 비계몽주의를 비난한 사람 중의 한 사람이 되었을 것입니다."

"거기에는 그럴 만한 이유가 있었을 것이 아닙니까?"

"그렇지요, 그렇다고도 말할 수 있을 겁니다. 저속한 자유사상에도 거기에 상응하는 이유는 있었습니다. 그 시대는 우리 신부들이 프리메이슨에 가톨릭적 교권주의를 도입하려고 한 시대로서 프랑스의 클레몽에서는 예수회에 속하는 프리메이슨이 성했습니다. 또 장미십자회의 사상이 프리메이슨단에 흘러들어간 시대이기도 합니다. 이것은 정말로 이상한 결합으로 정치적이고 사회적인 개선과 행복 증진이라는 순전히 합리적 목표에 동양의 인도와 아라비아의 비교 그리고 몽상적인 자연 인식에 기반을 둔 기묘한 교리가 도입된 것이라고 생각하여도 좋습니다. 그 당시 '계율 엄수'라는 의미에서 프리메이슨의 많은 지부의 개혁과 수정이 행해졌습니다. 이것은 완전히 비합리적, 신비적, 몽상적, 비교적 정신인데, 스코틀랜드의 프리메이슨 의식이 이 정신으로 만들어진 것입니다. 이것은 도제, 동료, 마스터라는 옛날의 군사적인 계급제에 토대를 두고서, 그랜드 마스터라는 새로운 계급이 첨가된 것으로서 장미십자회의 연금술적 비교주의에 가득 찬 위계적 영역에 닿아 있습니다. 이것은 중세 기사들의 종교적 질서에, 특히 성당기사단에 그 기원이 되돌아가는 문제가 되었습니다. 당신도 알고 계시겠지만, 예루살렘 신부들의 면전에서 청빈, 순결, 복종을 맹세한 그들이 부활한 것입니다. 오늘날에도 프리메이슨 고위층은 '예루살렘 대공'이라는 칭호를 가지고 있습니다."

"금시초문입니다. 정말 처음입니다, 나프타 씨. 나는 세템브리니 씨의 속임수를 알 것 같습니다. '예루살렘 대공'이라, 나쁘지 않은데요. 당신이 한번 그 사람을 농담으로 그렇게 불러 보세요. 그 사람도 일전에 당신에게 '천사 박사'라는 별명을 증정하였으니까, 그 원수를 갚을 필요가 있습니다."

"아니, 계율 엄수라는 대 성당기사단의 고위 계급에 붙이는 어마어마한 칭호가 이 밖에도 많이 있습니다. 완전한 스승, 동방의 기사, 대사제장이 있고, 31번째 계급은 '왕가의 신비로운 고귀한 대공'이라고까지 부릅니다. 보시다시피 이 칭호들은 모두 동양의 신비주의와 관계가 있다는 것을 암시합니다. 성당기사단의 부활 그 자체가 벌써 그러한 관계가 성립되었다는 것을 의미합니다. 즉 합리적이고 실리적인 사회 개선이라는 이데올로기의 세계에 비합리적인 발효 물질이 들어온 것을 의미하지요. 이로 말미암아 프리메이슨이 새로운 매력과 광채를 띠어 그 당시 많은 단원을 획득한 것도 수긍이 갑니다. 그 세기의 이성 편중과 인도적 계몽주의와 합리주의에 싫증을 느껴 더 강한 목표에 굶주린 사람들 모두를 프리메이슨으로 끌어들였던 것입니다. 프리메이슨의 성공이 눈부셨기 때문에 속인들은 세상 남편들이 가정의 행복과 부인의 고마움을 잊어버렸다고 개탄했던 것입니다."

"아니, 교수님. 그렇다면 세템브리니 씨가 프리메이슨의 그 화려했던 시대를 상기하고자 하지 않는 것은 당연하군요."

"그렇고말고요. 자유사상, 무신론, 백과사전적 이성이 보통 교회, 가톨릭, 수도사, 중세에 대해 품고 있었던 모든 반감의 대상이 바로 프리메이슨 협회였던 시대가 있었다는 것을 세템브리니 씨는 상기하고 싶지 않을 것입니다. 당신은 프리메이슨이 한때 반계몽주의라는 비난을 받은 것을 들은 일이 있으신지요."

"왜 그럴까요? 그 이유를 자세히 듣고 싶습니다."

"기꺼이 말씀드리지요. 계율 엄수는 수도회 전통의 심화와 확장, 즉 수도회의 역사적 근원을 중세의 신비적 세계, 이른바 암흑시대로 거슬러 올라가 부활시키는 것과 같은 의미를 갖는 것이었습니다. 프리메이슨 지부의 지부장은 신비적 자연 인식에 정통한 사람, 마술적 자연 인식의 소유자, 대체로 위대한 연금술사에 의해 점령되어 있었습니다."

"있는 힘을 다해서 깊이 생각해 보아야 하겠습니다. 연금술이란 대체 어떤 것입니까? 즉 황금을 만드는 것인지요. 현자의 돌, 마시는 황금?"

"그렇습니다. 좀 학문적으로 말한다면 물질의 정련, 물질의 변화와 순화, 더 고귀한 것으로의 화체, 즉 승화입니다. 현자의 돌, 유황과 수은으로부터 양성적 산물, 양성적 물질, 양성적 최고 물질이라는 말에 의해 표현되는 것은 외부적 영향에 의한, 향상 정련의 원리에 불과합니다. 마술적 교육이라고도 말할 수 있습니다."

한스 카스토르프는 말이 없었다. 그는 눈을 깜빡이면서 비스듬히 위를 쳐다보았다.

"연금술적 변형의 상징은 무엇보다도 묘혈이었습니다." 하고 나프타는 계속했다.

"묘혈이라면 무덤 말입니까?"

"그렇습니다. 부패와 분해의 장소입니다. 묘혈은 모든 비전 연금술의 정수, 물질이 마지막 변형과 순화를 하는 용기, 밀봉된 수정의 증류기에 지나지 않습니다."

"비전 연금술이란 좋은 표현인데요, 나프타 씨, 전부터 내가 좋아하던 단어입니다. 여러 가지 모호한 연상을 시키는 정말 마술적인 말입니다. 이런 말을 해도 괜찮을까 생각합니다만, 그 말을 듣고 함부르크의 우리 집에 있는 가정부, 샬렌이라고 하는데, 샬렌 양도 아니고 그냥 샬렌입니다만……, 이 샬렌이 식료품실 선반 위에 즐비하게 늘어놓은 저장용 유리병을 생각하지 않을 수 없습니다. 밀봉된 유리병인데 과일과 고기류 그리고 기타 모든 것이 들어 있습니다. 1년 내내 선반 위에 나란히 있어, 필요에 따라 열어 보면, 안의 것은 정말 아직도 신선하고 처음 그대로여서, 세월의 흐름에도 아랑곳하지 않아 바로 먹을 수 있는 상태입니다. 물론 이것은 연금술도 순화도 아니고 단순한 저장이며, 그래서 저장용 유리병이라고 부르는 것입니다. 그러나 마술 같은 점은 밀봉된 것이 시간의 영향을 받지 않고, 시간의 영향에서 밀봉되어 시간의 옆을 슬쩍 지나간다는 것입니다. 보존된 것은 시간을 가지지 않고, 말하자면 시간 바깥에 나란히 있습니다. 아니, 저장용 유리병의 얘기는 그만합시다. 별로 대단한 것이 아닙니다. 미안하지만, 아직도 좀 더 가르쳐 주시려는 것으로 알고 있는데요."

"그렇게 바라신다면……. 무릇 제자는 지식욕에 불타고 용감해야 합니다. 우리들이 이야기하고 있는 대상의 말투를 흉내 내면 말입니다. 묘혈, 무덤은 언제나 입단식의 중요한 상징이었습니다. 제자, 즉 지식 세계로 들어가기를 갈망하는 초심자는 무덤의 공포에 떨면서 용기를 증명해야 했습니다. 수도회의 관습에 따라 지망자는 시험의 의미로 무덤 속으로 끌려가 머무른 뒤, 알 수 없는 단원의 안내로 무덤에서 나옵니다. 수도 지원자가 걸어가야 하는 복잡한 복도, 어두운 둥근 천장, 그리고 '계율 엄수' 본부의 홀에 둘러쳐진 검은 휘장, 그리고 입단식과 집회에 중요한 역할을 하는 관(棺)의 예배는 모두 그러한 목적을 가지고 있습니다. 제자, 즉 생명의 신비에 굶주려 매력적인 체험 능력이 각성되도록 갈망하는 젊은 수도 지원자는, 비의의 그림자에 불과한 복면을 한 사람들에게 인도되는 것입니다."

"정말로 감사합니다. 나프타 교수님, 멋진 말씀이었습니다. 그것이 바로 연금술적 교육이군요. 거기에 관해서 들을 수 있었던 것도 나쁘지 않습니다."

"물론입니다. 특히 최후의 것, 초감각적인 절대적 인식으로 인도, 이로 인해 비의로 도달하게 하는 것이기 때문에, 집회의 연금술적인 계율 엄수는 최근 몇 년 동안, 많은 훌륭한 구도자를 그 목표로 인도했습니다. 그 목표를 여기서 말할 필요는 없을 것입니다. 왜냐하면 스코틀랜드의 계급이 성직단의 대용품이라는 것이라든지, 프리메이슨 지도자의 연금술적 지식이 변화의 비의 속에서 실현되는 것이라든지, 집회가 수도 지원자들에게 주는 비밀스러운 지도가 역시 우리들의 신성한 가톨릭교회의 은총 수단에서 볼 수 있는 것이라든지, 대집회 의식의 상징성을 가톨릭교회의 전례(典禮)와 건축의 상징에서 볼 수 있다는 것 등은 당신도 이미 깨달은 바 없지는 않았을 것입니다."

"아, 그렇군요."

"그러나 그것이 전부는 아닙니다. 아까도 암시했습니다만, 프리메이슨의 집회 제도가 성실한 석공 조합에서 탄생했다고 생각하는 것은 역사적인 피상적 견해입니다. 계율 엄수의 일파는 적어도 집회 제도의 기원에 훨씬 깊은 인간적인 근거를 주었습니다. 프리메이슨 집회의 비밀은 우리 가톨릭교회의 어떤 비의와 마찬가지로 원시 인간의 제전적 비사와 신성한 방일(放逸)과 확실한 관계를 가지고 있습니다. 내가 가톨릭교회의 어떤 비의라고 부르는 것은 만찬과 애찬(愛餐), 육체와 피의 성만찬을 가리키는 것이지만, 프리메이슨의 경우는……."

"잠깐만요. 잠깐만 주석을 달게 해 주십시오. 나의 사촌이 속해 있는 절대적인 집단생활에도 이른바 애찬이라는 것이 있습니다. 사촌은 거기에 대해서 편지에 써서 보내 왔습니다. 물론 조금 취하는 일은 있지만 아주 예의가 발라 학생 조합의 연회만큼 탈선하지는 않는다고 합니다."

"프리메이슨의 경우에는 내가 아까 당신에게 주의를 촉구한 것처럼 무덤과 관의 예배가 있습니다. 교회와 프리메이슨이 목표로 삼는 것은, 최후의 궁극적인 것을 상징하려는 열광적인 원시 종교의 요소로, 사멸과 생성, 죽음과 변용과 부활을 찬미하는 방종한 암야의 예배입니다. 당신도 알고 계시지요? 이시스의 비의도 엘레시우스의 비의도 밤이 되어 어두운 동굴 속에서 행해졌습니다. 그렇습니다. 프리메이슨의 제도에는 이집트 제전의 흔적이 많이 남아 있어서, 그 비밀 결사 속에는 엘레시우스 대집회라고 부르는 것도 여러 개 있습니다.

엘레시우스의 비의와 아프로디테의 신비의 제전에는 마침내 여자도 한몫 담당하게 되었습니다. 이것이 장미 제전으로, 프리메이슨 단복에 다는 장식에서 볼 수 있는 세 송이의 푸른 장미는 그것을 상징하며, 그 제전은 주신의 축제 소동으로 끝난다고 합니다."

"아니, 그건 무슨 말씀입니까, 나프타 교수님. 모두가 프리메이슨에 대한 것이 아닙니까? 난 이 모든 것을 저 두뇌 명석한 세템브리니 씨와 결부시켜 생각한다는 것은……."

"당신이 하려는 것은 그에게는 큰 부정의입니다. 아니, 세템브리니 씨는 그런 것에 관해서는 전혀 모르고 있습니다. 아까 말씀드린 대로 결국 후일에 세템브리니와 같은 사람들이 더욱 높은 생명의 요소를 남김없이 청산했습니다. 프리메이슨은 문명화, 근대화된 것입니다. 유감스럽게도 옛날의 오류로부터 실리, 이성, 진보로, 왕과 신부와의 투쟁으로, 즉 사회적 행복 실현으로 되돌아가 다시 자연, 덕, 절제, 조국을 논하게 되었습니다. 장사도 논하게 되었다고 나는 생각합니다. 한마디로 말해 클럽의 형태를 가진 부르주아적 비참함입니다."

"장미 제전이 없어진 것은 유감천만인데요. 나는 세템브리니 씨가 그런 것을 전혀 모르는지 어떤지 물어보겠습니다."

"그 사람은 목수가 쓰는 자같이 정직한 기사입니다." 하고 나프타는 비웃듯이 말했다. "그가 인류 신전의 공사장에 들어가는 것이 어렵다는 것을 잘 생각할 필요가 있습니다. 왜냐하면 그는 빈털터리지만, 인류 신전의 공사장에서는 높은 교양, 인문적 교양이 요구될 뿐만 아니라, 잘 들으십시오, 자산 계급의 일원이라는 것도 요구됩니다. 적지 않은 가입비와 회비를 납부할 수 있어야 하기 때문입니다. 교양과 자산, 이것이 부르주아지입니다! 이것은 자유주의적 세계 공화제의 초석입니다!"

"물론이지요." 하고 한스 카스토르프는 웃으면서 말했다. "초석이 완전히 우리 눈앞에 드러난 셈이군요."

"그런데 말입니다." 하고 나프타는 잠시 쉰 다음 덧붙였다. "나는 당신에게 그 인물과 그 인물의 작업을 경시하지 말도록 충고하고 싶습니다. 이렇게 해서 그의 사정에 대해 당신과 이야기를 나누었기 때문에 부탁하는 바입니다만 주의를 게을리하지 말아 주십시오. 저속한 것이라고 해서 반드시 위험하지 않다고는 할 수 없습니다. 천박한 것이 반드시 해가 없는 것이라고 말할 수 없습니다. 그들은 한때 강렬했던 포도주를 많은 물로 탔습니다만, 프리메이슨의 이념 그 자체는 지금도 여전히 강렬해서 많은 물을 탄 오늘날에도 꿈쩍하지 않습니다. 그것은 지금도 역시 풍요한 비밀의 여운을 남기고 있고, 프리메이슨의 각 집회가 세상의 움직임에 영향력을 가지고 있다는 것, 또 저 상냥한 세템브리니 씨를 한 사람의 세템브리니 씨라고만 생각해서는 안 된다는 것, 그의 배후에는 권력이 대기하고 있으며 그는 그 권력의 동지이며 밀사라는 것은 의심할 여지가 없습니다."

"밀사라고요?"

"그렇고말고요. 개종 권유자, 영혼의 사냥꾼입니다."

그렇다면 '당신은 어떤 밀사란 말인가?' 하고 한스 카스토르프는 생각했다. 그는 말했다.

"감사합니다, 나프타 교수님. 주의와 경고를 진심으로 고맙게 생각합니다. 그런데 어떻습니까? 나는 이제부터 계단을 한 층 더 올라가, 위의 것을 방이라고 할 수 있다면 말입니다만, 그 방의 복면을 한 비밀 결사원의 속셈을 정탐하려고 생각합니다. 제자는 지식욕에 불타 용감해야 합니다. 물론 주의도 해야 하지만…… 밀사를 상대로 하려면 대단한 주의가 필요하다는 것은 두말할 필요가 없습니다."

한스 카스토르프는 세템브리니한테서 여러 가지 이야기를 사양하지 않고 들었다. 세템브리니도 입이 가벼운 점에 있어서는 나프타를 탓할 형편이 못 되어서, 그 조화를 이룬 결사에 속해 있다는 것을 그다지 숨기려고 하지는 않았다. 《이탈리아 프리메이슨 일람》이 테이블 위에 펼쳐진 채로 놓여 있었다. 단지 한스 카스토르프가 이때까지 그것에 주의하지 않았을 뿐이었다. 한스 카스토르프는 나프타에게서 방금 듣고 알았으면서도, 세템브리니가 그것과 관계가 있는 것을 전부터 믿어 의심치 않았다는 듯한 얼굴을 하고 대단한 술수라고 말하자, 세템브리니는 다소 경계했다. 그 점에 대해 문필가는 말하지 않으려고, 거드름을 피우며 입을 다물었다. 이것은 나프타가 말한 테러리즘적인 선서와 그리고 프리메이슨이라는 이상한 조직 내의 외면적 관습과 세템브리니 자신의 지위에 관한 비밀주의 때문임이 틀림없었다. 그 밖의 것에 관해서는 웅변을 토하였고 그리고 지식욕에 불타는 청년에게 결사의 세력에 대해, 전 세계에 2만이 넘는 지부와 150개의 대지부를 가져 심지어 아이티나 라이베리아 같은 흑인 공화국들의 문명에도 단원을 가지고 있다고 말했다. 그는 또 전에 프리메이슨 단원이었던 사람들, 지금도 그러한 사람들의 유명한 이름을 자랑삼아 열거하면서 볼테르, 라파예트, 나폴레옹, 벤저민 프랭클린, 워싱턴, 마치니, 가리발디의 이름과, 생존자로는 영국 국왕, 그 밖에도 유럽 제국의 운명을 장악한 몇 사람의 인물, 정치나 의회의 유명한 사람들의 이름을 들었다.

한스 카스토르프는 경의를 표시했지만 놀라지는 않았다. 학생 조합도 똑같은 것이라고 그는 생각했다. 학생 조합원도 평생토록 서로 손을 맞잡고, 조합원의 자리를 주선해 주는 법을 배웠으며, 조합에 가입되어 있지 않은 사람은 관계, 종교계에서 출세하기가 어려울 정도였다. 따라서 유명한 사람들이 프리메이슨에 속해 있는 것이 단에게 명예로운 일인 것처럼 세템브리니 씨가 말한 것은 생산적 이치에 맞는다고는 할 수 없었다. 왜냐하면 그러한 중요한 지위가 프리메이슨 단원으로 점령되어 있는 것은 세템브리니 씨의 말과는 반대로 오히려 프리메이슨의 세력이 강함을 증명하는 것이며, 결사는 세템브리니 씨가 입 밖으로 말하는 이상으로 세계의 움직임에 영향력을 가지고 있음이 틀림없었다.

세템브리니는 미소 지었다. 그는 손에 쥐고 있던 작은 책자 《프리메이슨》을 부채 대신 부쳤다. 그럴 듯하게 함정을 파는 것이 아닌가? 프리메이슨의 정치적 경향, 본질적으로 정치적인 정신에 대해 지각 없는 발언을 시키려고 하는 것인가?

"아무리 그래도 소용없는 짓입니다. 엔지니어! 우리는 공공연히 분명하게 정치를 표방하고 있습니다. 다른 나라에는 거의 없는 당신

나라의 특산인 어떤 바보는 정치라는 명칭에 결부된 것을 증오하지만, 우리들은 이것을 전혀 무시하고 있습니다. 인류의 친구는 정치와 비정치 사이의 구별은 전혀 인정하지 않습니다. 모든 것이 정치입니다."

"모든 것이 말입니까?"

"프리메이슨의 사상은 원래부터 비정치적이라는 것을 지적하면서 의기양양해하는 사람들이 있다는 것은 나도 잘 알고 있습니다. 그러나 그것은 말장난일 뿐으로, 그러한 사람들이 하는 구별은 공상적이고 무의미하다는 것을 인정해야 할 때가 되었습니다. 첫째로, 적어도 스페인 지부는 처음부터 정치적 색채를 나타냈습니다."

"그것은 이해할 수 있습니다."

"당신이 잘 이해할 수는 없습니다. 엔지니어, 처음부터 잘 이해했다고 생각하지 말고 내가 지금부터 두 번째로 당신에게 알기 쉽게 말하는 것을 받아들여 나름대로 이해해 보십시오. 그것은 당신 자신의 이해관계에서 당신의 나라와 유럽의 이해관계를 위해서도 부탁드리고 싶습니다. 그러면 두 번째로 프리메이슨의 사상은 어느 시대에나 비정치적이었던 일은 없고, 비정치적일 수 없었습니다. 프리메이슨의 사상이 자기 스스로를 비정치적이라고 생각한 일이 있었다면, 그것은 자신의 본질을 인식하지 않는 것입니다. 우리 단원은 무엇이겠습니까? 하나의 건축물을 세우려는 건축가이고 조수입니다. 우리 단원 모두의 목적은 오직 한 가지로 모든 인간의 최고 행복이라는 것이 단결의 원칙입니다. 그리고 그 최고 행복, 그 건축물이란 어떤 것이겠습니까? 법칙에 합치된 사회 건설, 인류의 완성, 새로운 예루살렘입니다. 이 목적에 있어 정치와 비정치의 구별이 대체 무슨 소용이 있겠습니까? 사회 문제, 인류 공존의 문제 그 자체가 이미 정치이며, 어디까지나 정치이고 정치 외에 아무것도 아닌 것입니다. 이 문제에 몰두하는 사람은 그리고 이 신성한 책무에 몰두하지 않으면 인간이라는 이름에 해당하지 않을 것입니다만, 내치와 외교의 어느 쪽이든 정치에 종사하는 사람으로서, 프리메이슨의 술수가 통치술이라는 것을 이해하고 있는 사람입니다."

"통치술……."

"프리메이슨이었던 계명 결사원 가운데서도 통치자 계급이 있었던 것으로 압니다."

"멋진 말씀입니다, 세템브리니 씨. 통치술, 통치자 계급 둘 다 마음에 들었습니다. 그런데 한 가지 가르쳐 주십시오. 당신은 그리스도교도입니까? 당신 지부에 속하는 모든 사람들은?"

"이건 또 무슨 말이오!"

"실례했습니다. 다른 형태로 물어보지요. 더 일반적으로, 더 단순하게요. 당신들은 신을 믿습니까?"

"대답하겠습니다. 그런데 어째서 당신은 그것을 묻습니까?"

"당신을 시험해 볼 생각으로 물어본 것은 아닙니다. 그러나 성서에도 그러한 이야기가 실려 있습니다. 어떤 사람이 로마의 화폐로 예수를 시험하려 하자 예수는 황제의 것은 황제에게, 신의 것은 신에게 바치라고 대답했다 합니다. 나는 그런 구분법이 정치와 비정치의 사이에도 있을 것이라고 생각합니다. 신이 존재한다면 그러한 구분도 존재할 것입니다. 프리메이슨 단원은 신을 믿습니까?"

"나는 대답하겠노라 약속했습니다. 당신은 우리들이 실현하려는 통일 문제에 언급하고 있습니다. 그 통일은 식자들에게 정말 유감이지만, 오늘날까지 아직 실현되지 않았습니다. 프리메이슨 단원의 세계적 단결은 아직 존재하지 않습니다. 이 통일은 실현될 것입니다. 되풀이하여 말씀드립니다만 이 사업을 완성하려고 우리는 아주 조심스럽게 끈질긴 노력을 기울이고 있습니다. 그리고 의심할 여지없이 우리의 신조로 통일할 것입니다. 그것은 바로 '악을 말살하라' 입니다."

"강제적으로 말입니까? 그것은 아무래도 관용적이라고 할 수 없는데요."

"당신은 아직 관용이라는 문제를 취급할 만한 정도에 이르지 못했습니다, 엔지니어. 좌우간 마음에 새겨 두십시오. 악에 대해 관용을 베푼다는 것은 죄악입니다."

"그렇다면 신이 악인가요?"

"형이상학은 모두 악입니다. 왜냐하면 형이상학은 우리들이 완전한 사회라는 전당을 건립하기 위해 바쳐야 하는 노력을 잠들게 하는 것 외에 별 소용이 없기 때문입니다. 그렇기 때문에 프랑스의 대 오리엔트 집회는 30년 이전에 솔선해서 회의 모든 간행물에서 신이란 이름을 삭제하여 버렸습니다. 우리들 이탈리아인도 이 예를 따랐습니다."

"정말 가톨릭적이군요!"

"그 말씀은……."

"신을 삭제하다니, 참말로 가톨릭적이군요!"

"당신이 말하려는 것은……."

"들을 만한 것이 못 됩니다, 세템브리니 씨. 내가 두서없이 지껄이는 것에 너무 신경 쓰지 마십시오! 나는 순간적으로 느꼈을 뿐입니다. 무신론 자체가 지극히 가톨릭적인 데다가, 한층 더 가톨릭적으로 되려 하니 신을 삭제할 수밖에 없는 것 아닌가 하고요."

여기에 대해 세템브리니 씨는 한동안 잠자코 있었지만, 그것은 교육자적인 고려에 지나지 않는 것이 분명했다. 그는 적절하게 잠자코 있다가 대답했다.

"엔지니어, 나는 당신의 신교 신앙을 흔든다든지 해를 입히려는 생각은 추호도 없습니다. 우리들은 관용에 대해 말했습니다. 내가 신교에 대해 관용의 정신을 가지고 있을 뿐만 아니라, 양심 구속에 대한 역사적 반대자로서 신교에 깊은 경의를 표시하고 있다는 것은 새삼 강조할 필요도 없습니다. 인쇄술의 발명과 종교 개혁은 중부 유럽이 인류를 위해 이룩한 두 개의 찬란한 공적이라는 것은 언제나 변하지 않는 사실입니다. 물론입니다. 그러나 아까 당신이 말한 것으로 미루어 보아, 그것은 문제의 일면이고 다른 일면도 있다고 내가 말한 것을 당신이 잘 이해해 주시리라 믿습니다. 신교에는 어떤 요소가 숨겨져 있습니다. 종교 개혁자의 인품 자체에 이미 그 요소를 숨기고 있습니다. 내가 말하는 것은 유럽적이지 않은 감상성, 몽환적 자기 최면이라는 요소로서, 활동적인 유럽의 생활 원리와는 낯설고 대립적인 요소입니다. 그의 초상, 루터의 초상을 보십시오! 청년 때, 노년 때, 어느 초상이든 보십시오! 얼마나 이상한 머리 모양, 이상한 광대뼈, 이상한 눈의 위치입니까! 저것은 아시아적입니다. 벤드족, 슬라브인, 사르마티아인의 피가 섞여 있지 않다면 이상합니다. 정말 이상하지만 아무도 부정하지 않는 것은 저 인물의 거대한 모습이 당신 나라에서 겨우 균형을 유지하고 있는 두 요소의 한쪽에 숙명적 무게를 둔 것을 의미하며, 아시아적 요소가 무게를 더하여 유럽적 요소가 저울에서 공중으로 튀어 올라가고 있다는 것입니다."

세템브리니 씨는 제자에게 더 다가가기 위해, 창가의 인문적 사면 책상에서 물병을 얹은 원탁 옆으로 걸어갔다. 한스 카스토르프는 벽가에 있는 팔걸이 없는 안락의자에 앉아, 무릎 위에 팔꿈치를 얹고 턱을 손으로 괴었다.

"친구!" 하고 세템브리니는 이탈리아어로 말했다. "친애하는 친구! 결단을 내릴 때입니다. 유럽의 행복과 장래에 있어서 중대한 의의를 갖는 결단을 내려야 합니다. 그리고 이 결단은 당신 나라의 손에 의해 행해집니다. 그 결단으로 인해 당신 나라의 영혼은 결실을 맺을 것입니다. 동방과 서방 사이에 놓인 당신 나라가 서로 싸우고 있는 두 개의 세계 중의 어느 것을 택할 것인가를 진정으로, 최종적으로, 의식적으로 결정해야 할 것입니다. 당신은 젊습니다. 당신은 그 결단에 관여하게 될 것이며, 그 결단에 영향을 미치게 될 것입니다. 그런 의미에서 우리의 운명을 축복합시다. 당신이 이 비참한 장소에 밀려 들어와서, 그다지 미숙하거나 무력하다고는 할 수 없는 내 말이 당신의 부드러운 젊음에 영향을 미치고, 당신의 젊음, 당신네 나라가 세계의 문명에 입고 있는 책임을 당신에게 느끼도록 하게 한 운명을……."

한스 카스토르프는 주먹에 턱을 괴고는 지붕 아래 창으로 밖을 바라보았다. 그 단순한 눈에는 어떤 반항의 빛이 나타났다. 그는 잠자코 있었다.

"당신은 잠자코 계시는군요." 하고 세템브리니 씨는 감동하여 말했다. "당신네 나라, 당신들은 친해질 수 없는 무조건적인 침묵, 어떤 비평도 그 침묵의 불투명한 깊이를 알아볼 수 없는 침묵을 따르고 있습니다. 당신들이 말을 좋아하지 않는 건지, 말이 없는 건지, 또는 무뚝뚝하게 말을 신성화하려는 건지, 말을 사랑하는 사람은 당신들을 어떻게 대해야 할지 모르며 알 수도 없습니다. 이것은 위험한 일입니다. 언어는 문명 그 자체입니다. 말은 아무리 모순적이라 할지라도 지극히 결합적입니다. 이와는 반대로 무언은 고독하게 합니다. 우리들은 당신이 그 고독을 행동으로써 타개하려는 것이 아닌가 하고 추측하고 있습니다. 당신은 사촌인 자코모 씨(세템브리니 씨는 요아힘을 부르기 쉽게 언제나 '자코모'라고 불렀다)를 당신의 침묵 앞에 세워 보십시오. 그러면 그는 '칼을 휘둘러 두 사람을 쳐부수고 다른 사람들은 도망갈' 것입니다."

한스 카스토르프는 웃고 세템브리니 씨도 그의 조형적인 말의 효과에 순간 만족을 느끼고 미소 지었다.

"좋습니다, 우리 웃읍시다!" 하고 그는 말했다. "유쾌하게 해 드릴 수 있다면 언제든지 상대해 드리겠습니다. '웃음은 영혼의 빛이다'

라고 옛날 사람도 말했습니다. 좀 본론에서 벗어난 것 같습니다. 나도 인정합니다만, 프리메이슨의 세계적 단결을 실현시키려고 하는 우리의 준비 공작이 봉착하는 곤란, 특히 신교적 유럽의 곤란에 관계된 문제로 빗나갔습니다."

그리고 세템브리니 씨는 이 세계의 단결이라는 이념에 대해 열변했다. 그 이념은 헝가리에서 나온 것으로 기대한 대로 실현된다면 프리메이슨은 세계를 변화시키는 힘을 가지게 될 것이라고 했다. 세템브리니 씨는 이 일에 대해 외국의 유력한 단원들에게서 받은 편지를 시원스럽게 보여 주었다. 그 가운데에는 스위스의 기사 수도회 총회장, 제33위의 천막 단원 수도사의 자필 편지도 있었다. 그는 에스페란토를 세계 단결의 용어로 하려는 계획에 대해서도 말했다. 더욱 열을 올려서, 고급 정치론을 전개하여 눈길을 이리저리 돌리면서 혁명적 공화 사상이 모국 이탈리아나 스페인, 포르투갈에서 얼마나 실현될 전망이 있는가를 검토했다. 그는 포르투갈 왕국에서 대집회를 장악한 사람들과도 편지로 계속 접촉하고 있다고 말했다. 포르투갈의 정세는 확실히 최후 결정을 보려고 하고 있다. 그 나라에서 가까운 장래에 여러 가지 사건이 일어나면 세템브리니가 지금 하는 말을 상기하기 바란다. 한스 카스토르프는 그렇게 할 것을 약속했다.

여기서 미리 말해 두지만, 제자와 두 선생 각자와의 사이에 각각 행해진 프리메이슨 이야기는 요아힘이 이 위에 다시 올라오기 전의 일이었다. 그러나 이제 언급하려는 대결은 요아힘이 다시 이 위에 있게 된 후 그의 면전에서 일어났다. 그가 다시 돌아온 지 9주일 후인 10월

초의 일이었다. 한스 카스토르프는 마을의 요양 호텔 앞에서 가을 햇빛을 받으며 모두 함께 청량음료를 마시면서 앉아 있던 그날의 일을 두고두고 잊을 수가 없었다.

왜냐하면 당시 요아힘의 일이 그에게는 남몰래 불안을 느끼게 했기 때문이다. 보통 때 같으면 조금도 불안을 줄 수 없는 증상과 현상, 즉 사촌의 목의 통증과 쉰 목소리는 귀찮기는 하지만 해롭지 않은 증상과 현상이었다. 그러나 한스 카스토르프 청년에게는 그것이 왠지 모르게 특별한 의미가 있는 것처럼 느껴졌다. 그것은 요아힘의 눈 깊숙한 곳에서 반짝이고 있다고 그가 믿는 광채에서 나왔다. 보통은 온화하고 큰 요아힘의 눈이 가을의 그날은, 아니 그날부터 처음으로 생각에 잠기는 듯한, 그리고 이런 단어를 사용할 도리밖에 없다면 위협하는 듯한 표정을 띤 눈초리, 어떻게라고 확실히는 말할 수 없지만 크고 깊어진 느낌의 눈초리가 되었다. 이 빛이 한스 카스토르프의 마음에 들지 않았다고 말한다면 착각이었다. 반대로 그 빛은 그의 마음에 썩 들기는 했지만, 그러나 역시 불안을 느끼게 했다. 요컨대 이러한 인상에 대해서는 그 성질상 복잡한 설명을 하는 것밖에 별 도리가 없다.

이 날의 대화, 논쟁, 물론 나프타와 세템브리니 사이의 논쟁은 그것만으로도 독립된 논쟁이었으며 프리메이슨 집회에 대해 개별적으로 행해진 논쟁과는 막연하게 연관이 있을 뿐이었다. 사촌들 외에는 페르게와 베잘이 함께 있었고, 모두가 그 논쟁의 테마를 이해할 힘을 없었지만, 가령 페르게 씨는 분명히 그런 능력이 없는데도 열중하여 들었다. 이 논쟁은 마치 생사를 건 것처럼 맹렬하기 이를 데 없었으나,

실은 우아한 경쟁을 하고 있는 기지와 세련성을 가지고 행해졌다. 세템브리니와 나프타 사이의 모든 논쟁이 그러했다. 그러한 논쟁은 내용을 그다지 이해하지 못하고 그 중대성을 막연하게 느끼는 사람들에게도 꽤 재미있게 들렸다. 관계가 없는 주위에 앉아 있는 사람도 설전의 격렬함과 세련성에 끌려들어 눈썹을 치켜 올리며 들었다.

아까도 말했지만 요양 호텔 앞에서 오후의 차 마시는 시간 뒤의 일이었다. 베르크호프의 네 손님은 거기서 우연히 세템브리니를 만났는데, 나프타도 우연히 거기에 합류했다. 여섯 사람은 작은 금속제 테이블을 둘러싸고 앉아, 소다수를 탄 다양한 알코올음료, 아니세트와 베르무트를 마셨다. 나프타는 언제나 여기서 간식을 들었는데, 오늘도 포도주와 케이크를 주문했다. 이것은 기숙학교의 학생 생활 때의 추억 때문임이 틀림없었다. 요아힘은 레모네이드가 목의 근육을 오그라들게 하여 아픔을 덜게 한다면서 여러 번 아픈 목을 축이며 아주 진하고 신 것을 마셨다. 세템브리니는 그냥 설탕물을 빨대를 사용하여 가장 비싼 음료수라도 마시는 양 품위 있고 맛있게 마셨다. 그는 농담을 했다.

"내가 무슨 말을 들었을까요, 엔지니어? 어떤 소문을 들었을까요? 당신의 베아트리체가 다시 돌아온다지요? 당신을 인도하여 선회하는 천국의 아홉 층을 빠짐없이 안내하여 준 그녀가? 그렇지만 말입니다. 그렇게 돼도 당신의 베르길리우스가 안내해 주는 우정의 손을 냉정하게 뿌리치지는 않기를 바랍니다. 여기에 있는 이 전도사도 프란체스코파의 신비주의에 대해, 그 반대의 입장에 있는 토마스 아퀴

나스의 인식이 존재하지 않으면 중세의 세계는 완전하다고는 할 수 없다고 틀림없이 당신에게 단언할 것입니다."

그들은 세템브리니의 익살스러운 박식에 웃었다. 한스 카스토르프 역시 웃으면서 '그의 베르길리우스'를 위해 베르무트 잔을 들었다. 그러나 세템브리니 씨의 허식에 가득 차 있지만, 그러나 절대로 악의 없는 발언에서 얼마나 차례로 끝없는 이론 투쟁이 발전해 갔는지 그야말로 믿을 수 없을 정도였다. 나프타는 약간 고전하는 형편이었으나 곧 공세로 나가, 세템브리니가 우상처럼, 아니 호메로스 이상으로 찬미한다는 것을 누구나 알고 있는 라틴 시인 베르길리우스를 깎아내렸다. 이때까지도 나프타는 베르길리우스에 대해 또 라틴 문학 일반에 대해 신랄하기 짝이 없는 멸시를 여러 번 나타냈지만, 이번에도 그는 기다렸다는 듯이 신랄하게 그 기회를 이용했다. 위대한 단테가 이 평범한 엉터리 시인을 저렇게 대단하게 치켜 올려 《신곡》에서 저렇게 찬란한 역할을 준 것에 대해 로도비코 씨로서는 아마 너무나 프리메이슨적인 의미를 부여할 것이지만, 사실은 단테가 너무 사람이 좋아 시대의 사상에 사로잡혀 있었기 때문이다. 저 궁정 계관 시인, 율리우스 왕가의 어용 시인, 조금도 독창성 없는 세계 도시적 시인과 미사여구가 혼을 갖고 있다고 해도 빌린 혼에 불과하며 대체로 시인이 아니라 아우구스투스식의 가발을 쓴 프랑스인이라고 할 수 있는 베르길리우스의 어디가 위대하다는 말인가!

여기에 대해 세템브리니 씨는 나프타 씨가 라틴어 교사직에 있으면서 로마의 찬란한 문명을 멸시하는 것은 모순이며, 나프타 씨는 이것을 모순되지 않게 조화할 수 있는 수단과 방법을 알고 있다고 믿어 의심치 않는다고 응수하고 이렇게 덧붙였다. 그러나 지금의 베르길리우스에 대한 비평을 통해 나프타 씨는 자신이 선호하는 시대의 생각과는 모순되지만, 그 입장을 지적하지 않으면 당사자는 깨닫지 못하는 것 같다. 중세는 베르길리우스를 멸시하지 않았을 뿐만 아니라, 그를 지혜에 넘친 마술사라고 믿고 그의 위대성을 인정하였다.

나프타는 응수했다. 세템브리니 씨가 승승장구하던 초기 기독교 시대의 단순성을 들고 나오는 것은 정말 아무런 소용이 없었다. 그 시대의 단순성은 정복한 문화에 마력을 부여한 점에서도 창조력을 나타낸 승리자이다. 게다가 초기 가톨릭교회의 지도자들은 고대 철학자와 시인의 기만에 현혹되지 않도록, 특히 베르길리우스의 화사한 웅변에 해독을 입지 않도록 꾸준히 경고하였다. 그러나 한 시대가 끝나 다시 프롤레타리아의 새 아침이 찾아오려는 지금은 이 지도자들의 경고에 동감하기에는 매우 좋은 때인 것이다. 그리고 자신의 나머지 임무에 관해 말한다면, 나프타 자신은 부르주아적 직업을 어느 정도 충실히 수행하고 있다고, 어떠한 낙관주의자라도 기껏해야 앞으로 수십 년이면 끝이라고 생각되는 고전 수사학 교육 제도에 익살스러운 기분 없이는 종사할 수 없다는 것을 로도비코 씨가 믿어 주길 바란다고 말했다.

세템브리니가 외쳤다. "그렇지만 당신들은 그들을, 저 고대의 시인들과 철학자들을 땀 흘려 연구하여 그들의 귀중한 작업의 결정을 몸에 익히려고 하였습니다. 당신들의 교회당 건립을 위해 고대 건축물의 석재를 이용한 것처럼! 당신들은 당신들의 프롤레타리아적인 영혼의 힘만으로는 새로운 예술 형식을 창조할 수 없다는 것을 알고 고대를 고대 자체의 무기로 정복하려고 했습니다. 지금도 그럴 것이며 언제나 그럴 것입니다. 당신들의 거친 신흥성은 당신들이 멸시하려는 고대 문화의 문을 두드리고 가르침을 받아야 할 것입니다. 그러려면 적어도 자기 자신이나 남을 설득할 수 있어야겠지요. 당신들은 교양 없이는 인류를 설득할 수 없고, 당신들이 부르주아적 교양이라고 부르는 교양만이 사실 인문주의적이기 때문입니다!"

인문주의적 교육 원리의 종말이 수십 년 사이에 찾아올 것이라고? 예의를 생각하지 않는다면 큰 소리를 내어 조롱하고 싶을 정도라고 세템브리니 씨는 말했다. 영원한 재화를 계속 지켜갈 줄 아는 유럽은 여기저기에서 꿈꾸고 있는 프롤레타리아적 묵시록은 무시하고 고전적 이성이라는 오늘날의 문제로 유유히 전진할 것입니다.

나프타는 신랄하게 응수했다. "오늘날의 문제라는 것은 세템브리니 씨는 충분히 알지 못하는 것 같으나, 세템브리니 씨가 이미 결정되어 버린 것이라고 생각하는 문제, 즉 지중해 연안에서 탄생한 고전적 인문주의적 전통이 전 인류의 유산이며, 따라서 인간적 용어로 영구한 것인지 아닌지, 그렇지 않으면 부르주아적 자유주의 시대의 지적 형식과 부속물에 지나지 않아 그 시대와 함께 멸망하는 것인지 여부의 문제야말로 오늘날의 문제입니다. 그것을 결정하는 것은 역사의 작업이지만, 세템브리니 씨는 그 결정이 자신의 라틴적 보수주의에 유리한 결정이 될 것이라는 달콤한 꿈에 도취하지 않는 것이 현명할 것입니다."

진보의 사도를 자처하는 세템브리니 씨를 보수주의자라고 부르는 키 작은 사나이 나프타의 뻔뻔스러움도 이만저만이 아니었다. 모든 사람이 그렇게 느꼈겠지만, 물론 당사자인 세템브리니는 누구보다도 분해서인지 뻗친 오른쪽 콧수염을 흥분하여 비틀어 올리면서 반격의 말을 생각했다. 그러나 나프타는 그 시간을 이용해 부르주아 계급 지배의 수단이 되어 민중의 조롱 대상이 된 지 오래인 유럽의 교육과 교육기관들이 가진 수사적 교양의 전통에 대항하여, 그 문법적 형식에 대한 열렬한 관심을 가지고, 계급 제도에 대항하여 그 이상의 공격을 준비하였다. 참으로 민중이 박사 칭호나 교육적 사대주의를 얼마나 조롱하고 있는지, 민중 교육이 학자적 교양을 저하한 것이라고 하는 망상 아래 유지되는 우리의 공립 문법학교, 저 부르주아 계급 독재의 기구를 얼마나 조롱하고 있는지 그 신사 양반은 전혀 모르는 모양이다. 민중은 부패한 부르주아지와의 투쟁에 필요한 교양과 교육을 당국의 강제적 기관에 의지하지 않고도 어디에서나 섭취하는 방법을 오래전부터 배워 왔다. 게다가 중세의 수도원 부속학교에서 발달한 현재의 학교 제도 그 자체가 시대착오인 유물이다. 오늘날 교양은 학교에서 얻어지는 것이 아니라, 공개 강연, 전람회, 영화를 통한 자유로운 공공 교육이 어떠한 학교 교육보다도 훨씬 훌륭하다는 것을 많은 사람들이 알기 시작했다.

세템브리니 씨가 응수했다. 나프타 씨가 모두에게 맛보게 한 혁명과 음모의 잡탕은 고약한 맛이 나는 재료가 너무 많아 식욕을 떨어트렸다. 나프타 씨가 민중의 계몽에 관심을 가지는 것에는 호감이 가지만, 민중과 세계를 문맹의 어둠 속에 덮어 두려는 본능에 지배되어 있다는 우려 때문에 유감스럽게도 호감이 희박해졌다.

나프타는 미소 지었다. 문맹이라니! 세템브리니 씨는 자신이 정말 진정한 공포라고 여전히 믿고 있는 무서운 말을 입 밖에 냄으로써 마치 괴물 고르고의 무서운 머리라도 본 것처럼 누구나 당연히 안색을 잃을 것이라고 생각하는 모양이었다. 그러나 나프타는 유감스럽게도 세템브리니 씨를 실망시킬 수밖에 없었다. 문명에 대한 인문주의자의 공포는 우습게 느껴질 뿐이었다. 읽고 쓰기 훈련의 큰 교육적 의의를 인정하고 읽고 쓰기를 모르는 인간을 정신적 암흑에 싸인 인간처럼 생각하는 것은, 르네상스적 문학가, 건방진 자, 꽁생원 예술가, 마리니 스타일 문체가, 능서예찬(能書禮讚)의 어릿광대들뿐이었다. 세템브리니 씨는 중세 최대의 시인인 귀족 볼프람 폰 에센바흐가 문맹이었다는 것을 기억하는 것일까? 그 당시 독일에서는 성직자를 시키려는 경우를 제외하고는 자식을 학교에 보내는 것은 창피스러운 일로 간주되었다. 문학적인 기능에 대한 이러한 귀족과 민중의 멸시는 언제나 고귀한 내면주의의 특징이었다. 귀족, 군인, 민중은 읽고 쓰는 것은 전혀 할 수 없든가, 그 흉내 정도를 낼 뿐이었다. 그러나 인문주의와 시민 계급의 적자인 문학가는 물론 읽고 쓰는 것 외에는 아무것도 할 수 없었고, 알지도 못했으며, 수다쟁이 라틴어 학자, 웅변 선생에 불과하여 생활다운 생활은 진실한 사람들에게 맡길 도리 밖에 없었다. 이리하여 문학가는 정치도 수사학과 아름다운 문학으로 가득 찬 텅 빈 가방으로 바꾸었다. 그쪽 당파의 용어로 말한다면, 급진주의와 민주주의 등이었다.

여기에 대해 이번에는 세템브리니 씨가 응수했다. 그는 외쳤다! 나프타 씨는 어떤 시대의 광신적인 야만성에 대한 취향을 아주 대담하게 고백하고 문학적 형식에 대한 사랑을 비웃었지만, 이 사랑이 없다면 인간성은 현재도 앞으로도, 있을 수도 생각할 수도 없는 것이다! 문맹이 고귀하다고? 어떤 염세주의자만이 복음의 결여에, 즉 조야한 무언의 현실 그 자체에 그러한 이름으로 세례를 줄 수 있었을 것이다. 고귀성은 오히려 어떤 고상한 사치, 관용에 있는 것이며, 이것은 내용에서 독립한 인간다운 절대 가치를 형식에 대해 인정하는 데서 드러나는 것이다. 기술을 위한 기술로서 수사학의 존중이 그것이며 이 그리스와 로마의 문명 유산은 인문주의자에 의해 적어도 라틴 민족에게만 다시 주어졌다. 수사학이야말로 넓은 의미의 모든 이상주의의 원천이며, 정치적 이상주의의 원천이기도 했다.

"그렇습니다. 당신이 수사학과 생활의 분리로서 비난하려는 것이야말로 이 두 가지가 아름다움이라는 화관 속에 더한층 훌륭하게 통합되는 것을 의미할 따름입니다. 따라서 나는 문학과 야만, 어느 쪽을 택할 것이냐 하는 논쟁에서 고매한 청년들이 그 어느 쪽에 언제 가담하는가에 대해서는 조금도 불안을 느끼지 않습니다."

한스 카스토르프는 옆에 있는 고귀한 영혼의 전사요, 대표자인 요아힘의 모습보다도 그의 이상한 새로운 눈빛에 정신이 팔려 있었기에 그 논쟁은 주의하지 않고 들었다. 그러나 세템브리니 씨의 마지막 말이 그를 불러 대답을 촉구하는 것 같아 움찔했다. 그러나 언젠가 세템브리니에게서 동양과 서양 사이에서 마음을 결정하라고 엄숙하게 촉구받았을 때와 마찬가지의 얼굴, 풀리지 않는 고집쟁이의 얼굴을 하고 그는 잠자코 있었다. 토론을 하기 위해서 필요했겠지만, 이 두 사람은 무슨 일이든 극단까지 가지 않으면 못 배겼기 때문에 한스 카스토르프가 볼 때 인간다운 것이라든지 인간적인 것은, 논쟁이 되는 두 극단의 중간, 수다스러운 인문주의와 문맹의 야만성 사이의 어딘가에 있는 것처럼 보이는데도 이 두 사람은 두 극단의 선택을 두고 치열하게 싸웠다. 그러나 한스 카스토르프는 두 사람의 이론가를 성나게 하지 않도록 그런 말을 삼가면서, 조심스레 숨죽이며, 두 사람이 세템브리니의 라틴 문학자 베르길리우스에 대한 가벼운 농담에서 시작한 응수를 계속하여 서로 도전하고 앞 다투어 탈선에 탈선을 거듭하는 것을 구경했다.

　세템브리니는 항복하기는커녕 복음을 마치 검처럼 휘둘러서 승리를 즐기기라도 하는 것처럼 말을 계속했다. 그는 문학 정신의 보호자라고 자처하고 문학의 역사는 인간이 지식과 감정을 기념비로 하여 문자를 돌에 새겼을 때부터 비로소 시작되었다고 말하면서 그것을 찬미했다. 그는 또 이집트의 신, 토트에 대해 말하였다. 이 신은 헬레니즘의 위대한 신 헤르메스와 동일한 신으로 문자의 발명, 도서의 수호신, 모든 정신 활동의 장려가로서 존경받았다고 말했다. 그는 또 인류에게 문학적 언어와 투기적 수사학이라는 귀중한 선물을 남긴 숭고한 헤르메스, 인문주의적 헤르메스, 투기장의 수호신인 헤르메스 앞에 무릎을 꿇는다고 말했다. 그러자 한스 카스토르프는 이집트의 헤르메스도 아마 정치가여서 플로렌스 사람들에게 무엇보다도 정치를 가르치고 화술을 가르쳐서, 그들의 공화제 도시를 정치의 원칙에 따라 통치하는 기술을 가르쳤다는 부르네토 라티니와 같은 역할을 더 큰 규모로 했을 것이라고 생각한다고 말했다. 여기에 대해 나프타는 세템브리니의 말은 좀 엉터리로 한스 카스토르프에게 토트 헤르메스를 너무나 훌륭하게 말한 흠이 있다고 했다. 오히려 토트 헤르메스는 원숭이와 달 그리고 영혼의 신, 머리에 반달을 쓴 비비 원숭이로서 그리고 무엇보다도 헤르메스라는 이름으로 죽음과 사자의 신, 심령의 강탈자이자 안내인으로서, 고대 후기에는 벌써 대마술사로 간주되었고, 유대 신비 철학에 지배되었던 중세에는 신비적 연금술의 선조로 추앙받게 되었다.

뭐라고요? 한스 카스토르프의 사고와 관념의 작업장은 일대 혼란이었다. 푸른 외투 차림의 죽음의 신이 인문주의적 수사학자이며, 교육적 문학의 신인 인류의 친구를 자세히 바라보면, 그것은 밤과 마법의 상징인 반달을 머리에 쓴 원숭이의 얼굴이 되었다. 한스 카스토르프는 기절할 듯 손을 흔들고는 눈을 가렸다. 너무나 큰 혼란에 스스로 눈을 가리고 아무것도 보이지 않는 어둠의 세계로 도망을 간 한스 카스토르프의 귀에 문학에 대한 찬사를 구가하는 세템브리니의 목소리가 흘러 들어왔다. 세템브리니는 문학에는 위대한 사상가들뿐만 아니라 위대한 행동가들도 언제나 결부되어 있다고 외치고 알렉산드로스 대왕, 카이사르, 나폴레옹의 이름을 들고, 프러시아의 프리드리히 대왕과 다른 영웅들의 이름을 열거하며, 라살과 몰트케의 이름까지 들고 나왔다. 여기에 대해 나프타는 4만 자의 한자를 붓으로 쓸 수 있으면 원수가 되는, 전에 볼 수 없었던 가장 우스꽝스러운 문자 숭배가 중국에서 행해지는 것은 인문주의자의 마음에 들 것이라며 세템브리니를 중국에서 태어나야 할 인간이었다고 비웃었다. 그러나 세템브리니는 끄떡도 하지 않았다. 나프타가 붓을 운운하는 것은 단순히 글자를 쓰는 것이 아니라, 인류의 본능적 욕구인 문학에 관하여, 인간 정신에 관한 것임을 분명히 알면서 조롱하는 것으로, 나프타야말로 정말로 불쌍한 독설가다! 문학적 정신은 정신 그 자체이며, 분석과 결합으로 이루어진 기적인 것이다. 문학적 정신은 모든 인간적인 것에 대한 이해를 불러일으켜 어리석은 가치 판단과 신념을 약화, 해소시키고 인류의 교화, 순화, 향상을 가능하게 한다. 문학적 정신은 최고의 도덕적 세련성과 민감성을 실현시키는 한편 동시에 열광을 잃지 않고서 오히려 회의와 정의, 그리고 관용의 정신을 양성한다. 문학의 정화 작용과 순화 작용, 인식과 언어에 의한 열정의 억제, 이해와 용서, 그리고 사랑으로 인도되는 길로서 문학, 언어를 해방시키는 힘, 인간 정신 일반의 가장 고귀한 표현으로서 문학적 정신, 완전한 인간과 성자로서의 문학가……. 이렇듯 찬란한 음조로 세템브리니 씨의 변호적인 송가가 계속되었다.

아, 그러나 상대방인 나프타 씨도 잠자코 있지는 않았다. 그는 세템브리니의 천사의 송가를 신랄하고 멋진 반박으로 교란하여, 세템브리니의 정신을 천사인 체하는 파괴적 정신이라고 헐뜯고, 그 정신에 대항하여 보수와 생명의 편에 선다고 말했다. 세템브리니 씨가 떨리는 목소리로 구가한 멋진 결합이란 요컨대 기만과 사기일 뿐이라고 나프타 씨는 말했다. 왜냐하면 문학적 정신은 탐구와 분류의 원리에 형식을 결합시킨다고 자만하지만, 그 형식이란 것은 기만적 형식과 거짓말에 지나지 않으며, 진정하고 완전한 자연적 형식, 즉 생명에 찬 형식은 아니었기 때문이다. 이른바 인간 개조론자들은 인류의 정화, 순화를 입버릇처럼 말하지만 그들이 염원하는 것은 사실은 생명의 거세와 빈혈에 지나지 않았다. 그렇다. 쓸데없이 흥분된 이론은 생명을 해칠 뿐이며 열정을 억제하려고 하는 것은 무(無), 순수한 무를 원했다. 왜냐하면 무에 결합하는 형용사는 정말 '순수한'이라는 것뿐이었기 때문이다. 그러나 이 점에서 문학가 세템브리니의 본령, 즉 진보와 자유주의, 그리고 부르주아 혁명의 투사로서 본령이 여실히 나타났다. 왜냐하면 진보는 순수한 허무주의였고, 그리고 자유주의적 부르주아는 실은 허무와 악마의 인간이었다. 그렇다. 그는 신의 보수적이고 적극적인 절대주의를 부정했고, 대신에 악마적인 반 절대주의를 신봉했으며, 죽음과 다름이 없는 평화주의를 어찌나 경건하게 생각하는지 경이로울 따름이었다. 그러나 그러한 평화주의는 경건하지 않을 뿐더러, 생명을 약화하는 일대 죄인으로, 생명의 이름에 의한 종교 재판, 준엄한 비밀 재판에 부쳐서 혼을 낼 필요가 있었다. 기타 등등.

마의 산 2

이렇게 나프타는 맹렬히 응수하여 세템브리니의 송가를 악마적인 것이라 하고, 자신을 사랑에 찬 보수적인 엄격성의 화신이라고 주장했기에, 두 사람 중 어느 쪽에 신이 있고, 어느 쪽에 악마가 있는 것인지, 어느 쪽에 죽음이 있고, 어느 쪽에 삶이 있는 것인지 판단하기가 이번에도 불가능했다. 상대방인 세템브리니도 공박을 받고 순순히 물러날 사람은 아니라는 것을 독자도 알 것이다. 그의 응수도 멋졌다. 여기에 대한 나프타의 응수도 멋진 것이었다. 한동안 이런 식으로 계속된 설전은 아까 말한 문제에 도달했다.

한스 카스토르프는 요아힘이 감기 열이 있는 것 같아 걱정되지만, 여기서는 감기는 인정받지 않기 때문에 어떻게 해야 할지 모르겠다고 한마디하고는 토론에 귀를 기울이지 않았다. 두 사람의 논적은 이 말에 개의치 않고 계속 토론을 했다. 그러나 한스 카스토르프는 아까 말한 것처럼, 요아힘이 걱정되는 터라 두 사람이 페르게와 베잘만을 청중으로 삼고 논쟁을 계속할 만한 교육자적 열의가 있는지 어떤지 신경 쓰지 않고 사촌과 함께 물러나왔다.

돌아오는 길에 사촌들은 요아힘의 감기와 목의 통증에 대해 정규 수속을 밟기로 결정했다. 즉 마사지 선생에게 얘기해서 수간호사에게 전달되면 병자를 위해서 어떠한 조처가 취해질 것이라고 의견이 모아졌다. 이것은 현명한 일이었다. 그날 밤 저녁 식사 후에 한스 카스토르프가 사촌 방으로 함께 들어가니, 아드리아티카가 방문을 두드리고 들어와 젊은 장교의 소원과 하소연을 이상한 목소리로 물었다.

"목이 아프다지요? 목소리가 쉬었다지요?" 하고 수간호사는 마사지 선생에게서 들은 것을 새삼 물었다. "당신 무언가 경솔한 짓을 하지 않았어요?" 이렇게 말하고 상대방의 눈을 날카롭게 쳐다보려고 했지만 두 사람의 눈이 마주치지 않은 것은 요아힘의 책임이 아니라, 옆으로 미끄러져 나간 수간호사의 눈 탓이었다.

상대방의 눈을 쳐다보려고 해도 안 된다는 것은 경험으로 잘 알면서도 그것을 여러 번 되풀이하다니! 수간호사는 혁대에 차고 있던 가방 속에서 금속성의 구두주걱 같은 것을 꺼내어 그것으로 병자의 혓바닥을 누르고 목구멍을 들여다보았다. 한스 카스토르프는 수간호사의 명령대로 사이드 테이블의 전기스탠드를 손에 쥐고 목구멍 깊숙이 비추었다. 수간호사는 발끝으로 서서 요아힘의 목젖을 들여다보면서 말했다.

마 의 산 2

"잠깐만, 이때까지도 목이 멘 일이 있었어요?"

그 질문에 어떻게 대답을 하면 좋을 것인가? 수간호사에게 목을 검사받는 동안은, 바로 대답을 한다는 것은 전혀 불가능했고 그 후 입이 자유롭게 되어도 대답할 수가 없었다. 물론 요아힘은, 오늘까지 마시고 먹고 할 때에 목이 멘 일이 여러 번 있었지만 이것은 사람이면 누구에게나 있는 일로 그녀가 물어본 것은 그런 것이 아니었다.

요아힘은 말했다. "왜요? 최근에 그런 일은 없었는데요."

"아니에요, 좋아요. 잠깐 그것을 생각하느라 그랬어요. 그런데 감기에 걸렸다지요?" 하고 수간호사는 말했다. 감기라는 말은 이 요양원에서는 금지된 말이었기 때문에 사촌들은 깜짝 놀랐다. 목을 더 자세히 조사하려면 고문관의 후두경 신세를 져야겠다고 말하고 방에서 나갈 때에 양치용 포르마민트와 취침 중 찜질용 붕대와 구타페르카

고무를 두고 갔다. 요아힘은 그 두 개를 사용해서 치료한 덕분에 통증이 많이 수월해진 것 같았다. 목의 통증은 때로 전혀 느껴지지 않게 되었지만 쉰 목소리는 없어지지 않고 다음 며칠 동안 점점 더 심해져서 그 치료를 계속하였다.

그러나 감기 열은 정말 기분 때문이었다. 타각적 증상은 언제나 있는 것으로 명예를 존중하는 요아힘이 연대기 밑으로 다시 달려갈 때까지 고문관의 진찰의 결과도 있고 하여 이 위에서 정양을 계속하게 된 증상이었다. 고문관이 약속한 10월이라는 기한은 소리도 없이 슬쩍 지나갔다. 아무도, 고문관도, 사촌들도 여기에 대해서는 말이 없었다. 조용히 눈을 내리깔고 사촌들은 10월을 보냈다. 베렌스가 10월의 진찰에서 정신분석가 조수에게 쓰게 한 진단으로도, 또 뢴트겐 사진의 건판에 나타난 결과로도, 자포자기의 출발이라면 몰라도 그 밖의 출발은 생각할 수 없음이 분명해졌다. 게다가 이 위의 근무, 평지에서 선서 이행에 이번에야말로 견딜 수 있게 해야 했다.

이것이 현재의 모토였고 사촌들은 그것을 암암리에 서로 양해하는 태도를 취했다. 그러나 두 사람 다 상대가 그 모토를 마음속으로 믿고 있다고는 생각할 수 없는 것이 사실이었다. 두 사람이 언제나 눈길이 마주친 직후 서로 눈을 내리깐 것은 그러한 의심에서였다. 문학에 대한 논쟁의 날로부터 그런 횟수가 많아졌다. 저 논쟁 사이에 한스 카스토르프는 요아힘의 눈 속 깊숙이 그때까지 본 적 없던 빛을 처음으로 보고 묘하게 위협적인 느낌을 받았다. 특히 한 번은 식사 때에 눈을 내리깐 일이 있었다. 그것은 쉰 목소리를 한 요아힘이 갑자기 심하게 목이 메기 시작하여 거의 숨을 쉴 수 없게 되었을 때였다. 옆자리의 마그누스 부인이 민간에서 하는 조치에 따라 청년의 등을 두드리는 동안 사촌들의 눈이 서로 마주쳤다. 갑자기 목이 메는 일은 누구에게나 있을 수 있는 일이었기 때문에 한스 카스토르프는 그 일 자체보다도 두 사람의 눈길이 서로 마주친 것에 무서운 쇼크를 받았다. 요아힘은 곧 눈을 감고 입에 냅킨을 댄 채 식탁을 떠나 식당 밖에서 기침이 그치기를 기다렸다.

10분가량 지나자 요아힘은 안색이 퍼렇긴 했으나 미소를 지으며 돌아와서 소동을 일으킨 것에 대해 사과하고 많은 양의 식사를 아무 일도 없었던 것처럼 계속하였다. 사람들도 이 흔히 있는 사건을 말하는 것도 잊었다. 그러나 그로부터 이삼일 후에는 이번에는 저녁 식사 때가 아니라, 양이 많은 점심 식사 때에 똑같은 일이 되풀이되었다. 그러나 이번에는 눈이 마주치지 않았다. 적어도 사촌들의 눈은 마주치지 않았다. 한스 카스토르프는 그것에 주의하지 않는 척하면서 접시 위에 몸을 구부리고 계속 먹고 있었기 때문이었다. 그러나 식사가 끝난 후 역시 한마디하지 않을 수 없었다. 요아힘은 저주스러운 밀렌동크 수간호사가 제멋대로 질문을 하여 암시를 주고 남의 신경을 건드렸다고 분개하면서 그녀는 악마가 잡아가야 한다고 말했다. 그렇다. 그것은 틀림없이 암시일 것이라고 한스 카스토르프는 말했다. 불쾌하기 그지없는 일이지만, 그렇게 단정해 버리니 기분 좋다고 말했다. 요아힘은 문제를 그렇게 단정한 후에는 수간호사의 마술에 저항할 수 있었고 식사 때에도 조심하여 암시를 받지 않은 사람이 목멜 정도로만 목이 메었다. 9일인가 10일 후에 다시 한 번 목이 메었지만, 그것은 별문제가 되지 않았다.

그러나 요아힘은 아직 그 차례도 시기도 아닌데 라다만토스에게 불리어 갔다. 수간호사가 그의 일을 전달했기 때문이었지만, 이것은 경솔했다고 할 수는 없었다. 후두경은 요양원 안에 있었고, 요아힘의 완고한 목은 거의 몇 시간이고 목소리가 전혀 나오지 않을 정도로 심하게 메어 목에 침의 분비를 촉진시키는 약으로 목을 적시는 것을 조금이라도 게을리하면 곧 아프기 시작했기 때문에 교묘하게 고안된 이 기계를 장에서 꺼내어 볼 필요는 충분히 있었다. 그건 그렇고, 요아힘이 최근 일반 사람들과 마찬가지로 드물게 목이 메이게 된 것은 식사 중에 매우 조심했기 때문이며 그래서 그는 식사를 마치는 것이 다른 사람보다 늦었다.

고문관은 후두경으로 빛을 반사시켜 가며 요아힘의 목구멍 깊숙한 곳을 한참 동안 들여다보았다. 그것이 끝나자 환자는 한스 카스토르프의 특별한 부탁에 따라 발코니로 보고를 하러 왔다. 마침 정오의 중요한 요양 시간 중이라 이야기하는 것이 금지되어 있었으므로 요아힘은 속삭이듯이 작은 소리로 정말 거북스럽고 간지러웠다고 말했다. 베렌스는 마지막으로 염증 상태에 대해 길게 지껄이듯 설명하고 나서 매일 거기에 약을 발라야 하는데 지금부터 그 약을 만들어야 하기 때문에 내일부터 태우기 시작하자고 했다. 그러면 염증 부위를 태운다는 말인가 하고 한스 카스토르프는 말했다. 한스 카스토르프의 머릿속에는 차례로 여러 가지가 연상되었다. 별로 관계없는 일들, 가령 절름발이 문지기의 일, 일주일 동안 귀를 계속 막으면서도 조금도 걱정하지 않아도 된다고 말한 부인 일까지 생각나, 그 자리에서 물어보고 싶었지만 입 밖에 내지 않고 직접 고문관에게 물어보리라 결심했다. 그리고 사촌에게는 이 귀찮은 일이 의사 손에 넘어가 고문관이 맡게 된 것에 만족의 뜻을 나타내는 데 그쳤다. 고문관은 대단한 사람이기 때문에 반드시 고쳐 줄 것이라고 그는 말했다. 요아힘은 사촌의 얼굴을 보지도 않고 끄덕이면서 발길을 돌려 이웃 발코니로 돌아갔다.

명예를 존중하는 요아힘이 도대체 어떻게 된 것일까? 요즘 그의 눈은 불안하고 서글퍼 보였다. 요전에도 밀렌동크 수간호사가 요아힘의 조용한 검은 눈을 똑바로 쳐다보려다 실패했지만, 그녀가 다시 한 번 시험해 보면 이번에는 어떤 결과가 될지 정말 알 수 없었다. 아무튼 요아힘은 눈을 마주치는 것을 피했다. 뜻하지 않게 눈이 마주치게 되면(한스 카스토르프는 자주 사촌을 지켜보았기 때문이지만) 이쪽도 명랑한 기분이 될 수 없었다. 한스 카스토르프는 지금 당장이라도 원장에게 물어보고 싶어 안절부절 못 하는 불안한 기분이었으나 무거운 마음으로 발코니에 남아 있었다. 지금 침대 의자에서 일어나면 요아힘이 눈치챌 것이니, 그렇게는 할 수 없고 한동안 보류했다가 오후에 베렌스를 잡고 이야기하는 것이 좋을 것 같았다.

그런데 붙잡을 수가 없었다. 이상한 일이었다! 그날 밤부터 꼬박 이틀 동안 어떻게 해도 고문관을 붙잡을 수 없었다. 물론 요아힘에게 비밀로 하느라고 다소 어렵기는 했지만, 아무리 노력해도 라다만토스를 붙잡아 이야기하지 못한 까닭은 충분히 설명할 수 없었다. 한스 카스토르프가 요양원의 모든 곳을 찾아다니며 베렌스의 소재를 물어, 어느 곳으로 가면 꼭 만날 수 있을 것이라고 해서 가 보면 벌써 거기에는 없었다. 식사 때 한 번 나타나긴 했지만 그는 멀리 떨어진 이류 러시아인 석에 앉아 있다가 디저트 전에 모습을 감추었다. 두세 번은 틀림없이 붙잡을 수 있을 것 같았다. 고문관이 계단이나 복도에서 크로코브스키나 수간호사, 어떤 환자하고 서 있는 것을 보고 한스 카스토르프는 잠복하고 있었으나 잠깐 눈을 다른 데로 돌리는 사이에 없어지고 말았다.

나흘째에야 붙잡을 수 있었다. 한스 카스토르프는 쫓아다니던 상대가 정원에서 정원사에게 무언가를 일러 주는 것을 발코니에서 보고 허둥지둥 담요에서 빠져나와 계단을 뛰어 내려갔다. 고문관은 등을 구부리고 헤엄치는 것 같은 걸음걸이로 집으로 돌아가려 했다. 한스 카스토르프는 뛰어가며 대담하게 부르기까지 했다. 고문관은 못 들은 것 같았다. 그러나 그는 헐떡이면서 쫓아가 겨우 베렌스를 멈추게 할 수 있었다.

"이 정원에 무슨 용건이 있습니까!" 하고 고문관은 젖은 눈을 이쪽으로 돌리면서 호통쳤다. "당신에게 요양원 규칙 사본 하나를 드려야 할까요? 내 생각이 틀리지 않았다면 지금은 안정 요양 시간입니다. 당신만큼의 체온 커브와 뢴트겐 사진을 가지고는 귀족인 양 마음대로 특권을 행사할 수는 없습니다. 2시부터 4시까지의 사이에 정원을 어슬렁거리는 자들을 혼내 주기 위해 이 부근에 허수아비라도 세워야 하겠습니다! 대체 무슨 용건입니까?"

"고문관님, 고문관님에게 꼭 말씀드려야 할 일이 있습니다!"

"나도 알고 있습니다. 당신이 벌써 오래전부터 그렇게 생각하고 있다는 것을 짐작했습니다. 내가 여자인 양, 마치 애욕의 대상인 양 내 뒤를 쫓고 있었으니까요. 나에게 무슨 용건이 있습니까?"

"사촌 일 때문입니다. 고문관님, 미안합니다. 사촌은 약을 바르고 있습니다. 나는 이제 걱정할 필요는 없다고 생각합니다. 아무렇지도 않겠지요? 이런 일을 물어보아도 괜찮은지요?"

"당신은 언제나 무슨 일이든 아무렇지도 않게 생각하려는 사람입니다. 카스토르프, 당신은 그런 부류의 사람입니다. 당신은 대단한 일에 간섭하는 것을 좋아하면서도, 마치 별일 아닌 일처럼 취급함으로써 그걸로 위안을 얻으려 하고 있습니다. 당신은 요컨대 비겁자이고 위선자입니다. 사촌이 당신을 문화인이라고 부른 것은 그나마 봐 주어 한 말입니다."

"말씀대로일는지 모릅니다, 고문관님. 물론입니다. 내 성격의 결점은 어제오늘의 것이 아닙니다. 그러나 지금은 그것이 문제가 아니라는 점이 문제입니다. 전부터 고문관님에게 부탁드리려고 생각한 것은 즉……"

"나더러 달짝지근한 맛좋은 술을 따라달라는 것이겠지요. 당신의 한심스러운 위선 행위를 칭찬해 달라는 것이지요. 남들은 잠도 자지 않고 갖은 고생을 하는데 당신 혼자 유유히 잠잘 수 있도록 끈질기게 나를 쫓아다녀 나를 귀찮게 굴려는 것이겠지요."

"고문관님, 당신은 내게 엄격하게 대하고 있습니다. 나는 오히려……."

"그렇지요. 엄격, 이것이야말로 당신이 가지고 있지 않은 것입니다. 그 점, 당신의 사촌은 사람이 다릅니다. 당신과는 인품이 다릅니다. 그는 모든 것을 통찰하고 있습니다. 그는 모든 것을 통찰하면서도 아무 말도 않습니다. 아시겠습니까? 그는 남의 옷자락에 매달려 아무렇지 않다고 속여 말해 주기를 바라지 않습니다. 그는 평지에 돌아감으로써 무엇을 하고 무엇을 그 대가로 지불하는지를 알고 있었습니다. 그는 침착하게 이성을 잃지 않고 입을 다물 수 있는 남자다운 인물입니다. 이것은 당신 같은 타협적인 팔방미인은 유감스럽게도 흉내 낼 수 없는 곡예입니다. 그러나 미리 말해 두지만, 카스토르프군, 당신이 여기서 이상한 행동을 하고 떠들어 문화적인 감정에 빠지는 일이 생기면, 나는 당신을 쫓아내겠습니다. 여기는 사나이다운 사람을 원합니다. 양해해 주기 바랍니다."

한스 카스토르프는 말이 없었다. 이제는 안색이 변하였다. 햇볕에 그을었기 때문에 창백해 보이지 않아서 얼룩이 졌다. 그는 입술을 떨면서 겨우 말했다.

"정말로 감사합니다. 고문관님, 이제 나도 잘 알았습니다. 요아힘이 걱정할 정도의 용태가 아니라면 당신도 이렇게까지 말을 해야 할는지……, 이렇게 새삼스러운 어조로 말씀하시지는 않았을 테니까요. 나 자신도 이성을 잃고 떠들어 댈 인간은 아닙니다. 당신은 잘못 보셨습니다. 떠들지 않아야 한다면 나도 정히 그렇게 하겠습니다. 맹세를 할 수도 있습니다."

"당신은 사촌을 사랑하고 있군요, 한스 카스토르프 군?" 하고 고문관은 갑자기 청년의 손을 잡고 눈썹이 희고 푸르게 젖은 눈으로 청년을 아래에서 들여다보듯 쳐다보았다.

"그거야 말할 필요도 없지요, 고문관님. 요아힘은 아주 가까운 친척인 데다 좋은 친구일 뿐 아니라 이 위에서는 내 짝이니까요." 하고 한스 카스토르프는 대답하고 순간 흐느껴 울면서 한쪽 발끝을 세우고 발길을 밖으로 돌렸다.

고문관은 황급히 청년의 손을 놓았다.

"그러니까 앞으로 6주일 내지 8주일 동안 그를 잘 돌봐 주도록 해요." 하고 그는 말했다. "무슨 일에도 아무렇지도 않게 생각하려고 드는 당신의 천성에 의지하십시오. 그것이 그에게도 가장 좋은 일일 것입니다. 미흡하지만 나도 될 수 있는 한 일이 편안하게 잘 진전되도록 애를 쓰겠습니다."

"후두입니까?" 하고 한스 카스토르프는 고문관에게 끄떡여 보이면서 말했다.

"후두 결핵입니다." 하고 베렌스는 시인했다. "급격한 파괴 작용이 진행되고 있습니다. 그리고 기관 점막도 벌써 신통치 않습니다. 아마 군대에서 호령을 했던 것이 국부의 저항력 감퇴를 가져오게 했을 것입니다. 언제 어느 때 병의 온갖 전이가 있을지 각오해야 할 것입니다. 거의 희망이 없습니다. 사실은 전혀 희망이 없습니다. 물론 유효 적절하다고 생각되는 것은 무엇이든지 해 보겠습니다."

"어머니에게는……." 하고 한스 카스토르프는 말했다.

"아직은 그렇게 서두를 필요가 없습니다. 어머니에게는 점차로 알 수 있도록 당신이 잘 해 주시기 바랍니다. 자, 그러면 당신도 부서로 돌아가십시오. 그가 눈치채게 됩니다. 이런 이야기를 숨어서 몰래 한다는 것을 그가 알게 되면 그야말로 기분 좋지 않을 것입니다."

요아힘은 매일 약을 바르러 다녔다. 화창한 가을 날씨가 계속되어 요아힘은 푸른 윗옷에 흰 플란넬 바지의 산뜻한 군인다운 모습으로 진찰실에서 가끔 지각하여 식당에 나타났다. 지각한 것을 사과하면서 상냥하게 남자다운 간결한 말로 인사하고는 그를 위해 특별히 마련된 식사를 하기 위해 앉았다. 그는 목이 멜 염려가 있어서 다른 사람들과 보조를 맞출 수 없어, 수프와 건포, 죽을 먹었다. 그의 식탁 멤버들은 곧 사정을 알아차렸다. 모든 사람이 그를 '소위님'이라고 불렀으며, 그의 인사에 특별히 친절하고 공손히 대답했다. 요아힘이 없을 때에는 모두들 한스 카스토르프에게 그의 용태를 물었다. 다른 식탁에서도 와서 한스 카스토르프에게 묻는 사람들이 있었다.

슈퇴르 부인도 두 손을 주먹 쥐고 와서는 교양이 없는 동정을 표시했다. 그러나 한스 카스토르프는 두세 마디밖에 대답하지 않았다. 그는 사태가 낙관할 수 없다는 것을 인정하면서도 그것을 어느 정도 부정하기도 했다. 요아힘을 지금부터 살 가망이 없는 사람으로 정해져서는 안 된다는 심정에서였다.

사촌들은 함께 산책을 했다. 고문관은 요아힘의 체력을 불필요하게 소비시키지 않게 하기 위해 요양 산책만 하라며 산책을 엄격히 제한했다. 두 사람은 산책길을 하루 세 번 왕복했다. 한스 카스토르프는 사촌의 왼쪽에서 걸어갔다.

전에는 두 사람이 그때그때 형편에 따라 왼편이나 오른편에 섰지만, 이제는 한스 카스토르프가 거의 언제나 왼편에서 걸어갔다. 두 사람은 베르크호프의 평일에 화제에 오를 만한 것 외에는 그다지 말을 하지 않았다.

두 사람 사이의 일에 대해서는, 둘 다 정말 어쩔 수 없는 경우가 아니면 이름을 서로 부르지 않는 조심스러운 습관이 있었기에 더한층 서로 이야기가 없었다. 그런데도 불구하고 문화인인 한스 카스토르프의 가슴은 때로 무언가가 치밀어 올라 당장에라도 말이 쏟아져 나올 듯한 때도 있었다. 그러나 그런 기분에 굴복해서는 안 되었다. 그는 강렬하게 솟아오르는 안타까운 감정을 다시 억누르고 잠자코 있을 수밖에 없었다.

요아힘은 한스 카스토르프와 나란히 고개를 수그리고 걸어갔다. 그는 흙을 바라보듯 눈을 땅바닥에 떨어뜨렸다. 정말로 이상했다. 요아힘은 산뜻하고 단정한 모습으로 걸어가면서 만나는 사람마다 언제나 기사다운 태도로 인사를 하고, 언제나 외양과 몸차림에 주의했지만 그러면서 흙으로 돌아가려고 하고 있었다. 물론 우리는 누구나 조만간 언젠가는 흙으로 돌아가야 한다. 그러나 이렇게 젊은데, 군기 아래서의 근무를 그토록 갈망하는데도 얼마 안 있어 흙으로 돌아가야 한다는 것은 참혹한 일이었다. 흙으로 돌아가는 본인보다도 그것을 알면서 나란히 걸어가고 있는 한스 카스토르프 쪽이 훨씬 더 괴로운 노릇이었다. 요아힘이 알고 있으면서 의연하게 잠자코 있는 일이란 실은 관념적인 성질의 것이어서 자신은 별로 실감이 나지 않기에, 결국은 요아힘 본인보다도 다른 사람들의 문제였다. 사실 우리들이 죽는다는 것은 죽는 본인의 문제라기보다 오히려 뒤에 남는 사람들의 문제인 것이다. 우리가 살아 있는 한 죽음은 우리에게 존재하지 않으며, 죽음으로써 우리는 존재하지 않는다. 따라서 우리와 죽음 사이에는 어떠한 현실적인 관계도 성립하지 않는다고 어떤 현자가 말했다. 죽음은 우리와 대체로 아무 관계가 없으며, 기껏해야 우주와 자연과 어느 정도 관련이 있다고 말할 수 있을 뿐이다. 그러므로 모든 생물은 죽음을 아주 무관심한, 평정하고 무책임한 이기적인 순진한 기분으로 바라본다.

한스 카스토르프는 몇 주일 사이 요아힘의 태도에서 인간의 순진성과 무책임을 충분히 느꼈다. 그리고 죽음이 다가오고 있다는 것을 알면서도 요아힘이 잠자코 있을 수 있는 것은, 그에게 죽는다는 것이 관념적이고 이론적인 것이거나 혹은 실감하지만 건전한 근엄성에 의해 정리되고 억제되고 있기 때문이라고 한스 카스토르프는 이해했다. 이 근엄성은 우리들이 그 밖에도 생명에 관련된 갖가지 생리상의 비밀들을 의식하면서 말하지 않는 것과 같았다.

이런 식으로 사촌들은 산책을 계속했고, 자연의 덧없음에 대해서는 계속 침묵을 지켰다. 처음에는 기동 연습에 참가하지 못하는 것, 평지의 군 복무에 종사하지 못하는 것을 흥분하여 분격하듯 한탄하던 요아힘도 요즈음에는 한마디도 하지 않았다. 그렇게 사소한 일을 걱정하지는 않는데도 요아힘의 고요한 눈에 겁에 질린 어두운 빛이 저렇게 여러 번 떠오르는 것은 무엇 때문일까? 수간호사가 요아힘의 눈을 다시 한 번 쳐다보려고 했다면, 틀림없이 쳐다볼 수 있을 것이라고 생각할 정도로 겁에 질린 눈이었다. 눈이 너무 커지고 볼이 여윈 것을 알아서일까? 평지에서 다시 돌아왔을 때에 이미 그러했지만, 요 몇 주 사이에 그의 눈과 볼은 훨씬 여위었다. 게다가 날이 갈수록 그을린 얼굴색이 누렇게 되어 가죽과 같은 색으로 되었다. 불명예의 끝없는 특전을 향수하는 것 외에는 생각하지 않는다고 알빈 씨가 말한 사람들의 세계에 살면서 요아힘은 부끄러워하고 자기혐오를 느껴야 한다고 생각하는 것 같았다. 한때는 그렇게도 밝던 눈초리가 무엇을 무서워하고 누구를 무서워하여 숨으려고 하는 것일까? 피조물이 동료의 눈이 닿지 않는 은신처에서 죽으려고 하는 수치, 동료로부터 자신의 고뇌와 죽음에 대해 어떠한 위로도 경건심도 기대할 수 없을 것이라고 확신하고 모습을 감추는 수치, 생에 대한 이 수치는 말할 수 없이 불가사의했다. 그리고 정말 당연할 정도로 기쁘게 뛰노는 새의 무리들은 병든 친구를 위로하려고 하지 않을 뿐만 아니라 멸시하는 듯이 화가 나 주둥이로 쪼아 대는 것이었다. 그러나 이것은 하등 생물 세계의 일이었다. 한스 카스토르프는 불쌍한 요아힘의 눈 깊숙한 곳에서 본능적인 어두운 수치의 빛을 엿볼 때마다 지극히 인간적인 애정과 연민의 정이 가슴에 복받쳤다. 그는 요아힘의 왼쪽에서 부축을 하듯 걸어갔다. 의식적으로 그렇게 했다. 그리고 최근에는 발목도 다소 부자연스러워졌기 때문에 한스 카스

마의 산 2

토르프는 풀밭의 작은 사면을 올라갈 때면 평소의 조심스러움을 버리고 사촌을 껴안듯 부축했다. 어떤 때는 다 올라가서도 팔을 요아힘의 어깨에서 내려놓는 것을 잊었기 때문에 요아힘은 성이 난 듯이 사촌의 팔을 떨치면서 말했다.

"아니, 자네 왜 이래? 이런 꼴로 있다가는 누가 보면 주정뱅이가 가는 줄 알겠어."

그러나 얼마 안 있어 한스 카스토르프 청년에게는 요아힘의 어두운 눈초리가 지금까지와는 다르게 보이는 순간이 왔다. 그것은 요아힘이 침대에서 지내도록 명령을 받은 11월 초의 일이었다. 눈이 높이 쌓여 있었다. 그 무렵 요아힘은 한 모금이라도 음식을 입에 넣을 때마다 목이 메어서 다진 고기와 죽도 몹시 고생을 하면서 먹었다. 유동식만 섭취하라는 지시와 동시에 베렌스는 체력의 소모를 막기 위해 늘 침대에 누워 있도록 명령했다. 오렌지 향기 나는 손수건과 풍만한 가슴을 한, 이유 없이 잘 웃는 마루샤와 서로 말을 나누는 사촌을 한스 카스토르프가 본 것은, 요아힘이 침대에서 지내게 된 전날 밤, 즉 요아힘이 아직 일어나 있었던 마지막 날 밤이었다. 저녁 시간 후에 밤의 사교 모임 때 홀에서의 일이었다. 한스 카스토르프는 피아노가 있는 살롱에 남아 있다가, 요아힘은 무엇을 하고 있는가 보고 싶어 그곳을 나왔다가, 타일 난로 앞에서 마루샤의 의자 옆에 서 있는 요아힘을 보았다. 마루샤는 흔들의자에 앉아 있었다. 요아힘이 왼손으로 그 의자 등을 쥐고 의자를 뒤로 비스듬히 젖히고 있어서 누운 자세가 된 마루샤는 다갈색의 둥근 눈으로 요아힘을 올려다보았다. 요아힘이 그녀의 얼굴 위로 몸을 구부리고 작은 목소리로 띄엄띄엄 말을 하자, 마루샤는 가끔 미소 지으면서 대단치 않다는 듯이 어깨를 움츠렸다.

한스 카스토르프는 당황하여 물러갔으나 다른 손님들은 그럴 때면 언제나 그렇듯이 이상하게 흥겨운 눈초리를 하고 있었다. 요아힘은 이것을 알아차리지 못했거나 혹은 문제시하지 않았다. 마루샤와 이 때까지 같은 식탁에 앉으면서도 오랫동안 한마디도 한 적 없고, 그녀의 말이 나오면 얼굴이 얼룩져 창백해졌지만, 그녀의 면전에서는 언제나 찡그린 얼굴을 한 채, 사려 깊고 엄숙하게 눈을 아래로 내리깔았던 요아힘이, 풍만한 가슴의 마루샤와 모든 것을 잊어버리고 황홀하게 이야기하는 것을 보았을 때, 요 몇 주 사이에 불쌍한 사촌의 태도에 나타난 어떤 쇠약의 징조보다도 더 한스 카스토르프의 마음을 놀라게 했다. '그렇다, 이제는 희망이 없다!' 하고 그는 생각하고, 하다못해 이 마지막 날 밤 사촌이 홀에서 즐기는 것을 방해하지 않으려고 피아노실에 머문 채 살짝 의자에 앉았다.

이렇게 하여 요아힘은 그날 밤 이후 줄곧 수평 상태로 지내게 되었다. 한스 카스토르프는 이 일을 루이제 침셴에게 알렸다. 편한 침대의자에 누워서, 침셴 부인에게 지금까지의 보고에 이어서, 요아힘이 침대에서 지내게 되었다며, 요아힘은 입 밖에는 내지 않지만 어머니가 와 주었으면 하는 심정이 눈에 나타나 있고, 베렌스 고문관도 그 무언의 소망을 확실하게 지지하고 있다고 썼다. 베렌스 고문관의 의향도 완곡하지만 곧 알아차릴 수 있도록 덧붙였다. 그러니까 침셴 부인이, 급거 빠른 기차를 타고 아들 곁으로 달려온 것은 이상할 것 없었다. 한스 카스토르프가 동정에 찬 비상경보를 보내고 난 3일 후에 침센 부인이 도착했다. 한스 카스토르프는 눈보라 속을 말이 끄는 썰매를 타고 그녀를 마중하러 역에 나갔다. 그는 역에 서서 기차가 들어오기 전에 얼굴 표정을 단정하게 하고, 어머니가 겁먹지 않도록 그러나 또한 조카의 얼굴을 보고 쓸데없는 밝은 희망을 품지 않도록 신경을 썼다.

얼마나 자주 이 정거장에서 이러한 대면과 인사가 있었을 것인가. 쌍방에서 달려와 기차에서 내린 여행객이 마중 나온 자의 눈 속에서 모든 것을 읽어 내려고 필사적으로 불안하게 눈을 쳐다보았을 것인가. 침센 부인은 함부르크에서 여기까지 줄곧 달려오기라도 한 것 같은 태도였다. 흥분한 얼굴 표정으로 한스 카스토르프의 손을 꼭 잡고 가슴에 갖다 대며 좀 겁에 질린 모양으로 주위를 돌아보면서 그녀는 약간 조급하게 물었다. 그러나 한스 카스토르프는 대답을 피하고 그녀가 이렇게 빨리 와 준 것에 감사를 드렸다. 정말 잘됐다. 요아힘도 참 반가워 할 것이다. 요아힘은 주로 유동식 때문에 유감스럽게도 한동안 누워 있었다. 물론 유동식은 체력에 영향을 줘서, 가령 인공 영양식과 같은 여러 가지 방법들이 필요했다. 게다가 그녀 자신이 눈으로 모든 것을 볼 수 있을 것이다.

어머니는 보았다. 그리고 어머니와 함께 한스 카스토르프도 보았다. 그제야 비로소 그는 지난 몇 주 사이에 일어난 변화를 확실히 볼 수 있었다. 젊은 사람들은 이러한 상황을 보는 눈이 없기 때문이었다. 그러나 이번에는 바깥에서 온 어머니와 함께 한스 카스토르프는, 말하자면 그녀의 눈으로 오랜만에 새삼스레 보았던 것이다. 그리고 어머니도 틀림없이 알아차린 것, 그러나 세 사람 가운데 누구보다도 요아힘 자신이 잘 알고 있는 것, 즉 요아힘이 위독 환자라는 것을 그는 분명히 알았다. 요아힘은 어머니의 손을 꼭 잡았지만, 그의 손은 얼굴과 마찬가지로 누렇게 말라 있었다. 기운이 좋았을 때 그의 괴로움의 원인이었던 귀는 얼굴이 여위어 불쌍할 정도로 보기 흉하게 옆으로 툭 튀어나와 있었다. 그러나 그 유일한 결점에도 불구하고, 그의 얼굴은 고뇌의 빛과 진지성, 엄격함, 아니, 자랑스러운 표정 때문에 오히려 사나이답게 아름다워 보였다. 거무스름한 콧수염 밑의 입술은 움푹 꺼져 들어간 뺨과 비교하면 오히려 풍성해 보일 지경이었다. 누렇게 뜬 이마에 두 줄의 주름이 눈과 눈 사이에 세로로 새겨졌다. 눈은 뼈가 드러나 보이게 눈구멍 깊숙이 들어가 있었지만 전보다 더 아름답고 커서 한스 카스토르프는 그 눈을 보고 어떤 기쁨을 느꼈다. 침대에서 지내게 된 후로 요아힘의 눈에서는 착란, 오뇌, 불안의 기색은 완전히 없어졌고, 앞서 말한 광채만이 조용하고 어두운 깊이에 담겨 있었다.

그리고 물론 예의 위협적인 느낌도 있었다. 요아힘은 어머니의 손을 잡고 "안녕하세요.", "잘 오셨어요." 하고 속삭였을 뿐 웃지 않았다. 어머니가 들어왔을 때에도 그는 웃지 않았지만 그의 얼굴 표정의 이 무표정, 무변화가 모든 것을 말해 주었다.

루이제 침센은 야무진 부인이었다. 착한 아들의 변한 모습을 보았어도 이성을 잃지 않았다. 눈에 거의 띄지 않는 그물망으로 머리칼이 흐트러지는 것을 막고 있는 몸가짐에서 느껴지는 침착하고 익숙한 태도로, 고향 사람들의 특징으로 알려져 있는 냉정과 정력을 가지고 침센 부인은 아들의 간호를 맡았다. 그녀는 아들의 모습을 보고 어머니다운 투쟁심을 일으켰고, 힘껏 간호하면 살아날 것이라는 신념에 차 있었다. 이삼 일 후 그녀는 중병인 아들을 위하여 시중을 들어 줄 간호사를 오게 하는 데에 동의했다. 그러나 그것은 자기 몸을 위해서가 아니라, 체면을 생각해서였다. 그런데 요아힘의 머리맡에 검은 손가방을 갖고 나타난 사람은 베르타 간호사, 알프레다 쉴크네히트였다. 그러나 침센 부인이 간호를 정력적으로 독점하다시피 했기 때문에 베르타 간호사는 별로 할 일이 없어서 복도에서 코안경 끈을 귀에 걸고 주위를 살피는 시간이 많았다.

이 개신교 계통 간호사는 무미건조한 인물이었다. 그녀는 요아힘이 잠자지 않고 눈을 크게 뜨고 천장을 보고 있을 때 한스 카스토르프에게 말했다.

"두 분 중의 한 분이 죽을 때 간호를 하게 되리라고는 꿈에도 생각하지 못했어요."

깜짝 놀란 한스 카스토르프는 무서운 얼굴을 하고 주먹을 내밀어 보였지만 그녀에게는 그 의미가 거의 통하지 않는 것 같았다. 그녀가 요아힘의 기분을 위로해 주어야겠다는 생각을 하지 않는 것은 당연했다. 게다가 이 병자의 용태와 결말에 대해 누군가가, 특히 근친자가 헛된 희망을 품고 있을지도 모른다는 것을 생각하기에는 그녀는 너무나 사무적이었다. "이것 보세요." 하고 그녀는 오드콜로뉴 향수를 뿌린 손수건을 요아힘의 코밑에 갖다 대면서 말했다. "좀 기운을 내세요, 소위님!" 침센 부인이 힘찬 감동의 목소리로 아들에게 회복의 희망을 말했을 때처럼 아들을 격려하고 기운을 내게 할 목적이었던 경우라면 몰라도, 지금에 와서 선량한 요아힘에게 헛된 희망을 품게 하는 것은 의미가 없었다. 왜냐하면 두 가지가 확정적이어서 의심할 여지가 없었기 때문이었다. 첫째로 요아힘은 의식이 말짱한 채로 죽음에 가까워지고 있었고, 둘째로 그가 불안도 번민도 없는 기분으로 죽음을 기다리고 있다는 사실이었다. 마지막 주 11월 하순에 심장이 급격히 쇠약해져 몇 시간이나 의식이 흐려지는 바람에 그때에야 갑자기 그는 희망에 찬 편안한 혼미 속에서 자신의 상태를 잊고 얼마 안 있으면 연대로 돌아가며, 훈련이 아직 계속되고 있어서 참가한다고 말했다. 베렌스 고문관이 두 사람의 근친에게 희망을 가지는 것을 단념시키고 임종은 시간문제라는 것을 선고한 것도 이때였다.

파괴 작용이 드디어 치명적인 죽음의 종착점에 이르렀을 때는 가장 의지가 굳센 사람도 낙관적인 헛된 희망에 도취하는 것은 슬픈 일인 동시에 자연스러운 현상이었다. 동사(凍死)에 직면한 사람이 빠지는 수마(睡魔)나 길을 잃은 사람이 빙빙 도는 것 같은, 자연적이고 비개인적이며 개인의 모든 의식적 노력을 넘어서는 바로 그런 현상이었다. 한스 카스토르프는 걱정하고 슬퍼하면서도 사촌의 의식이 흐려지는 현상을 냉철하게 관찰했다. 그리고 나프타와 세템브리니에게 사촌의 용태를 말하면서 그는 이 현상에 대한 예리한 관찰을 모호하게 정식화했다. 그러나 그는 이탈리아인에 의해 반박당했다. 이탈리아인은 세상에서는 철학자적인 낙관, 밝은 결과를 믿는 자신감을 건전한 표현이라고 생각하고, 그 반대로 비관과 염세를 병의 징조처럼 생각하고 있지만, 이것은 확실히 그릇된 생각이라고 했다. 그렇지 않다면 절망적인 최후 상태에 이르러 저렇게 낙관에 빠질 리가 없는 것이다. 저런 병적인 낙관에 비하면 그 직전의 침울한 상태는 오히려 건강하고, 억센 생명의 발현이라고도 할 수 있다고 말하여 세템브리니의 꾸지람을 받았다. 그러나 다행히도 라다만토스가 절망적이긴 하지만 희망을 남겨 주어 요아힘이 젊은 나이로 조용히 잠들 듯이 숨을 거두게 될 것이라고 말했다고 한스 카스토르프는 걱정해 주는 두 사람에게 보고할 수 있었다.

"목가적인 심장 정지입니다, 사모님!" 하고 베렌스는 삽처럼 큰 두 손으로 루이제 침센의 손을 눈물에 젖어 충혈된 푸른 눈으로 아래에서 쳐다보면서 말했다. "나로서도 만족, 큰 만족입니다. 모든 것이 조용히 끝나서 아드님이 성문부종(聲門浮腫) 등의 굴욕스러운 경험을 하지 않아도 되었습니다. 아드님은 온갖 고생을 면하였습니다. 그에게도 우리에게도 고맙게도, 심장이 곧 멎을 것입니다. 우리는 의사로서 의무를 다하여 캠퍼 주사를 놓는 등 가능한 모든 조치를 취하겠지만, 이렇다 할 가망은 별로 없습니다. 아드님께서는 최후에 곱게 잠들어서 편안하게 꿈길로 들어설 것입니다. 이것만은 약속할 수 있습니다. 게다가 마지막에 가서 잠이 들 수 없다고 해도 무의식중에 훌쩍 가 버릴 테니까, 아무튼 본인에게는 마찬가지일 것입니다. 틀림없습니다. 그리고 사실 이것은 어떤 경우에도 마찬가지입니다. 나는 죽음을 알고 있습니다. 나는 오래전부터 죽음의 고용인 노릇을 해 오고 있습니다. 죽음은 과대평가되어 왔습니다. 죽음이란 거의 문제시될 만한 것이 아니라고 장담할 수 있습니다. 경우에 따라서는 죽기 전에 땀을 흘리면서 괴로워하는 일도 있습니다. 이것을 죽음이 하는 짓이라고 생각하는 것은 그릇된 생각입니다. 이것은 산 채로 잡힌 물고기와 마찬가지로 다시 생명과 건강의 세계로 되돌아가지 못하는 것도 아닙니다. 그러나 죽음 그 자체에 대해서는 아무리 되살아난 사람이 있다 하더라도 죽음에 대해서 이렇다고 말할 수는 없을 것입니다. 그 누구도 죽음은 경험할 수가 없기 때문입니다. 우리들은 어둠에서 탄생하여 어둠으로 다시 돌아갑니다. 이 두 어둠 사이에 여러 가지 경험이 있지만, 처음과 마지막, 탄생과 죽음은 아무도 경험할 수 없습니다. 그러므로 이 두 가지는 주관성이 없는 현상에 불과하며 순전히 객관의 세계에 속해 있는 것입니다. 죽음은 그러한 것입니다."

이것이 고문관의 위로 방법이었다. 우리는 착한 침센 부인이 이 위안의 말로 조금은 기분이 진정되었다고 믿고 싶다. 게다가 고문관의 예언은 상상한 대로 실현되었다. 쇠약해진 요아힘은 최후의 며칠 동안 즐거운 꿈을 꾸는 것처럼 여러 시간을 잤다. 아마 평지의 일, 군대의 일들에 관한 꿈을 꾸었을 것이다. 그리고 잠에서 깨어나 기분이 어떠냐고 묻자 요아힘은 확실하게 알아들을 수는 없었지만, 그때마다 행복한 기분이라고 대답했다. 그러나 그는 거의 맥박이 희미해져, 마지막에는 주사바늘의 통증도 전혀 느끼지 않게 되었다. 그의 몸은 아주 무감각해져서 선량한 요아힘은 불에 데거나, 꼬집혀도 이제는 끄떡도 하지 않을 것 같았다.

그러나 어머니가 오고 난 후, 요아힘에게는 큰 변화가 일어났다. 8일 혹은 10일 이래로 깎지 않은 수염이 아주 빨리 자라 온화한 눈을 한 납빛의 얼굴이 온통 검은 수염으로 덮여 전쟁터에서 자라는 대로 내버려 둔 군인 수염처럼 보였다. 모두가 그렇게 생각했듯이 이것은 그를 미남처럼 보이게 했다. 그렇다. 요아힘은 군인 수염 때문만은 아니지만, 그 때문에 갑자기 청년에서 어른이 되고 말았다. 태엽이 끊어진 시계처럼, 요아힘은 도달할 수 없는 삶의 한 단계를 급히 살게 되었다. 그래서 마지막 24시간 사이에 노인이 되어 버렸다. 여러 가지 감각의 감퇴와 상실 때문에 아무것도 느끼지는 못하는 것 같았으나, 심장 쇠약으로 인해 얼굴이 부어올라, 한스 카스토르프가 죽음이라는 것이 역시 적어도 상당히 괴로운 것임을 느낄 정도로 괴로워 보였다. 특히 입술 부분이 심하게 부었고 입안이 바싹 말라, 감각이 없어 보였다. 그래서 말하기가 너무 힘들어 요아힘은 노인처럼 중얼거려야 했고, 그 장애를 마음으로부터 분개하였다. 이것만 없었으면 모든 것이 잘될 텐데, 정말 견딜 수 없다고 그는 혀 꼬부라진 소리로 말했다.

그가 어떤 의미에서 '모든 것이 잘 될' 거라고 말했는지는 알 수 없었다. 요아힘과 같은 상태에서는 흔히 말을 모호하게 만들기 쉬웠고, 아는지 모르는지 여러 번 뜻이 분명하지 않은 말을 표현했다. 한번은 무(無)로 돌아간다는 생각에 마음이 떨렸던지 머리를 흔들며 무언가 화가 난 듯, 이렇게 참을 수 없는 기분은 처음이라고 말했다.

그 뒤부터 그의 태도는 부정적으로 엄하고 노여움에 차 심지어 고압적으로 되었다. 그는 어떤 위로나 뻔한 이야기도 받아들이지 않고, 대답도 하지 않았으며, 냉담하게 전방을 바라볼 뿐이었다. 특히 루이제 침센이 부른 젊은 목사는 풀 먹인 빳빳한 깃이 아닌 제복 깃을 달고 있어서 한스 카스토르프가 실망했는데, 목사가 요아힘과 함께 기도를 드리고 난 후로 요아힘의 태도는 사무적, 군대적인 색채를 띠었고 부탁할 때에도 짧은 명령조였다.

오후 6시부터 요아힘은 이상한 동작을 하기 시작했다. 금팔찌를 낀 오른손으로 이불 위에서 허리 쪽을 여러 번 쓰다듬었다. 마치 무엇인가를 긁어모으려는 것처럼, 손을 들어 이불 위에서 무엇인가 끌어당기는 듯했다.

오후 7시에 요아힘은 죽었다. 알프레다 쉴트크네히트는 그때 복도에 나가 있었고 어머니와 사촌만이 방 안에 있었다. 베개에서 미끄러져 침대 속으로 들어가 있던 요아힘이 자신을 높이 받쳐 달라고 짧게 명령했다. 침센 부인이 그의 어깨에 한쪽 팔을 둘러 명령을 실행하는 동안에 그는 약간 초조하게 휴가 연장 원서를 써서 제출해야겠다고 했다. 그런데 그 말을 하는 사이에 어느덧 유명의 길로 들어가고 말았다. 붉은 천으로 덮인 사이드 테이블용 전기스탠드 빛 속에서 한스 카스토르프는 그 모습을 경건하게 지켜보았다. 요아힘의 눈동자가 열렸고, 얼굴 표정의 무의식적인 긴장이 사라졌으며, 입술이 괴로운 듯 부어올랐던 것이 곧 없어졌다. 요아힘의 온화한 얼굴에 어른다운 젊음과 아름다움이 퍼지더니 그것으로 끝이었다.

루이제 침센은 흐느껴 울면서 얼굴을 돌렸다. 한스 카스토르프는 요동도 하지 않고 숨도 쉬지 않게 된 요아힘의 눈꺼풀을 약손가락 끝으로 감기고 이불 위에 두 손을 살짝 모아 주었다. 그러고는 그도 서서 울고, 영국 해군 장교를 그토록 애태웠던 눈물이 볼에 주르르 흘렀다. 그것은 세계 도처에서 어떤 시간에도 아낌없이 계속 흐르고 있고, 시인에게 이 세상을 눈물의 골짜기라고 읊게 한 투명한 액체로, 몸과 마음의 어느 쪽이 심한 고통을 받았을 때에 신경의 충격으로 육체에서 짜내어지는 염분을 담은 알칼리성의 분비물이었다. 한스 카스토르프는 거기에 점액소와 단백질이 조금 포함되어 있는 것을 알고 있었다.

고문관도 베르타 간호사로부터 보고를 받고 나타났다. 그는 30분 전까지는 거기에서 캠퍼 주사를 놓고 있었는데 유명의 길로 들어선 순간에는 없었다.

"드디어 끝났습니다."라고 고문관은 요아힘의 움직이지 않는 가슴에서 청진기를 떼고 몸을 일으키면서 담담하게 말했다. 그리고 두 근친의 손을 꼭 잡고 끄덕였다. 그 후 그는 두 사람과 함께 한동안 침대 옆에 서서 군인 수염을 한 요아힘의 움직이지 않는 얼굴을 지켜보았다.

"무분별한 젊은이, 그러나 멋진 분이었습니다." 하고 그는 누워 있는 젊은이를 턱으로 가리키면서 어깨 너머로 말했다. "무리하게 강행군을 했습니다. 열이 있는데도 그는 운명을 걸고 명예로운 전쟁터에서 군무에 종사했습니다. 명예로운 전쟁터로, 우리 손에서 도망갔던 것입니다. 어느 쪽을 먼저 말해도 마찬가지지만, 그 명예는 죽음을 의미했고, 죽음은 명예를 의미했습니다. 아무튼 그는 지금 '작별의 영광을 누립니다!'라고 말한 것입니다. 멋진 젊은이, 무모한 분이었습니다." 이렇게 말하고 고문관은 큰 키를 구부리고 목을 뺀 채 가 버렸다.

요아힘의 유해를 고향으로 운반하는 것은 이미 결정된 사실이었다. 베르크호프 당국은 이에 필요한 사무 일체는 물론, 그 밖에 적절하다고 생각되는 일들을 남김없이 해 주어 어머니와 사촌은 거의 할 일이 없었다. 다음 날 요아힘에게는 비단 와이셔츠가 입혀졌고, 이불 위에는 꽃이 놓였다. 흰 눈빛이 반사되는 방에 눕혀졌을 때 그는 유명의 길로 들어선 직후보다 더 아름다웠다. 긴장의 흔적은 얼굴에서 씻어 버린 듯 사라졌다. 차가워진 얼굴은 무어라고 말할 수 없이 청순하고 평화로워 보였다. 납과 대리석 중간쯤의 고귀하고 섬세한 소재로 만들어진 것 같은 움직이지 않는 노란 이마에는 짧은 까만 고수머리가 드리워졌다. 미미하게 흔들리는 턱수염 아래 두툼하고 뚜렷한 입술은 곡선을 그렸다. 이 얼굴에는 고대의 투구가 어울릴 것이라고, 작별 인사를 하러 온 조문객들은 한결같이 말했다.

슈퇴르 부인은 죽은 요아힘의 유해를 보고 감동하여 울었다. "영웅이었어요, 영웅이었어요!" 하고 그녀는 여러 번 외쳤고, 장례식에는 베토벤의 《영웅》을 연주해야 한다고 요구했다.

"가만히 계십시오!" 하고 세템브리니가 옆에서 꾸짖었다. 그는 나프타와 함께 방으로 찾아와 있던 터였다. 두 손으로 그는 요아힘을 가리키면서 방 안에 있는 모든 사람들에게 애도하도록 촉구했다. "이렇게 호감이 가는 청년을, 이렇게 훌륭한 청년을!" 하고 여러 번 이탈리아어로 탄성을 질렀다. 나프타는 공손한 자세를 한 채, 세템브리니의 얼굴은 보지도 않고 낮은 목소리로 신랄하게 말했다.

"당신이 자유와 진보 외에도 엄숙한 것에 마음을 동하는 것을 보니, 나는 기쁩니다."

세템브리니는 그 말을 잠자코 들었다. 아마 그는 새로운 사태로 말미암아 나프타의 입장이 자기의 입장보다 우선은 더 유리해진 것을 느꼈기 때문이리라. 그리고 그는 나프타의 일시적인 유리한 입장에 비탄의 절실함을 갖고 대항하려 했다. 그리고 상대방의 유리한 입장을 생각하였는지, 상대방이 다음과 같이 공박했을 때에도 세템브리니는 계속 잠자코 있었다.

"문학가의 잘못은 정신만이 인간을 지지하게 만든다고 생각하는 점입니다. 사실은 오히려 그 반대입니다. 정신이 없는 곳에 진지성이 있는 것입니다."

'아니, 이건.' 하고 한스 카스토르프는 생각했다. '이건 또 애매한 발언인데! 그 말을 하고 난 뒤에 입술을 다물면 모두 잠자코 있게 되고 말지.'

오후에 금속관이 운반되어 왔다. 금 고리와 사자 머리로 장식한 화려한 관에 요아힘이 옮겨질 때 관을 따라온 사나이는 아무에게도 손을 빌리려 하지 않았다. 그 사나이는 의뢰받은 장의사와 연고가 있는 사람으로 짧은 프록코트 같은 검정 옷을 입고 뭉툭한 손가락에 결혼 반지를 끼고 있었다. 그 누런 반지는 살 속에 파묻혀 있는 것 같았다. 그 사나이의 프록코트에서 시체 냄새가 풍기는 것 같았지만 이것은 순전히 편견이었다. 그 사나이는 무대 뒤에서 남몰래 일을 끝마치고 유족에게는 경건하고 정연하게 끝난 작업 외에는 보여서는 안 된다는 전문가적 직업의식을 느끼게 했다. 그러나 이것이 오히려 한스 카스토르프에게 오해를 샀다. 그는 침센 부인에게 물러가 있도록 권하고는, 자신은 자리를 비워 달라고 해도 나가지 않고 사나이를 도왔다. 요아힘의 겨드랑이 뒤로 손을 넣어 끌어안아 침대에서 관으로 옮기는 일을 도왔다. 요아힘의 유해는 관 속의 아마포 홑이불과 술 달린 쿠션 위에 높다랗고 엄숙하게 눕혀졌다. 관 좌우에는 베르크호프 당국에 의해 큰 촛대가 세워졌다.

마의 산 2

그러나 그 다음 날, 새로운 변화가 생겼기 때문에 드디어 한스 카스토르프도 마음속으로 유해와 작별을 고하고 그 자리를 떠나 뒷일을 상인, 기분 나쁜 장의사에게 완전히 일임하기로 했다. 그때까지 엄숙하고 근엄한 얼굴을 한 요아힘이 군인 수염 속에서 미소 짓기 시작했기 때문이었다.

한스 카스토르프는 그 미소가 더 심하게 변하는 것을 잘 알고 있었기 때문에 빨리 서둘러야겠다는 기분에 마음이 산란해졌다. 따라서 관이 닫히고 나사못으로 잠겨 운반될 때가 임박한 것은 다행이었다. 한스 카스토르프는 조심스럽고 소극적인 천성을 버리고, 죽은 요아힘의 돌처럼 찬 이마에 작별 키스를 하고 무대 뒤의 사나이로부터 눈길을 뗄 수 없음을 느끼면서도 루이제 침센과 함께 공손히 방을 나왔다.

　여기서 일단 막을 내리도록 하자. 그러나 막이 천천히 내려가는 동안에 우리는 이 세계에 남은 한스 카스토르프와 함께 먼 평지의 습기에 찬 묘지로 눈을 돌려, 그 묘지에서 군도가 번쩍이며 눕혀지고, 호령 소리가 울리는 가운데, 나무뿌리가 엉킨 군인 요아힘의 묘지 위에서 낭만적인 조례(弔禮)인 세 번의 소총 사격이 울려 퍼지는 소리를 귀 기울여 들어 보자.

## 제 7 장

마의 산 2

**해변의 산책**

시간을 이야기할 수 있을까. 시간 그 자체를, 순수하게 시간을 그리고 시간으로서? 아니다. 그것은 불가능하고 바보 같은 시도다. '시간은 지나갔다, 시간은 흘러갔다, 시간은 옮겨갔다.' 언제나 이렇게 계속되는 이야기, 올바른 상식을 가진 사람이라면 이것을 이야기라고 부르는 사람은 없을 것이다. 그것은 하나의 음이나 화음을 미친 듯이 한 시간 동안 계속 울리고서, 그것을 음악이라고 하는 것과 마찬가지다. 고인인 요아힘이 어떤 기회에 한 말을, 사자(死者)의 발언을 추억하기에 알맞은 경건하고 차분한 기분으로 인용해 보자. 이야기는 시간을 채우고, 시간을 '반듯하게 메우고', 시간을 '분할하고', 시간에 '내용을 부여하고', 언제나 '무언가가 시작되게' 하는 점에서 음악과 흡사하다. 이 말은 먼 옛날에 요아힘이 말한 것으로서, 대체 얼마나 옛날이었던가를 독자들이 과연 지금도 분명하게 기억하고 있는지 모르겠다. 시간은 인생의 지반인 것처럼, 이야기의 지반이기도 하며, 공간 속의 물체에 결부되어 있듯이, 이야기에도 긴밀히 결부되어 있다. 시간은 음악의 요소이기도 하다. 음악은 시간을 측량, 분할하고, 단축함과 동시에 귀중하게도 만든다. 그 점에서 음악은 말한 대로 이야기와 흡사하다. 음악과 관련하여 이미 피력했듯이 조형 미술 작품처럼 시간에 속박된 순수한 물체와 같은 눈부신 현존재로 갑자기 나타나는 것이 아니라, 목적을 가진 운동으로서 연속적인 사태로서만 나타날 수 있는 것이 바로 이야기다. 가령 어떤 순간에도 바로 여기서 전체적으로 존재하려고 시도한다 해도 이야기는 그 현존을 위해서 여전히 시간이 필요하다.

이것은 다 알고 있는 사실이다. 그러나 이야기와 음악 사이에 상이점이 있다는 것도 분명한 사실이다. 음악의 시간적 요소는 단일하다. 그것은 이 지상의 경험적 시간의 일부분을 구분지어 메우고, 비길 데 없이 고귀한 것으로 높인다. 이와는 반대로 이야기의 시간적 요소는 두 가지다. 하나는 이야기 자체의 시간, 이야기의 경과와 재현에 소비되는 음악적, 현실적 시간이다. 다른 하나는 이야기의 내용적 시간으로서, 매우 가변적인 전망의 질을 가졌는가 하면, 이야기의 비현실적 시간이 음악적, 현실적 시간과 거의, 아니, 꼭 일치하는 일도 있고, 별과 별 사이의 거리처럼 격차가 크게 벌어지는 경우도 있다. 《5분 왈츠》라고 부르는 곡은 5분짜리 음악으로, 오로지 이것만이 시간에 대한 그 음악의 관계를 규정한다. 그러나 내용적 시간이 5분인 이야기를, 그 내용의 5분간을 마음껏 철저하게 채워 이야기한다면 5분의 천 배의 시간도 계속할 수 있을 것이다. 그리고 가상적인 내용적 시간 5분이 아주 길게 이야기될 수도 있지만, 또한 아주 짧게 느껴질 수도 있다. 한편으로 이야기의 내용적 시간이 이야기하는 데 필요한 현실적 시간보다 터무니없이 길어 현실적 시간을 짧게 느끼게 할 수도 있을 것이다. '짧게 느끼게' 한다는 것은, 그 경우에 분명히 내포되고 있는 현혹적 요소, 더 구체적으로 말한다면 병적인 요소를 암시하고 싶었기 때문이다. 그 경우, 이야기는 연금술적인 마술, 시간적인 초원근법을 사용하는 것이며, 이것은 현실계의 병적인 실례, 분명히 초감각적 세계에 속하는 실례를 상기시킨다. 아편 상습자의 수기에는, 아편에 도취한 자는 도취해 있는 짧은 시간에 갖가지 환상에 빠져 그 환상의 시간적 확장은 10년, 30년, 아니 60년에 걸치며, 인간의 시간 경험의 가능성의 한계를 넘는다고 보고되었다. 즉 그러한 환상의 상상적 시간은 현실의 시간을 훨씬 능가하며, 믿을 수 없을 만큼의 시간 체험 단축이 이루어진다. 마취제 하시시의 상습자의 말을 빌리면 마취된 인간의 뇌에서 '부서진 시계의 태엽처럼 무엇인가 빠져 버렸다'는 듯이 눈부신 속도의 상념이 웅성대게 되는 것이다.

이야기도 아편 상습자의 이상한 환상과 마찬가지로, 시간을 연장 또는 단축할 수 있고 설정하여 취급할 수 있다. 그러나 시간을 '취급'할 수 있다는 점에서 이야기의 요소인 시간은 이야기의 대상도 될 수 있다. '시간을 이야기한다'는 것은 좀 지나친 말이라고 하더라도, 시간에 대해 이야기한다는 것은 처음 드는 생각처럼 이치에 어긋난 시도는 아니다. 따라서 '시간 소설'이라는 명칭에는 색다른 몽상적인 이중의 의미가 포함되어 있다고도 할 수 있다. 우리들이 지금 시간을 이야기할 수 있을까 하는 것을 문제로 삼은 것은, 현재 여기서 진행되고 있는 이야기에서 시간을 이야기하려는 것을 고백하고 싶었기 때문이다. 그리고 또 고인이 된 진지한 요아힘이, 음악과 시간에 대한 예의 의견을 담화 중에 말했던 것이(그런 이야기를 했다는 것이 사실은 요아힘의 진지한 성격에 어울리지 않기 때문에, 이것은 그의 본성이 어떤 연금술적인 증가를 경험한 것을 뜻한다) 지금으로부터 얼마 전인가를 독자들이 확실히 기억하는지 모르겠다는 문제를 언급하긴 했지만, 독자가 얼마 전의 일이었는지 당장 기억나지 않는다고 대답해도 그다지 화를 내지는 않을 것이다. 화를 내지 않을 뿐더러 만족할 것이다. 왜냐하면 모든 독자가 주인공 한스 카스토르프의 경험을 함께 경험하는 것이 우리가 원하는 바인데, 한스 카스토르프가 문제점에 대해 전혀 분명히 알지 못하며, 더욱이 이미 훨씬 전부터 알지 못했다고 하는 단순한 이유 때문이다. 이것은 시간 소설, 그리고 현대 소설이라는 이중의 의미를 갖는 한스 카스토르프의 이야기에 알맞은 것이다.

요아힘은 무모한 출발을 하기까지 이 위에서 얼마 동안 한스 카스토르프와 함께 지냈는가? 혹은 모두 얼마 동안 여기서 지냈는가? 그가 얼마 동안 이곳에 없었으며, 언제 여기로 되돌아왔는가? 그리고 그가 이곳에 되돌아왔다가 얼마 안 있어 이 시간의 세계로부터 사라져 버릴 때까지 한스 카스토르프 자신은 대체 얼마나 여기에 있었는가? 요아힘의 일은 그만두고라도 쇼샤 부인은 이 위에 얼마 동안 없었는가? 언제부터, 가령 서기 몇 년부터 그녀는 이 위에 다시 있게 되었는가? (사실 그녀는 다시 이 위로 되돌아와 있었다.) 그녀가 되돌아올 때까지 한스 카스토르프는 어느 정도의 세월을 이 베르크호프에서 보내고 있었던가? 이 모든 질문의 대답은 아무도 생각해 본 일이 없으며, 한스 카스토르프 자신도 생각하고 싶지 않아서 생각하지 않았지만, 누군가가 그것을 물어보았다고 해도 손가락 끝으로 이마를 칠 뿐 분명히 대답할 수가 없었을 것이다. 이것은, 그가 이 위에 체재하게 되었던 첫날 밤에 겪었던 순간적인 불능 상태, 즉 세템브리니에게 자신의 연령을 대답할 수 없었던 순간적인 불능 상태에 못지 않은 걱정스러운 현상으로서 이제는 불능 상태가 아니라 기억 상실이었다. 왜냐하면 순간적인 불능 상태가 아니라, 그는 자신이 몇 살이 되었는지 정말로 몰랐기 때문이다.

이것은 정말 어처구니없지만, 전대미문의 일, 있을 수 없는 일은 아니었다. 오히려 어떤 조건 아래에서는 언제 누구에게나 일어날 수 있는 일로, 그러한 조건이 갖추어지면 시간의 경과에 대해, 따라서 자기의 연령에 대해, 아무것도 모르게 되는 것은 불가피할 것이다. 이러한 현상이 생기는 것은 우리 내부에 시간 감각 기관이 존재하지 않기 때문이며, 시간의 흐름을 우리의 힘으로 외부의 실마리에 의지하지 않고 근사치를 계량하는 능력이 전혀 없기 때문이다. 탄광의 갱내에 생매장되어 낮과 밤이 바뀌는 걸 전혀 알 수 없게 된 광부들이 구출된 후 암흑 속에서 희망과 절망 사이에서 지낸 시간이 사실은 10일인데도 3일이라고 생각하는 일이 가끔 있다. 긴박한 상황 속에 있어서는 시간이 길게 느껴질 것이라고 생각하는 것이 보통의 생각이지만, 광부들에게는 시간이 현실의 3분의 1 길이로 단축되었던 것이다. 그렇다면 인간의 무력함은 혼미상태에서는 시간을 현실보다도 길게 느끼지 않고 오히려 극도로 단축하여 경험하는 경향이 있는 것 같다.

한스 카스토르프도 그런 기분이 되면 그다지 수고하지 않고도 계산에 의해 그러한 의심스러운 상태에서 빠져나와 정확한 것을 알 수 있다는 것은 물론 아무도 부정하지 못할 것이다. 마치 애매하고 확실치 않은 것이 독자의 건전한 취미에 맞지 않는다면, 그렇게 고생하지 않아도 정확한 것을 알아낼 수 있는 것과 마찬가지였다. 한스 카스토르프의 경우는, 그런 애매한 상태에 머물러 있는 것이 특히 기분에 맞았던 것이 아니라, 그러한 애매한 상태에서 벗어나 이 위에서 나이가 얼마 되었는가를 확실하게 하려는 노력을 조금도 하고 싶지 않았다. 그런 노력을 하지 않으려 주저함은 양심의 가책에서 왔다. 시간에 주의하지 않는 것이야말로 가장 문책을 받아야 할 양심 부족이라는 것은 분명한 일이었지만.

그의 이런 기력 부족을 조장하는 주위의 사정이 의식적이라고까지는 할 수 없어도 안성맞춤이었음을 그를 위해 변론해야 할는지 모르겠다. 쇼샤 부인이 다시 돌아온 것은(한스 카스토르프가 꿈꾸었던 것과는 다른 귀환이었지만, 여기에 관해서는 뒤에 또 언급하기로 한다) 역시 강림절이었다. 1년 중 낮이 가장 짧은 날, 천문학적으로 말하면 초겨울이 임박한 때였다. 그러나 이론적인 계절의 구분을 생각하지 않더라도 눈과 추위로 보아 사실은 벌써 오래전부터 겨울에 이르렀었다. 아니, 겨울이 아닌 적은 한 번도 없었다. 겨울이 아주 일시적으로 중단되어 내리쬐는 여름날, 하늘이 거의 거무스름해 보일 정도로 깊고 푸른빛을 띤 여름날이 끼여 있을 뿐이었다. 즉, 눈만 없다면 겨울에도 가끔씩 여름과 같은 날이 끼여 있었고, 게다가 눈은 여름의 어느 달에도 내렸다. 한스 카스토르프는 이처럼 심한 뒤범벅에 대해 죽은 요아힘과 몇 번이나 서로 이야기했을까. 사계를 뒤범벅으로 만들고 뒤섞어 1년의 네 구분을 없애고, 그로 인해 1년을 길게 함과 동시에 짧게도 하고, 짧게 함과 동시에 길게도 하여, 요아힘이 언젠가 참을 수가 없어 불쾌한 듯이 말한 것처럼 대체로 시간이라고 정의할 수 없게 만든 뒤범벅이었다. 이 심한 뒤범벅은, 사실은 '아직'과 '다시'라는 기분상의 구분 또는 의식적인 차이로서 정말로 머리를 혼란스럽게 하고, 어리둥절하게 하는 경험이었다. 그러나 한스 카스토르프는 이 위에 머무르게 된 첫날부터 그 경험에서 부도덕한 쾌감을 느꼈다. 밝은 줄무늬 벽지를 바른 식당에서 하루에 다섯 번의 상당한 양의 식사를 할 때마다, 처음으로 그런 현기증 같은 기분에 사로잡혔던 그 당시에는 비교적 심각하지 않았다.

그 뒤, 감각과 정신의 착각은 훨씬 그 심도를 더해 갔다. 시간은 그것을 경험하는 개인의 감도가 쇠약해지든가 없어진 경우에도 활동을 계속하고 변화를 '낳은' 것을 보면 객관적인 현실성을 갖고 있다. 부엌에 있는 선반에 놓인 밀봉된 식료품의 저장용기가 시간 바깥에 있는지 어떤지는 직업적인 철학자가 생각할 문제였다. 한스 카스토르프가 그것을 언젠가 입 밖에 낸 것은 젊은이의 혈기에서였다. 그러나 알다시피 시간은 잠꾸러기에게도 작용한다. 열두 살 난 소녀가 어느 날부터 13년 동안 계속 잠이 들어 있었는데, 그와 동시에 열두 살의 소녀로 머물러 있지 않고 자고 있는 사이에 성숙한 여성으로 변했다는 사실을 어떤 의사는 증언하였다. 이것은 당연한 일이리라. 죽은 자는 시간의 세계에서 사라져 시간을 얼마든지 가지고 있다. 다시 말하면 죽은 사람 개인으로 말하면 시간을 가지고 있지 않은 것이었다. 그럼에도 불구하고 죽은 사람도 손톱과 머리카락이 자라며 그리고 결국은⋯⋯, 그만두기로 하자. 요아힘이 언젠가 이와 관련이 있는 말을 하여, 한스 카스토르프가 평지인답게 반대한 일이 있었다. 그 말을 여기서 되풀이하는 것은 그만두기로 하자. 한스 카스토르프도 손톱과 머리카락이 자랐다. 어쩐지 빨리 자라는 편이어서 그는 마을 대로변에 있는 이발소 의자에 자주 앉아서, 흰 천을 감고 귀를 덮은 머리를 깎게 하였다. 마치 늘 그 의자에 앉아 있는 듯했다. 또는 그 의자에 앉아 상냥하고 익숙한 이발사와 시간의 작용으로 길어진 머리카락을 깎으면서 이야기하고 있을 때, 갑자기 현기증에 가까운 기분, 호기심 같은 만족 섞인 놀라움에 사로잡혔다. 현기증이라는 말이 가지는 무어라고 규정할 수 없는 의미, 즉 혼미와 현혹의 두 가지 의미의 현기증에 빠져, '아직'과 '다시'의 구분이 뒤범벅되어 확실하게 구별하지 못하게 되었다. 그리고 '아직'과 '다시'가 뒤범벅되어 구별할 수 없게 되면, 시간이 없는 '언제나'와 '영원'이 되었다.

여러 번 말했지만, 우리들은 한스 카스토르프를 실제보다 더 훌륭하게 보이려고도, 또 실제보다 더 나쁘게 보이려고도 생각하지 않는다. 따라서 그가 그러한 신비로운 현기증에 옳지 못한 만족을 느끼고 의식적이고 적극적으로, 그러나 이것과는 반대의 노력으로 대처하려 했던 사실도 여기서 말해 두어야 할 것이다. 그는 시계를 손에 쥐고 있는 일이 종종 있었다. 납작하고 매끄러운 금 뚜껑이 달린 시계였다. 이니셜이 새겨진 뚜껑을 열어 사기 글자판 위를 내려다보았다. 글자판 위에는 검붉은 아라비아 숫자가 두 줄로 빙 둘려 있고, 섬세하고 화려한 장식이 있는 금으로 된 두 개의 바늘이 저마다의 방향을 가리키고, 가느다란 초침은 나름대로 작은 원의 주위를 분주하게 돌고 있었다. 한스 카스토르프는 그 초침을 바라보면서, 시간의 걸음을 이삼 분만 멈추고 늦추어 시간의 꼬리를 잡으려고 했다. 그러나 초침은 빨리 전진할 뿐, 차례로 다가오는 숫자는 보지도 않고 지나간 뒤로 멀리 물러가서는 다시 가까이 왔다. 초침은 목표, 구분, 도수의 숫자에는 관심이 없었다. 60이라는 숫자가 있는 곳에서 잠깐 멈추든지, 적어도 일한 가지는 끝마쳤다는 눈짓을 했으면 좋을 텐데, 초침은 60이라는 숫자도 숫자가 붙어 있지 않은 선과 마찬가지로 황급히 지나갔다. 그 상태를 보고 있으면 도중의 어떤 숫자나 구분도 그저 나란히 있을 뿐, 초침은 한눈팔지 않고 앞으로 달리고 있다는 것을 느꼈다. 이리하여 한스 카스토르프는 그의 글라스휘테제(製) 시계를 다시 조끼 주머니에 집어넣고 시간이 흘러가는 대로 내버려두었다.

이 젊은 모험가의 내면생활에 일어난 변화를 평지의 정직한 사람

마의 산 2

들에게 어떻게 이해시켜야 한단 말인가? 현기증이 날 것 같은 동일성이라는 척도가 더해 갔다. 좀 기분을 늦추면, 오늘의 현재를 이것과 똑같은 어제의, 그저께의 현재와 구별하는 것이 쉽지 않았고, 그 현재는 한 달 전의 현재, 1년 전 현재와도 구별할 수 없이, 그것과 하나가 되어 '영원한 현재'로 녹을 성 싶었고, 녹기도 하였다. 그러나 '아직'과 '다시' 그리고 '장차'라는 윤리적인 의식의 구별이 사라지지 않는 경우에는, '오늘'을 과거와 미래로 구별하며 구분하는 상대적인 명칭인 '어제'와 '내일'의 의미를 넓혀, 그것을 훨씬 큰 상대 관계에 적용해 보고 싶었다. 아주 적은 시간 단위에 의해 살고 있는 그 '짧은' 일생에서 볼 때, 초침의 분주한 총총걸음을 장침의 느릿하고 완만한 걸음처럼 느끼는 생물이 지구보다도 작은 유성에 살고 있는 것을 상상하는 것은 황당무계한 공상은 아닐 것이다. 그러나 다음과 같은 생물도 상상할 수 있을 것이다. 즉 생물이 살고 있는 공간에는 한없이 거대한 걸음의 시간이 결부되어 있어서, 그들의 시간 경험에서 '방금', '조금 뒤에', '어제', '내일'이라는 구분의 개념이 한없이 확대된 의미를 갖는 생물을 상상할 수도 있을 것이다. 우리들에게 그러한 상상이 가능할 뿐만 아니라 관대한 상대주의의 정신에서 판단해도, 또 '장소가 다르면 습관도 다르다'는 법칙에서 보아도, 올바르고 건전하고 훌륭한 상상이라고 할 수 있다. 그러나 지구에 살고 있는 인간으로, 하루, 일주일, 한 달, 한 학기라는 시간이 큰 의미를 가지는 연령, 그러한 시간 단위가 생활에 여러 가지 변화와 진보를 가져오는 연령의 인간이, 어느 날 '1년 전'을 '어제', '1년 뒤'를 '내일'이라고 부르는 좋지 않은 습관에 젖는다든지, 가끔 그러한 습관에 빠진다면, 우리들은 그 청년을 어떻게 생각해야 할 것인가? 그것에는 확실히 '혼미와 혼란'이라는 비평이 적절하며, 따라서 지극히 걱정해야 할 일이다.

마의 산 2

이 세상에는 시간의 구분, 공간의 구분이 뒤범벅되어 구분을 지을 수 없게 되고 현기증을 느끼게 하는 상태로 되는 것이, 말하자면 자연스럽고 당연한 것으로, 휴가 중이라면 그런 마력에 끌려 들어가도 허락해 줄 수 있는 경우, 즉 풍경적 광경(여기서 말하는 풍경이라는 말이 사용될 수 있다면)이 있는 법이다. 우리가 말하는 것은 해변의 산책이다. 이것은 한스 카스토르프가 상기할 때마다 심한 애착을 느꼈던 경우로, 그가 눈 속을 헤매고 다녔을 때에 고향의 모래 언덕 풍경을 즐겁고 그립도록 상기했던 것은 우리도 알고 있는 바다. 여기서 해변의 저 무어라 말할 수 없는 기분을 증거로 끄집어내도, 독자는 자기의 경험과 추억에서 그것을 상기하고, 우리와 같은 생각이 될 것으로 믿는다. 당신은 해변을 걷고 또 걸어간다. …… 당신은 시간으로부터, 그리고 시간은 당신으로부터 사라져, 당신은 산책에서 시간에 맞추어 집으로 돌아오지 못할 것이다. 아, 바다여, 우리들은 지금 너로부터 멀리 떨어진 곳에 앉아서 이야기하며 너를 생각하고 너를 그리워하고 사랑한다. 우리는 네가 분명하게 큰 소리로 불려 나온 것같이 이야기 속에 나타나기를 바란다. 너는 이 이야기 속에 언제나 있었고 현재도 있고 앞으로도 있을 것이다. 파도가 출렁대는 황량한 바다, 퇴색한 회백색의 하늘이 퍼지고, 날카로운 습기가 사방을 채우고, 이 습기의 짠

맛이 우리의 입술에 남는다. 우리는 자유로이 평화롭고 악의 없는 공간을 지나가는 바람, 우리의 머리를 가볍게 마비시키는 바람, 광막하고 부드럽고 온화스러운 바람에 귀를 싸여, 해초와 작은 조개가 널린, 가볍고 탄력 있는 모래 위를 걷고 또 걷는다. 우리는 헤매고 또 헤매며, 왔다가 돌아가는 흰 파도가 우리의 다리를 적시려는 것을 본다. 흰 파도가 차례로 평평한 해변에 비단처럼 퍼진다. 여기저기에, 저쪽 모래사장 주위에, 그리고 사방에 뒤섞인 파도 소리, 평화롭게 일렁이는 파도 소리는 우리의 귀를 이 세상의 모든 소리로부터 덮어 버린다. 깊은 만족, 의식하는 망각, 영원한 품속에 안겨 눈을 감자! 아니, 잘 보라. 흰 파도가 출렁대는 저 녹회색의 먼 바다가 굉장히 가깝게 보이면서 수평선 저쪽에 녹아들고 있는 곳, 저기에 흰 돛단배가 떠 있다. 저쪽? 어떤 저쪽? 얼마나 먼? 얼마나 가까운? 그것은 당신도 모른다. 그 판단을 할 수 없어 머리가 아찔해진다. 저 돛단배가 해변에서 얼마나 떨어져 있는지 알려면, 흰 돛단배의 크기를 알아야 할 것이다. 작고 가까운 것인가, 크고 먼 것일까? 당신의 눈은 그것을 판단할 수 없어 멍해진다. 당신 속에는 공간에 대해 가르쳐 주는 기관도 감각도 없기 때문이다. 우리들은 걷고 또 걷는다. 벌써 얼마만 한 시간을? 얼마만 한 거리를? 그것은 알 수 없다. 우리가 계속 걸어도 아무것도 모른다. 저쪽은 이쪽과 마찬가지이고, 아까는 현재와, 이제부터와 같다. 공간의 끝없는 단조로움 속에서는 시간은 없어진다. 한 점에서 다른 한 점으로의 운동은 어디나 똑같은 세계 속에서는 운동이 아니며, 운동이 운동으로 되지 않는 세계에는 시간은 없다.

시간은 인간의 착각이고, 인과 관계와 연속에 의한 시간의 경과는 인간의 감각 기관의 산물이며, 사물의 참된 모습은 불변의 현재라고 중세의 학자들은 가르쳤다. 그 생각을 처음으로 한 학자는 영원히 희미한 짠맛을 입술에 맛보면서 해변을 산책하고 있었을까? 다시 말하지만, 우리가 여기에서 이야기하는 것은 휴가 중의 특전, 여가 중의 공상이다. 활동적인 인간이 해변의 따스한 모래 속에 눕는 것에 곧 싫증을 느끼는 것처럼 양심적인 인간은 그러한 공상에 곧 싫증을 느낀다. 인간의 인식 방법과 형식을 비판하고 그 절대의 타당성을 의심하는 것은 이성이 이성 본래의 사명을 등한히 했다는 비난을 받지 않고서는 넘을 수 없는 한계를 이성에게 나타낸다는 뜻이 있다면 몰라도, 그것이 아니라면 부조리하고 파렴치한 배반이 될 것이다. 우리는 세템브리니 씨가 여기서 이야기하고 있는 운명의 주인공인 청년, 세템브리니 씨가 어떤 기회에 적절하게도 '인생의 걱정거리 자식'이라고 부른 청년에게 교육자다운 단호한 어조로 형이상학을 '악'이라고 단정하여 들려준 것을 감사해도 좋을 것이다. 그리고 우리는 비평 원리의 의미와 목적, 그리고 목표는 오직 하나로, 의무의 관념과 생의 명령 이외에는 있지 않으며 있어서는 안 된다고 단언함으로써, 우리가 사랑하는 요아힘을 추모하는 최상의 경의를 표명한다. 그렇다. 우리의 생활을 지도하는 지혜는 이성의 한계를 비평, 정리하고, 그 한계점에 생의 깃발을 세우고, 그 깃발 밑에서 생의 근무에 종사하는 것이 인간의 군인적 의무라고 선언하였다. 우리는 군인 요아힘이 우울증에 걸린 수다쟁이 베렌스가 말한 이른바 '지나친 근면'으로써 결국

마의 산 2

죽음을 촉진시킨 것을 안다. 한스 카스토르프 청년의 의심스러운 시간 관리, 영원과 장난을 너무 심하게 하여 촉진된 결과들을 우리는 얼마나 관대하게 보아야 할 것인가?

## 페페르코른 씨

'국제'라는 간판에 가장 알맞은 국제 요양원 베르크호프에 페페르코른이라는 중년의 네덜란드인이 한동안 머물렀다. 페페르코른은 네덜란드의 식민지 자바에서 커피 재배를 하는 사람이었다. (그래서 그런지 다소 유색 인종 같은 느낌이 들었다.) 그 유색 인종 같다는 특징만으로는 피테르 페페르코른(이것은 '지금 피테르 페페르코른은 브랜디로 원기를 돋우고 있다.'고 하는 그의 입버릇에서처럼 그가 자신을 부르는 이름이었다)을 이 이야기의 마지막 부분에 등장시키는 충분한 이유는 되지 않을 것이다. 여러 나라의 말을 구사하는 수다쟁이 의사 베렌스 고문관이 원장으로 주재하고 있는 유명한 요양원 베르크호프에는, 아, 얼마나 많은 각양각색의 손님들이 머물고 있는 것일까? 최근에도 이집트의 왕녀, 언젠가 고문관에게 진기한 커피세트와 스핑크스가 새겨진 담배를 보낸 왕녀도 있었다. 이 왕녀는 니코틴으로 누렇게 된 손가락에 여러 개의 반지를 끼고 단발머리를 한 충격적인 차림의 여성으로, 하루의 주요한 식사에는 파리식 의상을 입고 나타났지만 그 밖에는 남자용 양복을 입었다. 특히 줄이 선 바지 차림으로 돌아다녔는데, 남자는 본 체도 하지 않고 간단히 란다우어 부인이라고 불리는 루마니아의 유대 부인에게만 노곤하지만 강렬한 애정을 바치고 있었다. 파라반트 검사는 이 왕녀에게 열중하여 수학 공부까지 등한히 하게 되었는데, 너무 반해 혼이 빠진 사람처럼 되었다. 이 왕녀 혼자만으로는 충분하지 않다는 듯이 왕녀의 수행원 중에는 흑인도 한 사람 있었다. 이 거세된 흑인은 카롤리네 슈퇴르가 가끔 흉을 본 것처럼 성적 불구인데도 인생에 누구보다도 애착을 품고 있는 모양으로, 검은 피부의 육체를 투사하여 체내를 찍은 사진을 보고 매우 비관했다.

이 사람들에 비하면, 페페르코른 씨는 거의 특징이 없었다. 이 장(章)에도 우리들의 이야기는 앞의 어떤 장과 마찬가지로 '또 한 사람'이라는 표제가 붙여질 것 같지만, 그러나 독자는 여기서 정신적 혼란과 교육적 혼란의 장본인이 한 사람 더 많아졌다고 걱정할 필요는 없다. 아니, 페페르코른 씨는 이 세상에 논리적 혼란을 가져올 인물은 결코 아니었다. 이제 곧 알게 되겠지만, 그는 이것과는 정반대의 인물이었다. 그런데도 이 인물의 출현 때문에 우리의 주인공은 다음과 같은 심각한 혼란을 경험했다.

페페르코른 씨는 쇼샤 부인과 같은 저녁 열차로 마을 역에 도착했고, 같은 썰매로 베르크호프로 올라와 베르크호프의 식당에서 그녀와 함께 저녁 식사를 했다. 동시에 도착한 것뿐만이 아니라 함께 도착했던 것이다. 페페르코른 씨는 식당에서 일류 러시아인 석에, 더구나 다시 돌아온 부인의 옆 자리, 즉 의사석을 마주 향해 있는 좌석, 전에 교사인 포포브가 난폭하고 이상한 발작을 한 좌석을 지정받았다. 선량한 한스 카스토르프는 이 일은 꿈에도 예상하지 못했기 때문에 멍해졌다. 고문관에게서 클라브디아의 귀환 날짜와 시간을 예의 말투로 미리 듣기는 했다.

"어때요, 노총각 카스토르프 군." 하고 고문관은 말했다. "성실하게 기다리던 보람이 있었습니다. 모레 저녁, 우리의 새끼고양이가 이곳에 다시 살짝 들어옵니다. 전보로 알려 왔습니다." 그러나 쇼샤 부인 혼자가 아니라는 것에 대해서는 고문관은 한마디도 하지 않았다. 아마 그 자신도 쇼샤 부인과 페페르코른이 함께 온다는 것, 두 사람이 동반한다는 것은 전혀 몰랐던 것이리라. 여하튼 쇼샤 부인이 함께 도착한 다음 날 한스 카스토르프에게서 문책을 당했을 때, 그는 놀랐다는 표정을 하면서 말했다.

"나는 그녀가 어디에서 그 남자를 주워 왔는지 설명해 드릴 수가 없습니다." 그는 단언했다. "아마도 여행 중에, 상상컨대, 피레네 산맥 부근에서부터 알게 된 것이겠지요. 그렇습니다. 저 사람의 일은 당신도 참아야 합니다. 패전하여 실망낙담한 멋쟁이 양반, 이젠 이미 늦었어요. 두 사람은 심각한 사이인 것 같습니다. 여행 비용도 공동 계산인 것 같아요. 들은 바를 종합하면 그자는 대단한 갑부인가 봅니다. 은퇴한 커피왕이랍니다. 말레이인 하인을 두고 호화로운 생활을 하고 있어요. 물론 그는 여기에 놀러 온 것은 아닙니다. 심한 알코올성 점액 과다 외에 악성 열대열에 걸렸습니다. 그러니까 당신도 당분간은 꾹 참아야 하겠지요."

"아니, 괜찮습니다." 하고 한스 카스토르프는 천천히 말했다. ('그러면 당신은?' 하고 그는 생각했다. '당신 기분은 어떠한가? 당신도 이것저것 생각하면 전부터 그녀에게 무관심했던 것은 아니었지. 창백한 볼을 하고 그 실감나는 유화를 그린 독신자인 당신 자신도 말이야. 당신의 말을 들으면 내 괴로움을 즐기고 있는 듯하지만, 페페르코른에 관한 한 우리들은 똑같이 불쌍한 병자야.') "괴상한 사나이, 단연 독특한 인물이군요." 하고 한스 카스토르프는 스케치를 해 보이는 몸짓으로 말했다. "억세면서도 뭔가 모자란다는 것이 그에게서 받은 인상입니다. 적어도 나는 오늘 아침 식사 때 그런 인상을 받았어요. 억세면서도 뭔가 모자란다. 나는 이 두 형용사로 그를 나타낼 수밖에 없습니다. 보통은 이 두 형용사는 결부되지 않는다고 말합니다만. 그는 물론 몸이 크고 어깨가 넓으며 두 다리를 떡 벌리고 서 있는 경우가 많은 것 같습니다. 위로 뚫린 바지 주머니에 두 손을 넣고 있더군요. 나는 금방 알아차렸습니다. 당신이나 나 말하자면 중류 이상 사람들은 바지 주머니는 손을 옆으로 넣도록 되어 있는데, 그 사람 것은 위에서 손을 넣도록 되어 있더군요. 그리고 그가 그렇게 서서 네덜란드인답게 입에 발린 소리로 지껄이고 있으니 정말 억센 느낌이 들었습니다. 그런데 그의 턱수염은 길지만 드문드문 나 있어 하나하나 셀 수 있을 지경입니다. 눈도 작고 눈동자의 빛이 엷어서 거의 색이 없는 것 같더군요. 하지만 이건 사실이니 어쩔 수 없습니다. 그는 그 눈을 언제나 크게 뜨려고 하지만, 눈은 조금도 커지지 않고 그 바람에 이마의 주름만 깊어질 뿐이었어요. 그 주름은 관자놀이에서 위를 보고 있지만 이마에서는 수평입니다. 그 넓고 넓은 이마에서 말입니다. 그 주위에 있는 흰 머리도 역시 길지만 숱이 적어요. 눈은 아무리 크게 뜨려고 해도 역시 작고 빛깔도 엷습니다. 그리고 그의 프록코트는 바둑판무늬인데 조끼는 어딘지 성직자 같은 느낌을 주더 군요. 이것이 오늘 아침 식사 때에 내가 받은 인상입니다.”

 “당신은 그를 눈엣가시처럼 알고 그의 특징을 남김없이 관찰한 것 같군요. 그래야 할 것입니다. 당신은 이제부터 그가 존재하는 것에 익숙해져야 하니까요.”

 “그렇습니다. 우리들은 익숙해져야만 할 것입니다.” 한스 카스토 르프는 말했다. 우리는 새로운, 뜻하지 않은 손님의 용모를 스케치하 는 일을 한스 카스토르프에게 일임했고, 그는 이 스케치를 상당히 잘 했다. 우리가 스케치를 해도 주요한 점에서는 그보다도 잘하지는 못 했을 것이다. 물론 그의 좌석은 관찰하는 데에 가장 유리한 자리였 다. 알다시피, 그는 클라브디아가 없는 사이에 일류 러시아인 석과 나란히 있는 이웃 식탁에 옮겨졌다(일류 러시아인 석이 베란다로 나 가는 문에 가까웠지만). 한스 카스토르프도 페페르코른도 식당 안쪽 을 향해 가까운 쪽에 나란히 앉았는데, 한스 카스토르프가 네덜란드 인의 뒤에 위치하였으므로 살짝 관찰하는 데에는 편리했다. 그리고 그 좌석에서 볼 때 쇼샤 부인은 4분의 3의 옆모습을 보이면서 비스듬 히 전방에 앉아 있었다. 우리가 한스 카스토르프의 훌륭한 스케치를 보충한다면 다음과 같은 것을 덧붙일 수 있을 것이다. 페페르코른의 입술 위는 깎아져 있어 수염이 없고, 코는 크고 살이 많으며, 입도 크고 입술 형태가 불규칙하여 말하자면 찢어져 있는 것 같았다. 그리고 그의 손은 상당히 폭이 넓고 손톱은 길어 끝이 뾰족하였다. 그가 이야기할 때(한스 카스토르프는 알 수 없는 내용이지만 페페르코른은 거의 끊임없이 말하고 있었다), 듣는 이의 주의를 촉구하는 듯한 섬세한 손짓, 음악 지휘자와 같은 섬세한 뉘앙스에 찬 세련되고 정밀하며 헛됨이 없는 문화적 손짓을 섞어 가면서, 집게손가락 끝을 엄지손가락 끝에 붙이고 동그라미를 만들며, 손바닥(폭은 넓지만 손톱이 뾰족한 손바닥)으로 둘러싸는 듯한, 막아 버리는 듯한, 열심히 듣기를 촉구하는 듯한 손짓을 섞어, 모두가 그 거창한 손짓에 미소를 짓고 주목했다가 미리 충분히 예고한 말의 의미를 잘 몰라 모두를 실망시켰다. 아니, 사실은 실망보다는 즐거운 놀람을 느끼게 하는 것이었다. 힘찬 예고, 부드러움, 거창한 것이 여운처럼 날아 그 다음에 올 말의 아쉬움을 충분히 보충하여 모두 그 손짓만으로 만족하고 즐거워하고, 아니 마음이 느긋해진 것처럼 느꼈다. 때로는 손짓만으로 끝날 때도 있었다. 그는 왼쪽 곁의 불가리아의 젊은 학자의 팔, 혹은 오른쪽 쇼샤 부인의 팔에 손을 살짝 대고, 이제부터 이야기하려는 것을 잠자코 긴장하여 들으라는 듯이 그 손을 비스듬히 위로 올리며, 이마에서 직각으로 눈초리를 향해 달리는 주름이 가면의 주름처럼 깊어질 정도로 눈썹을 치켜 올려 긴장하고 있는 이웃과 나란히 식탁보 위를 쳐다보며, 찢어진 것 같은 입술을 열고 무언가 대단히 중요한 것을 말하려는 듯했다.

그러나 얼마 안 있어 한숨을 쉬고, 말을 그만두고 '쉬어!'라도 하듯이 손을 흔들고, 결국 손짓만을 하고 커피를 다시 마시기 시작했다. 그는 커피를 자기의 커피 도구로 특별히 진하게 끓여 마셨다.

커피를 다 마신 뒤에는 이번에도 지휘자가 음을 맞추고 있는 악기의 잡다한 소리를 침묵시키고, 문화적인 손짓으로 오케스트라를 연주 개시의 순간으로 집중시키는 것처럼, 손짓으로 모두의 잡담을 막아 조용하게 했다. 엷은 색의 눈, 이마의 깊은 주름, 긴 턱수염, 윗수염이 없어서 그대로 드러난 찢어진 듯한 입술, 이러한 생김새와 함께 흰 머리칼에 싸인 큰 얼굴은 무조건 굉장한 인상을 주었으므로 모두가 그의 몸짓에 따랐다. 모두 입을 다물고 미소 지으며 그를 쳐다보며 기다렸고, 여기저기에서 그에게 기운을 북돋아 주듯 미소 지으면서 끄덕였다. 그는 상당히 낮은 목소리로 말했다.

"여러분, 좋습니다. 아주 좋습니다. 이제 되었습니다. 그러나 주의하십시오. 그리고…… 한시라도 잊지 마십시오. …… 아니, 여기에 대해서는 이것으로 그만. 내가 말하지 않으면 안 되는 것은 그것보다 오히려, 무엇보다도 오직 한 가지입니다. 우리들에게 의무가 있다는 것……, 엄격한……, 나는 되풀이합니다. 그리고 이 말에 모든 힘을 들여 말합니다. 엄격한 요구가 우리들에게 향해 있습니다. 천만에! 아니 여러분, 그렇지 않습니다! 결코 나는 가령…… 어림도 없는 오해입니다. 내가 무언가…… 끝……났습니다. 우리들은 모두 의견이 일치한 것 같습니다. 자, 그러면 본론으로 들어갑시다!"

그는 아무 말도 하지 않은 거나 다름없었지만, 그의 얼굴은 아주 의미심장하고, 표정과 몸짓이 힘차고, 박력이 있으며, 인상적이어서 모두 귀를 기울였다. 한스 카스토르프도 무언가 아주 중요한 것을 들은 것처럼 느꼈다. 구체적인 이야기를 듣지 못한 것을 아무도 아쉽게 생각하지 않았다. 만약 귀머거리가 들었다면 어떤 기분이 들었을까? 아마 그는 페페르코른의 표정에서 이야기의 내용을 과대평가하고, 귀가 들리지 않기에 정신적인 손해를 입은 것같이 원망스럽게 생각했을 것이다. 이러한 사람들은 남을 믿지 않고 마음이 비뚤어지기가 일쑤다. 그러나 식탁 반대쪽 끝에 앉은 젊은 중국 사람은 독일어를 아직 잘 몰라 말을 이해하지 못했지만, 귀를 기울여 쳐다보고는 "대단히 좋았습니다." 하고 기쁜 듯이, 만족한 듯이 외치고는 박수까지 쳤다.

그리고 페페르코른 씨는 본론에 들어갔다. 그는 몸을 똑바로 일으켜 넓은 가슴을 쭉 펴고, 단추를 꼭꼭 채운 조끼 위에 입은 바둑판무늬 프록코트의 단추를 끼웠다. 그리고 보니 백발로 에워싸인 그의 얼굴에는 어딘지 왕을 연상케 하는 구석이 있었다. 그는 식당 아가씨를 불렀다. 그녀는 눈이 돌 정도로 바빴지만, 그의 장엄한 손짓에 응하여 우유와 커피 용기를 손에 쥐고 그의 의자 곁에 와 섰다. 그러고는 그의 깊게 주름 난 이마 아래의 엷은 빛의 눈과, 집게손가락과 엄지손가락으로 동그라미를 만들고 나머지 세 손가락의 손톱 끝을 창같이 나란히 똑바로 세운 손에 눈을 팔면서, 나이 든 큰 얼굴에 미소를 띠고 그의 기운을 돋우듯 고개를 끄덕였다.

"아가씨." 하고 페페르코른은 말했다. "좋습니다. 모든 것이 그것으로 완전하군요. 당신은 작습니다. …… 하지만 그것이 어떻다는 것입니까? 나쁘다니요! 나는 그것이 좋습니다. 나는 당신이 지금 있는 그대로의 모습으로 있는 것을 기뻐하고 신에게 감사드립니다. 그리고 당신의 특색인 그 작은 키…… 아니, 그만둡시다. 내가 당신에게 부탁하려는 것도 작은 것, 작고 특별한 것입니다. 그건 그렇고 당신 이름은?"

식당 아가씨는 미소 지은 얼굴로 더듬거리면서 이름이 에메렌티아라고 말했다.

"멋집니다!" 하고 페페르코른 씨는 의자 등에 기대면서 팔을 난쟁이에게로 뻗치며 외쳤다. 이것 봐, 모든 것이 멋지지 않은가! 라고 말하려는 기세로 외쳤다. "아가씨." 하고 아주 진지한, 거의 엄숙한 어조로 계속했다. "정말 내 기대를 모두 넘어설 정도입니다. 에메렌티아, 당신은 그것을 겸손하게 말하지만, 그 이름은…… 당신과 결부하면…… 요컨대 아주 아름다운 공상을 불러일으킵니다. 그 이름을 소중히 하고 가슴의 생각 모두를 바쳐 불러 볼 만합니다. 그것을 애칭으로…… 좋습니까, 아가씨……. 애칭으로 렌티아도 좋을 것입니다. 그리고 엠헨도 따뜻한 데가 있습니다. 오늘은 단연 엠헨이라고 합시다. 그러면 엠헨 아가씨, 잘 들어 주십시오. 빵을 좀 부탁합니다. 귀여운 아가씨, 잘 들어 주십시오. 빵을 좀 부탁합니다. 귀여운 아가씨, 기다리십시오. 렌츠 아가씨, 그러나 구운 빵이 아닙니다. 그것 같으면, 여기에도 얼마든지 있으니까요. 모든 형태의 빵이……. 그런 것이 아니고 양조한 빵 말입니다, 천사 아가씨. 귀여운 애칭으로 말한다면 신의 빵, 투명한 액체 빵, 기운을 돋우기 위한 빵 말입니다. 이 말의 의미를 알 수 있는지요. 그렇지, 차라리 '강심제'라고 말을 바꾸는 게 좋겠군요. 이 말도 흔히 있는 천박한 의미로 오해될 위험이 없으면 말입니다. 됐어, 끝났습니다. 렌티아, 끝났습니다. 결정. 그럼 우리들의 의무와 신성한 본분의 의미에서 부탁합니다. 이를 테면 내가 당신에게 진 명예의 빚을 갚는다는 뜻에서 당신의 특징인 작은 키에 대해 진심으로……. 그럼 진을 한 잔 부탁합니다, 아가씨. 축하를 위해서……. 시담산 진을 말입니다. 에메렌첸 아가씨, 빨리 한 잔 가져다 주시오!"

"시담산 진 한 잔." 하고 난쟁이는 복창을 하고는 들고 있던 우유와 커피 용기를 어디에든지 내려놓으려고 찾다가 페페르코른 씨의 눈에 거슬리지 않는 곳이라 생각했는지 한스 카스토르프의 식기 옆에 내려놓았다. 그녀는 뛰어갔고, 주문한 사람은 곧 주문한 물품을 받았다. '빵'은 잔에 가득 채워져 철철 넘쳐 받침 접시를 적셨다. 페페르코른은 잔을 엄지손가락과 가운뎃손가락으로 쥐고 밝은 쪽을 향해 들었다. "자," 하고 그는 말했다. "피테르 페페르코른은 한 잔의 브랜디로 원기를 돋웁니다." 그는 곡물 증류수를 조금 씹는 듯하더니 마셨다. "이제 여러분을 보는 눈에 기운이 생겼습니다." 그는 말했다. 그러고는 쇼샤 부인의 손을 식탁보 위에서 잡고는 그것을 입술에 대고 나서 식탁 위에 다시 내려놓고 그 손 위에 자기 손을 한동안 대고 있었다.

알 수 없는 사람이긴 했지만, 색다른 인물이라 관록이 있었다. 베르크호프의 손님들은 페페르코른에게 흥미를 갖게 되었다. 그는 식민지의 사업에서 최근 은퇴하고, 자유로이 귀향했다. 헤이그에 있는 훌륭한 저택이라든지, 쉐베닝겐의 별장에 대해서도 소문이 났다. 슈퇴르 부인은 그를 '돈 자석'이라고 부르고, 쇼샤 부인이 이 위로 다시 돌아온 날부터 야간 야회복에 언제나 지녔던 진주 목걸이가 그 자석과 관계가 있는 것처럼 말했다. 카롤리네 슈퇴르의 생각에 따르면 그 목걸이는 카프카스 산맥 저쪽 쇼샤 씨의 선물이라고는 볼 수 없기에 여행의 '공동 계산'에 의한 선물일 거라는 것이었다. 그녀는 이렇게 말하면서 눈을 껌벅거리고, 옆에 있는 한스 카스토르프를 턱으로 가리키면서 입을 씰룩거리며 그가 기가 죽어 있는 것을 힘껏 비웃었다. 정말 이토록 병으로 고통을 당하면서도 이 여자는 조금도 고상해질 줄을 몰랐다. 한스 카스토르프는 태연한 태도를 유지하며, 그녀의 무식한 실언을 농담을 섞어 가며 정정했다.

"말이 틀립니다. '부호'겠지요. 그러나 자석도 나쁘지 않은데요. 페페르코른에게는 확실히 사람을 끄는 데가 있으니까요." 하고 그가 말했다.

여교사인 엥겔하르트 양은 솜털이 난 볼을 붉히고 청년을 보지 않으면서 막연하게 미소 지으며 새로 온 손님을 어떻게 생각하느냐고 물었지만, 그는 그 질문에도 침착하게 대답했다. "페페르코른 씨는 '확실치 않은 인물'입니다. 그럴듯한 인물이긴 하지만 종잡을 수 없는 느낌입니다." 이 비평의 정확성은 공정한 눈을, 따라서 평정한 기분을 말해 주었기 때문에 여교사는 어쩔 줄을 몰랐다.

다음에는 페르디난드 베잘, 이 사나이까지도 쇼샤 부인의 뜻하지 않은 귀환에 대해 빈정댔다. 여기에 대해 한스 카스토르프는 단호한 말에 못지않게 단호한 눈초리가 있다는 것을 알았다. '불쌍하기 짝이 없는 사나이'라는 의미의 눈초리로 그는 만하임인을 쳐다보았다. 그 밖의 다른 의미로 볼 여지가 조금도 없이 단호했기에, 베잘도 그 눈초리의 의미를 곧 알아차리고 그것을 감수했다. 아니, 충치가 많은 이를 드러내고 머리를 끄덕였지만, 그 뒤부터 나프타, 세템브리니, 페르게와 함께 산책을 할 때, 베잘은 한스 카스토르프의 외투를 드는 것을 그만두었다.

제발 그래 주기를 바랐다. 한스 카스토르프는 외투쯤은 자기도 갖고 다닐 수 있었고 스스로 가지고 다닐 생각이었지만, 그저 대접으로 '불쌍하기 짝이 없는 사나이'에게 가끔 갖고 다니게 했을 뿐이었다. 그러나 한스 카스토르프는 사육제 밤의 모험의 상대와 재회하는 경우를 위해 남몰래 여러 가지 계획을 생각했는데, 정말 뜻하지 않은 사정으로 모든 것이 수포로 돌아갔고, 그가 호되게 당했다는 것을 누구 하나 모르는 사람이 없었다. 계획이 수포로 돌아갔다기보다 필요 없게 되었다고 할 수 있었고, 이것이야말로 굴욕적이었다.

그가 남몰래 생각했던 계획은 어느 것이나 아주 섬세하고 사려 깊어서, 거칠고 열정적인 데가 전혀 없는 것이었다. 가령 클라브디아를 정거장에 마중하러 나가리라고는 꿈에도 생각하지 않았다. 그런 것을 생각하지 않은 것은 차라리 다행이었다! 병 덕분에 저렇게 큰 자유를 맛보고 있는 부인이 가면을 쓰고 외국어로 이야기했던 먼 옛날의 꿈과 같은 밤의 사건을 지금도 현실의 사건으로 생각할는지, 그 사건을 암시받는 것을 기뻐할는지조차도 의문이었다. 아니, 몰염치하게 굴거나, 강제적인 주문은 하지 말아야 한다. 병든 사팔뜨기 부인에 대한 그의 관계가 실상은 서구적인 이성과 예절의 한계를 넘어선 것이 사실이었지만, 적어도 겉으로라도 완전한 문명인답게 행동하고, 이제는 모든 일을 잊은 것 같은 문명인다운 태도와 기억 상실의 태도를 한동안 취해야 했다. 식탁에서 식탁으로 가서 하는 기사적인 인사, 한동안은 그것만으로 그치기로 하자. 그러는 사이에 기회를 잡아 예의 바르게 접근하여 여행하고 돌아온 부인의 귀환 이후의 건강 상태는 어떠한가를 가볍게 물어보자. 이 훌륭한 기사적인 근엄한 태도에 대한 보답으로써 참된 재회가 언젠가는 틀림없이 실현될 것이다.

그러나 아까도 말한 것처럼, 그의 행동은 현재 자유의사에 의한 것이 아니었고, 그러기에 또한 아무 가치 없는 것이 되어 이 모든 배려는 불필요한 것처럼 생각되었다. 페페르코른 씨의 출현 때문에 공손히 물러나는 전술 외에는 전혀 생각나지 않았다. 한스 카스토르프는 쇼샤 부인이 도착하던 날 밤, 썰매가 차도를 달려 올라오는 것을 발코니에서 보았다. 썰매의 마부석에는 마부와 나란히 털가죽 깃을 단 외투에 실크햇을 쓰고 누런 얼굴을 한 작은 말레이인 하인이 앉았고, 뒷좌석에 클라브디아와 나란히 처음 보는 사나이가 모자를 깊이 쓰고 앉아 있었다. 한스 카스토르프는 그날 밤 거의 잠을 이루지 못했다. 다음 날 아침, 뜻하지 않은 동반자의 이름을 알아내는 것은 어렵지 않았지만, 두 사람이 2층에 이웃하고 있는 특별실에 안내되었다는 것까지도 덤으로 알게 되었다. 한스 카스토르프는 일찍 자리에 앉아 유리문이 탕 하고 닫히는 것을 이제나저제나 창백한 얼굴로 기다렸다. 그러나 요란한 소리는 들을 수 없었다. 클라브디아의 입장은 소리 없이 끝났고, 그녀의 뒤에 입장한 페페르코른 씨가 유리문을 닫았던 것이다. 페페르코른 씨는 여행의 동반자가 고양이 같은 발걸음으로 머리를 내밀고 그녀의 식탁으로 나아가는 뒤에서 백발이 불길처럼 둘러싼 큰 머리에 높은 이마를 하고 크고 넓은 어깨로 걸어왔다.

아, 그녀였다. 예전 그대로의 모습이었다. 한스 카스토르프는 결심을 거역하고 자기도 모르게 잠이 부족한 눈으로 그녀를 지켜보았다. 아무렇게나 땋아 머리 둘레에 감은 불그스름한 금발도 그대로였고, '초원의 이리의 눈빛'도, 목덜미의 통통한 선도 그대로였으며, 광대뼈가 높아서 실제보다 더 뚜렷하게 보이는 입술, 그 광대뼈 때문에 아름답게 보이는 볼도 그대로였다. 클라브디아다! 그는 몸을 떨면서 생각했다. 그리고 뜻밖에 나타난 사나이를 쳐다보았다. 그 사나이의 가면을 쓴 것처럼 당당한 모습에 대해 조롱적이고 반항적인 기분이 치밀었고, 언젠가의 밤의 사건에 대해 아무것도 모르고 현재의 그녀를 자기 것이라고 여기는 듯한 그 사나이를 비웃고 싶은 욕구를 느꼈다. 그날 밤의 사건은 아마추어 화가의 유화에 얽힌 사건처럼 애매하고 확실치 않은 사건은 아니었다. 물론 그 유화 세계의 사건에도 한스 카스토르프는 불안을 느끼기는 했다. 쇼샤 부인이 자리에 앉기 전에 미소 지으며 식당의 모든 사람을 정면으로 바라보는, 말하자면 모든 사람들에게 선을 보이는 습관도 그대로였다. 페페르코른은 시중 드는 것처럼 비스듬히 그녀의 뒤에 서서 그녀의 짧은 의식이 끝나는 것을 기다려 클라브디아와 이웃하여 말석에 앉았다.

한스 카스토르프가 계획했던, 식탁에서 식탁으로 기사식으로 인사한다는 것은 생각할 수 없었다. 클라브디아의 눈은 선을 보일 때에도, 한스 카스토르프뿐만 아니라 그가 앉아 있는 곳을 지나 식당의 먼 곳으로 향했다. 다음에 식당에서 만났을 때에도 마찬가지였다. 이렇게 하여 쇼샤 부인은 식사하는 동안 이쪽을 돌아보아도 표정 없는 무심한 눈초리를 보낼 뿐이어서 한스 카스토르프의 눈은 그녀의 눈길을 잡아둘 수 없었다. 이러한 식사가 거듭됨에 따라, 새삼 기사다운 인사를 보내는 것은 점점 더 생각할 수 없게 되었다. 저녁 식사 후의 짧은 모임 때에도 두 사람의 여행 반려자는 작은 살롱에 머물러 식탁 멤버에 둘러싸여 소파에 나란히 앉았다. 페페르코른은 불길처럼 타오르는 머리카락과 턱수염 때문에 더한층 붉게 보이는 당당한 얼굴을 하고, 저녁 식사 때 주문한 붉은 포도주 한 병을 마셨다. 그는 식사 때마다 언제나 붉은 포도주를 한 병 반, 때로는 두 병, 별도로 그의 '빵'을 첫 번째 아침 식사 때부터 끼니마다 마시고 있었다. 이 왕자다운 인물은 유달리 원기를 북돋울 필요가 있는 것 같았다. 특별히 진한 커피를 가지고 그는 하루에 여러 번 원기를 북돋웠는데, 아침과 정오에도 커다란 잔으로, 식후뿐만 아니라 식사 중에도 포도주와 함께 마셨다. 어느 쪽이나 열에 효과가 있다고 페페르코른이 말하는 것을 한스 카스토르프는 들었다. 양쪽 다 원기를 북돋우는 힘 외에 그의 간헐성 열대열에 큰 효과가 있다고 했지만, 그는 열 때문에 이틀째에 벌써 여러 시간을 방에서 누워 있어야 했다. 네덜란드인은 대체로 4일마다 열에 시달렸기 때문에 고문관은 이것을 4일열이라고 불렀다. 처음에는 오한이 나고 이가 덜덜 떨리고 다음에 몸이 타는 듯이 뜨겁게 되다가 땀이 나는 것이었다. 게다가 그의 비장도 그 때문에 부어 있다는 것이었다.

### 트웬티 원 카드놀이

시간은 이렇게 해서 지나갔다. 몇 주인가가 지나갔다. 한스 카스토르프의 판단과 짐작에만 의지할 수 없기에 우리 자신이 짐작해 본다면, 아마 3주 아니면 4주였을 것이다. 이렇게 해서 시간은 흘러갔으나 새로운 변화는 일어나지 않았다. 우리의 주인공은 그에게 재수 없는 근신을 강제한 뜻하지 않은 사태에 대해 한결같이 반항적인 기분을 불태우고 있었다. 뜻하지 않은 사태란, 브랜디를 마실 때에 자기 스스로를 피테르 페페르코른이라고 부르는 이 당당하고 왕자다운 걷잡을 수 없는 인물이 눈에 거슬려 견딜 수 없는 일이었다. 사실 이 인물은 전에 세템브리니가 눈에 거슬린 것보다 훨씬 더 눈에 거슬렸다. 한스 카스토르프의 미간에는 반항적인 불쾌한 주름이 세로로 새겨졌다. 그 주름 밑으로 그는 다시 돌아온 부인을 다시 보게 된 기쁨에 차 하루에 다섯 번씩 쳐다보았다. 그러나 그녀의 과거가 얼마나 수상쩍은가를 전혀 모르는 듯한 현재의 절대자에 대해 그는 크게 경멸을 느꼈다.

그런데 어느 날 밤, 홀과 살롱의 밤의 모임이 이렇다 할 특별한 이유도 없이 가끔 그렇듯이, 보통 날보다 더 활기에 차 있었다. 음악 연주도 있었다. 헝가리 학생이 바이올린으로 《치고이네르 바이젠》을 힘차게 연주했고, 의사 크로코브스키를 데리고 15분가량 모임에 끼어들었던 베렌스 고문관이 손님 한 사람을 설득하여 피아노의 저음부로 바그너 작곡의 《순례자의 합창》의 멜로디를 치게 하고, 자기는 그 옆에 서서 피아노 고음부를 반주해 바이올린 소리를 모방해 보였다. 모두가 웃었다. 고문관은 모두의 갈채를 받고, 자기의 장난에 만족한 듯 고개를 끄덕이면서 살롱을 나갔다. 밤의 모임은 계속되었고 음악도 계속되었다. 그러나 다 함께 있어야 할 의무는 없었기 때문에 모두 마실 것을 들고 도미노나 브리지를 하기도 하고, 광학 응용 오락 기구를 가지고 놀기도 하며, 여기저기 모여서 지껄이기도 했다. 일류 러시아인 석의 멤버도 홀과 피아노실에 있는 사람들과 어울렸다. 페페르코른이 여기저기 돌아다니는 것이 눈에 띄었다. 그를 보지 않으려 해도 보지 않을 수 없었다. 그의 당당한 머리는 사람이 아무리 붐벼도 눈에 띄었고 왕자처럼 위엄과 관록으로 주위를 압도했다. 주위 사람들도 처음에는 그가 큰 부자라는 소문에 끌렸다가, 곧 그의 인물에, 바로 그 인품 자체에 끌리게 되었다. 그들은 미소 지으면서 그를 재촉하는 듯이 무의식중에 고개를 끄덕여 보였다. 모두가 그의 이마의 깊은 주름 밑 엷은 색의 눈에 매혹되었고 손톱을 길게 기른 손의 문화적인 손짓이 지닌 장엄함에 긴장되어, 이어지는 말이 더듬더듬, 모호하고 쓸데없다 해도 환멸을 느끼는 일은 조금도 없었다.

이런 때에 한스 카스토르프는 어떻게 하고 있는가 살펴보았더니, 그는 글쓰기와 독서를 겸한 방에 있었다. 이것은 그가 언젠가 인류 진보의 조직화에 대해 중대한 고백을 한 대화실이었다(이 '언젠가'는 확실치 않다. 필자도, 주인공도, 독자도 '언젠가'가 언제쯤인지는 잘 모른다). 그 방은 다른 장소보다도 조용했고 한스 카스토르프 외에는 두세 사람의 손님이 있을 뿐이었다. 누군가가 매달린 전등불 아래 마주 놓인 책상 중의 한 모서리에서 글을 쓰고 있었다. 코안경을 두 개 포개어 쓴 부인이 책장 앞에 앉아서 사진이 삽입되어 있는 책장을 넘기고 있었다. 한스 카스토르프는 피아노실로 통하는 복도의 열려 있는 문 옆 의자에 앉아서 등을 문의 커튼 쪽으로 향하고 신문을 읽었다. 우단을 씌운 르네상스식 의자는 등받이가 바르고 높으며 팔걸이는 없었다. 청년은 신문을 잡고 읽는 척했지만 실은 읽고 있지 않았고, 머리를 한쪽으로 기울이고 옆방에서 말소리에 섞여 띄엄띄엄 들려오는 음악에 귀를 기울이고 있었다. 눈썹을 찌푸린 것을 보면, 음악도 반은 건성으로 들으며 음악과는 관계없는 것을 생각하는 모양이었다. 그것은 오랫동안 기다렸으나 결국 비참한 바보가 된 청년이 생각할 수 있는 환멸과 반항의 쓰디쓴 생각이었다. 그는 우연히 앉은, 도무지 편하지 않은 의자 위에 신문을 내던지고, 홀의 문을 지나 관심 없는 모임을 피해, 발코니의 살을 에는 혹한의 세계 속에서 혼자 마리아 만치니를 피워야겠다고 생각했다.

"그런데 당신 사촌은 어떻게 되었나요. 도련님?" 뒤에서, 머리 위에서 묻는 소리가 들려왔다. 매혹적인 목소리였다. 그의 귀는 그 짜릿하고 감미로운 목소리를 이를 데 없이 기분 좋게 느꼈다(기분 좋다는 말의 최고로 강한 의미로서). 전에 그를 쳐다보면서 '좋아, 부러지지 않도록 해야 해.'라고 한 그 목소리였고, 의지를 마비시키는 운명의 목소리였다. 잘못 듣지 않았다면 그것은 요아힘의 일을 묻고 있었다.

한스 카스토르프는 천천히 신문을 내려놓고 얼굴을 위로 올려서, 의자의 곧은 등받이에 닿을 정도로 머리를 젖혔다. 그는 잠시 눈을 감았다가 곧 다시 뜨고, 머리를 기댄 채 비스듬히 보이는 어딘가의 공간을 바라보았다. 이 선량한 청년의 얼굴은 영(靈)을 보는 자, 아니면 몽유병자 같았다고 말해도 좋으리라. 그는 머리 위에 목소리가 다시 한 번 물어 주었으면 하고 바랐지만, 머리 위에서는 계속 잠자코 있었다. 그는 그녀가 아직 뒤에 서 있는지 어떤지도 모른 채, 한참 사이를 두고 목소리를 죽여 대답했다.

"그는 죽었습니다. 평지에서 군에 복무하다가 죽었습니다." 그 말이 두 사람 사이에 교환된 최초의 말다운 말임을 알았다. 그리고 또 여기에 대해, 뒤에서, 머리 위에서 들린 그녀의 다음과 같은 말을 들으면서, 그녀가 독일어에 능통하지 못해서 평범한 단어를 택해서 동정을 표현했다는 것을 알았다.

"어머나, 가엾어라. 죽어서 매장되었겠군요. 그게 언제 일이에요?"

"한참 되었습니다. 어머니가 유해를 갖고 돌아갔습니다. 그는 군인 수염을 기르고 있었지요. 그의 묘에서 조례의 일제 사격이 세 번 울렸습니다."

"당연하지요. 정말 성실한 사람이었으니까요. 다른 사람들보다도,

다른 어떤 사람들보다도 훨씬 훌륭했어요."

"그렇습니다. 그는 성실했습니다. 라다만토스는 언제나 그를 대단한 노력가라고 했지요. 그러나 몸이 말을 듣지 않았습니다. 예수회 회원들은 그것을 '육체의 반항'이라고 부릅니다. 그는 진지한 의미에서, 언제나 생각하는 것이 육체적이었습니다. 그러나 그의 육체는 불성실한 분자를 들어오게 해서 대단한 노력가인 그의 뒷덜미를 치고 말았지요. 그렇지만, 몸을 망치고 몸을 죽이는 쪽이 몸을 지키는 것보다는 도덕적일 겁니다."

"여전히 철학적인 무능력자시군요, 당신은. 라다만토스란 누구지요?"

"베렌스 말입니다. 세템브리니가 그를 그렇게 불렀습니다."

"아, 세템브리니, 알고 있어요. 이탈리아 사람 말이지요. 나는 그 사람을 좋아하지 않았어요. 그는 사고방식이 인간적이지 않았어요." 머리 위의 목소리는 '인간적'이라는 말을 어딘지 나른하니 꿈꾸는 듯이 길게 빼어 발음했다. "그는 거만했어요." 하고 '만'에 악센트를 두었다. "그는 이제 여기에 있지 않나요? 나는 무식해서 라다만토스가 무슨 뜻인지 잘 모르겠군요."

"무슨 인문적인 말이겠지요. 세템브리니는 여기서 다른 데로 옮겨 갔습니다. 우리들은 그 뒤도 쭉 철학을 토론했습니다. 그와 나프타와 나 이렇게 셋이서."

"나프타는 누구예요?"

"세템브리니의 논적입니다."

"세템브리니의 논적이라면 만나 보고 싶어요. 그건 그렇고 내가 언젠가 말했었지요. 당신 사촌은 평지에서 군인이 되면 죽을 것이라고요."

"그렇습니다. 댁은 그렇게 말했었습니다."

"아니, 댁이라니요!"

한동안 두 사람은 말이 없었다. 한스 카스토르프는 취소하지 않았다. 그는 곧은 의자 등받이에 머리를 기대고 몽유병자 같은 눈을 하고서 머리 위에서 다시 목소리가 들려오기를 기다렸지만, 그녀가 있는지 없는지 알 수 없게 되었다. 옆방에서 띄엄띄엄 들려오는 음악 소리가 그녀의 물러가는 발소리를 지워 버리지 않았나 하는 생각이 들었다. 그러나 드디어 뒤에서 또 목소리가 들려왔다.

"그러면 당신은 사촌의 장례식에 가지 않았군요?"

그는 대답했다.

"그렇습니다. 나는 그에게 여기서 작별 인사를 했습니다. 그가 미소 짓기 시작했기 때문에, 관에 뚜껑을 덮기 전에 인사를 했지요. 그의 이마가 얼마나 차던지 댁은 상상도 못할 것입니다."

"또 댁이군요. 잘 알지도 못하는 여자에게 그건 또 무슨 말투죠?"

"나에게 인간적으로 말하지 말고 인문적으로 말하라는 것입니까?" 그도 '인간적'이라는 말을 자기도 모르게, 졸려서 기지개를 켜고 하품을 하면서 말하듯이 길게 빼며 말했다.

"무슨 말이 그래요. 당신은 줄곧 여기 있었어요?"

"그렇습니다. 나는 기다렸습니다."

"무엇을요?"

"댁을."

머리 위에서 "바보!"라는 말과 함께 웃음소리가 들려 왔다. "나를 기다렸다고요? 사실은 퇴원을 시켜 주지 않아서 그랬겠지요."

"아닙니다. 베렌스는 언젠가 화를 내면서 나를 추방하려고까지 했습니다. 그러나 그렇게 되면 자포자기의 출발이 되었을 것입니다. 댁도 알고 있는 학교 시절부터의 낡은 상처 외에, 베렌스가 발견한 새로운 환부가 있어서 그것 때문에 나는 열도 있습니다."

"지금도 열이 있나요?"

"그렇습니다. 지금도 조금 있습니다. 그 뒤로 계속해서 있기도 하고 없기도 합니다. 그러나 말라리아는 절대 아닙니다."

"그건, 빈정대는 것인가요?"

그는 잠자코 있었다. 그리고 환영을 보는 듯한 눈초리로 눈썹을 찌푸렸다. 한참 뒤에 그는 물었다.

"그래, 댁은 어디에 있었습니까?"

의자의 등을 손으로 두드리는 소리가 났다.

"야만인과 꼭 같군요! 어디에 있었냐고요? 여기저기 있었지요. 모스크바에도 있었고요." 머리 위의 목소리는 모스크바를 '무오스크바'라고 말했다. 아까의 '인간적'이라는 것과 마찬가지로 완만하게 말을 끄는 것 같았다. "바쿠에도, 독일의 온천에도, 스페인에도 있었지요."

"아, 스페인에도, 스페인은 어떻습디까?"

"그렇고 그렇지요. 여행하기에는 불쾌한 나라예요. 주민들은 반이 흑인에 가깝고, 카스틸리아 지방은 아주 메말라 살풍경했어요. 산기슭의 성과 수도원보다도 크렘린 궁전이 더 아름다워요."

"에스코리알 성이군요."

"그래요. 필립의 성이지요. 인간적이지 않은 성이에요. 나에게는 카탈로니아 지방의 민속춤 쪽이 훨씬 마음에 들었어요. 손풍금에 맞추어 추는 사르다나 춤 말이에요. 나도 함께 춤을 추었어요. 손을 맞잡고 빙빙 도는 거예요. 광장이 사람으로 꽉 차 있었어요. 멋지지요. 인간적이에요. 그 지방의 남자와 아이들이 쓰는 작고 푸른 모자를 샀는데, 터키모자 보이나와 다를 것이 없어요. 나는 그것을 안정 요양 때나 다른 때에도 써요. 나에게 어울리는지 선생도 보시게 될 거예요."

"어느 선생?"

"이 의자에 앉은 선생."

"나는 페페르코른 씨를 말하는 줄 알았습니다."

"그분은 벌써 평을 해 주었어요. 나에게 아주 잘 어울린다고 말했지요."

"그가 그렇게 말했단 말입니까? 끝까지요? 문장의 끝까지요? 문장의 끝까지, 무엇을 말하는지 알아들을 수 있게 말입니까?"

"아, 기분이 언짢으신 모양이군요. 얄밉게 굴려는 거죠? 신랄하게요. 당신과 당신의…… 당신의 친구로 지중해안에서 태어난 수다쟁이 웅변가 선생을 합친 것보다 훨씬 위대하며 뛰어나고 인간적인 사람을 놀리려는 거군요. …… 하지만, 그렇게는 못 하게 하겠어요. 당신이 나의 친구 일을 그렇게…….."

"댁은 나의 뢴트겐 사진을 아직 가지고 있습니까?" 하고 한스 카스토르프는 머리 위의 목소리를 나른한 어조로 가로막고 말했다.

그녀는 웃었다. "찾아봐야지요."

"댁의 것을 나는 여기에 가지고 있습니다. 그리고 밤이면 이걸 창 위에 있는 작은 사진꽂이에……."

그는 끝까지 말을 다 하지 않았다. 그의 앞에 페페르코른이 서 있었다. 페페르코른은 여행 반려자를 찾아 나섰다가 커튼을 들치고 들어와 반려자에게 등을 대고 이야기하고 있는 청년의 의자 앞에 섰던 것이다. 마치 탑처럼 한스 카스토르프의 바로 앞에 섰다. 한스 카스토르프는 몽유병자 같은 정신 상태에 있으면서도 의자에서 일어나 인사를 해야겠다고 생각했는데, 앞뒤 두 사람 사이에 끼인 의자에서 일어서느라고 애를 먹었다. 의자에서 옆으로 빠져 나와야 했기 때문에, 세 사람의 등장인물은 의자를 중심으로 삼각형을 이루고 마주 대하게 되었다.

쇼샤 부인은 문명적인 유럽의 예의를 지켜 신사들을 소개했다. 한스 카스토르프에 대해서는 전부터 아는 사이, 이전에 여기에 머물렀을 때부터 아는 사이라고 소개했다. 페페르코른 씨에 대해서는 소개할 필요가 없었다. 그녀는 페페르코른의 이름만을 말했다. 네덜란드인은 우상처럼 당초무늬 모양을 한 이마의 주름과 관자놀이의 주름을 한층 더 깊게 하면서 푸른 눈에 힘을 주어 청년을 주의 깊게 쳐다보고는, 손등이 주근깨투성이인 큰 손을 내밀었다. 손톱이 창처럼 길지 않다면, 선장과 똑같은 손이라고 한스 카스토르프는 생각했다. 그는 페페르코른이라는 당당한 인물의 힘을 느꼈다(그를 보고 있으니 인물이라는 단어가 머리에서 떠나지 않았다. 인물이란 어떤 것인가 하는 것이 갑자기 이해되었다. 그뿐 아니라 인물이란 것은, 대체로 페페르코른과 같은 용모를 의미하는 것이라고 확신하게 되었다). 한스 카스토르프는 아직 동요하기 쉬운 젊음 때문에, 어깨가 넓고 얼굴이 붉으며 백발이 물결치는 60대 사나이, 입이 길게 찢어지고 성직자처럼 앞이 트이지 않은 조끼 위에 턱수염이 길게 드리워져 있는 사나이의 관록에 압도되고 말았다. 아무튼 페페르코른은 점잖기 짝이 없었다.

"선생." 하고 페페르코른은 말했다. "단연코 아니, 미안합니다, 단연코! 오늘밤 이렇게 당신과 알게 되어……. 신뢰할 수 있는 젊은 당신과 기꺼이 가까이하고 싶습니다. 선생, 성심성의껏 그렇게 하겠습니다. 나는 당신이, 마음에 들었습니다. 선생…… 나는, 그렇습니다! 당신에게 호감이 갑니다."

이의를 제기할 수도 없었다. 그의 문화적인 손짓은 절대적이었다. 그는 한스 카스토르프가 마음에 들었다. 페페르코른은 그 사실에서 결론을 끄집어내어 그 결론을 암시하듯 나타내고, 여행 반려자의 입으로도 그 결론이 충실하고 합당하게 보충되었다.

"당신, 좋아요. 좋습니다. 그런데 어떻습니까. 내가 말하는 의미를 잘 이해해 주시오. 인생은 짧고 인생의 요구를 충족시킬 우리들의 능력은, 이것은 처음부터…… 이것은 부정할 수 없는 사실입니다. 당신, 법칙입니다. 피할 수 없는 것입니다. 요컨대 당신, 요컨대, 좋습니다." 이렇게 암시를 해 주어도 무언가 중대한 오해가 생기게 된다면, 그 책임은 질 수 없다는 듯이, 페페르코른은 만사를 일임한다는 확실한 손짓을 했다.

쇼샤 부인은 페페르코른이 무엇을 원하는지 마지막까지 듣지 않아도 아는 훈련을 쌓고 있는 것 같았다. 그녀는 말했다.

"좋아요. 모두 함께 좀 더 앉아서 카드놀이를 하고 포도주를 마시도록 하지요. 당신은 왜 멍청하게 그러고 계셔요?" 하고 한스 카스토르프에게 말했다. "몸을 좀 빨리 놀리세요. 우리들 세 사람뿐 아니라 모두 나와야지요. 살롱에 아직 누가 있어요. 만나는 사람을 죄다 불러오세요. 발코니에서도 친구들을 두세 사람 끌고 와야 해요. 우리들 식탁의 중국인 의사 팅푸(陳富)도 오도록 하세요."

마의 산 2

페페르코른은 두 손을 비볐다.

"단연코 그래야지요." 하고 그는 말했다. "완벽, 훌륭해요. 서두르시오, 젊은이! 명령에 순종하시오! 원탁을 만듭시다. 카드를 하고, 먹고 마십시다. 그리고 느끼도록 합시다. 우리들이…… 단연코 젊은이!"

한스 카스토르프는 승강기를 타고 3층으로 올라갔다. 안톤 카를로비치 페르게의 방을 두드렸다. 페르게는 페르디난드 베잘과 알빈 씨를 공동 안정홀의 침대 의자에서 끌고 왔다. 파라반트 검사와 마그누스 부부가 아직 홀에, 그리고 슈퇴르 부인과 클레펠트가 아직 살롱에 남아 있었다. 이 살롱 중앙의 샹들리에 아래 큰 카드 테이블이 펼쳐지고 그 주위에 의자와 작은 음식상이 벌어졌다. 페페르코른은 이마의 당초무늬를 더욱 깊게 하고 모인 손님 한 사람 한 사람을 엷은 빛의 눈으로 정중하고 주의 깊게 보면서 인사했다. 전부 열두 명이 자리에 앉았다. 한스 카스토르프는 왕자와 같은 주최자인 페페르코른과 클라브디아 사이에 앉았다. 트웬티 원 카드를 몇 회 하자는 것이었다. 카드와 칩이 놓여졌다. 페페르코른은 난쟁이 아가씨를 불러 예의 장엄한 손짓으로 우선 1806년의 프랑스 샤브리산 백포도주 세 병하고 말린 열대 과일과 과자 종류를 있는 대로 모두 가지고 오라고 일렀다. 그러한 좋은 물건이 나오는 것을 페페르코른이 두 손을 비벼 가면서 환영하는 모습은 정말 기뻐 보였다. 그 기쁜 심정을 거창하게 말로 떠듬떠듬 나타내려고 하였는데, 인물의 그러한 모습이 사람들에게 끼치는 느낌만으로도 사실 충분한 성공을 거두었다. 페페르코른은 좌우 두 사람의 팔에 손을 얹고 손톱이 창같이 뾰족한 집게손가락을 세우고, 두툼한 녹색 잔에 부어진 백포도주의 아름다운 황금빛, 스페인 말라가산 포도알에서 풍기는 달콤한 맛, 소금과 겨자가 든 B자형의 비스킷을 천하 절미라고 부르며, 모두에게도 그것들을 아주 찬찬히 음미하도록 강력하게 말했다. 그러한 거창한 말에 대해 반대할 기분이 생긴다 해도 그의 장엄한 문화적인 손짓에 그 말은 입 밖에 나오기 전에 막혔다. 최초에 물주가 된 것은 페페르코른이었지만, 그는 그것을 곧 알빈 씨에게 양보했다. 물주가 되면 분위기를 자유로이 즐길 수 없을 것이라는 데에서 그렇게 한 것 같았다.

그에게는 이기고 지는 것은 그리 큰 문제가 아닌 듯했다. 그의 제안으로 판돈은 최저 50라펜으로 결정되었으나, 그것은 그의 생각에 따르면 아무것도 걸지 않고 하는 거나 마찬가지였다. 그러나 참가자 대부분에게 그것은 큰돈이어서, 파라반트 검사나 슈퇴르 부인도 얼굴이 붉으락푸르락해지곤 했다. 특히 슈퇴르 부인은 손에 쥐고 있는 카드의 점수가 18이 되어, 또 한 장을 더 받을 것인가 하는 문제가 되면 어떻게 했으면 좋을지 몰라 고민하였다. 알빈 씨가 익숙하고 침착한 솜씨로 그녀에게 한 장을 더 던져 보내 그 점수로 인해 그녀의 모험이 온통 실패로 돌아갔을 때, 그녀가 쳇소리를 지르는 것을 보고 페페르코른은 즐거운 듯이 웃었다.

"마음껏 소리를 지르십시오, 마담!" 하고 그는 말했다. "날카롭고 생기에 찬 목소리입니다. 뱃속에서부터 나오고 있군요. 자 한잔 하십시오. 원기를 북돋우시고 새로 한 번……." 이 말과 더불어 페페르코른은 슈퇴르 부인의 글라스에 포도주를 붓고 그와 이웃한 두 사람과 자신의 잔에도 술을 붓고는 다시 세 병을 가져오게 했다. 베잘과 단백질 상실로 머리가 둔해진 마그누스 부인은 누구보다도 원기를 북돋울 필요가 있었기에, 특히 이 두 사람과 글라스를 맞대었다. 정말로 멋진 맛의 포도주에 모두의 얼굴은 곧 붉어졌다. 그러나 의사 팅푸만은 예외여서 그 누런 얼굴에는 조금도 변화가 없고 길게 찢어진 쥐 같은 눈만 반짝거렸다. 이 중국인은 킥킥 웃으면서 고액의 돈을 걸었는데 염치없을 정도로 계속 이겼다.

다른 사람들도 지고만 있지는 않았다. 파라반트 검사는 몽롱한 눈을 하고 운명에 도전하여 신통치 않은 자기 카드에 10프랑을 걸고, 다른 이의 차례 때마다 얼굴이 창백해졌지만, 알빈 씨가 손에 쥔 에이스의 위력을 과신하여 다른 사람들이 건 돈을 배로 만들어 주고 지는 바람에 검사의 손에는 10프랑이 배가 되어 돌아왔다. 이것은 스스로 그것을 구한 사람만이 아니라 모두를 흥분시켰다. 거기에 있는 모두가 흥분에 말려들어 몬테카를로 도박장의 단골이라고 자칭하였다. 냉정하고 사려 깊은 점에서는 그 도박장의 종업원에 못지않은 알빈 씨도 흥분을 감추지 못했다. 한스 카스토르프도 고액의 돈을 걸었고 클레펠트, 쇼샤 부인도 마찬가지였다. 트웬티 원에서 '여행'으로 옮기고 '철도', '나의 아주머니, 자네 아주머니'를 하고 위험한 '디페랑스'도 하였다. 누구나 변덕스러운 운명의 신에게 신경을 자극받고, 환성을 올리고 절망하고 자포자기의 소리를 외치고 히스테릭한 너털웃음을 지었지만, 그것은 모두 진지하고 심각해서 실생활에서의 화복도 이런 것일 거라고 생각되었다.

그러나 거기 있는 사람들의 기분을 극단적으로 긴장시키고 얼굴을 상기시키며 눈을 반짝 크게 뜨게 한 것, 또는 이 작은 그룹의 흥분, 숨막힐 듯한 심정, 거의 고통스러울 정도의 순간적인 정신 집중이라고 할 만한 이 자리의 분위기를 조성한 것은 카드와 포도주만이 아니었다. 그것들은 부수적인 결과에 지나지 않았다. 오히려 그 흥분이나 긴장은 모두 거기 앉아 있는 사람들 속에 있는 지배적 인물의 영향, 거기 있는 사람들 중의 '인물'인 페페르코른의 영향이라고 생각해야 했다. 그는 모두를 표정이 풍부한 손짓으로 리드했고 당당한 눈코의 움직임, 이마의 조각적인 주름 밑의 엷은 눈, 몸짓, 손짓 등으로 모두의 기분을 이 순간에 집중시켰다. 그는 무엇을 말했을까? 아주 확실치 않은 것, 포도주를 마심에 따라 더한층 확실치 않은 것을 말했을 뿐이었다. 그러나 모두 그의 입술에 눈이 끌렸고, 그가 말하는 대신 왕자와 같은 얼굴 표정을 움직이고, 집게손가락과 엄지손가락으로 동그라미를 그리고, 그 동그라미 옆에 다른 세 손가락을 창과 같이 세우는 것을, 미소를 띠고 눈썹을 치켜 올리고 끄덕이면서 지켜보았다. 그리고 모든 사람들은 평상시 자기가 가지고 있다고 믿었던 찬미의 본능을 훨씬 넘는 감정 속으로 자기도 모르게 들어갔다. 이 감정의 높이는 각자의 힘에는 과한 것이었다. 마침내 마그누스 부인은 몸이 나빠졌고 실신할 듯하였으나 방으로 돌아가는 것을 완강히 거절하고, 적신 냅킨을 이마에 대고 긴 의자에 누워 있다가 얼마 후 다시 놀이에 끼어들었다.

페페르코른은 마그누스 부인의 이러한 무기력은 영양 부족 탓이라고 단정했다. 그러한 의미를 거창하고 매듭이 없는 말과 곤두세운 집게손가락으로 암시했다. 인생의 요구를 충족시키기 위해서는 충분히 먹어야 한다고 암시하고는, 그는 모두를 위해 정력을 증진시키는 중참을 주문했다. 불고기, 냉육, 소 혓바닥, 거위 가슴살, 비프스테이크, 햄과 소시지, 이처럼 영양 만점의 맛있는 음식을 담은 여러 접시에 작은 공 같은 버터, 홍당무에 네덜란드 미나리를 곁들이자 마치 백화만발한 화단 같았다. 두말할 필요 없이 충실한 저녁 식사를 한 후인데도 불구하고, 주문해 온 맛있는 음식에 마음이 들떠 모두 손을 내밀었다. 그러나 페페르코른 씨는 조금 먹어 보고는 그 진수성찬을 '허섭스레기'라고 선언하고, 지배자다운 본성에 어울리는 손에 땀을 쥐게 하는 변덕스러운 화를 냈다. 아니, 누군가가 조심조심 맛있는 음식을 칭찬하려고 할 때 페페르코른은 화를 내어 당당한 얼굴이 부풀어 올랐다. 그는 테이블을 주먹으로 꽝 치고 모든 것을 몰염치한 찌꺼기라고 선언하였다. 그는 결국 접대하는 사람이며 주인 격이어서 요리를 비평할 권리가 있었기 때문에 모두는 난처한 얼굴로 잠자코 있었다.

물론 그의 분격은 이해할 수 없는 것이긴 했지만, 그에게는 그것이 멋지게 어울렸다. 특히 한스 카스토르프는 이것을 인정하지 않을 수 없었다. 그 분격은 페페르코른을 절대로 추하거나 작게 보이게 하지 않았다. 오히려 알 수 없는 느낌의 위대한 왕자다움을 불러일으켰으므로, 그것을 포도주의 과음과 결부시켜서 생각하는 사람은 없었다. 모두 몸을 움츠리고 고기 요리를 입에 대려고 하지 않았다. 쇼샤 부인이 여행의 동반자를 달랬다. 그녀는 테이블을 두들기다가 거기 놓인 선장의 넓적한 손을 쓰다듬으면서, 그러면 다른 것을 주문하는 게 좋지 않아요, 하고 기분을 달래듯 말했다. 괜찮으시다면, 그리고 요리장이 아직 뭔가 조리해 줄 수 있다면, 따뜻한 요리를 주문하면 어떨까요, 하고 말을 이었다.

"글쎄, 좋아요." 하고 페페르코른은 말했다. 그리고 그는 클라브디아의 손에 키스를 하고 아주 자연스럽게 조금도 위엄을 손상하지 않고 온화한 태도로 돌아갔다. 그는 자기와 모두를 위해 오믈렛을 먹자고 했다. 인생의 요구를 충족시키기 위해 각자에게 고급 야채 오믈렛을 시켜 주었다. 이 주문과 함께 요리실에 100프랑을 보내, 요리실 사람들에게 시간 외 일을 하는 것을 위로했다.

카나리아 빛의 오믈렛이 푸른 야채를 여기저기 보이고, 달걀과 버터의 연하고 따뜻한 냄새를 김과 함께 실내에 풍기면서 여러 접시가 운반되었을 때, 페페르코른의 기분은 완전히 좋아졌다. 일동은 페페르코른에게서 토막난 말과 암시에 가득 찬 문화적인 손짓으로 그의 선물을 명심하여 아니 정성들여 맛보도록 먹는 법을 감독받으면서 그와 함께 먹었다. 그는 네덜란드산 진을 모든 사람들에게 돌리고 노간주나무의 연한 향기와 곡식의 건강한 냄새가 나는 투명한 진을 공손히 경건한 마음으로 맛볼 것을 촉구했다.

한스 카스토르프는 담배를 피웠다. 쇼샤 부인도 질주하는 래커 칠을 한 트로이카 그림 장식의 러시아제 담배 케이스에서 필터 담배를 꺼내 피웠다. 그녀는 담배 케이스를 집기 쉽게 자기 앞 테이블 위에 놓았다. 페페르코른은 평소 담배를 피우지 않았으나, 좌우의 두 사람이 담배를 즐기는 것을 꾸짖지는 않았다. 그의 말로 미루어 보면, 담배를 피우는 것은 지나치게 세련된 향락의 하나로서, 존엄성이라는 생의 가장 소박한 선물, 즉 우리들이 감정의 모든 힘을 다하여도 충분히 향락할 수 없는 선물과 요구를 해치는 것이라고 생각하는 것 같았다.

"젊은이." 하고 페페르코른은 엷은 빛의 눈초리와 문화적인 손짓으로 한스 카스토르프 청년의 주의를 끌었다. "젊은이……, 소박한 것! 신성한 것! 좋습니다. 당신은 내가 말하는 것을 압니다. 한 병의 포도주, 김이 나는 달걀 요리, 순수한 곡주……. 이것으로 우선 배를 채우고 맛을 봅시다. 충분히 맛을 봅시다. 그리하여 그 요구를 참되게 만족시킨 후에……. 말할 것 없습니다. 이제 됐습니다. 나는 온갖 사람들을 보았습니다. 코카인 상습 복용자, 하시시 상습 복용자, 모르핀 중독자 같은 온갖 남자와 여자들을……. 좋습니다, 내 친구들이여! 문제없습니다. 내버려 두면 돼요. 우리들이 그들을 심판할 의무는 없습니다. 그러나 이것에 선행해야 할 일, 소박한 것, 위대한 것, 신이 직접 주신 선물에 대해서 그 사람들은 모두……. 이제 그만둡시다. 안 그렇습니까? 유죄입니다. 타기해야 합니다. 이런 모든 것에 대해 그들은 죄를 범했습니다. 젊은이, 당신 이름이 무엇인지는 모르나……, 좋습니다. 분명히 나는 알았었는데 그만 잊어버렸습니다. 코카인, 아편, 악습 그 자체가 나쁜 것은 아닙니다. 용서할 수 없는 죄, 그것은……."

그는 입을 다물었다. 키가 크고 어깨가 벌어진 몸을 옆에 있는 한스 카스토르프 쪽으로 돌린 그는 상대방의 이해를 요구하는 듯한 매우 의미심장한 침묵을 계속하였다. 그는 집게손가락을 세우고, 면도하다 생긴 상처가 있는 붉은 윗입술 밑으로 어울리지 않게 찢어진 입을 보이며, 불길 같은 백발에 둘러싸인 벗겨진 이마의 가로 주름을 치켜올리고, 작고 빛깔이 엷은 눈을 부릅떴다. 한스 카스토르프는 그 눈 속에서 페페르코른이 암시한 죄악, 큰 모독, 용서할 수 없는 무력(無力)에 대한 공포가 번쩍이는 것을 보았다. 이 죄의 무서움을 규명할 것을 페페르코른은 알 수 없는 지배자적 인물의 위력을 갖고 침묵으로 명령했다. 이것은 객관적인 성질의 공포이긴 하지만, 또한 왕자와 같은 이 인물과 관계 있는 개인적인 공포이기도 하다고 한스 카스토르프는 생각했다. 즉 사소하고 보잘것없는 공포가 아니라, 경악과도 같은 공포가 눈 속 깊은 곳에 일순간 번쩍이는 것 같았다. 한스 카스토르프는 쇼샤 부인의 왕자와 같은 여행 반려자에게 적개심을 품을 이유가 여러 가지 있었지만, 경건한 성질의 그는 그 공포를 보고 충격을 받지 않을 수 없었다.

그는 눈을 아래로 깔고, 옆자리의 위대한 인물에게 그 공포의 의미를 알겠다는 것을 알려 기쁘게 해 주려고 고개를 끄덕여 보였다.

"옳은 말씀입니다. 그것은 죄악일 것이고 무력을 증명하는 것일 겁니다. 생의 단순하고 자연스러운 선물, 위대하고 신성한 선물을 등한시하여 세련된 즐거움에 탐닉한다는 것이지요. 당신이 말씀하려는 것을 내가 올바르게 들었다면 그런 것이겠지요. 페페르코른 씨, 이때까지 그것을 생각 못 했습니다만, 당신에게 주의를 받고 보니 확신을 갖고 당신 생각에 찬성할 수 있습니다. 그리고 그토록 건강하고 소박한 생의 선물이 충분히 쓰이는 일은 사실 드물 겁니다. 정말이지, 대부분의 사람들은 그러한 선물을 충분히 활용하는 데에 주의하지 않으며, 양심이 없고, 정신적으로 마비되어 있을 겁니다. 아마 그러리라고 생각합니다." 하고 그는 말했다.

당당한 인물은 최고로 만족했다. "젊은이, 완벽합니다. 제발 나하고 함께 마십시다. 서로의 팔짱을 끼고 잔을 비웁시다. 당신에게 형제로서 서로 '자네'라고 부를 것을 제안하는 것은 아닙니다. 그것을 제안하려고 했으나 아직 좀 성급한 것이 아닌가 하고 생각했습니다. 아마 가까운 장래에 당신에게……, 그렇게 생각하고 계십시오! 그러

마의 산 2

나 원하신다면, 아무래도 괜찮다면 지금부터라도 즉시…….”

한스 카스토르프는 페페르코른이 스스로 말한 연기설에 찬성의 뜻을 비쳤다.

"좋습니다. 젊은이. 좋습니다, 동료. 무력감……, 좋습니다. 좋습니다. 그리고 정말 무서운 일입니다. 양심이 없다고 했지요. …… 아주 좋습니다. 도대체 선물을……. 이것은 안 되지요. 요구! 명예와 남성의 힘에 대한 신성하고 여성적인 생의 욕구…….”

한스 카스토르프는 페페르코른이 취했다는 것을 갑자기 깨달았다. 그러나 왕자의 취한 모습은 보잘것없거나 야비한 느낌은 들지 않고 추태라는 느낌도 없었다. 오히려 그의 왕자다운 품격과 결부되어 장엄한 모습, 외경을 느끼게 하는 모습이었다. 주신 바커스도 찬미자들의 어깨에 몸을 기대었고, 그러면서도 그 신성을 조금도 잃지 않았다고 한스 카스토르프는 생각했다. 술에 취해 있는 사람이 누구인가. 즉 그럴 듯한 인물인가, 단순한 직조공인가, 이것이 문제다. 이렇게 생각하고 한스 카스토르프는 문화적인 손짓도 축 늘어지고 혀도 꼬부라지기 시작한 이웃의 압도적인 여행 반려자에 대해 존경심이 줄어들지 않도록 주의했다.

"자네라고 서로 부르는 것은…….” 하고 페페르코른은 말하며 거나하게 취한 당당한 체구를 유유히 뒤로 젖히고, 팔을 테이블 위로 뻗쳐 부드럽게 쥔 주먹으로 테이블을 탕탕 쳤다. "얼마 안 있어, 가까운 장래에 하기로 하고, 한동안은 아직 신중하게 하는 것이…… 좋겠지요. 이것으로 끝, 생은……. 젊은이…… 여성입니다. 부풀어 오른 탐스러운 유방, 풍만한 허리에 끼여 있는 펑퍼짐하고 부드러운 배, 날씬한 팔, 살집 좋은 허벅지, 눈을 반쯤 감고 누워 있는 여자, 우리들이 가지고 있는 최고의 열과 힘, 남성의 욕망의 탄력 전부를 조롱조의 멋진 도전으로 요구하고, 남성의 탄력이 그것에 합격하는가 여부를 저울질하는 것이 여성입니다. 패배, 젊은이, 이것이 무엇을 의미하는지 아십니까? 생에 대한 감정의 패배, 이것이 무기력이라는 것입니다. 이 무기력에는 어떠한 구제도 동정도 위엄도 없고, 사정없이 조롱과 배척을 받을 뿐입니다. 도외시되어 침이 뱉어질 뿐입니다. 젊은이…… 패배와 파산, 이 무서운 치욕에는 굴욕이라든지 불명예 같은 말로는 불충분합니다. 이것은 마지막, 지옥과 같은 절망, 이 세상의 마지막입니다."

네덜란드인은 말하면서 거구를 점점 뒤로 젖히는 동시에 왕자와 같은 머리를 가슴 위에 떨어뜨렸다. 잠이 들려는 것 같았다. 그러나 마지막 말과 더불어 그는 가볍게 쥔 주먹을 휘둘러, 그것을 테이블 위에 탕 하고 내리쳤다. 섬세한 한스 카스토르프는 카드놀이와 포도주, 그리고 이상한 사태 때문에 신경과민이 되었으므로 깜짝 놀라 몸이 굳어져 왕자를 외경의 눈으로 쳐다보았다. '이 세상의 마지막.' 이 말은 페퍼르코른에게 희한하게 잘 어울렸다. 한스 카스토르프는 종교 수업 외에는 이 말을 들은 적이 없었는데, 이것은 우연이 아니라고 생각했다. 그가 알고 있던 모든 사람들 가운데서 누가 이 끔찍한 말을 입 밖에 낼 자격이 있을까? 올바르게 말한다면 누가 그만 한 스케일을 가지고 있을까? 키 작은 나프타는 그것을 입 밖에 낸 일이 있겠지만, 그의 경우 그것은 남에게서 빌린 것이니까 과격한 수다에 불과한 것이다. 이에 반하여 페페르코른이 이 말을 입 밖에 내면, 그 끔찍한 말은 벼락과도 같고 최후심판 날의 나팔 소리에 싸인 듯한 무게, 한마디로 구약 성서적인 위대함을 지니고 있었다.

'아, 과연 인물이다.' 하고 한스 카스토르프는 백 번이나 느낀 것을 다시금 느꼈다. '나는 인물을 만난 것이다. 그런데 하필이면 클라브디아의 여행 반려자라니!' 한스 카스토르프도 머리가 꽤 몽롱해져 있었다. 한쪽 손을 바지 주머니에 넣고 입가에 문 담배 연기에 한쪽 눈을 작게 뜨고 테이블 위에서 포도주 잔을 돌리고 있었다. 끔찍한 벼락 같은 소리에 침묵을 지키지 말아야 하는가? 새삼스럽게 자신의 보잘것없는 목소리로 무슨 말을 할 것인가? 그러나 한스 카스토르프는 민주적 교육자인 두 사람에게서(두 사람은 원래 민주적이었다. 두 사람 중의 한 사람은 민주적인 것을 거역하려고 했지만) 토론을 좋아하도록 교육을 받아 왔기 때문에, 예의 주석을 무심코 붙였다.

"당신의 의견을 듣고, 페페르코른 씨(이건 무슨 말인가. 의견이라니! 이 세상의 마지막 날에 대해 의견 같은 걸 말하는 사람이 있을까?), 나는 아까부터 악습의 본질에 대해 내린 결론을 다시 한 번 상기하는 바입니다. 즉 생의 단순한, 그리고 당신의 말에 따르면 생의 신성한, 내 말대로라면 생의 고전적인 선물, 말하자면 생의 위대한 선물에 대한 모욕이라는 결론, 말하자면 습득한 세련미를 선호함을 보여 줌으로써, 즉 우리 두 사람 중 한 사람이 표현했듯이, 그런 것에 '탐닉'함으로써 등한시하는 것이 악습이라는 결론 말입니다. 위대한 선물 같으면 '전심'한다든지 '정진'한다든지 하겠지만 그러나 나는 그 점에서 변명의 여지가 있는 것처럼…… 죄송합니다. 나는 변명하는 버릇이 있는 인간입니다. 변명에는 스케일이 없다는 것은 나도 확실히 느끼고 있습니다만……, 즉 나로서는 악습에도 변명의 여지가 있는 것으로 생각됩니다. 그것도 아까 말한 '무기력'에 의한 것이기 때문입니다. 당신이 무기력의 무서움에 대해 아주 웅대한 말씀을 하시어, 보시는 바와 같이 나는 그 말에 완전히 압도되었습니다. 그러나 악습에 빠지는 인간도 그 무서움을 느끼지 않는 것은 아니며, 도리어 생의 고전적인 선물에 대한 감정의 패배로 인해 악습에 빠질 정도로 오히려 그 패배의 무서움을 인정하기 때문입니다. 그러므로 그는 결코 생을 모욕하지 않고, 그렇게 생각할 필요도 없으며, 역시 생에 대한 존경의 표시와 그것은 마찬가지로 해석될 수 있습니다. 세련된 선물도 도취와 고양의 수단, 이른바 흥분제, 감정의 보강과 정진 수단을 의미하고, 그런 의미에서 역시 생명을 목적으로 하며, 즉 감정에 대한 사랑, 감정의 무기력이 바로 감정의 굳셈을 갈망하기 때문입니다. 내가 말하는 것은……."

그는 무엇을 말하는 것일까? 그 거물과 자신을 한데 묶어 '우리 두 사람 중 한 사람'이라고 하는 것은 민주주의적인 몰염치의 극치라고 해야 하지 않을까? 그가 이런 뻔뻔스러움을 감히 스스로 용납할 용기를 가질 수 있었던 것은 현재 어떤 소유권에 암영을 던지는 과거의 그 사건 때문일까? 그래서 악습에 관해서도 마찬가지로 뻔뻔스러운 분석 따위를 시작할 만큼 그는 흥분했을까? 이것을 어떻게 뚫고 나갈 것인지, 그에게는 짐작도 가지 않았다. 무서운 것에 도전한 것만은 분명했다.

페페르코른 씨는 손님이 말을 계속하는 동안, 의자를 뒤로 기대고 머리를 가슴에 드리운 자세를 하고 있어서, 한스 카스토르프의 말을 듣는지 어떤지 확실치 않았다. 그러나 청년의 말이 갈피를 못 잡자 페페르코른은 의자에서 서서히 몸을 일으키더니 마침내 꼿꼿하게 일어나 앉았다. 이와 더불어 왕자다운 얼굴이 빨개지며 이마의 당초무늬가 치켜 올라가 긴장하고, 엷은 색의 작은 눈이 심상치 않게 뜨이더니 위협하는 듯한 빛을 띠었다. 어떻게 될 것인가? 광포한 분노가 폭발할 것만 같았다. 이에 비하면 아까의 분노 같은 것은 사소한 불쾌함에 지나지 않았으리라. 페페르코른 씨의 아랫입술은 윗입술을 무섭게 밀어 올려, 입술의 양 가장자리가 축 늘어지고 턱이 나왔다. 그리고 오른팔이 테이블 위에서 서서히 머리 높이까지, 머리 위까지 올려져 주먹이 불끈 쥐어지더니 민주적인 잔소리꾼에게 맹렬한 일격을 가하기 위해 호쾌하게 쳐들렸다. 민주적인 잔소리꾼은 눈앞에 전개된 처절한 왕자의 분노한 모습에 떨면서도 그 전율감에 취해, 무서움과 도망가고 싶은 심정을 간신히 눌렀다. 한스 카스토르프는 당황하여 선수를 써서 말했다.

"물론 내가 말한 방법은 불충분했습니다. 모든 것은 스케일의 문제일 뿐입니다. 스케일을 가지는 것을 악습이라고 부를 수는 없습니다. 악습에는 스케일이 없기 때문입니다. 세련된 것은 스케일을 가지고 있지 않습니다. 그러나 인간이 감정을 갈망하는 기분에 대해서는 먼 옛날부터 보조 수단 즉 도취시키고 흥분시키는 수단이 주어져 있었습니다. 이 수단은 생의 고전적인 선물 중의 하나로, 소박하고 신성한 성질이 있어서 악습이 아니라, 말하자면 스케일을 갖는 보조 수단이라고도 할 수 있습니다. 포도주, 이것은 고대의 인문적인 민족도 주장했듯이, 신이 인간에게 주신 선물, 우리들의 문명과도 밀접한 연관이 있는 주신 바커스의 박애적인 발명품입니다. 우리들이 들은 바로는 인간은 포도를 재배하고 포도를 짜는 기술을 배우기 위해 야만 상태에서 빠져나와 문명을 만들었다고 합니다. 오늘날도 포도주가 나는 나라의 민족은, 이를테면 고대의 키메리오스인들처럼 포도주를 모르는 민족보다는 문명적이라고 일컬어집니다. 혹은 자기들 딴에는 그렇게 자부합니다. 이것은 확실히 주목할 만한 일입니다. 왜냐하면 이 사실은 문명이 결코 이성과 웅변적 냉정의 선물이 아니라 오히려 흥분, 도취, 활기 있는 감정에서 생긴다는 것을 증명하기 때문입니다. 이 점에 관해서는 당신도 의견이 같지 않으신지요. 외람되게 이런 말씀을 드려 죄송합니다만 어떠신지요?"

마의 산 2

만만치 않은 사나이다, 이 한스 카스토르프. 세템브리니 씨가 문학자답게 세련성을 갖고 표현한 말을 빌리면 '교활한 놈'이었다. 이 청년은 거물과 접촉하는 경우에도 저돌적이고 뻔뻔스럽기도 했지만, 한번 궁지를 뚫고 나가자 역시 멋졌다. 그는 첫째로 까다로운 궁지 속에서 포도주 예찬의 즉석연설을 상당히 교묘하게 해치웠다. 다음으로 페퍼르코른 씨의 분노의 모습에서는 물론 조금도 느낄 수 없는 '문명'에 대해 슬쩍 언급하였다. 마지막으로 호탕한 분노의 자세를 한 사나이에게 주먹을 쥐어 올린 채로는 대답할 수 없는 질문을 던져, 그 자세를 흐트러뜨렸다. 과연 네덜란드인은 구약 성서적인 호탕한 분노의 몸짓을 누그러뜨렸다. 팔도 천천히 테이블 위로 내려졌고 얼굴의 홍조도 사라졌다. 그러나 아직 위협적인 느낌이 남아 있는 얼굴에는 '이 녀석이!' 하는 듯한 기색이 나타났으나 어쨌든 태풍은 가라앉았다. 게다가 쇼샤 부인도 사이에 끼어들어 여행 반려자에게 좌석의 공기가 침체해지기 시작한 것에 대해 주의를 돌리게 했다.

"당신, 손님들을 너무 등한시하고 계셔요." 하고 그녀는 프랑스어로 말했다. "이분만을 상대로 하고 계시는군요. 무슨 중요한 말씀이긴 할 테지만요. 이제 카드놀이도 거의 끝났고 해서 다들 지루해하고 계시는 것 같아요. 오늘 밤은 이것으로 그치는 것이 어떨까요?"

페페르코른은 곧 둥근 테이블에 있는 사람들에게로 몸을 돌렸다. 쇼샤 부인이 말한 대로였다. 침체, 권태, 무감각이 퍼져, 손님들은 선생이 없어진 교실의 생도처럼 법석을 부리고 있었다. 그중 몇 사람은 졸고 있었다. 페페르코른은 늦추었던 고삐를 잡아당겼다.

"여러분!" 그는 집게손가락을 꼿꼿이 세우면서 외쳤다. 손톱을 창처럼 뾰족하게 한 그 손가락은 지휘하는 군도나 군기와 같았고 '여러분!'이라는 외침은 무너지려는 군세를 재정비하려는 사령관의 '내 뒤를 따르라!' 하는 질타와 같았다. 그러자 이 인물의 힘찬 일성은, 즉시 사람들의 눈을 뜨게 했고, 정신을 차리게 했으며, 흐려진 얼굴을 긴장시켜, 사람들은 당당한 주인 이마의 우상 같은 당초무늬 밑 엷은 빛의 눈을 미소 지어 바라보면서 고개를 끄덕였다. 페페르코른은 집게손가락 끝을 엄지손가락 끝에 대고, 손톱을 길게 기른 나머지 세 손가락을 그 동그라미 옆에 세우고 모두의 주의를 끌어 모두로 하여금 각자의 부서에 돌아가도록 했다. 그는 선장과 같은 손을, 무언가를 제지하고 막는 것같이 펴고 무섭게 찢어진 입술로부터 띄엄띄엄 확실치 않은 말을 했다. 그 말은 인물의 힘이 뒷받침하고 있어 압도적으로 모두의 마음을 울렸다.

"여러분…… 좋습니다. 육체는, 여러분, 이것은 결국…… 끝났습니다. 아니…… 외람된 말입니다만 '약한 자'라고 성서에도 적혀 있습니다. '약한 자'란 자칫하면 인생의 요구에…… 그러나 나는 호소합니다. …… 요컨대, 여러분, 나는 호소합니다. 여러분은 말씀하실 것입니다. 졸음이라고. 좋습니다. 여러분 아주 멋집니다. 나도 졸음을 사랑하고 존경합니다. 졸음은…… 당신, 무어라고 불렀던가요, 젊은이……. 생의 고전적인 선물 중의 하나입니다. 제일급, 최고급, 좋습니까? 최상급의…… 여러분, 그러나 마음에 새기고 기억해 두십시오. 겟세마네입니다. 예수께서 베드로와 세베대의 두 아들을 데리고 가셨습니다. 그리고 제자들에게 '너희는 여기 머물러 나와 함께 깨어 있도록 하라.'고 말씀하셨습니다. 기억하고 계십니까? 그리고 세 제자에게 와 보시니 그들이 자고 있으므로 베드로를 향하여 '너희는 한 시간도 나와 함께 깨어 있을 수 없느냐?' 강렬합니다. 여러분, 뼈에 사무치도록 통렬합니다. 예수께서 다시 와 보시니 제자들은 또 자고 있었습니다. 그리고 제자들에게 말씀하셨습니다. '아직도 자느냐?' 여러분, 폐부를 관통하고 가슴을 찌르는 것 같습니다."

정말이지 모든 사람들은 감동되어 부끄러워했다. 페페르코른은 두 손을 가슴 위 숱이 적은 턱수염 앞에 모으고 머리를 비스듬히 기울였다. 그의 찢어진 것 같은 입술에서 슬픈 죽음의 고독에 대한 말이 흘러나왔을 때, 엷은 빛의 눈초리는 멍하니 열려 있었다. 슈퇴르 부인은 흐느껴 울었다. 마그누스 부인은 깊은 한숨을 쉬었다. 파라반트 검사는 모두를 대표해서, 말하자면 전원의 대표자로서 존경하는 접대주에게 낮은 목소리로 두세 마디 하고, 모두 그의 뒤를 따라갈 것을 맹세해야 한다고 생각했다. 검사는 말했다. 무언가 오해가 있는 것 같다, 모두 즐겁고 원기왕성하고 명랑하며 심신이 정력에 넘쳐 있다, 멋지고 화려한, 정말 훌륭한 하룻밤이라고 모두가 생각하고 느끼고 있어, 지금부터 졸음이라는 생의 선물을 이용하려고 생각하는 자는 없다. 페페르코른 씨는 손님 모두를, 손님 한 사람 한 사람을 믿어도 좋을 것이다.

"완전! 멋집니다!" 하고 페페르코른은 외치고 몸을 일으켰다. 한데 모았던 두 손을 풀어 양쪽으로 벌리고 이교도가 기도할 때처럼 손바닥을 밖으로 돌려 똑바로 위로 뻗쳤다. 조금 전까지 고딕적인 고뇌의 빛으로 채워졌던 당당한 얼굴은 풍성하고 밝게 빛났고 탕아(蕩兒)를 연상케 하는 보조개까지 볼에 나타났다. "때가 왔도다." 하고 그는 말하며 메뉴를 가져오게 한 후, 테가 높아 이마까지 닿는 뿔테 코안경을 끼고, 맘 회사의 붉은 리본을 단 아주 독한 샴페인 세 병과 팬케이크를 주문했다. 이 원추형의 작고 멋진 케이크는 최고 품질의 비스킷 같은 것으로, 물들인 설탕이 겉에 뿌려져 있고, 속에는 붉은 초콜릿과 피스타치오 크림이 들어 있고, 가장자리에 레이스로 아름답게 선이 둘린 종이 냅킨에 얹혀 있었다. 슈퇴르 부인은 그것을 먹으면서 손가락을 하나하나 빨았다. 알빈 씨는 익숙한 솜씨로 첫 번째 샴페인 병에서 철사로 묶은 것을 떼어내고, 장식이 달린 병의 목에서 버섯 모양을 한 코르크 마개를 장난감 권총 소리와 더불어 천장으로 날려 보내고, 우아한 예의범절에 따라 냅킨으로 병을 싸서 일동의 잔에 따랐다. 아름다운 거품이 차려 놓은 리넨 식탁보를 적셨다. 모두 얕은 잔으로 건배하며 첫 잔을 단숨에 마셨다. 얼음처럼 찬 향기 높은 액체가 짜릿하게 위를 자극했다. 모두의 눈이 빛났다. 카드놀이는 끝났으나, 카드와 돈을 테이블 위에서 치우려는 사람은 없었다. 모두는 무위(無爲)의 행복한 시간에 도취되어 밑도 끝도 없는 이야기를 계속했다. 흥분된 감정에서 생긴 이야기는, 처음에는 아주 아름다운 생각에서 나온 듯했지만, 그것을 지껄이는 동안에 단편적이고 혀 꼬부라진 점잖지 못한, 의미를 알 수 없는 헛소리로 바뀌어 버렸다. 만약 누군가 바른 정신을 가진 사람이 함께 그 자리에 있었다면, 그 사람은 성을 내고 얼굴을 붉혔을 것이다. 그러나 말하는 본인들은 모두가 무책임한 상태를 즐기고 있었기 때문에, 다들 태연하게 지껄이고 들을 수가 있었던 것이다. 마그누스 부인도 귀를 붉게 물들이고 몸의 구석구석까지 생명이 스며드는 것 같다고 했는데, 이 말이 마그누스 씨에게는 별로 좋지 않게 들렸던 모양이었다. 헤르미네 클레펠트는 등을 알빈 씨의 어깨에 기대고 잔을 내밀어 샴페인을 따라 받았다. 페페르코른은 손톱이 창처럼 뾰족한 손으로 문화적인 손짓을 하면서 바커스의 향연을 리드하고, 술과 음식의 공급과 보급에 신경을 썼다.

그는 샴페인 뒤에 진한 모카커피를 주문했는데 그 커피도 역시 '빵'이 겸해졌고, 또 숙녀들을 위해서는 아프리코트 브랜디, 샤르트루즈, 바닐라크림, 마라스키노 같은 단 리큐르를 가져오게 했다. 나중에 생선 초무침과 맥주도 주문하고, 마지막에 카밀레차를 비롯한 차가 나왔다. 이것은 샴페인이나 리큐르를 계속 마시거나 또는 페페르코른처럼 독한 포도주를 마시는 것을 좋아하지 않는 사람들을 위해서였다. 페페르코른은 12시가 지나서도 쇼샤 부인과 한스 카스토르프를 상대로 톡 쏘는 산뜻한 맛의 스위스산 적포도주를 마시기 시작했다. 그는 정말로 목이 마른 듯이 연거푸 잔을 비웠다.

새벽 1시가 되어도 연회는 끝나지 않았다. 술의 취기가 손발을 납덩이처럼 무겁게 하였을 뿐만 아니라, 취침 시간을 무시하고 잠들지 않았다는 일종의 색다른 즐거움도 있었고, 페페르코른이라는 인물의 영향력도 있는 데다, 베드로와 세베대 아들들의 예에 따라서 육체의 약함에 굴복하지 않으리라는 생각도 있었기 때문이었다. 이점에서는 대체로 남성보다 여성 쪽이 더 강했다. 남자들은 붉어졌다 파래졌다 하며 두 다리를 내뻗고 숨 가쁘게 볼을 부풀리며 이따금 기계적으로만 술잔에 손을 댈 뿐, 진심으로 기꺼이 상대할 생각은 이미 없어졌는데, 여자들 쪽은 더 기운이 좋았다. 헤르미네 클레펠트는 드러난 두 팔꿈치를 테이블 위에 세워 턱을 고이고, 킥킥 웃고 있는 중국인 팅푸에게 그 가지런한 고운 이를 드러내고 미소 지었다. 그런가 하면, 슈퇴르 부인은 어깨를 움츠려 턱을 당기고 검사의 마음을 끌려고 애썼다. 마그누스 부인은 알빈 씨의 무릎 위에 앉아 알빈 씨의 두 귓불을 잡아당기는 추태를 부렸지만, 마그누스 씨는 그것으로 오히려 한시름 놓은 것 같았다. 안톤 카를로비치 페르게는 흉막 진탕 이야기를 하도록 요구받았지만, 지쳐서 혀가 돌아가지 않아 말을 할 수 없게 되었다고 정직하게 고백했다. 이것이 더 마시자는 계기가 되었다. 베잘은 무언가 깊은 번민 때문에 한동안 엉엉 울었는데, 그 번민을 친구들에게 이야기하려고 해도 혀가 뜻대로 돌아가지 않았다. 그러나 그도 커피와 코냑의 힘으로 다시 기분을 돌렸다. 그런데 그가 가슴을 떨면서 울거나 눈물에 젖은 주름진 턱을 꿈틀거리는 모양은 페페르코른의 흥미를 끌었다. 페페르코른은 집게손가락을 세우고 이마의 당초무늬를 치켜 올리면서 베잘의 모습에 모두의 주의를 환기시켰다.

"이것이야말로……." 하고 그는 말했다. "이것이야말로 역시…… 아니, 실례지만 신성합니다. 저분의 턱을 닦아 드리십시오. 내 냅킨으로! 아니면 차라리 내버려 두십시오. 본인이 닦지 않으니 말입니다. 여러분…… 신성합니다. 모든 의미에서. 그리스도교적 의미에서도, 이교도적 의미에서도 신성합니다. 근원 현상, 제1급의, 최고의…… 아니, 이것이야말로……."

페페르코른이 예의 정확한, 그러나 다소 우습게 느껴지기 시작한 문화적 몸짓을 섞어 가면서 연회를 리드해 나가는 설명적인 이야기는 대체로 '이것이야말로', '이것이야말로 역시'로 시종일관했다. 그는 집게손가락과 엄지손가락으로 만든 동그라미를 귀 위에 올리고 머리를 반대쪽으로 장난기 있게 기울이는 버릇이 있었다. 이것은 이교의 노 사제가 옷자락을 쳐들고 이상한 우아함으로써 희생의 제단

앞에서 춤추는 것을 보는 느낌이었다. 그리고 또 그는 당당한 체구를 편안하게 의자에 기대고 앉아 팔을 옆 의자의 등에 돌리고, 모두에게 그와 함께 새벽녘의 광경을 생생하게 실감하라고 강요했기에 사람들은 모두 어안이 벙벙해졌다. 서리 내린 혹한의 어두컴컴한 겨울 새벽녘, 테이블 위에 놓인 램프의 누르스름한 빛이 유리창을 통해 비치는 느낌, 까치의 울음소리마저 차게 들리는 박명 속에 얼어붙은 듯한 앙상한 나뭇가지 사이로 비치는 을씨년스러운 새벽녘의 느낌……. 그는 눈에 익은 이런 일상의 광경을 암시적으로 매우 교묘하게 그려 냈다. 특히 그가 신성이라고 일컫는 얼음같이 찬 물을 그런 새벽녘에 큼직한 스펀지에서 짜내 목덜미에 떨어뜨린다고 말했기 때문에 모두들 자기 일처럼 몸을 부르르 떨었다. 그러나 이것은 탈선이라고 할까, 인생의 기본을 익히게 하는 교훈적인 예라고 할까, 좌우간 다시 화려하게 들뜬 심야 모임의 주도자답게 공식적이고 열정적인 배려를 퍼붓는 공상적인 판타지라고 할까. 그는 가까이 있는 여자라면 누구든지 구별하지 않고 덮어놓고 반한 척했다. 난쟁이 식당 아가씨에게도 그렇게 하여, 그 불구 아가씨는 몸에 비해 너무 큰 늙은 얼굴에 주름을 짓고 히쭉 웃었다. 아주 과분하게 겉치레 인사를 들은 교양 없는 슈퇴르 부인은 보통 때보다 더 심하게 어깨를 흔들며, 도저히 제정신이라고 생각할 수 없을 정도로 건방진 태도를 보였다. 페페르코른은 클레펠트에게는 크게 찢어진 자신의 입에 키스를 해 달라고 했고, 불쌍한 마그누스 부인하고도 시시덕거렸다. 그렇다고 해서 그가 여행 반려자에 대한 부드러운 애정을 잊은 것은 아니었다. 그는 쇼샤 부인의 손을 여러 번 부드럽게 그리고 공손히 입술에 갖다 댔다. "포도주……." 하고 그는 말했다. "부인…… 이것이야말로, 이것이야말로 역시…… 외람된 말이지만, 이 세상의 마지막…… 겟세마네……."

새벽 2시쯤 '늙은이', 즉 베렌스 고문관이 큰 걸음으로 대화실로 오고 있다는 경보가 날아왔다. 지쳐 있었던 손님들은 일대 혼란을 일으켰다. 의자와 얼음 항아리를 뒤집어엎으며 도서실을 지나 도망쳤다. 페페르코른은 생의 향연이 순식간에 해산되는 것을 보고 왕자다운 분노를 터뜨려 테이블을 주먹으로 치고 도망가는 사람들에게 "비겁한 노예들"이라고 욕설했다. 그러나 한스 카스토르프와 쇼샤 부인이 향연이 6시간 가까이 계속되었고, 그렇지 않아도 이미 산회해야 할 시간이라며 달래자, 만은 그렇다는 느낌도 들었고, 수면이라는 신성한 기쁨도 생각해야 된다는 말에 귀를 기울이고 침대로 데리고 가 줄 것을 승낙했다.

"나를 부축하시오, 부인. 자네는 그쪽에서, 젊은이!" 하고 그는 쇼샤 부인과 한스 카스토르프에게 말했다. 이리하여 두 사람은 페페르코른의 무거운 몸을 의자에서 들어올리고 그를 부축했다. 그는 두 사람에게 의지하여 큼직하게 발을 떼어 놓았다. 그는 커다란 머리를, 쳐들린 한쪽 어깨로 기울이고 부축하는 두 사람을 갈지자걸음으로 번갈아 옆으로 밀면서 침실로 향했다. 이렇게 부축을 받은 것은 사실은 왕자다운 호사를 즐기려고 했기 때문이었을 것이다. 아마, 마음만 먹으면 혼자도 걸어갈 수 있었을 것이지만, 취태를 공연히 부끄러워 숨기려는 노력, 쩨쩨한 의미밖에 없는 노력을 그는 경멸했다. 그는 취태를 조금도 부끄러워하지 않았다. 오히려 그것을 호탕하게 마음껏 과장하여, 비틀거리면서 부축한 두 사람을 좌우로 밀고 왕자답게 그것을 흥겨워하는 것 같았다. 그는 걸어가면서 말했다.

"당신네들…… 바보 같으니…… 물론 결코, 만약 이 순간에…… 당신들도 알겠지. 우습기 짝이 없어."

"우습기 짝이 없지요!" 하고 한스 카스토르프는 찬성했다. "물론입니다! 생의 고전적인 선물에 경의를 표하면서 천진난만하게 비틀거리는 것은 그 선물에 대해 당연한 것입니다. 거기에 대해 본정신으로 이러쿵저러쿵……. 나도 상당히 취해 버려, 말하자면 고주망태가 되었지만, 내가 인물 중의 인물을 침대로 안내하는 영광을 가졌다는 것은 확실히 의식하고 있습니다. 인간의 스케일이라는 관점에서는 나 같은 건 비교도 안 되겠지만, 취했다고 해서 결코……."

"아니, 자네, 이건 또 무슨 수다인가!" 페페르코른은 비틀거리며 쇼샤 부인을 끌어당기고 한스 카스토르프를 계단 난간으로 밀어붙였다.

고문관이 온다는 정보는 터무니없는 거짓말이었다. 아마 피로한 난쟁이가 모두를 쫓아내기 위해 퍼뜨린 거짓말이리라. 그것을 알자 페페르코른은 멈추어 서서 다시 돌아가 마시자고 했지만, 좌우에서 달래자 다시 걷기 시작했다.

키가 작은 말레이인 하인이 흰 넥타이에 까만 비단 구두를 신고 방문 앞의 복도에 서서 주인을 기다리고 있었다. 그는 가슴에 손을 대고 공손히 절을 하면서 주인을 맞았다.

"서로 키스를 하시오!" 페페르코른은 명령을 내렸다. "이 아름다운 여자의 이마에 작별의 키스를 하시오, 젊은이." 하고 한스 카스토르프에게 말했다. "이분도 이의는 없을 테니까 키스를 돌려줄 거요. 괜찮으니까 나의 건강을 축하하여 키스를 하시오." 그러나 한스 카스토르프는 이것을 거절했다.

"아닙니다, 각하! 용서해 주십시오. 그것은 안 됩니다."

페페르코른은 하인에게 몸을 기대면서 이마의 당초무늬 같은 주름을 치켜 올리고 왜 안 되느냐고 물었다.

"당신의 여행 반려자에게 키스를 한다는 건 나로서는 할 수 없기 때문입니다." 하고 한스 카스토르프는 말했다. "그럼 안녕히 주무십시오. 정말이지 아무리 생각해 봐도 그건 턱없는 짓입니다."

쇼샤 부인도 그녀의 방 입구로 걸어갔기 때문에 페페르코른은 고집쟁이 청년을 그냥 보냈지만, 한참 동안 이마의 주름을 깊이하고 자기와 말레이인의 어깨 너머로 청년을 바라보았다. 지배자형인 그는 자기 명령에 불복종하는 이런 행동을 처음 겪는 일이라 깜짝 놀랐던 것이다.

## 페페르코른 씨(계속)

페페르코른 씨는 그해 겨울 베르크호프에 머물렀다. 겨울의 나머지를 베르크호프에서 보냈고 봄이 와도 머물러 있었다. 마지막에는 여럿이 풀뤼엘라 골짜기와 그 골짜기의 폭포수로 갔던 잊을 수 없는 소풍에도 끼게 되었다(세템브리니와 나프타도 동행했다). 마지막으로냐니? 그러면 그 소풍 뒤에 그가 없어졌다는 말인가? 그렇다. 그는 없어졌다. 떠났다는 말인가? 그렇다고 할 수도 있고 그렇지 않다고도 할 수 있다. 예스, 그리고 노라니? 제발 수수께끼 같은 말은 하지 마시오! 무슨 말을 들어도 놀라지 않을 테니까. 문제로 삼을 필요조차 없는 죽음의 무용가들의 일은 그만두더라도, 저 침센 소위도 이제는 죽은 것이다. 그러면 그 이해할 수 없는 페페르코른도 악성 말라리아 때문에 저 세상으로 갔다는 말인가? 아니 그렇지는 않다. 그런데 왜 그렇게 서두르는가? 모든 일이 한꺼번에 일어나지 않는다는 것은, 무시해서는 안 되는 인생의 조건이자 이야기의 조건으로, 누구도 신에게서 받은 인간의 인식 형식에 거역할 수는 없을 것이다. 적어도 이야기의 성질이 허락하는 동안은 시간의 흐름에 계속 여유를 주자! 그것도 앞으로 오래 가지는 않을 것이다. 얼마 안 있으면 마침내 후다닥 끝나 버릴 것이다! 후다닥이란 말이 너무 듣기 거북하다면, 대번에 끝난다고 할 수 있겠다. 시간을 가리키는 바늘이 초를 가리키는 바늘처럼 움직여, 그 바늘이 냉정하게 쉬지 않고 정점을 지나갈 때마다 우리가 알지 못하는 사이에 시간은 지나간다. 어쨌든 우리가 이 위에 여러 해 동안 있었던 것만은 확실하다. 정말로 현기증을 느낄 정도이며, 아편이나 하시시의 힘을 빌리지 않은 악몽이다. 도덕가 같으면 우리들을 비난할 것이다. 그러나 우리들은 이 부도덕한 몽롱 상태에 대항하기 위해 의식적으로 이성적인 총명과 논리적인 명석함을 담뿍 들여놓았다! 이해할 수 없는 페페르코른과 같은 인물만을 등장시키지 않고 나프타 씨와 세템브리니 씨 같은 인물과도 사귀도록 한 것은 우연이 아니라는 것을 기억해 두기 바란다. 이 세 사람이 등장한 결과, 필연적으로 이러한 두 유형을 비교하게 되고 그 결과 여러 가지 점에서, 특히 스케일이라는 점에서 뒤에 등장한 페페르코른 편에 유리하다고 하겠다. 한스 카스토르프도 발코니에 누워서 이 두 타입을 비교했다. 그의 불쌍한 영혼을 빼앗아 가려는 웅변적인 두 교육자가 피테르 페페르코른에 비교하면 거의 난쟁이처럼 느껴지는 것을 남몰래 인정하고 머릿속으로 페페르코른에게 더 점수를 주었다. 그리고 한스 카스토르프는 페페르코른이 포도주에 취해, 왕자다운 농담으로 자기를 수다쟁이라고 한 것을 흉내 내, 두 교육자를 수다쟁이라고 부르고 싶었다. 이와 동시에 연금술적 교육 덕분으로 거물인 페페르코른과도 접촉하게 된 것을 아주 즐겁고 행복하다고 생각했다.

마의 산 2

그 인물이 클라브디아 쇼샤의 여행 반려자로서 거대한 방해자로 등장한 것은 별도의 문제였다. 한스 카스토르프는 그 문제 때문에 페페르코른에 대한 평가를 바꾸지는 않았다. 되풀이하여 말하지만, 사육제 전날 밤에 한스 카스토르프가 연필을 빌린 부인과 여행의 회계를 공동으로 하고 있다는 것만으로는 때로는 정상을 약간 벗어난 관심을 기울이는 이 인물에 대한 그의 존경과 관심을 약화시키지는 못했다. 그에게는 그런 것은 불가능한 일이었다. 남성이든 여성이든 간에 독자들 가운데 누군가가 한스 카스토르프의 그러한 '무기력'을 안타깝게 생각하고, 그가 페페르코른을 미워하고 남몰래 늙은 바보 주정뱅이라고 욕해 주었으면 하고 생각하리라는 것을 우리들이 예상 못 하는 것은 물론 아니다. 그러나 한스 카스토르프는 페페르코른이 말라리아열에 걸렸을 때마다 그 병실을 찾아가, 머리맡에 앉아 병자와 이야기를 하고 수업 중의 청년답게 호기심을 갖고 이 인물의 스케일에 영향을 받으려고 했다. (이야기라는 것은 물론 대화 속에서 한스 카스토르프 부분에만 통용되는 말로 페페르코른 부분에는 통용되지 않는다.) 한스 카스토르프가 한 일을 보면, 한스 카스토르프의 외투를 들고 다녔던 페르디난트 베잘을 독자들은 상기할는지는 모르지만, 우리는 그것에 상관하지 말자. 베잘을 연상하는 것은 무의미한 일이다. 우리의 주인공은 베잘과는 다르다. 깊은 번민은 한스 카스토르프의 취미가 아니었다. 한스 카스토르프는 보통의 주인공과는 달리, 여성 문제로 남성에 대한 호의가 좌우될 사람은 아니다. 그를 실제보다 더 잘 또는 더 나쁘게 보이려 하지 않는다는 원칙 아래 말하지만, 소설적인 이유 때문에 남성에 대한 공정한 평가를 잃는다든지, 남성의 세계에서 교양상 유익하다고 생각되는 견문을 단념하는 것은 그는 의식적으로는 아니더라도, 말로 표현하지는 않더라도, 분명히 자연스럽게 거부할 것이다. 이것은 부인들에게는 마음에 들지 않을 것이다. 쇼샤 부인도 그 일로 무의식중에 성을 냈다고 할 수 있다. 그녀가 무심코 입 밖에 낸 가시 돋힌 말이 이것을 증명했다. 나중에 이야기하자면, 한스 카스토르프의 그러한 성질로 인해 교육자들에게 둘도 없는 쟁탈의 대상이 되었을 것이다.

피테르 페페르코른은 용태가 악화되어 눕게 되었다. 카드놀이와 샴페인을 마신 다음 날부터 누웠다는 것은 이상하지 않았다. 장시간에 걸친 긴장된 모임에 참석했던 사람들은 거의 전부가 앓아누웠다. 한스 카스토르프도 예외 없이 심한 두통으로 고생했지만, 머리가 아파도 그는 전날 밤 접대주의 병상을 방문하는 것을 단념하지 않았다. 2층의 복도에서 만난 말레이인에게 방문을 알렸더니 반가이 맞아 주었다.

한스 카스토르프는 쇼샤 부인의 침실 사이에 있는 응접실을 지나 침대가 두 개 있는 네덜란드인의 침실로 들어갔다. 안내된 침실은 베르크호프의 일반 손님방보다 넓고 가구와 장식품이 훌륭했다. 비단으로 꾸민 안락의자와 구부러진 다리가 달린 테이블이 있고, 부드러운 융단이 깔렸다. 그리고 병원에 흔히 있는 임종용 침대가 아닌 호화로운 침대가 있었다. 윤이 나는 벚나무로 만들어졌으며 부속품은 놋쇠로 되어 있었다. 두 개의 침대에 공통된 작은 덮개에는 커튼이 드리워져 있지 않아서 두 개의 침대를 한 개의 우산으로 받친 것 같은 느낌이었다.

페페르코른은 이 두 침대 중 하나에 누워서 붉은 비단 이불 위에 책과 편지 그리고 신문을 얹고, 테가 이마까지 닿는 뿔로 만든 코안경을 걸고, 신문《텔레그라프》를 읽고 있었다. 커피세트가 옆 의자 위에 놓여 있었고 반쯤 비운 붉은 포도주 병(어젯밤의 담백하게 톡 쏘는 맛이 나는 스위스산 포도주였다)이 약병과 나란히 사이드 테이블 위에 놓여 있었다. 한스 카스토르프는 네덜란드인이 흰 잠옷이 아니라 소매가 긴 모직 셔츠를 입고 있는 것을 보고 좀 놀랐다. 단추로 손목을 채우는 셔츠는 깃 없이 그냥 둥글게 패었는데, 노인의 넓은 어깨와 벌어진 가슴에 착 달라붙었다. 서민적인 노동자같이 보이게 했고, 영구 보관의 기념 흉상 같은 느낌을 주었다. 이 모습은 베개를 베고 있는 머리의 인간적인 위대성을 더한층 강화하여서, 부분적으로 부르주아적인 세계를 탈피하여 좀 더 노동자적으로 보이고, 마치 불멸의 흉상처럼 보이게 했다.

"어쨌든 젊은이." 하고 페페르코른은 뿔테 코안경의 높은 손잡이를 잡고 안경을 벗으면서 말했다. "용서를 구하네."

"천만에, 오히려 그 반대입니다." 한스 카스토르프는 베갯머리에 앉아, 공정하게 비평을 해야지 생각하면서도, 오늘 페페르코른의 모습에 진실한 감탄을 느낄 수 없었다. 그러나 무관심하게 있을 수 없는 놀란 기분을 상냥하고 쾌활한 이야기로 감추며, 멋진 단절된 말과 인상적인 손짓으로 상대하는 페페르코른과 담소했다. 페페르코른은 기운이 없어 보였다. 그는 얼굴이 누렇고 괴로운 듯 지쳐 있었다. 새벽녘에 심한 기침 발작을 한 피로가 술 마신 뒤의 후유증과 결부되어 있었다.

"어젯밤에는 완전히." 하고 그는 말했다. "아니 정말로, 완전히 지쳐서! 당신은 아직도…… 좋고 괜찮을 겁니다. 그러나 내 나이로, 이렇게 위험한……, 당신." 그때 응접실에서 건너온 쇼샤 부인에게 부드러우면서도 단호한 어조로 말했다. "모든 게 좋아. 그러나 여러 번 말했던 것처럼 더 주의를 하여 나를 만류했으면 좋았을 것을……."

이 말을 하는 그의 얼굴 표정과 목소리에서는 거의 구름을 불러일으킬 것 같은 왕자다운 분노가 느껴졌다. 어젯밤의 향연에서 그에게 음주를 못 하게 했다면 어떤 벼락이 떨어졌을까를 생각하면, 그의 잔소리가 얼마나 부당하고 무리한 것인가를 알 수 있었다. 위대한 인물에게는 이러한 데가 있는 법이다. 페페르코른의 여행 반려자는 의자에서 일어나, 한스 카스토르프에게 고개를 끄덕이고는 그 잔소리를 흘려 버렸다. 그녀는 한스 카스토르프에게 손을 내밀지 않고 미소를 지으며 손을 흔들고, "제발 그대로" 앉은 채로 "걱정 마시고" 페페르코른과 재미있는 이야기를 계속하라고 말했다. 그녀는 방 안 여기저기를 움직이면서 하인에게 커피세트를 치우게 하고 한동안 사라져 있다가, 이번에는 발소리를 내지 않고 돌아와 선 채로 이야기에 끼어들었다. 한스 카스토르프가 받은 막연한 인상을 그대로 전한다면, 남자들의 말을 어느 정도 감시했다. 당연한 일이다! 그녀는 스케일이 큰 인물과 베르크호프에 돌아왔지만 그 베르크호프에서 그녀가 돌아오는 것을 오랫동안 기다리던 사나이가 이 인물에 대해 남성과 남성이라는 관계에서 당연한 경의를 표시하는 것을 보고, "제발 그대로", "걱정 마시고"라고 말하면서도 불안한 듯, 신경과민까지 되어 있었다. 한스 카스토르프는 그것을 알고 미소 지었다. 그것을 보이지 않으려고 무릎 위로 몸을 구부렸지만 그러나 기뻐서 몸이 확확 달아오르는 것 같았다.

페페르코른은 사이드 테이블에 놓여 있던 병에서 포도주를 잔에 따라 주었다. 오늘과 같은 상태에는 어젯밤에 남겨 놓은 술을 다시 마시는 것이 아주 현명하며, 이 톡 쏘는 포도주가 소다수와 똑같은 효력이 있다고 네덜란드인은 말했다. 그는 한스 카스토르프와 잔을 마주쳤다. 한스 카스토르프는 단추를 채운 모직 셔츠 소매 끝에 나와 있는, 손톱이 뾰족한 주근깨투성이의 선장과 같은 손이 잔을 쳐들어 두툼하게 찢어진 듯한 입술이 그 술잔 가장자리를 덮자, 포도주가 노동자나 흉상을 연상케 하는 목구멍으로 꿀꺽꿀꺽 흘러드는 것을 지켜보았다. 두 사람은 사이드 테이블에 있는 약에 대해서도 말을 나누었는데, 페페르코른은 쇼샤 부인의 주의를 받고 그 갈색 약을 한 숟갈 가득 마셨다. 그것은 해열제로 성분은 키니네였다. 페페르코른은 손님에게도 그것을 권하여, 쓰면서도 향기 나는 독특한 약제를 맛보게 하고는 키니네 예찬을 몇 가지 피력했다. 키니네는 열의 근본을 잡는 작용을 하는 점에서 특효가 있을 뿐 아니라 강장제로도 높은 평가를 받아야 하며 단백 대사를 억제하고 영양 상태를 양호하게 한다는 것이었다. 요컨대 참된 청량제, 멋진 강장제, 자극제, 활력제이며 한 걸음 더 나아가 도취제이기도 해 잘못하다간 취하는 일도 있다고, 페페르코른은 어젯밤처럼 손가락과 머리를 호탕하게 움직이며 말했다. 그 모습이 마치 이교도의 사제가 춤추는 것 같았다.

"그렇습니다. 멋진 물질입니다. 키나나무 껍질은! 그러나 유럽의 약물학계에서 키나나무 껍질을 알게 된 지 아직 300년도 안 되었으며, 키나나무 껍질의 유효 성분인 알칼로이드, 즉 키니네가 화학적으로 발견되어 어느 정도 분석된 지 아직 100년도 채 못 됩니다. 화학은 현재로는 키니네를 인공적으로 만들어 낼 수 있을 정도로 그 성분을 해명하지 못했습니다. 유럽의 약물학계는 어느 방면에서도 뛰어난 식견을 가지고 있다는 불손한 주장을 하지 않는 것이 현명할 것입니다. 키니네의 경우와 같은 예는 이 밖에도 많이 있습니다. 가령 약물학은 물질의 힘과 작용에 대해 상당히 알고는 있지만, 그 작용이 결국 무엇에 의한 것인가 하는 문제에 이르면 대답하지 못하는 일이 많습니다. 독물학을 보면 잘 알 수 있습니다. 이른바 독소의 작용을 일으키는 원소의 속성에 대해서는 해답이 전혀 주어져 있지 않습니다. 가령 뱀의 독액에 대해 알고 있는 것은, 이 동물성 물질은 단백질 결합물의 일종이고 일정한(어떻게 일정한가는 전혀 모르고 있습니다) 결합에 있어서만 강한 작용을 한다는 것뿐입니다. 이 단백질 결합물이 혈액 속에서 순환되었을 때 놀라운 현상을 일으킨다고 우리가 생각하는 것은, 아무도 단백질을 유독하다고 생각하지 않기 때문에 오직 놀라는 것입니다." 하고 페페르코른은 엷은 빛의 눈과 이마에 당초무늬의 주름이 새겨진 얼굴을 베개에서 일으켜 그 얼굴 가까이에 두 손가락으로 동그라미를 만들고 나머지 세 손가락을 창과 같이 세우고서 말을 계속했다. "물질의 세계는 모두 삶과 죽음의 두 가지를 동시에 내포하는 것이 사실이며, 어떤 물질이나 약도 되고 독도 됩니다. 따라서 약물학과 독물학은 원래 동일한 학문입니다. 독에 의해 병이 낫는 일도 있고, 생명을 증진시킨다는 물질이 한 번 경련을 일으킴으로써 졸지에 생명을 빼앗아가는 경우도 있습니다."

페페르코른은 약물과 독물에 대해 힘차게, 보통 때와는 달리 조리 있게 이야기했다. 한스 카스토르프는 머리를 살짝 기울여 끄덕이면서 들었다. 그는 페페르코른의 머리를 채우고 있는 말의 내용보다 오히려 페페르코른이라는 인물의 작용력도 뱀독의 작용과 마찬가지로 결국은 수수께끼였다.

  페페르코른은 말했다. "힘이 물질세계의 전부이며, 그 밖의 것은 모두 부차적입니다. 키니네는 약이 될 수 있고 독이 될 수도 있는데, 무엇보다 그 힘이 특징입니다. 4그램의 키니네는 인간을 귀머거리로 만들고, 현기증을 일으키고, 숨을 가쁘게 하고 아트로핀과 마찬가지로 시력 장애를 일으키며, 알코올과 마찬가지로 취하게 만듭니다. 키니네 산지에서 일하는 노동자들은 눈에 염증이 생기고, 입술이 붓고 피부가 헙니다."

  페페르코른은 다음으로 키나나무에 대해 말했다. 남아메리카의 코르디에라 산맥의 해발 3천 미터의 원시림에서 자라는 이 식물의 수피는, 훨씬 후에 '예수회의 분말'이라는 이름으로 스페인으로 건너갔지만, 남아메리카의 원주민들은 그 효력을 전부터 알고 있었다고 했다. 또 네덜란드 정부가 자바에서 대규모로 키나나무를 재배하며, 자바로부터 매년 계피와 비슷하며 붉은 대롱 같은 키나 껍질 수백 만 파운드가 암스테르담과 런던에 수출되고 있다고 했다. 대체로 수피, 수목의 수피 조직, 즉 표피에서 형성층까지의 부분에는 힘이 감추어져 있어, 치유와 파괴 어느 쪽으로든 언제나 역동적인 힘을 간직하고 있다고, 페페르코른은 말했다. 유색 인종은 약물에 대해서는 백색 인종보다 훨씬 앞선 지식을 가지고 있다. 뉴기니 동쪽의 몇 개 섬에서는 젊은 사람들이 어떤 나무의 수피에서 미약을 만드는데, 자바의 안티아리스 톡시카리아와 같은 독 나무는 만차닐라처럼 독기로 주위의 공기를 오염시키고 사람과 동물을 마비 상태에 빠뜨린다는 것이다. 섬의 젊은이들은 그 나무껍질을 가루로 내어 거기에 야자수 열매를 잘라 섞어, 한 장의 나뭇잎에 싸서 태운다고 한다. 태운 혼합물의 즙을 마음에 두고 있는 냉담한 여자가 자고 있을 때 얼굴에 뿌리면, 그 여자는 그 즙을 뿌린 사나이를 쫓아다니게 된다고 한다. 때로는 효력이 뿌리껍질에 숨어 있을 때도 있다. 가령 말레이반도의 스트리크노스 티우테라는 덩굴식물의 뿌리가 그것이다. 원주민은 그 뿌리에 뱀의 독을 가하여 우파스라자를 만드는데, 다트나 화살에 발라진 독약이 혈관 속에 주입되면 사람이 눈 깜짝할 사이에 죽는다는 것이다. 그러나 어떻게 해서 그렇게 되는가를 한스 카스토르프에게 설명할 수 있는 사람은 아무도 없었다. 단지 우파스가 간직하고 있는 힘이 스트리키니네와 가깝다는 것을 알 뿐이었다. 페페르코른은 드디어 침대에서 완전히 일어나 앉아 가늘게 떨리는 선장과 같은 손으로 이따금 포도주 잔을 찢어진 듯한 입술에 갖다 대고 목이 타는 듯이 꿀꺽꿀꺽 마시며, 인도의 코로만델 연안 지방의 마전나무에 대해 이야기했다. 이 나무의 오렌지색 열매인 이른바 '마전'에서 격렬한 힘을 가진 스트리키니네라는 알칼로이드가 채취된다는 것이었다. 이마의 당초무늬의 주름을 치켜 올리면서 속삭이듯 낮은 목소리로 그 마전나무의 회색 가지, 윤기 있는 잎, 황록색의 꽃에 대해 이야기했기 때문에, 한스 카스토르프 청년은 음산하고 히스테릭하고 현란한 빛깔의 나무가 눈앞에 떠올라 어쩐지 기분이 나빠졌다.

여기에 쇼샤 부인이 개입했다. 대화가 계속되면 페페르코른이 피

마
의
산
2

곤하여 열이 나고 몸에 안 좋을지 모르니, 두 사람의 이야기를 방해할 마음은 없지만 오늘은 이 정도로 해 주었으면 좋겠다고 했다. 물론 한스 카스토르프는 이 말에 순종했다. 그러나 그 후 수개월 간 왕자다운 인물의 4일 간격으로 나타나는 고열이 지나가면, 그는 베개 맡에 앉아 있었고, 쇼샤 부인은 그때마다 방 안을 이리저리 돌아다니면서 두 사람의 대화를 감시하고 두세 번 입을 열기도 했다. 한스 카스토르프는 페페르코른이 열이 없는 날에도, 그와 진주 목걸이를 한 여행 반려자와 함께 몇 시간을 보냈다. 네덜란드인은 침대에 누워 있지 않는 날에는 만찬 후에 베르크호프의 손님 몇 사람을(사람은 때에 따라서 달랐지만) 처음과 마찬가지로 대화실이나 식당에 모아 놓고, 카드놀이를 하고 포도주와 그 밖의 음료를 대접하는 것을 빠뜨리지 않았다. 그러나 그럴 때마다 한스 카스토르프는 언제나 칠칠치 못한 부인과 위대한 인물 사이에 앉게 되었다. 모두 야외에서도 행동을 같이 하고 함께 산책도 하였다. 여기에는 페르게 씨와 베잘 씨도 끼어들었고 얼마 안 있어 사상의 적인 세템브리니와 나프타도 참가하게 되었다. 산책 도중에 이 두 사람과 만나지 않는 일이 없었기 때문이다. 한스 카스토르프는 이 두 사람을 페페르코른과 동시에 클라브디아 쇼샤에게 소개한다는 것을 즐겁게 생각했다. 이 면식과 교류가 두 사람의 토론가에게 기쁜 것인지 귀찮은 것인지는 전혀 고려하지 않았다. 두 사람의 토론가는 교육의 대상을 필요로 했기 때문에, 그 대상인 한스 카스토르프의 면전에서 토론을 벌이는 것을 단념하기보다는 차라리 달갑지 않은 교제를 참을 수밖에 없다고 생각했다.

이러한 잡다한 교류 멤버가 적어도 서로 익숙해지지 않은 것에 익숙해질 것이라는 그의 예상은 틀린 것은 아니었다. 물론 그들 사이에는 긴장감, 서먹서먹한 것, 남모를 적의 같은 것이 여러 가지로 존재했다. 그러나 이상하게도 우리의 평범한 주인공은 이러한 사람들을 주위에 모을 수 있었다. 우리는 그것을, 그가 무슨 일이나 '경청할 가치가 있다'고 느끼는 교활한 붙임성에서 온 것이라고 설명하고 싶다. 그의 성격은, 완전히 이질적인 종류의 사람들을 자기 주위에 모았을 뿐만 아니라, 그 사람들끼리도 어느 정도 서로 융합시켰기 때문에 결합력이라고까지도 부를 수 있을 것이다.

기묘하고 까다로운 결합이었다! 한스 카스토르프가 모두와 함께 산책을 하면서 교활하고 상냥한 눈으로 관찰한 것처럼, 우리들도 이 까다로운 관계를 잠깐 대충, 분석해 보는 것이 흥미로울 것이다.

우선 불쌍한 베잘, 이 사나이는 쇼샤 부인에게 정욕의 불길을 계속 불붙이면서 페페르코른과 한스 카스토르프에게 비굴한 존경심을 느꼈다. 페페르코른은 현재의 승리자이기 때문에 존경하고, 한스 카스토르프는 과거의 하룻밤 때문에 존경했다.

다음으로는 쇼샤 부인, 우아하게 사뿐사뿐 걷는 부인 환자, 여행길에서 세월을 보내고 있는 부인이었다. 그녀는 진심으로 선택해서 페페르코른의 소유물이 되었다. 그러나 예전 사육제 밤의 기사가 그녀의 보호자와 정답게 지내는 것을 보고, 내심 불편해 남몰래 화를 내고 있었다. 그녀의 이 신경질은 한스 카스토르프 청년의 교육자이고 친구인 세템브리니 씨에 대한 그녀의 관계에도 저류를 이루는 것일까?

그녀는 말주변이 뛰어난 이 인문주의자에게 호감은커녕 거만하며 인간미가 없다고 혹평하였다. 세템브리니 씨가 그녀 나라 말을 전혀 이해하지 못하고 멸시하였던 것처럼, 그녀도 또한 세템브리니 씨의 지중해 연안의 말을 전혀 이해하지 못하고 멸시하였다. 그러나 그녀의 멸시는 세템브리니의 멸시만큼 자신은 없었다. 세템브리니 씨는 지중해 연안의 말로 침윤 부분이 있는 용감한 부르주아 청년, 양가의 자제인 착한 청년이 그녀에게 가까이 가려고 했을 때 뒤에서 무엇이라고 외쳤는데, 그녀는 한스 카스토르프 청년의 교육자적 친구에게 무엇이라고 외쳤는가 하고 묻고 싶을 정도였다. 한스 카스토르프의 연심(戀心)은 이른바 '홀딱 반해 있다'는 경지는 아니어서, 평지의 감미로운 노래에서 불리는 용납될 수 없는 몰상식한 그런 취향 따위는 전혀 없었다. 요컨대 이 청년은 꽤 까다로운 연정을 품고 있었다. 그녀에게 종속하고 인종하고 봉사하는 몸, 즉 그런 노예 상태에 있으면서도 빈틈없는 태도를 잃지 않아서, 타타르인처럼 가느다란 눈을 하고 사뿐사뿐 걷는 부인 환자에 대해 자기의 연심이 어떤 의의를 가지는지 그는 잘 알았다. 그리고 그는 인종하고 봉사하면서도 세템브리니 씨가 그녀에 대해 보이는 태도에 대해 그녀도 그 의의를 깨달을 것이라고 생각했다. 세템브리니 씨의 태도는 인문주의자적인 올바른 예의를 나타내기는 하였지만, 아주 냉담한 태도이기도 했다.

   레오 나프타에 대한 그녀의 태도도 유감스럽기는 했지만, 한스 카스토르프 입장에서 볼 때도 이해가 되었다. 사실 그녀는 은밀히 희망을 걸었지만, 충분히 보답받지 못했다. 확실히 레오 나프타 씨는 로도비코 씨가 그녀의 존재에 대해 보인 원칙적인 거부는 나타내지 않았고, 이야기를 나누기에는 세템브리니 씨보다 그녀가 더 나았다. 클라브디아와 키 작은 예리한 나프타는 가끔 둘이서 책에 대해서, 정치와 철학 문제에 대해서 이야기를 나누었다. 두 사람 다 그런 문제에 대해 과격한 사고를 갖고 있다는 점에서 일치했다. 그럴 때면 한스 카스토르프도 가끔 대화에 진지하게 끼어들었다. 그러나 벼락부자인 나프타는 여느 자수성가한 사람과 마찬가지로 신중한 태도로 아닌 척 했지만 역시 그녀에 대해 거만한 태도를 은연중에 나타냈다. 결국 그녀도 일종의 그런 귀족적인 협량을 눈치챘다. 또한 나프타의 스페인적인 테러리즘 역시 문을 탕 소리 내어 닫으면서 곳곳을 돌아다니는 그녀의 '인간성'과는 결국 뜻이 맞을 리가 없었다. 그리고 마지막으로 가장 미묘한 문제는, 두 논적인 세템브리니와 나프타가 그녀에게 취하는 미묘한 적의였다. 그녀는 여성 특유의 민감한 감각으로 자기에게 향해 있는 적의를 느끼지 않을 수 없었다(그녀의 사육제 날 밤의 기사도 역시 그것을 느끼고 있었다). 이 적의의 원인은 두 사람의 논적과 한스 카스토르프에 대한 관계에 있었다. 두 사람의 일에 방해가 되는 분자, 제자의 주의를 빼앗아가는 분자에 대한 교육자의 불쾌감, 이 남모를 깊은 적의는 교육자로서 두 사람 사이에 축적된 반목을 잊게 하고 두 사람을 결속시켰다.

이 적의는 두 이론가의 피테르 페페르코른에 대한 관계에서도 다소 느껴지지 않았을까? 적어도 한스 카스토르프에겐 그것이 느껴졌다. 이것은 그가 그것을 심술궂게 기대하였을 뿐 아니라, 그가 가끔 혼자서 장난삼아 '참사관'이라고 부르던 두 사람을 더듬거리는 왕자다운 거물에게 접근시켜서, 그 반응을 연구해 보았으면 하는 심정이 적지 않게 있었기 때문이기도 했다. 페페르코른 씨는 밖에 나가면 사방이 닫힌 실내에서 볼 때만큼 당당한 느낌을 주지는 않았다. 깊숙이 쓴 부드러운 중절모가 불길 같은 백발이나 이마의 굵은 주름을 감추어 용모의 스케일을 축소시켰고 붉은 코도 그 위엄을 잃었다. 걷는 모습도 서 있는 모습만큼 훌륭하지 못했다. 그는 걸음걸이가 잘고 발걸음을 내딛는 발쪽으로 무거운 몸과 머리까지 비스듬히 내미는 버릇이 있어서, 그 모양은 왕자라기보다는 오히려 마음씨 좋은 노인 같은 느낌이었다. 더욱이 서 있을 때처럼 몸을 반듯하게 펴지 않고 구부리고 걸었다. 그래도 그는 로도비코 씨보다도 컸고, 키 작은 나프타 씨는 그의 어깨에도 미치지 못했다. 그러나 한스 카스토르프가 처음부터 예상했던 것처럼, 페페르코른의 존재가 두 사람의 정치 이론가의 존재를 완전히 압도한 것은 몸의 크기 때문만은 아니었다.

  이것은 이 인물과 비교되기 때문에 두 사람의 정치 이론가가 압도되고 모습이 희미해지고 작아지는 것이었다. 이것을 얕잡아 볼 수 없는 관찰자인 한스 카스토르프는 물론이려니와 당사자들, 즉 빈약한 두 수다쟁이, 그리고 더듬더듬 말하는 왕자도 느끼고 있었다. 페페르코른은 나프타와 세템브리니를 아주 예의바르고 정중하게 대했고 경의를 나타내기까지 했다. 만약 큰 스케일이라는 개념과 익살이라는 개념이 양립하지 않는다는 것을 알지 못했으면, 한스 카스토르프는 페페르코른의 이러한 경의를 익살이라고 느꼈을 것이다. 왕자는 익살을 몰랐다. 수사학상의 솔직하고 고전적인 방법의 익살조차도 모르는데 더더구나 까다로운 익살 같은 것은 몰랐다. 따라서 네덜란드인이 한스의 친구들에게 보이는 어느 정도 과장된 정중함 뒤에 감추어져 있는 것 혹은 공공연히 나타낸 것은 익살이라기보다는 오히려 점잖으면서도 당당한 조소라고 해도 좋았다.

"그렇지요……, 그렇지요……, 그렇지요!"라고 페페르코른은 찢어진 입술에 장난기 있는 미소를 띠면서, 얼굴을 쳐들고 두 사람 쪽을 손가락으로 위협하듯 가리키면서 말했다. "이것은, 이런 분은 말입니다. 여러분, 주의하겠습니다. 바로 대뇌 그 자체, 대뇌적 존재, 그렇습니다. 아니…… 아니, 완벽합니다. 당치도 않지요. 이것은 즉, 이것은 확실히 분명하게……."

이 말을 들은 두 사람은 그 말에 복수하려 했다. 서로 눈짓을 하였으나 서로의 시선이 부딪치자 감당 못 하겠다는 듯이 허공을 쳐다보았다. 한스 카스토르프마저 자기들 시선 쪽으로 끌어들이려 하였으나, 그는 응하지 않았다.

어느 날 세템브리니 씨는 제자에게 단도직입적으로 교육자로서의 걱정을 밝혔다.

"아니 정말, 엔지니어, 그 사람은 바보 늙은이 아닙니까? 그 사람의 어디가 마음에 든다는 겁니까? 그는 당신을 향상시킬 수 있는 힘을 가지고 있나요? 나는 뭐가 뭔지 모르겠습니다. 그 사나이는 구실만의 존재이고 사실은 그 사나이의 현재의 애인에게 당신의 화살이 가고 있다면, 칭찬할 일은 아니지만 모두 이해가 갑니다. 그러나 그녀에게보다도 그에게 더 신경을 쏟고 있다는 것은 모를 수가 없는 사실입니다. 부탁입니다. 제발 설명해 주시오."

한스 카스토르프는 웃었다. "단연코!" 하고 말했다. "완벽합니다. 그것은 즉, 실례지만…… 좋습니다!" 그는 페페르코른의 문화적인 손짓까지도 흉내 내려고 했다. "그렇습니다. 그렇습니다." 이렇게 말하고 그는 계속 웃었다. "당신은 그런 내 태도를 바보스럽다고 말씀하셨습니다, 세템브리니 씨. 좌우간 애매한 태도인 것만은 확실합니다. 애매하다는 것은 당신의 말씀에 따르면 바보보다 더 곤란합니다. 아, 바보, 바보에도 여러 가지 종류가 있지요. 영리하다 해도 똑똑한 바보와는 비교도 안 되는 영리함도 있으니까요. 어떻습니까. 그럴 듯한 문구지요? 명언이지요? 마음에 드셨습니까?"

"흡족해요. 당신의 잠언집 처녀 출판을 목을 빼고 기다리겠습니다. 그런데 아직 늦지 않다면 그 잠언집에 언젠가 우리들이 논한 역설의 반인간성에 관해서도 덧붙여 주시기 바랍니다."

"그렇게 하겠습니다, 세템브리니 씨. 꼭 그렇게 하겠어요. 그러나 나의 명언은 결코 역설이 목적이 아니었습니다. 나는 '바보'와 '똑똑함'을 구별하는 것이 얼마나 어려운 것인가, 그것을 말씀드리고 싶었습니다. 그렇습니다. 어렵습니다. 그렇지 않습니까? 이 두 가지는 사실 서로 얽혀 있어서 구별하기 어렵습니다. 나도 잘 알고 있어요. 당신이 신비스러운 뒤범벅을 싫어하시고 가치를, 비평을, 가치 판단을 존중한다는 것을. 그리고 나도 그것이 정말로 옳은 일이라는 것을 인정합니다. 그러나 '바보'와 '똑똑함'이라는 문제는 가끔 정말 신비함니다. 그리고 신비의 정체를 될 수 있는 한 규명하려는 진지한 노력만 있다면, 신비와 관계를 맺는 것도 괜찮다고 생각합니다. 나는 당신에게 묻고 싶어요. 당신은 그가 우리 누구보다도 훌륭한 인물이라는 것을 부정할 수 있습니까? 내 말투가 좀 난폭합니다만, 당신도 그것을 부정 못 하는 것 같습니다. 그 사람은 우리 누구보다도 훌륭해요. 그 사람에게는 어딘지 우리들을 우습게 생각할 수 있는 자격이 있습니다. 어디에, 왜, 어느 정도일까요? 똑똑하다는 것은 문제가 되지 않아요. 이 경우에는 영리함이라는 것을 이야기할 필요가 없습니다. 오히려 그 사람은 혼란스러운 데다가 감정에 치우치기 쉬운 사람입니다. 감정이야말로 그의 간판입니다. 이런 속된 표현을 써서 죄송합니다. 내가 말하고 싶은 것은 그가 우리보다 더 훌륭한 것은 지적인 이유 때문은 아니라는 겁니다. 당신도 설마 그 사람이 정신적으로 훌륭하다고는 생각하지 않겠지요. 사실, 정신적인 이유에서는 아닙니다. 그렇다고 해서 육체적인 이유에서도 아닙니다! 어깨는 선장 같고 완력이 굉장하여, 아마 우리들 중의 누가 덤벼들어도 그 주먹으로 때려눕힐 것입니다. 그러나 그는 자기에게 그렇게 완력이 있다고는 생각하지 않을 것이고 만약 생각하는 일이 있어도 몇 마디 타이르면 그것으로 마음이 풀릴 것입니다. 그러니 육체적인 이유에서는 아닙니다. 그렇지만, 육체적인 요소가 이 경우에는 한몫 차지하고 있다는 것은 의심할 여지가 없습니다. 완력이라는 의미에서가 아니라 더 한층 신비한 다른 의미에서 말입니다. 육체적인 것이 개입하는 즉시 모든 것이 신비로워집니다. 그리고 육체적인 것은 정신적인 것이 되고, 정신적인 것은 육체적인 것이 되어 어느 쪽도 구별할 수 없고 따라서 바보인지 똑똑한 것인지도 구별할 수 없게 되는 것이지요. 이러한 역동적인 작용에 우리는 압도됩니다. 그것을 표현하는 말은 오직 한 가지, '인물'이라는 말입니다. 이 말을 상식적인 의미로도 사용하면, 그런 의미에서 우리는 모두 인물입니다. 도덕상, 법률상 그리고 그 밖의 점에서 인물입니다. 그러나 내가 말하는 것은 그런 인물이 아닙니다! 내가 말하는 것은 바보라든가 똑똑함을 초월한 신비라는 의미에서 인물입니다. 그리고 이 신비 역시 생각해 볼 필요가 있습니다. 즉 가능하다면 그 신비를 규명하기 위해 말입니다. 또 그것이 불가능하다면 그로 인해 우리의 덕성을 드높이기 위해서 말입니다. 당신이 가치를 문제로 삼는다면, 인물도 역시 적극적인 가치의 하나라고 나는 생각합니다. 바보라든가 똑똑하다는 것보다 더 적극적인, 최고도로 적극적인, 생명 그 자체처럼 이유 없이 적극적인 가치, 한마디로 생명과도 같은 가치, 진지하게 맞붙어 볼 가치라고 생각합니다. 당신이 바보라고 말씀하신 것에 대해 이렇게 대답해야겠다고 생각했습니다."

최근에 와서 한스 카스토르프는 이러한 의견을 토로해도, 이제는 횡설수설한다든지 말이 막히는 일은 없었다. 말하고 싶은 것을 말하고는 목소리를 낮춰 끝을 맺어 자기 구실을 하는 사람처럼 행동했다. 그러나 역시 아직 얼굴이 빨개져 입을 다물고 나서도 세템브리니가 자기를 부끄럽게 만들려고 비판적 침묵을 계속하지나 않을까 해서 사실은 좀 겁을 먹고 있었다. 세템브리니 씨는 그러한 침묵을 계속하더니 이윽고 말했다.

"당신은 아까 역설을 좋아하지 않는다고 말했습니다. 그러나 당신이 신비를 좋아하는 것을 내가 좋아하지 않는다는 것도 잘 알고 있을 것입니다. 당신은 인물을 신비화하여 우상 숭배에 빠질 위험이 있습니다. 당신은 가면을 존경하고 있습니다. 당신은 현혹에 지나지 않는데도 그것을 신비라고 생각합니다. 그것은 육체 인상학이라는 악마가 우리를 가끔 속이려고 사용하는 기만적인 내용, 공허한 형상에 지나지 않습니다. 당신은 배우들과 교제해 본 적이 있습니까? 율리우스 카이사르, 괴테, 베토벤의 풍모를 한 몸에 지니고 있는, 훌륭한 풍모의 소유자들이 한번 입을 열면 세상의 불쌍한 바보에 지나지 않는 광대들이라는 것을 알고 계십니까?"

"좋습니다. 자연의 장난이라고 합시다." 하고 한스 카스토르프는 말했다. "그러나 단순히 장난, 우리에 대한 기만이라고만 할 수는 없을 것입니다. 그들이 배우인 이상 재능이 있음이 틀림없기 때문입니다. 그리고 재능은 어리석음과 똑똑함을 초월하여 그 자체가 생명의 가치입니다. 페페르코른 씨도 재능이 있습니다. 당신이 무어라고 말씀하든지 간에 말입니다. 그래서 우리가 그에게 압도되는 것입니다. 가령 방 한구석에 나프타를 세워 그레고리우스 교황과 신의 나라에 대한 명연설을 시키고, 이와는 정반대의 한구석에 페페르코른 씨를 세워 이마의 주름을 치켜 올리고 이상한 입술을 움직여서 '단연코! 실례지만…… 끝났습니다!'를 되풀이하게 해 보십시오. 모두 틀림없이 페페르코른의 주위로 몰리고, 신의 나라를 설득하는 똑똑한 나프타 씨는 베렌스 고문관의 말마따나 이른바 골수에 사무치듯 명쾌한 이야기를 해도 아무도 오지 않아 혼자 있게 될 것입니다."

"결과 만능주의를 입 밖에 내는 것은 삼가야 합니다!" 하고 세템브리니 씨는 훈계했다. "세상 사람들은 속기 쉽습니다. 나도 사람들이 나프타 씨의 주위에 모이는 것을 원하진 않습니다. 그는 위험한 선동가입니다. 그러나 당신이 비난받을 기쁨을 갖고 설명한 가공의 장면에 대해서는 나는 그의 편이 되겠습니다. 당신은 확실한 것, 정확한 것, 논리적인 것, 인간적인 조리 있는 말을 멸시하는 겁니까? 그런 것을 멸시하고 암시와 감정, 과장의 수상한 기만을 존경한단 말입니까? 그렇다면 당신은 이미 완전히 악마의 손아귀에……."

"그러나 그도 열중하면 아주 훌륭하게 조리 있는 말을 할 줄 압니다." 하고 한스 카스토르프는 말했다. "언젠가 역동적인 작용을 하는 약제인 아시아산 독 나무 이야기를 들려준 적이 있습니다. 아주 재미있는 이야기라 등골이 오싹해질 지경이었습니다. 재미있는 이야기는 언제나 등골을 오싹하게 하더군요. 그런데 그 이야기는 이야기 자체가 재미있다기보다 오히려 그 사람의 인물의 작용과 결부되어서 재미있게 느껴지는 것 같더군요. 그 인물에서 발산되는 힘이 이야기를 무시무시하게 하는 동시에 재미있게 만드는 모양이지요."

"그럴 테지요. 당신이 아시아를 좋아하는 것은 어제오늘에 시작한 것은 아니니까요. 그렇고말고요. 나 같은 사람은 그런 진기한 이야기를 해 드릴 수 없으니까 말입니다." 하고 세템브리니 씨는 자못 못마땅한 듯 대답했다. 그래서 한스 카스토르프는 세템브리니 씨의 담화와 교훈의 이점은 물론 이것과는 전혀 다른 방면에 있어서, 양자를 비교하는 것은 어느 쪽에도 욕되는 짓이기 때문에, 아무도 그런 것은 생각하지 않을 것이라고 당황하여 말했다. 그러나 이탈리아인은 이 정중한 말을 듣지도 않고 물리쳤다. 그는 계속했다.

"아무튼 당신의 객관적인 침착한 태도에는 정말 감탄하지 않을 수 없습니다, 엔지니어. 좀 그로테스크할 정도라는 것은 당신도 인정할 것입니다. 결국 현재의 상황으로 말한다면, 저 멍청이는 당신의 베아트리체를 빼앗아 갔습니다. 나는 사실을 있는 그대로 말하는 것입니다. 그런데 당신은 어떠한가요? 정말로 전대미문입니다."

"기질 차이겠지요, 세템브리니 씨. 격한 기질과 기사적인 기질의 차이일 것입니다. 물론 남쪽 나라 출신인 당신 같으면 독약을 마신다든가 단도를 휘두른다든가 좌우간 문제를 사회적, 열정적으로, 즉 화려하게 할 것입니다. 이것은 확실히 남성적, 사회적으로 사나이답고 매력적일 것입니다. 그러나 나는 좀 달라요. 나는 결코 다른 사람들을 논쟁 중인 적수라고만 여긴다는 의미에서 남성적이지 않습니다. 아마 나는 남성적이지 않다기보다, 이유는 모르지만 내가 웬일인지 '사회적'이라고 부르는 의미에서는 분명히 남성적이지 않습니다. 나는 이 석연치 않은 가슴을 두드리면서, 대체 나는 무엇으로 저 사람을 나무랄 수 있을까 하고 물어봅니다. 그는 나를 잘못 알고 있을까? 저 사람이 고의로 모욕한다면 그것은 모욕입니다. 그러나 고의가 아니라면 모욕이 아닙니다. 그리고 무엇인가 '잘못되었다'면 난 그녀를 놓치지 않도록 해야 할 텐데, 이것 역시 나에게는 그 권리가 없다는 것이 문제입니다. 상대가 페페르코른 씨일 경우에는 아예 상대가 되지 않습니다. 첫째로 그 사람은 거물입니다. 그것만으로도 벌써 여성들은 맥을 못 추지요. 둘째로 그는 나와 같은 일반 시민이 아니라, 나의 죽은 사촌과 마찬가지로 군인이라고 해도 좋은 부류입니다. 즉 그는 왕성한 명예심이 있어서 감정이나 생활을 존중합니다. 이렇고 보니 좀 쑥스러운 말을 지껄여 버렸습니다. 그러나 나는 언제나 나무랄 데 없는 틀에 박힌 문구만 지껄이는 것보다는 좀 어리석은 것을 말하고도 싶습니다. 이것은 내 성격 속에도 군인적인 데가 있기 때문이라고 말해도 괜찮으리라고 생각합니다."

"그렇게 말해도 괜찮겠지요." 하고 세템브리니 씨는 고개를 끄덕이며 말했다. "의심할 여지없이 그것은 칭찬할 만한 일면이기 때문입니다. 인식과 표현의 용기, 이것은 문학입니다. 인문주의입니다."

이렇게 두 사람은 이런 경우에도 이럭저럭 별일 없이 작별할 수 있었다. 언제나 마지막에는 세템브리니 씨가 화해의 결말을 맺었다. 그로서는 그렇게 할 이유가 여러 가지 있었다. 그의 입장은 절대로 안전하다고는 말할 수 없었기 때문에 너무 엄격하게 하지 않는 것이 상책이었을 것이다. 가령 질투가 문제되는 경우, 이것은 그가 설 땅을 잃어버릴 수도 있는 화제였다. 만약, 이 화제가 더 깊이 들어가면 세템브리니로서는 응당 인정해야 하는 것이 드러났을 것이다. 즉 그의 교육자적 자질에서 말할 때, 그의 남성적인 것에 대한 관계는 반드시 사회적으로 남성적인 종류의 것은 아니다. 따라서 나프타나 쇼샤 부인으로부터와 마찬가지로 압도적인 힘이 있는 페페르코른으로부터도 자기 영역을 침해받게 되리라는 것이다. 이리하여 결국, 그는 그 우월성에 저항시킬 수가 없었고, 자신도 대뇌 문제의 좋은 적수인 나프타와 마찬가지로 페페르코른의 영향력이나 우월성을 무시할 수는 없었다.

두 사람의 논적이 가장 의기양양했던 것은, 두 사람이 토론을 벌여 정신적인 공기가 지배할 때였다. 그럴 때면 산책하던 일동의 주의는 으레 두 사람의 점잖고 격렬한, 학문적인 논쟁들, 즉 다급한 시사 문제나 사회 문제를 토론하는 것 같은 어조로 계속되는 논쟁들에 돌려졌다. 두 사람이 거의 둘이서만 토론을 하는 동안 내내, '인물'은 말하자면 무시된 꼴로 그냥 이마의 주름을 깊이하고 놀라는 태도를 보이거나, 애매하고 조롱하는 말로 떠듬떠듬 참견할 따름이었다. 그러나 그런 경우에도 '인물'은 압력을 느끼게 했고, 토론을 흐려지게 하고 광채를 빼앗는 것 같았으며, 토론을 무언지 모르게 공허하게 했다. 페페르코른 자신은 의식하지 않았겠지만, 또는 어느 정도 의식했는지 모르지만, 다른 사람들 모두가 느꼈던 것처럼, 논쟁하는 두 사람의 어느 쪽 주장에도 반갑지 않은 공기가 감돌게 되어 토론은 결정적인 중요성을 느끼지 못하게 되었다. 아니, 과감히 말하자면 토론 중에 쓸데없는 말을 하고 있다는 느낌을 가지게 했다. 다른 말로 한다면, 생사를 거는 것같이 격렬하게 계속되는 기지에 찬 토론은 옆을 가고 있는 인물을 남몰래, 무의식적으로, 막연하게 의식한 나머지 그 인물의 자력에 힘을 빼앗기곤 했다. 이렇게 생각하지 않고는 그 신비적인, 그리고 두 사람의 논쟁자가 아주 화가 나는 현상을 설명할 수

마의 산 2

없었다. 피테르 페페르코른이 함께 있지 않으면 두 사람의 주장은 더 한층 과격하게 되었으리라는 것만은 말할 수 있다. 두 사람은, 가령 세템브리니는 교회라는 역사적 권력이 음울한 침체와 보수의 원리로서 고대 교양이 부활한 빛나는 시대에 탄생한 계몽, 과학, 진보의 원리와 대립되어 있다는 주장을 아주 아름다운 말의 흐름과 몸짓으로 계속하면, 레오 나프타는 세템브리니 씨의 그 논설에 대해 교회의 극히 혁명적인 본질을 변호했다. 나프타는 냉정하고 날카롭게 이에 응수했는데, 그것은 반박을 침묵시키는 눈부신 화려함이 있었다. 즉 교회는 종교적, 금욕적 이념을 구현하려는 것이므로 그런 의미에서 근본적으로 영속하려는 것, 즉 세속적 교양, 국가 질서를 옹호하지 않았고, 오히려 옛날부터 급진적인 혁명, 철저한 혁명을 기표로 하여 왔다. 존속할 가치가 있다고 자부하고 또 낙오자나 비겁한 자, 보수적인 자, 부르주아들이 존속시키려고 시도하는 모든 것, 즉 국가나 가족, 세속적인 예술이나 과학, 이것들은 의식적이든 무의식적이든 간에 종교적 이념에 대해, 즉 교회에 대해 이때까지 반대의 입장을 취해 왔다. 그것은 교회의 본래의 경향과 흔들리지 않는 목표가, 현존하는 모든 세속적 질서를 해소하고 이상적이고 공산주의적인 신의 나라를 모범으로 사회를 재편성하는 데 있기 때문이다.

다음에는 세템브리니 씨가 응수할 차례였다. 그도 자기 차례를 유효하게 살리는 사나이였다. 나프타 씨와 같은 혼합, 즉 계몽적인 혁명 사상과 모든 추악한 본능의 반역을 혼돈하는 것은 한탄할 일이라고 말했다. 수 세기에 걸친 교회의 혁신에는 생명을 풍부하게 하고 굳세게 하는 사상을 규문하여 교살하고 화형의 연기로 질식시키는 데 있었다. 그러나 오늘의 교회는 자유, 교양, 민주주의를 매장하고 천민 독재정치와 야만상태를 실현시키는 것을 목표로 하면서도, 밀사들에게 교회가 마치 혁명을 좋아하는 것처럼 선전시키고 있다. 아니 정말 모순에 찬 결론, 철저한 모순의 최악의 표본이다.

나프타 씨는 응수했다. 이러한 모순과 철저성이라는 점에서는 세템브리니 씨의 경우도 마찬가지다. 그는 민주주의자로 자칭하고 있지만, 그가 입버릇처럼 하는 말로 보면 민중과 평등의 편이라고 할 수 없고, 오히려 만민을 대표하여 독재할 사명을 가지고 있는 세계 프롤레타리아를 천민이라고 부르는 것을 보니, 경멸해야 할 귀족적 오만을 드러내고 있다. 그러나 그가 교회에 반대하는 것은 정말 민주주의자답다. 교회가 인류의 역사상 가장 귀족적인 권력을 의미한다는 것은 자부심을 갖고 인정해야 할 사실이며, 또한 궁극적인, 최고의, 즉 정신적인 의미에서 가장 귀족적인 권력이기 때문이다. 왜냐하면 금욕 정신(정신은 금욕을 의미하므로, 이것은 중복어가 된다), 즉 현세 부정과 현세 말살의 정신은 고귀성 그 자체, 순수한 귀족적 원리이며, 금욕 정신은 결코 민중적이었던 적이 없고, 어느 시대에도 교회는 본질적으로 비민중적이었기 때문이다. 세템브리니 씨도 중세의 문화에 관한 문헌을 좀 연구해 보면 이 사실을 인정할 것이다. 민중, 그것도 가장 넓은 의미의 민중은 교회의 본질에 대해 언제나 노골적인 혐오를 보여 왔다. 가령 민중의 단순한 시적 공상에서 탄생한 수도사들의 모습이 그것이었다. 이 수도사들은 이미 루터와 같은 방법으로 금욕 정신에 대해 술과 여자, 그리고 노래를 예찬하였다. 세속적인 영웅주의의 모든 본능, 모든 호전적 정신, 그리고 궁정 문학은 정도의 차이는 있지만 모든 종교적 이념 등에 따라서 교권 제도에 대립해 왔다. 왜냐하면, 그것들은 모두 교회에 의해 대표되는 정신의 귀족성에 비교하면, '세속'과 '천민'을 의미했기 때문이다.

세템브리니 씨는 기억을 새롭게 해 주어서 고맙다고 했다. "나프타 씨가 찬미한 음울한 귀족주의에 비하면, 영웅시《로젠가르텐》의 수도사 일잔의 모습이 훨씬 상쾌한 느낌을 줍니다. 나프타 씨가 말한 독일의 종교 개혁가를 조금도 좋아하지 않지만, 그러나 인격을 억압하려는 모든 종교적, 봉건주의적인 본능에 대해 루터 교회의 민주적 개인주의의 근저에 있는 사상을 단연 옹호합니다."

"이건 정말!" 하고 나프타는 갑자기 외쳤다. 세템브리니 씨는 교회가 민주적 사상을 가지고 있지 않고 인간 개인성의 가치를 이해하지 못한다고 주장하는 것인가? 로마법이 시민권의 유무에 의해 권리 능력의 유무를 결정하고, 게르만법이 게르만에 속한 자와 개인적 자유를 갖는 자에게만 권리 능력을 인정한 데 비하여, 교회법은 교단 소속과 정교 신봉을 유일한 조건으로 하고 국가적 사회적 조건 모두를 폐기하고, 노예, 포로, 비자유인의 유언권과 상속권을 주장했거늘, 이 인간적인 공정한 태도를 세템브리니 씨는 어떻게 설명할 작정인가?

교회의 주장은 유언할 때마다 교회의 품에 굴러들어오는 '교회 취득분'을 겨냥한 것이라고 세템브리니는 신랄하게 비평했다. 또한 세템브리니는 '신부의 선동 정치'에 대해서도 그것을 탐욕스러운 권력욕에 의한 교태라고 부르고, 신들에게 당연히 상대하지 않기 때문에 지옥의 세력을 움직이려는 것이라고 공박했다. 교회는 영혼의 질보다 양을 목적으로 하여 왔지만, 이것은 교회가 정신적으로 저급하다는 것을 증명한다고 주장했다.

저급? 교회가? 나프타는 세템브리니에게 오욕이 자손에게까지 미친다는 사고의 근저에 있는 교회의 엄한 귀족주의에 대해 주의를 촉구했다. 민주주의적인 사고에서라면 당연히 죄가 없다고 할 수 있는 자손에게까지 무거운 죄가 미쳐, 가령 사생아는 일생 동안 죄를 짊어지고 권리를 부여받지 못한다고 나프타는 말했다.

여기에 대해 세템브리니는, 그런 것은 입 밖에 내지 말아 달라고 했다. 왜냐하면 첫째로 그의 인간 감정이 그러한 말에 태연스럽게 있을 수 없었고, 둘째로 그는 그런 핑계에는 진저리가 나 있기 때문이었다. 나프타 씨의 교묘한 변명은 철저하게 파렴치하고 악마적인 허무 예찬에 지나지 않았다. 그 허무 예찬은 정신을 사칭해서, 금욕 원리가 인기 없다는 것을 인정하면서도 무언가 정당하고 신성한 것처럼 느끼게 하려고 했기 때문이다.

그러자 나프타는, 실례지만 배를 잡고 웃음을 터뜨리지 않을 수 없다고 말했다. 교회의 허무주의를 입 밖에 내다니! 세계 역사의 가장 실제적인 지배 체제인 교회를 허무주의라 하다니! 교회는 현세와 육욕에 대해서 현명하게 양보하여, 금욕적 원리의 최종적인 결론을 감추고, 자연 본능에 대해 지나치게 엄격한 것을 피하며, 억제와 조정의 의미에서만 정신에 간섭했지만, 세템브리니 씨는 교회의 이 인간

마의 산 2

미에 찬 아이러니를 조금도 느끼지 못한 것 같다. 따라서 그는 관용에 대한 성직자의 섬세한 사고에 대해서도 들은 일도 없는 것 같다. 성사(聖事), 즉 혼인 성사도 그러한 섬세한 사고의 하나로서 다른 모든 성사와 마찬가지로 적극적인 것은 아니지만, 죄로부터 지키는 수단이며, 육욕과 방종을 억제하기 위하여 부여된 것으로, 육체에 대해서 비정치적인 엄벌주의를 가지고 임하지 않고, 금욕적 원리, 순결의 이상을 주장하려는 것이었다.

세템브리니가 '정치적'이라는 개념의 이 혐오스런 적용에 대해 항의하지 않을 수 있을까? 정신이, 아니, 정신이라는 이름을 외람되게 지칭하는 것이 그 반대의 것, 성직자의 주제넘는 관용 같은 것을 조금도 필요로 하지 않는 것을 죄악이라고 하고, 그것을 '정치적으로' 알맞게 취급해야 한다고 하며, 외람되게 관대하고 현명한 것 같은 몸짓을 하는 데 대해서는 세템브리니 자신은 항의하지 않을 수 없었다. 생을, 그리고 생에 대립할 수 있다고 우쭐대는 정신을 한마디로 말한다면 우주를 악마화하려고 하는 우주관의 혐오할 이원론에 대해 항의하지 않을 수 없었다. 왜냐하면 생이 악이라고 한다면, 그 순전한 부정인 정신도 역시 악이어야 하기 때문이다! 그리고 세템브리니는 욕망이란 아무 죄가 없다고 변호했지만, 그것을 들으면서 한스 카스토르프는 서서 사용하는 책상, 짚이 든 의자, 물이 든 물병이 놓여 있는 인문주의자의 다락방을 떠올렸다.

반면에 나프타가 육욕은 죄가 없다고는 어떠한 경우에도 말할 수 없으며, 자연은 정신에 대해 항상 꺼림칙한 것을 느끼지 않으면 안 된다고 주장하고, 교회의 정책과 정신의 관용을 '사랑'이라고 말하고, 금욕적 원리가 허무주의라는 것을 반박하려고 했다. 그러나 그것을 듣고 한스 카스토르프는, 이 예리한 마르고 키 작은 사나이인 나프타가 '사랑'이라는 말을 쓰는 것은 정말 이상하다고 느꼈다.

 이렇게 토론은 계속되었지만, 우리에게 두 사람의 토론이 처음은 아니었고, 한스 카스토르프에게도 처음은 아니었다. 우리가 그것을 그와 함께 경청한 것은, 그러한 소요학파적인 응수가 가령 그 옆을 걸어가는 '인물'의 영향 아래서 어떻게 되었을까, '인물'의 존재가 그 응수를 어떻게 남모르게 공허한 것으로 만들었는가를 관찰하고 싶었기 때문이었다. 두 토론가가 인물의 존재를 자기도 모르게 의식했으므로, 응수의 불꽃이 죽고, 전류가 끊어진 것을 알았을 때의 축 늘어진 무력감을 관찰하고 싶었기 때문이기도 했다. 그렇다! 그대로였다. 두 사람의 응수는 더 이상 탁탁 소리 나지 않았고, 서로 불꽃이 튀기지도 않았으며, 전류가 통하지 않았다. 멋졌다. 정말 멋졌다. 정신이라고 자칭하는 두 사람이 무력화시켰을 것이라 믿은 인물이 반대로 정신을 무력화시켰다. 한스 카스토르프는 그것을 경탄과 호기심을 갖고 바라보았다.

 혁명과 보수의 두 사람은 걷는 모습이 그다지 당당하게 보이지 않는 페퍼르코른이 모자를 깊숙이 쓰고 좌우로 흔들리는 듯한 발걸음으로 계속 걷는 것을 보았다. 그리고 그들은 그가 불균형하게 찢어진 폭 넓은 입술을 열고, 논쟁하는 두 사람 쪽을 장난기 어린 머리로 가리키면서 말하는 것을 들었다. "그렇지요…… 그렇지요…… 그렇지요! 뇌수, 뇌수뿐인. 그렇고말고요! 그것은 즉, 분명히 그것은……."

그러자 웬일인지 불꽃은 탁 멈추어 버렸다. 두 사람은 다른 테마로 불꽃을 올리려고 훨씬 더 강렬한 주문으로 '귀족성의 문제', 대중성과 고귀성이라는 문제를 토론하기 시작했다. 그러나 불꽃은 튀지 않았다. 논쟁은 그 옆의 인물을 자석처럼 의식하게 되었다. 한스 카스토르프는 클라브디아의 여행 반려자가 깃이 없는 메리야스 셔츠를 입고, 늙은 노동자 아니면 왕자의 흉상을 연상케 하는 모습으로, 붉은 비단 이불을 덮고 침대에 누워 있던 모습을 생각했다. 그 순간 토론의 중추신경이 약해져 경련을 일으키고는 죽어 버렸다. 그래서 더욱 강렬한 테마가 나왔다. 나프타는 부정과 무를 예찬하고, 세템브리니는 항구적인 긍정과 정신의 생에 대한 친근감을 외쳤다. 그러나 페페르코른을 보기만 하면, 신경, 불꽃, 전류는 어디로 사라지는 것일까? 요컨대 아무 일도 일어나지 않았고, 한스 카스토르프의 말을 빌리면, 신비 그 자체였다. 한스 카스토르프는 잠언집을 위해서, 신비는 아주 간단한 말로 표현하든지, 그렇지 않으면 표현할 수 없는 것이라고 적어 두어야 했을 것이다. 그러나 이 경우의 신비를 어떤 식으로든 표현한다면, 깊은 주름을 새긴 이마에다 왕자와 같은 얼굴에 이상하게 찢어진 입술을 한 페페르코른은 언제나 두 경향을 띠었다. 두 경향은 그 어느 쪽도 그와 어울려서, 그에게서 하나가 되는 것처럼 보여, 이쪽이기도 하고 저쪽이기도 하며, 저쪽이기도 하고 이쪽이기도 했다. 아, 이 바보 같은 노인, 이 지배자적인 무(無)! 그는 나프타처럼 혼란과 선동으로 논적의 신경을 마비시키지 않았다. 그는 나프타처럼 애매하지 않았고, 또는 가령 그렇더라도 완전히 정반대의 적극적인 의미에서 파악하기 어려웠다. 이 휘청휘청 걷는 신비로운 자는 바보라든가 똑똑함을 분명히 초월하고 있었다. 또한 세템브리니와 나프타가 교육 목적으로 고압 전류를 일으키려고 꺼낸 반대 개념을 초월했다. 인물이라는 것은 교육자적인 것은 아닌 듯했다. 그러나 수양 도상의 청년에게 이 인물은 얼마나 좋은 기회였던가! 두 이론가가 결혼과 죄, 관용의 성사, 육욕의 죄의 유무를 논할 때, 출신을 알기 어려운 왕을 관찰하는 것은 얼마나 기묘한 경험이었던가! 그는 머리를 어깨와 가슴 사이에 떨어뜨리고, 비통하게 찢어진 입술을 열어 비탄하듯이 벌리고 있었다. 콧구멍은 긴장되어 고통스럽게 벌어졌고 이마의 주름은 위로 치켜 올려졌다. 엷은 빛깔의 눈에는 고뇌의 빛이 보였다. 그러나 보라, 다음 순간 그 고뇌의 표정이 장난스럽고 분방한 표정으로 바뀌었다!

옆으로 비스듬히 기운 머리가 장난꾸러기 같은 느낌으로 바뀌고, 아직 열려 있는 입술엔 음탕한 미소가 떠오르며, 전에도 본 적이 있는 그 탕아 같은 보조개가 한쪽 볼에 나타났다. 거기 있는 것은 미친 듯이 춤추는 이교 사제의 모습이었다. 그는 장난꾸러기처럼 머리로 두 사람의 뇌수적 존재 쪽을 가리키면서 말했다.

"그렇지요, 그렇지요. …… 완벽, 이분은……. 이분들은……. 이제 자명합니다. …… 육욕의 성사, 아시겠습니까?"

한스 카스토르프의 친구이며 교사인 두 사람은 비록 페페르코른 탓에 가치가 떨어지긴 했지만, 아까도 말했다시피 두 사람은 토론하고 있을 때가 그래도 가장 화려했다. 그럴 때면 두 사람 다 물속의 고기와 같았고 거물 쪽은 물에서 올려진 고기와 같았다. 아무튼 이 경우 인물이 행한 역할에 대해서는 여러 가지로 생각할 수 있을 것이리라. 이와는 반대로 기지, 말, 정신이 문제되지 않고 사실, 현실, 생활, 즉 지배적 인물이 본령을 발휘하는 문제와 사실이 전면에 나오게 되면, 정세는 두 사람의 논객에게 불리하게 되어 두 사람의 무대가 되지 않았다. 그래서 두 사람은 어둠 속으로 들어가서 한쪽 구석에 밀려나고, 페페르코른의 독무대가 되었고, 그가 결재, 결정, 명령, 주문, 호령하게 되었다. 페페르코른이 이러한 정세를 조성하려고 이론적인 공기를 현실적인 공기로 바꾸려고 한 것은 이상하다고 할 것인가? 공기가 이론적인 동안, 또는 그것이 길어지면 페페르코른은 불행한 것 같았다. 그러나 치켜세워 주지 않아서 불행한 것이 아니라(한스 카스토르프도 그것을 잘 느낄 수 있었다. 치켜세워 주기를 원하는 것은 스케일이 크지 못한 것이다. 거물은 그러한 허영심은 없다) 페페르코른이 현실적인 말을 원한 것은 다른 이유에서였고, 아주 간단히 말한다면 '불안'에서 온 것이었다. 한스 카스토르프가 세템브리니 씨에게 시험 삼아 그것을 설명하면서, 군인적 경향이라고 볼 수 있다고 말한 저 강렬한 의무감과 명예심에서 나온 것이었다.

"여러분." 하고 네덜란드인은 창처럼 손톱이 뾰족하고, 선장과 같은 손을, 간청 같기도 하고 명령 같기도 한 모양으로 쳐들며 말했다. "좋습니다. 여러분, 완벽, 멋집니다! 금욕, 관용, 육욕. …… 나는 그것을, 단연코! 아주 중대한! 아주 문제적이라고 생각합니다. 그러나 실례지만……, 내가 두려워하는 것은, 그것으로 인해 우리들은 중대한 죄를……, 우리들은 그로 인해 여러분, 무책임하게도 가장 신성한……." 그는 깊이 숨을 들이켰다. "이 공기는 여러분, 오늘의 이 남풍을 품은 실질적인 공기, 신경을 부드럽게 하고 피곤하게도 하고, 예감과 추억을 담은 봄 향기를 품은 공기, 우리들은 이 공기를 들이쉬면서 부당하게도 이러한……. 나는 간절히 부탁드립니다. 그것은 좋지 않은 것입니다. 그것은 모독입니다. 우리들은, 이 공기에 우리들의 모든 주의를, 아, 우리들의 최고의 정신을 완전히 집중시킨…… 끝났습니다. 여러분! 그리고 이 공기의 멋진 것을 구가하는 뜻에서 이 공기를 가슴에서 다시……. 말을 하다 말았습니다만 여러분! 말을 하다 말았습니다만……." 그리고 그는 멈추어 서서 뒤로 몸을 젖히고 모자챙을 눈 위로 쳐들었으므로 모두 그를 따라 그렇게 했다. "여러분, 주의를 하늘로 돌려주십시오. 저 넓은 하늘로, 저 검푸른 하늘 밑에 맴돌고 있는 저 검은 점으로……. 저것은 맹금, 거대한 맹금입니다. 저것은 내 눈이 틀림없다면…… 여러분, 그리고 클라브디아, 저것은 독수리입니다. 저 독수리에 단연 여러분의 주의를, …… 보십시오! 저것은 솔개도 매도 아닙니다. 나는 노안이라 먼 곳이 잘 보입니다만 여러분들도…… 그렇습니다, 나이 먹으면 그렇지요. 나의 머리칼은 희고 윤기가 없어졌습니다. 정말입니다. 그렇게 되면 여러분도 나처럼 잘 보일 것입니다. 날개의 유연한 곡선을 볼 때, 독수리입니다. 여러분, 개독수리입니다. 우리들의 머리 위 창공에서 원을 그리고 있습니다. 날개도 움직이지 않고 높은 하늘에서

마의 산 2

날고 있습니다. 우리들의……, 그리고 튀어나온 눈썹 밑에서 멀리까지 보는 빛나는 눈으로 지상을 엿보고 있을 겁니다. 독수리입니다, 여러분. 주피터의 애금, 새 중의 왕, 하늘의 사자! 그는 깃의 바지를 입고, 안쪽으로 구부러진 갈퀴 발톱을 가지고 있고, 앞발톱은 뒤의 긴 발톱을 꼭 물고 있습니다. 보십시오. 이렇습니다." 그리고 그는 손톱이 뾰족한 선장과 같은 손으로 독수리의 갈퀴 발톱을 흉내 내려고 했다. "독수리야, 왜 빙빙 돌고 엿보고만 있는 거냐!" 하고 다시 창공에 눈을 돌리고서 외쳤다. "덤벼들어라! 무쇠 같은 부리로 그놈의 머리와 눈을 쪼아라, 배를 찢어라. 먹이로서 신께서 너에게…… 완벽! 끝났다! 너의 발톱은 내장 속에 들어가야 한다. 너의 부리로부터 피를 뚝뚝 흘려야 한다."

그는 매우 흥분했고, 나프타와 세템브리니의 논쟁을 향하던 산책자들의 관심이 그에게 쏠렸다. 그 뒤에 페페르코른이 뭔가를 하자는 제안을 하여 의논하고 계획이 세워졌지만, 그러는 동안에도(아무도 말은 하지 않았으나) 독수리의 이미지가 사라지지 않아서, 의논하는 데 영향을 끼쳤다. 의논을 그만두고 모두 음식점에 들어가 먹고 마셨다. 시간 외의 음식이었지만, 독수리를 속으로 생각하느라고 식욕이 자극된 것 같았다. 이것은 페페르코른 씨가 여러 번 베르크호프 밖에서 베푼 음식 대접이었다. 이를테면 그는 읍내나 마을에서, 또는 기차로 소풍 간 글라리스, 또는 클로스터의 요리점에서 가끔 그런 대접을 했다. 모두는 그의 지배자적인 배려 아래에서 고전적인 선물을 즐겼다. 시골 빵에 크림 든 커피, 또는 향이 강한 알프스 버터를 바른 빵에 부드러운 치즈, 그리고 방금 구운 뜨거운 빵에 버터를 발라 먹으면 정말 맛이 기막혔다. 그리고 펠트리산 적포도주를 마음껏 마셨다.

페페르코른은 이 즉흥적인 향연에 떠듬떠듬하는 말로 사회를 보기도 했고, 선량한 인종자인 안톤 카를로비치 페르게에게 무엇이든 말해 달라고 간청도 했다. 고상한 것과는 아무 인연이 없는 페르게 씨는 러시아의 고무구두 제조에 대해 아주 실질적인 이야기를 들려주었다. 유황이나 기타 약품을 고무 원료에 혼합하여 완성된 구두에 래커 칠을 하고 백 도가 넘는 열로 경화시키는 과정을 설명했다. 페르게 씨는 북극에도 여러 번 출장을 갔었기에 극지, 한밤중의 태양, 영원한 겨울에 대해서도 이야기했다. 튀어나온 인후와 수염으로 덮인 입술을 움직이면서 하는 이야기에 따르면, 북극의 거대한 빙산과 차디찬 회색의 바다에선 기선이 장난감 배처럼 작게 보였다고 한다. 그리고 하늘에 누런 베일과 같은 빛이 퍼지곤 했는데, 이것이 오로라였다. 이 모든 것이, 모든 정경이, 자기 자신까지가 안톤 카를로비치 페르게에게는 요괴처럼 느껴졌다는 것이었다.

이렇게 이야기를 한 페르게 씨는 이 작은 서클에서 까다로운 관계 밖에 있는 유일한 사람이었다. 이 까다로운 관계에 대해서는 소설의 주인공답지 않은 우리들의 주인공이 그 당시 클라브디아 쇼샤, 그리고 그녀의 여행 반려자와 남몰래 나눈 이상한 짧은 대화를 소개할 필요가 있을 것이다. 둘 다, 두 사람과 개별적으로 나눈 대화로서, 하나는 '방해자'가 말라리아열로 2층 방에 누워 있던 어느 날 저녁 때 홀에서, 또 하나는 어느 날 오후에 '방해자' 즉, 페페르코른의 베갯머리에서 그와 나눈 것이었다.

그날 밤 홀은 어두컴컴했다. 그날의 사교 모임은 탐탁지 않게 끝나서 요양객들은 일찌감치 밤의 안정 요양을 하러 발코니로 돌아갔다. 그렇지 않은 사람들은 요양 규칙을 어기고 댄스와 카드놀이를 하러 읍내로 내려갔다. 고요한 홀에는 천장 어딘가에 전등불이 하나 켜져 있을 뿐 그 옆의 대화실에도 거의 불이 켜져 있지 않았다. 그러나 한스 카스토르프는 쇼샤 부인이 저녁 식사를 반려자와 함께 하지 않고 식당에서 모두와 함께 한 뒤, 2층으로 올라가지 않고 글쓰기와 독서를 겸한 방에 혼자 남아 있는 것을 알고 있었기 때문에, 그도 3층으로 돌아가지 않고 머뭇거렸다. 그는 홀 깊숙이 있는 사기 벽돌로 된 난로 앞의 흔들의자에 앉았다. 여기는 기둥을 판자로 덮고 흰 칠을 한 아치가 두셋 있는 낮은 계단을 하나 거쳐서 내려가게 되어 있었다. 한스 카스토르프가 앉은 의자는 요아힘이 마루샤와 처음이자 마지막의 대화를 했을 때 마루샤가 앉아 흔들었던 의자였다.

이 시간에는 홀에서 담배를 피우는 것이 허락되었으므로 한스 카스토르프는 담배를 피웠다. 거기에 그녀가 들어왔다. 그는 뒤에서 발소리와 옷자락 소리가 나는 것을 들었다. 그녀는 옆에 서서, 편지 모서리를 잡고 부채처럼 흔들면서 프리비슬라프의 목소리로 말했다.

"수위가 없네요. 우표 한 장이 필요해요."

그녀는 경쾌한 검은 비단옷을 입고 있었다. 목둘레가 둥글게 파이고 소매가 넓은 옷인데, 끝부분은 단추 달린 커프스가 손목을 덮었다. 그는 이 옷이 마음에 들었다. 그녀가 걸친 진주 목걸이가 어두컴컴한 가운데 창백하게 빛났다. 그는 카프카스인과 같은 얼굴을 쳐다보았다. 그리고 상대방의 질문에 반문했다.

"우표? 나는 가지고 있지 않아요."

"아니, 한 장도요? 그건 좋지 않아요. 여자에게 친절을 베풀기 위해서는 언제나 준비하는 것이 아닌가요?" 그녀는 토라지면서 어깨를 움츠렸다. "다시 봐야겠군요. 남자들은 언제나 빈틈없고 믿음직해야 돼요. 나는 당신이 언제나 지갑 속에 모든 우표를 작게 접어 가격 순으로 넣고 있는 줄만 알았어요."

"아니 무엇 때문에?" 하고 그는 말했다. "나는 편지를 써 본 적이 없어요. 도대체 누구한테 쓴다는 말인가요? 아주 드물게 엽서를 보내는 일이 있지만, 엽서에는 우표가 인쇄되어 있거든요. 내가 누구에게 편지를 쓴단 말이지요? 내게는 편지 쓸 상대는 아무도 없어요. 평지와의 교섭도 없어져서 이젠 완전히 인연이 끊어지고 말았어요. 우리 나라 민요집에 이런 노래가 있습니다. '나는 세상과는 단절되었노라.' 내가 바로 그런 입장이지요."

"그렇다면 하다못해 담배라도 주세요. 단절된 도련님." 하고 그녀는 난로 옆의 의자, 리넨 쿠션을 간 의자에 그와 마주 앉아, 두 다리를 포개고 한쪽 손을 내밀며 말했다. "그건 가지고 있군요." 그리고 그가 내민 은제 담배 케이스에서 담배를 고맙다고도 하지 않고 집었다. 그녀는 그가 그녀의 몸을 굽힌 얼굴 앞에서 켜 준 라이터로 불을 붙였다. 나른하게 '주세요.' 하는 말투나, 고맙다고 하지 않고 담배를 집는 태도에도 응석꾸러기 부인의 방자함을 느낄 수 있었다. 거기에는 또 인간적인, 더 정확히 말한다면 '정이 있는' 연대감과 재산 공유의 사고, 주고받는 것을 당연한 것으로 느끼는 문명 이전의 감정 본위의 기분이 숨어 있었다. 한스 카스토르프는 그것을 혼자서 미워할 수 없는 기분으로 비평했다. 그리고 말했다.

"그렇지, 담배는 언제든지 가지고 있어요. 이것이 없어서야……, 담배 없이 어떻게 지낼 수 있어요. 안 그래요? 이런 말을 하는 것을 세상에서는 정열이라고 부르겠지. 솔직히 말해서 나는 결코 정열적인 인간은 아닙니다만 그런 나에게도 정열이 아주 없지는 않습니다. 냉정한 정열 말입니다."

"당신이 정열적인 인간이 아니라는 말씀을 들으니……." 하고 그녀는 빨아들인 담배 연기를 내뿜으면서 말했다. "정말 안심했어요. 게다가 정열적일 리가 없어요. 정열적이라면 독일 사람답지 않다는 말이 되니까요. 정열이라는 것은 인생을 위해 인생을 산다는 것인데, 당신네 나라 사람들은 경험을 목적으로 살고 있어요. 이것은 널리 알려진 사실이에요. 정열이란 자기를 잊어버리는 것이에요. 그런데 당신들은 자신을 풍부하게 하는 것만을 생각하고 있어요. 그래요. 그 추악한 이기주의 때문에 언젠가는 인류의 적이 될 수 있다는 것을 당신들은 조금도 느끼지 못하고 있어요."

"아니, 아니! 갑자기 인류의 적 취급인가요? 댁은 그런 일반론으로 무엇을 말하려는 겁니까, 클라브디아? 댁은 무엇을, 누구를 염두에 두고, 우리들이 인생을 위해서가 아니라 자신을 풍부하게 하기 위하여 산다고 하는 거지요? 당신네 여성들은 막연하게 도덕론 같은 것을 말할 리가 없겠지요. 아, 도덕, 이것은 나프타와 세템브리니의 토론의 주제지요. 대단한 혼란을 불러일으킬 수 있는 주제야. 자신을 목적으로 살고 있는가, 인생을 목적으로 살고 있는가는 우리 자신도 모르며, 아무도 그것을 확실하게 자신을 갖고 대답할 수는 없어요. 그 경계선이 분명치 않아, 이기적인 헌신도 있고 헌신적인 이기주의도 있어요. 대체로 연애의 경우에도 마찬가지라고 생각해요. 내가 댁의 도덕론 같은 것에는 귀도 기울이지 않고 전에 꼭 한 번 그런 일이 있었던 것처럼, 오늘 이렇게 마주 앉아 있는 것을 무척 기쁘게 생각한다는 것, 이것은 물론 도덕적이지 않습니다. 그리고 또 댁의 손목을 싸고 있는 그 커프스가 얼마나 기막히게 잘 어울리는지 댁에게 말해 줄 수 있다는 게 얼마나 기쁜가, 이것도 역시 도덕적이라고는 말할 수 없을 테지요. 그 엷은 비단천이 살포시 댁의 그 팔을, 내가 잘 알고 있는 그 팔을……."

"난 이제 잘래요."

"아니, 제발 가지 마세요. 나는 현재의 여러 사정도 잊지 않을 것이고, 여러 사람들에 대한 것도 생각하고 있으니까요."

"정열이 없는 사람이니 적어도 그것은 믿어도 될 것 같군요."

"그것 보십시오. 댁은 금방 놀리기도 하고 나무라기도 하지 않습니까. 내가 무슨…… 그러면서도 또 곧 가겠다고 하니 말이에요. 내가 좀……."

"무엇을 말하려는지 알려 주고 싶으시면 말을 도중에서 끊지 마시고 끝까지 말씀해 주시면 좋겠어요."

"그렇다면 댁은 도중에서 끊기는 말끝을 알아내는 수련을 쌓았으면서도, 내 말에는 전혀 신경을 쓰지 않는다는 말이군요? 그건 좀 불공평한데요. 이 경우엔 공평, 불공평이 문제되지 않는다는 것을 내가 모르고 있다는 입장에서 하는 말입니다만······."

"그래요, 문제도 되지 않아요. 공평이란 것은 냉정한 정열이지요. 질투와는 다른 것이니 말이에요. 그러니 냉정한 사람이 질투하면, 그야말로 우습지요."

"그렇지요? 우습고말고요. 그러니 내가 냉정한 것을 너그럽게 봐주세요. 되풀이 말하지만, 내가 냉정하지 않았던들, 이를테면 어떻게 참고 기다릴 수가 있었겠느냐 말입니다."

"무어라고요?"

"댁을 기다린 것 말입니다."

"당신이 바보같이 끈질기게 쓰고 있는 댁이라는 말은 나는 이제 더 이상 문제 삼지 않겠어요. 언젠가는 당신 쪽에서도 싫증이 날 테지만 나 역시 고상한 체하는 말 많은 사모님은 아니니까······."

"그렇고말고요. 댁은 병을 앓고 있으니까요. 병은 댁에게 자유를 주고 있어요. 병은 댁을······ 가만 있자, 아직 한 번도 써본 일이 없는 단어가 생각났어요. 병은 댁을 천재적으로 만들고 있어요."

"천재 이야기는 다른 기회에 논하기로 해요. 내가 말하고 싶은 것은 그런 것이 아니에요. 한 가지 부탁이 있어요. 착각하지 말아 달라는 거예요. 당신이 기다렸다는 것에 관해서요. 정말로 기다렸다면 말이에요. 내가 무슨 관계가 있다든가, 내가 그렇게 하도록 만들었다든가, 그렇게 하는 것을 반대하지 않았다든가 하는 그런 터무니없는 말은 일체 하지 말아 주셨으면 해요. 사실은 그 반대였다는 것을 지금 여기서 분명히 인정해 주셨으면 해요."

"좋아요, 클라브디아. 염려 마세요. 댁이 나더러 기다리라고 한 것이 아니라 내가 내 마음대로 기다렸던 것이니까요. 댁이 그걸 꺼려 하는 심정 잘 알고 있어요."

"당신이란 사람은 자기 잘못을 인정할 때에도 어딘지 거만하군요. 도대체가 당신은 고자세예요. 왜 그런지는 모르지만 말이에요. 나에게뿐만 아니라 다른 사람에게도 그래요. 당신은 감탄하거나 겸손해 할 때에도 역시 그런 거만한 느낌을 주어요. 내가 그걸 모르는 줄 아세요? 그러니까 당신 같은 사람하고는 말을 않는 것이 좋을는지도 모르겠어요. 고자세인 데다가, 황송하게도 기다리고 있었다니 말이에요. 당신이 아직 여기에 있다는 것도 무책임한 일이에요. 일하러 벌써 평지로 돌아가 있어야 해요. 조선소든지 아니면 어디 다른 데라도 말이에요."

"지금 그 말은 천재적이 아니고 극히 상식적인데요, 클라브디아. 진심으로 그렇게 말하는 건 아니겠지요? 세템브리니가 말함직한 뜻으로 그렇게 말할 리는 없어요. 틀림없이 그럴 거야. 그냥 아무 의미 없이 말했을 뿐일 테니까. 나도 그걸 곧이곧대로 받아들일 수야 없지요. 나는 불쌍한 사촌처럼 무모한 출발을 하지 않습니다. 사촌은 댁이 예언했듯이 평지에서 군무에 종사하려다가 죽었습니다. 그는 스스로도 죽으리라는 것을 알았던 모양인데, 여기서 요양 근무를 계속하느니보다는 죽는 편이 낫다고 생각했던 거예요. 그것도 좋습니다. 그러니까 그는 군인이었던 거지요. 하지만 나는 군인이 아닙니다. 나는 평범한 시민입니다. 그런 내가 사촌의 흉내를 내어, 더구나 라다만토스의 금지를 거역하며 다짜고짜 평지에서 직접적인 실익과 진보를 위해 일하려다가는 그야말로 탈주가 되어 버립니다. 이런 일은 다시없는 망은 행위일뿐더러 불신행위도 될 거예요. 병과 천재에 대해서도, 그리고 옛 상처와 새로운 상처를 만든 댁에 대한 사랑에 대해서도, 그리고 내가 잘 알고 있는 댁의 팔에 대해서도 말입니다. 물론 내가 댁의 팔에 대해 알게 된 것은 꿈속, 어떤 특수한 재능을 가진 꿈속의 일이니까, 물론 댁에게는 어떤 결과도 어떤 책임도 생기지 않을 것이며, 댁의 자유가 그것 때문에 구속되는 일이 없다는 건 나도 인정합니다."

그녀는 담배를 입에 문 채로 웃었는데 그 바람에 타타르인을 연상케 하는 눈이 가늘어졌다. 그녀는 벽에 기대어 두 손으로 몸을 지탱하듯 양쪽으로 뻗쳐서 의자를 짚고, 다리를 포개어 검은 에나멜 구두를 신은 한쪽 발을 흔들었다.

"정말 관대하시군요! 아, 그렇지. 사실이에요. 나도 천재를 언제나 그렇게 상상하고 있었어요. 귀여운 도련님."

"그만해 두어요, 클라브디아. 물론 나는 스케일이 큰 인물도 아니고 천재도 아닙니다. 천만의 말씀이에요. 그러나 나는 우연히도……그래요, 우연이지요. 나는 이 천재적인 세계로 높이 밀려 올라온 겁니다. 한마디로 말하면, 댁은 모르겠지만, 연금술적, 밀봉적이라고도 할 수 있는 교육, 변형, 그것도 고차적인 것으로의 변형, 알기 쉽게 말하자면 고양이라는 것이 있습니다. 그러나 외부의 힘으로 높여지고 올려진 것도 원래 내부에 그런 것이 다소나마 있었기 때문이지요. 그래서 내 내부에 무엇이 있었는지 잘 압니다. 나는 오래전부터 병이나 죽음에 대해서는 잘 알고 있었고, 여기서 사육제 날 밤에 그랬듯이 벌써 어렸을 때부터 분별을 잃고 댁에게 연필을 빌린 적이 있단 말입니다. 그런데 분별을 잃은 사랑이 바로 천재적인 표식입니다. 왜냐하면 죽음은 천재적 원리, 이원적 원리, 현자의 돌, 또는 교육적 원리이기도 하기 때문입니다. 그리고 죽음에 대한 사랑은 생과 인간에 대한 사랑으로 통하고 있기 때문이지요. 나는 발코니에서 누워 자다가 이것을 깨달았습니다. 지금 그것을 이렇게 댁에게 말할 수 있게 되어 나로서는 아주 기쁩니다. 생에 이르는 길은 두 가지가 있는데, 그 하나는 직선적인 일반적인 큰길이고, 다른 하나는 뒷길, 죽음을 뚫고 가는 길로서 이것이 천재의 길입니다."

마의산 2

"바보 같은 철학자군요, 당신은." 하고 그녀는 말했다. "나는 당신의 까다로운 독일적인 철학을 전부 안다고 할 수는 없지만 당신이 하는 말씀은 인간적으로 들려요. 그리고 당신은 선량한 청년임에는 틀림없어요. 그것은 인정해야겠지요."

"댁의 취미로 본다면 좀 지나치게 철학자다웠겠지요. 안 그래요, 클라브디아?"

"거만한 말투는 그만두세요! 이제 싫증 나요. 당신이 기다리고 있었다는 것은 바보스럽고도 무례한 짓이었어요. 그러나 기다린 보람이 없어져서 나를 원망하고 있겠지요?"

"그래요. 좀 괴로웠어요, 클라브디아. 냉정한 정열가라도 말입니다. 댁이 그와 함께 돌아온 것은 정말로 괴로운 일이었습니다. 댁도 참 지독한 사람이지. 내가 아직 여기서 댁을 기다리고 있다는 것은, 베렌스를 통해 알고 있었을 거 아닙니까. 그러나 아까도 말한 것처럼, 나는 그날 밤의 일을 꿈속의 일로만 생각하니까 댁은 댁대로 자유로운 겁니다. 아니, 결국 나는 기다린 보람은 있었습니다. 이렇게 댁이 여기로 돌아왔고 우리들은 그날 밤과 같이 나란히 앉아, 전부터 내 귀에 익은 댁의 그리운 그 목소리, 이상하게 날카로운 목소리를 듣고 있을 뿐 아니라 댁의 팔이 있으니 말입니다. 물론 2층 방에는 댁의 여행 반려자가 열이 나서 누워 있지만 말이지요. 댁에게 진주를 선사한 위대한 페페르코른이……."

"당신이 자신을 풍부하게 하기 위해 그렇게 사이좋게 지내고 있는 분 말이지요?"

"그것을 나쁘게 생각하지 말아 주십시오, 클라브디아! 세템브리니도 그 일로 나를 꾸짖었지만, 그것은 세속적인 편견에 지나지 않는다고 할 수 있어요. 그는 대단한 사람입니다. 확실히 그는 인물입니다. 그는 나이를 먹었어요. 그건 그래요. 그렇지만, 나는 댁이 여자로서 그를 무척 사랑하고 있는 기분을 잘 압니다. 댁은 그를 무척 사랑하고 있지요?"

"철학자 같은 당신 태도에 경의를 표한다 하더라도 말이에요, 독일 도련님." 하고 그녀는 그의 머리를 쓰다듬으면서 말했다. "그이에 대한 나의 기분을 당신에게 말씀드리는 것은 인간적이지 않은데요!"

"아니, 클라브디아, 왜 이야기하면 안 되는 거지요? 나는 천재적이지 않은 사람들이 인간적이지 않다고 생각하는 데서부터 인간적인 것이 시작한다고 생각하고 있어요. 그러니까 안심하고 그분 이야기를 해도 괜찮습니다. 댁은 그를 무척 사랑하고 있지요?" 그녀는 몸을 구부려 다 피우고 난 담배를 난로 속에 던지고는 팔짱을 끼고 고쳐 앉았다.

"그분이 나를 사랑해 주고 있는 거예요." 하고 그녀는 말했다. "나는 그것을 자랑스럽게도 생각하고 고맙게도 생각해요. 그래서 그분을 따르는 거예요. 그 심정 이해하시겠지요? 모르신다면 당신은 그분이 당신에게 쏟고 있는 우정을 받을 자격이 없어요. 나는 그분의 심정을 생각할 때 그분에게 따르고 그분에게 봉사하지 않을 수 없어요. 그렇게 하지 않을 수 있을까요? 생각해 보세요! 그의 감정을 무시하는 것이 인간적으로 가능할까요?"

"그럴 수야 없지요." 하고 한스 카스토르프는 인정했다. "물론, 그럴 수 없다는 건 알아요. 그의 감정을 무시한다든지, 감정의 감퇴에 대한 그의 불안에 무관심하다든지, 말하자면 그를 겟세마네에 혼자 내버려 둔다는 것은 여자로서 할 수 있는 일이 못 되지요."

"당신도 보통은 넘는군요." 하고 그녀는 말하고서 시선을 비스듬히 위쪽으로 던지고 생각에 잠긴 듯이 한곳을 응시했다. "당신 참 머리가 좋으시군요. 감정의 감퇴에 대한 불안……."

"댁이 그에게 따라가지 않을 수 없었던 기분은 머리가 그다지 좋지 않아도 알 수 있어요. 그분의 애정에는 사람을 몹시 불안하게 만드는 것이 있는 듯……, 아니지, 오히려 그런 것이 있었기 때문에 댁은 그를 따르지 않을 수 없었겠지요."

"맞아요. 사람을 불안하게 하는 것, 그분은 왠지 불안하게 만들어요. 아시겠지요? 아주 힘들어요." 그녀는 그의 손을 잡고 그 손가락을 무의식적으로 만지작거리다가 갑자기 눈살을 모으더니 얼굴을 들고 물었다.

"우리 이렇게 그분 이야기를 하는 게 비겁하지 않아요?"

"그렇지는 않아요, 클라브디아. 아니야, 천만에. 인간적이라고도 할 수 있어요. 댁은 인간적이라는 말을 좋아해서, 이 말을 할 때는 꿈꾸는 듯한 말투로 길게 끌면서 하더군요. 나는 댁이 그 말을 할 때면 언제나 아주 흥미 있게 듣는답니다. 내 사촌인 요아힘은 그 말을 좋아하지 않았는데, 그건 군인다운 이유에서였지요. 즉 그 말은 모든 점에서 칠칠치 못한 것을 의미한다고 그는 생각했던 거예요. 그 말이 그렇다고 한다면, 즉 모든 것을 무비판적으로 인정한다는 뜻으로 받아들인다면, 나도 그 인간적이라는 말이 어떨까 하는 생각이 들어요. 이건 분명하게 말해 둡니다. 하지만 이 말이 자유와 천재성과 선의의 뜻이라면 이 말은 역시 멋진 말입니다. 그러니까 페페르코른에 대해서 또 그로 인해 당신이 느끼는 불안과 괴로움에 대해서 우리들이 이야기할 때에도 이 말은 안심하고 쓸 수 있으리라 생각해요. 그런 괴로움은 물론 그분의 명예심이나 감정의 고갈에 대한 불안에서 생기는 거지요. 그분이 감정을 조장하거나 북돋우거나 하는 고전적 수단을 그토록 애용하는 것도, 그런 불안 때문일 겁니다. 우리들은 외경심을 조금도 상실하지 않고 이런 말을 할 수 있어요. 왜냐하면 그분의 경우, 모든 점에서 스케일을, 위대한 왕자적인 스케일을 가지고 있기 때문입니다. 그러니까 우리들이 그런 이야기를 한다고 해서 그나 우리 자신을 손상시키는 건 아니지요."

"우리 일은 문제가 아니에요." 하고 그녀는 말하고 다시 팔짱을 꼈다. "여자로서, 자기에게 감정과 그 감퇴의 불안을 보여 주는 남성, 당신이 말하는 이른바 스케일이 있는 남성을 위해 어떤 굴욕도 참으려 하지 않는다면, 결코 여자라고 할 수 없을 거예요."

"그렇고말고요, 클라브디아. 맞아요. 그러면 굴욕까지도 스케일을 가지게 되는 것이니까. 여자는 굴욕의 높이에서 왕자적인 스케일을 가지고 있지 않은 인간들에게 거만한 말투를 쓸 수가 있지요. 댁이 아까 나더러 우표가 없냐고 묻고 나서 '여자에게 친절을 베풀기 위해서는 언제나 준비하는 것이 아닌가요?' 하던 그런 투로 말입니다."

"화났어요? 그러지 마세요. 우리 서로 화내는 것은 그만둬요. 아셨지요? 나도 때로는 화가 났었어요. 오늘 밤 이렇게 함께 있으니까 솔직하게 말하지만 말이에요. 난 당신의 냉정한 태도에 화가 났어요. 그리고 당신이 이기적인 경험욕에서 그와 그토록 사이좋게 지내는 일에 대해서도 말이에요. 그러나 나는 그것이 기쁘기도 했어요. 그리고 당신이 그분을 존경하는 것을 고맙게 생각했어요. 당신의 태도는 아주 성실했지요. 좀 거만한 데가 없었던 것은 아니지만 말이에요. 그래서 결국 난 그걸 관대하게 보아야 했던 거지요."

"거참 고마운데요."

그녀는 그를 쳐다보았다. "당신은 정말, 어떻게 할 수 없는 사람 같아요. 교활한 청년이라고 할 수 있겠지요. 머리가 좋은지 어떤지는 몰라도, 교활한 것만은 확실해요. 아무튼 좋아요. 교활해도 살아갈 수 있고 우정을 지켜 갈 수도 있으니까 말이에요. 우리들은 언제나 친구로 지내고, 그를 위해 동맹을 맺어요. 보통 같으면 누구를 공격하기 위해 동맹을 맺는 것이지만요. 약속의 표시로 악수해 주시겠어요? 나는 가끔 굉장히 불안해져요. 그와 단둘이 있는 것이, 감정적으로 홀로 있는 것이 가끔 불안해져요. 그는 상대를 위축시켜요. 어쩐지 그분에게 좋지 못한 일이 일어날 것만 같아 가끔 걱정이 돼요. 어떤 때는 등골이 오싹해질 때도 있답니다. 누구든지 좋은 분이 내 옆에 있어 주었으면 싶었어요. 당신은 어떻게 생각할지 모르지만 아마 난 결국 그래서 그분하고 여기로 되돌아온 것 같아요."

그는 흔들의자를 앞으로 기울여 앉고 그녀는 의자에 앉아, 두 사람은 무릎과 무릎을 맞대었다. 그녀는 마지막 말을 그의 코앞에서 속삭이면서 그의 손을 꼭 잡았다. 그는 말했다.

"나한테로요? 아, 그건 멋진데요. 아, 클라브디아, 그건 참 굉장한 이야긴데요. 댁이 그분과 함께 나한테로 돌아왔다, 이 말이지요? 그러면서도 댁은 내가 기다린 것이 바보스럽고 제멋대로인, 전혀 헛된 일이라고 말하는 건가요? 댁한테서 친구가 되어 달라고 간청을 받고, 즉 그 사람을 지키기 위해 댁과 친구가 되어 달라고 하는데 그것에 응할 수 없다면, 그야말로 난 어처구니없는 인간이지 뭐겠습니까."

그러자 그녀는 그의 입술에 키스했다. 러시아식 키스였다. 저 광막한 나라, 정이 담겨진 나라에서 그리스도교의 대 축제일에 사랑을 맹세하는 의미에서 교환되는 종류의 키스였다. 그러나 키스를 하는 두 사람 중의 한 사람은 정평이 있는 '교활한' 청년이었고, 또 한 사람은 역시 젊고 사랑스럽게 사뿐사뿐 걷는 여성이었기 때문에, 우리는 두 사람의 키스를 이야기하면서 무의식중에 의사 크로코브스키가 사랑에 대해 말한, 비난의 여지가 없지도 않은 자못 교활한 말솜씨를 연상하게 된다. 의사 크로코브스키는 사랑에 대해 좀 애매한 의미의 말을 했으며, 그래서 그것이 경건한 사랑에 대한 것인지, 정열적이고 육체적인 사랑에 대한 것인지, 아무것도 분명하지 않았다. 우리가 의사 크로코브스키처럼 말하고 있는 것일까, 그렇지 않으면 한스 카스토르프와 클라브디아 쇼샤가 나눈 러시아식 키스에 무언가 애매한 데가 있었을까? 어쨌든, 우리는 이 문제를 철저하게 추구하지 않으려 생각하는데 어떠할지? 우리의 생각으로는 사랑의 문제로 경건과 정열을 '정확하게' 구별하는 것은 분석적이긴 하지만, 한스 카스토르프의 말투를 흉내 내면 '어처구니없는 얼간이' 같은 짓이며, 그야말로 생명에 부정적이라고 하겠다. '정확하게'라는 것은 무슨 뜻인가! 의미가 애매하다든지 확실치 않다는 것은 무슨 뜻인가! 우리는 그런 구별을 깨끗이 일소에 붙인다. 언어가 모든 종류의 사랑에 대해 하나의 말만을 가지고 있다는 것, 극히 근엄한 사랑으로부터 극히 관능적이고 정열적인 사랑까지를 사랑이라는 하나의 말에 포함시키고 있는 것은 멋지고 좋은 일이 아닐까? 그것은 확실치 않으면서도 완전히

마의 산 2

확실하기 때문이다. 사랑은 아무리 근엄한 사랑이라 해도 육체적이지 않은 일이 없고, 아무리 관능적인 사랑이라 해도 근엄하지 않은 일이 없다. 생에 대한 교활한 호의라는 형태를 취하든지 아주 맹렬한 정열로 되어 나타난다 해도 사랑은 언제나 사랑 그것이다. 사랑은 유기적인 것에 대한 공감이며, 부패의 운명을 가진 유기체의 감동적이고도 방종한 포옹이다. 아무리 경탄할 만한 정열에도, 또 미친 듯 날뛰는 정열에도 기독교적 애련이 내포되어 있음에 틀림없다. 의미가 애매하다고? 아니, 사랑의 의미가 제발 애매한 대로 두었으면 좋겠다! 의미가 애매하기 때문에 사랑은 생명이고 인간적이다. 의미가 애매하여 고민하는 것은 교활하고 깊이 없고 절망적인 단순성을 의미하는 것이리라.

그러면 한스 카스토르프와 쇼샤 부인의 입술이 러시아식으로 키스를 하는 동안, 우리들은 이 작은 무대의 장면을 바꾸도록 하자. 그리고 공개를 약속한 두 대화 중의 두 번째 대화를 취급할 차례다.

무대가 다시 밝아지면, 해동할 무렵 어느 봄날 저녁의 황혼 가운데서 우리의 주인공이 위대한 페페르코른의 침대 옆에 완전히 익숙해진 태도로 앉아, 병자와 공손하고 상냥하게 대화하는 것이 보인다. 쇼샤 부인은 4시의 차 마시는 시간에 그때까지의 세 번의 식사 때와 마찬가지로 식당에 혼자 나타나 차를 마시고는 읍내에 쇼핑하러 내려갔다. 그때 한스 카스토르프는 보통 때처럼 병상 방문을 위해 네덜란드인의 방을 찾아왔다. 방문한 동기는 병자에게 경의를 표시하고 병자를 위로하고, 그 인물의 감화를 받기 위함이었다. 요컨대 생명 그 자체와 마찬가지로 애매한 동기에서였다. 페페르코른은 신문《텔레그라프》를 옆에 놓고 뿔테 코안경을 코에서 벗어 신문 위에 놓고는 방문객에게 선장과 같은 손을 내밀었는데, 그 두터운 찢어진 것 같은 입술은 괴로운 빛을 보이며 가냘프게 떨렸다. 전과 마찬가지로 적포도주와 커피가 손이 닿을 수 있는 곳에 놓여 있었다. 커피세트는 침대 옆 의자 위에 있었는데 사용한 뒤여서 갈색으로 젖어 있었다. 페페르코른은 언제나와 마찬가지로 오후의 따끈하고 진한 커피를 설탕과 크림을 넣고 마셔서 땀이 났다. 백발이 불길처럼 에워싼 그의 왕자다운 얼굴은 붉었고 이마와 입술 위에는 작은 땀방울이 맺혔다.

"땀을 좀 내고 있습니다." 하고 페페르코른은 말했다. "잘 오셨소, 젊은이. 천만에, 앉으시오! 약해졌다는 증거지요. 따끈한 것을 마시면 곧…… 미안하지만…… 그렇습니다. 손수건, 고맙습니다." 얼굴의 붉은 기운이 얼마 안 있어 없어지고, 말라리아 발작에 이어지는 누렇고 창백한 빛이 당당한 이 인물의 얼굴에 퍼졌다. 그날 오후의 4일열은 오한, 고열, 그리고 발한의 세 단계의 모든 것이 다 맹렬했으므로 페페르코른의 엷은 색의 작은 눈은 이마의 우상 같은 주름 밑에서 희미하게 흐려졌다. 그는 말했다.

"정말, 젊은이…… 내가 하고 싶은 말은 정말 '감사하오'라네. 정말 이 병든 늙은이에게 친절을……."

"방문한 것을 말씀하시는 겁니까?" 한스 카스토르프는 물었다. "그건 아닙니다, 페페르코른 씨. 나야말로 여기에 앉게 해 주신 데 대해 감사를 드리겠습니다. 나는 당신에게는 비교가 안 될 만큼 많은 것을 받고 있기 때문입니다. 전적으로 이기적인 이유에서 방문하는 것입니다. 게다가 무슨 그런 당치도 않은 말씀을 하십니까. '병든 늙은이'라니요. 아무도 당신을 그렇게 생각하지 않아요. 정말 당치 않은 말씀입니다."

"좋습니다, 좋습니다." 페페르코른은 대답하였다. 턱을 내민 왕다운 얼굴을 베개에 기대고, 셔츠 밑으로 두드러져 보이는 왕자다운 넓은 가슴 위에서 손톱이 긴 손가락을 깍지 끼고 몇 초 동안 눈을 감았다. "좋습니다, 젊은이. 그러나 당신은 호의에서 그렇게 말하고 있소. 나는 그것을 확실히 느낍니다. 어제 오후는 유쾌했습니다. 그렇고말고요. 바로 어제 오후지요. 그 즐거운 장소에서, 이름은 잊어버렸지만, 저 멋진 살라미 소시지와 계란찜을 먹고, 여기서 나는 맛좋은 포도주를 마시고……"

"정말 좋았습니다." 하고 한스 카스토르프는 끄덕였다. "베르크호프의 요리장이 그것을 보았으면, 물론 기분이 상했을 것입니다. 어떻든 모두가 예외 없이 정력에 넘쳤습니다. 진짜 살라미에 세템브리니 씨는 감격해 눈물을 글썽거리면서 먹었지요. 아시다시피 그는 애국자, 민주주의적 애국자입니다. 그는 시민의 대창을 인류의 제단에 바쳤습니다. 살라미 소시지에다 언젠가는 브레네르 국경선에서 관세를 붙일 수 있도록 말입니다."

"그건 중요한 것이 아니오." 하고 페페르코른은 단정했다. "그 사람은 기사답게 명랑하고 이야기를 좋아하는 사람, 신사입니다. 그런데 때때로 옷을 갈아입을 처지는 못 되나 보지요?"

"때때로가 뭡니까." 하고 한스 카스토르프는 말했다. "전혀 갈아입 질 않습니다. 나는 오래전부터 그를 알고 있어 그 사람하고는 아주 친합니다. 그는 내 일을 친아버지처럼 걱정해 줍니다. 내가 '인생의 걱정거리 자식'이어서 말입니다. 이것은 우리 두 사람에게만 통하는 말이라서 설명하지 않으면 모르실 겁니다만……, 아무튼 그는 나를 감화하여 바로잡으려고 심혈을 기울이고 있습니다. 그러나 나는 그 사람이 딴 옷을 입은 걸 본 적이 없습니다. 겨울이나 여름이나 그 바둑판무늬 바지에 거친 플란넬 소재의 더블입니다. 그래도 그 하나 남은 옷을 어지간해서는 남이 흉내 낼 수 없을 만큼 스마트하게 입습니다. 그 점에서는 나도 당신과 전적으로 동감입니다. 그 옷맵시가 초라함을 극복하고 있는 모양이지요. 나에게는 그의 초라한 복장이 조그만 나프타 씨의 멋진 복장보다 더 호감이 갑니다. 나프타 씨가 멋진 것은 말하자면 악마적인 것이라, 어딘지 불쾌한 느낌 때문에 몸서리쳐진다고 할 수 있습니다. 게다가 나프타 씨는 그 비용을 뒷구멍에서 입수하고 있습니다. 나는 그 사정을 어느 정도 알고 있습니다."

"기사다운 명랑한 사람이오." 하고 페페르코른은 나프타에 대한 한스 카스토르프의 생각에는 더 깊이 들어가지 않고 세템브리니에 대해 되풀이했다. "그러나 외람되게 이렇게 말씀드려 안됐습니다만, 그는 편견을 가지고 있는 것 같습니다. 당신도 눈치챘겠지만, 마담은, 나의 여행 반려자는 그를 그렇게 높이 평가하지 않아요. 그녀는 그에 대해 호의가 없는데, 그것은 아마 그녀에 대한 그의 편견이……. 천만에 젊은이 나는 세템브리니 씨에 대해서, 그리고 그에 대한 당신의 따뜻한 심정에 대해서는 추호도……. 다 끝났습니다! 나는 주장하려는 것이 아닙니다. 그가 신사로서 예의범절이라는 점에서 한 번이라도 부인에게 대해서…… 완벽, 정말 나무랄 데가 없습니다. 그러나 역시 거기에는 한계, 냉정, 어떤 경원이 느껴져서, 그러니까 그에 대한 마담의 기분도 인간적으로 봐서 너그럽게…….”

"이해할 수 있다, 납득할 수 있다, 아주 당연하게 생각된다고 말씀하시는 거겠지요. 용서하십시오, 페페르코른 씨. 제멋대로 말을 보충해서요. 생각하고 있는 걸 알 것 같아서 감히 이런 말씀을 드리는 것입니다. 게다가 여자라는 것은, 나처럼 젊은 남자가 '여자라는 것은' 하고 큰소리친다고 웃으실지 모르겠습니다만, 남성에 대한 여자의 기분이 여성에 대한 남성의 태도에 따라 얼마나 좌우되는가를 생각해 볼 때, 마담의 기분은 조금도 이상하지 않습니다. 여성은 반영적인 존재라고 말하고 싶습니다. 독자적인 주도권을 가지고 있지 않고 수동적이라는 의미에서 칠칠치 못하다고 나는 말하고 싶습니다. 지루하더라도 그것을 더 자세히 설명하도록 해 주십시오. 제가 관찰한 바로는, 여성은 애정 문제에서는 언제나 사랑을 받는 입장에서 생각하고 있어, 남성이 접근하는 것을 기다릴 뿐 자기 스스로 자유로이 선택하는 일은 없고, 남성이 선택하여 주면 비로소 애정을 선택하는 주체가 됩니다. 덧붙인다면 그 경우에도 여성의 선택 안목은 자기를 선택해 주었다는 사실에 의해 완전히 영향을 받고 농락을 당하는 것이지요. 상대방이 그야말로 하등 인간이라면 별 문제이지만, 그러나 그것까지도 엄격한 조건이 될 수는 없습니다. 아니, 내가 말하는 것은 상식적인 것이겠지만, 젊은 사람에게는 모든 것이 물론 신기하게, 신기하고 놀랍게 느껴지는 것입니다. 당신이 여성에게 '당신은 그 사람을 정말 사랑하는가?'라고 묻는다고 합시다. '그이는 나를 진심으로 사랑하고 있어요!' 하고 그 여성은 눈을 들고, 아니면 눈을 아래로 깔고 대답할 것입니다. 그런 대답을 우리 남성 중의 한 사람이 했다고 하면 어떻게 되겠습니까. 당신과 나를 싸잡아서 '우리들'이라고 말하는 것을 용서해 주십시오. 그런 대답을 하는 남성도 있을 것입니다. 그러나 그런 남성은 그야말로 우스운 이로서 경구적으로 말한다면, 사랑하는 여자의 궁둥이에 깔려 있는 남자일 테니까요. 특히 남자한테 사랑받고 있다고 서슴없이 대답하는 여성은 도대체 자신을 어떻게 평가하는지, 그것을 알고 싶습니다. 자기처럼 하잘것없는 여자를 사랑해 주는 남성을 위해 무조건 그에게 복종하지 않으면 안 된다고 생각하는지, 아니면 자신을 선택하여 사랑해 준다는 사실 자체가 그 남성이 뛰어난 인물임을 입증하는 명백한 증거라고 생각하는지⋯⋯. 혼자 조용히 있을 때면 저는 그 점에 대해서 생각해 보기도 합니다."

"당신은 근원적이며 고전적인 사실, 즉 신성한 인생 문제에 그야말로 재치 있게 접근했군요. 남성은 자신의 정욕에 도취하고, 반면에 여자는 남자의 정욕에 도취하고 싶어 합니다. 따라서 우리는 강력한 감정을 지녀야 할 의무가 있습니다. 그래서 남자들은 감정의 연소라는 의무를 지니게 되는 것이며, 여성의 그런 욕구를 충족시키지 못하는 감정의 빈곤이라는 무력함은 남자들에게는 무서운 치욕이 됩니다. 자, 포도주 한잔 하시렵니까? 나는 매우 목이 말라요. 난 한잔 하겠습니다. 오늘은 땀을 너무 많이 흘렸습니다."

"감사합니다, 페페르코른 씨. 이런 시각에는 술을 마시지 않습니다만, 당신의 건강을 위해서라면 기꺼이 한잔 들겠습니다."

"그러면 그 포도주 잔으로 드십시오. 지금 잔이 하나밖에 없습니다. 나는 이 물컵으로 마시겠습니다. 포도주에 실례가 되지는 않겠지요. 이 시시한 컵이라도……."

그는 선장과 같은 손을 떨면서 손님의 손을 빌어 포도주를 따르고, 다리 없는 컵으로 흉상과 같은 목에 붉은 포도주를 물을 마시듯 흘려 넣었다.

"이러면 기운이 납니다." 하고 그는 말했다. "더 마시지 않겠습니까? 그러면 실례하고 나는 한 잔 더……." 그가 다시 포도주를 따르자 포도주가 컵 밖으로 쏟았다. 홑이불에 빨간 얼룩이 졌다. "되풀이하여 말하지만." 하고 그는 손톱이 창처럼 뾰족한 손가락을 위로 나란히 하고 한쪽 손에 쥔 포도주가 든 물컵을 떨면서 말했다. "되풀이하여 말하겠소. 그런 까닭에 우리는 감정 연소의 의무, 종교적 의무를 가지고 있습니다. 우리들의 감정은, 알겠습니까, 생명을 눈뜨게 하는 남성적인 힘이오. 생명은 꾸뻑꾸뻑 졸고 있습니다. 생명은 눈을 떠 신성한 감정과 도취적인 결혼을 하고자 합니다. 감정은……, 젊은이……, 신성합니다. 인간은 느끼기 때문에 신성합니다. 인간은 신의 감정 기관입니다. 신은 인간에 의해 느끼고자 인간을 만들었습니다. 인간은 신이 눈을 뜨고 도취된 생명과 결혼하기 위한 기관에 불과하오. 인간이 감정적으로 무력하다면 신의 굴욕이 시작되어, 신의 남성적인 힘의 패배, 우주의 마지막, 상상할 수 없는 공포가 됩니다."
그는 계속 포도주를 마셨다.

"실례지만 컵을 이쪽으로 주십시오, 페페르코른 씨." 하고 한스 카스토르프는 말했다. "나는 당신의 말을 들으면서 아주 유익한 공부를 하고 있습니다. 당신은 신학적인 이론을 말씀하셨습니다. 그 이론에 따르면 인간은 아주 명예로운 일을 부여받았습니다. 좀 종교적으로 치우친 말인 것 같습니다만, 실례를 무릅쓰고 말씀드린다면, 당신 생각에는 어딘지 엄격한 것, 불안하게 만드는 것이 있습니다. 이런 말을 드리는 것을 용서하십시오. 종교적인 엄격은, 물론 스케일이 작은 인간에게는 어떤 경우에도 불안한 법입니다. 그러나 나는 당신의 생각을 고치려고 하는 것이 아니라, 어떤 종류의 '편견'에 대해 말씀하신 것에 화제를 다시 돌리고 싶습니다. 당신이 관찰한 바에 의하면 세템브리니 씨가 당신의 여행 반려자인 마담에게 가지고 있는 '편견'에 대해서 말입니다. 나는 세템브리니 씨를 이전부터, 다시 말해 몇 년 전부터 잘 알고 있어요. 그리고 단언합니다만, 그가 가령 편견을 가지고 있다 해도 그 편견은 결코 인색한 속물적인 성질의 것은 아닙니다. 그런 것을 생각하는 것조차 우스운 일입니다. 그의 경우는 비개인적인 종류의 편견, 즉 일반적인 교육 원리를 의미하는 것인데, 그는 그 교육 원리를 실현시키려고 하여, 정직하게 말한다면 나를 '인생의 걱정거리 자식'이라는 의미에서……, 그러나 이것은 이야기하게 되면 길어질 것 같습니다. 대단히 광범위한 문제이기 때문에 여기서 두세 마디로는……."

"그런데 당신은 마담을 사랑하지요?" 하고 페페르코른은 느닷없이 묻고는 입술이 비통하게 찢어지고 이마의 주름 밑에서 옅은 색의 작은 눈이 빛나는 왕 같은 얼굴을 손님 쪽으로 돌렸다. 한스 카스토르프는 깜짝 놀랐다. 그리고 더듬거리면서 말했다.

"내가…… 즉 그…… 물론 나는 쇼샤 부인을 존경하고 있습니다. 부인이 당신의 반려자라고 하는 것만으로도……."

"잠깐만!" 하고 페페르코른은 가로막는 듯한 연극적인 손짓으로 한 손을 뻗으며 말했다. "다시 한 번 되풀이하여 말하오." 하고 그는 그 손짓으로 지금부터 말하려는 것에 여유를 주고 계속했다. "나는 저 이탈리아 신사가 신사로서 예의에 정말 어긋나는 일을 한 번이라도 하였다고 비난하는 것은 결코 아닙니다. 누구에게도 그런 비난을 하려고 생각하지 않소. 누구에게도! 그러나 내가 이상하게 느끼는 것은, 오늘의 경우에는 그것을 기쁘게 느끼는 것이지만……. 좋습니다, 젊은이. 단연 좋습니다. 멋집니다. 기쁩니다. 그것은 의심할 여지가 없소. 진심으로 기쁩니다. 그러나 그것은 그렇다 하고 생각하는 것입니다. 요컨대 나는 생각합니다. 당신은 마담과는 나보다도 더 오래전부터 아는 사이입니다. 마담이 먼저 여기에 머무르고 있을 때 당신도 여기에 있었습니다. 그리고 마담은 아주 매력적인 부인이고 나는 늙은 병자에 불과합니다. 그런데 어떻게 해서 이런 일이……. 그녀는 내가 쇠약해 있기 때문에 오늘 오후에는 혼자서 동반자 없이 읍내로 내려갔습니다. 유감스럽지 않소! 유감스럽기는커녕! 단지 이것은 의심할 여지없이, 이것은 즉 영향에…… 무어라고 그랬지요……, 세템브리니 씨의 교육 원리의 영향으로 돌릴 것인지요. 당신의 부인에 대한 기사도에…… 제발 내가 말하는 것을 충분히…….”

"충분히 알겠습니다, 페페르코른 씨. 그러나 그런 일은 없습니다. 전혀 그런 일은 없습니다. 나는 절대로 자주적으로 행동했습니다. 오히려 세템브리니 씨는 나에게 가끔……. 아니, 홑이불에 그만 포도주 얼룩이 지고 말았습니다. 페페르코른 씨 어떻습니까. 보통 얼룩이 마르기 전에 소금을 뿌립니다만…….”

"그런 것은 아무래도 괜찮소.” 하고 페페르코른은 손님으로부터 눈을 떼지 않고 말했다.

한스 카스토르프는 안색이 변했다.

"여기서는…….” 하고 그는 괴로운 미소를 지으면서 말했다. "만사가 다른 곳하고는 좀 다릅니다. 이곳의 기풍이라고 나는 부르고 싶습니다만, 세상 일반 상식과는 다릅니다. 여기서는 환자가 우대를 받습니다, 남자든 여자든 간에. 그 기사도도 그 기풍에는 사양을 해야 합니다. 당신은 지금 환자입니다, 페페르코른 씨. 급성 질환, 실제로 몸이 여의치 않습니다. 거기에 비하면 당신의 반려자는 비교적 건강합니다. 그러므로 마담이 없는 동안 내가 당신 곁에서 마담의 일을 대신 해 드리는 것이……, 이 경우에 교대라는 말을 생각할 수 있다면 말입니다만……. 하하하, 반대로 당신을 대신해서 마담을 위해 읍내까지 동반을 신청하느니보다는 마담의 기분에도 맞을 것이라고 생각합니다. 그리고 또 어째서 내가 당신의 여행 반려자에게 기사다운 봉사를 받도록 강요할 수 있겠습니까? 나에게는 그것을 할 정당한 자격도 없고 권리도 없습니다. 나는 이래봬도 엄연한 권리를 존중하는 편이라고 말하고 싶습니다. 요컨대 오늘 내 행동은 정당한 것이고 일반 정서에 합치하며, 특히 당신에 대한 나의 순수한 기분에도 들어 맞습니다. 페페르코른 씨, 아까 나에게 질문하신 것 같습니다만, 이상으로 나는 당신의 질문에 대해 수긍하실 수 있는 대답을 해 드렸다고 생각합니다."

"대단히 좋은 대답이었소." 하고 페페르코른은 대답했다. "나도 모르게 당신의 경쾌한 말에 마음이 사로잡혔습니다, 젊은이. 곧장 돌진해 가서 이야기가 기분 좋게 정리되고 있습니다. 그러나 수긍이 가는가 하는 문제에 있어서는, '아니오'입니다. 당신의 대답은 나를 정말 그렇구나 하고 수긍이 가게 하지는 못했습니다. 이런 말을 해서 당신을 실망시켰다면 용서하시오. 당신은 내가 입 밖에 낸 어떤 생각에 대해 '엄격하다'는 말을 쓰셨습니다. 그러나 당신의 사고에도 어떤 엄격성, 부자연성이 느껴집니다. 그 부자연성은 어떤 방면에서의 당신의 태도에서도 느낄 수 있었던 것이지만, 당신의 성질에는 일치하지 않는 것 같소. 나는 오늘 그것을 또 느꼈습니다. 그것은 우리들이 함께 계획을 실행한다든지 산책을 할 때 당신이 마담에 대해, 마담에게만 보이곤 하는 어색함과 똑같은 것입니다. 그것에 대해 내게 설명해 주는 건 당신의 의무이자 책임이기도 합니다. 젊은이, 내가 보는 눈은 틀림이 없소. 여러 번 관찰해서 그때마다 느낀 것이고, 다른 사람들도 아마 그걸 눈치챘을 것입니다. 단지 다른 사람들은 나와는 달리 그 부자연의 이유를 아마, 아니 알고 있는 것이겠지요."

 페페르코른 씨는 말라리아의 발작으로 쇠약해져 있었지만, 이날 오후에는 평소와 달리 정확하고 일관된 말을 했다. 떠듬떠듬 하는 말투는 거의 없었다. 침대에 반쯤 일어나 앉은 자세로 억센 어깨와 당당한 얼굴을 손님 쪽으로 돌리고, 한쪽 팔을 이불 위에 뻗고, 선장과 같은 주근깨 난 손을 소매 끝에 바로 세워, 손가락으로 동그라미를 만들고, 손톱이 창처럼 뽀족한 나머지 세 손가락을 그 동그라미 옆에 세웠다. 그의 입술은 세템브리니 씨가 들어도 합격점을 주리라고 여겨질 정도로 단어 하나하나를 또렷하고 정확하게, 아니 조형적으로 만들어 후두음 r을 굴려서 말했다.

 "당신은 미소 짓고 있소." 하고 페페르코른은 계속했다. "당신은 눈을 깜빡이며 머리를 좌우로 갸우뚱하고 무언가 열심히 생각하고 있는데 전혀 생각해 낼 수 없는 상태입니다. 그렇지만 내가 무엇을 말하며 무엇을 문제 삼고 있는지 당신이 알고 있다는 것은 숨길 수 없는 사실입니다. 나는 당신이 마담에게 말을 거는 일이 한 번도 없었다든지, 대화 중에 당신이 마담에게 대답해야 할 경우 대답을 하지 않았다든가 하는 그런 것을 말하는 것은 아닙니다. 그런 것이 아니라, 여러 번 말씀드렸듯이, 그런 경우에 어딘지 어색한 느낌을 받았습니다. 더 정확하게 말하면 무언가 피하려는 듯한, 도망치려는 듯한 점을 느껴 그것을 주의해서 보면, 어떤 종류의 말을 피하려는지를 알게 됩니다. 당신의 경우에는 마담에게 무언가를 먼저 말한 자가 패하는 내기라도 하여 직접 말을 못 하고 있는 것 같은 인상을 받았습니다.

당신은 시종일관 한 번의 예외도 없이 마담을 부르는 것을 피했습니다. 당신은 마담에게 '당신'이라고 부른 적이 없습니다."

"그러나 페페르코른 씨, 내기라니 도대체 어떤……."

"나는 당신도 스스로 느끼고 있는 게 틀림없는 사실을 지적하겠습니다. 당신은 지금 입술까지 새파랗게 질려 있습니다."

한스 카스토르프는 얼굴을 쳐들지 않았다. 그리고 몸을 구부린 채 홑이불의 붉은 얼룩을 계속해서 만졌다. '올 것이 왔구나!' 하고 그는 생각했다. '이렇게 될 것 같았어. 두려워하면서도, 실은 이렇게 되도록 내 스스로 행동했다고 할 수 있지. 이렇게 되고 나서야 분명히 깨달았지만, 내 스스로도 어느 정도는 이렇게 되는 것을 소망하고 있었다. 정말로 그토록 새파랗게 질려 있었단 말인가? 아마 그랬을지도 모른다. 이제는 사느냐 죽느냐의 문제다. 어떻게 되어 가는지 모를 일이다. 아직도 구실을 찾을 수 있을 것인가? 불가능한 것도 아니겠지만, 나는 전혀 그럴 생각은 없다. 한동안 이 피와도 같은 얼룩을, 홑이불의 포도주 얼룩을 만지고 있자.'

그의 머리 위에서도 침묵이 흘렀다. 이삼 분 동안 두 사람 다 침묵을 지켰다. 이런 때에는 그러한 아주 적은 시간 단위가 얼마나 부풀어 오르는가를 느끼게 하는 정적이었다.

먼저 다시 말한 것은 페페르코른이었다.

"당신과 처음으로 알게 되었던 즐거운 날 밤의 일이었습니다." 하고 그는 노래 부르는 듯한 어조로 말하기 시작하면서, 긴 이야기의 첫머리라도 말하듯 말 마지막에 가서 목소리를 낮추었다.

"우리들은 작은 향연을 벌여 먹고 마시고 하다가 밤이 깊어지자 기분이 좋아 인간답게 자유롭고 대담한 기분이 되어 팔과 팔을 끼고 침실로 돌아갔소. 이 방 입구에서 헤어질 때, 당신이 마담의 이마에 키스를 하도록 요청해야겠다는 생각이 갑자기 들었습니다. 그녀가 전에 이곳에 입원하고 있을 때의 친한 친구로서 나에게 소개된 당신이 그녀의 이마에 키스를 하고, 그녀는 멋진 하룻밤을 기념하여 내 눈앞에서 당신의 장중하고 명랑한 키스에 답하도록 요청했던 것입니다. 그러나 당신은 내 요청을 즉시 거절했소. 나의 반려자의 이마에 키스하는 것은 무의미하다는 이유로 즉시 거절했소. 그 이유가 또한 설명을 필요로 한다는 것은 당신도 인정하시겠지만, 오늘까지 그 설명을 하지 않았습니다. 그 설명을 여기서 해 주실 생각이 있습니까?"

'그렇구나, 그것까지도 알고 있었구나!' 하고 한스 카스토르프는 생각하며, 포도주 얼룩 위에 몸을 구부리고 집게손가락 끝을 굽혀 얼룩 하나를 문질렀다. '사실은 그가 그것을 알아차리고 기억하리라 나는 희망했던 것이리라. 그렇지 않다면 나는 그런 말을 하지는 않았을 것이다. 그런데 어떻게 하면 좋단 말인가? 심장이 세차게 뛰었다. 최상급 왕자의 분노가 폭발할 것인가? 그의 주먹에 주의하는 것이 좋겠다. 어쩌면 벌써 이쪽 머리 위에서 휘둘러지고 있는 것이 아닐까. 아무튼 이상한, 어떻게 꼼짝할 수 없는 위기에 몰리게 되었구나!'

갑자기 그는 오른쪽 손목을 페페르코른이 잡는 것을 느꼈다.

'이크, 드디어 잡혔구나!' 하고 그는 생각했다. '뭐야, 우습지 않은가. 무엇 때문에 부끄러워 꼼짝을 못 하는 것인가! 페페르코른에게 나쁜 일이라도 했다는 것인가? 그런 일은 추호도 없다. 다게스탄에 있는 남편이야말로 누구보다도 불평을 할 권리가 있다. 그 다음으로도 여러 사람이 있다. 그 다음으로 내 차례다. 페페르코른은 내가 알고 있는 한, 아직 불평을 말할 입장이 못 된다. 그런데도 심장이 왜 이렇게 뛰는 것일까? 얼굴을 들어 그의 당당한 얼굴을 공손히, 그러나 솔직하게 보자!'

한스 카스토르프는 고개를 쳐들었다. 누렇고 당당한 얼굴이, 깊이 새겨진 이마의 주름 밑 엷은 색의 눈으로 쳐다보았고 찢어진 듯한 입술 표정은 엄숙했다. 위대한 노인과 평범한 청년은, 한쪽 사람이 다른 한쪽의 손목을 잡은 채로 서로의 눈빛을 살펴보았다. 드디어 페페르코른은 낮은 목소리로 말했다.

"당신은 클라브디아가 전에 여기 있었을 때의 애인이었습니다."

한스 카스토르프는 다시 한 번 얼굴을 떨구었다가 다시 쳐들어 숨을 깊이 쉬고 말했다.

"페페르코른 씨! 나는 당신을 속이는 것이 정말 싫고, 또 속이지 않고도 지낼 수 있는 방법이 없을까 하고 생각했습니다. 그것은 쉬운 일이 아닙니다. 당신이 단정하신 것을 긍정하면 이쪽에서 자만하는 것이 되며, 부정하면 거짓말을 하는 것이 됩니다. 사태는 이렇습니다. 나는 오랫동안, 아주 오랫동안, 클라브디아와, 미안합니다, 당신의 현재의 반려자와 이 요양원에 함께 있으면서 사회적으로는 알지 못하고 지냈습니다. 우리들의 관계, 또는 나의 그녀에 대한 관계에는, 세속적인 요소는 존재하지 않았습니다. 그 관계의 기원은 언제부터인지는 확실치 않다고 말할 수 있습니다. 그러나 클라브디아를 마음속으로는 '댁'이라고만 불러 왔고 현재에도 댁이라고 부를 수밖에 없습니다. 내가 아까도 잠깐 언급한 교육적 견제를 뿌리치고 그녀에게 접근했던 날 밤, 훨씬 전부터 준비되어 있던 구실을 사용하여 접근한 밤은, 가장 무도회의 밤, 사육제의 밤, 책임에서 해방된 밤, '댁'이라고 부르는 밤이었습니다. 밤이 깊어짐에 따라 이 '댁'이라고 부르는 것이 꿈속과 같이 책임을 동반하지 않고 완전한 의미를 갖게 되었습니다. 클라브디아가 출발하기 전날 밤이었습니다."

"완전한 의미를……." 하고 페페르코른은 되풀이했다. "당신은 아주 고상하게……." 그리고 그는 한스 카스토르프의 손을 놓고 손톱이 길게 자란 선장과 같은 손의 손바닥으로 얼굴의 양쪽을, 눈두덩을, 턱을 마사지하기 시작했다. 그러고는 포도주 얼룩이 생긴 홑이불 위에 두 손을 모으고 머리를 왼쪽으로 기울였는데, 그쪽은 손님이 앉아 있지 않는 쪽이어서 얼굴을 돌린 거나 다름없는 모양이 되었다.

"나는 있는 그대로 대답했습니다, 페페르코른 씨. 더도 덜도 말하지 않도록 양심적으로 조심했습니다. 그녀를 완전한 의미에서 '댁'이라고 부른 날 밤, 다음 날엔 작별하게 된 그날 밤을 현실이라고 생각할 것인가 하지 않을 것인가는 어느 정도 자유입니다. 그것은 예외의 하룻밤, 달력에 없다고 할 수 있는 하룻밤, 말하자면 덤으로 된 밤, 2월 29일과 같은 것이었습니다. 그런 까닭에 내가 아까 당신의 말을 부정했다고 해도 그것은 순전한 거짓말이라고만은 할 수 없다고 생각합니다."

페페르코른은 대답을 하지 않았다.

"나는 당신에게……." 하고 한스 카스토르프는 한동안 가만히 있다가 계속하여 말했다. "사실대로 말하기로 했습니다. 당신의 호의를 잃을 위험을 무릅쓰고 말입니다. 당신의 호의를 잃는다는 것은 정직히 말해, 나에게는 아픈 손실, 타격, 정말로 타격입니다. 나에게는 쇼샤 부인이 혼자가 아니라 당신의 여행 반려자로서 여기에 다시 돌아왔을 때의 타격에도 비교할 수 있습니다. 나는 그 위험을 무릅쓰고 사실을 말하는 것입니다. 그것은 우리 사이, 내가 그지없이 존경하는 당신과 나의 사이를 분명하게 해 두려고 전부터 소망하고 있었기 때문입니다. 그러는 편이 숨기거나 속이는 것보다 더 아름답고 인간적이라고 생각했습니다. 클라브디아가 인간적이라는 말을 저 매력적인 목소리로 얼마나 사랑스럽게 끌면서 발음하는지는 당신도 알고 있는 대로입니다. 그렇기 때문에 당신이 아까 단정한 것을 듣고 나는 기분이 가벼워졌습니다."

상대방은 여전히 말이 없었다.

"그리고 페페르코른 씨." 하고 한스 카스토르프는 계속했다. "사실을 말씀드릴 이유가 또 한 가지 있습니다. 이런 경우 확실한 것을 알지 못하고 엉거주춤한 추측을 강요당하는 것이 얼마나 불안한가를 경험으로 알고 있기 때문입니다. 이것으로 당신은 알게 되었습니다. 현재의 확실한 권리 관계가 확립되기 전에 그 관계를 인정하지 않으려는 것은 물론 미친 짓이겠습니다만, 클라브디아가 누구하고 2월 29일을 경험하고 같이 지내고 축하했는가……, 그렇습니다. 내 경우에는 그것이 끝까지 확실치 않은 채로입니다. 물론 그런 것을 생각하지 않으면 안 되는 곤란한 처지에 빠진 사람이면 누구든지 그런 선례가 있다기보다 그러한 선례가 있다는 것을 각오해야 한다는 것쯤은 나도 분명히 알고 있습니다. 게다가 베렌스 고문관이 유화를 취미삼아 그린다는 것은 아마 알고 계시리라고 믿습니다. 그 베렌스가 클라브디아를 여러 번 모델로 하여, 그녀의 아름다운 초상화를 그렸다는 것도 알고 있었습니다. 여기서만의 이야기입니다만, 그 그림에서 살결을 그린 방법이 정말로 사실적이어서 깜짝 놀랄 정도로 생생합니다. 이 베렌스 고문관과의 관계가 확실하지 않기 때문에 나는 지금까지 무척 괴로워했습니다. 지금도 변함이 없습니다.”

“당신은 지금도 그녀를 사랑하고 있군요?” 하고 페페르코른은 자세를 바꾸지 않고 즉 얼굴을 돌린 채로 물었다. 넓은 방 안이 점점 어두워졌다.

“미안합니다, 페페르코른 씨.” 하고 한스 카스토르프는 대답했다. “내가 당신의 반려자에게 느끼고 있는 기분을 여기서 말하는 것은, 내가 당신에게 품고 있는 깊은 존경과 찬미의 기분으로 보아 어울리지 않는다고 생각합니다만.”

“그리고 그녀도…….” 하고 페페르코른은 조용한 목소리로 물었다. “같은 기분을 현재도 가지고 있습니까?”

“나는 말할 수 없습니다.” 하고 한스 카스토르프는 대답했다. “나는 그녀가 나에게 그런 기분을 가진 일이 있다고 말하지 못합니다. 웬일인지 그것이 의심스럽습니다. 우리들은 일전에 여성의 반응적인 성질을 말했을 때, 그 문제에 대해 이론적으로 언급했습니다. 나는 사랑받을 자격이 거의 없는 인간입니다. 도대체 나에게 무슨 스케일이 있겠습니까. 당신도 생각해 보십시오. 그러한 내가 2월 29일을 경험하게 된 것은, 오로지 남성 쪽이 먼저 자기를 선택한 것에 대해 영향받기 쉬운 성질을 여성이 가졌기 때문입니다. 단 내가 '남자'라고 자칭하는 것은 허풍선이 같고 보잘것없는 것이라 생각하지만, 클라브디아는 어떻든 여성이기 때문에……."

"그녀는 감정에 따랐습니다." 하고 페페르코른은 찢어진 입술로 중얼거렸다.

"그렇습니다. 그리고 당신의 경우에는 그녀는 훨씬 순순히 따랐던 것입니다." 하고 한스 카스토르프는 말했다. "이때까지 아마 많은 남성들에게 따랐던 것처럼 말입니다. 그것은 이런 상황의 사람이면 누구나 각오해야 되는 것입니다."

"잠깐만!" 하고 페페르코른은 이번에도 얼굴을 돌린 채로, 손바닥을 돌려 상대방을 제지하는 듯한 손짓으로 말했다. "그녀에 대해 이렇게 이야기하는 것은 비굴한 일이 아닐까요?"

"그렇지는 않습니다, 페페르코른 씨. 아닙니다. 조금도 걱정하시지 않아도 좋을 겁니다. 인간적인 이야기를 하고 있는 것이니까요. '인간적'이라는 말을 자유와 천재성이라는 의미로 생각해서 말입니다. 내 말투가 좀 아는 체하는 것 같아 죄송합니다만, 최근 필요에 못

이겨 이렇게 말하게 되었습니다."

"좋습니다. 계속하십시오!" 하고 페페르코른은 낮은 목소리로 명령했다.

한스 카스토르프도 낮은 목소리로 말했다. 그는 침대 옆 의자 가장자리에 앉아, 두 손을 두 무릎 사이에 넣고 왕자다운 노인 쪽으로 몸을 구부린 자세로 말했다.

"그녀는 천재적인 존재입니다. 카프카스 산맥 너머에 있는 남편을 당신도 알고 계시겠지만, 그 남편도 그녀에게 자유와 천재적인 생활을 인정하고 있습니다. 무신경해서인지 총명해서인지는 모르겠습니다. 나는 그 사람을 만난 일은 없습니다만 아무튼 그가 아내의 자유와 천재적임을 인정해 주고 있는 것은 현명하다고 말할 수 있습니다. 어쨌든 그녀가 자유로운 것은 병들어 있기 때문입니다. 그녀가 종속하고 있는 병의 천재적 원리가 그녀에게 자유를 주었습니다. 그리고 그녀의 일로 괴로워하게 되면 누구나 그녀의 남편을 모범으로 하여, 과거에나 앞으로도 고충을 말하지 않는 것이 현명하다고 하겠습니다."

"당신은 고충을 말하지 않습니까?" 하고 페페르코른은 묻고 손님에게로 얼굴을 돌렸다. 그 얼굴은 어둠 속에서 흙빛으로 보였다. 우상과 같은 이마의 주름 밑에 보이는 엷은 빛의 눈에는 생기가 없고, 찢어진 큰 입은 그리스 비극의 가면처럼 반쯤 열려 있었다.

"나는 내 일을 말할 생각은 없었습니다." 하고 한스 카스토르프는 대답했다. "지금 내가 말씀드린 것은 당신이 불평하시지 않도록 하기 위해서입니다, 페페르코른 씨. 그리고 과거의 일 때문에 당신의 호의를 잃고 싶지 않기 때문입니다. 지금의 경우, 이것이 내가 원하는 전부입니다."

"그건 그렇다 하고 내가 당신에게 그런 줄도 모르고 준 고통은 아주 컸을 테지요?"

"질문의 의미에서 말씀하시는 것이라면 말입니다." 하고 한스 카스토르프는 대답했다. "그리고 내가 그 질문에 그렇습니다 하고 대답해도 당신을 알게 되었다는, 이 이상 더없이 큰 행복을 모른다는 의미는 아닙니다. 그 행복은 당신이 말한 실망과 떨어지지 않고 결합되어 있습니다."

"고맙소, 젊은이. 고맙소. 나는 당신의 정중하고 경쾌한 그 말을 기쁘게 생각합니다. 그러나 우리들이 서로 알게 된 것을 별도로 한다면……."

"그것을 별도로 한다는 것은, 당신의 질문을 아주 겸손하게 긍정한 다손 치더라도 나에게는 전혀 바람직하지 않습니다. 왜냐하면 클라브디아가 당신과 같은 스케일이 큰 인물과 함께 돌아온 것은, 그녀가 어떤 사나이건 간에 동반하여 돌아온 경우, 내가 감수해야 하는 비참함을 더한층 심각하고 복잡한 것으로 만들었기 때문입니다. 나는 아주 괴로웠고 현재도 괴롭습니다. 부정하지 않겠습니다. 그렇기 때문에 나는 사실의 적극적인 면, 즉 당신에게 느끼는 마음속 존경심에만 의식적으로 눈길을 돌리려고 전력을 다해 왔습니다. 페페르코른 씨, 물론 거기에는 당신의 반려자에 대한 심술궂은 생각도 일면 포함되어 있었습니다. 왜냐하면 여성이란 자기를 사랑해 주는 남성들이 서로 사이좋게 지내는 것을 결코 마음으로부터 기쁘게 생각하지는 않기 때문에……."

"사실이지." 하고 페페르코른은 미소 지었지만, 마치 그 미소를 쇼샤 부인에게 보일까봐 두렵다는 듯 손바닥으로 입과 턱을 어루만지면서 감추었다. 한스 카스토르프도 살짝 미소를 짓고, 두 사람은 약속이나 한 듯이 제각기 끄덕였다.

한스 카스토르프는 계속해서 말했다. "그 정도의 작은 복수는 내게 결국 허락이 되겠지요. 나 같은 경우 한탄을 늘어놓을 이유가 좀 있다고 봅니다. 클라브디아나 당신의 일로 한탄을 늘어놓는 것이 아니라, 페페르코른 씨, 막연하나마 내 인생과 운명에 대해 한탄을 늘어놓고 싶어집니다. 황송하게도 나는 당신의 신뢰를 받고 있고, 오늘은 정말로 이처럼 특별한 저녁 시간이 되었으니, 나는 적어도 윤곽만이라도 나의 인생과 운명에 대해 이야기해 보려고 합니다."

"말씀해 주십시오." 하고 페페르코른은 정중하게 말했고, 한스 카스토르프는 이야기를 계속했다.

"나는 이 위에서 오랫동안 지내고 있습니다, 페페르코른 씨. 여러 해 동안을, 벌써 몇 년이 되었는지 정확한 햇수는 모르겠지만, 아무튼 몇 년 몇 개월입니다. 그래서 아까도 '인생'이라고 말했던 것입니다. 그리고 '운명'에 대해서도 적당한 장소에서 한번 언급하겠습니다. 나는 사촌을 문병할 작정으로 이곳에 왔던 것이지요. 사촌은 진실하고 착한 군인이었으나 그것도 아무 소용없이 나를 혼자 남겨 두고 죽었습니다. 나는 이렇게 아직 이곳에 남아 있습니다. 나는 군인이 아니라, 아마 당신도 들으셨겠지만 시민적인 직업을 가지고 있었습니다. 건실하고 합리적인 직업으로, 각 민족을 결합시킬 수 있는 힘도 있다고들 합니다만, 나는 그 직업에 그다지 열의가 없었음을 정직하게 인정합니다. 그 이유는 여러 가지겠지만, 나에게도 분명하지 않은 것이 있다는 것만 말해 두려고 합니다. 그러나 그 이유는 당신의 반려자에 대한 나의 기분, 현재의 확실한 권리 관계에 대해 시비를 걸 생각이 없다는 증거로 그녀를 분명하게 당신의 여행 반려자라고 부르는 바입니다만, 그 클라브디아 쇼샤에 대한 내 기분이나, 내가 그녀를 '댁'이라고 부르지 않을 수 없는 관계의 근원과 연관되어 있습니다. 처음으로 그녀의 눈을 보고 그것에 매혹된 뒤부터, 나는 그녀와 나와의 관계는 '댁'이라고 부를 수 있는 관계라고 생각하고, 그것을 한 번도 부정하지 않았지요. 그녀의 눈에 매혹되었다는 것은 이성을 벗어났다는 의미입니다. 그녀를 위해서 나는 세템브리니 씨에게 거역하고 비이성의 원리, 즉 병의 천재적인 원리에 복종했습니다. 물론 이미 오래전부터 이 원리에 복종했습니다. 그리고 그런 관계로 나는 이 위에 남았습니다. 벌써 몇 년이 되었는지도 확실치 않고, 나는 모든 것을 다 잊었고, 친척, 평지에서 직업이나 장래 희망 같은 모든 것과 인연이 끊겼습니다. 그리고 클라브디아가 여행을 떠나고 나서는 클라브디아를 기다리며 내내 이 위에 있었기 때문에 이제는 평지와는 완전히 인연이 끊어져, 평지의 사람들이 볼 때 나는 죽은 것과 다름없습니다. 이것을 염두에 두었기에, 나는 아까 '운명'이라는 것을 말할 때, 현재의 권리 관계에 대해 한탄을 늘어놓을 권리가 조금이나마 있음을 감히 암시해 보았습니다. 언젠가 소설에서 읽었습니다. 아니, 극장에서 보았습니다. 내 사촌과 마찬가지로 군인이었던 순진한 청년이 매력적인 집시 여자와 관계를 맺었습니다. 그녀는 귀 뒤에 꽃을 꽂은 정열적인 요부였습니다. 청년은 그 여자에 빠져 탈선하여, 그녀를 위해 모든 것을 희생했고 연대에도 돌아갈 수 없게 되었습니다. 그녀와 함께 밀수꾼 패거리에 끼어 모든 점에서 타락했던 것입니다. 그가 그토록 타락하자 그녀는 그에게 싫증을 느껴, 투우사에게 안겨 등장합니다. 이 투우사는 멋진 바리톤 목소리를 가진 정력적인 남성입니다. 이리하여 순진한 군인이었던 청년이 창백한 얼굴이 되어, 셔츠의 가슴을 열어젖히고 투우장 입구에서 여자를 단도로 찔러 죽이는 데에서 이 가극이 끝납니다. 여자는 죽는 것을 스스로 원했던 것 같습니다. 어쩌다 별로 관계도 없는 이야기를 해 버렸습니다. 그렇지만 무엇 때문에 이런 이야기를 생각해 냈을까요?"

마의 산 2

페페르코른 씨는 '단도'라는 말이 나왔을 때 곧장 손님 쪽으로 얼굴을 돌리고 상대방의 눈을 살피면서 침대에 앉은 위치를 조금 바꾸더니, 약간 옆으로 몸을 비켰다.

"젊은이, 잘 들었소. 그리고 잘 알았습니다. 당신의 말에 의거해서 나도 사나이답게 단언하게 해 주시오. 내 머리칼이 이렇게 희지 않고 말라리아로 시달리지 않는다면, 손에 무기를 들고 당신에게 사나이 대 사나이로 언제든지 만족시켜 드릴 것입니다. 모르는 사이에 내가 당신에게 드린 고통에 대해 보상을 하고, 동시에 내 반려자가 당신에게 드린 고통에 대해서도 역시 보상을 할 것입니다. 완벽합니다. 당신…… 나는 언제든지 응할 것입니다. 그러나 나는 이런 상태이기 때문에 여기에 관련된 제안을 하고 싶은 바입니다. 그것은 이렇소. 당신과 알게 된 직후 크게 떠들썩하게 보냈던 그날 밤을 나는 기억합니다. 그때 나는 당신의 인품에 마음 흐뭇한 감명을 받아 당신에게 형제 사이의 '자네'를 제안하려고 했지만, 좀 경솔한 것이 아닐까 하는 생각에서 철회했습니다. 좋습니다. 나는 오늘 그날 밤의 말을 이어, 그날 밤에 머물러, 그때 훗날을 기약해서라고 생각한 훗날이 지금 찾아온 것을 선언합니다. 젊은이, 우리는 형제입니다. 나는 이 자리에서 그것을 선언합니다. 당신은 아까 완전한 의미의 '댁'이라는 것을 말했습니다. 우리들의 '자네'도 완전한 의미를 가질 것입니다. 감정에 의한 형제라는 의미로서 연령과 병 때문에 무기를 손에 쥐고 보상할 수 없는 것을, 그런 형식으로 보상할 것을 나는 제안합니다. 형제의 맹세라는 형식으로 보상해 드릴 것을 제안합니다. 이런 맹세는 제삼자, 즉 세상의 다른 인간에 대항하여 맺는 것이 보통이지만, 우리들은 그것을 어떤 사람을 위해서 맺도록 합시다. 당신의 술잔을 손에 잡아 주시오, 젊은이. 나는 이번에도 물컵을 잡겠습니다. 포도주를 이 물컵으로 마시는 것을 별로 탓하지 않겠지요."

이윽고 그는 선장과 같은 손을 부들부들 떨면서 물컵과 술잔에 포도주를 부었다. 한스 카스토르프는 황송하고 당황하여 그 일을 도왔다.

"자, 드십시오." 하고 페페르코른은 되풀이했다. "나와 팔을 낍시다! 그리고 이렇게 마십시다! 모두 마십시오! 완벽합니다. 젊은이, 자 그러면, 내 손을. 이제 자네는 만족하셨소?"

"물론 만족하고말고요, 페페르코른 씨." 하고 한스 카스토르프는 대답했다. 그는 술잔에 가득 부은 포도주를 단숨에 다 마시는 것이 좀 고역스러워서 무릎 위에 조금 흘리고는 손수건으로 닦았다. "무척 기쁘다고 말씀드려야 되겠지요. 왜 내가 그런 기쁨을 갑자기 받았는지 아직은 전혀 이해가 안 갑니다. 정직하게 말하면 꿈을 꾸는 듯한 기분입니다. 나로서는 이루 말할 수 없는 영광입니다. 내가 어찌하여 이런 영광을 차지하게 되었는지는 모르겠습니다. 아무튼 소극적인 의미에서 차지한 것으로, 그 밖의 의미에서가 아닌 것만은 확실합니다. 그리고 이 새로운 '자네'라는 호칭으로 부르는 것이 처음에는 어쩐지 어색해서 그 말을 더듬거린다 하더라도 이상할 건 없다고 생각합니다. 특히 클라브디아가 함께 있을 때에는 더욱 그렇습니다. 그녀는 아마 여성의 상례로 우리의 이 결정이 그다지 마음에 들지는 않을 것입니다."

"그것은 나한테 맡겨 두십시오." 하고 페페르코른은 말했다. "그리고 다른 점은 연습과 습관에 맡기도록 합시다. 자, 그러면 가십시오, 젊은이! 나를 혼자 두고, 자네! 어두워졌군. 완전히 어둠에 잠겼어. 우리들의 애인은 지금 당장에라도 돌아올 텐데, 자네와 둘이 여기서 만나는 것은 아마 좋지는 않을 거야."

"그러면 안녕히 계십시오, 페페르코른 씨!" 하고 한스 카스토르프는 말하고 일어섰다. "어떻습니까. 나로서는 당연히 두려운 생각을 억누르고 벌써 그 두려운 맥이라고 부르는 것을 연습하고 있습니다. 정말 어두워졌군요! 세템브리니 씨가 여기에 갑자기 들어와서 이성과 사회성에 따르라고 불을 켤 것 같은 어둠이군요. 그에게는 그러한 취미가 있습니다. 그러면 내일 또! 나는 꿈에도 생각하지 못했을 만큼 만족하고 자랑스러운 마음으로 여기를 나갑니다. 그럼 몸조심하십시오. 내일부터 적어도 3일 간은 열이 안 나는 날이 계속되겠군요. 그 동안은 당신도 인생의 모든 요구를 채울 수 있을 것입니다. 그것이 나에게는 마치 '댁'의 입장이 된 것처럼 기쁩니다. 그럼 안녕히 주무십시오!"


## 페페르코른 씨(끝)


 폭포는 언제나 산책의 목적지로서 매력이 있다. 흘러 떨어지는 물에 유독 애착을 가지고 있던 한스 카스토르프가 저 폴뤼엘라 골짜기의 숲 속에 있는 그림 같은 폭포를 아직 한 번도 찾아가지 않았다는 것은, 우리들로선 납득이 가지 않는다. 요아힘과 같이 지내던 때라면 그 사촌의 엄격한 요양 근무의 탓이라, 수긍이 갈 수도 있다. 요아힘은 이 위에 놀러 온 것이 아니라 엄밀한 의미의 의무를 가진 인간으로서 있는 것이라고 생각했다. 그러한 그의 현실적인 목적을 의식한 사고방식 때문에 사촌 두 사람의 행동은 베르크호프 주변에 국한되었다. 그리고 요아힘이 죽은 뒤에도 그렇다. 그 뒤에도 한스 카스토르프의 이 위의 풍경과의 관계는 예의 스키 모임을 제외하면 여전히 보수성을 유지했다. 그 보수적인 점과 그의 정신적 경험과 '술래잡기'

의무의 모험성이 대조되어 청년에게 특수한 매력을 느끼게도 하였다. 그러나 그의 좁은 의미의 친구들, 그를 합쳐 7인의 작은 그룹 사이에 인기가 있는 그 장소로 소풍 가자는 계획이 세워졌을 때 한스 카스토르프도 그것에 찬성했다.

5월이란, 평지의 단순하고 사랑스러운 노래에 따르면 1년 중에서 가장 즐거운 달이었지만, 이 위의 기상 사정으로는 5월은 아직 차가운 기운이 남아 있어 그다지 감미롭지는 않았다. 그러나 해빙기는 이미 끝났다고 할 수 있었다. 요 며칠 사이에 여러 번 함박눈이 내렸지만 쌓이지 않고 땅에 습기를 조금씩 남겼을 뿐이다. 겨울 동안 내내 쌓였던 눈이 녹아 여기저기 띄엄띄엄 남아 있을 뿐, 다시 걸어 다닐 수 있게 푸르러진 세계는 사람들의 모험심을 기다리는 것 같았다.

한스 카스토르프 그룹의 사교적인 모임은 지도자격인 당당한 피테르 페페르코른의 건강이 좋지 않아 최근 몇 주 활발하지 않았다. 페페르코른이 열대에서 가지고 온 말라리아열은 이 위의 참으로 좋은 기후에도, 베렌스 고문관 같은 훌륭한 의사의 해열제에도 물러서지 않았다. 4일열이 맹위를 떨치는 날 외에도 침대에 누워 있는 날이 많았다. 고문관이 환자의 측근들에게 살짝 실토한 바에 의하면, 비장과 간장도 상했고, 위도 정상적인 상태는 아니어서 이런 상태로는 아무리 건강한 체질이라도 만성 쇠약을 초래할 우려가 있다는 것이었다.

페페르코른은 최근 몇 주일 동안 밤의 주연을 한 번만 주최했을 뿐이고, 다 함께 하는 산책도 그리 멀지 않은 곳으로 단 한 번 갔을 뿐이다. 그런데 한스 카스토르프로서는 솔직히 말해 페페르코른 중심의 친구들과의 교류가 멀어지자 어떤 의미에서는 마음이 한결 가벼워졌다. 쇼샤 부인의 여행 반려자와 형제 결의의 술잔을 나눈 것은 그에게는 큰 번민거리였기 때문이다. 페페르코른이 한스 카스토르프와 클라브디아의 교제에서 느낀 바와 같은 '어색함', '회피', 말하자면 먼저 부르는 자가 졌다고 내기라도 한 것 같은 '회피'의 기분을 느끼게 되었다. 한스 카스토르프는 어쩔 수 없이 페페르코른을 부를 때에는 여러 가지 기묘한 수단을 써서 '자네'라고 부르는 것을 피했다. 이것은 그가 클라브디아와 사람들 앞에서 또는 그녀 반려자의 면전에서 말을 나눌 때에 '댁'이라고 부르는 것을 피한 것과 똑같은 딜레마였다. 좌우간 페페르코른으로부터 보상받았기 때문에 한스 카스토르프의 딜레마는 문자 그대로 이중의 딜레마로 바뀌었다.

폭포 소풍 계획이 일정에 올랐다. 페페르코른 자신이 그 목적지를 결정했다. 그는 그 계획에 몸이 견딜 수 있다고 느꼈다. 4일열의 발작이 끝난 지 3일째에 그는 하루를 이용하고 싶다는 생각을 전달했다. 그날은 오전에 식당에 모습을 나타내지 않고, 최근 빈번히 그랬던 것처럼 그의 방에서 쇼샤 부인과 단둘이서 식사를 마쳤다. 그러나 한스 카스토르프는 이미 첫 번째 아침 식사 때에 절름발이 수위에게서 페페르코른의 지시를 들었다. 점심 식사 뒤 한 시간 동안 소풍에 참가할 준비를 할 것, 페르게 씨와 베잘 씨에게도 그 뜻을 전하고, 또 세템브리니 씨와 나프타 씨에게도 모두 함께 두 사람의 하숙까지 마차로 모시러 간다고 알릴 것, 마지막으로 4인승 마차를 두 대, 3시까지 오도록 수배해 둘 것 등이었다.

3시에 모두 베르크호프의 현관 앞에 모였다. 한스 카스토르프와 페르게, 베잘 세 사람은 특별실의 두 사람을 기다리면서, 말의 목덜미를 어루만지고 두드리면서 손바닥에 놓인 각설탕을 말의 검게 젖은 그로테스크한 입에 넣으며 즐기고 있었다. 여행 반려자 두 사람은 조금 늦게 현관 앞 돌계단에 나타났다. 얼굴이 좀 여읜 듯한 페페르코른은 오래된 길고 부드러운 외투를 입고, 돌계단 위에 클라브디아와 나란히 서서 둥글고 부드러운 모자를 벗고 입술을 움직이면서 뭔지 알아들을 수 없는 인사를 중얼거렸다. 그러고는 두 사람이 서 있는 돌계단 아래로 걸어온 세 사나이와 일일이 악수했다.

"어떻게 지냈는가, 자네."

"고맙습니다. 그리고 당신께서는?" 하고 질문받은 청년은 대답했다.

태양이 비치는 맑고 상쾌한 날이었지만 마차가 달리기 시작하면 차가워질 것이 틀림없기 때문에 외투를 입는 것은 현명한 일이었다. 쇼샤 부인도 벨트 달린 바둑판무늬의 올 굵은 플란넬 소재의 따뜻해 보이는 외투를 입고 그 어깨 주위에 작은 털가죽까지 두르고 있었다. 펠트 모자를 쓰고 턱 밑까지 맨 올리브색의 베일로 모자의 좌우 모서리를 아래까지 접은 모습이 아주 매력적이었다. 그래서 거기 있던 사람들 대부분은 가슴이 벅차기까지 했다. 그러나 페르게 씨만은 그녀에게 반해 있지 않았기 때문에 태연스러웠다. 이 무관심 때문에 그는 요양원 밖에 하숙하고 있는 두 사람이 일행에 합류하기까지 선두 마차에 앉게 되었을 때, 페페르코른 씨와 마담이 마주 보이는 뒤를 향한 좌석에 앉았다. 한스 카스토르프는 페르디난트 베잘과 함께 두 번째 마차에 타게 되었으나, 그것을 보고 클라브디아가 비웃는 미소를 짓는 것을 그는 보았다. 말레이 태생의 빈약한 몸매의 하인도 일행에 끼었다. 그는 주인을 쫓아 현관으로 나와, 포도주 두 병이 담긴 큰 광주리를 선두 마차의 뒤로 향한 의자 밑에 넣었다. 이 하인이 마부와 나란히 앉아 팔짱을 낀 순간, 말은 출발 신호를 받고, 마차는 브레이크를 걸면서 굽은 도로를 내려가기 시작했다.

베잘도 쇼샤 부인의 미소를 알아차리고 충치를 드러내면서 같이 탄 한스 카스토르프에게 말했다.

"보셨습니까?" 하고 그는 물었다.

"당신이 나하고만 마차를 타게 되었기 때문에 그녀는 통쾌해 하고 있는데요? 그렇습니다. 나처럼 쓸데없는 사람은 남의 조소 같은 것은 신경을 쓸 필요가 없어요. 이렇게 나하고 같이 앉으면 화가 나서 가슴이 이상해지지 않습니까?"

"정신을 차리십시오, 베잘 씨. 어째서 당신은 그런 비굴한 말을 합니까?" 하고 한스 카스토르프는 꾸짖었다. "여자란 것은 아무것도 아닌 것에도 웃는 법입니다. 그저 웃기 위해서……. 그러니 그럴 때마다 그것에 신경을 쓰는 것은 바보짓이지요. 당신은 어째서 언제나 그렇게 비굴합니까? 당신에게도 모두와 마찬가지로 장점과 단점이 있습니다. 가령 《한여름 밤의 꿈》을 잘 연주하지 않습니까? 아무나 다 할 수 있는 것은 아닙니다. 다음 기회에 한번 쳐 주십시오."

"그래요. 당신은 저를 깔보는 말을 하고 있습니다." 하고 베잘은 비참해진 기분으로 대답했다. "위로의 말 가운데에 참으로 뻔뻔스러운 것이 가득 차 있어서, 나를 점점 더 비참하게 만든다는 것을 당신은 모르고 있습니다. 당신은 무엇이든지 말하고 싶은 대로 말하며 높은 곳에서 내려다보는 말투로 나를 위로합니다. 그것은 당신이 지금은 속절없는 우스운 입장에 처해 있지만 한번은 운이 좋아 천국에서 논 일이 있었기 때문이지요. 아, 그리고 그녀의 팔에 감겨 모든 것을 아, 그것을 생각하면 목구멍과 가슴이 타는 듯이 아파 옵니다. 당신은 전에 경험한 것을 뽐내면서 나의 불쌍한 괴로움을 비웃고 있습니다."

"당신의 말투는 고상하다고 할 수 없습니다, 베잘 씨. 그뿐이겠습니까, 아주 불쾌합니다. 당신이 나를 뻔뻔스럽다고 비난하기 때문에 나도 사양하지 않고 말하겠습니다. 아마 나에게 좋지 않은 느낌을 주자는 것이겠지요. 당신은 자기 자신을 비굴하게 느끼도록 하는 목표를 세우고 언제나 비굴하게 행동합니다. 당신은 그녀에게 정말 그토록 반했습니까?"

"견디지 못할 지경입니다!" 하고 베잘은 머리를 흔들며 대답했다. "내가 얼마나 그녀에 대한 갈망과 욕망에 견디어야 하는지 도저히 말로는 표현할 수 없을 정도입니다. 죽을 지경입니다. 이대로는 살 수도 죽을 수도 없습니다. 그녀가 여기에 없었을 때에는 기분이 한결 편해져서 그녀의 일을 조금씩 잊고 있었습니다. 그러나 그녀가 다시 이곳에 돌아와서 매일 얼굴을 보게 된 뒤부터는 가끔 견딜 수 없어 내 팔을 깨물고 허공을 잡고 어쩔 줄 몰라 합니다. 이것은 이 세상에 있어서는 안 되는 갈망이지만, 그렇다고 해서 이 세상에서 없어져 주었으면 하고 소망할 수도 없습니다. 즉 이것은 생명 그 자체와 하나로 결합되어서, 이것이 없어지기를 소망하는 것은 생명 그 자체가 없어지기를 소망하는 것이기 때문입니다. 그리고 생명이 없어지는 것을 소망할 수는 없습니다. 죽는다는 것이 무엇이겠습니까? 뜻을 이루고 나서라면, 기꺼이 죽기도 합니다. 그녀의 팔에 안긴다면, 진심으로 기꺼이 죽겠습니다. 그러나 뜻을 이루지 못하고 죽는 것은 무의미합니다. 생이란 욕망하는 것이며 욕망하는 것은 생이기 때문입니다. 그렇기 때문에 자기를 없앤다는 것은 생각할 수 없습니다. 정말 저주스러운 궁지입니다. 그러나 '저주스럽다'고 말한 것도 단지 남의 일처럼 말해 본 것뿐이고, 나 자신은 저주스럽다고는 생각하지 않습니다. 이 세상에는 여러 가지 괴로움이 있습니다, 카스토르프 씨. 그리고 괴로움에 시달리는 자는 그 괴로움으로부터 벗어나려고 합니다. 무슨 수를 써서라도 오로지 그것으로부터 벗어나기만을 원합니다. 그러나 육욕의 괴로움만은 육욕이 채워짐으로써만, 그것을 조건으로 해서만 벗어날 수 있습니다. 육욕이 채워지지 않는 한은 안 됩니다. 절대로 안 됩니다! 그렇게 되어 있습니다. 그리고 이 괴로움의 포로가 아닌 자는 그다지 문제가 되지 않지만 포로가 된 자는 우리 주 예수 그리스도를 알고 눈물을 흘립니다. 아! 이건 정말 어찌된 속임수, 어찌된 현상입니까? 육체가 이토록 육체를 갈망하다니, 그것도 자신의 육체가 아니라 남의 영혼이 깃들어 있는 육체를 이렇게 갈망하다니! 잘 생각해 보면, 사람을 따르는 육체의 소망은 얼마나 이상하고도 경건한 소망입니까. 그 정도의 소망이라면 소원을 성취시켜 주자고, 누구든지 말하고 싶을 것입니다. 도대체 나는 무엇을 원하고 있는 것일까요, 카스토르프 씨? 그녀를 죽이려는 것일까요? 그녀가 피를 흘리는 것을 원하는 것일까요? 나는 그녀를 애무하고 싶어 할 뿐입니다, 카스토르프 씨. 사랑하는 카스토르프 씨, 이렇게 흐느껴 울어 죄송합니다. 그러나 그녀가 나의 소망을 선뜻 채워 준다면 좋을 텐데요! 이 소망에는 고상한 것도 결합되어 있으니까요. 나도 짐승은 아닙니다. 이래봬도 내 나름대로 인간입니다. 육욕은 대상을 정하지 않고 전전하면서 옮겨갑니다. 그러기 때문에 육욕은 동물적이라고 말합니다. 그러나 육욕이 하나의 얼굴을 가진 어떤 인간에게 고정되면 우리는 그것을 사랑이라고 부릅니다. 당신은 그녀의 몸과 그녀의 살만을 욕망하는 것이 아니라, 사실 그녀 얼굴이 조금이라도 달라져 있다면 당신은 아마 그녀의 육체를 전혀 소망하지 않을 것입니다. 이것으로도 알 수 있듯이, 내가 내 영혼을 바쳐 그녀를 사랑하고 그녀와 그 영혼을 사랑한다는 것이 분명합니다. 얼굴을 사랑하는 것은 영혼을 사랑하는 것이 되니까……."

"도대체 어떻게 된 것입니까, 베잘 씨? 당신은 완전히 제정신을 잃어 전혀 알 수 없는 말을 하는군요."

"그러나 바로 그것입니다. 그것이 나의 불행이란 말입니다." 하고 불쌍한 사나이는 계속했다. "그녀가 얼굴이 있고 육체와 영혼이 있는 인간이라는 것 말입니다! 그녀의 영혼은 나의 영혼에 관심이 없고 따라서 그녀의 육체도 나의 육체에 관심이 없습니다. 아, 울려야 울 수도 없는 괴로운 일입니다. 그 때문에 나의 욕망은 비굴하게 변하고 나의 육체는 영원히 번민해야 합니다. 왜 그녀는 내 육체와 영혼 어느 쪽에도 관심이 없을까요, 카스토르프 씨. 왜 나의 욕망을 그녀는 아주 싫어할까요? 도대체 나는 남성이 아니란 말입니까? 싫은 사나이는 남성이 아니라는 말입니까? 맹세컨대, 나는 남성이기도 합니다. 만약 그녀가 나를 그녀의 아름다운 팔에 껴안고 기쁨의 문을 열어 준다면, 나는 그녀가 아직껏 맛보지 못했던 기쁨을 맛보게 해 주겠습니다. 그토록 아름다운 그녀의 팔은 그녀의 얼굴에 결부되어 있고, 그녀의 얼굴은 그녀의 영혼의 창문이기 때문입니다. 만일 육체만이 문제이고 얼굴은 문제가 되지 않는다면, 그리고 나와는 전혀 상대도 하지 않는 그녀의 저주스러운 영혼이 세상의 기쁨의 전부를 맛보게 해 줄 수 있습니다. 그러나 그 저주스러운 영혼을 그녀가 가지고 있지 않다면, 내 쪽에서도 그녀의 육체를 전혀 욕망하지 않을 것입니다. 정말로 악마처럼 저주스러운 딜레마에 빠져 그 속에서 영원히 몸부림쳐 괴로워하고 있습니다!"

"베잘 씨, 쉿! 작은 목소리로! 마부가 듣고 있습니다! 이쪽을 돌아보지는 않지만, 그가 듣고 있다는 것은 그의 등을 보면 알 수 있습니다."

"저 사나이는 이야기를 이해하고 있기에 듣고 있습니다. 중요한 것은 그 점입니다, 카스토르프 씨! 그런 일이 생기는 까닭은 상황의 특색과 성격 때문입니다! 만약 내가 재생이라든지 유체 정력학 같은 말을 한다면, 그런 말은 저 사람에게는 알 수도 없겠고 전혀 짐작도 가지 않아 들으려고 하지 않을 것이고 아무런 흥미도 갖지 않을 것입니다. 통속적인 말이 아니기 때문이지요. 그러나 이 세상에서 육체와 영혼의 문제는 최고의, 궁극적인, 그리고 몸서리치게 은밀한 문제인 동시에 가장 통속적인 문제입니다. 누구도 알 수 있고 누구나 그 문제로 괴로워하고 있는 자를 조롱할 수 있습니다. 또한 그것 때문에 괴로워하는 자는 낮에 욕망에 들볶이고 밤에는 오욕의 지옥에 빠집니다! 카스토르프 씨, 조금은 우는 소리를 늘어놓게 해 주십시오. 나의 밤이 어떤 것인지를 모르고 계실 터이니 말입니다! 매일 밤 나는 그녀 꿈을 꿉니다. 아, 그녀를 보지 않는 꿈이 있을까요. 그것을 생각하면 목구멍과 위가 타는 듯 아파 옵니다! 어떤 꿈이나 마지막에는 그녀가 내 볼을 때리고 얼굴을 갈기며 때로는 침을 뱉습니다. 영혼의 창문이라고 할 수 있는 얼굴을 천하게 비틀고 그녀가 나에게 침을 뱉습니다. 그러면 나는 눈을 뜹니다. 땀과 오욕과 쾌락에 뒤범벅이 되어서 말입니다."

"제발, 베잘 씨. 그 정도로 입을 다뭅시다. 향료 가게에 도착하여 모두 모일 때까지 가만히 있도록 합시다. 이것이 나의 제안, 나의 소망입니다. 나는 당신의 기분을 모욕할 생각은 없습니다. 당신이 심한 고통을 겪고 있다는 것을 충분히 알겠어요. 그러나 우리 나라에는 말을 할 때마다 입에서 뱀과 두꺼비가 튀어나오는 벌을 받은 사람에 관한 이야기가 있습니다. 그 죄인이 여기에 대해 어떤 태도를 취했는지는 책에 쓰여 있지 않습니다. 나는 언제나 그 사람은 열심히 입을 다물고 있었으리라고 생각했습니다."

"그리고 카스토르프 씨." 하고 베잘은 우는 목소리로 말했다. "나처럼 괴로워하는 자는 말이라도 해서 마음의 짐을 덜어 편해지려는 것이 인정이 아니겠습니까."

"그뿐이겠습니까. 인간의 권리라고 해도 좋겠지요, 베잘 씨. 그러나 내 생각으로는 경우에 따라서는 그러지 않는 것이 이성적이라고 할 수 있는 권리도 있다고 봅니다."

이렇게 하여 두 사람은 한스 카스토르프의 희망에 따라 잠자코 있었다. 마차도 포도 잎사귀에 덮인 향료 가게에 얼마 안 있어 도착했고, 거기서는 지체할 필요가 없었다. 나프타와 세템브리니는 길가에서 기다리고 있었다. 세템브리니는 털가죽 웃옷을 입고 있었고, 나프타는 가장자리가 모두 스티치로 꾸며져 멋진 느낌을 주는 노란 외투를 입고 있었다. 마차가 방향을 바꾸는 동안 일동은 손을 흔들어 인사를 나누고 두 사람은 올라탔다. 나프타는 선두 마차의 세 사람 사이에 끼어들어 페르게와 나란히 앉았다. 세템브리니는 아주 기분이 좋아, 경쾌한 농담을 연발하면서 한스 카스토르프와 베잘이 탄 마차를 타고, 베잘이 양보한 뒷좌석에 이탈리아의 마차 행렬 참가자처럼 유연하게 여유 있는 자세로 앉았다.

세템브리니 씨는 이렇게 시시각각으로 변하는 풍경을 바라보면서 쾌적하고 유유한 기분으로 흔들리며 가는 것은 정말 즐겁다고 마차 여행을 찬미하였다. 그는 한스 카스토르프에게 아버지와 같은 친절한 태도를 보이는가 하면, 불쌍한 베잘의 볼을 어루만지며, 닳아빠진 가죽 장갑을 낀 오른손을 크게 움직여 바깥 풍경을 가리키고, 이 밝은 자연을 찬미함으로써 호감이 안 가는 자신 같은 것은 잊으라고 권했다.

멋진 드라이브였다. 이마에 흰 반점이 있는 네 마리의 팔팔한 말들은 억세고 윤기 있고 영양 상태가 좋아, 아직 먼지가 일지 않는 좋은 길을 즐거운 걸음으로 달렸다. 무너진 바위가 나타나기도 했다. 전신주가 뒤로 멀어졌고 숲이 다가왔다. 아름다운 느낌을 주는 커브길이 가까이 와서는 다시 지나가, 길의 변화에 대한 호기심을 충족시켰다. 그리고 여기저기 잔설이 번쩍이는 산맥의 화려한 모습이 먼 곳에서 내내 희미하게 보였다. 눈에 익은 골짜기가 다리 밑에서 사라지고 아침저녁으로 눈에 익은 풍경이 바뀌는 것이 마음을 들뜨게 했다. 얼마 안 있어 마차는 숲 가장자리에서 멈추었다. 거기서부터는 도보로 목적지에 가기로 하였다. 목적지인 폭포의 물소리가 처음에는 아무도 모를 정도로 희미했지만, 점점 확실히 귀에 울려 와, 차차 모두의 감각에 스며들었다. 마차가 서자 먼 물소리가 모두의 귀에 분명히 들렸다. 이따금 들리지 않을 정도로 아련하게 들리는 철철 하는 소리, 힘찬 소리, 와글와글 하는 소리를 잘 들어 보라고 모두가 서로에게 주의를 주며 발을 멈추고 귀를 기울였다.

"여기서는 아직 희미하게 들릴 뿐입니다." 하고 여기를 여러 번 찾아온 일이 있는 세템브리니 씨가 말했다. "그러나 가까이에 가면 이 계절치고는 굉장한 물소리가 들릴 겁니다. 그렇게 알고 계십시오. 자기가 하는 말까지도 들을 수 없을 정도입니다."

일행은 젖은 침엽수 낙엽이 흩어져 깔린 길을 따라, 숲 속 깊숙이 들어갔다. 선두에는 피테르 페페르코른이 쇼샤 부인의 팔에 기대어, 늘 쓰는 검은 모자를 깊이 쓰고 좌우로 흔들리는 걸음으로 앞으로 나아갔다. 그 뒤에서 한스 카스토르프가 두 손을 호주머니에 넣고 머리를 갸우뚱하고, 낮게 휘파람을 불며 주위를 돌아보면서 따라갔다. 그는 다른 사람들과 마찬가지로 모자를 쓰지 않았다. 그 뒤를 이어 나프타와 세템브리니, 이어서 페르게와 베잘, 마지막으로 말레이인이 점심 광주리를 팔에 걸고 따라갔다. 일동은 지금 걷고 있는 숲에 대해 이야기했다.

이 숲은 다른 숲과는 좀 달랐다. 그것은 그림과 같이 좀 색다른 아니, 이국적이고도 무시무시한 광경을 드러냈다. 숲 속에는 이끼류의 일종이 온통 드리워지고 얽히어 숲 전체를 완전히 덮고 있었다. 그 모직물 같은 기생 식물은 나뭇가지마다 얽혀 붙어서 퇴색한 긴 수염 같은 꼴로 가지에 늘어져 있었다. 그래서 침엽수 잎은 전혀 보이지 않았고 눈에 들어오는 것이라고는 오직 이끼뿐이었다. 그것은 답답하고 괴상하게 이지러진 세계, 마술에 걸린 것 같은 병적인 광경이었다. 숲에게 이것은 좋은 일이 아니다. 왕성한 이끼류 때문에 숲은 괴로워 질식할 지경이었다. 이것이 일행의 일치된 의견이었지만, 이 말을 하는 사이에도 이 소수의 일행은 점점 가까워지는 목적지의 폭포 소리를 들으면서, 침엽수 잎이 흩어져 깔린 길을 나아갔다. 쿵쿵 들끓는 폭포수 소리는 점점 귀를 멍하게 해서 세템브리니의 예언이 그대로 실현될 기세였다.

길을 돌아서자, 숲과 바위에 에워싸인 협곡에 다리가 걸려 있고 폭포수가 떨어지는 것이 보였다. 그 순간 귀를 때리는 물소리도 절정에 달했다. 굉장한 광경이었다. 많은 양의 물이 한 줄기 수직으로 떨어져 흰 물방울을 날리면서 첩첩으로 된 바위 위를 달리고 있었다. 폭포의 높이는 7미터 아니면 8미터 정도였다. 흘러 떨어지는 물은 미친 듯이 으르렁댔고 그 물소리에는 굉음, 쉿소리, 으르렁 소리, 함성, 나팔 소리, 부서지는 소리, 폭음, 힘찬 울림 소리, 종소리 등 모든 종류의 소음과 음향이 섞여 정말로 정신이 멍해지는 것 같았다. 일행은 폭포수 바로 아래 매끄러운 바위 위까지 다가가서, 물보라에 젖고 물안개에 덮였다. 요란한 물소리에 귀가 들리지 않아 서로의 눈을 쳐다보기도 하고, 겁에 질린 미소를 지으며 머리를 흔들기도 하면서 이 광경, 이 물거품과 굉음을 수반한 영원의 파국을 바라보았다. 미친 듯한 어처구니없는 폭음 때문에 정신이 아찔해질 것 같아 공포를 느꼈으며 귀도 이상해졌다. 모두 뒤에서, 머리 위에서, 사방으로부터 위협하고 경고하는 외침 소리와 나팔 소리, 억센 남성의 목소리를 듣는 것 같았다.

마의 산 2

일동은 페페르코른의 등 뒤에 서서, 쇼샤 부인도 다섯 남성들 틈에 끼어 함께 미쳐 날뛰는 물을 바라보았다. 페페르코른의 얼굴은 보이지 않았지만, 그가 불길과도 같은 흰 머리칼을 덮은 모자를 벗고 서늘한 바람을 들이쉬는 것이 모두에게 보였다. 귀에 입을 대고 말해도 떨어지는 물소리로 인해 목소리가 사라지기 때문에, 모두 눈길과 손짓으로 감정을 전했다. 모두가 경탄의 외침을 지르는 것 같았지만 소리는 들리지 않았다. 한스 카스토르프와 세템브리니와 페르게는, 일동이 서 있는 골짜기 바닥에서 올라와 위에 걸린 다리로 가서, 폭포수를 구경하려고 서로 머리로 신호를 했다. 바위에는 작고 경사진 계단이 숲의 윗머리로 통해 있어서 올라가는 것은 어렵지 않았다. 세 사람은 그 계단을 일렬로 올라가 다리에 이르러, 폭포에 걸려 있는 다리 한가운데 난간에 기대어 아래의 일동에게 손을 흔들었다. 그리고 세 사람은 다리를 지나 반대편 기슭을 힘겹게 내려갔다. 그런데 거기에도 또 다리가 걸려 있었다. 세 사람은 그 다리를 지나, 나머지 사람들이 있는 데로 다시 모습을 보였다.

눈과 손짓으로 점심을 먹자는 신호를 하였다. 대부분의 사람들은 시끄러운 장소에서 조금 이동해서 귀머거리나 벙어리가 되지 않은 상태에서 점심을 먹자고 신호했지만, 페페르코른의 생각은 이와는 반대였다. 페페르코른은 머리를 흔들고 발 아래를 집게손가락으로 여러 번 가리키면서, 찢어진 듯한 입술을 될 수 있는 대로 크게 벌려 "여기서!" 하고 외쳤다. 이렇게 나오면 어떻게 할 수가 없었다. 이런 지휘의 문제가 되면 언제나 그가 대장이고 호령자였다. 언제나 그렇듯이 그의 지휘에 의한 소풍은 아니라고 하더라도, 그의 인물의 무게에는 모든 것을 결정하는 힘이 있었다. 스케일이 큰 인물은 옛날부터 전제적이고 독재적이었지만 이후로도 그것은 변하지 않을 것이다. 페페르코른 씨는 폭포수 밑에서 울리는 물소리에 싸여 점심을 먹을 것을 결정했다. 그것은 그의 왕자다운 횡포였지만 맛있는 음식을 먹는 것을 기권하지 않으려면 폭포수 아래에 머무는 수밖에 없었다. 대부분의 사람은 볼멘 얼굴이 되었다. 세템브리니 씨는 인간적인 대화, 민주적인 명확한 말, 또는 토론을 못하게 되자, 머리 위로 손을 흔들어서 절망과 단념을 나타내는 시늉을 했다. 말레이인이 주인의 결정을 아주 충실하게 실행하기 시작했다. 가지고 온 접이식 의자 두 개를 주인과 마담을 위해 암벽 밑에 놓았다. 그리고 두 사람의 발밑에 보자기를 펴, 광주리에 넣어 가지고 온 커피 그릇과 잼, 보온병, 빵, 포도주 병을 보자기 위에 놓았다. 모두가 자기 몫을 받으려고 모여 들었다. 그러고는 따끈한 커피 잔을 손에 쥐고 케이크 접시를 무릎 위에 놓고 돌 위나 다리 난간에 앉아 소음 속에서 묵묵히 점심을 먹었다.

페페르코른은 외투 깃을 세우고 모자는 옆의 땅 위에 놓고 이름 첫 글자를 새긴 은잔으로 포도주를 여러 번 들이켰다. 그리고 갑자기 말하기 시작했다. 이상한 사나이! 자기 자신도 자기 목소리를 들을 수 없었으니, 그가 지껄이는 말을 주위의 사람들이 한 마디라도 알아들을 리 없었다. 그러나 페페르코른은 집게손가락을 뻗치고 오른손에 은잔을 쥔 채, 왼쪽 팔을 뻗어 손을 벌려 비스듬히 올렸다. 일동은 그의 왕자다운 얼굴이 무언가를 지껄이면서 움직이고, 입이 진공 속에서 말하듯 소리 없는 말을 지껄이는 것을 보았다. 모두 그의 이 무의미한 말을 난처한 미소를 띠고 보면서, 그가 곧 그것을 중단할 것이라고 생각하였다. 그러나 그는 사람을 묶어 두는, 주의를 강요하는 문화적인 손짓을 왼손으로 계속하면서 물소리가 모든 것을 삼켜 버리는데도 계속해서 말했다. 긴장한 이마 주름 밑의 작고 엷은 눈을 피곤한 듯 크게 벌리고 이 사람 저 사람을 차례로 쳐다보며 계속 지껄여, 듣는 사람은 눈썹을 추켜올려 끄덕이고, 입을 열고 손을 귀 뒤에 대는(그로 인해 어쩔 수 없는 사태를 조금이라도 좋게 하려는 듯이)

수밖에 없었다. 드디어 페페르코른은 일어섰다. 은잔을 손에 쥔 채 거의 발에 닿을 듯한 구겨진 여행용 외투 깃을 세우고 모자를 벗은 채, 우상과 같이 주름이 새겨진 높은 이마 주위에 백발을 물결치면서 암벽에 섰다. 그리고 두 손가락으로 동그라미를 만들고 그 옆에 창과 같이 뾰족한 손톱의 세 손가락을 나란히 하여 손을 연설하는 사람처럼 끝에 올리고, 소리는 들리지 않지만 인상 깊은 정확한 손짓으로 건배라고 외치면서, 얼굴을 흔들고 계속해서 말했다. 그의 몸짓과 입 동작으로 언제나 입버릇처럼 된 "좋습니다", "다 끝났습니다"라는 말을 느낌으로 읽어 낼 수 있을 뿐이었다. 그의 머리가 비스듬히 기울어지고 찢어진 듯한 입술에 괴로운 빛이 떠올라 고민으로 바뀌었다. 이윽고 그의 볼에 음탕한 보조개가 나타나고, 향락적이고 장난꾸러기 같은 표정이 떠오르며, 옷자락을 걷어 올리고 미친 듯 춤을 추는 이교도 사제의 신성한 음탕이 넘쳐흘렀다. 그는 은잔을 높이 올려 손님들의 코앞에 한 바퀴 반원을 그리고 나서 잔이 완전히 위로 향할 때까지 기울여 한 방울도 남기지 않고 두세 모금으로 마셨다. 그러고는 팔을 뻗어 은잔을 말레이인에게 넘기자 말레이인이 가슴에 손을 대고 그것을 받았다. 페페르코른은 곧 출발 신호를 했다.

일동은 그 명령에 따라 돌아갈 준비를 하면서 페페르코른에게 감사 인사를 했다. 땅바닥에 앉아 있던 사람은 성급히 일어났고 다리 난간에 앉아 있던 사람은 미끄러져 내려왔다. 실크 모자를 쓰고 털가죽 목도리를 한 빈약한 자바인은 음식 남긴 것과 식기를 모았다. 일동은 올 때와 다름없는, 이끼가 잔뜩 끼어 숲처럼 보이지 않는 숲 속의 젖은 침엽수 잎이 흩어져 깔린 길을 일렬종대로 걸어 마차가 있는 데로 나갔다.

한스 카스토르프는 돌아갈 때는 스승과 그의 반려자가 탄 마차에 함께 탔다. 그는 고상한 모든 것과는 인연이 없는 선량한 페르게와 함께 두 사람과 마주 앉았다. 돌아가는 도중에는 모두가 말이 거의 없었다. 페페르코른은 그의 무릎과 클라브디아의 무릎을 함께 덮은 담요 위에 두 손을 놓고 아래턱을 힘없이 떨어뜨렸다. 세템브리니와 나프타는 마차가 선로와 시냇물을 넘기 전에 내려 작별을 했다. 베잘은 마차에 혼자 앉아 굽은 도로를 올라갔다. 베르크호프의 현관 앞에 도착하자, 모두가 거기서 헤어졌다.

그날 밤, 한스 카스토르프가 선잠을 잔 까닭은 자신은 조금도 의식하지 않았지만 무언가 각오한 바가 있어서였을까? 그래서 그는 베르크호프의 여느 날 밤의 고요함과는 다른 분위기, 아주 희미한 동요, 멀리 뛰어다니는 발걸음에 의한 아주 미미한 소리에 눈을 떠 이불 속에서 일어나 앉았던 것일까? 그의 방문이 두들겨진 것은 오전 2시를 좀 지나서였지만, 그는 그 얼마 전부터 눈을 뜨고 있었다. 그는 곧 잠에 취한 소리가 아닌 힘찬 소리로 대답했다. 문을 두드린 사람은 베르크호프에서 일하고 있는 간호사였다. 그녀는 높고 불안한 목소리로 그에게 곧 2층으로 와 달라는 쇼샤 부인의 희망을 전달했다. 한스 카스토르프는 한층 더 힘찬 목소리로 곧 가겠다고 대답하고, 벌떡 일어나 급히 옷을 입고 손가락으로 이마의 머리칼을 쓸어 올리고, 무슨 일이 일어났을까보다는 어떻게 해서 그 일이 일어났을까를 생각하면서, 서두르지도 않고 느리지도 않은 발걸음으로 2층으로 내려갔다.

그는 페페르코른의 응접실 입구의 문과 침실로 들어가는 문이 열려 있고 그 침실의 불이 전부 켜져 있는 것을 보았다. 침실에는 두 사람의 의사, 밀렌동크 수간호사, 쇼샤 부인, 말레이 하인이 있었다. 하인은 보통 때와는 달리 자바의 민속의상 같은 복장을 하고 있었다. 굉장히 긴 소매가 달린 굵은 줄무늬 셔츠 같은 상의에다, 바지가 아닌 화려한 스커트를 입고, 누런 나사지의 원추형 모자를 쓰고 구슬로 된 액막이 부적을 가슴 장식처럼 달고 있었다. 그는 피테르 페페르코른이 손을 뻗고 천장을 보고 누워 있는 침대의 왼쪽 머리맡에 팔짱을 끼고 서서 움직이지 않고 있었다. 침실에 발을 들여놓은 한스 카스토르프는 창백한 얼굴로 이 모든 것을 눈에 담았다. 쇼샤 부인은 그에게 등을 돌리고 있었다. 그녀는 침대 발치에 있는 낮은 안락의자에 앉아, 침대의 이불 위에 한쪽 팔꿈치를 대고 손으로 턱을 괸 채, 아랫입술을 손가락으로 누르고 여행 반려자의 얼굴을 지켜보고 있었다.

"어서 오십시오." 의사 크로코브스키와 수간호사를 상대로 작은 목소리로 서서 이야기하던 베렌스가 이렇게 말하고는 흰 콧수염을 치켜 올리면서 우울하게 끄덕였다. 그가 입은 수술복 가슴 주머니에 청진기가 보였고, 수놓은 슬리퍼를 신고 있었으며, 칼라는 하고 있지 않았다.

"뾰족한 수가 없습니다." 하고 그는 속삭였다. "최선을 다했습니다. 가까이 가서 보십시오. 경험 있는 눈으로 보십시오. 의술이 손댈 여지가 전혀 없다는 것을 알 수 있을 겁니다."

한스 카스토르프는 발끝걸음으로 침대 가까이 다가갔다. 말레이인이 머리를 움직이지 않고 눈동자만으로 그를 쫓았기 때문에 눈의 흰자위가 드러났다. 한스 카스토르프는 쇼샤 부인이 그에게 주의를 하지 않는 것을 곁눈으로 확인한 뒤, 보통 자세로 베갯머리에 서서 한쪽 다리에 무게를 두고 두 손을 아랫배 위에 모은 채, 목을 비스듬히 갸우뚱하고 경건한 명상적인 얼굴로 죽은 사람을 지켜보았다. 페페르코른은 한스 카스토르프가 여러 번 보았던 것처럼, 메리야스 셔츠를 입고 붉은 비단 이불을 덮고 누워 있었다. 두 손과 얼굴 일부가 검푸른 빛을 띠었다. 그래서 용모는 상당히 추했지만, 왕자다운 얼굴 모습은 보통 때와 다름 없었다. 흰 머리칼로 불꽃처럼 에워싸인 높은 이마에는 우상과 같은 느낌의 주름이 네다섯 개가 나란히 수평으로 달리다가 이마 좌우에 직각으로 관자놀이를 따라 내려가고 있었다. 일생 동안 쉴 새 없이 긴장을 계속했기 때문에 새겨진 이 주름은, 눈꺼풀을 닫고 조용히 누워 있는 현재에도 확연히 나타나 있었다. 비통스럽게 찢어진 입술이 조금 벌어져 있었다. 푸른 반점이 나타나 있는 것은 급격한 울혈, 뇌출혈 때처럼 생명 기능이 무리하게 정지된 것을 말해 주었다.

한스 카스토르프는 사태를 규명하려고 하면서도 경건한 자세로 한참 동안 계속 서 있었다. '미망인'이 말을 걸어 올 경우를 생각해서, 그 자세를 바꾸는 것을 주저했다. 그러나 '미망인'은 말을 걸지 않았기에, 그는 우선 그녀에게 방해되지 않으려고 배후에 서 있는 사람들 사이에 끼여 들어갔다. 고문관은 턱으로 응접실을 가리켰다. 한스 카스토르프는 고문관의 뒤를 따라 응접실로 갔다.

"자살입니까?" 하고 그는 목소리를 낮추어 단도직입적으로 물었다.

"물론이지요!" 하고 베렌스는, 당연하다는 몸짓으로 대답하고는 덧붙였다. "완전무결합니다. 가장 멋진 자살입니다. 그런데 당신은 이런 것을 장신구점에서나 다른 데서 본 적이 있습니까?" 그는 수술복 주머니에서 섬세한 모양의 작은 케이스를 꺼내어, 그 속에서 작은 물건을 꺼내, 청년에게 보였다. "나는 처음 봅니다. 그러나 한번 보아 둘 가치가 있습니다. 배움에는 끝이 없습니다. 기상천외의 독창적인 기구입니다. 그의 손에서 빼낸 것입니다. 조심하십시오. 당신 피부에 조금이라도 그 안의 것이 묻으면 염증이 생깁니다."

한스 카스토르프는 이 기묘한 물건을 손가락으로 돌려 가면서 보았다. 그것은 강철 상아, 금 그리고 고무로 된 이상한 모양의 바늘로서, 번쩍번쩍 빛나는 강철의 구부러진 두 개의 바늘이었다. 바늘은 상아에 금을 씌운 나선형으로 된 동체 속에 타래쇠 같은 것으로 일정한 길이만큼 들어가게 되어 있었다. 그 동체의 아래쪽에는 반경질(半硬質)의 검은 고무로 만든 부대 같은 것이 달려 있었다. 전체의 크기는 이삼 인치에 지나지 않았다.

"이게 뭡니까?" 하고 한스 카스토르프는 물었다.

"정밀한 주사기입니다." 하고 베렌스는 대답했다. "다른 말로 표현하면 코브라, 즉 코브라의 이빨을 기계적으로 모방한 것입니다. 알겠습니까? 아직 알아듣지 못하는군요." 하고 그는 한스 카스토르프가 기묘한 기구를 멍하니 바라보고 있자 말했다. "이것이 이빨입니다. 보통 이빨이 아니라 내부에 모세관처럼 아주 가느다란 구멍이 통해 있어, 그 구멍이 이 뾰족한 끝의 바로 위에 확실히 보일 것입니다. 물론 구멍은 이빨의 뿌리에도 열려 있어 이 상아의 동체 속에 들어 있는 고무 부대의 입구와 직결되어 있습니다. 이빨은 살점을 무는 순간, 동체 속에 들어갑니다. 이것은 명백합니다. 그리고 고무 부대를 압박하여 부대 속의 액체를 구멍 속으로 밀어내어, 이빨 끝이 살갗을 찌르자마자 액체가 혈관 속으로 주입됩니다. 이렇게 만들어진 것을 보면 아주 간단한 것 같지만, 고안해 낸다는 것은 대단한 일입니다. 아마 그가 주문해서 만든 것이겠지요."

"그렇겠지요." 하고 한스 카스토르프는 말했다.

"독이 든 액체량은 그다지 많지 않았을 겁니다." 하고 고문관은 계속했다. "적은 양을 보충했다고 생각되는 것은……."

"역동적 힘일 것입니다." 하고 한스 카스토르프가 대신 말했다.

"그렇습니다. 이 독물의 정체는 곧 분석될 것입니다. 그 결과는 상당히 흥미 있을 것이며 반드시 배울 것이 있으리라고 생각합니다. 어떻습니까, 저쪽에서 눈알을 번득이고 있는 저 말레이인. 오늘 밤은 대단한 정장을 하고 있는데, 저 사나이 같으면 이것이 무엇인지 잘 알고 있지 않을까요? 나는 동물성 물질과 식물성 물질의 혼합물이라고 생각합니다. 여하튼 간에 순수하고 극도로 강력한 것일 겁니다. 전격적으로 작용했을 것입니다. 어떤 점으로 보든 그 자리에서 숨이 멈추어졌으리라고 생각됩니다. 호흡 중추의 마비, 급격한 질식사입니다.

아마 고통 없이 편안했을 것입니다."

"그랬기를 바랍니다!" 한스 카스토르프는 경건하게 말하고, 한숨을 쉬면서 그 이상한 작은 기구를 고문관의 손에 돌려주고 침실로 돌아왔다.

침실에는 이제 말레이인과 쇼샤 부인만이 있었다. 한스 카스토르프가 다시 침대로 가까이 가자, 클라브디아는 이번에는 얼굴을 들고 청년을 보았다.

"당신은 당연히 오셔야 했어요." 하고 그녀는 말했다.

"불러 주어서 고맙습니다." 하고 그는 말했다. "당신 생각이 맞아요. 페페르코른과 나는 서로 '자네'라고 부르는 사이였습니다. 나는 남들 앞에서 그렇게 부르는 것을 회피한 것을 진심으로 부끄럽게 생각합니다. 당신은 마지막 순간에 그의 곁에 계셨습니까?"

"모든 것이 끝난 다음에 하인이 알려 주었습니다." 하고 그녀는 대답했다.

한스 카스토르프는 다시 말했다. "그는 인생에 대한 감정의 감퇴를 우주 종말의 신의 오욕이라고 느낄 정도로 스케일이 큰 인물이었습니다. 잘 아시겠지만 그는 자기를 신의 혼례 기관이라고 생각하였습니다. 왕다운 망상이었습니다. 그러나 깊이 감동하면 감히 이런 무례하고 버릇없는 말을 하고 싶어지는 법입니다. 그리고 이편이 사실은 흔히들 말하는 애도의 말보다 훨씬 더 엄숙한 것입니다."

"그는 기권한 거예요." 하고 그녀는 말했다. "그는 우리 사이를 알고 있었던가요?"

"나는 그것을 부정할 수가 없었습니다. 그의 면전에서 당신의 이마에 키스하라는 부탁을 내가 거절한 것에서, 그는 알아차렸던 것입니다. 그의 눈앞이라고는 하지만 지금으로서는 현실이라기보다 상징이 되어 버렸습니다. 지금 여기서 그의 주문을 실행해 주실 수 있겠습니까?"

그녀는 눈을 감고, 살짝 눈짓이라도 하는 듯이 얼굴을 그에게 가까이 했다. 그는 그녀의 이마에 입술을 댔다. 말레이인이 동물 같은 갈색 눈망울을 옆으로 굴리며 흰자위를 드러내고 이 광경을 감시했다.

## 거대한 둔감

우리들은 다시 한 번 베렌스 고문관의 목소리를 듣게 된다. 자, 잘 들도록 하자. 그의 목소리를 듣는 것도 아마 이것이 마지막이 될 테니까. 이 이야기도 언젠가는 끝나게 될 것이다. 이 이야기는 벌써 상당히 오랫동안 계속되었다. 아니 그보다는 내용적 시간이 이미 쉴 바를 모를 정도로 흘러, 이로 인해 그것을 이야기하는 음악적 시간도 다 끝나간다. 상투적인 표현을 좋아하는 라다만토스의 경쾌한 억양을 듣고 싶어도 아마 기회가 없을는지 모른다. 그는 한스 카스토르프에게 말했다.

"카스토르프 군, 보통내기가 아닌 카스토르프 군. 당신은 따분하군요? 그리고 우울하고요. 나는 매일 그것을 보고 있습니다. 안달이 나 있는 것이 당신 얼굴에 씌어 있습니다. 그리고 모든 것에 흥미를 잃었습니다. 카스토르프 군! 당신은 자극만을 찾고 있습니다. 뭔가 매일 최상급의 자극을 보지 못하면 당신은 재미가 없어서 투덜거립니다. 어떻습니까. 내 말이 맞지요?"

한스 카스토르프는 말이 없었다. 그러나 말이 없는 것을 보면, 그의 마음속은 정말 착잡했음에 틀림없었다.

"내 눈은 틀림없습니다. 언제나 정확하지요." 하고 베렌스는 스스로 대답했다. "그리고 당신이 여기서 독일적인 불쾌의 독소를 만연시키기 전에……, 불만의 시민이여, 당신이 알아두어야 할 것이 있습니다. 즉 당신은 신으로부터, 세상으로부터 버림받은 것이 아닙니다. 요양원 당국에서도 당신에게 밤낮을 가리지 않고 눈길을 주고 있습니다. 또한 당신의 지루함을 달래려고 쉬지 않고 마음을 쏟고 있습니다. 아니 농담일랑 그만하고…… 젊은이, 생각난 것이 있습니다. 잠 못 이루는 밤에 당신을 위해 생각한 것이 있어요. 정말 신의 계시라고 말할 수 있습니다. 그것은 다른 것이 아니고 당신의 병독으로부터의 해방, 그리고 뜻하지 않게 빠른 장래의 개선 귀환입니다."

"봐요, 당신은 눈을 빛내고 있습니다." 하고 베렌스는 일부러 사이를 두었다가 말했다. 그러나 한스 카스토르프는 눈을 빛내기는커녕 오히려 졸린 듯한 멍한 눈으로 베렌스를 바라보았을 뿐이었다. 베렌스는 계속했다. "당신은 이 베렌스 노인이 말하고자 하는 것이 아직 잘 이해가 되지 않는 것 같습니다. 내가 말하는 것은 이렇습니다. 당신의 용태는 어딘지 모르게 이상합니다. 카스토르프 군, 이것은 당신도 날카로운 감수성으로 느꼈을 것이오. 이상한 점을 말한다면, 환부가 분명히 매우 좋아져서 벌써 오래전부터 당신의 중독 증상을 그 환부 때문이라고는 말할 수 없다는 점입니다. 이 점에 대해 내가 머리를 쓰기 시작한 것은 어제오늘의 일이 아닙니다. 이것은 당신의 최근 사진입니다. 이 마법의 거울을 한번 광선에 비쳐 봅시다. 보시다시피 우리 황제 폐하의 말버릇은 아니지만, 아무리 심한 불평가나 비관론자라 해도 불평을 할 여지가 없을 정도로 훌륭한 사진입니다. 두셋의 병소는 완전히 흡수되었고 남은 것도 작아져서 확실히 굳어졌습니다. 당신도 전문가 이상으로 알고 있듯이 이것은 완쾌를 암시하고 있지요. 국부의 이 상태를 가지고는 당신의 체온이 불안정한 이유를 도대체 설명할 수가 없습니다. 그래서 의사로서는 새로운 원인을 찾지 않을 수 없습니다."

한스 카스토르프는 머리를 움직여 보였지만, 그것은 단지 실례가 되지 않도록 하기 위해 호기심이 있다는 것을 나타낸 것뿐이었다.

"그래서 당신은 생각하고 있을 겁니다, 카스토르프 군! 베렌스 노인은 치료법이 그르다는 것을 인정하지 않을 수 없을 것이라고. 그러나 그렇게 생각한다면, 그것은 당치도 않은 생각이고, 사실과도 다르며, 베렌스 노인을 잘못 본 것입니다. 오늘까지의 치료법은 그릇된 것이 없었습니다. 다만 한쪽에 너무 편중했다고는 할 수 있을 것입니다. 나는 당신의 중상을 처음부터 오직 결핵 때문이라고 한 것은 잘못이 아니었던가 생각하기 시작했습니다. 현재 나타난 당신의 증상이 오로지 결핵 때문만이라고는 생각할 수 없기 때문입니다. 이 밖에 무언가 장해의 원인이 있음에 틀림없습니다. 내 의견은 당신이 구균을 보유하고 있다는 것입니다."

"나의 가장 깊은 확신에 따르면……." 하고 베렌스는 한스 카스토르프가 머리를 끄덕여 수긍하는 것을 기다렸다가 한층 더 목소리를 강하게 해서 되풀이했다. "당신은 연쇄상 구균 보유자입니다. 그러나 그렇게 얼굴빛을 바꿀 것까지는 없습니다."

얼굴빛이 변한 일은 전혀 없었다. 오히려 한스 카스토르프는 단정하여, 마치 고맙다는 듯이, 또는 가정적으로 새로운 훌륭한 자격을 암시하여 주어 고맙다는 듯이 비꼬는 듯한 표정을 지었을 뿐이었다.

"뭐, 그렇게 깜짝 놀랄 것은 없습니다." 하고 베렌스는 말을 바꾸어 되풀이했다. "구균은 누구나 보유하고 있습니다. 어떤 바보라도 연쇄상 구균 정도는 있습니다. 당신은 조금도 뽐낼 필요는 없어요. 우리는 최근에 와서 알았습니다. 연쇄상 구균을 우리 몸속에 지니고 있어도 이렇다 할 감염 현상을 일으키지 않는다는 것을……. 우리들은 다른 많은 동료 제군에게는 전혀 알려지지 않은 결론에 도달하려 합니다. 혈액 중에 결핵균이 존재하고 있어도 결핵 현상이 나타나지 않는 경우가 있다는 결론에 말입니다. 결핵이란 혈액 질환이라는 생각에서 우리들은 세 발자국도 떨어져 있지 않아요."

한스 카스토르프는 그것이 아주 주목할 만한 생각이라고 말했다.

"따라서 내가 연쇄상 구균이라고 말해도 결코 중병을 상상할 것까지는 없습니다. 이 작은 것들이 당신의 혈액 속에 둥지를 치고 있는지는 세균학적 혈액 검사 결과를 기다려 봐야 합니다. 당신의 열이 그 구균에 의한 열인지 아닌지는, 연쇄상 구균 백신 주사를 맞아서 그 결과에 의해 비로소 판명됩니다. 이것이 순서입니다. 아까도 말했지만, 나는 그 백신 주사의 뜻하지 않은 결과를 기대하고 있습니다. 결핵은 오랫동안 치료해야 하는 병인데 반해, 이런 종류의 병은 오늘날에는 쉽게 고칠 수 있습니다. 그리고 당신이 주사에 조금이라도 반응을 보이면 6주일 이내에 팔팔해집니다. 어떻습니까? 베렌스 노인은 직무에 충실하지 않습니까?"

"그러나 어디까지나 그것은 가설에 불과하지 않습니까?" 한스 카스토르프는 못마땅하다는 듯이 말했다.

"그러나 실증할 수 있는 가설입니다. 아주 효과적인 가설이에요!" 하고 고문관은 대답했다. "배양기에 구균이 나타나면, 그 가설이 얼마나 효과 있는가 당신도 알게 될 것입니다. 카스토르프 군! 내일 오후에 시골 외과 식으로 당신에게 방혈법을 실시할 것입니다. 그것만으로도 지루함을 풀 수 있을 것이며 몸과 마음에 정말 다행스런 효과가 나타날 것입니다."

한스 카스토르프는 그 기분 전환에 기꺼이 응하겠다고 말하고, 여러 가지로 걱정해 주어 정말 고맙다고 인사했다. 그리고 그는 헤엄치듯 팔을 흔들면서 사라져 가는 고문관의 뒷모습을, 머리를 어깨 쪽으로 기울이고 바라보았다. 원장의 작은 제안은 위기일발의 순간에 권총을 꺼낸 격이 되었다. 라다만토스는 이 젊은 손님의 표정과 기분을 꽤 정확히 간파하고 있었다. 그의 새로운 시안은 이 젊은 손님이 요즘 빠져 있는 궁지를 깨뜨리려는 목적이 있었다. 이것은 명백한 사실이므로 고문관도 그 의도를 조금도 숨기지 않았다. 한스 카스토르프는 그의 궁지를 얼굴에 또렷하게 나타내고 있었다. 죽은 요아힘이 자포자기의 반항적인 결의를 굳히기 시작했을 때를 생각나게 하는 얼굴 표정이었다.

그뿐만이 아니었다. 스스로 그런 침체 상태에 빠졌을 뿐만 아니라, 이 세상의 모든 것이, '전체'가 같은 슬럼프에 빠져 있는 듯이 느껴졌다. 그보다 여기서는 개인적 사정과 일반적인 상태를 분리하여 생각한다는 것이 어렵다는 것을 그는 알게 되었다. 거물 페페르코른과의 교제가 그처럼 이상한 종말을 고했고, 그로 인해 베르크호프에는 여러 가지 움직임이 있었다. 클라브디아 쇼샤가 반려자의 기권이라는 비극에 타격을 받아, 살아남은 친구인 한스 카스토르프와 경건하고 조심스럽게 작별 인사를 하고 이 위에 사는 사람들의 곁을 다시 떠나 버렸다. 이 전환점에서부터 한스 카스토르프는 이 세상과 인생을 마치 기이한 것으로, 마치 무엇인가 특이한 것으로 느껴 날이 갈수록 비뚤어진 걱정스러운 상태로 되어 갔다. 그래서 이때까지도 영향을 오랫동안 심각하게 끼치고 있던 불길하고 미친 것 같은 악마가 드디어 권력을 장악하여, 이제는 공공연히 무제한의 지배권을 선언하고 신비스러운 공포를 불러일으켜 도망치고 싶은 기분에 사로잡히게 하였다. 그 악마, 그것은 둔감(鈍感)이라는 이름의 악마였다.

둔감이라는 말에 악마의 이름을 결부시키고, 둔감에 신비스러운 공포를 느끼게 하는 힘이 있다고 말하는 작가를 독자는 로맨틱하고 황당무계하다고 비판할 것이다. 그러나 우리들은 허무맹랑한 이야기를 하고 있는 것이 아니라, 단순한 주인공의 개인적인 체험을 충실하게 전달하고 있을 뿐이다. 그의 체험은 어떤 사정으로(어떤 사정인가는 캐 보아도 물론 헛된 일이지만) 우리에게 알려진 것이지만, 이에 따르면 둔감도 경우에 따라서 악마성을 띠기도 하고 신비로운 공포를 불러일으킨다는 것을 확실히 증명하였다. 한스 카스토르프는 자기 주위를 둘러보았다. 그의 눈에 비친 것은 무서운 악마적인 현상뿐이며, 그는 이 현상이 무엇을 의미하는지를 알았다. 그것은 시간을 잊은 생활, 걱정도 희망도 없는 생활, 표면상으로는 분주한 것 같지만, 내부는 침체되어 있는 방종한 생활, 죽은 생활이었다.

그런데 이 죽은 생활은 분주한 것이어서 모든 종류의 활동이 동시에 행해졌다. 그리고 가끔 그중의 한 가지가 미친 듯이 유행으로 번져 모두가 열중하곤 했다. 가령 아마추어 사진은 이전부터 베르크호프의 생활에 큰 역할을 차지하고 있었다. 지금까지 두 번(이 위에 좀 오랫동안 있었던 사람이면, 그러한 유행병의 주기적인 되풀이를 체험하고 있었다) 몇 주 또는 몇 개월 동안 모든 사람이 미친 듯이 빠져들어 누구 할 것 없이 명치에 카메라를 대고 까다로운 얼굴로 그것을 들여다보고 셔터를 눌러 댔고, 식탁에서는 현상된 사진을 회람하는 일이 끊이지 않았다. 자기 손으로 현상하는 것이 갑자기 유행하였다. 준비된 암실만으로는 수요를 채울 수 없어, 아마추어 사진가들은 자기 방 유리창이나 발코니 유리문에 검정 커튼을 치고 붉은 전등 밑에서 현상 접시를 만졌다. 그러나 갑자기 일류 러시아인 석의 불가리아 학생이 화재를 일으켜 하마터면 타 죽을 뻔하여 요양원 당국은 암실 이외의 장소에서 현상하는 것을 엄금했다. 얼마 안 있어 단순한 스냅사진 유행이 쇠퇴하고 컬러사진이 유행하게 되었다. 갑자기 마그네슘의 불빛 세례를 받고는, 눈살을 꼿꼿이 하여 핏기 없는 얼굴을 쳐들고, 마치 살해되어 눈을 뜬 채로 세워진 것 같은 사진의 인물을 보고는 모두가 기뻐했다. 한스 카스토르프도 판지 틀에 넣은 유리판을 밝은 데서 비추어 보니, 하늘빛 스웨터 차림의 슈퇴르 부인과 빨간 스웨터 차림을 한 상아색의 레비 양 사이에서 구릿빛 얼굴을 한 자신이 놋쇠로 만든 것 같은 노란 민들레꽃에 에워싸여, 그 꽃 한 송이를 상의 단춧구멍에 꽂고 숲의 짙은 녹색 초원에 서 있는 것이 보였다.

   우표 수집도 유행했다. 이것도 평상시 개인적으로 행해졌다가, 한동안 모두를 열병처럼 사로잡았다. 모두가 앨범에 붙이기도 하고 팔거나 사거나 교환했다. 사람들은 우표 수집가를 위한 잡지를 주문했다. 그리고 군대와 국회의 전문점, 전문 연구가 클럽, 아마추어 수집가들과 통신이 행해졌다. 사치스러운 이 요양원에 수개월이나 수년을 체재하는 것만으로도 호주머니 사정이 빠듯한 사람들까지 진기한 우표를 입수하기 위해 상당한 금액을 지출하였다.

   이 유행도 얼마 안 있어 새로운 도락이 유행하기 시작하자 세력을 잃었다. 가령 이번에는 모든 종류의 초콜릿을 탐욕스럽게 먹는 것이 유행하였다. 모두가 입술을 갈색으로 물들이고는 밀카 누트, 마르키 나폴리탱, 아몬드 크림이 든 초콜릿, 금색 설탕을 뿌린 혓바닥 모양의 초콜릿을 배가 아플 정도로 마구 먹어 댄 나머지, 베르크호프의 주방장이 제공하는 최고급 음식도 내키지 않는 얼굴로 투정 부리며 먹게 되었다.

베르크호프의 최고 권위자가 전에 있었던 사육제 날 밤에 피력한 실내 유희, 즉 눈을 감고 돼지를 그리는 유희도 그 뒤에 빈번히 있었다. 그러나 과제가 점점 복잡해져 기하학적인 그림을 그리는 경쟁으로 바뀌어져 한동안 베르크호프의 손님들의 정신력은 모두 이 유희에 집중했고, 위독 환자도 꺼져 가는 마지막 사고력과 정력을 짜내 여기에 참여했다. 몇 주일 동안 베르크호프의 거주자들은 너 나 할 것 없이 하나의 복잡한 도형을 붙들고 늘어졌다. 그 도형은 적어도 여덟 개의 큰 원과 작은 원, 그리고 서로 교차한 여러 개의 삼각형으로 되어 있었다. 이 복잡한 평면도를 컴퍼스나 자를 사용하지 않고 붓 하나로 그리는 것이 과제였다. 이것은 결국 군데군데 잘못된 것을 불문에 붙인다면 파라반트 검사만이 겨우 그릴 수 있었다. 그는 이 지적 놀이의 가장 열렬한 팬이었다.

검사가 수학에 열중하고 있다는 사실을 우리는 고문관을 통해 이미 알고 있었다. 검사가 수학에 전념하게 된 금욕적인 동기도 있었다. 우리는 고문관이 수학 공부는 피를 진정시키고 육욕을 잠자게 하는 효과가 있다고 추천하는 것을 많이 들었지만, 이 공부가 일반에게 더 널리 퍼졌더라면, 당국이 요즘에 와서 강구하지 않을 수 없었던 모종의 조치도 아마 필요 없었을 것이다. 이 조치의 주요한 점은 발코니의 난간과 거기까지 닿지 않는 우윳빛 유리 칸막이 사이의 통로를 작은 문으로 모두 닫는 것이었다. 밤이 되면 마사지 선생이 손님들의 킥킥대는 웃음을 받으면서 그 문에 자물쇠를 잠그고 다녔다. 그 후부터는, 베란다 위에 있는 이층 방이 번창했다. 그 방으로부터는 난간을 뛰어넘은 뒤 튀어나온 유리 지붕을 건너 그 작은 문을 피해 방에서 방으로 왕래할 수 있었기 때문이었다. 그러나 검사에 관한 한 풍기 개혁을 강구할 필요는 전혀 없었다. 검사가 이집트 왕녀의 모습에 뇌쇄되어 번민한 것도 이제는 과거지사가 되었고, 왕녀를 마지막으로 그는 여성 때문에 번민하지 않게 되었다. 그 뒤로 그는 고문관이 여러 번 적극적으로 추천한 수학의 순결한 여신에게 더한 층 열을 올렸다. 그가 병 때문에 휴가를 얻게 되기 이전에(이 휴가는 그 후에 여러 번 연기되어 휴직으로 바뀌지려고 하고 있었지만) 불쌍한 죄인을 복역시키려고 보인 끈기, 스포츠를 즐길 수 있는 끈기를 완전히 되찾고, 낮이나 밤이나 모든 것을 잊고 계속 생각한 문제는 원의 구적법이었다.

이 문제에 머리를 썩임에 따라, 이 탈선한 관리는 수학이 그 문제의 불가능을 증명했다는 그 자체가 실은 틀렸다는 것을 확신했다. 신의 섭리는 이 초경험적인 문제를 경험적으로 해명할 수 있는 문제로 바꾸는 천재로서 파라반트를 선택하여, 그를 평지의 인간 세계에서 납치하여 이 위의 세계로 데려온 것이라고 믿게 되었다. 그래서 그는 아침부터 밤까지 어디에서나 컴퍼스로 도형을 그리고 계산하여 도형 문자, 숫자, 대수 기호로 수많은 종이를 채웠다. 구릿빛으로 탄 건강해 보이는 얼굴은 무엇에 열중하고 있는 인간의 특유한 붙들고 늘어진 것 같은 까다로운 표정을 보여 주었다. 그가 입을 벌리면 또 그 말인가 하고 진저리가 나도록 판에 박힌 원주율 파이(π) 이야기, 절망적인 분수 이야기를 했다. 그것은 독일의 차하리아스 다제라는 암산에 능한 저속한 천재가 어느 날 소수점 이하 2백 단위까지 계산한 분수의 이야기였다. 그런데 도달할 수 없는 정확한 숫자의 근사치는 2백 단위로 끝나지 않으며, 설사 2천 단위까지 계산했다 해도 오차가 없어졌다고는 말할 수 없기 때문에, 다제의 계산은 완전히 사치스러운 놀이에 불과했다. 모두가 원주율 공부에 빠져 이상해진 검사를 피했다. 그에게 한번 잘못 붙들리면 도도한 열변을 듣고, 신비스러운 원주율의 절망적인 무리수에 대해 그리고 인간 정신의 부끄러운 오욕에 대해 더욱 깊은 감수성을 일깨우는 것을 각오해야 했다. 그는 자나 깨나 직경에 원주율을 곱해 원의 면적을 냈다. 이렇게 끝을 볼 수 없는 것에 절망한 검사는, 인류가 이 문제의 해법을 아르키메데스 때부터 어렵게만 생각한 것이 아닌가, 그리고 해법은 사실은 우스울 정도로 간단한 것이 아닐까 하는 의혹에 가끔 빠졌다. 그는 원주는 길이를 잴 수 없는 것이 아닐까, 따라서 어떤 직선도 원으로 바꿀 수 없는 것은 아닐까 하고 생각했다. 파라반트는 가끔 일대 발견을 한 것처럼 생각했다. 그는 가끔 밤늦게까지 캄캄한 텅 빈 식당의 자기 자리에 앉아, 식탁보가 치워진 식탁 위에 한 개의 끈을 조심스레 둥글게 만들었다가, 갑자기 습격하는 듯한 손짓으로 늘어놓고는 맥이 빠진 듯 턱을 괴고는 번민하듯 생각하곤 했다. 고문관은 검사가 그 불행한 도락에 열중하고 있을 때에 가끔 응원하면서 마음이 내키는 대로 사주했다. 이 사나이는 괴로운 나머지 한스 카스토르프에게도 자기의 상심을 호소했다. 그는 처음에 원의 신비를 상냥하게 열심히 들어 주었기에 한 번이 두 번이 되고 세 번이 되었다. 검사는 청년에게 절망의 원주율을 생생하게 느끼도록 하기 위하여 정밀하게 그려진 도면을 보여 주었다. 거기에는 길이가 거의 없을 정도로 짧은, 수없이 많은 변을 가진 다각형이 두 개 겹쳐져서, 몹시 애쓴 끝에 그려져 있었다. 그 두 개의 다각형 가운데 하나는 원에 외접하여, 또 하나는 내접하여 그려져 있었다. 이 원주와 두 개의 다각형의 변은 보통 인간의 작업이라고는 생각할 수 없도록 원에 가깝게 그려져 있었다. 그러나 이렇게 계산할 수 있는 변으로 에워싸고 확실한 원을 얻으려고 해도 공기나 연기처럼 도망가 버리는 잉여 부분, 만곡 부분, 이것이 원주율입니다! 검사는 아래턱을 떨면서 이렇게 말했다.

한스 카스토르프는 검사의 기분을 충분히 알 수 있었지만, 검사만큼 파이에 대해 흥분할 수는 없었다. 그는 검사에게 그것은 속임수라고 말하고, 도깨비장난 같은 연구에 너무 열중하지 않도록 충고하였다. 그리고 그는 원주의 가상의 시점으로부터 가상의 종점까지를 구성하고 있는 넓이가 없는 만곡점에 대하여 동일 방향을 한시도 지속하지 않는 영원한 회전인 사계의 순환이 얼마나 명랑한 우수를 느끼게 하는지에 대해 말했다. 아주 냉정하고 경건하게 말했기 때문에 검사는 한동안 조용해진 것 같았다.

게다가 선량한 한스 카스토르프가, 고정 관념에 사로잡혀 주위의 명랑한 사람들로부터 아무런 주의도 받지 못하고 고민하고 있는 동숙자에게 신임을 얻어 말 상대로 선택된 것은 검사의 경우만이 아니었다. 가령 그러한 동숙자 가운데는 전직 조각가로 매부리코, 푸른 눈, 흰 콧수염을 한 오스트리아 시골에서 온 상당한 연배의 환자가 있었다. 이 사나이는 자기가 고안한 경제 정책 계획의 취지서를 반듯한 글자로 써서 그 핵심적인 부분에 짙은 갈색 물감으로 밑줄을 그었다. 그 내용이란, 신문 구독자 전부에게 보고 난 신문지를 하루에 40그램씩 모으게 하여, 그것을 매월 첫날에 회수하면 1년에 1인당 약 1만 4천4백 그램, 20년이면 288킬로그램이 되어 1킬로그램을 20페니히씩 팔면 57마르크 60페니히의 금액이 된다는 것이었다. 이 비망록에 따르면, 신문 구독자 수를 500만 명이라고 치면, 120년 사이에는 신문지의 값은 2억 8천8백 마르크라는 거액에 이른다. 이 금액의 3분의 2를 신규 구독료에 돌려 신문을 싸게 읽힐 수 있고, 나머지 3분의 1, 약 1억 마르크를 인도적인 목적을 위해, 가령 민중 결핵 요양소의 자금, 불우한 인재의 육영 자금 등에 충당시킬 수 있다는 것이다. 이 계획은 나무랄 데 없이 작성되어 있어, 신문지의 회수 장소, 매달 회수하는 신문지 값을 계산하는 눈금자, 대금의 영수증에 사용하는 구멍이 뚫린 용지까지 도면으로 적혀 있었다. 이렇게 계획은 모든 면에서 설명되고 입증되었다. 낡은 신문이 무지한 사람들에 의해 하수구에 버려지고, 불에 던져지며, 생각 없이 낭비, 탕진되는 것은 조국의 숲과 국민 경제에 막대한 손실이었다. 종이를 아끼고 절약하는 것은 펄프와 목재를 아끼고 절약하는 것이고, 펄프와 목재를 생산하기 위해 필요한 인간 노동력, 즉 자본과 노동 둘 다를 아끼고 절약하는 것이기도 했다. 그리고 헌 신문은 포장용지와

마의 산 2

휴지로 재생되므로 쉽게 몇 배의 가치가 있는 중요한 자원도 되고 국세와 지방세의 윤택한 세원도 되기 때문에, 신문 구독자의 세금 부담이 경감되는 결과가 된다. 요컨대 이 계획은 나무랄 데 없이 훌륭했다. 그러나 어딘지 이상하고 소용없는, 아니 음산하고 미친 것 같은 느낌까지 들었다. 그것은 한때 예술가였던 노인이 그 경제 계획에 열중하여 그것만을 계속 생각하고 선전한 병적인 광신 때문이었다. 또한 그는 그것을 실현하려는 최소한의 시도에 충분할 만큼 심각하게 생각한 적이 전혀 없었기 때문이다. 한스 카스토르프는 이 광신자에게서 열띤 말투의 훌륭한 복지 증진 계획을 들을 때마다 고개를 기울여 끄떡이며 들었고, 지각 없는 세상에 화가 나서 이 계획의 입안자에게 동정을 보내야 할 텐데 오히려 멸시와 혐오를 느끼는 것은 무엇 때문일까 하고 생각하였다.

베르크호프의 몇몇 손님들은 에스페란토를 공부하여, 식탁에서 이 알 수 없는 인공언어로 말하는 것을 자랑으로 삼았다. 한스 카스토르프는 그들을 음산한 얼굴로 바라보았지만, 그들은 나름대로 상류에 속한다고 생각했다. 이때부터 베르크호프에 한 영국인 그룹이 사교 유희를 유행시켰다. 그 유희란 모두 둥글게 모여서 한 사람이 이웃 사람에게 영어로 "당신은 나이트캡을 쓴 악마를 본 일이 있습니까?" 하고 물으면, 질문 받은 사람은 "아니, 나는 나이트캡을 쓴 악마를 한 번도 본 일이 없습니다." 하고 대답하면서 빙빙 도는 것이었다. 정말 끔찍한 유희였다.

그러나 한스 카토스르프는 카드를 갖고 혼자 점치는 사람을 보면

한층 더 참을 수 없는 기분이 들었다. 그 놀이를 하는 사람은 베르크호프의 어디에서나, 어느 시간에나 볼 수 있었다. 최근 지루함을 대신하는 이 놀이가 일대 유행이 되어 베르크호프는 마치 악습의 소굴 같은 양상을 보였다. 한스 카스토르프 자신도 한동안 이 병에 걸려 누구보다도 열을 올렸던 탓으로, 더욱 소름이 끼쳤다. 그는 11이라는 카드 점치기에 열중했다. 이것은 카드를 석 장씩 세 줄로 나란히 펼치는 동안, 두 장의 카드 수의 합계가 11이 되든지 그림카드가 계속하여 석 장 나오면, 그 위에 새로운 카드를 놓을 수 있게 되고, 이렇게 하여 착착 진행되면 카드가 깨끗하게 없어지는 놀이였다. 이렇게 단순한 놀이가 제정신을 잃게 하는 매력을 가지리라고는 아무도 상상 못 했다. 그러나 한스 카스토르프는 다른 많은 사람들과 마찬가지로 그런 매력이 있을 수 있다는 것을 경험했다. 그러한 탈선은 결코 명랑한 일이 아니므로 눈썹을 찌푸리면서 경험했다. 카드를 나란히 늘어놓는 것이 때로는 운이 좋아 척척 진행되면, 그 합이 11이 되는 두 장의 카드나 잭, 퀸, 킹의 석 장이 처음부터 계속 나와 세 번째 줄을 다 채우기도 전에 카드가 손에 남지 않아 끝이 났다(너무나 어이없는 성공이라서 곧 다른 운수 점치기를 하게 되지만). 어떤 때는 석 장씩 석 줄이나 늘어놓아도 새로 겹칠 수 없게 되어 이제 끝났다는 판국에서 갑자기 정돈이 됐다가 마지막 순간에 파산하기도 했다. 한스 카스토르프는 변덕 부리는 카드 요정의 노리개가 되고, 눈부시게 변하는 운수에 농락되어, 어디에 있거나 하루 종일, 밤에는 별빛 아래서 낮에는 아침 잠옷 그대로, 식탁에서도 꿈속에서도 카드를 계속 늘어놓았

마의 산 2

다. 자기 스스로도 몸이 오싹했으나 역시 그만두지 못했다. 전부터 '방해를 하는' 사명을 가진 세템브리니 씨가 어느 날 방문하여 청년이 혼자 운수놀이를 하고 있는 것을 보았다.

"이게 무슨 일입니까?" 하고 그는 이탈리아어로 말했다. "카드놀이를 하고 있군요, 엔지니어?"

"그런 것은 아닙니다." 하고 한스 카스토르프는 대답하였다. "그저 별 생각 없이 펴놓고 책상 위에서 운수를 보고 있을 뿐입니다. 장난꾸러기인 운수가 아양을 떠는가 하면 대단한 강짜를 부려 그 변덕과 고집에 말려들고 있습니다. 아침에 일어나자마자 했을 때는 세 번 계속하여 연달아 올랐는데, 한 번은 두 줄로 끝나 버렸습니다. 이것은 기록입니다. 그런데 웬일일까요? 이번에는 이것이 서른두 번째이지만, 절반에서라도 끝난 적은 한 번도 없었습니다."

세템브리니 씨는 최근 몇 년 동안, 여러 번 그랬듯이 검은 눈으로 청년을 슬픈 듯이 바라보았다.

"아무튼, 당신은 분주하게 지내고 있군요." 하고 그는 말했다. "나는 이곳에서 나의 근심 걱정에 대한 위로를, 나를 괴롭히는 마음의 갈등에 대한 진통제를 찾을 수 없을 것 같습니다."

"갈등이라고요?" 하고 한스 카스토르프는 되묻고, 계속 카드를 펴 나갔다.

"세계정세 때문에 머릿속이 뒤범벅이 되고 있습니다." 하고 프리메이슨 단원은 한숨을 쉬면서 말했다. "발칸 동맹이 실현될 것 같습니다, 엔지니어. 내가 수집한 정보 모두가 그것을 뒷받침하고 있습니다. 러시아는 동맹을 실현시키려고 혈안이 되어 있어요. 그리고 동맹의 창끝은 오스트리아와 헝가리 군주국을 향하고 있습니다. 이 군주국을 없애지 않는 한 러시아의 의도는 어떤 것이든 실현될 수 없기 때문입니다. 당신은 내가 무엇을 걱정하고 있는지 아시겠죠? 당신도 아시다시피 나는 비엔나를 마음속으로 미워하고 있습니다. 그러나 그렇다고 해서 사르마티아인의 전제에 정신적 지원을 보내야 할까요? 그들은 우리들의 고귀한 유럽에 전쟁을 가져오려 합니다. 한편, 만일 나의 조국이 오스트리아와 일시적이라도 외교적 협력 관계를 맺는다면 나는 능욕받은 기분이 될 것입니다. 이 양심의 문제는 즉……."

"7과 4." 하고 한스 카스토르프가 말했다. "8과 3, 잭과 퀸에다 킹, 이건 괜찮은데요. 당신이 옆에 있어서 운이 트이는데요, 세템브리니 씨."

이탈리아인은 잠자코 있었다. 한스 카스토르프는 이탈리아인의 이성적이고 도덕적인 까만 눈이 슬픔을 띠고 자기를 지켜보고 있다는 것을 느꼈지만, 한동안 계속해서 카드를 펴고 난 뒤, 턱을 괴고 장난꾸러기 아이같이 모르는 척하며 고집스러운 멍청한 얼굴로 시치미를 떼고 눈앞에 서 있는 선생을 쳐다보았다.

"당신의 눈은 현재의 당신이 어떻게 되어 있는지 스스로도 알고 있음을 나에게 알리지 않으려고 하지만 그것을 전혀 감추지 못하고 있습니다." 하고 선생은 말했다.

"실험 채택." 하고 한스 카스토르프는 대담하게 대답했다. 그것을 듣고 세템브리니 씨는 가 버렸다. 혼자 남은 청년은 카드 펴기를 그만두고, 턱을 괴고 흰 방의 가운데에 있는 테이블 앞에 잠시 앉아 있었다. 세계를 사로잡고 있는 괴이한 비뚤어진 상태, 세계를 자기 마음대로 방종한 지배하에 넣고 있는 악마와 요괴, '둔감이라는 이름의 악마'가 깔보듯이 조소하는 것을 보고 등골이 오싹해지면서 한스 카스토르프는 앉아 있었다.

'둔감'이라는 이름은 무서운 수수께끼 같이, 신비스러운 공포를 불러일으켰다. 한스 카스토르프는 여전히 앉아서 손바닥으로 이마와 심장 부근을 어루만졌다. 그는 공포를 느꼈다. '이 모든 것'이 무사하게는 끝나지 않으리라. 마지막에는 자연도 참을 수가 없게 되어, 일대 사변, 뇌우와 폭풍우를 불러일으켜, 세계를 속박하는 것을 날려 버리고 생활의 '궁지'를 타개하여 '침체'에 무서운 최후의 심판이 내릴 것이라고 느꼈다. 이미 말했듯이 그는 도망치고 싶었다. 따라서 요양원 당국이 아까도 언급한 바와 같이 '밤낮을 가리지 않고 눈길을' 계속 주고, 그의 얼굴빛을 읽고, 새로운 효력 있는 가설로 그의 기분을 달래려고 한 것은 고마운 일이었다.

사무국은 학생 조합원인 베렌스의 입을 빌어 한스 카스토르프의 체온 불안정의 참다운 원인을 규명 중이라고 언명했다. 그러나 당국의 과학적인 설명에 따르면, 그 참된 원인을 규명하는 것은 그다지 어렵지 않고, 아주 가까운 장래에 완쾌하여 평지로 돌아갈 것 같았다. 한스 카스토르프 청년은 피를 뽑기 위해 팔을 내밀었을 때, 여러 가지 감회에 빠져 심장이 높이 뛰었다. 그는 투명한 채혈병에 점점 차 올라가는 생명의 멋진 루비색 액체를 눈을 껌벅이면서 창백한 얼굴로 감탄하며 보았다. 고문관이 의사 크로코브스키와 간호사 수녀의 도움을 받아, 간단하긴 하지만 중요한 채혈을 끝마쳤다. 그 뒤 며칠이 지나갔다. 한스 카스토르프는 자신의 혈액이 체외에서, 과학의 견지에서는 어떤 결과가 나타날까 하는 생각뿐이었다.

고문관은 처음에 아직은 아무런 변화도 나타날 때가 아니라고 말했다가, 나중에는 유감스럽게도 아직 아무것도 나타나지 않았다고 말해 주었다.

그러나 어느 날 아침 식사 때에 고문관은 한스 카스토르프가 그 무렵 앉게 되었던 일류 러시아인 석, 전에 그의 위대한 '친구'가 앉았던 맨 끝자리로 걸어와서 실험 배양기 하나에 드디어 생각했던 대로 연쇄상 구균이 분명하게 나타났다고 상투어 섞인 축사와 더불어 보고했다. 그런데 중독 현상이 전혀 존재하지 않는다고는 할 수 없는 결핵 때문인지, 혹은 아주 적게 존재하는 연쇄상 구균 때문인지는 확률의 문제라고 했다. 베렌스로서는 더 시간을 들여 정밀하게 연구해야 했다. 배양균은 아직 충분히 성장하지 않았기 때문이다. 고문관은 청년에게 그것을 실험실에서 보여 주었는데, 젤리처럼 응결된 혈액 내부에 회색 점들이 조금씩 나타나 있었다. 그 점들이 바로 구균이었다 (그러나 구균은 결핵과 마찬가지로 어떤 바보라도 보유하고 있어 외부에 증상이 나타나지 않는 한 그것을 보유한다는 것은 특별한 문제가 되지 않았다).

한스 카스토르프의 체내에서 취해진 응결된 혈액은 몸 바깥에서,

과학의 눈 아래에서 결과를 계속 나타냈다. 어느 날 아침 또다시 고문관은 상투적인 말이 섞인 흥분한 어조로 하나의 배양기뿐만 아니라 다른 것에도 구균이 많이 나타났다고 보고했다. 그 모든 것이 연쇄상 구균인지 아닌지 확실치는 않지만, 중독 현상이 이 균 때문이라는 것은 확실하다고 해도 좋다. 한때 분명히 존재했고 현재에도 완전히 없어졌다고 할 수는 없는 결핵이 중독 현상에 어느 정도까지 관계하고 있는지는 물론 알 수가 없다. 그래서 결론은? 연쇄상 구균의 백신 주사를 맞는 것이다! 예후는? 아주 유망하다. 특히 주사는 위험이 조금도 없고 절대로 해를 끼치지 않기 때문이다. 혈청은 한스 카스토르프 자신의 혈액에서 만들어지기 때문에, 주사에 의해 체내에 현존하는 균 외에 균이 들어갈 염려는 절대로 없었다. 최악의 경우에 아무 도움이 안 되어 효과가 없을 수 있었다. 그러나 한스 카스토르프는 역시 환자로서 여기에 있어야 하기 때문에, 이 시험의 효과가 없다 해도 최악의 경우라고는 말할 수 없었다!

한스 카스토르프는 여기에 반대할 생각은 없었다. 백신 요법 같은 것은 우습고 자랑할 수 없는 것이었지만 그는 이것을 감수했다. 자기의 혈액을 자기의 체내에 주사한다는 것은 싫고 재미없는 위안으로, 이득도 기쁨도 없는 일, 자기로부터 자기에게로라는 근친상간적인 추악한 것으로 느껴졌다. 그는 신경쇠약 상태에서 그렇게 느꼈지만, 이득이 없다는 점에서는 물론 완전히 그의 생각이 옳았다. 이 검사는 몇 주 계속되었다. 물론 분명히 착각이었지만 가끔은 해로운 것처럼, 가끔은 효과 있는 것처럼 느껴졌다. 확실하게 말한 것은 아니었지만,

결과는 제로였다. 이 실험은 실패하고 말았다. 한스 카스토르프는 악마의 방종한 지배에도 이제는 결말을 짓게 될 무서운 일이 일어나리라는 것을 느끼면서도, 이 악마와 서로 얼굴을 맞대고 카드놀이를 계속했다.

### 하모니의 향연

우리의 오랜 친구인 한스 카스토르프가 그토록 열중했던 카드놀이를 그만두고, 사실은 카드놀이에 지지 않을 정도로 이상한 도락이긴 하지만 더 고상한 도락에 열중한 것이 있었다. 그것은 베르크호프 당국이 새로 구입한 기계였다. 도대체 어떤 것인가? 우리들은 이 비품의 숨은 매력에 취해 그 매력을 나누고 싶어 참을 수가 없어 이제부터 이야기한다.

큰 대화실에 비치된 오락 기구가 하나 더 많아졌다. 그것은 낮이나 밤이나 서비스에 신경을 쓰는 사려 깊은 당국이 구입을 결정하고, 감히 계산해 볼 수도 없는, 좌우간 막대한 금액을 투입하여 누구에게나 무조건 추천할 수 있는 기계였다. 그렇다면 실체경, 망원경식 만화경이나 영사통 같은 재치 있는 장난감이란 말인가? 물론이다. 그러나 또한 전혀 다르다고 말할 수도 있었다. 어느 날 밤 그것이 피아노가 있는 대화실에 설치된 것을 보고 손님들은 손을 높이 들어 손뼉 치거나 몸을 구부리고 무릎 앞에서 손뼉 치며 환영했다. 광학 응용

기계가 아니라 청각적인 기계였다. 그리고 이것은 이때까지의 단순한 오락기와는 품위나 가치라는 점에서 비교가 안 될 고급품이었다. 3주일을 이곳에서 지내면 싫증이 나 손을 대려고 하지 않는 어린애 장난감 같은 그런 단순한 물건은 아니었다. 그것은 맹랑하고도 심원한 예술적 감흥이 솟아오르는 마법의 샘이었다. 바로 음악 기계, 축음기였다.

어쩌면 독자 여러분이 축음기라는 말을 듣고 엉뚱하게 지레짐작을 하여, 이 기계의 케케묵은 유치한 원형에 해당되는 장치를 연상하지나 않을까 불안하다. 그 장치는 뮤즈의 여신에 인도된 기술이 주야로 개량을 거듭하여 기막히게 완성된 우리들의 축음기에는 비할 수도 없는 것이다. 베르크호프에 온 이 물건은 한 시대 이전의 축음기, 윗부분에 회전반과 바늘이 있고 흉한 모양의 놋쇠 나팔이 달려 있으며 음식점 테이블에서 콧소리로 고함을 질러대어 점잖은 손님의 귀를 멍멍하게 한, 그 핸들이 달린 빈약한 작은 상자가 아니었다. 비단으로 덮인 코드에 의해 벽의 소켓에 접속되고 전용대 위에 멋지게 얹혀 있으며, 폭보다 안쪽이 깊고 약품으로 까맣게 만든 이 상자는, 저 조잡한 골동품 같은 기계와는 전혀 다른 멋진 것이었다. 아름답고 좁은 위쪽의 뚜껑을 열면 안쪽 깊숙이에서 놋쇠로 된 지주가 올라와 반짝이면서 비스듬히 뚜껑을 고정시키게 되어 있었다. 그 아래 평면에는 녹색 보를 깐 니켈 회전반이 있고, 가운데 니켈로 된 기둥에는 에보나이트 레코드의 구멍을 끼우게 되어 있었다. 또한 상자 오른편 전방에는 템포를 조절하기 위해 시계의 문자반처럼 숫자를 새긴 장치가 있었고, 왼편에는 회전반을 움직이기도 하고 세우기도 하는 작은 스위치도 있었다. 그 왼쪽에는 부드러운 접합부를 중심으로 어느 쪽으로나 돌아가는 픽업이 있고, 둥근 사운드박스가 붙어 있으며, 거기에 달린 나사가 레코드 위를 따라 달리는 바늘을 누르게 되어 있었다. 상자의 정면에 있는 두 개의 덧문을 좌우로 열면 그 안에 까맣게 부식시킨 가늘고 긴 판이 차양처럼 옆으로 나란히 있을 뿐이었다.

"이것은 최신형 제품입니다." 하고 고문관은 손님들과 그 방으로 들어가면서 말했다. "아주 첨단 제품입니다. 여러분 최상, 최고, 이 이상의 제품은 어느 시장에도 없습니다." 그는 시장이라는 말을, 무식한 점원이, 손님에게 상품을 권하기 위해 말하는 묘하기 짝이 없는 말투로 말했다. "이것은 도구나 기계가 아닙니다." 하고 그 대 위에 놓인 색깔이 있는 작은 상자에서 바늘을 하나 꺼내 사운드박스에 끼워 넣으며 말을 이었다. "이것은 악기입니다. 스트라디바리우스나 과르네리 같은 수제 악기에 필적할 만합니다. 이 속에는 굉장히 세련된 공명과 파장이 충만합니다! 뚜껑 안에 있는 마크를 보면 아시겠지만 '폴리힘니아'라고 합니다. 독일 제품입니다. 여러분, 우리 독일 사람들은 이런 것을 만들면 타의 추종을 불허하는 훌륭한 것을 만듭니다. 근대적인 기계화와 음악적 정신의 성실한 결합입니다. 참신한 독일 정신입니다. 저기에 레코드가 있습니다." 이렇게 말하고 벽장에 두툼하게 여러 권 꽂혀 있는 앨범을 가리켰다. "이 마법의 보물을 그대로 여러분이 자유로이 즐기도록 하겠습니다. 소중하게 다루어 주십시오. 그러면 시험 삼아 한 곡 틀어 봅시다."

환자들의 간청에 따라 베렌스는 침묵 속에 풍부한 내용을 간직하고 있는 마법의 앨범 한 권을 꺼내 그 묵직한 페이지를 들추어 가운데 동그랗게 파낸 구멍 근처에 원색 인쇄된 두꺼운 종이 봉지에서 레코드를 꺼내어 회전반에 얹었다. 그리고 간단한 조작으로 회전반을 돌려 완전히 빨라질 때까지 2~3초 기다리고 나서 강철 바늘의 뾰족한 끝을 조심스럽게 레코드의 가장자리에 얹었다. 희미한 마찰음이 들리기 시작했다. 고문관은 뚜껑을 닫았다. 그 순간 열린 두 덧문 뒤의 차양 사이로, 아니 상자 전체로부터 악기 소리가 들려왔다. 명랑하게 울리는 빠른 템포의 멜로디, 오펜바흐 서곡 도입부의 활발한 리듬이었다.

손님들은 입을 벌리고 미소를 띠면서 귀를 기울였다. 목관 악기의 장식음이 귀를 의심할 정도로 순수하고 자연 그대로였다. 바이올린이 환상적으로 전주곡을 독주했다. 활의 움직임, 손가락을 사용한 트레몰로, 하나의 음정에서 다른 음정으로 옮겨갈 때의 감미로운 활주를 들을 수 있었다. 이윽고 바이올린은 〈아, 나는 그녀를 잃었노라〉라는 왈츠 멜로디를 연주하기 시작했다. 이 감미로운 선율이 가볍게 관현악의 하모니를 타자, 전 악단이 멋지게 이것을 받으면서 물 흐르는 듯한 합주로 이 멜로디를 되풀이하여 듣는 사람들을 황홀하게 했다. 물론 이 방에서 진짜 관현악이 연주되고 있는 것 같지는 않았다. 각기 음의 볼륨이 뒤틀어지지는 않았지만 입체감을 잃고 있어서, 청각상의 것에 시각상의 비유를 전용하는 것이 허락된다면, 오페라글라스를 뒤집어 그림을 들여다보는 듯한 느낌이었다. 선의 날카로움이

나 색채의 선명함이 조금도 줄어들지는 않았지만 그림 전체가 멀고 작게 보이는 것과 같은 식이었다. 기지에 넘친 자극적이며 매력에 찬 악곡은 가벼운 착상을 풍부하게 전개하면서 끝났다. 마지막 곡은 천천히 시작하는 빠른 템포의 원무, 노골적인 캉캉 춤으로 되어 공중에 던져지는 실크햇, 흔들리는 무릎, 춤추면서 올라가는 스커트를 연상케 하며 우습고 의기양양한 기분으로 끝날 줄을 몰랐다. 이윽고 자동으로 소리를 내며 회전이 멈추었다. 끝났다. 모두들 진심으로 박수를 보냈다.

모두의 소망에 따라 한 장을 더 틀었다. 상자 안으로부터 사람 목소리, 남성의 목소리가 부드럽고도 힘차게 관현악 반주와 함께 흘러나왔다. 이탈리아의 유명한 바리톤 가수의 목소리였다. 이번에는 둔하고 먼 음색은 조금도 느껴지지 않았고, 멋진 목청은 타고난 성량을 남김없이 뽑아 올렸다. 특히 문을 열어 놓은 옆방에서 기계를 보지 않고 귀를 기울이면 살롱에 성악가가 직접 악보를 가지고 실제로 서서 노래 부르는 것 같았다. 성악가는 이탈리아어로 오페라의 어려운 아리아를 불렀다. "아, 이발사, 주인, 주인! 거기 가는 피가로, 저기 가는 피가로, 피가로, 피가로, 피가로." 듣고 있는 사람들은 높은 가성의 말하는 듯한 노래, 곰처럼 억센 목소리와 혀가 유창하게 움직이는 입의 능숙한 대조에 흥겨워 배꼽을 쥐고 웃었다. 음악을 잘 아는 사람들은 가수의 분절법과 교묘한 호흡법에 귀를 기울이고 감탄했다. 청중을 흥분시키는 마력을 가지고 있는 대가, 타고난 다 카포 아리아의 거장인 이 성악가는, 마지막 주조음으로 옮아가기 전에 아마

무대의 전방으로 걸어 나와서 손을 올리고 마지막에서 두 번째 음을 길게 끌어 부른 것 같았다. 그래서 베르크호프의 청중은 그 창법에 흥분되어 노래가 끝나는 것을 기다리지 않고 브라보를 계속 외쳤다. 멋졌다.

　레코드는 계속하여 돌아갔다. 호른이 민요의 변주곡을 신중하고도 아름답게 연주했다. 소프라노 가수가 《라 트라비아타》 속의 아리아를 낭랑하고도 멋들어지게, 단음과 트레몰로를 잘 소화시키며, 더없이 사랑스러우며 냉정하고도 정확하게 불렀다. 스피넷의 담백한 소리 같은 피아노 반주, 루빈스타인의 로망스와 같은 반주로 세계적으로 유명한 바이올린 연주가가 마치 베일 뒤에서처럼 연주했다. 이리하여 희미하고 은은히 울리는 마법 상자로부터는 종소리, 하프 연주, 나팔의 유량한 연주, 북의 연타가 흘러나왔다. 마지막으로 무곡의 레코드, 이국적인 레코드도 두세 장 있었다. 항구 술집용의 이국적인 탱고에 비하면 비엔나 왈츠 같은 것은 벌써 과거의 것이 되었다. 이 근대적인 스텝을 알고 있는 두 쌍의 손님이 융단 위에서 레코드에 맞추어 춤을 추었다. 베렌스는 한 개의 바늘을 한 번 이상 사용하지 말도록, 그리고 레코드를 '날계란처럼 취급'하도록 주의하고 나갔다. 나중에는 한스 카스토르프가 뒷일을 맡아 했다.

　어찌하여 다른 사람 아닌 한스 카스토르프가 이 일을 맡았는가? 고문관이 나간 뒤에 누군가가 바늘과 레코드를 바꾸고 전류를 연결하고 차단하는 일을 하려 하였을 때, 한스 카스토르프는 무뚝뚝한 목소리로 그를 가로막았다. "나에게 시켜 주십시오!" 이렇게 말하며 그가 사람들을 밀치자 모두들 깨끗이 양보했다. 왜냐하면 그는 이런 기계에 대해서는 전부터 잘 만질 줄 아는 듯했고, 또 누구나 다 이 즐거운 샘 곁에 매달려 일을 하느니보다는 책임 없이 한가롭게 심심해질 때까지 듣고 있는 쪽이 좋겠다고 생각했기 때문이었다.

한스 카스토르프는 그렇지 않았다. 그는 고문관이 새로운 구입품을 소개하는 동안, 손님들 뒤에 조용히 있으면서 모두의 웃음과 브라보에도 가담하지 않고 긴장하여 음악에 귀를 기울였다. 그는 침착하지 못한 태도로 뒤에서 이쪽저쪽 자리를 바꾸다가 도서관에도 들어가 귀를 기울이더니, 마지막에는 베렌스 옆에 서서 뒷짐을 지고 성깔 있는 얼굴을 하고 마법 상자를 지켜보면서 기계의 간단한 취급법을 관찰했다. 마음속으로 그는 '그렇다! 주의해라! 전환점이다! 이것은 나를 위해 찾아온 것이다!'라고 생각했다. 새로운 열정과 도취, 애정을 가질 수 있을 것이라는 강한 예감에 그는 마음이 산란해졌다. 그것은 젊은 아가씨를 한 번 본 순간, 큐피드의 화살에 심장 한가운데를 맞은 평지 젊은이의 기분과 꼭 같았을 것이다. 한스 카스토르프는 점차 질투에 지배되었다. 공동의 재산이라고? 천만의 말씀! 정열이 없는 호기심만으로는 소유할 권리도 자격도 없다.

마의 산 2

"나에게 시켜 주십시오!" 하고 그는 이 사이로 중얼거렸고, 아무도 여기에 이의가 없었다. 모두는 한스 카스토르프가 튼 경음악 레코드에 맞추어 한동안 춤을 추었고, 다음에는 성악곡 《호프만 이야기》의 〈곤돌라의 뱃노래〉 이중창으로 귀를 감미롭게 했다. 노래가 끝나 그가 뚜껑을 닫았다. 사람들은 가벼운 흥분에 취해 이야기를 하면서 안정 요양으로, 또는 잠자리로 돌아갔다. 한스 카스토르프는 그것을 기다리고 있었다. 손님들은 모든 것을 어질러 놓은 채, 바늘 상자는 열어 놓고, 앨범은 꺼내 놓고, 레코드는 내동댕이친 채 저마다 물러갔다. 그들이 할 만한 짓이었다. 한스 카스토르프는 사람들의 뒤를 따라가는 척하다가 계단 위에서 살짝 그들과 떨어져 살롱으로 되돌아가 문을 모조리 닫고는 밤이 샐 때까지 축음기에 몰두했다.

그는 새로운 기계를 잘 연구했다. 그는 여기에 부속된 악곡의 보고, 무거운 앨범에 수록된 레코드를 샅샅이 조사했다. 앨범은 열두 권 있고 크기는 대소 두 종류가 있었다. 어느 앨범에나 레코드가 열두 장씩 들어 있었다. 빽빽하고 둥그렇게 금이 새겨진 검은색 음반은 대부분 양면용으로서, 많은 곡이 뒷면까지 수록되어 있었고, 많은 레코드가 앞뒤에 전혀 다른 곡이 들어 있어, 한동안은 간파할 수 없을 정도로 복잡하여 머리가 혼란해질 정도로 즐거운 기대에 찬 보고였다. 밤이 깊어졌으므로 주위에 폐가 되지 않도록 사람들의 귀에 들리지 않게 음향을 약하게 하는 부드러운 바늘을 사용하여, 그는 스물다섯 장 가량의 레코드를 들어 보았다. 그래도 이쪽저쪽에서 유혹하듯 차례를 기다리는 레코드 수의 8분의 1에도 되지 않았다. 오늘 밤은 곡목을 대강 훑어보고, 침묵하고 있는 둥그런 그래프의 어느 것이든지 적당히 꺼내어 틀어 보는 것으로 만족해야 했다. 에보나이트 원반은 중심 부분 색깔의 레테르로 구별될 뿐 그 밖에는 다 같아 보였다. 어느 레코드에도 가느다란 소용돌이가 중심 부분까지, 혹은 중심 가까이까지 모두 똑같이 새겨져 있었다. 이 가느다란 금에는 음악 예술의 모든 영역에서 가장 멋진 악상이 제일급 연주에 의해 취입되어 있었다.

훌륭한 교향악의 서곡이나 악장을 유명한 오케스트라가 연주한 레코드가 여러 개 있었는데, 여기에는 지휘자의 이름이 적혀 있었다. 다음으로 유명한 오페라 극장의 가수들이 피아노 반주에 맞춰 부른 가곡이 여러 장 있었다. 여기에는 개성 있는 예술가의 고도로 의식적인 작품이나 소박한 민요 같은 말하자면 중간을 차지하는 것도 있었다. 이 중간이라는 것은 풍부한 정신에서 탄생한 예술인 동시에 민중의 마음과 느낌을 그대로 살려 그것을 겸손하게 반영하고 있어, '인공적'이라는 말이 그 깊은 맛을 해치지 않는다면 '인공적 민요'라고도 부를 수 있는 것이었다. 특히 그중의 하나는 한스 카스토르프가 어릴 때부터 알고 있는 노래였다. 그는 지금 그것을 이 위에서 듣고 복잡하고 이상한 애정을 느꼈다. 이 노래에 대해서는 우리가 언젠가 다시 언급하게 될 것이다. 또 어떤 것이 있었을까. 아니 그보다도 무엇이 없었을까? 오페라는 헤아릴 수 없을 만큼 많았다. 유명한 남녀 성악가들로 구성된 국제 혼성 합창단이 부드러운 오케스트라의 반주에 맞춰 세련된 타고난 소리로 노래를 불렀다. 흥겹고 도취적인 남국의 노래, 장난기 있고 악마적인 독일 민요풍 노래, 프랑스의 본격적 오페라와 오페레타, 가극, 세계의 여러 지방과 여러 시대의 아리아, 이중창과 합창 들이었다. 이것으로 끝이란 말인가? 천만의 말씀. 사중주나 삼중주의 실내악, 바이올린, 첼로, 플루트를 위한 기악 독주곡, 바이올린 콘체르토, 플루트 콘체르토 그리고 피아노 독주곡도 있었다. 또한 조그만 재즈 밴드가 취입한 댄스용의 유행곡 등, 나쁜 바

마의 산 2

늘을 사용하는 편이 좋을 듯한 오락 레코드들도 물론 있었다.

한스 카스토르프는 혼자서 부지런히 레코드를 찾아냈다. 분류하거나 정리하면서 레코드의 일부분을 기계에 걸어서 잠자고 있는 소리를 눈뜨게 하기도 했다. 그리고 왕자로서, 의형제로서 추억 속으로 들어간 인물 피테르 페페르코른과 최초의 술자리를 벌였던 날 밤처럼 이슥해진 뒤에야 뜨거운 머리로 잠자리로 돌아가 새벽 2시부터 7시까지 마법 상자의 꿈만 꾸었다.

그는 꿈속에서, 회전반이 눈에 보이지 않을 정도의 빠른 속도로 소리 없이 도는 것을 보았다. 그것은 빙빙 도는 소용돌이 운동 외에 물결이 옆으로 치는 것 같은 독특한 파동 운동을 수반하고 있었다. 그래서 회전반 위를 달리는 바늘을 받치고 있는 픽업이 탄력 있게 숨 쉬는 것처럼 진동하였다. 이것은 현악기의 음과 성악가의 떨리는 목소리, 미끄러지는 소리를 재현하는 데 아주 효과적인 것처럼 느껴졌다. 그러나 음향에 민감한 속이 빈 상자 위에서 바늘이 가느다란 금을 따라가 그것이 사운드박스의 얇은 진동막에 전달된다는 것만으로, 어떻게 자고 있는 한스 카스토르프의 귀를 산란하게 하는 복잡한 결합음이 재현되는 것인지, 잠이 깨어 있을 때와 마찬가지로 꿈속에서도 납득이 가지 않았다.

한스 카스토르프는 다음 날 아침, 아침 식사 전에 살롱에 와서 팔짱을 끼고 안락의자에 앉아, 상자의 내부로부터 멋진 바리톤이 하프 반주로 "고상한 모임을 바라보면……" 하고 노래 부르는 것에 귀를 기울였다. 하프 소리는 실제로 듣는 듯했다. 바리톤의 충만한, 마치 숨

쉬는 듯한, 음절을 또렷하게 자른 노랫소리를 반주하며 상자 속에서 흘러나오는 그 하프 소리는 조금도 잘못되거나 왜곡되지 않았다. 참으로 놀라운 일이었다. 그 뒤에 한스 카스토르프는 이탈리아의 근대 가극 이중창을 들었다. 이 앨범 속의 다른 많은 레코드에도 취입되어 있는 세계적으로 유명한 테너와 영롱한 구슬처럼 감미롭고 가련한 소프라노의 겸손하고 농도가 짙은 연모의 이중창이었다. 테너의 "자, 팔을 주시오. 그리운 당신" 하는 노래에 대답하는 소프라노의 소박하고 감미로운 빠른 템포의 선율적인 소악절, 이보다 더 사랑스러운 것이 이 세상에 또 있을까 싶을 지경이었다.

한스 카스토르프는 뒤에서 문이 열리는 소리를 듣고 깜짝 놀랐다. 고문관이 방을 들여다보고 있었다. 수술복의 가슴 주머니에는 청진기가 삐죽 나와 있었고 문의 손잡이를 쥔 채 문 입구에 잠깐 서서 기계 책임자에게 고개를 끄덕여 보였다. 한스 카스토르프가 어깨 너머로 끄덕여 답하자 문이 닫히고 창백한 볼 한쪽으로 치켜 올라간 콧수염의 원장 얼굴은 그 너머로 사라졌다. 한스 카스토르프는 모습은 보이지 않지만 예쁜 목소리를 들려주는 서로 사랑하는 두 사람의 목소리 쪽으로 다시 주의를 돌렸다.

그날 점심 식사 후 한스 카스토르프는 청중을 앞에 놓고 레코드를 틀었다. 자신은 기계를 돌본다는 의미에서 청중의 한 사람은 아니었다. 청중은 쉬지 않고 들락거렸다. 한스 카스토르프 자신도 기계를 돌보는 사람으로 자처하고 있었고, 다른 사람들도 그가 공동 비품의 관리인 겸 감독자인 척하는 것을 처음부터 묵인했기 때문에, 동료 거주자들이 그의 태도에 불평할 것은 없었다. 그 탓에 다른 사람들에게 손해가 갈 일은 없었다. 왜냐하면 음악 팬의 인기의 표적이 되고 있는 테너 가수가 윤기 있는 아름다운 목소리로, 정열의 밑바닥에서 흘러나오는 세계적으로 아름다운 목소리로 소곡과 대곡을 노래 부르는 것을 들으며, 그들은 피상적으로 황홀한 느낌을 말하기도 했지만, 그들에게는 도구에 대한 사랑이 없었고 그래서 누가 기계의 일을 맡아보든 모든 것을 일임하는 것에 이의가 없었기 때문이다.

그런 관계로 레코드를 정리하고 앨범의 내용을 표지의 이면에 적고 희망과 주문에 응해 어떤 곡목도 곧 꺼낼 수 있게 하는 일, 기계를 취급하는 것이 모두 한스 카스토르프의 일이 되었다. 얼마 안 있어 그가 레코드 다루는 솜씨는 제법 익숙해졌다. 다른 사람들에게 이 일을 맡겼더라면 어떻게 되었을까? 그들은 한 개의 바늘을 여러 번 사용하여 레코드를 상하게 했을 것이고, 의자 위에 레코드를 늘어놓았을 것이다. 또 훌륭한 곡도 110의 템포와 씩씩 하는 소리로 회전시켜 히스테릭한 시끄러운 소리를 내게 하고, 문자판의 바늘을 0으로 돌려 얼빠진 신음 소리를 내게 하여 축음기를 하찮은 장난감으로 만들었을 것이다. 사실 그와 같은 짓을 그들이 하기도 했다. 그들은 환자이지만 난폭했다. 이리하여 한스 카스토르프는 얼마 안 있어 앨범과 바늘을 넣어 두는 벽장 열쇠를 보관하게 되었고, 레코드를 듣고 싶으면 그를 불러 와야 했다.

밤의 모임이 끝나 모두들 물러가면 그의 세상이었다. 그는 살롱에 그대로 남아 있든지 아니면 살짝 살롱으로 되돌아와 밤이 깊어질 때까지 혼자서 음악을 들었다. 요양원 내의 고요한 밤이 음악으로 채워지면 잠을 방해하지 않을까 하고 염려했지만 처음에 생각했던 것처럼 걱정할 필요는 없었다. 이 요정 같은 음악의 음파는 제한된 범위에서만 들리는 것 같았다. 가까이에서 들으면 깜짝 놀랄 정도로 크게 들렸지만, 요정과 같은 것이 흔히 그렇듯이, 멀어짐에 따라 약해지고 덧없어져, 그 힘이 사실은 그렇게 강하지 않았다. 살롱 안에서, 한스 카스토르프는 마법 상자, 바이올린용 목재로 만든 낮고 작은 관 같은 까만색 상자에서 흘러나오는 마법의 멋진 음악을 혼자서 들었다. 두 개의 덧문을 좌우로 열고, 상자 앞 안락의자에 앉아 팔짱을 끼고 고개를 갸우뚱하고 입을 벌리고, 흘러나오는 화음에 몸을 맡겼다.

그가 들은 남녀 가수들의 몸은 아메리카, 밀라노, 비엔나, 페테르스부르크에 있어서 모습을 볼 수 없었다. 그러나 어디에 있든지 상관없었다. 한스 카스토르프가 현재 여기서 들을 수 있는 것은 가수들의 가장 순수한 것, 즉 목소리였기 때문이었다. 그는 이 순수화와 추상화를 기뻐했다.

이 추상화에 의해 가수의 모습을 눈앞에 보는 경우의 불리한 점이 모두 없어지고, 동시에 충분히 감각을 맛볼 수 있었다. 특히 가수가 같은 나라 사람, 즉 독일인인 경우에는 인간적인 점에서도 이것저것 주의하여 들을 수가 있었다. 가수의 발음, 어법, 출신지를 들어서 구별할 수 있었고, 목소리의 성질로 가수의 정신적 성장치도 어느 정도 알 수 있었으며, 특정한 효과를 살리고 있는가 아닌가에 따라 그 지성의 정도도 알 수 있었다. 한스 카스토르프는 지성이 결여되어 있으면

화가 났다. 거기다 녹음 기술의 졸렬함이 더해지면 그는 수치 때문에 입술을 깨물며 괴로워했다. 곧잘 신청되는 레코드를 틀었다가 목소리가 날카롭거나 잡음처럼 들리면 그는 안절부절 못 했다. 이런 일은 특히 미묘한 여자의 목소리일 경우에 많이 일어났다. 그러나 그는 그것을 참았다. 사랑하는 자는 역시 번민하지 않으면 안 된다.

어떤 때는 그는 라일락 꽃다발 위에 몸을 구부리듯, 숨 쉬는 것처럼 조용히 회전하고 있는 레코드 위에 얼굴을 가까이 대고 음의 구름에 휩싸였다. 때로는 덧문을 연 상자 앞에 서서 나팔 소리가 들어가려고 할 때에 손을 들어 신호를 하여, 지휘자의 지휘의 기쁨을 맛볼 때도 있었다.

레코드 중에서 특히 그가 사랑하는 것이 있었다. 성악곡과 기악곡 몇 장은 몇 번 들어도 싫증을 느끼는 일이 없었다. 그가 좋아하는 레코드를 여기서 소개하는 것을 허락해 주기 바란다.

아름다운 멜로디에 넘치는 화려한 가극의 마지막 장면이 취입된 여러 장짜리 레코드가 그중 하나였다. 이 가극은 세템브리니 씨의 위대한 남부 이탈리아 가극의 거장이 전(前) 세기 후반에 민족 결합이라는 공학의 힘에 의해 준공된 대사업을 인류 전체의 손에 넘겨주는 엄숙한 기회에, 근동의 어느 왕의 위촉을 받고 작곡한 것이었다.

한스 카스토르프는 교양 있는 유럽인으로서 이 가극의 줄거리를 알고 있었다. 상자 내부에서 이탈리아어로 노래 부르는 라다메스, 암네리스, 아이다의 운명의 대강을 알고 있었기 때문에 세 사람이 부르는 노래의 내용도 대략 이해할 수 있었다! 이루 비길 데 없이 아름다운 테너, 음역의 한가운데에서 무어라고 말할 수 없이 아름다운 목소리의 변화를 들려주는 멋진 알토, 은방울처럼 청순한 소프라노, 이 세 사람이 부르는 가사는 한 마디 한 마디를 모두 이해할 수는 없었지만 플롯과 각 장면을 다 알아 가사를 군데군데 충분히 알아듣고 어느 정도 이해를 했다. 네댓 장의 레코드를 여러 번 틀고 있는 사이에 어느덧 관심이 깊어져 마침내는 여기에 완전히 열중하게 되었다.

처음에 라다메스와 암네리스가 서로 노래를 주고받다가 왕녀 암네리스는 죄수인 라다메스를 자기 앞으로 오게 한다. 죄수는 이교도 여자 노예 때문에 조국과 명예를 버렸지만, 왕녀는 그를 사랑하고 있기에 무슨 일이 있어도 그를 살려 주려고 한다. 죄수는 명예를 버렸을망정 그가 "마음의 긍지는 버리지 않았다" 하고 노래 부르듯이, 죄를 범했어도 마음은 깨끗했다. 그러나 이것이 그의 죄를 가볍게 하지는 못하였다. 엄연한 죄과 때문에 성직자들의 재판에 회부된다.

인간적인 이유 같은 것을 고려하지 않는 종교 재판은 라다메스가 마지막 순간에 여자 노예를 단념할 것을 맹세하고, 음역의 한가운데에서 목소리의 변화를 들려주는 화려한 알토의 품으로 뛰어 들어가지 않는다면 그를 사정없이 처형할 것이라고 했다. 확실히 이 알토는 목소리만이 문제라면 라다메스가 생각을 다시 해 볼 만한 충분한 가치가 있었다. 비극적인 사랑에 눈이 멀어 살 생각이 없이 "저는 할 수 없습니다! 싫습니다!"를 되풀이하는 아름다운 목소리의 테너에게 암네리스는 여자 노예를 단념하지 않으면 생명을 잃게 된다고 애원하면서 열심히 설득한다.

"할 수 없습니다!"

"다시 한 번 생각해 봐요. 그녀를 단념하시라!"

"싫습니다."

죽음에의 도취와 열렬한 사랑의 고통이 하나가 되어 이중창으로 노래 부른다. 이 이중창은 이루 비길 데 없이 아름다웠지만 결합될 가망은 전혀 없었다. 이어서 땅속에서 들려오는 것처럼, 종교 재판관의 틀에 박힌 무서운 유죄 선고가 둔하게 들려오자, 그 소리를 듣고 암네리스는 몇 번이나 고통스럽게 외친다. 불행한 라다메스는 그동안 계속 침묵을 지키고 있다.

"라다메스, 라다메스." 하고 재판장은 협박하듯 노래 부르며 조국을 배반한 그의 죄를 통렬한 어조로 비난했다.

"해명하라!" 하고 모든 성직자가 합창하면서 촉구했다.

재판장은 라다메스가 계속 잠자코 있는 것을 성직자들에게 주의시키자, 성직자들은 공허한 목소리를 모아서 이구동성으로 유죄로 단정했다.

"라다메스, 라다메스!" 하고 재판장은 다시 노래 불렀다. "자네는 전쟁을 앞에 두고 진지를 떠났어."

"해명하라!" 하고 성직자들이 두 번째로 촉구했다.

"보라, 그는 말이 없다." 하고 완전히 편견에 사로잡혀 있는 재판장이 두 번째로 단정하자, 이번에도 모든 재판관이 재판장과 목소리를 합쳐서 "유죄!"를 단정했다.

"라다메스, 라다메스!" 하고 준열한 논고자가 세 번째로 말했다.

"자네는 조국과 명예, 그리고 왕에 대한 맹세를 깨뜨렸도다."

"해명하라!" 하고 다시금 성직자들은 외쳤다. 그리고 라다메스가 이번에도 아무 말이 없다고 마지막으로 주의를 주고 나서는, 몸을 떨면서 "유죄!"라고 단정했다. 이리하여 피할 수 없는 결과가 드디어 찾아왔다. 목소리로 보아 한데 뭉쳐 있는 듯한 합창단은 죄인에게 선고했다. 그의 운명은 정해지고 중죄인으로 사형에 처해져, 성난 신의 신전 아래에 있는 지하 감옥에 생매장될 것이라고.

성직자들의 무자비한 선고에 암네리스가 얼마나 분개했을까, 그것을 한스 카스토르프는 자기 나름대로 상상하는 수밖에 없었다. 레코드가 여기서 끝나 한스 카스토르프는 레코드를 바꾸어야 했다. 능숙하고 조용한 솜씨로, 말하자면 눈을 아래로 깔고 레코드를 바꾸고 다시 귀를 기울이려고 앉았을 때에는 멜로드라마의 마지막 장면이었다.

지하 감옥 밑바닥에서 라다메스와 아이다가 부르는 마지막 이중창이 울렸고, 두 사람의 머리 위 신전에서는 광신적이고 잔인한 성직자들이 의식을 올리면서 두 손을 쳐들고 중얼거렸다. "그대도…… 이 지하 감옥에!" 하고 라다메스의 비길 데 없이 명쾌하고 감미롭고 남성적인 목소리가 놀람과 기쁨에 넘쳐 노래 불렀다. 그렇다. 그가 명예와 생명을 버리고 사랑한 애인 아이다는 지하 감옥, 그의 곁으로 남몰래 들어와 있었다. 머리 위의 의식이 공허한 울림에 가끔 중단되면서 두 사람이 교대로 또는 함께 부르는 죽음의 도취의 노래……. 밤이 깊어 혼자서 귀를 기울이고 있는 한스 카스토르프는 마지막 장면의 내용과 음악적 표현에 매혹되었다.

이 노래는 천국에 대해서도 노래했지만, 노래 그 자체가 천국의 소리 같았고 천사가 노래를 부르는 것 같았다. 라다메스와 아이다의 목소리가 독창과 이중창으로 휘감긴 선율의 선은 기음과 제5음을 중심으로 한 곡선으로, 기음에서 점점 올라가 제8음의 반음 앞에 힘을 주어 머물러 있다가, 드디어 그 음을 벗어나 제8음을 살짝 내고는 제5음으로 내려왔다. 한스 카스토르프는 단순하고 감미로운 곡선이 이때까지 들은 선율 중에서 가장 청순하고 놀랄 만하다고 생각했다. 그러나 이 선율의 배후를 이루고 있는 장면의 내용이 없다면 그렇게까지 매혹되지는 않았을 것이다.

그 내용 때문에 그의 기분은 선율에서 생기는 감미로운 매력에 비로소 완전히 융합되었다. 아이다가 죽지 않으면 안 되는 라다메스와 지하 감옥 속에서 영원히 운명을 같이 나누려고 살짝 들어간 것은 정말로 아름다웠다. 지하 감옥에 생매장된 라다메스가 이처럼 사랑스럽고 생명에 찬 아가씨를 죽음의 동반자로 삼으려 하지 않은 것은 당연한 일이었다. 그의 애정에 찬 절망적인 "아니야, 아니야, 당신은 너무나 아름다워"에는 이 세상에서 두 번 다시는 만날 수 없다고 믿고 있었던 애인과 영원히 결합되는 도취가 느껴졌다. 한스 카스토르프가 그 도취, 그 감격을 짐작하는 데에 상상력을 동원할 필요는 없었다. 한스 카스토르프는 이 모든 것이 판자의 틈으로부터 흘러나오는 검고 작은 덧문을 들여다보면서, 두 손을 모으고 귀를 기울였다.

그가 마지막으로 느끼고 깨닫고 맛본 것은 현실의 현상적 추악상에 가해지는 고귀하고 움직일 수 없는 미화로서, 그것은 음악과 예술과 인간 심정의 자랑스러운 이상이었다. 우리들은 이 경우에 현실에서 일어난 현상을 상상하는 것만으로 충분하다! 생매장을 당한 두 사람은 지하 감옥 안의 가스에 숨이 막히고 공복 때문에 몸부림치면서 두 사람이 함께, 최악의 경우 차례로 생명이 끊어져 두 사람의 신체는 썩어 차마 눈으로 볼 수 없게 되고 드디어 두 사람의 해골이 지하 감옥 속에 눕게 될 것이다. 이것은 현상의 현실적이고 실제적인 한 면으로서 어디까지나 독립된 일련의 사실들이므로, 인간 심정의 이상주의는 전혀 이것을 문제 삼지 않을 뿐 아니라 미와 음악의 정신은 자랑스럽게 이것을 암흑의 세계로 내몰았다.

가극 속의 라다메스와 아이다에게 현실적으로 두 사람을 기다리고 있는 운명은 존재하지 않는다. 두 사람의 목소리는 융합되어 제8음의 반음 앞의 음에 올라가 계류되어, 천국의 문이 드디어 열려 두 사람의 동경에 영원한 빛이 비치기 시작한다고 노래 불렀다. 이 현실 미화에 깃든 위로의 힘은 듣고 있는 한스 카스토르프에게는 쾌감을 느끼게 했다. 좋아하는 레코드 가운데서도 특히 이것을 즐겨 들은 것도 이 힘이 한스 카스토르프를 크게 움직였기 때문이었다.

가극의 공포와 기쁨을 맛본 뒤에, 한스 카스토르프는 소품이긴 하지만 강한 매력을 가진 곡, 드뷔시의 《목신의 오후》를 듣고 한숨 돌리기로 하였다.

이것은 《아이다》에 비하면 훨씬 온건한 내용의 곡이었다. 전원시였지만 현대 음악의 간결한, 그러면서도 복잡한 수법으로 묘사되고 작곡된 곡이었다. 노래가 없는 순수한 관현악곡, 프랑스가 낳은 교향악적 서곡으로 현대 음악으로서는 규모가 작은 오케스트라로 연주되지만 현대 음악의 음향 기술의 아름다움을 다한 작품으로, 마음을 꿈의 세계로 유인하는 음악이었다.

한스 카스토르프는 이 음악을 들으면서 꿈을 꾸었다. 그는 여러 가지 색깔의 별 모양을 한 꽃이 만발하고 햇빛이 반짝이는 풀밭에 누워, 불쑥 튀어 오른 땅바닥을 베개 삼아 한쪽 무릎을 조금 세워서 다른 다리를 포개고 있었다. 그런데 포갠 두 다리는 산양의 다리였다. 풀밭에는 한스 카스토르프 외에는 아무도 없었고 흥에 겨운 그는 클라리넷 혹은 갈대 피리로 보이는 작은 피리를 입에 대고 손가락을 움직이면서 부드러운 콧소리를 끌어내어 막연하게 음 하나하나를 냈다. 그 음들이 저절로 아름다운 원무곡이 되어 부드러운 콧소리는 창공으로 올라갔다. 그 하늘 아래 자작나무와 물푸레나무가 군데군데 서 있어, 나뭇잎이 바람에 나부끼며 햇빛에 반짝였다. 그러나 명상적이고 부드러운, 선율이라고도 할 수 없는 피리 소리만이 조용한 풀밭에 들려온 것은 그렇게 긴 시간은 아니었다.

더운 여름의 풀숲을 날아다니는 곤충의 붕붕 소리, 햇빛, 미풍, 나뭇가지의 흔들림, 나뭇잎의 반짝임, 희미하게 움직이는 여름의 고요함, 이 모든 것이 뒤섞인 울림으로 되어, 그것이 한스의 단조로운 피리 소리에 끊임없이 변화하는 놀랄 만큼 아름다운 화성음을 주었다. 이 교향악적인 반주는 가끔 멀어져 없어졌지만 산양 다리를 한 한스는 갈대 피리를 계속 울려, 그 소박하고 단조로운 소리로 다시 자연의 멋진 음색의 화음을 끌어냈다.

아름다운 화음은 다시 잠잠해졌다가, 이번에는 이때까지의 아름다움을 능가하는 감미로운 울림으로 차례로 새로이 높은 기악 음을 계속 더해 갔다. 이때까지 아끼던 모든 풍부함을 다 발표하여 그 순간의 감미롭고 완전한 충족감은 그 안에 영원을 간직하고 있었다. 젊은 목신인 한스는 여름 풀밭에 누워 참으로 행복했다. 여기에는 "해명하라!"도 없고 책임도 없고 명예를 잊고 명예를 잃은 인간을 재판하는 성직자들의 군법 회의도 없었다. 여기에는 망각 그 자체, 충족한 정지, 시간을 모르는 천진난만이 있을 뿐이었다. 양심의 가책이 없는 방종, 유럽의 행동 정신을 부정하는 모든 입장을 이상화하고 신격화하는 생활만이 있어, 그것이 자아내는 부드러운 분위기가 밤의 음악 애호가에게 이 레코드를 다른 많은 레코드보다도 즐기게 했다.

그리고 여러 장으로 된 세 번째 레코드가 있었다. 서너 장 가운데 테너가 부르는 노래만도 가운데까지 금이 새겨진 한쪽 면 전부를 차지하고 있었다. 이것도 프랑스 것으로 한스 카스토르프가 여러 번 극장에서 보고 듣고 하여 잘 알고 있었다. 한 번은 대화 속에서, 그것도 중요한 대화 속에서 그 줄거리를 언급한 적도 있는 가극의 발췌였다.

레코드는 제2막의 스페인 주막, 넓은 선술집 장면으로, 바닥에는 마루가 깔려 있고 주위에는 휘장을 드리운 무어식의 낡은 건물이 있었다. 카르멘의 열정적이고 좀 쉰 듯한, 그러면서도 순수하고 호감이 가는 목소리가 젊은 상사 앞에서 춤을 추고 싶다고 노래 부르자, 캐스터네츠가 울리기 시작했다.

그러나 그 순간 좀 떨어진 장소에서 나팔 소리, 연대의 신호나팔이 거듭 울렸다. 그것을 듣고 젊은 상사는 적지 않게 놀랐다. "잠깐만! 잠깐만 멈추어 줘!" 하고 그는 외치고 귀를 기울였다. 카르멘이 "왜요? 도대체 무슨 일이에요?"라고 물었다. 그 말을 듣고 젊은이는 카르멘이 자기와 마찬가지로 나팔 소리에 놀라지 않는 것에 정말 놀라 외쳤다.

"저 소리가 안 들리나? 저것은 병영에서 들려오는 신호나팔 소리가 아닌가! 귀대 시간이 왔어." 하고 젊은이는 가극적으로 노래 부르면서 말했다. 그러나 집시 여자는 그것을 이해할 수 없었다. 이해하려고 하지도 않았다.

"더 좋지 않아요?" 하고 그녀는 아무것도 모르는지 아니면 뻔뻔스러워서 그런지 알 수 없는 투로 말했다. "이제는 캐스터네츠를 울리지 않아도 되겠네요. 신께서 춤추는 음악을 보내 주시니 말이에요." 하고 노래 불렀다. "자, 춤시다. 라라라라!"

젊은이는 어쩔 줄을 몰랐다. 그는 카르멘에게 모든 것을 설명하고 이 세상의 어떤 사람도 귀대 나팔에는 거역할 수 없다는 것을 이해시키려고 열중한 나머지 자기의 낙담과 슬픔을 완전히 잊었다. 이토록 중대하고 절대적인 것이 그녀에게 이해되지 않는다니 어찌된 일일까.

"나는 지금 당장 돌아가야 해요. 병영으로 점호를 받으러!" 하고 그는 여자의 태연스러움에 어이가 없어 그렇지 않아도 무거운 기분이 더 무거워져서 외쳤다. 그러자 카르멘의 대답이 걸작이었다! 그녀는 미친 듯이 진심으로 성을 냈는데 그 목소리는 사랑을 배반당하고 짓밟힌 것을 원망하는 여자의 목소리였다. 또는 그와 같은 시늉을 했을 수도 있었다.

"돌아가신다고요? 점호를 받으러? 그러면 내 기분은 어떻게 해 주시겠어요? 당신한테 반해 있는 나를……. 그래요, 나도 인정해요. 당신을 노래와 춤으로 위로해 드리려고 어쩔 줄 몰라 하는 가련하고 상냥한 이 심정을 어떻게 하실래요? 트라테라타." 하고 그녀는 거칠게 비웃고는 손을 오목하게 하여 입에 대고 나팔 흉내를 냈다. "트라테라타, 이것만으로도 이 바보는 돌아가는군요. 여기 군도와 혁대! 빨리요, 어서요. 병영으로 돌아가세요!"

젊은이는 이해해 달라고 애원했다. 그러나 그녀는 거칠게 비웃으면서, 나팔 소리로 제정신을 잃어버린 것은 그가 아니라 그녀 자신 쪽이라는 듯이 흥분했다.

"트라테라타, 이제 점호예요. 어서요. 지금부터 서둘러도 지각이에요. 어서 가세요. 점호 나팔이 부르니까요. 카르멘이 춤추어 드리겠다고 하는 순간에 당신은 나팔 소리를 듣고 미친 사람처럼 어쩔 줄 몰라 하는군요. 그것이 당신의 나에 대한 사랑인가요?"

괴로운 상태였다! 그녀는 모르고 있는 것이었다. 여자는, 집시 여자는 모르고 있었고 알려고도 하지 않았다. 그녀는 고의로 알려고 하지 않았다. 왜냐하면 그녀의 분노와 조소에는 분명히 이 경우만의 문제가 아닌 것, 그녀만의 문제가 아닌 것이 숨어 있었다. 프랑스식의 나팔, 또는 스페인식 나팔의 형태를 빌어 사랑에 눈이 먼 젊은 병사들이 다시 불리어 가는 원리에 대한 증오, 이브 이래의 적의가 숨어 있어, 그 원리를 굴복시키는 것이 그녀의 최고 야심, 여성으로서 태어날 때부터의 야심이었다. 그녀는 이 싸움에 사용할 극히 간단한 무기를 가지고 있었다. 즉 그가 복귀하면 당신은 나를 사랑하지 않는다고 주장하기만 하면 되었다. 그리고 다름 아닌 이 말을 듣는 것이야말로 상자 속의 젊은 호세에게는 가장 괴로운 일이었다. 그는 자기에게 말할 기회를 달라고 애원했다. 카르멘은 그것을 승낙하지 않았다. 그래서 그는 무리를 해서라도 그녀에게 말해 보려고 했다. 숨 가쁜 순간이었다. 음산하고 위협적인 악상이 관현악에 의해 연주되었다. 이 악상은 한스 카스토르프도 알다시피 가극의 발단에서 파국적인 종말에 이르기까지 계속되었고, 젊은 병사의 아리아 서곡으로도 되어 있었다. 그 아리아는 레코드에 들어 있었다.

"이 가슴에 아주 깊이 간직한 시간." 호세는 아주 아름답게 노래 불렀다. 한스 카스토르프는 언제나 순서대로 듣지 않고 이 아리아만을 가끔 들었다. 그때마다 깊은 공감을 느끼면서 주의 깊게 들었다. 이 아리아는 내용에 깊이가 없었지만 애원하는 표현이 아주 감동적이었다. 병사는 카르멘을 처음으로 알았을 때 그녀가 던져 준 꽃을 노래하고 카르멘 때문에 영창에 들어가 있는 동안도 그 꽃이 오직 그의 유일한 위안이었다고 노래 불렀다. 카르멘을 알게 된 운명을 저주한 순간도 있었다고 아주 격정적으로 외쳤다. 그러나 한시라도 그렇게 생각한 것을 곧 맹렬히 후회하고 그녀를 다시 한 번 만나게 해달라고 무릎 꿇고 신에게 기도드렸다고 노래했다. "그리고", 이 '그리고'는 그 바로 전의 "아, 사랑하는 아가씨"라는 처음 음과 마찬가지로 높은 곡조로 불렀다. 또한 여기서 젊은 병사의 고뇌, 동경, 보답받지 못하는 애정과 감미로운 절망을 조금이라도 표현할 수 있는 관현악기의 마술이 남김없이 구사된 반주가 시작되었다. '그리고' 그녀는 이번에도 그의 눈앞에 정말 운명적인 요염한 자태로 나타나 그는 한 가지를 분명히 깨달았다. "이제는 파멸이다"라는 것을(이 파멸이라는 말은 제1음절에 온음의 장식음을 사용하여 흐느끼는 것처럼 불려졌다), 영원한 파멸이라는 것을……. "그대여 나의 기쁨, 나의 생명!" 하고 그는 여러 번 나타나는 선율로 절망적으로 노래 불렀다. 이 선율은 오케스트라에서도 다시 한 번 흐느끼는 것처럼 연주했는데, 그것은 기음에서 2음 올라가 거기에서 열렬한 박자로 한 옥타브 아래의 제5음까지 내려갔다. "나의 마음은 당신의 것." 하고 병사는 같은 선율을 사용하여 자명하지만 무어라고 말할 수 없는 부드러운 기분으로 맹세하고는, 제6음까지 올라가 "영원히 나는 당신의 것!"이라고 노래 부른 다음, 목소리를 10음 내려서 격정적으로 "카르멘, 나는 당신을 사랑합니다!"라고 고백했다. 이 가사의 마지막은 차례로 새로운 화음을 주는 음에 의해 안타까울 정도로 길게 끌어진 후 마지막 음절 "사랑합니다"는 그 직전의 음절과 함께 기초 화음으로 흘러들어갔다.

"그렇고말고, 그렇고말고!" 하고 한스 카스토르프는 우울한 만족을 맛보면서 마지막 곡도 틀었다. 전에 카르멘에게서 탈주를 권고받았을 때에는 놀랐던 젊은 호세도, 이번에는 상관과 충돌해서 연대로 돌아갈 수 없어 탈주병이 되었지만, 이 레코드에서는 모두 호세를 축하해 주었다.

 아, 우리들과 함께 탁 트인 산으로 오라.
 산마루에는 거칠지만 시원한 바람이 분다.

 그들은 합창했는데, 그 기분을 정말로 잘 이해할 수 있었다.

 행복한 마음으로 넓은 세상 걸어가자.
 그대의 조국에는 국경이 없다!
 그대의 의지만이 최고의 힘,
 귀한 보석보다도 더욱 더 드문 선물이여,
 자유는 웃는다! 자유는 웃는다!

 "그렇고말고, 그렇고말고!" 하고 한스 카스토르프는 다시 중얼대고 네 번째의 아주 가련한 부드러운 곡을 틀었다.
 이번에도 역시 프랑스 음악으로 군인 정신에 가득 찬 곡이 선택된 것은 우리들의 책임은 아니다. 삽입곡과 독창으로, 구노의 가극 《파우스트》 가운데 〈기도〉였다. 아주 호감이 가는 어떤 인물이 등장했다. 이 인물은 발렌틴이라는 젊은이였지만 한스 카스토르프는 이 청년을 남몰래 더 친근하고 그리운 이름, 즉 죽은 사촌의 이름으로 불렀다. 상자 속에서 노래 부르는 젊은이는 사촌보다 훨씬 아름다운 목소리였지만, 한스 카스토르프는 그 젊은이를 사촌과 거의 동일한 사람으로 느꼈다. 힘차고 풍부한 바리톤으로, 가사는 3절로 구성되어 서로 흡사한 1절과 2절은 경건한 느낌에 차 있어 거의 신교의 찬송가 스타일과 같았다. 2절은 용감하고 군인적이고 경쾌했지만 역시 경건했고, 그 점이 바로 프랑스적이고 군인적이었다.

보이지 않는 젊은이는 노래 불렀다.

나의 사랑하는 조국을
이제는 떠나야 하리.

그리고 젊은이는 출정하는 이 마당에 하느님에게 그가 없는 동안 사랑하는 누이동생을 지켜 달라고 노래 불렀다. 전쟁 장면이 되자 리듬은 일변하여 진취적으로 되고, 근심과 비탄은 어딘가로 날아가 버린 것 같았다. 모습이 안 보이는 젊은이는 전투가 가장 심하고 위험이 가장 많은 장소에서 대담하고 경건하게 프랑스식으로 적에게 대항하려고 했다. 그러나 신이 자기를 지극히 높은 곳으로 부르신다면 자기는 거기에서 '너'를 내려다보고 지켜 줄 것이라고 노래 불렀다. 이 '너'는 누이동생이었지만 한스 카스토르프는 마음 깊이에서 여기에 감동해 그 감동은 끝까지 계속되었다. 마지막으로 상자 속의 기특한 젊은이는 힘찬 찬송가와 같은 화음에 맞추어 노래 불렀다.

오, 하늘에 계신 아버지시여, 나의 기도를 들어주소서.

마르가리테를 보호해 주시옵소서.

이 레코드에 관해서는 그 밖에는 할 말이 없다. 우리들이 이 레코드에 대해서도 간단하게 언급해야겠다고 생각한 것은 한스 카스토르프가 이 레코드를 유달리 사랑했기 때문이다. 그리고 나중에 이상한 기회에 이 레코드가 어떤 역할을 했기 때문이기도 하다. 그러면 그가 사랑하고 있었던 몇 개의 레코드 중 다섯 번째인 마지막 곡을 소개하기로 하자. 물론 이 곡은 프랑스 음악이 아니라 전형적인 독일 음악이라고 할 수 있는데 가극이 아니라 가곡이었다. 민중의 재산이기도 하고 예술적인 명곡이기도 하다는 두 가지 성질 때문에 특수한 정신적 세계관적 의의를 갖는 가곡의 하나였다. 그런데 왜 돌려서 말할 필요가 있는 것일까? 슈베르트의 〈보리수〉, 즉 누구나 다 알고 있는 저 '성문 앞 우물가에'가 그것이었다.

테너 가수는 이 노래를 피아노 반주로 불렀는데, 절도 있고 취향이 고상한 성악가는 그 단순하고 심오한 노래를 깊은 이해와 음악적인 섬세한 신경과 서창적인 신중성을 갖고 노래 불렀다. 우리 모두가 알고 있듯이 이 훌륭한 노래는 민중과 아이들이 부를 때에는 본격적으로 부르는 경우와 좀 다른 창법으로 불려진다. 일반적인 창법은 단순화되어 있어 중심 멜로디에 의해 한 절 한 절이 똑같이 불리는 것이 일반적이다. 그러나 원래의 창법은 악보에서는 8행짜리 제2절에서 벌써 단조의 변조가 나타났다. 5행에서 아주 아름답게 장조로 돌아가 이에 계속되는 "찬바람은"과 "머리에서 날아가는 모자" 부분에서는 멜로디가 극적으로 무너지고, 제3절의 마지막 4행에서 비로소 본래의 선율로 돌아가 멜로디를 노래로 끝맺기 위해 그 4행이 두 번 불린다. 멜로디의 압도적인 전회(轉回)는 세 번 있는데, 모두 조바꿈을 하는 후반에 나타난다. 따라서 제3회의 전회는 최후의 반절 "이제 나는 여러 시간을"의 반복으로 나타난다. 이 멋진 전회는 감히 설명하지 못하겠다. "그토록 많은 아름다운 말", "나를 부르는 듯이", "그곳에서 멀리 떠나"라는 구에 주어져 있어, 성악가는 적절한 흐느낌을 느끼게 하는 밝고 따뜻한 목소리, 교묘한 호흡법으로 이 전회를 세 번 다 감정적으로 잘 살려 노래했다. 특히 "그 나무에 언제나 끌리는"과 "여기서 그대는 안식처를 찾으리라"에서 정말로 감정에 찬 노랫소리로 효과를 냈기 때문에, 한스 카스토르프는 들으면서 뜻밖의 감동을 받았다. 마지막에 되풀이되는 시구 "여기서 그대는 안식처를 찾으리라"에서는 "찾으리라"를, 첫 번째는 목소리를 높여 동경을 가지고 부르고 두 번째는 아주 부드러운 은적(銀笛) 같은 소리로 조용히 불렀다.

  가곡과 그 창법에 대해서는 이 정도로 하자. 한스 카스토르프가 밤마다 있는 콘서트에서 특히 좋아한 곡목에 대하여 얼마나 따뜻한 관심을 기울였는가는, 지금까지 소개한 레코드의 경우를 통해 독자도 대개 짐작이 갔으리라고 믿는다. 그러나 마지막 레코드인 가곡 〈보리수〉가 그에게 얼마나 큰 의의를 가지고 있었는가를 설명하는 것은 물론 미묘하기 그지없는 일로, 도움이 된다면 몰라도 해가 되지 않으려면 극도로 주의하여 설명해야 할 것이다.

우리들은 다음과 같이 설명하려고 한다. 인간의 정신과 지성이 창조한 대상, 즉 의의를 갖는 대상은 그 대상 자체를 뛰어넘는 의의를 지니게 된다. 따라서 그것은 한층 보편적인 정신과 지성의 세계, 그 대상 안에서 다소 확실한 스스로의 이미지를 발견하는 감정과 사상을 가진 한 세계를 표현하고 대표하는 것으로, 그 상징의 정도에 의해 의의의 대소도 결정된다. 그리고 그런 대상에 대한 사랑 그 자체도 역시 '의의를 갖는' 사랑이다. 그러한 사랑은 그것을 품는 인간에 대해서도 시사하므로, 그것은 의의 있는 대상이 상징하는 보편적인 세계, 의식하든 않든 간에 거기서 사랑받고 있는 세계에 대한 그 인간의 관계를 여실히 나타낸다.

우리들의 단순한 주인공 한스 카스토르프는 밀봉 교육적인 연금술에 여러 해 동안 연마되어, 그의 사랑의 '의의'와 그 대상의 '의의'를 충분히 의식할 수 있을 정도로 정신과 지성의 세계에 깊이 침입해 들어갔다. 그에게 〈보리수〉 노래는 중요한 '의의'를 갖고 있으며 그가 분명히 사랑했던 한 세계를 의미하고 있었다. 그 세계를 사랑하지 않았다면 그 세계를 대표하고 상징하는 가곡에 그토록 열중하지는 않았을 것이다. 그 가곡이 정말로 자상하고 신비롭게 포함하고 있는 감정의 세계, 넓은 의미의 정신적 태도의 매력에 대해 그의 감정이 포로가 될 정도로 성숙하지 않았다면, 그의 운명은 현재와는 달랐을 것이다.

우리들은 이와 같이 약간 수수께끼 같은 말을 첨부하지만, 마음 내키는 대로 말하는 것은 아니다. 그의 현재 운명은 그의 정신을 향상시키고 모험과 인식과 통찰을 초래했고, 그의 마음에 술래잡기의 문제들을 제기했다. 그로 인해 그는 이 가곡이 상징하는 세계, 이 세계를 놀라울 만큼 참으로 훌륭하게 상징하고 있는 가곡, 그 가곡에 대한 애정에 회의적인 비판을 내리고, 그 세계와 가곡과 애정, 이 세 개를 양심적인 회의를 갖고 바라볼 수 있게 되었다.

그렇지만 회의가 사랑에 마이너스가 될 것이라고 말하는 사람이 있다면 그는 사랑의 본질을 전혀 모르는 사람이라고 할 수밖에 없다. 오히려 이러한 회의는 사랑을 더 깊게 하고, 사랑에 정열의 가시를 주기 때문에, 정열은 회의적인 사랑이라고 규정할 수도 있을 것이다. 그런데 한스 카스토르프는 매력적인 〈보리수〉와 그 세계에 대한 자기의 사랑이 허락된 사랑인지 아닌지를 양심적, 철학적으로 의심했다. 이 회의는 무엇에 기인하는 것일까. 이 곡의 배경이 되는 세계는 그의 양심의 목소리에 따르면 사랑이 금지된 세계였다. 그렇다면 그 세계는 어떤 세계였을까?

그것은 죽음의 세계였다.

그러나 이것은 있을 수 없는 폭언이다! 그토록 멋진 가곡을! 민중의 심정의 가장 깊은 곳, 가장 신성한 곳에서 생긴 청순한 명곡, 최고의 보배, 친밀함의 극치, 가련함 그 자체인 것을! 얼마나 추악한 중상인가.

그렇다, 그렇다. 그 분개는 정말로 당연했다. 정직한 사람이라면 누구든지 그렇게 분개할 것이다. 그러나 이 사랑스러운 가곡의 배후에는 역시 죽음이 숨어 있었다. 이 가곡은 죽음과 연관이 있어 그 연관을 사랑하는 것은 좋지만, 그 사랑이 어떤 의미에서는 불건전한 사랑이라는 것을 예감적으로 술래잡기의 사색에 의해서 확실히 해야하겠다. 이 가곡은 본래의 성질에서 말한다면 죽음에 대한 공감을 나타내는 것이 아니라, 극히 민중적인 생명이 넘치는 것을 표현한 것이다. 그러나 이 가곡에 지적이고 정신적인 공감을 한다는 것은 죽음에 공감한다는 것이었다. 처음에는 순수하고 경건하며 명상적이라고 말할 수 있다는 점에 조금도 이론을 제기할 여지는 없겠지만, 그러한 태도를 계속하는 사이에 음산한 죽음에 공감하게 되는 것이다.

한스 카스토르프는 도대체 무엇을 생각하고 있는 것일까? 그러나 여러분이 아무리 설득하려 해도 그 음산한 결과를 그는 믿어 의심치 않을 것이다. 어둠의 활동, 어두운 활동, 접시 모양의 깃 장식이 달린 검정 옷을 입은 고문 형리의 감각과 반인간성, 그리고 사랑이 아니라 정욕, 이것이 순수하고 충실하게 보이는 경건한 태도의 결과인 것이다.

확실히 문필가 세템브리니는 한스 카스토르프가 이유 없이 신뢰할 수 있는 인물은 아니었지만, 이 두뇌가 명석한 선생이 몇 년 전에, 즉 청년이 연금술적 인생 항로를 내딛기 시작했을 무렵 모종의 세계로 정신적인 '복귀'를 설교했던 것이 생각났다. 한스 카르토르프 청년은 이 설교를 신중히 가까운 대상에 맞추어 보는 것이 상책이라고 생각했다. 세템브리니 씨는 이 복귀의 현상을 '병'으로 규정했다. 그러나 이러한 복귀가 행해지는 세계의 모습 그 자체, 그러한 정신이 세력을 펴는 시기도 세템브리니 씨의 교육가적 감각에는 '병적'으로 보였을지 모른다. 그러나 왜 그럴까! 한스 카스토르프가 사랑하는 향수의 가곡, 그 가곡의 세계인 심정의 세계, 그리고 또 그 세계에 대한 사랑, 이것도 '병적'이란 말인가? 천만의 말씀! 그 가곡, 그 세계, 그 세계에 대한 사랑은 이 세상에서 가장 건전한 것이다. 그러나 그것은 이 순간 또는 바로 뒤의 순간까지는 신선하고 윤기가 있고 건전하지만, 곧 썩어서 상하기 쉬운 과일과도 같다. 신선할 동안 먹으면 마음을 상쾌하게 만들지만 조금이라도 늦게 먹으면, 그것을 맛보는 사람 사이에 부패와 파멸을 초래한다. 즉 이 가곡은 생명의 과실이긴 하지만 죽음에서 태어나 죽음을 잉태하고 있었다. 이것은 영혼의 기적이었다. 양심이 없는 미의 관점에서는 아마 축복을 내릴 최고의 기적이었을 것이다. 책임감을 갖고 사색하는 인간의 생명과 유기적인 것에 대한 사랑의 관점에서는 정당한 이유에서 의심스러운 눈으로 바라볼 수 있는 것이었다. 최고 재판관인 양심의 선고에 따르면 이것은 극기에 의해 극복해야 할 대상이었다.

마의 산 2

그렇다. 극기야말로 이 사랑, 음산한 결과를 초래하는 영혼의 마술을 극복하는 본질인 것이다. 한스 카스토르프의 명상 또는 예감에 찬 사고는 깊은 밤에 홀로 커다란 음악 상자 앞에 앉아 있을 때, 그의 사고력이 미치지 못하는 높이로 날아올라 연금술적으로 고양된 사고가 되었다. 아, 영혼의 마술은 거대한 것이다! 우리들은 모두 마술의 아들이며 마술에 봉사함으로써 지상에서 거대한 작업을 해낼 수 있다. 사람이 반드시 천재일 필요는 없지만, 우리 모두가 〈보리수〉 작곡가보다 더 많은 재능만 가지고 있으면, 영혼의 마술사로서 그 가곡에 거대한 윤곽을 주어 세계를 정복할 수도 있을 것이다. 이 가곡 위에 여러 나라를 건설할 수도 있을 것이다. 지상적인 너무나 지상적인 나라, 아주 억세고 진보적이며 사실은 향수를 모르는 나라, 보리수 가곡이 전기 축음기의 음악으로 타락하는 나라를. 그러나 최고의 영혼의 마술인 사람은 그 마술을 극복하기 위해 생명을 바친다. 사랑의 새로운 말을, 그가 아직 표현할 수 없었던 말을 입가에 담으면서 그 마술의 가곡 때문에 죽는 것은 아주 의의 깊은 일이다. 그러나 죽는 것은 사실 그 노래 때문에 죽는 것이 아니라, 사랑과 미래의 새로운 말을 마음에 간직하면서 이미 새로운 것 때문에 죽는 것이며 그런 의미에서는 영웅의 죽음이다.

아무튼 이것들이 한스 카스토르프가 사랑하는 레코드였다.

### 매우 의심스러운 이야기

크로코브스키의 강연은 요 몇 년 사이에 뜻하지 않는 방향 전환을 했다. 정신분석과 환자의 꿈을 대상으로 삼던 그의 연구는 언제나 지하와 지하의 무덤을 연상시키는 성질을 띠고 있었다. 요즈음 그것이 청중이 거의 알아차리지 못하는 느린 커브를 그려 선회하여 마법 세계, 아주 신비스러운 세계에 접촉하기 시작했다. 2주일마다 식당에서 열리는 그의 강연은 요양원 최고의 인기 종목이며 안내서의 자랑거리였다. 프록코트에 샌들을 신고 식탁보를 덮은 작은 탁자를 앞에 두고 외국인다운 길게 빼는 악센트로, 몸을 꼼짝 않고 경청하는 베르크호프의 환자들에게 들려주는 강연은 이제는 가장된 사랑의 활동이라든지 병의 의식화된 감정으로 환원 같은 것을 주제로 삼지 않게 되었다. 즉 최면술이나 몽유병 같은 무의식의 이상한 현상, 독심술이나 정몽(正夢)이나 천리안 같은 현상, 히스테리의 기괴한 현상을 주제로 삼았다. 그리고 이러한 이야기의 진전에 따라 철학적인 시야가 넓혀져, 청중의 눈에는 물질과 정신의 관계라는 수수께끼, 아니 생명의 수수께끼가 홀연히 깜박거리기 시작하여 그 현상을 해명하려면 건전한 방법보다는 무섭고 병적인 방법을 택하는 편이 유망한 것처럼 생각하게 되었다.

우리들이 이런 말을 하는 것은, 의사 크로코브스키가 강연이 단조로워지는 것을 두려워하여 기분 전환 목적으로 신비로운 것을 주제로 삼았다고들 말하는 경솔한 사람들에게 부끄러운 생각이 들도록 하는 것이 우리들의 의무라고 생각했기 때문이다. 이런 험담을 하는 사람은 어느 세계에든 있는 법이다. 월요일의 강연에서 신사들은 이전보다도 더 열심히 귀를 기울였고, 레비 양은 그 어느 때보다도 더욱 가슴에 나사 장치가 되어 있는 밀랍 인형 같았다는 것은 사실이었다. 그러나 이런 효과는 학자인 크로코브스키의 사고 발전의 경로에서 변화와 마찬가지로 당연한 것이었다. 학자의 그 경로는 단지 자연스러울 뿐만 아니라 필연적이었다고 할 수 있었다. 인간의 영혼 가운데서 잠재의식이라고 불리는 어둡고 광범위한 영역은 이때까지도 그의 연구 영역이었다. 물론 이 잠재의식의 세계는 초의식의 세계라고 부르는 것이 좋을 것이다. 왜냐하면 이 세계에서 가끔 개인의 의식적 지식을 훨씬 넘는 지식이 번득거려, 개인의 영혼의 가장 깊은 어두운 부분과 전지전능한 만유의 혼 사이에 연결 관계가 있는 것이 아닌가 라고 생각되기 때문이다. 잠재의식의 세계는 문자 그대로 '잠재적' 이지만, 그것은 좁은 의미에서 '신비적'이기도 한 것임을 곧 알 수 있다. 이 잠재의식의 세계는 우리들이 임시변통으로 신비라고 부르는 현상을 낳는 원천의 하나인 것이다. 그뿐만이 아니라 유기체의 병적 징조는 억압되고 히스테리화한 흥분이 의식화하여 생긴 것이라고 생각하는 사람은 물질 속에서도 정신이 창조력을 가지고 있음을 인정하는 것이다. 이 창조력은 신비적인 현상의 제2의 원천이라고 부를 수밖에 없다. 이렇게 하여 병리학적 관념론자라고는 하지 않더라도 병리학적인 것에 대한 관념론자는 존재 일반의 문제, 즉 정신과 물질의 관련 문제에 직결되는 사고의 출발점에 서게 된다. 단순하고 완강한 철학의 산물인 유물론자는 정신적인 것을 물질적인 것의 인공적 산물에 지나지 않는다고 고집할 것이다. 이와는 반대로 관념론자는 창조력을 가진 히스테리라는 원리에서 출발하여 정신과 물질의 우위 문제에 대해 유물론자와는 정반대로 대답하려 하거나, 곧 대답할 것이다. 결국 이것은 옛날부터의 논쟁, 닭이 먼저냐 계란이 먼저냐 하는 논쟁과 다를 것이 없다. 또한 닭이 낳지 않은 계란은 생각할 수 없고, 계란에서 부화하지 않은 닭도 생각할 수 없다는 두 가지 사실에 의해 논쟁은 기상천외하게 혼란스러운 것이다.

　의사 크로코브스키는 요즈음 강연 속에서 이런 문제를 논하기 시작했다. 그는 유기적이고 논리적이며 합법적인 경로로 이 문제에 이르렀다. 우리는 이 점을 아무리 강조해도 좋다고 생각한다. 크로코브스키가 이런 문제를 논하기 시작한 것은, 엘렌 브란트 양이 무대에 등장해서, 그런 문제가 현실적이고 실험적인 단계로 들어갔을 때보다 훨씬 이전의 일이라는 것을 부언해 둔다.

엘렌 브란트란 누구인가? 물론 우리들에게는 이 이름이 친숙하지만 독자에게는 아직 알려져 있지 않다. 그것을 멍청하게 잊어버릴 뻔했다. 엘렌 브란트란 누군가? 얼른 보면 특징이 거의 없는 소녀였다. 19세로서 엘리라고 불리고 밝은 금발을 한 귀여운 덴마크 아가씨였다. 코펜하겐이 아니라 퓌넨 섬의 오덴세 태생으로, 아버지는 버터 회사를 경영하고 있었다.

그녀는 직장 여성으로 벌써 몇 년 동안 도시 은행의 지방 지점에서, 오른팔에 토시를 끼고 회전의자에 앉아 두꺼운 장부 위에 몸을 구부리고 일했다. 거기에서 병이 났던 것이다. 걱정할 만한 용태는 아니고 조금 의심스럽다는 정도였다. 물론 그녀는 날씬하여 얼른 보아서는 빈혈인 듯했다. 그러나 무어라 해도 호감이 가는 아가씨여서, 누구나 무심결에 그 밝은 금발 위에 손을 얹고 싶어질 정도였다. 고문관도 식당에서 그녀와 이야기를 할 때는 언제나 그렇게 하였다. 북국 아가씨의 청순함, 유리처럼 순결하며 어린애 같고 처녀다운 분위기가 정말로 사랑스럽게 몸을 감싸고 있었다. 순진하게 바라보는 해맑은 푸른 눈길도 그 말씨도 사랑스러웠다. 말이 또렷또렷하고 음이 높은 얌전한 말투였지만, '플라이슈'를 '플라이히'라고 발음하는 식으로 전형적인 발음상의 조그만 실수가 있는 다소 서툰 독일어로 말했다.

얼굴에는 이렇다 할 특징이 없었지만 턱이 약간 짧았다. 그녀와 같은 식탁에 앉아 있는 클레펠트가 그녀를 어머니처럼 돌보아 주었다.

그런데 이 브란트 양, 엘리 양, 자전거를 타고 다니는 귀엽고 작은 덴마크 아가씨, 은행 지점에서 사무를 보았던 상냥한 그녀에게는 그 밝은 모습을 한두 번 보아서는 상상도 할 수 없는 이면이 있었다. 이 이면은 그녀가 이 베르크호프에 온 지 이삼 주 지나자 나타나기 시작했다. 이것이 얼마나 특이한지를 완전히 드러난 것은 의사 크로코브스키에 의해서였다.

밤 모임에서 함께 실내 유희를 했던 때의 일이 이 학자의 주의를 환기시켰다. 모두 여러 가지 수수께끼 놀이를 하거나, 피아노 소리에 유도되어 감추어진 물건 찾기 놀이를 하기도 했다. 그 유희는, 찾는 사람이 감추어진 장소에 가까이 가면 피아노 소리가 높이 울리고 방향이 틀리는 곳으로 멀리 가면 피아노 소리가 낮게 울리는 것이었다. 이 유희 다음에는 순번이 된 사람이 밖으로 나간 사이에 과제를 결정짓고, 여러 개로 연결된 과제를 올바르게 차례로 풀게 하는 유희였다. 가령 어떤 두 사람의 반지를 바꾼다든지, 누구에게 세 번 인사를 하고 댄스 상대역을 신청한다든지, 표지를 단 책을 도서실에서 가지고 와 그것을 누구에게 넘긴다든지 하는 종류의 것이었다. 이런 종류의 유희는 이때까지 베르크호프의 손님들 사이에서 해 본 적이 없다는 것을 말해 두어야겠다. 누가 도대체 이런 유희를 하자고 했는지 이제 와서는 알 수가 없다. 엘리가 아니라는 것은 확실했다. 그러나 그녀가 이곳에 오고 난 뒤 비로소 누군가가 생각해 낸 것만은 확실하다.

유희의 멤버는 대부분 우리들이 잘 알고 있는 사람들로 한스 카스토르프도 그중 한 사람이었다. 과제를 꽤 훌륭히, 또는 그럭저럭 해낸 사람도 있고 또 전혀 손도 못 대는 사람도 있었다. 그러나 엘렌 브란트의 능력만은 깜짝 놀랄 정도로 무섭고 괴상할 정도였다. 숨겨 놓은 물건을 찾아내는 그녀의 육감이 빠른 점에 대해서는 갈채와 감탄 그리고 웃음만으로 끝났지만, 한층 더 복잡한 유희가 되고부터는 모두들 숨을 죽이기 시작했다. 모두가 살짝 아무리 어려운 문제를 말해도 그녀는 방으로 다시 들어온 순간 조용한 미소를 띠고는 서슴지 않고, 피아노 소리에 유도되지도 않고 과제를 풀었다. 예를 들면 식당에서 소금 한 줌을 집어 와서 파라반트 검사의 머리에 뿌리고 난 뒤, 검사의 손을 잡고 피아노 앞으로 데리고 가 검사의 집게손가락으로 〈반짝반짝 작은 별〉이라는 노래의 첫 부분을 연주했다. 그러고는 검사를 제자리로 데리고 가 무릎을 꿇고 그에게 인사를 하고 그의 발치에 받침을 끌어당겨 앉았다. 모두가 있는 지혜를 짜서 그녀를 위해 생각해 낸 것과 조금도 다르지 않게 그대로 해냈다.

필경 살짝 엿들은 것임에 틀림없다고 모두들 말했다.

그녀는 얼굴이 붉어졌다. 그녀가 면목이 없다는 듯이 얼굴이 빨개진 것을 보고 오히려 모두는 안심하고 그녀에게 시비를 걸기 시작했다. 그러자 그녀는 단호히 말했다. "아니에요. 그렇지 않아요. 그런 말씀 마세요. 방 밖에서, 문 밖에서 엿듣다니, 어떻게 그럴 수가 있겠어요."

"밖에서, 문 있는 데서 안 들었다고?"

"네, 어떻게 밖에서 들을 수가 있어요. 죄송하지만……." 하고 그녀는 말했다. 그녀는 방에 들어왔을 때에 들었다고, 그걸 듣지 않을 수 없었다고 말했다.

"듣지 않을 수 없었다고? 이 방 안에서?"

"내 귀에 속삭여지는 거예요, 작은 목소리이긴 하지만 아주 확실하게요."

이것은 문제가 되는 고백이었다. 분명히 엘리는 어떤 의미에서는 결백하지 않은 것을 알면서 모두를 속였던 것이다. 모든 것이 귀에 속삭여진다면 이런 유희에 참가할 자격이 없다고 처음에 말했어야 했다. 참가자의 한 사람이 초자연적인 능력을 가지고 있다면 유희는 인간적인 의미가 전혀 없어져 버린다. 스포츠 정신에서 볼 때 엘리는 갑자기 자격을 상실한 격이 되었다. 그것도 그녀의 고백을 듣고 모두의 등골이 싸늘해졌다는 의미에서 무자격자가 되었던 것이다. 여러 사람들이 이구동성으로 의사 크로코브스키의 이름을 외쳤다. 그를 데리러 사람이 보내졌다. 그는 상황을 알아차리고는 힘찬 미소를 짓고 침착하게 밝은 기분으로 나를 믿어 달라는 태도를 보이면서 들어왔다. 모두는 숨 가쁘게 이 엉뚱한 경우를 보고했다. 천리안의 아가씨가 나타났다. 모든 것을 속삭임으로 듣는 아가씨가 나타났다. 아니, 아니 그래서요? 조용히 하십시오. 여러분! 이제 곧 확실해질 것입니다. 이것은 그의 전문 분야였다. 모두에게 걷잡을 수 없고 진흙탕의 수렁처럼 바닥이 없는 세계였지만, 그는 그 속에서 자신만만하게 공감을 느끼면서 행동했다. 그는 그 일에 대해 보고하게 했다. 아니, 아니, 이건 정말!

"그러면 당신에게는 그런 면이 있습니까, 아가씨?" 이렇게 말하고 그는 누구나가 하는 것처럼 소녀의 머리에 손을 얹었다. 아주 주목할 만한 일이기는 하지만 전혀 놀랄 것은 없다고 그는 말했다. 그는 손으로 엘렌 브란트의 머리에서 어깨와 팔을 살짝 어루만져 내려가면서 이국적인 다갈색 눈으로 그녀의 하늘빛 눈을 바라보았다. 그녀는 다소곳이 그의 시선에 응했다. 즉 머리가 천천히 가슴과 어깨 쪽으로 드리워짐에 따라 차차 눈을 내리깔면서 더욱더 다소곳하게 눈을 쳐다보았다. 그녀의 눈이 멍해지기 시작하자 학자는 소녀의 얼굴 앞에서 손을 가볍게 흔들고는 이제 걱정할 것 없다고 말하며, 흥분한 환자들 모두에게 밤의 안정 요양으로 돌아가도록 권하고, 엘렌 브란트만은 아직 좀 이야기할 것이 있다고 하면서 뒤에 남게 했다.

이야기한다, 그것은 의외의 것은 아니었다. 그러나 쾌활한 동지 크로코브스키가 한 이 말을 듣고 아무도 좋은 기분이 되지는 않았다. 모두들 등골이 오싹하는 것을 느꼈다. 한스 카스토르프도 마찬가지였다. 그는 보통 때보다 늦게 잠자기에 최고로 좋은 침대 의자에 누워, 아까 본 엘리의 초인적인 능력을 그녀가 부끄럽다는 듯이 설명하는 것을 들었을 때, 발밑의 땅바닥이 흔들리는 것처럼 이상한 기분이 들어서 육체적으로 위협을 당하는 듯한 느낌과 가벼운 뱃멀미 같은 기분에 빠진 듯했다. 그는 등골이 오싹해졌다. 지진을 한 번도 경험한 일이 없는 그였지만 지진에도 이와 똑같이 말로 표현하기 어려운 공포가 느껴질 것이라고 생각했다. 물론 엘렌 브란트의 이상한 능력에 대해 한스 카스토르프는 호기심을 느꼈다. 그리고 이 호기심에는 또한 깊은 본질을 규명하는 것은 단념하겠다는 기분, 즉 호기심의 대상은 인식의 대상이 될 수 없다는 의식, 따라서 그런 호기심이 무익할 뿐만 아니라 죄악이 아닌가 하는 생각이 들기는 했지만, 그러나 역시 이것은 호기심임에는 틀림이 없었다. 누구나 그러하듯이 한스 카스토르프도 지금까지 살아오는 동안 신비스러운 자연 또는 초자연 현상에 대해서는 이러저러한 말을 들어 왔다. 먼 조상 가운데 천리안의 여자가 있었다는 것은 전에도 언급했지만, 그는 이 여자에 대한 우울한 전설을 들어 알고 있었다. 그러나 그는 그런 세계를 이론적으로 국외자로서 인정했을 뿐, 이때까지 한 번도 개인적으로 그런 것에 접촉한 일은 없었고 현실적으로 견문한 일도 없었다. 그런 경험에 대한 그의 저항, 취미상의 저항, 심미감에 의한 저항, 인간적인 자부에서 오는 저항—우리들의 단순하기 그지없는 주인공에게 이러한 어마어마한 말을 사용해도 좋다면—그의 저항은 그러한 경험에 의해 강하게 느껴진 호기심에 필적하는 것이었다. 그러한 경험은 어떤 경과를 밟는다 해도 언제나 몰취미하고, 이해할 수 없으며, 인간의 품위를 손상케 하는 경과를 밟게 될 것이라고 처음부터 분명히 느꼈다. 그런데도 그런 경험을 하는 것을 열망했다.

"무익한가, 그렇지 않으면 죄악인가." 하는 것은 어느 한쪽도 좋지 않은데 이 경우에는 어느 한쪽이 아니라 어느 쪽도 될 수 있다는 것, 그리고 정신이 접근할 수 없는 영역이라는 것은 접근이 금지되었다고 말하는 것을 도덕 이외의 말로 표현한 것에 불과하다는 것을 한스 카스토르프는 이해했다. 그러나 이런 실험을 할 작정이라고 말을 하기만 하면 당연히 목소리를 거칠게 하여 비난할 인물에게서 배운 '실험 채용'이라는 사고가 한스 카스토르프의 마음속에 단단하게 뿌리를 내렸다. 그의 도덕적인 의식은 점차로 호기심과 구별할 수 없게 되었는데, 아마 늘 이러했을 것이다. 수양 도상에 있는 청년의 이 무조건적 호기심은 거물인 페페르코른의 신비에 주야로 접한 이래, 이번에 접촉하게 된 세계로부터도 멀리 떨어져 있지는 않았고, 게다가 금지된 세계에 대해서도 접근할 기회가 있으면 물러서지 않는다는 점에서 호전적인 성질의 호기심이었다. 한스 카스토르프는 엘렌 브란트를 재료로 하여, 실험하는 일이 있으면 물러선다든가 경원하지 않겠다고 결심했다.

의사 크로코브스키는 이후로 아마추어가 브란트 양의 숨은 능력을 실험해 보는 것을 엄금했다. 그는 소녀에게 학자의 입장에서 봉인하여 지하 분석실에서 소녀와 시간을 보냈다. 들리는 바에 의하면 그녀에게 최면술을 걸어 그녀 속에 잠자고 있는 힘을 불러내어 훈련시키고, 그녀의 이때까지의 내면생활을 조사하려는 것 같았다. 그리고 소녀를 돌봐 주고 있는 친구이자 보호자인 헤르미네 클레펠트도 이와 똑같은 것을 하고 있었다. 절대로 남에게 말하지 않을 것을 약속하고 소녀에게서 이것저것 캐묻고는, 그것을 또 절대로 남에게 말하지 말라는 조건하에 요양원 사람들에게 퍼뜨리는 바람에, 이야기는 결국 요양원의 수위실까지 퍼지고 말았다. 가령 그녀는 소녀 엘리의 귀에 유희할 때의 과제를 속삭여 준 것은 홀거라는 사람 또는 물건으로서, 홀거는 엘리와 사이좋은 영(靈), 이 세상 것이 아닌 투명한 존재로 엘리 소녀의 수호신이라는 것을 알아냈다. 그렇다면 그 영이 한 줌의 소금에 대한 것과 파라반트 검사의 집게손가락에 대한 것을 속삭여 주었단 말인가? 그래요, 눈에 보이지 않는 입술로 부드럽게 내 귀에 속삭여서, 간지러운 나머지 나도 모르게 웃었어요. 학교에 숙제를 해 가지 않았을 때에도 홀거가 대답을 속삭여 주었을 테니 고마웠겠지? 여기에 대해 엘리는 말이 없었다. 홀거는 그런 짓을 해서는 안 되었을 거예요 하고 엘리는 한참 뒤에 말했다. 그런 진지한 일에 참견하는 것은 금지되어 있었을 것이고, 홀거 자신도 숙제의 답을 잘 몰랐을 거예요.

　엘리는 어렸을 때부터 가끔 그런 일이 있었지만 보이는 현상과 보이지 않는 현상을 경험했다. 그럼 보이지 않는 현상이란 도대체 어떤 현상인가? 가령 이런 것이다. 그녀는 16살 때의 어느 오후에 집 거실에서 둥근 테이블 곁에 앉아 뜨개질을 하고 있었다. 그녀 앞의 융단 위에는 아버지가 예뻐하는 불도그 암놈 프라이아가 누워 있었다. 테이블 위에는 아름다운 빛깔의 식탁보가 덮여 있었다. 이것은 나이 많은 부인들이 삼각형으로 접어서 어깨에 걸치는 터키식 목도리로, 비스듬히 놓인 삼각형의 모서리가 테이블 가에 조금 드리워져 있었다. 그때 엘리는 그녀에게서 가장 가까운 끝이 갑자기 천천히 말려 올라가는 것을 보았다. 조용히 차근차근 규칙적으로 테이블의 중심을 향해 상당한 길이까지 말려 올라간 뒤에야 그쳤다. 이러는 동안 프라이아는 벌떡 일어나 앞다리를 뻗고 털을 곤두세우고 뒷다리를 밀치고 짖으면서 옆방으로 도망쳐 소파 밑으로 기어 들어갔다. 그로부터 이 개는 만 1년간을 거실로는 한 발짝도 들어오려고 하지 않았다.

목도리를 말아 올린 것은 홑거였느냐고 클레펠트 양은 물었다. 브란트 소녀에게도 그것은 모를 일이었다. 그때 당신은 도대체 무엇을 생각하고 있었는가? 그때에는 무엇을 하기가 절대로 불가능했으므로 거의 아무것도 생각하지 않았던 것이다. 부모에게 그것을 말했는가? 아니오. 아주 이상한 일이었어요. 아무 생각도 할 수가 없었지만, 엘리는 그때에도 이와 같은 일은 가슴속에 접어 두어야 할 부끄러운 것이라 하여 아무에게도 말해서는 안 되는 것이라고 느꼈던 것이다. 그것을 무거운 짐이라고 생각했어요? 아니오, 그다지 무거운 짐이라고는 생각하지 않았어요. 그리고 식탁보가 말려 올라가는 것이 어째서 무거운 짐이 되는 거죠? 그렇지만 다른 일 때문에 무거운 짐으로 느낀 일은 있었어요. 가령 다음과 같은 일로 말이에요.

1년 전, 역시 오덴세 집에서 엘리는 매일 아침 습관대로 부모가 식당에 나타나기 전에 커피를 끓여 두려고, 아직 날이 밝기 전에 1층에 있는 자기 방을 나와 현관을 지나 식당으로 가려고 했다. 계단이 구부러진 층계참 근처까지 올라갔을 때, 그곳 모서리 계단 옆에 결혼하여 미국에 있는 소피 언니, 분명 틀림없는 언니가 서 있는 것을 보았다. 언니는 흰 옷을 입고 이상하게도 수련, 갈대와 비슷한 수련으로 만들어진 화관을 머리에 쓰고 어깨 언저리에 두 손을 모으고 엘리에

마의 산 2

게 고개를 끄덕여 보였다. "아니, 소피 언니 왔어?" 어리둥절해서 그 자리에 선 엘리는 반은 기쁘고 반은 놀라서 물었다. 그러자 소피는 다시 한 번 끄덕이더니 모습이 희미해져 갔다. 투명하게 된 다음 더운 공기가 아지랑이처럼 흔들리는 정도로만 보이더니 완전히 없어져 엘리 앞에는 아무도 없게 되었다. 그러나 나중에 아침 그 시각에 소피 언니가 미국 뉴저지 주에서 심장병으로 죽은 것을 알았다.

한스 카스토르프는 그 말을 클레펠트에게서 들었을 때 그것은 황당무계하다고만 할 수는 없고, 들어 둘 가치가 있는 이야기라고 말했다. 환영과 죽음, 아무튼 이 두 가지 사실 사이에는 훌륭한 연관이 있다. 이렇게 말하고 그는, 모두가 참지 못하고 의사 크로코브스키의 질투 같은 금지령을 살짝 깨뜨리고 엘렌 브란트를 중심으로 교령술 같은 실내 유희인 '유리잔 돌리기'를 하게 되었을 때, 이에 참석할 것을 동의했다.

이 모임은 헤르미네 클레펠트의 방이 무대가 되었고, 선발된 몇 명만이 남몰래 초대되었다. 접대자인 헤르미네 클레펠트, 한스 카스토르프와 브란트 소녀 외에 여자로는 슈퇴르 부인과 레비 양, 남성으로는 알빈 씨와 체코인 벤젤, 팅푸 박사가 출석했다. 밤 10시가 되는 것을 기다렸다가 남몰래 모여 클레펠트가 준비해 둔 물건들을 속삭이면서 바라보았다. 방 한가운데에 식탁보를 덮지 않은 중간 크기의 둥근 탁자가 있었고, 그 위에 포도주 잔이 다리를 위로 하고 놓여졌다. 그 유리잔을 둘러싸고 탁자 가장자리에 적당히 간격을 두고 작은 패가 놓였다. 이 패는 보통 때는 카드놀이의 숫자 찾기에 사용되었지만, 오늘 밤에는 잉크로 26개의 알파벳 문자가 한 장에 한 글자씩 적혀 있었다. 클레펠트는 우선 마실 차를 내놓았다. 때마침 슈퇴르 부인과 레비 양은 오늘 밤의 실험이 동심으로 돌아가는 무해한 실험이라는 것을 알면서도 수족이 차가워지고 가슴이 두근거린다고 하소연하고 있을 때인지라 차 대접을 고마워했다. 차로 몸이 따뜻해지자 클레펠트는 분위기를 북돋우기 위해 천장의 불을 끄고, 사이드 테이블의 종이가 덮인 전기스탠드만을 켜놓아 방은 희미하게 장미색으로 비쳤다. 그리고 모두들 그 장미색 불빛 속에서 각기 오른쪽 손가락 하나를 유리잔 다리에 살짝 대었다. 이것이 '유리잔 돌리기' 유희 방법이었다. 모두는 유리잔이 움직이기 시작하는 순간을 고대하고 있었다.

유리잔은 간단히 움직일 수 있는 상태였다. 탁자 표면은 미끌미끌했고, 유리잔 끝도 미끄러웠으며, 다리 위에 살짝 놓인 여러 개의 손가락은 가볍게 떨렸고, 유리잔을 누르고 있는 그 힘이 손가락마다 똑같을 리는 없고, 또 이쪽 손가락은 수직으로 저쪽 손가락은 비스듬히 누르고 있었기 때문에, 한참 그러고 있는 동안 유리잔이 처음의 한가운데 위치에서 삐져나올 것은 당연했다. 유리잔이 탁자 끝을 따라 움직이면 주위에 둔 글자에 부딪칠 것이다. 만약 그 글자의 배합이 말이 되어서 무슨 의미를 갖게 되면, 이것은 내면적으로 불결하다고 할 수 있을 정도의 복잡한 현상을 의미하는 것이다. 즉 이것은 각자의 의식적, 반의식적, 잠재적인 요소가 뒤섞인 산물이었다. 각자가 이것을 의식하든 하지 않든 각자의 소망에 뒷받침되어 각자 영혼의 암흑

부분의 남모를 양해, 무의식적 부분의 협력에 의해 생기면서도, 겉으로 볼 때에는 각자의 소망과는 관계가 없는 결과로 보였다. 이리하여 나타난 결과에는 각자의 잠재의식이 많든 적든 관계하고 있고, 사랑스러운 엘리 소녀의 잠재의식이 가장 많이 관계하고 있었을 것이다. 이것은 모두가 처음부터 내심으로는 알고 있었지만, 한스 카스토르프는 모두와 함께 벌벌 떨리는 손가락을 유리잔에 대고 기다리는 동안, 평소 때의 어조로 확실하게 그것을 말했다. 여자들의 수족이 차가워지고 심장이 뛴 것도, 남성들이 부자연스럽게 떠든 것도, 그것을 의식하고 있었기 때문이다. 즉 자기들의 잠재의식과 불결하게 놀기 위해 자기들의 영혼의 무의식 부분을 두려운 호기심으로 실험하기 위해 이렇게 깊은 밤에 모여, 신비적이라 불리는 사이비 현실적이거나 또는 반현실적인 현상을 기다리고 있다는 것을 알고 있었기 때문이다. 죽은 자의 혼이 유리잔을 통해 모인 사람들에게 말을 해 온다는 것, 이것은 체재를 갖추기 위한 것 즉 구실이었다. 알빈 씨는 전에도 교령술 모임에 가끔 참석했던 관계로 오늘 밤도 스스로 사회자를 맡아, 영이 나타나면 응대하기로 했다.

20분 이상의 시간이 지났다. 속삭이는 말의 재료도 떨어지고 처음의 긴장도 풀어졌다. 모두는 오른 팔꿈치를 왼손으로 받치고 있었다. 체코인 벤젤은 잠이 들려고 했다. 엘렌 브란트는 손가락을 유리잔에 가볍게 대고 어린애같이 순진한 큰 눈을 가까이에 있는 물건을 지나 사이드 테이블의 전기스탠드의 불빛에 향하고 있었다.

별안간 유리잔이 튀어 올랐다. 유리잔이 둘러앉은 사람들의 손에서 빠져나가려 해, 손가락으로 쫓기가 힘들 지경이었다. 유리잔은 탁자의 끝까지 미끄러져 달리다가 다시 곧바로 탁자 가운데로 돌아왔다. 그리고 다시 한 번 뛰고 나서 잠잠해졌다.

일동의 놀람은 기쁨이기도 했고 공포이기도 했다. 슈퇴르 부인은 이제 그만해 달라고 울음 섞인 목소리로 말했다. 모두가 그럴 생각이었으면 처음부터 마음을 정했어야 하며 지금은 가만히 있어야 한다고 야단쳤다. 드디어 사태가 진전할 것 같았다. 유리잔이 '예' 또는 '아니오'의 대답을 할 때에, 글자를 그때마다 더듬어 가지 않아도 '예'일 때는 한 번, '아니오'일 경우에는 두 번 뛰면 되는 것으로 하자고 모두 의견을 모았다.

"영은 나타났는가?" 하고 알빈은 엄숙한 얼굴을 하고 모두의 머리 너머로 허공을 향해 물었다. 주저하는 기척이 느껴졌다. 그리고 유리잔은 기울어지더니 한 번 뛰고서 그것을 인정했다. "자네의 이름은?" 하고 알빈 씨는 강한 어조로 머리를 흔들며 따지듯 물었다.

유리잔은 움직였다. 쉬지 않고 탁자 한가운데로 돌아오면서 글자에서 글자로 지그재그 모양으로 활발하게 달려갔다. 처음에 H로 달리고 다음에는 O 그리고 L로 달리다 거기서 기운이 빠져 어디로 가야 할지 모르는 것 같더니 다시 가다듬어 G, E, R로 달렸다. 예상대로였다! 홀거 자신이었다. 학교 숙제에는 참견하지 않았지만 한 줌의 소금 같은 것은 알고 있었던 홀거의 혼이다. 그는 나타나서 공중에 머물러 주위에 떠돌고 있었다. 그러면 그를 어떻게 할 것인가? 일동은 왠지 겁을 먹었다. 홀거에게 무엇을 물어볼 것인가를 목소리를 죽여, 말하자면 그가 모르게 의논했다. 알빈 씨는 홀거 생전의 신분과 직업을 묻기로 했다. 그는 다시 따지는 듯한 말투로 눈썹을 찡그리면서 물었다.

유리잔은 한동안 움직이지 않았다. 그러다가 비스듬히 비틀거리며 D로 갔다가 되돌아와 I를 가리켰다. 무슨 단어를 만들려는 것일까! 모두가 긴장했다. 팅푸 박사는 도둑(Dieb)이 아닐까 하고 낄낄 웃으면서 걱정을 했다. 슈퇴르 부인은 히스테릭한 웃음의 발작을 일으켰지만 유리잔은 이것에는 개의치 않고 계속 움직여 비틀거리고 덜컹거리면서 C와 H를 지나 T에 닿고는 글자를 하나 빠뜨리고 R로 끝났다. E가 빠졌지만 시인(Dichter)이라는 단어를 만들었다.

아니 이건, 홀거는 생전에 시인이었단 말인가? 유리잔은 의기양양해진 모양이었다. 일부러 한 번 다시 기울어지더니 한 번 뛰었다. "시정 시인?" 하고 클레펠트가 물었지만 한스 카스토르프는 그녀가 '서정'을 '시정'이라고 발음했기 때문에 눈썹을 찌푸렸다. 홀거는 그런 분류를 좋아하지 않는 것 같았다. 이 질문에는 대답이 없었다. 다시 한 번 시인이라는 단어를 아까 빠뜨린 E도 넣어서 재빠르게 그리고 자신 있고 확실하게 만들었다.

좋아, 좋아, 그러면 시인이로구나. 일동은 더 당황했다. 이것은 자기들의 내면생활의 억제할 수 없는 부분이 이런 형태로 나타난 데에 대한 이상한 당황이었지만, 나타나는 방식이 본성을 숨기는 반현실적인 형식을 취했기 때문에 당황스러움도 외계적이고 형식적인 방향을 가지게 되었다. 홀거가 현재 상태를 즐겁고 행복하게 느끼고 있는

지 모두 알고 싶었다. 유리잔은 꿈을 꾸듯 '유유히'라는 단어를 만들었다. 그렇구나, '유유히'라, 정말……. 물론 아무도 자기 스스로는 이 말을 생각해 내지는 못했을 것이지만 유리잔이 말을 만들자 누구나, 정말 좋은 말이라고 생각했다. 홀거는 '유유히'라는 상태를 도대체 얼마 동안 계속해 왔을까? 유리잔은 이번에도 아무도 생각해 낼 수 없을 말, 꿈꾸듯 계속 흐르는 말을 만들었다. '잠깐 사이의 긴 한때'라고 했다. 명대답이었다! '긴 한때의 잠깐 사이'라고 해도 좋았다. 저쪽 세상의 시인이 복화술로 말하는 것 같아 특히 한스 카스토르프는 명대답이라고 느꼈다. '잠깐 사이의 긴 한때'가 홀거의 시간 요소였다. 물론이었다. 그는 이 세상의 말과 시간 단위를 취급하는 것은 잊게 되어, 질문자에게 격언 스타일로 답변할 수밖에 없는 모양이었다. 그러면 홀거에게 또 무엇을 물어볼까? 레비 양은 홀거가 어떤 용모를 하고 있는지 즉 생전에 어떤 용모였는지를 알고 싶다고 고백했다. 미남 청년이었는가? 그러자 알빈 씨는 그런 질문은 그의 품위를 해치는 질문이라고 생각했는지 레비에게 직접 그것을 질문하도록 명령했다. 그래서 레비는 홀거 영은 금발의 고수머리를 하고 있느냐고 다정스러운 어조로 물었다.

"아름다운 갈색의, 갈색의 고수머리."라고 유리잔은 '갈색'이라는 말을 두 번이나 만들어 대답했다. 일동은 즐거운 듯이 흥겨워했다. 부인들은 남의 눈을 꺼리지 않고 황홀해했다. 그리고 비스듬히 천장쪽으로 키스를 던졌다. 팅푸 박사는 홀거 씨가 상당히 허영심이 강한 것 같다고 하면서 낄낄 웃었다.

유리잔은 화를 냈다! 미친듯이 난폭하게 탁자 위를 달리고 거칠게 기울어지고 뒤집어지더니 슈퇴르 부인의 무릎 위로 굴러 떨어졌다. 슈퇴르 부인은 겁을 먹어 얼굴이 새파랗게 질려 두 팔을 펴고 유리잔을 내려다보았다. 모두는 입을 모아 사과를 하고 유리잔을 공손하게 탁자 위로 돌려보냈다. 중국인인 팅푸는 꾸지람을 들었다. 어떻게 그런 말을 할 수 있습니까? 보십시오. 그런 지나친 말을 하니까 일이 이렇게 되었습니다. 홀거가 화가 나 아무 말도 하지 않으면 어쩌려고요? 그리고 모두는 유리잔을 열심히 달랬다. 무슨 시 같은 것을 만들어 줄 수는 없겠습니까? '잠깐 사이의 긴 한때'에 유유히 있기 전에는 시인이었다고 하지 않았습니까. 아, 모두는 얼마나 당신의 시를 듣고 싶어 하는지 모릅니다! 모두는 진심으로 경청할 것입니다.

그러자, 보라, 선량한 유리잔은 '예' 신호를 보냈다. 사실 그 승낙의 모양에는 착한 양보가 엿보였다. 그리고 홀거의 영은 주저 없이 매우 길고 무한히 세밀한 시를 읊기 시작했다. 마치 그를 다시 침묵하게 할 수 없을 것처럼 정말 길었다. 저 세상에서의 복화술처럼 읊어진 시는 정말로 놀랄 만해서 주위에 앉아 있는 사람들은 그것을 감탄하면서 함께 중얼댔다. 마법적이고 현실적인 시이며 중심 내용인 바다와 같이 넓고 끝없는 시였다. 급사면의 모래 언덕이 줄지어 있는 섬의 크게 구부러진 만, 그 좁다란 긴 기슭을 따라 바다 안개가 사방에 자욱이 끼어 있다. 아, 보라, 넓고 끝없는 바다가 녹색으로 엷어져 영원한 수평선에 녹아 버리며, 베일 같은 안개 속에 여름 태양이 진홍과 우윳빛의 부드러운 빛에 싸여 머뭇거리면서 잠겨 간다. 은빛으로 반짝이던 물의 반사가 언제 어떻게 하여 오직 한 가지 색의 진주색의 미광(微光)으로 바뀌고, 다채로운 담색(淡色), 그리고 오팔색의 월장석(月長石) 같은 이루 말할 수 없는 빛깔의 유희가 모든 것을 덮었다. 어떤 말로도 이 광경을 표현할 수는 없을 것이다. 아, 그러나 이 은밀한 마법은 나타났을 때와 마찬가지로 남몰래 사라졌다. 바다는 잠잤다. 그러나 낙양의 엷은 여파는 저 먼 바다 위에 떠 있다. 사방은 밤이 깊어질 때까지 어두워지지 않는다. 모래 언덕의 솔밭 속에는 엷은 어스름이 떠 있어 땅바닥의 흰 모래는 눈처럼 보인다. 겨울 숲과도 같은 숲은 침묵에 싸여 있고 나뭇가지 사이를 나는 부엉이의 무거운 날갯짓 소리가 들릴 뿐이다. 이 시각이야말로 우리들이 머물러 있는 순간이 되게 하라! 저 아래에서는 바다가 유유히 숨을 쉬고 꿈을 꾸면서 조용히 속삭이고 있다. 자네는 다시 한 번 바다를 보고 싶은가? 그러려면 빙하처럼 흰 모래 언덕의 사면으로 걸어 나가 구두 속에 차게 스며드는 부드러운 모래를 밟으며 올라가 보라. 관목들이 빽빽이 들어서 있는 육지는 돌이 많은 기슭에 급경사로 내려가 있고, 사라져 가는 지평선의 상공에는 저녁노을의 여파가 아직 희게 떠 있다. 모래 언덕 위에 앉으라! 얼마나 차가운가. 가루나 비단처럼 부드럽지 않은가? 손에 쥐면 모래는 손가락 사이에서 흰 실과 같은 흐름이 되어 넘쳐흘러 옆 땅바닥에 귀여운 모래 언덕을 만든다. 자네는 이 아름다운 모래의 흐름을 보고 생각나는 것이 없는가? 그것은 은자의 암자를 장식하는 엄숙하고 섬세한 도구, 저 모래시계의 좁은 곳을 소리도 없이 실처럼 떨어지는 모래 모습이다. 암자에는 펼쳐져 있는 한 권의 책,

마의 산 2

한 개의 두개골, 그리고 대(台) 위에는 단순한 얇은 유리관이 있다. 그 속에는 무한한 세계에서 떠낸 한 줌의 모래가 들어 있어 차분하고 신성한 불안을 느끼게 하는 그 시간의 영위를 계속하고 있다.

이렇게 홀거 영은 '서정적' 즉흥시 가운데서 이상한 경로를 따라 고향의 바다와, 은자와 명상, 생활의 반려인 모래시계 등에 대해 그리고 인간과 신에 대해 몽상적인 대담한 말로 계속 노래 불렀다. 일동은 글자를 만들어 가면서 그 말에 감탄했다. 유리잔은 지그재그 모양으로 눈부시게 달려 멈추지 않았기 때문에 모두는 황홀해하는 갈채를 보낼 여유조차 없었다. 1시간이 지나도 시작(詩作)은 끝날 기색이 없고 분만의 고통, 사랑하는 두 사람의 최초의 키스, 가시 면류관 신의 엄하고 자비로운 사랑에 대해 무궁무진한 노래를 부르고, 피조물의 영에 대해 몰입하고, 갖가지 시대와 나라 그리고 천체에 대해 한없이 노래 불렀다. 한 번은 칼데아인과 12궁에 대해서도 언급했다. 이 상태로 나가면 틀림없이 밤새도록 노래를 불렀을 것이다. 그래서 교령자 모두는 드디어 손가락을 떼고 홀거 영에게 뜨거운 감사의 인사를 드리고 오늘 밤은 이것으로 충분하다고 말했다. 정말로 뜻밖의 멋진 시였는데 아무도 그것을 적어 두지 않은 것은 두고두고 유감스러운 일이었다. 이 시는 필경 잊힐 것이다. 마치 꿈을 기억하는 것이 어려운 것과 마찬가지로 유감스럽게도 벌써 시의 내용이 잊혀 버렸다. 다음에는 처음부터 속기사를 고용하여 종이에 적어 전체를 다 읽을 수 있을 때 어떻게 들릴 것인지를 시험하여 보자. 그러나 오늘 밤은 홀거가 '잠깐 사이의 긴 한때'의 유유한 상태로 돌아가기 전에 일동을 위해 두세 가지의 구체적인 질문에 대답을 해 주었으면 대단히 고맙겠다. 아직 어떤 질문이 될는지는 알 수 없지만 아무튼 그렇게 될 경우 홀거는 특별한 호의를 갖고 여기에 대답할 작정인지 어떤지, '예'라는 대답이었다. 그러나 무엇을 질문할 것인가 하고 일동은 서로의 얼굴을 쳐다볼 뿐이었다. 선녀나 난쟁이에게서 한 번만 질문할 것을 허락받고 그 귀중한 한 번을 하찮은 질문으로 헛되게 할 위험이 있는 동화의 경우와 마찬가지였다. 세상사나 미래에 관해 여러 가지로 알아 두어야 할 것이 많아 질문을 택하는 것은 책임이 중대했다. 아무도 마음을 정할 수가 없는 것 같아 한스 카스토르프는 한 손가락을 유리잔에 대고 왼쪽 볼을 주먹에 받치고 말했다. 그가 이 위에 체재하고 있는 기간이 처음 예정이었던 3주일에서 몇 년 가량 연기될지 알고 싶다고…….

좋다. 이보다 더 멋진 질문을 생각해 낼 수 없다면 이 임시변통의 질문에 대해 홀거 영은 그 풍부한 지식을 가지고 이 유일한 최상의 질문에 대답해 줄 것이다. 유리잔은 한동안 머뭇거리다가 움직이기 시작했다. 그러나 정말로 이상한, 질문과는 관계없게 생각되는 글자를 만들었으므로 아무도 그것을 어떤 의미로 생각해야 좋을지 몰랐다. 유리잔은 '가라'는 글자를 만들고 다음으로는 '비스듬히'라고 만들었는데, 이 말은 아무리 해도 해석해 낼 수가 없었다. 그리고 나서 유리잔은 한스 카스토르프의 방이라는 말을 나타낸 것 같았다. 따라서 이 짧은 지시를 종합하면 '질문자는 그의 방을 비스듬히 가라'라는 것이 되었다. 그의 방을 비스듬히 가라고? 34호실을 비스듬히, 그건 또 무슨 의미일까? 모두가 앉은 채로 의논하며 고개를 갸웃거리고 있는데 갑자기 쾅 하고 주먹으로 문을 두드리는 소리가 났다.

　모두는 피가 얼어붙는 것 같았다. 누가 급습한 것일까? 의사 크로코브스키가 금지되어 있는 회합을 그만두게 하려고 문 밖에 서 있는 것일까? 모두가 당황하여 문을 쳐다보며, 감쪽같이 속은 조수가 뛰어 들어오리라고 각오하고 있었다. 그때 누군가 탁자 한가운데를 쾅 하고 두드렸다. 이번에도 주먹으로 힘껏 내리친 소리로, 말하자면 아까의 쾅 하는 소리도 문 바깥에서가 아니라 방 안에서 난 소리라는 것을 알려 주기 위한 것이었다.

　알빈 씨의 시시한 장난이었을 게 뻔하다. 그러나 알빈 씨는 자기는 그러지 않았다고 명예를 걸고 맹세했다. 그가 맹세할 것도 없이 일동 중의 누군가가 두드리지 않았다는 것은 다 알고 있었다. 그러면 홀거가 그랬을까? 모두는 곧 엘리가 잠자코 있는 태도가 이상하여 그녀를 지켜보았다. 소녀는 손가락을 탁자 끝에 놓고 손목을 떨어뜨리고, 목을 갸우뚱하고 눈썹을 치켜 올리고 입술을 좀 작게 오므리고 의미 있는 듯이, 그리고 순진해 보이는 미소를 살짝 띠고, 의자 등에 기대어 푸르고 공허한 어린애 같은 눈초리로 비스듬히 위를 쳐다보고 있었다. 모두가 그녀를 불렀지만 아무런 반응도 보이지 않았다. 그때 사이드 테이블의 전기스탠드의 불이 꺼졌다.

　왜 꺼졌을까? 슈퇴르 부인은 이제 참을 수 없어 "으악!" 하고 비명을 질렀다. 스위치가 돌아가는 소리를 들었기 때문이었다. 전등불은 자연적으로 꺼진 것이 아니라 '보이지 않는 손'이라고 하면 좀 함축성 있는 말이지만, 아무튼 그 손에 의해 꺼졌던 것이다. 홀거의 손이었을까? 홀거는 지금까지는 아주 온건하고 예의바르고 시인다웠지만, 이제부터 그가 하는 짓은 어린애 같은 장난, 나쁜 장난이 되었다. 문과 탁자를 주먹으로 두드린다든지 희롱 삼아 전등불을 끄는 손이 누구의 목을 조르지 않을 것이라고 누가 보증할 것인가? 모두는 어둠 속에서 성냥을, 손전등을 켜라고 외쳤다. 레비 양은 누군가가 이마의 머리칼을 잡아당겼다고 날카롭게 외쳤다. 슈퇴르 부인은 무서운 나머지 염치도 체면도 없이 큰 소리로 하느님께 기도를 드리기 시작했다. "아, 하느님, 이번만은!"이라고 외치며 큰 잘못을 한 죄를 용서하시고 자비를 베풀어 주소서 하고 흐느껴 울었다. 전등 스위치를 돌리면 된다는 당연한 일을 알아차린 것은 팅푸 박사였다. 방은 곧 불빛으로 환해졌다. 모두가 사이드 테이블의 전기스탠드가 우연히 꺼진 것이 아니라 스위치가 돌려졌다는 것, 보이지 않는 손에 의해 행해진 조작을 인간의 손으로 다시 한 번 되풀이하기만 하면 밝게 할 수 있다는 것을 확인했다. 그 동안에 한스 카스토르프는 혼자서 남몰래 뜻하지 않은 사실을 발견했다. 그것은 오늘 밤 여기서 활동하고 있는 어린애 같은 잠재의식이 그에게 특별한 관심을 쏟고 있다는 발견이었다. 그의 무릎 위에는 어떤 가벼운 것, 언젠가 야메스 숙부가 조카의 방에서 집어 들고 깜짝 놀라며 보았던 그 '기념품', 클라브디아 쇼샤의 내면 초상이 찍힌 유리로 된 뢴트겐 사진이 놓여 있었다. 그런데 한스 카스토르프는 그 사진을 이 방으로 가지고 온 기억이 전혀 없었다.

그는 사실을 떠들어 대지 않고 그것을 살짝 호주머니에 넣었다. 모두는 엘렌 브란트에게 정신을 빼앗기고 있었다. 엘리는 아까 말한 그 자세로 공허한 눈을 하고 이상하게 뽐내는 얼굴 표정으로 의자에 앉아 있었다. 알빈 씨가 그녀에게 입김을 불어 넣고 의사 크로코브스키의 흉내를 내어 그녀의 얼굴을 손으로 아래에서 부채질을 하듯 하니 소녀는 생기를 되찾았다. 그녀는 이유는 모르지만 조금 울었다. 모두는 소녀를 쓰다듬어 위로해 주고 이마에 키스하고는 자라며 방으로 돌려보냈다. 교양이 부족한 슈퇴르 부인이 무서워서 오늘 밤에는 혼자 잘 수가 없다고 하자, 레비 양이 아침까지 부인 방에서 같이 있어 주겠다고 제안했다. 기념품을 가슴 안주머니에 넣은 한스 카스토르프는 남자들과 함께 알빈 씨의 방에 들러 거기서 오늘 밤의 스산한 회합을 코냑 한잔으로 마치는 것에 이의가 없었다. 그의 생각으로는 오늘 밤과 같은 사건은 영혼과 정신에는 자극을 주지 않지만 위의 신경에는 자극을 주는데, 그것도 지속적인 자극으로 뱃멀미를 하는 자가 상륙한 후에도 몇 시간 동안 몸이 흔들리며 구토를 느끼는 것과 같았다.

그의 호기심은 우선은 충족되었다. 홀거의 시는 즉흥시로는 나쁘지 않았지만, 처음부터 예감했던 대로 그날 밤의 모든 것이 내면적으로 쓸쓸하고 저속한 것이었음을 통감했다. 그래서 얼마 안 되기는 하지만 지옥의 불가루를 뒤집어쓴 것을 기회로 두 번 다시는 이런 실험에는 가담하지 않을 것을 결심했다. 세템브리니 씨가 한스 카스토르프로부터 그날 밤의 경험을 듣고 청년의 그 결심을 입을 모아 지지한 것은 능히 상상할 수 있었다.

"설마 그런 일까지는 하지 않으리라고 생각했는데." 하고 그는 외쳤다. "아, 서글프군 서글퍼!" 그는 엘리 소녀를 말도 못 할 사기꾼이라고 다짜고짜 단정했다.

제자는 그것에 찬성도 반대도 하지 않았다. 그는 어깨를 움츠리면서 말했다. 진실이란 무엇인가 하는 것은 아직 충분히 밝혀져 있지 않고, 따라서 무엇이 사기인가 하는 것도 마찬가지다. 경계는 유동적이었다. 아마 이 두 가지 사이에는 변화 가능한 계단이 여러 개 있어, 즉 언어도 평가도 존재하지 않는 자연계에는 진실성의 단계가 여러 개 있어 단계를 결정하는 것은 불가능하며, 그가 보기에는 그러한 결정이 너무나 도덕적인 것 같았다. 세템브리니 씨는 '사기'라는 말을 어떻게 생각하는 것일까? 그 개념에는 꿈의 요소와 진실의 요소가 뒤섞여 있어, 그 혼합물이 우리들의 조잡한 일상적인 사고보다 자연계에 대해 낯설지 않은 것일까? 생의 비밀은 문자 그대로 규명할 수 없고, 그래서 거기에서 가끔 '사기'적인 현상이 나타났다고 해서 이상할 것은 없다고 우리의 주인공은 상냥하고 타협적이며 팔방미인적인 예의 말투로 말했다.

마의 산 2

세템브리니 씨는 적당히 제자의 머리를 식히고 이 순간만이라도 청년의 양심을 불러일으켜 앞으로는 그런 의심스러운 것에 두 번 다시 관계하지 않겠다고 다짐을 받았다.

"당신 자신의 인간성을 좀 더 존중해야 합니다, 엔지니어! 명쾌한 인간다운 사상을 신뢰하고 미친 생각이나 정신적 진흙탕을 혐오하십시오! 사기? 생의 비밀? 친구! 사기와 진실을 결정하고 구별하는 윤리적 용기가 퇴폐하기 시작하면 생 그 자체, 비판, 가치, 혁신적 행위도 끝장이며 도덕적 회의가 무서운 분해 작용을 일으키기 시작합니다." 인간은 만물의 척도라고 그는 말했다. 선과 악, 진실과 사기를 구별하고 인식하는 인간의 권리는 포기할 수 없는 것으로, 이 창조적 권리에 대한 신앙을 허물어뜨리려는 자에게는 재난이 있으라! 그런 인간은 차라리 자기 목에 맷돌을 달고 우물 속에 빠지는 것이 나을 것이다.

한스 카스토르프는 고개를 끄덕이고 정말 한동안은 그런 활동에 가까이 가지 않았다. 그는 의사 크로코브스키가 지하의 분석실에서 엘렌 브란트를 재료로 하여 여러 번 실험을 거듭하고 손님들 중에서 선택된 사람만이 거기에 출석했다는 것을 들었다. 거기에 출석할 것을 딱 잘라 거절했지만 출석한 사람들과 의사 크로코브스키 자신의 입에서 실험 결과에 관해 여러 가지를 들었던 것은 물론이다. 클레펠트의 방에서는 질서도 지도도 없이 불러일으켜진 마술적인 현상, 즉 탁자와 벽을 두드린다든지, 전등 스위치를 돌린다든지, 여러 복잡한 것이 있었다. 그런데 이번 회합에서는 동료 크로코브스키가 미리 소녀를 최면술로 잠재우고 꿈꾸는 상태로 옮겨 놓아 조직적으로 불순한 요소를 될 수 있는 대로 제거한 후 체계적으로 현상을 습득하고 파악했다. 음악 반주가 실험을 쉽게 한다는 것이 확실해졌기 때문에 회합의 밤에는 축음기를 옮겨서 마법사들이 점령하였다. 이런 기회에 축음기를 담당한 체코인 벤젤은 음악을 잘 이해하는 사나이로, 기계를 난폭하게 취급한다든지 깨뜨릴 걱정이 없었기에, 한스 카스토르프는 레코드의 앨범에서 특수한 용도에 맞는 곡목을 택해 그것을 한 권의 앨범으로 만들어 그에게 주었다. 각종 경음악으로 댄스곡, 경쾌한 서곡 등 명랑한 곡뿐이었지만, 엘리는 고상한 음악을 절대로 원하지 않았기에 그런 곡목으로 충분했다.

한스 카스토르프가 들은 바에 의하면 음악의 반주에 따라 손수건이 저절로라기보다 손수건의 주름 하나에 숨어 있는 '손톱'에 끌려서 마루에서 허공으로 떠오르거나, 의사 크로코브스키의 휴지통이 천장으로 둥둥 올라가거나, 벽시계의 추가 '아무도 아닌 어떤 사람'의 손에 의해 정지되거나 움직여지고, 탁자 위에 놓인 종이 '집어 올려져서' 울리는 따위의 음산하고 사소한 장난이 계속 일어났다고 한다. 박식한 실험 지도자 크로코브스키는 이러한 실험의 성과를 거창한 학술적인 그리스 이름으로 부르면서 우쭐해하는 것 같았다. 그는 그것을 강연에서나 사적인 대화에서도 '텔레키네제'라는 격동현상이라고 설명하고, 과학이 '심령 물화 현상'이라는 이름으로 부르는 현상 가운데에 편입시켰다. 그가 엘렌 브란트의 실험에서 노린 것은 사실은 '심령 물화' 실험이었다.

마의 산 2

그의 용어를 빌리면 이것은 잠재의식적 관념 복합체가 물체에 유기적, 심령적으로 투영하는 현상으로, 영매 상태, 즉 최면 상태를 그 현상의 원천으로 간주할 수 있고, 자연의 사념 물화의 능력이 실증되는 점에서 그 현상을 객관화된 잠재관념으로 볼 수 있다. 사념 물화의 능력이란 어떤 조건 아래서 사념이 물질을 끌어당겨 그 물질에 의해 한동안 자신을 물화하는 능력이다. 사념이 재료로 하는 물질은 영매의 육체에서 방사되어 육체 밖에서 생물학적인 말초 기관, 가령 파악하는 손 같은 것을 일시적으로 형성하여, 의사 크로코브스키의 실험실에서 보인 것과 같은 말초적인 기적을 행한다. 이 손 같은 말초 기관은 경우에 따라서는 눈에도 보이고 만져 볼 수도 있고 파라핀이나 석고의 형태를 취할 수도 있다. 더 나아가 손 같은 말초 기관의 형성에 머무르지 않고, 머리나 개인적 특징을 갖춘 인간의 얼굴 또는 전신상이 실험자의 눈앞에 나타나 실험자와 모종의 교섭을 하는 일까지 있다. 여기서부터 의사 크로코브스키의 학설은 요괴성을 딛고 의심스럽게 되어 '사랑'에 관한 강연에서 느껴진 의심스러운 느낌을 띠기 시작했다. 왜냐하면, 영매와 수동적인 조력자들의 주관이 외계에서 객관화되는 현상에 대한 순수하고 과학적인 설에서 이미 벗어나고 있었고, 적어도 막연하게 가능한 의미에서 이 세상 밖의 저쪽 세상의 자아라는 개념이 들어왔기 때문이다. 가능한 의미에서 공공연하게 인식된 것은 아니지만, 생명을 가지지 않은 자아가 문제되기 시작하였다. 그것도 실험의 순간적 시간의 복잡하고 미묘한 기회를 잡고 물질 속으로 되돌아와 자기를 부르는 사람들 앞에 모습을 나타내는 자아의 문제, 한마디로 죽은 자를 교령술로 불러내는 문제가 되었다.

동료 크로코브스키가 요즈음 친구들과 함께 계속하고 있는 실험에서 노렸던 것은 그러한 성과였다. 뚱뚱한 이 학자는 그런 진구렁과 같은 의심스러운 반인간적인 세계에도 밝아서 그쪽 방면의 은밀하고 아주 의심스러운 것에도 훌륭한 지도자였다. 그는 씩씩하고 쾌활하게 미소 짓고 일동에게 명랑한 신뢰를 촉구하면서 죽은 자를 불러내는 것에 힘을 썼다. 그는 엘렌 브란트의 출중한 능력을 발전시키고 그것을 훈련하는 것에 힘을 보탰다. 한스 카스토르프가 들은 바로는 그녀의 탁월한 능력 덕분으로 실험은 성공할 것 같았다. 출석자 두셋이 물화한 손에 접촉했다. 파라반트 검사는 저쪽 세상에서 뺨을 세차게 얻어맞았지만 이 구타를 학자답게 웃음으로 감수했을 뿐 아니라 더 때려 달라고 조르듯 다른 쪽 볼도 내밀었다는 것이다. 그는 신사이며 법률가이고 어떤 결투 클럽의 대선배였기 때문에, 이 세상의 누구에게서 맞았다면 체면상으로도 웃어넘기지는 않았을 것이다.

고상한 것과는 인연이 없는 소박한 인종자인 안톤 카를로비치 페르게는 어느 날 밤의 회합에서 저쪽 세상의 손을 잡아 보고 그 형태가 정상이고 완전하다는 것을 촉각으로 확인하고는 예의를 잃지 않는 정도에서 그쪽 세상의 손을 힘껏 잡았지만, 저쪽 세상의 손은 그의 손을 놓았다고 한다. 실험은 오랫동안, 아마 1주일에 두 번씩 2개월 반 가량 동안에 계속되었다. 드디어 어느 날 밤 이쪽 세상의 것이 아닌 손이(젊은 사내의 손 같았다) 붉은 종이로 덮은 전기스탠드의 불빛에 벌겋게 비쳐 탁자 위에 손가락을 움직이면서 실험자들의 눈앞에 나타나, 도기 접시 속의 밀가루에 손 모양을 남기고 갔다는 것이다. 그리고 다시 1주일 뒤에 의사 크로코브스키의 조수들, 즉 알빈 씨, 슈퇴르 부인, 마그누스 부부가 12시 가까이 되어서 한스 카스토르프의 발코니에 흥분과 도취로 얼굴을 경련시키고 볼을 붉히며 나타났다. 그들은 에는 듯한 추위 속에서 졸고 있던 청년에게 엘리의 친구인 홀거가 드디어 모습을 나타냈다고 앞을 다투어 보고했다. 홀거는 최면 상태에 있는 엘리의 어깨 위에 머리 부분을 나타냈는데, 정말 '아름다운 갈색의 고수머리'를 가지고 있었고, 다시 사라지기 전에 잊을 수 없는 부드럽고 우울한 미소를 지었다는 것이다.

그 고상한 우울과 홀거의 전날 밤의 행동, 단순한 어린아이 같은 장난과 유치한 짓, 가령 검사가 당한 전혀 우울하지 않은 구타하고는 어떻게 어울리는가 하고 한스 카스토르프는 생각했다. 이 경우에 홀거의 시종일관성 같은 것은 기대할 수가 없었다. 홀거의 기분은 노래 속에 나오는 키 작은 꼽추인 '영원한 유대인'의 기분처럼 비애에 빠져 동정을 찾고 이로 인해 오히려 얄미워져 있었을 것이다. 홀거의 찬미자들은 그런 것은 조금도 생각하려고 하지 않는 것 같았다. 그들이 계속 생각한 것은 한스 카스토르프가 참가를 꺼리는 것을 고치는 일이었다. 모든 것이 아주 잘 되어 가기 때문에 한스 카스토르프도 다음 회담에는 꼭 출석해야 했다. 엘리는 최면 상태 속에서 다음에는 실험자들이 원하는 죽은 사람을 누구라도 불러내겠다고 약속했다.

누구든 원하는 대로라고? 그러나 한스 카스토르프는 계속 출석을 거절했다. 그러나 죽은 사람은 누구일지라도 하는 말이 마음에 걸려 다음 3일 사이에 결심을 고치게 되었다. 정확하게 말하면 그가 결심을 고친 것은 3일 사이가 아니라 3일 사이의 몇 분 동안이었다.

음악 살롱에 밤중에 혼자 있으면서 발렌틴의 아주 호감 가는 인품이 새겨져 있는 레코드를 돌리고 있을 때에 한스 카스토르프의 결심은 바뀌었다. 영광스러운 전쟁터로 달려가려고 고향을 떠나는 용감한 병사 발렌틴의 기도를 듣는 사이에 기분이 바뀌었는데, 병사는 이렇게 노래 불렀다.

만일 하느님께서 나를 부르신다면
나는 너를 하늘에서 지켜보리라.
오, 마르가리테.

마의 산 2

그러자 한스 카스토르프의 가슴속에는 심한 감동이 끓어 올라왔다. 그것은 이 노래를 들을 때 언제나 느끼는 기분이었지만, 이날 밤은 모종의 예감 때문에 감동은 더한층 심해져 동경으로까지 바뀌었다. 무의미한 일이든 죄스러운 일이든 간에 아무튼 이것은 정말 희귀하고 아주 재미있는 모험이 될 것이다. 그를 불러 나타나게 된다 해도 내가 알고 있는 그는 이것을 기분 나쁘게 생각하지는 않을 것이라고 그는 생각했다. 그리고 그는 전에 뢴트겐실에서 보아서는 안 되는 것을 보아도 괜찮냐고 물었을 때, 머리 위의 어둠속에서 대답한 사촌의 거리낌 없이 관대한 "암, 괜찮고말고." 하던 말이 생각났다.

다음 날 아침 한스 카스토르프는 그날 밤에 있는 회합에 출석할 것을 통보하고 저녁 식사 30분 후, 무시무시한 세계에 익숙해진 친구들과 명랑하게 담소하면서 지하실로 같이 내려갔다. 그가 계단에서 합류하고 의사 크로코브스키의 밀실에서 자리를 같이 한 사람들은 이 위에 뿌리를 박은 고참자 아니면 팅푸 박사, 그리고 체코인 벤젤과 같은 고참자들이었다. 즉 그들은 페르게 씨와 베잘 씨, 파라반트 검사, 레비 양과 클레펠트 양 등 홀거의 머리 부분이 나타난 것을 한스 카스토르프의 발코니에 보고하러 온 사람들이었고, 영매 엘렌 브란트는 당연했다.

명함을 붙여 놓은 문에 한스 카스토르프가 발을 들여놓았을 때에는 북국의 소녀는 벌써 의사 크로코브스키의 보호를 받고 있었다. 까만 수술복을 입고 소녀의 어깨에 아버지와 같이 팔을 두른 의사 크로코브스키 옆에서 소녀는 지하실의 복도에서 조수의 방으로 내려가는 돌계단 옆에 선 채 손님들을 기다리다 손님들에게 인사를 했다. 모두가 마음이 들떠 밝고 명랑하게 답례를 했다. 새삼스럽게 딱딱한 것은 엄하게 금하는 것 같았다. 모두 입을 모아 큰 소리로 농담을 섞어 말했고, 서로의 옆구리를 찌르면서 기운을 돋우고 모든 방법으로 태연한 태도를 취했다. 의사 크로코브스키는 신뢰를 촉구하는 씩씩한 미소를 띠면서 수염 속으로 누런 이빨을 내밀고 "안녕하십니까!"를 되풀이하였다. 그는 말없이 머뭇거리는 얼굴을 한 한스 카스토르프를 보자 더한층 이빨을 드러냈다. 그는 청년의 손을 아플 정도로 꽉 쥐고 '용기를 내십시오. 친구!'라고 말하는 것같이 머리를 위아래로 흔들었다.

'낙담할 필요가 있습니까? 여기서는 위선자연할 필요도 없고 독실한 신자인 척할 필요도 없습니다. 필요한 것은 편견 없는 탐구하는 남성적인 명랑한 기분뿐입니다!' 그가 몸짓으로 이런 의미의 말을 걸어왔으나 한스 카스토르프는 기분이 밝아지지 않았다. 아까 우리들은 그가 출석을 결심했을 때 뢴트겐실의 일을 상기했다고 했지만 그 연상만으로는 그의 심정을 나타내기에 충분치 않다. 오히려 그의 심정은 수년 전에 술김에 학우들과 함께 성파울리 거리에 있는 창부의 집을 처음 찾아갔을 때의 혈기, 흥분, 호기심, 혐오, 경건심이 섞인 이상하고 잊을 수 없는 기분이었다.

전원이 다 모이자, 의사 크로코브스키는 오늘 밤 조수로 뽑힌 마그누스 부인과 상앗빛 얼굴의 레비 양을 거느리고 영매의 몸을 정돈하기 위해 옆방으로 물러갔다. 그 사이에 한스 카스토르프는 뒤에 남은 아홉 사람과 함께 의사의 진료실을 겸한 서재에 남아 옆방의 준비가 끝나기를 기다렸다. 이 준비는 과학적인 정밀성을 필요로 하여 규칙적으로 되풀이되었지만 언제나 성과 없이 끝났다. 한스 카스토르프는 전에 이 진료실에서 요아힘 몰래 분석학자와 어떤 이야기를 한 일이 있어 이 방 내부를 잘 알고 있었다. 왼쪽 유리문 옆에는 사무용 책상과 팔걸이의자, 환자용 안락의자가 있고, 옆문 양 옆에는 참고서가 나란히 놓여 있고, 오른쪽 구석에 접는 병풍으로 막은 사무용 책상 세트 근처에는 납을 칠한 천으로 덮인 긴 의자가 비스듬히 있고, 구석에는 의료 기계를 넣은 유리장이 있었다. 반대쪽 구석에는 히포크라테스의 흉상이 놓여 있었다. 오른쪽 벽의 가스난로 위에는 렘브란트의 인체 해부 동판화가 걸려 있고, 붉은 융단이 거의 바닥 전체를 덮었다. 여느 의사의 진료실과 조금도 다를 것이 없는 평범한 방이었다. 그러나 오늘 밤의 특별한 목적을 위해 모양이 바뀐 것이 두세 개 눈에 띄었다.

평소 방 한가운데 샹들리에 아래에 안락의자로 둘러싸인 둥근 마호가니 테이블은 석고 흉상이 놓여 있는 앞쪽의 왼쪽 구석으로 밀려나 있었다. 방의 중심에서 떨어져 건조한 열기를 보내면서 불타고 있는 가스난로 가까이에는 조그만 식탁보를 덮은 작은 테이블이 놓여 있었다. 그 위에는 붉은 갓을 쓴 전기스탠드가 있었고 그 바로 위의 천장에도 샹들리에와는 별도로 붉은 천 위에 다시 검정 망사로 덮은 전구가 드리워져 있었다. 이 작은 테이블 위와 옆에 문제의 물건들이 몇 개 놓여 있었다. 그것은 구조가 각각 다른 두 개의 탁상용 종으로서 하나는 손으로 흔드는 종, 또 하나는 위의 단추를 눌러 울리는 종이었다. 그리고 가루를 넣은 접시와 휴지통 등도 있었다. 제각기 다른 모양을 한 십여 개의 의자와 안락의자가 작은 테이블을 말굽 모양으로 둘러싼 채 놓여 있었다. 그 말굽의 한쪽 끝은 긴 의자의 끝 부분 가까이에, 다른 한쪽 끝은 방 한가운데 천장의 샹들리에 아래에 위치했다. 끝 쪽의 의자 가까이 옆문까지 중간에 음악의 마술 상자가 놓여 있었고, 경음악 레코드를 넣은 앨범이 옆 의자 위에 있었다.

　무대 장치는 이것뿐이었다. 붉은 망사로 덮은 전등불은 아직 모두 켜져 있지 않았다. 천장의 샹들리에가 대낮같이 환한 빛을 내뿜었다. 전방의 사무용 책상 측면과 마주 보고 있는 창에는 검정 커튼이 드리워져 있고, 그 위에는 또한 레이스처럼 구멍이 뚫린 크림색의 이른바 발처럼 된 커튼이 드리워져 있었다.

　10분 후에 의사는 세 여성을 동반하고 이웃 밀실로부터 나왔다. 엘리 소녀의 복장은 아까와는 달라졌다. 보통 때 입던 옷이 아니라 교령용의 의상이라고나 할까. 하얀 클레이프로 만든 잠옷 같은 가운을 입고 허리를 띠로 매고 가느다란 두 팔을 드러내고 있었다. 처녀다운 가슴의 선이 가운의 옷감에 부드럽고 뚜렷하게 나타나 있었고, 가운 안에는 거의 아무것도 입고 있지 않은 것 같았다.

모두가 흥분하여 소녀를 맞이하였다. "야아, 엘리! 아주 아름답군! 마치 천사 같은데. 부탁해, 귀여운 천사!" 그녀는 의상이 자기에게 잘 어울린다는 것을 아는 듯 모두가 외치는 소리에 미소 지었다.

"준비 상태, 네거티브." 하고 의사 크로코브스키가 외쳤다. "자, 그러면 시작, 동료 여러분!" 하고 혀를 한 번만 입천장에 치는 외국인다운 발음으로 말했다. 모두 소리를 내어 지껄이고 어깨를 치면서, 말굽 모양으로 나란히 놓은 의자에 자리를 잡기 시작했다. 한스 카스토르프도 동료라고 불린 데에 감격하면서 어딘가에 가서 앉으려고 하였는데, 의사는 특히 그를 향해 말했다.

"친구." (그는 프로인트, '친구'라는 발음을 프라인트라고 했다.) 그가 말했다. "당신은 손님 혹은 신입 회원으로 참가했으니 오늘 밤은 특별히 경의를 표하여 소중한 임무를 부탁드리겠습니다. 당신에게 영매의 감시를 부탁합니다."

그는 청년을 말굽 모양으로 나란히 놓인 긴 의자와 병풍이 인접하여 있는 끝 쪽으로 오라고 했다. 거기에는 엘리가 방 한가운데가 아닌 돌계단 아래에 있는 입구의 문 쪽으로 얼굴을 향하고, 흔히 있는 등나무 의자에 앉아 있었다. 의사 크로코브스키는 소녀와 닿을 만큼 바싹 마주 향하고는 역시 등나무 의자에 앉아, 그녀의 두 무릎을 자기의 두 무릎으로 끼우듯 하고 그녀의 두 손을 자신의 두 손으로 잡았다.

"이렇게 해 주십시오!" 하고 그는 명령하고 한스 카스토르프를 그 등나무 의자에 앉혔다. "이것으로 영매가 조금도 움직일 수 없다는 것을 알 것입니다. 필요 없겠지만 조수 한 사람을 붙여 드리겠습니다. 클레펠트 양, 부탁할 수 있을까요?" 외국인다운 발음으로 정중하게 명령받은 클레펠트는 한스 카스토르프와 함께 엘리의 갸냘픈 손목을 두 손으로 꽉 잡았다.

한스 카스토르프는 티 없이 깨끗한 불가사의한 소녀와 얼굴을 마주 대고 있으므로 아무래도 상대의 얼굴을 보지 않을 수가 없었다. 두 사람의 눈길이 마주치자 엘리는 그녀의 입장으로서는 당연한 부끄러움 때문에 눈을 옆으로 돌려 아래로 내리깔았다. 그녀는 얼마 전에 유리잔 돌리기를 할 때처럼 목을 갸우뚱하고 입술을 좀 뾰족하게 하고는 다소 건방진 미소를 지었다. 젊은 감시인은 속마음을 속이는 것 같은 옅은 미소를 보고, 이와는 다른 먼 옛날에 있었던 일을 상기했다. 그와 요아힘이 카렌 카르슈테트를 데리고 마을 묘지에 가서 아직 한 사람 분이 남아 있었던 영원한 휴식처 앞에 섰을 때, 카렌도 지금의 엘리와 똑같은 미소를 지었었다.

모두가 말굽 모양으로 나란히 놓인 의자에 앉았다. 체코인 벤젤을 제외하면 13인이었다. 이 체코인은 축음기 담당자로서 언제나 자리를 비워 놓았다. 축음기를 언제나 틀 수 있도록 준비가 끝나자, 방 한가운데 나란히 앉은 많은 사람들의 등 뒤에 있는 축음기 옆의 발판에 가서 앉았다. 체코인은 만돌린을 옆에 놓아두었다. 의사 크로코브스키는 붉게 덮인 두 개의 전등을 켜고, 천장의 밝은 샹들리에를 끄고는 말굽 모양으로 앉아 있는 세 사람과 반대편 끝, 즉 샹들리에 밑으로 가서 앉았다. 부드럽고 붉은 어스름이 방 안을 채웠고, 떨어진 곳과 구석구석은 어두움에 묻혀 보이지 않았다. 테이블 위와 그 주위만이 어스름하게 붉은 빛을 던지고 있을 뿐이었다. 처음의 이삼 분은 옆에 앉아 있는 사람도 분간할 수 없을 정도였다. 눈이 조금씩 어두움에 익숙해지자, 난로에서 조그맣게 타고 있는 불길의 도움을 받아 어느 정도 밝아진 불그레한 불빛 속에서 더욱 잘 볼 수 있었다.

의사는 조명에 대해 몇 마디하고 조명이 과학적으로 볼 때 이상적이지 않은 점을 변명했다. 조명은 기분 조성이라든지 신비화라는 의미로 생각하지 말기 바란다. 유감스럽게도 최대한의 노력은 해 보았으나 이 이상의 배광(配光)은 지금으로서는 바랄 수 없다. 문제되고 있는 힘, 지금부터 실험하려는 힘은 밝은 빛 속에서는 발현하지 않고 활동하지 않은 성질의 힘이다. 이것은 어떻게 할 수 없는 사실로서 인정하는 수밖에 없다고 말했다. 한스 카스토르프도 이것으로 만족하지 않을 수 없었다. 그에게는 어두운 것이 고마웠다. 어두움이 이 상황의 이상한 분위기를 부드럽게 해 주었기 때문이었다. 게다가 그는 어두움을 시인하려고, 전에 뢴트겐실을 덮었던 어두움을 상기했다. 그때도 그는 어떤 것을 '보기' 위해서 어둠 속에서 마음을 차분하게 가라앉히고 낮의 빛을 눈에서 씻어 버렸다.

의사 크로코브스키는 한스 카스토르프에게 일러 주는 말을 계속하여, 영매는 의사가 잠을 재우지 않아도 되는 상태에 있음을 알려 주었다. 감시자도 이제 알게 되겠지만 영매는 자연적으로 최면상태에 들어갔다. 그래서 그녀의 입을 통해 말하는 것은 영매의 수호신인 홀거이기 때문에, 실험자들은 그녀가 아니라 홀거에게 원하는 것을 주문해야 한다. 이왕에 덧붙여 말하지만 이제부터 일어나게 하려는 현상에 대해 억지로 의지나 사고를 집중시켜야 한다고 생각하는 것은 잘못된 것으로, 실험을 실패로 몰고 갈지도 모른다. 오히려 말을 계속하여 주의를 반쯤 산만하게 해 둘 필요가 있다. 한스 카스토르프는 무엇보다도 영매의 수족을 완전히 눌러 두도록 전력을 다해 주기 바란다.

"모두 서로 손을 잡아요!" 하고 의사 크로코브스키는 마지막으로 명령했다. 그러자 모두가 손을 맞잡았다. 그러나 어두워서 상대방의 손을 잡을 수 없는 사람들은 웃었다. 팅푸 박사는 헤르미네 클레펠트와 가장 가까운 의자에 앉아, 그녀의 어깨에 오른손을 얹고 왼쪽 손을 베잘의 오른손과 맞잡았다. 의사 크로코브스키의 한쪽에는 마그누스 부부, 또 한쪽에는 안톤 카를로비치 페르게, 그리고 이 페르게는 한스 카스토르프가 오른쪽의 상아색 레비 양과 손을 잡았고, 이렇게 하여 모두가 서로 손을 잡았다. "음악!" 하고 의사 크로코브스키가 명령했다. 그러자 의사와 마그누스 부부의 뒤에 대기하고 있던 체코인이 레코드를 돌리고 바늘을 얹었다. 밀뢰커의 어떤 서곡 첫 절이 울려 나오는 동안 의사는 "잡담!" 하고 다시 호령했다. 모두는 명령받은 대로 기운을 내어 두서없는, 아무 것이나 이야기하기 시작했다. 저쪽에서는 이 겨울의 눈, 이쪽에서는 저녁 식사의 요리 코스, 또 다른 쪽에서는 도착한 환자의 일과 자포자기한 출발 혹은 합법적인 출발 등이 이야기되었다. 잡담은 음악으로 인해 거의 사라지면서 끊어졌다가는 다시 시작되고 하면서 의식적으로 계속되었다. 몇 분이 지나갔다.

레코드가 아직 끝나기 전에 엘리가 심하게 경련하였다. 그녀는 몸을 떨고 한숨을 짓고 상반신을 앞으로 기울였기 때문에 이마가 한스 카스토르프의 이마에 닿았다. 동시에 엘리는 감시하는 청년에게 손목을 잡힌 채 마치 펌프를 움직이듯 팔을 앞뒤로 밀고 끌어당기고 하는 이상한 운동을 시작했다.

"최면 상태!" 하고 실험에 경험이 있는 클레펠트가 보고했다. 음악이 멈춰지고 잡담도 딱 그쳐졌다. 갑자기 조용해진 가운데 의사가 부드럽고 느린 악센트의 바리톤으로 질문하는 것이 들렸다.

"홀거가 나타났습니까?"

엘리는 다시 몸을 떨고 의자 위에서 흔들거렸다. 그러자 한스 카스토르프는 그녀가 두 손을 꽉 잡는 것을 느꼈다.

"그녀는 내 두 손을 꽉 잡았습니다." 하고 그는 보고했다.

"홀거입니다." 하고 의사는 수정했다. "그가 당신의 손을 꽉 잡은 것입니다. 그가 나타난 것입니다. 안녕하십니까, 홀거." 하고 그는 열렬한 어조로 계속했다. "진심으로 환영합니다, 친구! 자, 그러면 생각해 보십시오. 당신은 지난 번 우리들과 동석했을 때, 우리들이 지명하는 죽은 자는 누구든지, 형제든 자매든 불러와 지상의 우리 눈에 보여 줄 것을 약속했습니다. 당신은 그 약속을 오늘 밤에 여기서 이행해 줄 수 있습니까? 이행할 수 있다고 생각하십니까?"

엘리는 다시 몸을 떨었다. 한숨을 쉬고 대답하는 것을 주저했다. 그녀는 자기의 두 손을 마주 앉은 청년의 손과 함께 천천히 이마에 갖다 대고 무겁게 "네!" 하고 속삭였다.

뜨거운 입김과 더불어 귓가에 직접 '네' 하는 소리를 듣고 우리들의 친구는 몸에 좁쌀 같은 것이 일었다. 일반적으로 이것을 '소름'이라고 하는 것으로서 언젠가 고문관이 이 현상의 성질에 관해 설명해 준 적이 있었다. 우리들이 피부에 좁쌀이 생겼다고 말하는 이유는 순전히 생리 현상을 심리 현상에서 구별하기 위해서인 것으로, 몸이 오싹했다고는 말할 수 없기 때문이다. 한스 카스토르프가 생각한 것은 대체로 '아니, 아가씨가 대단한 일을 떠맡았는데!' 하는 정도의 것이었다. 그러나 동시에 그는 감동과 흥분을 뒤섞은 기분이었다. 젊은 아가씨의 손을 꼭 잡고 있는 데다가, 그녀가 귓가에 대고 '네' 하고 속삭였다는 어딘지 착각을 일으킬 것 같은 장면에서 생긴 어리둥절한 느낌 탓이었다.

"그는 '네'라고 말했습니다." 하고 한스 카스토르프는 보고하고 혼자 얼굴이 붉어졌다.

"좋습니다. 홀거!" 하고 의사 크로코브스키는 말했다. "우리들은 당신의 '네'를 믿습니다. 당신이 당신의 임무를 착실하게 이행해 줄 것을 모두 믿습니다. 우리들이 모습을 보고 싶어 하는 고인의 이름을 곧 당신에게 지명하겠습니다. 동료 여러분." 하고 이번에는 모두에게 말했다. "사양 말고 말해 주십시오! 불러 오고 싶은 사람이 있는 분은 없으십니까? 우리들을 친구인 홀거에게 누구를 불러 달라고 하겠습니까?"

아무도 말이 없었다. 모두 누군가가 무엇이라고 말해 줄 것을 기다렸다. 누구나 자기가 무엇을, 누구를 불러 볼 것인가를 요 며칠 동안 생각하였을 것이다. 그러나 죽은 자의 소생, 아니, 그보다 소생이 소망스러운 것이 아니고 소망 자체도 그릇된 일이며, 잘 생각해 보면 그런 소망은 죽은 자가 소생하는 것과 마찬가지로 불가능했다. 이것은 죽은 자의 소생이 가능하게 되는 경우를 생각해 보면 수긍이 갈 것이다. 우리들이 죽은 자를 애도하는 것은 죽은 자를 소생시킬 수 없는 것이 슬퍼서라기보다 죽은 자의 소생을 소망하는 것이 전혀 허용되지 않는 것이 슬프기 때문이었다.

모두는 막연하지만 그렇게 느꼈다. 그리고 오늘 밤의 경우는 죽은 자가 실제로 다시 살아나는 것이 아니라 단지 기분상의 연극적인 행사에 불과하며, 따라서 죽은 자의 모습을 본다고 해서 마음에 걸리는 일은 없었지만, 자기가 남몰래 생각하고 있는 죽은 자를 보는 것이 무서워 모두들 옆 사람에게 주문을 양보할 생각이었다.

한스 카스토르프도 저 선량하고 관대한, '암, 괜찮고말고.' 하는 사촌의 목소리가 어둠 속에서 들려오는 것 같았지만 역시 잠자코 마지막 순간까지 누군가 다른 멤버에게 발언을 양보하려고 했다. 그러나 모두의 침묵이 너무 오래 계속되었으므로 드디어 그는 얼굴을 실험 지도자에게로 돌리고 쉰 목소리로 말했다.

"나는 죽은 사촌 요아힘 침센을 보고 싶습니다."

이제 모두는 한숨을 돌렸다. 모든 사람 가운데 팅푸 박사와 체코인 벤젤과 영매 자신만이 지명된 죽은 자와 안면이 없었다. 다른 멤버는 페르게도 베잘도 알빈 씨도 검사도 마그누스 부부도 슈퇴르 부인도 레비도 클레펠트도 기쁜 듯이 큰 소리로 찬성했다. 의사 크로코브스키도 요아힘이 생전에 정신분석에 대해 그다지 협조적이지 않아서 두 사람의 관계는 언제나 냉담했지만 만족스러운 듯 고개를 끄떡였다.

"좋습니다." 하고 의사는 말했다. "들었습니까, 홀거? 지명된 고인은 생전에 당신이 몰랐던 인물입니다. 당신은 저 세상에서 이 인물을 알아낼 수 있습니까? 그리고 우리들한테로 데리고 올 생각이 있습니까?"

모두가 숨을 죽이고 기다렸다. 잠을 자는 소녀는 몸을 흔들고 한숨을 쉬더니 몸을 부르르 떨었다. 그리고 이리저리 엎어지려고 하면서 한스 카스토르프의 귀에 또는 클레펠트의 귀에 의미를 알 수 없는 말을 속삭이고는 무언가를 찾는 것 같은 태도를 보였다. 드디어 한스 카스토르프는 그녀의 두 손에 자기의 두 손이 꽉 잡히는 것을 느꼈다. 이것은 '네'라는 의미였다. 그는 그것을 보고했다.

그러자 의사 크로코브스키는 "좋습니다!" 하고 외쳤다. "일을 시작하십시오, 홀거. 음악!" 그는 말했다. "자, 잡담!" 그리고 그는 모두에게 사고를 집중시킨다든지, 이제부터 시작하려는 것만을 생각한다든지 하지 말고 오히려 가볍게 여유 있는 기분으로 있는 것이 실험에 효과적이라는 주의를 되풀이하였다.

그 뒤에 우리의 젊은 주인공이 이때까지의 생애에서 경험한 것 중에서 가장 이상한 몇 시간이 시작되었다. 그의 모습은 이야기의 어떤 부분에서 우리들의 시야에서 없어져 버리기 때문에 이 이후의 그의 운명에 대해 우리들은 완전히 아는 것은 아니었지만, 그러나 이 몇 시간의 경험은 그가 이때까지 경험한 것 중에서 가장 이상한 것이었다고 생각한다.

몇 시간이었지만 쉽게 말한다면 2시간 이상, 즉 홀거의 '작업'이라기보다는 사실은 엘리의 작업이 시작되고 난 후 도중에서 중단된 시간도 계산에 넣으면 두 시간 이상이었다.

이 엘리 양의 '작업'은 좀 길어져 급기야는 모두 그것이 성공할지 의심하기 시작했다. 이 작업은 동정을 불러일으킬 정도로 괴로워 보였고, 이것을 떠맡은 소녀의 연약한 체력에는 힘겹게 느껴져 모두 마음으로 동정한 나머지 실험을 중단하는 편이 좋겠다는 유혹을 여러 번 느꼈다. 남성은 생활로부터 도피하지 않는 한 일생의 어떤 시기에 참을 수 없는 동정을 경험한다. 그런데 우습게도 이 동정은 누구도 이해하지 못하며, 물론 잘못된 생각에서 우러난 것이겠지만 우리의 가슴 속으로부터 자기도 모르게 '이제 그만!' 하는 분노의 외침이 새어나올 것만 같게 된다. 그러나 '그것은' 이제 그만으로 끝나는 것이 아니고 또 끝나서도 안 되며 무슨 일이 있어도 최후까지 '그것을' 계속해야 하는 것이다. 독자도 이미 알겠지만 남성의, 남편으로서, 아버지로서의 입장에서 해산의 작업을 말하는 것이다. 사실 엘리의 고투는 틀림없이 이 해산의 고통과 흡사했다. 그래서 한스 카스토르프 청년처럼 해산하는 것을 한 번도 본 일이 없는 사람도 그것을 연상하지 않을 수 없었다. 그는 인간 생활을 도피하지 않았기 때문에 눈앞의 모습에 유기적 신비에 찬 해산의 작업을 느꼈지만 그것은 어떠한 모습이었던가! 그리고 그것은 무엇 때문이었는가! 또 어떤 상황하에서였는가! 좌우간 이 모든 것은 의심스럽다고 말하지 않을 수 없었다. 붉은 불빛에 비친 산실(産室)의 모양도, 산들산들하는 잠옷을 입고 두 팔을 드러낸 산모 같은 처녀의 모습도, 그리고 쉬지 않고 울리는 경쾌한 레코드음악도, 말굽 모양으로 나란히 앉은 사람들이 지도자의 지시에 따라 의식적으로 계속하고 있는 잡담도, 그 사람들이 산모의 고투에 힘을 북돋아 주기 위해 밝게 부르는 "자아, 홀거! 용기를 내요! 조금만 더하면 돼요! 힘을 빼지 말아요, 홀거. 힘을 내요. 그렇게 하면 성공이야!" 하고 불러 대는 소리도 모든 것이 의심스러웠다. 그리고 희망을 말한 한스 카스토르프를 산모의 남편이라고 간주할 수 있다면, '산모'의 두 무릎을 자기의 두 무릎에 끼우고 두 손을 자기의 두 손으로 잡고 있는 '남편'의 모습과 입장도 의심의 예외는 아니었다. 엘리의 예쁜 손은 전에 라일라 소녀의 손처럼 땀에 젖어, '남편'이 쉬지 않고 그것을 다시 꼭 잡지 않으면 그의 손에서 미끄러져 나갈 것 같았다.

왜냐하면 여기 앉아 있는 사람들의 뒤에서 가스난로가 열기를 뿜고 있었기 때문이었다.

신비롭고 엄숙한 광경이었을까? 천만의 말씀, 눈이 어스름에 익숙해짐에 따라 꽤 잘 식별할 수 있게 되었지만, 붉은 빛에 비친 어두운 방 안의 광경은 요란하고 저속했다. 음악과 불러 대는 목소리는 구세군의 요란한 광신자들의 전도를 아직 한 번도 보지 못한 사람들에게도 그런 연상을 머리에 떠올리게 했다. 방 안의 광경은 결코 요괴스러운 의미에서가 아니라 자연스럽고 유기적인 의미에서 신비적이고 비밀에 차 있어서 감수성이 강한 사람에게 경건한 기분을 품게 했다. 그리고 그것이 어떤 장면을 연상시키는가는 이미 언급한 대로다. 엘리의 고통은 진통처럼 간격을 두고 있었다. 그 고통이 없을 때는 의자에서 옆으로 녹초가 되어 기울어졌고 혼이 빠진 모습이었다. 의사 크로코브스키는 이것을 '깊은 최면 상태'라고 불렀다. 이윽고 그녀가 갑자기 몸을 일으켰다가는, 신음하고 몸부림치며 감시자들로부터 빠져 나가려고 버둥거렸다. 그러다가 그들의 귀에 뜨거운 헛소리를 속삭여 무엇인가를 자기 몸속으로부터 쫓아내려는 것처럼 몸을 옆으로 내던지는 시늉을 하다가 이를 갈고, 한 번은 한스 카스토르프의 소매 끝을 깨물기까지 했다.

엘리의 고투는 1시간 이상이나 계속되었다. 그러자 실험 지도자는 이쯤에서 쉬는 것이 어느 모로 보나 필요하다고 생각했다. 기분 전환을 위해 축음기를 끄고서 아주 멋지게 만돌린을 타고 있던 체코인 벤젤은 만돌린을 옆에 내려놓았다. 모두가 한숨을 돌리면서 잡고 있던 손을 놓았다. 의사 크로코브스키는 벽 쪽으로 걸어가 천장의 전등을 켰다. 갑자기 환한 빛이 비쳤기 때문에 모두는 어둠에 익숙했던 눈을 근시안처럼 가늘게 떴다. 엘리는 얼굴을 거의 무릎 위로 내리고 꾸벅꾸벅하며 무언가 이상한 동작을 계속하였다. 이 동작은 다른 사람들에게는 평범한 동작인 것 같았지만 한스 카스토르프는 이상하게 여기고 주의하여 바라보았다. 즉 그녀는 몇 분 동안 한쪽 손바닥을 오목하게 하여 허리 근처를 쓰다듬다가 나중에는 그 손을 뻗쳐 무언가를 퍼내는 듯 또는 끌어당기는 듯이 움직였는데, 마치 무엇인가를 긁어모으는 듯한 시늉을 했던 것이다. 이윽고 그녀는 여러 번 꿈틀하다가 제정신으로 돌아가, 역시 근시안과 같이 눈을 가늘게 뜨고는 불빛에 눈을 깜박이면서 미소를 지었다.

그녀는 미소 지었다. 사랑스러우면서도 좀 수줍어하는 기색이 보였다. 그녀의 고통에 동정을 느낀 것은 정말로 바보짓이라는 생각이 들었다. 그녀는 그렇게까지 피곤한 것 같지는 않았다. 아마 아무것도 기억하고 있지 않을 것이다. 그녀는 창가의 사무용 책상 저쪽의 긴 의자를 에워싸고 있는 스페인식의 벽과 창 사이에 있는 환자용 안락의자에 앉았다. 그녀는 의자의 방향을 좀 바꾸고서 한쪽 팔을 사무용 책상 위에 얹은 자세로 방 안을 바라보았다. 이리하여 그녀는 모두들 흥분에서 깨지 않은 눈으로 바라보거나 여기저기서 힘을 북돋우는 듯이 고개를 끄덕이는 가운데 말없이 앉아 있었다.

그야말로 중간 휴식이었다. 모두는 긴장에서 풀려나 이때까지 한 작업을 뒤돌아보고 유유히 만족감에 젖어 있었다. 남자들은 담배 케이스를 열어, 담배를 피우면서 여기저기 나란히 선 채 오늘 밤 회합의 인상을 이야기했다. 이 인상 때문에 실망하여 오늘 밤의 회합이 실패로 끝날 것이라고 생각할 필요는 조금도 없었다. 그런 소심한 생각을 할 필요가 전혀 없음을 보여 주는 징조가 있었다. 말굽 모양의 끝, 영매와 반대쪽 끝에 의사 가까이 앉아 있던 사람들은 언제나 현상이 일어나려고 할 때 영매의 몸에서 일정한 방향으로 흘러나오는 찬 입김을 오늘 밤도 확실히 여러 번 느꼈다고 이구동성으로 말했다. 또 다른 사람들은 빛의 현상, 흰 빛의 반점, 떠 있는 에너지의 덩어리가 접이식 병풍 앞에 여러 가지 모양으로 나타난 것을 보았다고 주장했다. 요컨대 여기서 중단해서는 안 되었다. 실망할 필요는 없었다. 홀거는 약속을 한 것이고 그가 약속을 이행하지 않으리라고 생각할 이유는 조금도 없었다.

의사 크로코브스키는 실험을 재개하라는 신호를 했다. 그는 모두가 각자의 의자로 돌아가는 동안 엘리의 머리를 쓰다듬으면서 그녀를 고행의 자리로 다시 데리고 왔다. 모든 것이 아까와 마찬가지로 진행되었다. 한스 카스토르프는 제일 감시자의 역할을 그만두고 싶다고 말했지만 실험 지도자가 반대했다. 지도자는 영매에게 기만적인 행동을 가할 여지가 없다는 것을, 사촌을 보고 싶다고 희망한 한스 카스토르프에게 직접 확인하라고 말했다. 이렇게 하여 한스 카스토르프는 또다시 엘리에 대해 기묘한 입장을 취하게 되었다. 불이 꺼지고 방 안은 붉은 어스름으로 바뀌었다. 엘리는 또다시 급격한 경련을 일으키고 펌프를 움직이는 동작을 시작했다. 이번에는 한스 카스토르프가 '최면 상태'를 보고했다. 의심스러운 분만의 고통이 계속되었다.

얼마나 심한 난산이었던가! 해산은 조금도 진행될 것 같지 않았다. 도대체 진행될 수 있을까. 얼마나 어이없는 망상인가! 어떻게 수태가 가능할 것인가? 해산? 어떻게 하여 무엇을? "살려 주세요! 살려 주세요!" 하고 소녀는 신음했지만 그녀의 진통은 산부인과 전문의가 자간(子癎)이라고 부르는 저 무익하고 위험한 지속성 경련으로 변하려 하였다. 소녀는 진통 사이사이에 의사에게 손을 얹어 달라고 부탁했다. 그러자 일종의 최면술 작용이 일어나서 소녀에게 계속 싸울 수 있는 힘이 솟아났다.

이렇게 하여 다시 한 시간이 지났다. 그동안 만돌린이 울렸고 축음기가 경음악의 선율을 실내에 울렸다. 밝은 불빛에 익숙했던 사람들의 눈은 다시 방의 어스름에 어느 정도 익숙해졌다. 이때 작은 사건이 일어났다. 이것을 일으킨 것은 한스 카스토르프였다. 그가 혼자 생각하고 있던 어떤 소망과 생각을 말했는데, 그는 그것을 좀 더 빨리 입 밖에 냈어야 했을 것이다. 마침 엘리는 손목을 잡힌 두 손 위에 얼굴을 엎고 '깊은 최면 상태'에 빠졌고, 체코인 벤젤은 레코드를 갈든가 뒤집어 놓으려 하고 있었는데, 그때 우리들의 주인공은 결심을 하고 제안할 것이 있다고 말했다. 물론 대단한 제안은 아니지만 실행해 보면 도움이 될는지 몰랐다. 자기한테 음악실의 레코드 가운데 구노의 《파우스트》에 오케스트라 반주로 바리톤이 부르는 〈발렌틴의 기도〉가 아주 재미있으니 한번 틀어 보면 어떨까 생각한다고 말했다.

"그건 또 무엇 때문입니까?" 하고 의사는 붉은 어스름의 저쪽에서 물었다.

"분위기를 만들기 위해, 즉 기분의 문제입니다." 하고 청년은 대답했다. 이 곡목의 정신은 특수하고 개성적이니, 한번 시험해 볼 필요가 있다. 이 곡목의 정신과 성격이 여기서 문제 되고 있는 실험을 촉진시킬 수 있으리라 생각한다고 그는 말했다.

"그 레코드가 여기에 있습니까?" 하고 크로코브스키는 물었다.

아니, 여기에는 없지만, 곧 가져올 수 있다고 한스 카스토르프는 말했다.

"무슨 그런 말을 하는 거요!" 크로코브스키는 단호하게 거절했다. 무어라고? 왔다 갔다 하여 무엇을 가지고 와 한번 중단한 실험을 다시 계속하겠다는 말인가? 모든 것이 수포로 돌아가 처음부터 다시 하게 될지도 모른다. 게다가 과학적인 엄밀성을 생각하는 점에서도 그렇게 자유로 출입하는 것은 생각만 해도 좋지 않다. 문에 열쇠가 잠겨 있고 그 열쇠는 크로코브스키가 호주머니에 보관하고 있었다. 요컨대 그 레코드가 바로 여기에 있으면 몰라도 그렇지 않으면 유감이지만....... 의사가 계속 지껄이고 있을 때 체코인이 축음기 옆에서 끼어들었다.

"그 레코드라면 여기에 있습니다."

"여기에?" 하고 한스 카스토르프는 물었다.

"그렇습니다, 여기에 있습니다.《파우스트》의 〈발렌틴의 기도〉라고 적혀 있습니다. 자, 보세요." 체코인이 말했다. 이 레코드만이 분류상 들어가 있어야 할 녹색 아리아 앨범 제2에 들어 있지 않고 경음악의 앨범에 예외적으로 끼어들어 있었다. 우연이라 할까, 괴이하다고 할까, 부주의한 일이었지만 기쁘게도 저속한 레코드 속에 섞여 있어 회전반에 올려놓기만 하면 되었다.

한스 카스토르프는 여기에 대해 무어라 말할 것인가? 그는 아무 말도 하지 않았다. "그거 잘 됐어." 하고 의사가 말했다. 몇 사람도 그 말을 되풀이했다. 바늘이 레코드 위에 올려지고 뚜껑이 덮였다. 그러자 성가 같은 반주에 따라 남자다운 목소리가 울리기 시작했다.

"이제 고향을 떠나야 하는 나……."

아무도 말이 없었다. 모두 열심히 듣고 있었다. 노래가 시작되자 엘리는 곧 '작업'을 시작했다. 몸을 급격히 일으키고 떨고 신음하며 펌프를 움직이는 것 같은 동작을 하고 땀으로 젖은 두 손을 또다시 이마에 갖다 대었다. 레코드는 계속 돌아갔다. 중간 부분이 되자 선율이 일변하여 전쟁과 위험이 지배하는 용감하고 경건한 프랑스식 장면으로 바꿨다. 이것이 끝나자 마지막 부분이 되고 처음 선율이 이번에는 오케스트라의 억센 분자로 힘차게 되풀이되었다. "아, 주여, 나의 기도를 들어 주소서."

한스 카스토르프는 엘리를 열심히 붙들었다. 소녀는 일어서려고 목을 펴서 숨을 들이쉬고는 길게 한숨을 내뿜으면서 축 늘어지더니 조용해졌다. 한스 카스토르프는 불안해져서 소녀 위에 몸을 구부렸다. 그러나 그때 그는 슈퇴르 부인이 우는 듯한 가느다란 목소리로 신음하는 것을 들었다.

"침……센!"

한스 카스토르프는 얼굴을 들지 않았다. 입 안에서 쓴맛이 났다. 다른 목소리가 무겁고 냉정하게 대답하는 것이 들렸다.

"나는 그를 아까부터 보고 있었습니다."

레코드는 끝나고 마지막 플루트의 협화음도 사라졌다. 아무도 기계를 멈추려 하지 않았다. 조용한 실내에는 바늘이 레코드 한가운데서 헛돌아가는 잡음만이 울렸다. 이윽고 한스 크스토르프는 얼굴을 들고, 정확히 눈을 돌려야 할 장소를 보았다.

방 안의 사람 수가 한 명 더 늘었다. 모두와는 떨어져서 방 깊숙이에 사무용 책상 긴 쪽의 한편과 병풍 사이에 아까 중간 휴식 때 엘리가 앉았던 의자, 방 쪽으로 향한 의사의 손님용 안락의자에, 붉은 어스름이 새까맣게 변하려 하고 거의 아무것도 분간할 수 없는 곳에 요아힘이 앉아 있었다. 죽을 때처럼 볼이 쑥 들어가고 군인 수염이 자라고 수염 속에 입술이 불룩 자랑스럽게 부푼 요아힘이었다. 의자 등받이에 기대어 두 다리를 포개고 앉아 있었다. 모자로 그림자가 진 수척한 얼굴은 고뇌의 빛을 볼 수 있었고, 또 임종 때 사나이답고 아름답게 보였던 저 엄격하고 진지한 표정도 볼 수 있었다. 뼈가 앙상한 눈두덩 안에 눈이 깊이 들어가 있었지만, 저 아름답고 크게 열린 검은 눈의 부드럽고 온화한 눈초리는 잃지 않고, 한스 카스토르프에게만 조용히 따스한 눈길을 보내고 있었다. 전에 요아힘의 작은 괴로움이었던 튀어나온 귀가, 어떤 모양인지 분간할 수 없는 이상한 모자 밑으로 보였다. 사촌인 요아힘은 양복 차림은 아니었다. 포개어진 두 다리의 허벅지에 군도를 세우듯, 두 손을 자루에 대고, 권총 케이스 같은 것을 벨트에 차고 있었다. 그러나 요아힘이 입고 있는 것은 정식 군복도 아니었다. 번쩍거리는 것도 빛깔 있는 것도 보이지 않았고, 노동복 같은 깃과 옆 호주머니가 달려 있었으며, 훨씬 아래쪽에 십자

마의 산 2

훈장이 달려 있었다. 요아힘의 두 발은 매우 커 보였으나 두 다리는 아주 가늘었고 두 정강이에는 각반 같은 것이 딱딱하게 쳐져 있었다. 그 느낌은 군인이라기보다 스포츠맨 같았다. 그리고 머리에 쓴 것은 어떤 것일까? 군대용 냄비를 머리에 쓰고 끈으로 턱을 매고 있는 것 같았다. 그러나 그 모양이 오히려 고풍스럽고 용병 같아 이상하게도 군인같이 잘 어울렸다.

한스 카스토르프는 엘렌 브란트의 입김을 두 손 위에 느꼈다. 그리고 옆에 있는 클레펠트의 거친 숨소리도 들었다. 이 밖에는 레코드에 아무도 손을 대지 않아서 바늘이 놓인 채 계속 돌아가 쉴 새 없이 나는 잡음만 들릴 뿐이었다. 한스 카스토르프는 주위의 누구도 보지 않았다. 누구의 일도 신경쓰지 않았고 생각하려고도 하지 않았다. 그는 자기 무릎 위에 놓인 엘리의 두 손과 머리 위에서 비스듬히 몸을 일으켜, 붉은 어스름을 통해 안락의자의 방문객을 계속 응시했다. 순간 그는 위가 뒤틀어지려는 것 같았다. 목이 죄어지고 네 번 내지 다섯 번 계속하여 흐느낌이 심한 경련으로 닥쳐왔다. "용서해 줘!" 하고 그는 목소리를 삼키며 속삭였다. 눈물이 하염없이 쏟아져 나와 아무 것도 보이지 않았다.

그는 "그에게 말을 걸어 보시오." 하고 속삭이는 목소리를 들었다. 의사 크로코브스키의 바리톤이 그의 이름을 엄숙하고도 밝게 부르고 이 명령을 다시 한 번 되풀이했다. 한스 카스토르프는 이 명령에 따르지 않고 엘리의 얼굴 밑에서 두 손을 빼고 일어섰다. 또다시 의사 크로코브스키가 이번에는 엄격하게 경고하는 어조로 그의 이름을 불렀다. 그러나 한스 카스토르프는 몇 발자국 나아가 입구 문의 계단 있는 데로 가서 단호한 손짓으로 스위치를 돌려 불을 켰다.

브란트 소녀는 심한 쇼크를 받아 몸을 움츠리고 클레펠트의 두 팔 속에서 경련하고 있었다. 안락의자에는 이제 아무 모습도 보이지 않았다.

한스 카스토르프는 항의하는 의사 크로코브스키를 향해 그의 코끝에까지 다가갔다. 말을 하려고 했지만 입술에서는 한마디의 말도 나오지 않았다. 그는 거칠게 요구하듯 머리를 흔들고 손을 내밀었다. 열쇠를 받자 의사의 얼굴을 노려보면서 위협하는 듯이 여러 번 끄덕이고는 한 바퀴 빙 돌아 방에서 나갔다.

### 병적인 흥분

이렇게 하여 세월이 흐름에 따라, 베르크호프 요양원에는 어떤 악령이 배회하기 시작했다. 한스 카스토르프는 악령이 전에 그 불길한 이름을 들어 둔 악마의 직계일 것이라고 막연하게 느꼈다. 수양 중에 있는 젊은이의 구속 없는 호기심에서 한스 카스토르프는 이 악마를 연구했을 뿐만 아니라, 주위의 사람들이 악마에게 봉사하고 있는 기괴한 태도에 자기 역시 간단하게 동조해 버릴 것 같은 위험성을 확인해 보았다. 이전의 둔감 상태와 마찬가지로 이 새로운 악마도 이전부터 그런 징조가 있어서 여기저기서 얼굴을 내민 적이 있지만, 한스 카스토르프는 그 기질로 보아 그런 위험에 빠질 염려는 적었다. 그런데도 그는 기분을 해이하게 가지면 얼굴 표정이나 말씨와 동작 등이 주위 사람들이 예외 없이 사로잡히고 있는 정신 상태에 전염되겠다고 느끼고 깜짝 놀랐다.

도대체 무엇이 시작되었다는 말인가? 무엇이 일어나기 시작했단 말인가? 그것은 싸움이었다. 일촉즉발의 상태로 형언하기 어려운 짜증스러운 신경과민이었다. 누구나가 서로 독설을 퍼붓는 경향, 분노의 폭발……. 그렇다. 격투를 시작할 것 같은 기세였다. 격한 언쟁, 걷잡을 수 없는 욕설이 매일같이 어떤 사람들 간에 또는 그룹 사이에서 벌어졌다. 싸움의 국외자들은 아우성치는 당사자들의 모습을 언짢게 느끼고 중재에 나서기는커녕 오히려 그 모습에 공감하고, 열중하며 같이 도취하는 것이 특색이었다. 국외자들도 얼굴이 새파래져서 몸을 부들부들 떨고 눈이 도전적으로 번쩍이며 입술이 무참하게 일그러졌다. 그들은 눈앞에서 히스테리를 일으키는 사람들을 아우성을 칠 수 있는 권리와 기회 때문에 부러워했다. 아우성을 치고 싶은 나머지 몸이 근질근질해서, 자기 혼자의 세계로 도망칠 자제력을 가지고 있지 않은 자는 누구나 소용돌이 속으로 곧장 휘말려 들어갔다. 베르크호프에서는 사소한 싸움, 베르크호프 당국에 대한 진정서 제출이 끊이지 않았다. 당국자들은 조정에 심혈을 기울였지만 그들도 격분하는 아우성에 놀랄 만큼 쉽게 전염되었다. 어느 정도 평정한 정신 상태로 외출하는 사람도 어떤 상태로 이곳으로 돌아오게 될지 예측할 수 없었다. 일류 러시아인 석의 멤버로 민스크에서 와 있는 아주 고상하고 아직 젊으며 가벼운 증세를 가지고 있는 시골 귀부인이 있었다. 그녀는 3개월의 체재를 선고받았을 뿐이다. 이 부인이 어느 날 거리의 프랑스 블라우스 상점으로 쇼핑하러 내려갔다. 이 가게에서 그녀는 여점원과 심한 언쟁을 벌여 몹시 흥분하여 돌아와서는 각혈을 했는데, 곧 불치의 병자가 되고 말았다. 전보로 불려 온 그녀의 남편은 부인이 영원히 이 위에서 머물러야만 한다는 것을 선고받았다.

이것은 만연되어 있는 현상의 한 예에 지나지 않았다. 마음이 내키지는 않지만 실례를 더 들기로 하자. 독자 가운데 잘로몬 부인의 식탁 멤버로 동그란 안경알을 낀 생도, 또는 예전의 생도를 기억하고 있는 분도 있을 것이다. 요리를 접시 위에 우선 잘게 으깨놓고는 식탁에 팔꿈치를 대고 그것을 허겁지겁 삼키고 그 사이에 가끔 냅킨을 안경의 두꺼운 렌즈 뒤로 넣는 빈약한 소년이었다. 이 청년은 지금도 생도 또는 옛날 생도로서 현재도 같은 식탁에 앉아 허겁지겁 먹고 눈을 냅킨으로 닦았지만, 이제까지 전혀 주의를 끄는 행동을 한 적이 없었다. 그런데 어느 날 아침의 일이었다. 첫 번째 아침 식사 때에 정말 뜻하지 않게, 말하자면 청천벽력이라고 할까. 이 소년이 발작을, 즉 히스테리를 떠들썩하게 일으켜 식당 안의 전원을 벌떡 일어나게 했다. 먼저 그가 앉아 있는 장소 부근이 소란해졌다. 그가 파랗게 질린 얼굴을 하고 거기에 앉은 채로 아우성을 치면서 옆에 서 있는 난쟁이 식당 아가씨에게 마구 대들었다.

"당신은 거짓말쟁이야!" 하고 그는 높은 소리로 외쳤다. "이 홍차는 차가워요, 당신이 가져온 이 홍차는 얼음처럼 차요! 나는 이런 건 질색이야. 속이기 전에 자신이 직접 한번 마셔 봐요. 이런 미지근한 구정물 같은 홍차가 어디 있어요? 이게 신사가 먹을 수 있는 홍차요? 이렇게 얼음처럼 찬 홍차를 잘도 나한테 가지고 왔어. 이런 구정물 같은 것을 내가 마실 줄 알고 나한테 가져오다니! 도대체 당신은 나를 뭘로 알고 그러는 거요. 나는 못 마시겠어. 절대로 안 마시겠어." 하고 그는 쇳소리를 내어 외치고는 두 손을 불끈 쥐고 식탁 위를 두드리기 시작해서, 식탁 위의 그릇이 울려 춤을 추게 되었다.

"나는 뜨거운 홍차가 필요해! 펄펄 끓는 뜨거운 홍차가 말이야. 이것은 신들에게도 인간에게도 통할 수 있는 나의 권리야. 이것은 싫어. 나는 혓바닥이 데일 정도로 뜨거운 것이 필요해! 이런 건 죽어도 한 모금도…… 얄미운 병신 같으니라고!"

단숨에 마지막 자제심을 홀랑 벗어 버리고 광란의 최후의 일선으로 황홀하게 뛰어 들어가 갑자기 '병신'이라는 말을 외쳤다. 이렇게 외치면서 두 주먹을 에메렌티아를 향해 휘두르고, 문자 그대로 거품을 문 이를 그녀에게 내밀었다. 그러고는 식탁을 계속 두드리고 발을 구르며 "필요하다", "싫다"를 외쳐댔다. 그동안 식당 안에 있던 사람들은 여느 때와 같은 반응을 보였다. 무서울 정도로 긴장하여 공감에 찬 눈으로 미쳐 날뛰는 생도의 모습을 바라보았다. 몇 사람은 의자에서 일어나 주먹을 불끈 쥐고 이를 악물고 눈을 번쩍이면서 그를 쳐다보았다. 또한 다른 사람들은 얼굴이 새파랗게 질려 앉은 채로 눈을 아래로 깔고 벌벌 떨었다. 생도가 다시 가져오게 한 뜨거운 홍차를 앞에 두고는 마시지도 않고 피곤하여 축 늘어져 앉아 버린 뒤에도 모두의 흥분은 가라앉지 않았다.

이것은 도대체 어찌 된 영문일까?

최근에 베르크호프의 주민들 사이에 30세가량의 한 사나이가 새로 들어왔다. 전에 상인이었던 이 사나이는 벌써 오랫동안 열이 있어 요양원을 전전하고 있었다. 그는 유대인을 싫어하는 유대인 배척자로, 주의(主義)로서 또는 스포츠라도 하는 것처럼 즐겁게 열중하여 유대인 박해자를 자처했다. 몸에 밴 유대인 적대가 그의 생활의 자랑이자 내용이기도 했다. 그는 한때는 상인이었고 지금은 이 세상에서 하는 일이라고는 없었지만, 유대인의 적이라는 것만은 현재도 다를 바 없었다. 중병에다 심한 기침을 했고, 가끔 폐로 재채기를 하듯이 높은 소리를 내면서 짧게 한 번 기분 나쁜 소리를 냈다. 그러나 어쨌든 그는 유대인은 아니었다. 그리고 그것이 그가 유일하게 취할 점이었다. 그의 이름은 비데만이라고 하는 훌륭한 그리스도교의 이름으로 불결한 이름은 아니었다. 비데만은 《아리아인의 등불》이라는 잡지를 구독하고 있었는데 가령 이런 식으로 말을 했다.

"나는 A 고원의 X 요양원으로 옮겼습니다. 안정홀에서 누워 있으려고 했는데 말입니다. 내 옆 의자에 누가 누워 있었다고 생각합니까? 히르쉬라는 인물입니다. 그리고 오른편에는 누가 누워 있었겠습니까? 볼프라는 인물입니다. 물론 나는 곧 떠나 버렸습니다." 등등.

'자네 같은 사람은 그럴 만하지!' 한스 카스토르프는 혐오를 느끼면서 생각했다.

비데만은 눈이 나쁜 사람들이 보여 주는 그런 눈을 하고 있었다. 정말 문자 그대로 눈앞에 가시가 있는 것 같은 심술궂은 눈으로 이 방해물 뒤의 것은 아무것도 보이지 않는다는 시선이었다. 그가 걸려 있는 망상은 곧 병적인 의혹과 쉴 새 없는 박해증으로 바뀌어, 그는 자기 주변에 숨어 있는, 또는 모습을 바꾸어 배회하고 있는 불결한 것을 밝은 데로 끌어내어 능욕하지 않고는 못 배기는 충동에 사로잡혔다. 요컨대 그가 유일하게 취할 점은 유대인이 아니라는 것이었다. 사람을 적발하고 탄핵하는 것에 정력을 쏟는 것이 그의 유일한 일과였다.

우리들이 암시한 정신적인 상황은 비데만의 병적 의혹을 극도로 악화시켰다. 그는 물론 이 베르크호프에서도 그가 가지지 않은 오점을 가진 인간을 만날 수밖에 없었고, 주위의 상황에도 영향을 받아, 드디어 끔찍한 상황을 일으키고 말았다. 그리고 한스 카스토르프도 이 현장을 목격하게 되었지만, 우리들은 여기서 문제가 되고 있는 현상의 또 하나의 실례로서 이 장면도 소개한다.

사실은 여기에 또 한 명의 사나이가 있었다. 이 사나이에 관해서는 아주 분명하기 때문에 정체를 밝힐 필요가 없었다. 이 남자는 존넨샤인이라는 이름으로 이보다 더 유대인다운 이름은 생각할 수 없었기 때문에 이 존넨샤인의 존재는 첫날부터 비데만의 눈엣가시가 되었다. 비데만은 이 눈엣가시를 근시와 같은 눈으로 심술궂게 넘겨보고는 손을 뻗치려고 했다. 그러나 이것은 눈에 거슬리는 것을 쫓아내려는 것보다 오히려 그것을 진자처럼 흔들리게 해 놓고 자기의 기분을 더한층 초조하게 만들기 위한 것 같았다.

존넨샤인은 비데만과 마찬가지로 전에는 상인이었고 역시 중병에다가 병적으로 신경과민이었다. 상냥한 사나이로 바보가 아니었으며 농담을 즐기는 성격이었다. 비데만이 싫은 소리를 하거나 눈에 거슬리는 듯한 취급을 하자, 드디어 이 사람도 비데만을 병적으로 미워하게 되었다. 이리하여 어느 날 오후 비데만과 존넨샤인 두 사람은 홀에서 짐승처럼 처절한 싸움을 벌여 모두들 홀로 달려갔다.

무섭고 비참한 광경이었다. 두 사람은 악동처럼 서로 붙잡고 싸웠는데 어른끼리 벌인 싸움이니 그야말로 죽을 지경이었다. 그들은 서로의 얼굴을 할퀴고 코와 목을 붙잡고 때리고 감기고 하여 무서우리만큼 맹렬하게 마루 위를 뒹굴고 침을 뱉고 차고 끌어당기고 때리면서 거품을 내뿜었다. 달려온 사무국 직원들이 이로 물고 손톱으로 할퀴고 있는 두 사람을 겨우 떼어 놓았다. 비데만은 거품을 뿜고 피를 흘리고 분노 때문에 바보스러운 얼굴을 하고 노발대발 머리칼을 곤추 세우고 있었다. 한스 카스토르프는 이제까지 그런 모양을 본 적도 없었고, 이런 일이 있으리라고는 상상도 하지 못했다. 비데만은 머리칼을 곤두세운 채 달아나 버렸다. 존넨샤인은 한쪽 눈이 검푸르게 부어올랐고 숱이 많은 고수머리에 피를 흘리고 있었는데, 사무국 사람을 따라 사무실에 가 앉아서 두 손으로 얼굴을 덮고 소리내 울었다.

비데만과 존넨샤인의 소동은 이런 식이었다. 이 광경을 목격한 사람들은 모두 그 뒤 몇 시간 동안 부들부들 떨었다. 이런 비참한 이야기와는 달리 역시 이 무렵에 있었던 참다운 의미에서의 명예훼손에 대해서 말하는 것은 그래도 다행스러운 일이다. 이 사건은 그것이 처리된 점잖은 형식주의 때문에 명예훼손이라는 이름이 우스울 정도로 잘 어울리는 사건이었다. 한스 카스토르프는 이 사건의 각각의 단계를 목격한 것이 아니고 이 까다로운 신파조의 경위를 이에 관한 문서 성명의 기록으로 알았다. 그러나 이 사건에 관한 서류는 베르크호프의 원내와 원외, 즉 이 땅과 이 지방과 이 나라뿐만 아니라 외국과 미국에도 사본이 유포되어 이 사건에 조금도 관심을 가지고 있지 않는 사람들, 가질 수 없는 것이 명백한 사람들에게도 연구용으로 배포되었다.

이것은 최근 베르크호프로 모여든 폴란드인들 사이에서 일어난 명예 문제들이었다. 이 폴란드인 그룹은 그야말로 작은 식민지를 만들어 일류 러시아인 석을 점령하고 있었다(한마디 하자면 한스 카스토르프는 지금은 이 식탁의 멤버가 아니고 시간의 흐름에 따라 클레펠트의 식탁, 잘로몬 부인의 식탁으로 옮겼다가 이제는 베리 양의 식탁에 앉아 있었다). 폴란드인 그룹은 아주 신사적이고 기사적이어서 누가 눈썹을 찌푸리는 것만으로도 결투를 신청할 정도였는데, 한 쌍의 부부와 신사들, 그리고 신사 중 한 사람과 각별한 사이가 된 아가씨 한 명으로 이루어졌다.

신사들의 이름은 폰 추타브스키, 치스진스키, 폰 로진스키, 미카엘 로디고브스키, 레오 폰 아자라페티안 등이었다. 베르크호프의 식당에서 샴페인을 마시고 있을 때 야폴 아무개라는 사나이가 다른 두 신사의 면전에서, 폰 추타브스키 부인에 관한 일과 로디고브스키 씨와 은밀한 사이인 크릴로브스 양의 일에 관해 입 밖에 내서는 안 될 말을 지껄였다. 이것이 원인이 되어 여러 가지 절차 조치 형식이 취해져서, 외국까지 문서로 배포되었다. 한스 카스토르프는 다음의 문서를 읽었다.

성명서. 폴란드 원문으로부터 번역. 19××년 3월 27일. 슈타니슬라브 폰 추타브스키 씨는 의사 안토니 치스진스키 씨와 슈테판 폰 로진스키 씨를 그의 대리인으로 하여 카지미르 야폴 씨를 방문하고, 야누츠 테오필 레나르트 씨와 레오 폰 아자라페티안 씨와의 대화 도중에 야폴 씨가 폰 추타브스키 부인에게 가한 중대한 모욕과 중상에 대해, 명예권에 관한 법률이 정한 수속에 따라 카지미르 야폴 씨에게 결투를 신청하도록 의뢰함. 11월 말에 있은 앞의 대화를 폰 추타브스키 씨는 수일 전에 전해 듣고 이 대화에서 가해진 모욕의 진상과 사실 내용에 대해 완전한 확증을 입수하기 위해 행동을 개시함. 이리하여 작년 19××년 3월 27일에 이르러 명예훼손 언사와 풍자가 행하여진 전기 대화의 직접 증인인 레오 폰 아자라페티안 씨의 증언에 의해 중상 및 모욕의 사실이 확인됨. 따라서 슈타니슬라브 폰 추타브스키 씨는 즉각 카지미르 야폴 씨를 상대로 명예권에 관한 수속을 밟을 전권을 위임하게 됨.

아래 서명자는 다음과 같이 성명함.

1. 19××년 4월 9일 카지미르 야폴 씨에 대한 라디슬라브 고둘레츠

니 씨의 소송 사건에 관해 한쪽 당사자인 치드지스타브 치굴스크 씨와 타데우츠 카디야 씨에 의해 렘베르크에서 작성한 조서 및 19××년 6월 18일부 해당 사건에 관한 렘베르크 명예 재판소의 판결은 모두 카지미르 야폴 씨가 신사의 자격에 합치하지 않는 언동을 재삼 행한 데 비추어 동씨를 신사로 인정할 수 없음을 확인한 점에 일치함.

2. 아래 서명자는 이상의 두 판결에 의거하여 전기 사실에서 귀납되는 결론을 전면적으로 인용하고, 카지미르 야폴 씨가 어떤 형식에 있어서도 결투 신청에 응할 자격이 없음을 판정함.

3. 아래의 서명자는 자기의 재량에 의해 신사 자격이 없는 자에 대해 명예 문제에 관한 소송을 하고 같은 문제에 관해 중재하는 것은 불가능하다고 생각함.

상기 사항을 감안할 때 아래 서명자는 카지미르 야폴 씨에 대해 명예권에 의거한 수속에 따라 권리 회복을 요구하는 것이 무의미하다는 것을 슈타니슬라브 폰 추타브스키 씨에게 주의시키고, 카지미르 야폴 씨처럼 결투 신청에 응할 자격이 없는 인물로부터 금후 다시 명예훼손을 받는 일이 없도록 본 사건을 형사 재판에 옮길 것을 충고함.

년 월 일 서명

의사 안토니 치스진스키, 슈테판 폰 로진스키


한스 카스토르프는 계속 읽었다.


다보스에 있는 요양 호텔 내 바에서 1911년 4월 2일 오후 7시 반부터 45분 사이에 슈타니슬라브 폰 추타브스키, 미카엘 로디고브스키 두 사람과 카지미르 야폴, 야누츠 테오필 레나르트 두 사람 사이에 일어난 사건의 전말에 관한 증인의 조서.

슈타니슬라브 폰 추타브스키 씨는 자신의 대리인인 의사 안토니 치스진스키 씨와 슈테판 폰 로진스키 씨의 성명에 의거하여 1911년 3월 27일의 카지미르 야폴 씨의 사건에 관해 숙고한 결과 아내 야트비가 부인에 대한 '중대한 훼손과 중상'에 대해 상기 대리인이 제안했던 대로 카지미르 야폴 씨에 대한 형사 소송을 제기하는 것은 아래의 두 가지 이유로 아무런 만족을 가져오지 못할 것이라는 결론에 도달함.

1. 카지미르 야폴 씨는 지정된 시각에 재판소에 출두하지 않을 의혹이 농후한 데다 그가 오스트리아의 국적을 소유하고 있음을 고려할 때, 야폴 씨에 대한 징계를 발전시키는 일은 곤란할 뿐 아니라 거의 불가능하다고 생각함.

2. 카지미르 야폴 씨가 슈타니슬라브 폰 추타브스키 씨와 그의 아내 야트비가 부인의 명예와 가문에 대해 중상적인 언사로 가하려고 한 모욕은 형사적 처벌에 의해 보상받을 성질의 것이 아님.

이상 두 가지 이유에 의거하여 슈타니슬라브 폰 추타브스키 씨는 카지미르 야폴 씨가 다음 날 이곳을 떠날 의향이 있음을 전해 듣고, 자신의 확신에 의해 철저하게 제반 사정을 살펴보아 가장 적절하다고 생각되는 방법을 택할 것으로 함.

그 결과 슈타니슬라브 폰 추타브스키 씨는 1911년 4월 2일 오후 7시 반부터 45분 사이에 야트비가 부인, 미카엘 로디고브스키 씨, 이그나츠 폰 멜린 씨 입회하에 해당 요양 호텔 내의 아메리칸 바에서 야누츠 테오필 레나르트 씨 및 면식이 없는 두 여성과 알코올음료를 마시고 있던 카지미르 야폴 씨의 얼굴을 여러 차례 구타함.

그러자 미카엘 로디고브스키 씨도 카지미르 야폴 씨의 얼굴을 구타하고, 이것은 크릴로브스 양과 자신에게 가해진 중대한 모욕에 대한 응수라는 주석을 붙임.

그리고 곧 미카엘 로디고브스키 씨는 추타브스키 씨 부부에게 가해진 중대한 모욕에 대해, 야누츠 테오필 레나르트 씨의 얼굴을 구타함.

곧이어 슈타니슬라브 폰 추타브스키 씨는 자신과 자신의 부인 및 크릴로브스 양에 대한 전대미문의 모욕에 대해 야누츠 테오필 레나르트 씨의 얼굴을 반복하여 여러 번 구타함.

카지미르 야폴 씨와 야누츠 테오필 레나르트 씨는 마지막까지 구타를 그저 감수함.

년 월 일 서명
미카엘 로디고브스키, 이그나츠 폰 멜린

한스 카스토르프는 여느 때 같으면 이 형식적인 연발적 구타에 대해 웃었을 테지만, 현재의 지배적인 정신 상태는 웃을 기분이 아니었다. 그는 성명서를 읽으면서 떨었다. 한쪽의 예의범절과 다른 한쪽의 비겁하고 연약한 철면피가 성명서의 각 행에서 확실히 느껴졌다. 이 대조가 너무 틀에 박혀 있기는 했지만 상당히 인상적이어서 한스 카스토르프의 마음을 심각하게 뒤흔들었다. 모두가 그러했다. 폴란드인들의 명예 문제는 곳곳에서 열심히 연구되고 이를 악물고 논의되었다. 카지미르 야폴 씨의 반박 팸플릿이 모두의 열광에 찬물을 끼얹었다. 야폴 씨의 팸플릿에 의하면, 폰 추타브스키 씨는 야폴 씨가 전에 렘베르크에서 오만한 멋쟁이들의 결투 신청에 응할 자격이 없다고 단정된 일을 너무나 잘 알고 있으며, 야폴 씨가 결투 신청에 응할 걱정이 없음을 처음부터 알고 있었기 때문에, 그의 전격적인 행동은 모두 순전한 연극에 불과하다는 것이었다. 게다가 폰 추타브스키가 야폴 씨를 고소할 것을 단념한 것은 폰 추타브스키 부인이 몇 명의 사나이들과 내통하고 있음을 모르는 사람이 하나도 없고 남편도 이것을 잘 알고 있기 때문이라는 것이었다. 또한 결투의 신청에 응할 자격이 없다고 증명된 것은 야폴 씨뿐이고, 그의 대화 상대였던 레나르트의 자격은 부정되지 않았는데도 폰 추타브스키 씨는 야폴 씨의 무자격을 구실로 삼아 일신의 안전을 도모한 것이었다. 아자라페티안 씨가 이 사건에서 행한 역할에 대해서는 야폴 씨는 아무것도 말하고 싶지 않은 것 같았다. 요양 호텔 바에서의 장면에 대해서도 한마디 한다면, 야폴 씨는 말을 잘 하고 해학을 즐기기는 하지만 힘없는 사람이었으며, 게다가 그와 레나르트가 동반하고 있던 두 여성도 유쾌한 여성이긴 했지만 암탉처럼 겁이 많은 데 반하여, 폰 추타브스키 씨에게는 여러 명의 남성 친구 외에 무섭도록 힘센 부인이 붙어 있어 육체적으로는 훨씬 우세했다. 그러므로 야폴 씨는 야만스러운 난투를 벌여 대중 앞에서 추태를 부리는 어리석음을 피하려고 저항하려는 레나르트를 단념시키고 폰 추타브스키 씨와 로디고브스키 씨의 순간적인 사교적 접촉을 감수했던 것이다. 양씨의 접촉은 별다른 데가 없어 주위에 있었던 사람들도 이것을 친구 사이의 농담으로 간주했다는 것이다.

이것이 야폴의 반박문 내용이었지만 물론 그것으로 크게 명예가 회복될 수는 없었다. 그의 반박은 상대방의 주장에서 느낄 수 있는 명예와 비열의 명백한 대조를 약화시킬 수 없었다. 그리고 야폴은 폰 추타브스키처럼 선전 수단을 가지고 있지 못하여 반박문을 타자기로 복사하여 배포했을 뿐이다. 이와는 반대로 폰 추타브스키 측의 문서는 아까도 말했지만, 모든 사람의 손에, 전혀 관계가 없는 사람들에게도 배포되었다. 가령 나프타와 세템브리니에게도 배포되었다. 한스 카스토르프는 두 사람이 그것을 가지고 있을 뿐 아니라, 둘 다 이를 악물고 이상하게 열광적으로 읽는 것을 보고 놀랐다. 한스 카스토르프는 퍼져 나가고 있는 정신 상태 때문에 용맹심을 불러일으킬 수 없었지만, 세템브리니 씨에게는 팸플릿을 명쾌하게 비웃을 만한 냉정을 기대했다. 그러나 한스 카스토르프가 주위에서 본 전염병은 이 프리메이슨 단원의 명쾌한 두뇌에도 마력을 끼친 모양이었다. 그 때문에 세템브리니 씨는 비웃기는커녕, 이 구타 사건의 피를 끓게 하는 흥분에 심각하게 말려들어 가 있었다. 게다가 또 그의 건강 상태가 마치 비웃는 듯이 때로는 좋아지는 것처럼 보이다가 조금씩 계속 악화되고 있었던 것도 이 생활 애호가의 기분을 어둡게 했다. 그는 자신의 건강 상태를 저주하며 증오와 혐오를 갖고 부끄러워했다. 그는 요즈음 며칠마다 누워 있어야 했다.

세템브리니 씨의 동숙자이고 논적인 나프타의 용태도 좋지 않았다. 예수회 회원으로서 그의 장래를 중도에서 단념시킨 신체적 원인 또는 표면적 원인이라고도 말할 수 있던 병은 그의 유기체 내부에서 계속 악화하여, 지금 살고 있는 이 고원의 희박한 공기도 병의 진전을 막아낼 수 없었다. 그도 가끔 자리에 누웠다. 말을 하면 금이 간 접시를 두드리는 것 같은 목소리의 울림이 심해졌고, 열이 높아진 동시에 말수도 더욱 많아지고 한층 더 신랄해졌다.

세템브리니 씨는 병과 죽음에 정신적 저항을 계속하면서, 이 저항력이 자연의 우세한 힘에 패배하는 것을 아주 슬퍼했다. 그러나 작은 나프타는 그런 저항은 모른다는 듯이 건강 상태의 악화에 대해 비탄과 번민이 아니라 철저하게 비웃는 명랑과 논쟁력, 회의와 부정과 궤변벽을 보였다. 우울한 세템브리니는 이 때문에 극도로 초조해졌고, 두 사람의 논쟁은 날이 갈수록 날카로워졌다. 물론 한스 카스토르프는 자기가 입회한 논쟁에 대해 알고 있을 뿐이었지만, 그는 자신이 입회하지 않은 논쟁은 하나도 없었다고 믿었다. 교육적 대상에게는 자기의 입회가 주요한 응수의 불꽃을 튀게 하기 위해 필요하다는 것도 세템브리니는 상당한 확신을 갖고 단언했다. 그리고 한스 카스토르프는 언젠가 나프타의 신랄한 말투는 들을 가치가 있다고 말해 세템브리니 씨를 슬프게 한 일이 있었다. 그러나 그런 그도 나프타의 말이 점차로 절도를 잃고 정신적으로 건강하다고 할 수 없게 되기 시작했다는 것을 인정하지 않을 수 없었다.

나프타는 병을 이겨내는 힘도, 그럴 생각도 없고, 오히려 세계를 병의 모습과 상징에서 보고 있었다. 그는 물질은 정신을 실체화하기 위한 재료로서는 너무나 부적당한 소재라고 규정했다. 세템브리니는 이에 분개하여 귀를 기울이고 있는 제자를 방 밖으로 나가게 하든가, 제자의 귀를 막으려고 하는 것 같았다. 물질에 의해 정신에게 형태를 부여하려는 생각은 바보 같은 것이라고 나프타는 말했다. 그것으로 인해 무엇이 생긴다는 말인가? 추악한 희화일 뿐이다! 찬미되고 있는 프랑스 혁명의 현실적인 산물은 자본주의적 부르주아 국가였다. 이 추악한 선물을 개선하려고 하지만 그 결과는 이 추악한 괴물을 세계에 퍼뜨릴 뿐이다. 세계 공화제, 정말로 세계의 행복이 될 것이다. 진보? 진보란 몸의 위치를 돌리면 고통이 없어질 것이라고 생각하여 쉬지 않고 누워 있는 자세를 바꾸는 유명한 병자의 이야기와 마찬가지다. 세계 곳곳에까지 미치고 있는 전쟁열은 이러한 헛된 소망의 한 표현인 것이다. 전쟁은 올 것이다. 그리고 이 전쟁을 계획하고 있는 사람들이 기대하는 것과는 다른 결과를 초래할 것이지만, 어쨌든 전쟁은 좋은 일이다. 이렇게 나프타는 부르주아 국가와 안전 제일주의를 경멸했다. 그가 경멸을 입 밖에 낸 계기를 잡은 것은, 어느 가을날, 모두 함께 요양 거리를 산책하는 중에 비가 내려 당황하여 약속이나 한 듯이 우산을 머리 위에 편 일이었다. 나프타의 말에 따르면 이 습관은 문명의 산물인 겁과 비굴한 연약함을 상징하는 것에 불과했다. 기선 '타이타닉 호'의 침몰이라는 드문 사건은 경고를 주었고, 가장 신선한 충격도 주었는데, 직후 곧 교통안전 강화를 요구하는 소리가 크게 일어났다. '안전'이 조금이라도 위협받게 되면 예외 없이 일대 분노를 터뜨린다. 정말 불쌍하기 짝이 없는 일로, 이 인도주의적인 소심증은 부르주아 국가가 하고 있는 경제 전쟁의 탐욕적인 야만성 및 파렴치와 좋은 한 쌍을 이루고 있다. 전쟁, 전쟁! 좋다, 전쟁 찬성이다. 세계 모든 곳이 전쟁열로 들떠 있는 것은 그래도 비교적 명예스러워 보였다.

세템브리니 씨가 '정의'라는 말을 들고 나와 이 고매한 원리를 내정과 외정의 파탄을 방지하는 수단이라고 하였다. 그러나 나프타는 지극히 고귀한 정신에 현실적 형태를 부여하려는 시도가 성공할 리 없다고 여태까지 주장하여 온 것을 잊은 것처럼, 이번에는 정신을 회의의 대상으로 삼고 비방하는 데에 열을 올렸다. 정의가 그렇게 찬미할 만한 개념이란 말인가? 신성한 개념인가? 제일급의 개념이란 말인가? 신과 자연은 공평하지 못하다. 그들이 총애하고 편을 드는 탓에 어떤 인간은 위험스러운 영광을 장식하고, 어떤 인간은 안이하고 평범한 일생을 보낸다. 그런데 의욕적인 인간은 어떠한가? 그에게 있어서 정의는 한편으로는 의지를 꺾는 장애물이고, 회의 그 자체다. 또 한편으로는 과격한 행위로 몰아대는 진군나팔 소리인 것이다. 따라서 인간은 윤리성을 잃지 않기 위해서는 후자의 의미인 '정의'를 전자의 의미인 '정의'로 계속 수정해야 했다. 그렇게 되면 '정의'라는 개념의 절대성이나 급진성은 어떻게 될 것인가? 더욱이 우리들에게는 한 입장에 대해 '공정'한가, 그리고 이와는 다른 입장에 대해서 '공정'한가가 있을 뿐이다. 그 밖의 '공정'은 자유주의인 것으로 오늘날 그런 것에는 개들도 식욕을 느끼지 않는다. '정의'란 부르주아 수사학의 공허한 말로, 행동하기 위해서는 무엇보다 먼저 어떤 정의를 목적으로 하는가를 알아야 한다. 즉 각자에게 그 사람대로의 권리를 주려는 정의인가, 만인에게 평등한 권리를 주려는 정의인가, 이것을 알아야 한다.

우리들은 나프타가 얼마나 이성을 교란하는 일에 전념하였는가에 대하여, 헤아릴 수 없이 많은 실례 중에서 한 가지 예만을 무작위로 끄집어냈다. 그러나 나프타가 과학을 입 밖에 냈을 때 혼란은 더 심해졌다. 자신은 과학을 믿지 않는다고 말하면서 말이다. 과학을 믿는가, 믿지 않는가 하는 것은 인간의 자유라고 그는 말했다. 과학은 다른 신앙과 마찬가지로 신앙이지만, 다만 다른 신앙보다 악질이고 우매한 신앙이라는 것뿐이었다. '과학'이라는 말 그 자체부터가 가장 우매한 리얼리즘의 말, 즉 개체가 인간의 지성에 투영하는 환영(幻影)에 가까운 영상을 진실이라고 생각하고, 또는 그것을 진실이라고 칭하고, 인류가 이제까지 경험한 가장 우매하고 비참한 도그마를 거기에서 끄집어내는, 부끄러운 줄 모르는 리얼리즘의 표현인 것이다. 가령 객관적으로 존재하는 현상 세계라는 개념은 모든 자기모순의 인간이라는 유기체의 인식 형식, 즉 현상계의 생기(生起)를 규정하는 공간, 시간, 인과율을 인간의 의식과는 독립하여 존재하는 실재적 관계라고 주장하는 형이상학적 전제에 기초를 두고 있을 뿐이다. 이 일원론은 인간의 정신에 행해진 가장 비열한 주장이다. 공간, 시간, 인과율, 이것은 일원론적으로는 진전이지만, 자유사상적이고 무신론적인 사이비 종교의 중심적 도그마인 것이다. 이 도그마에 의해 그들은 모세의 제1서를 뒤집어엎고, 황당무계한 모세의 우화 대신 계몽적인 지식을 넓히려 하였다. 마치 헤겔이 천지창조의 현장이라도 입회한 것처럼 말이다. 경험적 지식이라고! 우주의 에테르는 과연 정밀하게 계산할 수 있을까? 원자, 즉 이 '최소의 불가분의 소단위'라는 유쾌하기 짝이 없는 수학적 농담은 증명되었는가? 공간과 시간의 무한성이라는 설은 경험에 의한 지식인 것인가? 조금이라도 논리적으로 생각한다면, 공간과 시간의 무한성이라든지 실재성이라는 도그마는 유쾌한 경험이나 결론으로, 즉 무(無)의 결론으로 인도될 것이다. 즉 리얼리즘이 사실은 니힐리즘이라는 인식에 이를 것이다. 왜 니힐리즘인가? 간단히 말하자면, 무한에 비하면 아무리 큰 것이라 해도 무와 같기 때문이다. 무한한 공간 속에서는 크기가 없고, 영원한 시간 속에서는 지속도, 변화도 있을 수 없다. 무한한 공간 속에서는 거리도 수학적으로 제로와 같기 때문에 나란히 선 두 점도 있을 수 없고, 더구나 물체나 운동 같은 것은 있을 수 없다. 나프타는 말했다. 이런 것을 특별히 말하는 것은 유물론적 과학이 '우주'에 관한 바보스러운 수다에 지나지 않는 천문학적 실없는 소리를 절대 인식이라고 칭하는 뻔뻔스러움에 대항하기 위함이다. 무의미한 숫자를 자랑스럽게 보이고 자기가 얼마나 작은 존재인가를 통감하고, 자기의 가치에 대한 열정을 잃어버린 불쌍한 인류! 인간의 이성과 인식이 지상에서 떠나지 않고, 지상에 있어서 주관적, 객관적 현상에 관한 경험을 실재로서 취급하는 것뿐이라면 참을 수도 있다고 하겠다. 그러나 지상의 경험을 넘어서 영원한 신비를 규명하려고 하여 이른바 우주론, 우주 개벽론을 시작하면 이것은 이제 웃을 일이 아니라, 불손하기 그지없다고 하겠다. 지구로부터 하나의 별까지의 거리를 제로가 수십 개 달린 킬로미터나 광년으로 계산하여, 그러한 어마어마한 숫자로 인간의 정신이 무한과 영원의 본질을 엿보게 한다고 우쭐댄다는 것은 정말 얼마나 한심스럽고 모독적인 난센스란 말인가. 무한은 크기와는 전혀 관계가 없고 영원은 시간적 거리와는 아무런 관계도 없어, 무한도 영원도 자연과학의 개념이 될 수 없으며, 오히려 우리들이 자연이라고 부르고 있는 것의 지양까지도 의미한다. 그렇다, 일원론적 과학이 '우주'에 관해 논하는 공허하고 비상식적이며 불손한 모든 수다에 비하면, 어린아이들이 별을 하늘에 펼쳐진 천막의 구멍이라고 생각하고 그 구멍으로부터 영원한 빛이 새어 나온다고 믿는 단순성은 수천 배 호감을 느끼게 한다.

세템브리니는, 그렇다면 나프타 자신도 어린아이들과 똑같은 것을 믿느냐고 물었다. 여기에 대해 나프타는 자기는 회의의 겸손과 자유를 자랑으로 삼는다고 대답했다. 나프타의 이 대답으로 그가 '자유'를 어떤 의미로 해석하고, 또 그런 해석이 어떤 결론을 얻을 것인가를 상상할 수 있었다. 한스 카스토르프가 이런 모든 것을 경청할 가치가 있다고 생각하는 것이 아닐까 하고 걱정하는 이유가 세템브리니 씨에게 없었으면 좋았겠지만······.

나프타의 악의는 자연을 정복하려는 진보의 약점을 쑤셔대고, 진보의 지지자나 선구자들이 인간으로서 비합리적인 미신으로 되돌아가는 실례를 지적하는 기회를 노렸다. 나프타는 말했다. 비행사와 조종사는 아무튼 아주 불쾌하고 의심스러운 인물인 경우가 많지만, 무엇보다도 이들은 대단한 미신가들이다. 그들은 마스코트로서 비행기 안에 돼지나 까마귀를 가지고 와 여기저기에 세 번 침을 뱉는다든지, 운이 좋은 조종사의 장갑을 받아서 끼기도 한다. 이런 원시적 미신과 같은 것이 그들의 직업의 기초가 되어 있는 세계관과 어떻게 조화될 것인가? 나프타는 자기가 지적한 모순이 재미있다면서 계속 조롱하며 흡족해했다. 우리들은 나프타의 악의의 견본을 무수한 실례 가운데서 닥치는 대로 끄집어냈지만, 사실은 구체적이라고 말하기조차 어리석은 한 사건을 이야기해야 하겠다.

2월의 어느 날 오후, 일동은 몬슈타인으로 소풍을 가게 되었다. 그곳은 모두가 매일 지내고 있는 장소로부터 썰매로 1시간 반의 거리였다. 일행은 나프타와 세템브리니, 한스 카스토르프, 페르게 그리고 베잘 다섯 사람이었다. 한 필의 말이 이끄는 썰매 두 대를 빌려 타고 출발했다. 한스 카스토르프는 인문주의자와 함께 탔고, 나프타는 페르게와 베잘과 함께 탔다. 베잘은 마부석에 앉았다. 모두 몸이 따스하도록 입었다. 오후 3시에 나프타와 세템브리니의 하숙 앞을 출발하여 조용한 눈 풍경 속을 방울 소리를 부드럽게 울리면서 오른쪽 사면을 따라 프라우엔키르히와 클라리스의 산록을 지나 남으로 남으로 갔다. 앞길의 하늘에는 어느 새 눈구름이 퍼지기 시작해 이윽고 먼 레티콘 산맥의 상공에만 물색의 푸른 하늘이 띠처럼 보일 뿐이었다. 추위가 심해져 산봉우리에는 뿌옇게 차가운 안개가 서려 있었다. 썰매는 험한 바위와 골짜기 사이에 만들어진 좁고 평탄한 길, 울타리도 없는 길을 달려, 전나무가 빽빽하게 자란 사면을 급경사로 올라갔다. 썰매는 천천히 달렸다. 일인승 썰매로 내려오는 사람을 가끔 만났지만, 이런 사람들은 만나면 썰매에서 내려야만 했다. 길이 굽어진 저쪽으로부터 방울 소리를 딸랑딸랑 경고하듯 울리면서 쌍마를 세로로 연결한 썰매가 지나갔으나, 지나갈 때에는 신중을 필요로 했다.

목적지가 가까워지자 취겐스트라세의 암벽 일부의 멋진 풍경이 나타났다. 일행은 몬슈타인의 '요양 호텔'이라는 작은 여관 앞에 도착해 담요에서 빠져나와 썰매를 내려 기다리게 하고, 몇 발자국 걸어가 동남향의 슈틀저그라트를 바라보았다. 높이 3천 미터의 거대한 암벽은 안개로 덮여 있었다. 하늘을 찌르는 바위 끝이 안개 속으로부터 하늘의 집처럼 멀리, 숭고하게 접근할 수 없는 느낌으로 솟아 있었다. 한스 카스토르프는 감탄한 나머지 모두들 감탄하도록 부추겼다. 압도당해 '접근할 수 없는'이란 말을 한 것도 그였다. 세템브리니 씨는 그 말을 듣자 이 암벽은 여러 번 정복되었다고 강조했다. 대체로 접근할 수 없는 것이란 존재하지 않으며 인간의 발자국이 찍히지 않는 자연 같은 것은 존재하지 않았다. 그러자 나프타는 그것은 조금 과장이며 호언장담이라고 응수했다. 그리고 그는 에베레스트를 끄집어내어, 이 산은 인간이 우쭐해하는 것에 대해 오늘날까지 계속 냉담한 거절의 태도를 보여 왔고, 앞으로도 그 인간 경원의 태도를 계속 고수할 것이라고 말했다. 인문주의자는 이 농담에 성을 냈다. 모두 '요양 호텔'로 돌아왔는데, 그 문 앞에는 그들의 썰매와 나란히 말을 푼 다른 썰매가 두세 대 서 있었다.

이 호텔은 숙박하고 싶을 만한 곳이었다. 2층에는 호텔식의 번호 달린 방과 식당이 있었다. 시골식 구조였지만 난방은 잘 되었다. 일행은 손님 접대를 잘 하는 안주인에게 중참과 커피, 벌꿀, 흰 빵, 이 지방의 명물인 말린 배를 넣어서 만든 빵을 주문했다. 두 사람의 마부에게도 붉은 포도주를 보냈다. 스위스인과 네덜란드인 손님들이 다른 테이블에 앉아 있었다.

한스 카스토르프 일행의 테이블에서는 아주 맛있고 뜨거운 커피로 몸을 녹인 다섯 명이 고상한 담화의 꽃을 피우기 시작했다고 말하면 좋겠지만 실은 그렇지가 않았다. 왜냐하면 대화는 거의 나프타의 독백으로만 이어져서, 다른 멤버가 두세 마디 말한 뒤 나프타 혼자서 말을 채갔다. 또한 이 독백은 정말로 이상한, 사교적으로 무례한 태도로 계속되었다. 즉 전 예수회 회원은 그 옆에 앉아 있는 한스 카스토르프에게만 상냥하게 설명하여 들려주듯 했고, 다른 한편에 앉아 있는 세템브리니 씨에게는 등을 돌리고 다른 두 사람은 완전히 무시했다.

한스 카스토르프는 나프타의 즉흥적인 독백에 소극적인 찬의를 표시하면서 고개를 끄덕였지만, 이 독백의 주제를 확실하게 표현하는 것은 곤란했다. 사실 일관된 주제 없이 정신세계를 막연하게 돌아다니며 이런저런 문제들을 언급하고 있었다. 대체로 정신생활의 여러 현상은 모두 애매한 것이라는 점, 정신에서 얻어진 위대한 개념은 일정하고 확실한 성질은 갖지 않으며, 그 호전성은 아무 쓸모가 없다는 것을 회의적인 태도로 지적하고, 절대적이라고 불리는 것이 얼마나 가지각색으로 바뀌는 옷을 입고 지상에 나타나는가를 설명하려고 했다.

　나프타의 연설은 자유의 문제에 대한 것이었지만, 그는 이 문제를 혼란시키려는 듯이 취급했다. 그는 19세기 초에 유럽에서 일어난 낭만주의 운동의 현혹적이고 이면적인 본질에 대해 말했다. 이 운동에서 반동과 혁명이라는 두 개념은 더 높은 차원의 제3개념에 의해 통일되지 않는 한 그 의미를 잃는다고 말했다. 왜냐하면 혁명이라는 개념을 오로지 진보와 저돌적인 계몽주의의 승리에만 결부시켜 생각하려는 것은 아주 웃기 짝이 없기 때문이다. 유럽의 낭만주의는 무엇보다 자유 운동이었다. 반의고주의, 반형식주의로서 프랑스의 의고적 취미와 시대에 뒤떨어진 이성주의에 반항하는 운동, 이성주의의 대변자를 시대에 뒤떨어진 형식가라고 비웃는 운동이었다고 나프타는 말했다.

　그리고 나프타는 계속하여 나폴레옹에 대항한 자유 전쟁, 피히테의 감격, 참을 수 없는 전제에 대한 민족의 열광적이고 감격적인 고양에 대해서도 언급했다. 그런데 이 전제라는 것은 유감스럽게도, 자유, 즉 혁명적인 여러 이념이 구현한 것이었다. 이 얼마나 통쾌한가. 낭만주의자들은 반동적인 군주 전제를 옹호하여 혁명적 전제를 분쇄하려고 소리 높여 노래를 부르면서 주먹을 휘둘렀다. 이것도 역시 자유를 위해서였다.

　이것으로 한스 카스토르프 청년은 외면적 자유와 내면적 자유의 다른 점, 또는 대립을 알아차렸을 것이고, 어떠한 예속이 한 국민의 명예와 가장 잘 조화할 수 있는가, 조화하지 않는가 하는 미묘한 문제도 알아차렸을 것이다.

자유란 사실은 계몽적 개념이라기보다는 오히려 낭만적인 개념이다. 왜냐하면 자유의 개념은 인간의 자기 확충 본능과 열정적이고 수축적인 개인의 자아가 교착한다는 점에서 낭만주의와 일치하기 때문이다. 개인주의적인 자유 본능은 민족적인 것에 대한 역사적이며 낭만적 예찬을 불러일으켰다. 이 호전적인 예찬은 인도적 자유주의로부터는 음산한 예찬이라고 불린다. 그러나 인도적 자유주의도 역시 개인주의를 주장하는 것에는 변함이 없고 주장하는 방법이 좀 다를 뿐이었다. 개인주의는 개인의 무한하고 우주적인 중요성을 믿는데, 이 신념에서 영혼 불멸설, 지구 중심설, 점성술이 생기는 점에서 낭만적이고 중세적이다. 한편 또 개인주의는 자유주의적 인문주의의 경향을 띠는데, 이 자유주의적 인문주의는 무정부주의로 나아가는 성질이 있지만 아무튼 개인을 집단의 희생물이 되는 것으로부터 지키려고 한다. 어느 쪽의 개인주의도 다 개인주의인 것으로, 내용이 다른 것을 동일한 명칭으로 부르고 있다.

그러나 자유를 찾는 열정이 자유의 찬란한 적을 만들고, 파괴를 일삼는 불손한 진보에 대해 전통을 지키는 총명한 기사를 낳은 것도 인정해야 했다. 이렇게 말하고 나프타는 개인주의를 미워하고 귀족주의를 찬미한 아른트의 이름을 들고, 그리스도교 신비설을 저술한 괴레스의 이름을 들었다. 도대체 신비 사상은 자유와는 전혀 관계가 없는 것일까? 신비 사상은 반스콜라, 반독단, 반교권이 아니었을까? 교권제도는 군주 전제의 무제한의 요구를 저지했기 때문에, 그 점에서 교권 제도를 당연히 하나의 자유 세력이라고 간주해야 할 것이다. 그러나 중세 말기의 신비 사상은 종교 개혁의 선구라는 의미에서 자유 세력적인 본성을 나타냈다. 그리고 이 종교 개혁은, 자유와 중세적 반동이 풀어질 수 없게 긴밀히 결합되어 만들어낸 직물이었던 것이다.

루터의 행위…… 그렇지, 그렇지. 그의 행위는, 행위 그 자체, 행위 일반의 의심스러운 본질을 역력히 나타낸다는 특징이 있다. 한스 카스토르프 청년은 행위란 무엇인가를 알고 계시는가? 행위란, 가령 애국학생 조합원 잔트가 추밀원 고문관인 코체부를 암살한 것과 같은 것이다. 범죄학자의 어조를 빌면, 무엇이 잔트 청년에게 '흉기를 손에 쥐게 했는가' 하는 것이다. 물론 자유에 대한 열광에서 한 것이다. 그러나 더 자세히 들여다보면, 사실은 자유에 대한 열광에서가 아니라 도덕적 광신에서 온 것이며, 비민족적 부박성에 대한 증오에서 온 것이었다. 물론 코체부는 러시아의 앞잡이, 신성 동맹의 앞잡이이기도 했기 때문에 잔트는 역시 자유를 위해 암살했다. 그러나 또한 잔트의 친구 가운데 예수회 회원이 여러 명 있었다는 사정을 생각하면 이상해진다. 요컨대 어떤 행위든지 간에 신념을 명백히 하는 수단으로서는 적당하지 않고, 정신적 문제의 해결에도 도움이 되지 않았다.

"실례지만, 물어보겠는데요. 그 의심스러운 강의는 이제 곧 끝을 내시는 게 어떨는지요?" 하고 세템브리니 씨는 날카로운 어조로 물었다. 그는 그때까지 앉은 채로 테이블 위를 손가락으로 딱딱 치고 콧수염을 계속 비틀고 있었다. 그는 참을 수가 없었던 것이다. 그는 반듯이, 아니 뒤로 젖혀 다시 앉았다. 파랗게 질린 얼굴을 하고, 말하자면 앉은 채로 발끝으로 서 있었기 때문에 허벅지 뒤쪽만이 의자에 닿은 채, 이런 자세로 그는 검은 눈을 번쩍이면서 적을 노려보았다. 나프타는 짐짓 깜짝 놀란 표정을 지으면서 세템브리니 쪽으로 뒤돌아보았다.

"지금 뭐라고 했습니까?" 하고 나프타는 되물었다.

"나는……." 하고 이탈리아인은 말하고 침을 삼켰다. "나는 이 순진한 청년을 당신이 그런 의심스러운 말로 이 이상 더 괴롭히는 것을 막을 결심이라는 것을 말씀드리는 것입니다."

"나는 당신이 말씀을 삼가셨으면 합니다!"

"그 요구는 필요 없습니다. 나는 평소부터 말을 조심하고 있습니다. 그렇지 않아도 방황하기 쉬운 청년의 마음을 정신적으로 방황케 하고, 유혹하고, 윤리적으로 무력하게 만드는 당신의 태도는 파렴치한 것이기에, 아무리 엄한 징계를 한다 해도 부족하다는 것을 나는 주의시켜 드립니다. 내 말은 사실을 사실대로 말한 데에 지나지 않습니다."

'파렴치'라는 말을 입에 담았을 때, 세템브리니는 손바닥으로 테이블을 두드리고, 의자를 뒤로 밀며 일어섰다. 이것이 신호라도 된 듯이 모두 일어섰다. 다른 테이블의 손님들이 귀를 곤두세우고 이쪽을 보았다. 스위스인들은 벌써 떠나 없었고 하나의 테이블만 점령되었을 뿐이었다. 이 테이블의 네덜란드인들이 깜짝 놀란 얼굴로 돌발한 언쟁에 귀를 기울였다.

다섯 사람 모두가 테이블을 사이에 두고 꼿꼿이 서 있었다. 한스 카스토르프와 당사자인 두 사람은 이쪽에, 페르게와 베잘은 맞은편에서, 다섯 사람 모두 얼굴이 새파랗게 질려 눈을 크게 뜨고 입술을 떨었다. 당사자가 아닌 세 사람이 두 사람을 달랜다든가, 농담을 섞어 절박한 분위기를 부드럽게 한다든가, 온당한 충고로 모든 것을 원만하게 해결한다든가 그런 시도를 해 볼 수는 없었는가? 아무도 그렇게 하지 않았다. 막연하게 있던 정신 상태가 그것을 하지 못하게 했다. 모두 일어서서 떨며 자기도 모르게 손을 불끈 쥐었다. 고상한 것은 아무것도 모른다고 언명하던 안톤 카를로비치 페르게, 이 언쟁의 깊은 의미를 비판하는 것을 처음부터 완전히 단념하고 있었던 그까지도 이 언쟁은 이것으로 끝나지 않을 것이고, 그 누구도, 페르게 자신도 여기에 말려들어 가 사건의 격화를 수수방관하는 수밖에 없다는 것을 확신했다. 페르게의 선량한 듯 풍성한 콧수염이 심하게 올라갔다 내려갔다 했다.

고요했다. 이 고요 속에서 나프타가 이를 가는 소리가 들렸다. 이것은 한스 카스토르프에게는 비데만의 성난 머리칼이 거꾸로 선 것을 본 것과 똑같은 경험이었다. 그는 이를 간다는 것은 다만 형용으로 말할 뿐 실제로는 있을 수 없는 일이라고 생각했다. 그러나 나프타는 조용한 가운데 정말로 이를 갈았다. 아주 불쾌하고 광폭하고 기괴한 소리였다. 어쨌든 이것은 나프타가 무서울 정도로 자제하고 있다는 것을 의미했다. 그는 아우성을 치지 않도록 낮은 목소리로, 다만 헐떡이는 듯이 낮은 조소의 목소리로 말했다.

"파렴치? 징계한다고? 도덕광도 드디어 성을 냈습니까? 문명의 교육가적 경찰관이 칼을 뽑을 정도로 흥분했습니까? 시작으로서는 성공이라고 하겠습니다. 아주 쉽게 성공을 거두었다고, 멸시와 더불어 나는 덧붙이고 싶습니다. 왜냐하면 도덕적 감시인을 성나게 하는 데에는 대수롭지 않은 야유로 충분했으니까 말입니다! 금후의 일은 당연한 결과가 되겠지요. 그 '징계'한다는 것도 말입니다. 당신이 나에게 어떤 의무가 있는지는 문화적인 원칙을 가지고 있는 당신이 모를 리 없다고 생각합니다. 만일 모르고 계신다면, 나는 당신의 문화인으로서의 원칙을 어떤 수단으로 시험해 보지 않을 수 없습니다. 그 수단이라는 것은……."

세템브리니가 험악한 몸짓을 했기 때문에 나프타는 계속 말했다.

"아, 그렇습니까. 시험할 필요도 없습니다. 나는 당신의 방해물, 당신은 나의 방해물입니다. 좋습니다. 우리들은 이 작은 분쟁을 언젠가 적당한 장소에서 해결하도록 합시다. 현재로서는 단 한 가지만을 말해 두겠습니다. 즉 당신은 자코뱅 혁명의 스콜라 철학적 관념 국가에 대해서 성자와도 같은 불안을 느끼고는, 청년에게 회의를 심고, 범주를 뒤엎고, 모든 이념에서 아카데믹하고 거드름을 피우는 도덕성을 벗겨 버리려는 것을 교육적 범죄라고 생각하고 있습니다. 당신의 그 불안에는 당연한 이유가 있습니다. 당신의 인도주의는 끝이 났기 때문입니다. 그것을 명백히 말씀드려야겠습니다. 일이 일어났고 끝이 났습니다. 그런 것은 이미 오늘에는 시대착오, 고전적 골동품, 정신적 잔해로서 하품만 자아낼 뿐입니다. 우리들의 혁명, 새 혁명은 그

유물을 쓸어 없애려고 행동을 개시하고 있습니다. 우리들 교육자가, 당신들의 미온적인 계몽사상이 꿈에도 생각하지 않았던 심각한 회의를 심어 보려고 하는 것은 남몰래 생각하는 바가 있어서 그러는 것입니다. 시대가 요구하는 절대 사상, 신성한 공포는 과격한 회의와 도덕적 혼란에서만 생기는 것입니다. 내 입장을 설명하고 당신을 계몽하기 위해 이상의 것을 말해 둡니다. 이외의 것은 다른 기회로 미루기로 하겠습니다. 나중에 들을 날이 있을 것입니다."

"틀림없이 듣겠으니 그렇게 알아 두십시오." 하고 세템브리니 씨는 나프타의 뒤에서 외쳤다. 나프타는 테이블을 떠나 털가죽 외투를 가지러 옷걸이 쪽으로 서둘러 갔다. 프리메이슨 단원인 세템브리니는 의자에 털썩 주저앉으면서 두 손으로 심장을 눌렀다.

"파괴자! 미친 개! 피에 굶주린 사나이!" 하고 그는 헐떡이면서 부르짖었다.

다른 세 사람은 테이블 옆에 계속 서 있었다. 페르게의 콧수염은 올라갔다 내려갔다 했다. 베잘은 아래턱을 이지러뜨리고 있었다. 한스 카스토르프는 목이 떨렸기 때문에, 할아버지를 흉내 내어 목을 가슴으로 당겼다. 세 사람 다 여기에 올 때에는 이런 결말은 꿈에도 예상하지 못했다, 모두 다, 세템브리니 씨도. 한 대의 썰매에 다섯 사람이 함께 타지 않고, 두 대의 썰매를 빌려 온 것은 얼마나 다행스러운 일인가 하고 생각했다. 우선은 돌아가는 길에 서글픈 심정이 되지 않아도 좋게 되었다. 그러나 그 다음에 오는 것은?

"그는 당신에게 결투를 신청했지요?" 하고 한스 카스토르프는 불안한 듯이 말했다.

"그렇습니다." 하고 세템브리니는 대답하고, 나란히 서 있는 한스 카스토르프를 힐끗 쳐다보았다가, 눈길을 다른 데로 돌리고 손으로 머리를 받쳤다.

"응하시겠습니까?" 하고 베잘이 물었다.

"그것을 묻고 싶습니까?" 하고 세템브리니는 대답하고, 역시 베잘도 힐끗 쳐다보았다. "여러분." 하고 그는 말을 계속하면서 완전히 냉정을 되찾고 일어섰다. "나는 우리의 즐거운 소풍이 이런 결말로 된 것을 슬프게 생각합니다. 그러나 일생을 살아가다 보면 이런 우발 사건은 누구나 만나게 된다는 것을 각오해야 합니다. 나는 이론적으로는 결투에 찬성하지 않습니다. 나는 법률을 존중합니다. 그러나 실제 문제가 되고 보면 이야기는 달라집니다. 경우에 따라서는 반대의 생각이……, 요컨대 나는 저 인물의 요구에 응하겠습니다. 다행히 나는 젊었을 때 칼을 조금 만져 본 일이 있습니다. 두세 시간만 연습하면 손목이 다시 유연해질 것입니다. 자, 갑시다! 자세한 것을 타협해야 하니까요. 아마 저 인물은 썰매에 말을 달도록 이미 명령했을 것입니다."

한스 카스토르프는, 돌아오는 썰매 속에서도, 이제부터 일어날 일의 기괴함에 순간적으로 현기증을 느꼈다. 특히 나프타가 베고 찌르고 하는 결투에는 귀를 기울이지 않고 권총으로 쏘는 것을 주장했고, 명예의 개념에 대해 모욕을 당한 것은 나프타이기에 무기의 종류를 결정하는 권리는 그에게 있다는 것이 확실해졌을 때, 한스 카스토르프는 순간적으로 정신이 아찔하여 어지러웠다. 청년은 모든 사람을 사로잡아 장님으로 만드는 정신 상태로부터 어느 정도 자기 정신을 해방시켜, 이런 결투 소동은 미친 짓이니 무슨 일이 있어도 그만두게 해야겠다고 진지하게 생각했다.

"만약 실제로 모욕이 있었다면 말입니다만!" 하고 한스 카스토르프는 세템브리니, 페르게, 베잘과 대화를 하면서 외쳤다. 베잘은 돌아가는 길에, 나프타에게서 입회인 역할을 부탁받고 쌍방에게 연락을 하고 있었다. "민사적, 사회적인 모욕이라면 몰라도, 어느 한편이 상대방의 명예 있는 이름을 더럽혔다든지 여자에 관한 문제가 게재되어 있다든지 하는 그런 구체적이고 실질적인 얽힘이 있어 화해하는 것이 전혀 불가능하다면 몰라도……. 그렇습니다. 그런 경우에는 최후 수단으로 결투도 하나의 해결 방법일 것입니다. 그리고 이로 인해 명예가 보상되고 사건이 원만히 해결되어, 즉 당사자들이 화해를 하여 헤어지게 된다면 결투도 좋은 방법으로, 어떤 종류의 분쟁 문제에는 유효하고 실용적인 수단이라고도 할 수 있습니다. 그러나 그가 무엇을 했다는 것입니까? 나는 그를 두둔할 생각은 없습니다만, 그가 당신에게 무슨 모욕을 했는가를 묻고 싶습니다. 그는 모든 범주를 뒤엎었습니다. 그의 말을 빌면, 모든 이념에서 아카데믹한 거드름을 벗어 버렸습니다. 당신은 이것으로 모욕을 당했다고 느꼈습니다. 그것이 당연하다고 가정하더라도……."

"가정한다고?" 하고 세템브리니 씨는 되풀이하며 한스 카스토르프를 쳐다보았다.

"물론, 당연한 일입니다. 그는 이로 말미암아 당신을 모욕했습니다. 그러나 그는 당신을 비방한 것은 아닙니다! 이것은 크게 다른 점입니다. 실례지만 모든 것이 추상적인 문제, 이념의 문제에 관한 것이었습니다. 추상적 이념에서는 모욕할 수는 있어도 비방할 수는 없습니다. 이것은 어떤 명예 재판소에서도 인정받는 원칙입니다. 나는 맹세코 이렇게 단언할 수 있습니다. 따라서 당신이 그에게 '파렴치', '엄한 징계'라고 말씀하신 것도 비방은 아닙니다. 그것도 지적 의미에서 말했던 것이기 때문에, 모든 것이 지적 세계에 머물러 있어 개인적인 것과는 아무런 관련이 없습니다. 비방이란 것은 개인적인 것에만 존재하기 때문입니다. 지적 추상은 결코 개인적인 문제가 될 수 없습니다. 이것이 내가 단언한 것의 논리적 결론과 주석입니다. 그렇기 때문에……."

"당신은 잘못 생각하고 있습니다, 친구." 하고 세템브리니 씨는 눈을 감고 대답했다. "당신은 지적인 문제가 개인적인 성질을 띠는 일이 없다고 가정한다는 점에서 첫째로 잘못 생각하고 있습니다. 그렇게 생각해서는 안 됩니다." 이렇게 말하고 그는 그의 독특한, 점잖으면서도 비통한 미소를 지었다. "그러나 당신은 무엇보다도 지적인 문제를 평가하는 점에서 잘못 생각하고 있습니다. 현실 생활에는 결투 외엔 해결 방법이 없을 듯한 마찰이나 열정이 동반하지만, 지적인 문제에서는 그다지 심한 마찰이나 열정을 일으키는 힘이 없다고 생각하는 것 같습니다. 그것은 정반대입니다! 추상적인 것, 순수한 것, 이념적인 것은 동시에 또한 절대적인 것입니다. 따라서 준엄한 것입니다. 그리고 이것이야말로 사회적 생활보다 훨씬 심각하고 과격한 증오를, 절대적이고 타협 없는 적대 관계를 일으킬 가능성이 있습니다. 추상적이고 정신적인 문제 쪽이 사회적 생활보다 더욱 직접적이고 용서 없이 '너 아니면 나'의 국면, 참된 의미에서 과격한 국면, 결투의 국면, 육체와 육체 간의 투쟁의 국면으로 몰고 간다고 말한다면, 당신은 그것을 이상하다고 생각합니까? 결투는 이 세상에 흔히 있는 그런 류의 '제도'는 아닙니다. 결투는 말하자면 최후적인 것, 자연의 원시 상태로의 복귀이고, 기사도적인 해결에 의해서 다소나마 완화되지만, 대단히 표면적인 해결책입니다. 요컨대 결투의 본질은 어디까지나 원시적인 상태, 즉 육체와 육체 간의 투쟁입니다. 남자라면 누구든지, 아무리 자연 상태로부터 멀리 떨어져 있다 해도 언제나 이 국면에 응할 수 있도록 준비가 되어 있어야 합니다. 언제 그런 국면으로 몰려갈지 알 수 없기 때문입니다. 이념을 위해 자기의 모든 것을, 팔을, 피를 걸 수 없는 인간은 그것을 말할 자격이 없습니다. 그리고 아무리 지적인 존재가 되어도 어디까지나 남자로 머물러 있는 것, 이것이 중요한 일입니다."

한스 카스토르프는 오히려 설교를 당한 셈이 되었다. 여기에 대해 무엇이라고 대답할 것인가? 그는 침울하게 생각에 잠겨 잠자코 있었다. 세템브리니 씨의 말은 침착하고 논리 정연했지만, 그의 논리 역시 기괴하고 부자연스러운 느낌을 주었다. 그가 말한 생각은 자신의 것이 아니었다. 결투에 관한 것이 그가 스스로 생각해 낸 것이 아니라 테러리스트인 작은 나프타에게서 강요받은 것인 것처럼, 그가 말한 생각도, 그의 명쾌한 지성을 노예로, 도구로 만든 주위의 정신 상태에 감염된 것이었다. 정신적인 것은 준엄하기 때문에 동물적 상태로, 육체와 육체 간의 투쟁에 의한 해결로 가차 없이 간다는 말인가? 한스 카스토르프는 그런 생각에 반발했다. 또는 반발하려고 했다. 그리고 이것이 불가능하다는 것을 알고 깜짝 놀랐다. 주위의 정신 상태는 그의 마음속에도 퍼져 있어, 그도 이 상태에서 빠져나갈 힘이 없었다. 비데만과 존넨샤인이 두 마리의 짐승처럼 서로 붙잡고 뒹굴던 기억이 생생하게 떠올랐다. 한스 카스토르프는 마지막으로 호소할 수 있는 것은 결국 육체적인 것, 손톱이라든가 이빨이라는 것을 알고 깜짝 놀랐다. 그렇다, 결투를 할 수밖에 없다. 그러면 적어도 저 기사도적인 조정에 의해 원시적 상태를 완화시킬 수 있기 때문이다. 한스 카스토르프는 세템브리니 씨의 입회인을 지원했다.

그런데 거절당했다. 아니, 그것은 좋지 않으며, 온당하지 않다는 것이었다. 처음에는 세템브리니 씨가 예의 그 점잖고 비통한 미소를 지으며 거절했다. 다음으로는 페르게와 베잘이 한참 동안 생각한 다음 이렇다 할 이유도 들지 않고, 한스 카스토르프가 입회인으로서 결투장에 나가는 것은 좋지 않다고 말했다. 판정인으로서라면 현장에 모습을 나타내도 좋을 것이다. 그것은 야수성을 완화하는 기사적 조정 수단으로서 정해져 있기 때문이다. 나프타도 그의 의뢰인인 베잘을 통해 같은 의견을 전해 왔으므로 한스 카스토르프는 그것이 좋겠다고 대답했다. 입회인이든 판정인이든 간에 그는 결투 조건의 결정을 견제하는 기회를 부여받았는데, 그것이 크게 필요한 것임을 알게 되었다.

왜냐하면 나프타가 어처구니없는 비정상적인 조건을 끄집어내었기 때문이었다. 그는 다섯 발짝의 간격과, 필요하면 세 번씩 쏠 것을 주장했다. 그는 이 미치광이 같은 조건을 충돌하던 날 밤, 베잘을 통해 통고해 왔다. 베잘은 완전히 야만스러운 관심의 대변자, 대표자가 되어서, 반은 나프타의 위임에 의해서, 반은 자기 자신의 취미에서 완강하게 그 조건을 주장했다. 물론 세템브리니는 여기에 반대하지는 않았다. 그러나 입회인인 페르게와 판정인인 한스 카스토르프는 완전히 분격하여, 한스 카스토르프는 한심한 베잘에게 호통을 치기까지 했다. 현실적인 모욕이 있었던 것도 아니고 순전히 추상적인 검토인데도 그런 야만스럽기 짝이 없는 조건을 내걸다니 부끄럽지 않은가! 권총으로 한다는 것만으로도 야만스럽기 짝이 없는데 그런 잔인한 조건까지 끄집어내다니, 그렇게 되면 기사도도, 아무것도 있을 수 없다. 차라리 코와 코를 맞대고 쏘아대는 것이 좋을 것이다. 베잘은 그런 가까운 거리에서 자기가 직접 당하는 것이 아니니까, 그런 피에 굶주린 말을 술술 할 수 있는 것이라고 한스 카스토르프는 말했다. 베잘은 어깨를 움츠려 보이면서 정세가 그렇게까지 절박해 있다는 것을 무언으로 암시하는 바람에, 쉽사리 그런 정세를 잊으려는 상대방은 이것으로 기세가 꺾였다. 다음 날도 절충이 계속되었다. 이럭저럭 한스 카스토르프 측은, 무엇보다도 세 번을 한 번으로, 두 사람의 결투자가 15보의 간격으로 대치하고 쏘기 전에 각자는 다섯 발짝만 전진할 수 있는 권리를 가지도록 한다고 개정할 수 있었다. 그러나 이것도 화해의 시도는 하지 않는다는 것을 굳게 약속하고 겨우 승낙을 받았다. 그런데 이 다섯 사람 중 아무도 권총을 가지고 있지 않았다.

알빈 씨가 권총을 가지고 있었다. 여자들에게 겁을 집어먹게 하기 위해 사용하는 소형의 번쩍이는 선회식 권총 말고도 벨벳으로 덮인 케이스 속에 나란히 보관되어 있는 한 쌍의 장교용 권총을 가지고 있었다. 그것들은 벨기에제 브라우닝 자동 권총으로, 갈색 목재의 손잡이 안에 탄창이 있고, 기계 부분은 푸른 강철제로 번쩍번쩍 빛나는 총신 끝에 작은 조준기가 붙어 있었다. 한스 카스토르프는 허풍쟁이 알빈 씨의 방에서 그런 권총을 언젠가 본 일이 있었기 때문에, 비록 결투는 반대하였지만 평소의 솔직한 기질에 따라 그 권총을 알빈 씨로부터 빌리는 일을 떠맡았다. 알빈 씨에게 권총을 무엇 때문에 사용한다는 것을 감추지는 않았지만, 한스 카스토르프 자신의 명예 문제인 것처럼 얼버무려, 허풍쟁이의 기사도 정신에 호소하여 쉽게 빌릴 수 있었다. 알빈 씨는 탄환 장전법을 가르쳐 주고, 바깥에서 한스 카스토르프와 함께 두 개의 권총을 시험 사격해 보였다.

이런 일로 시간이 걸려서 대결까지 이틀과 사흘 밤이 지나갔다. 대결 장소는 한스 카스토르프가 생각한 대로 그가 '술래잡기'를 위해 혼자 있던 회화적인 장소, 여름이면 푸른 꽃들이 만발하는 장소가 제안되어 결정되었다. 문제의 언쟁이 있었던 날로부터 3일째 되는 아침이 되어서야 그 장소에서 사건의 결말을 보게 되었다. 매우 흥분해 있었던 한스 카스토르프는 전날 밤에야 비로소, 그것도 늦은 시간이 되어서야 결투장에 의사를 데리고 갈 필요가 있다는 것을 느꼈다.

그는 이것을 곧 페르게와 상담했는데, 그것은 아주 까다로운 문제라는 것을 알게 되었다. 라다만토스는 학생 조합의 선배이기는 하지만, 요양원의 원장인 그가 비합법적인 결투, 그것도 환자끼리의 결투에 협조해 줄 것을 바란다는 것은 가망이 없었다. 대체로 중환자 사이의 권총 결투에 협조해 줄 수 있는 의사를 찾는다는 것은 거의 바랄 수 없는 일이었다. 크로코브스키로 말하면, 영계(靈界)의 의사인 그가 환자의 상처를 치료할 수 있는지 없는지도 의심스러웠다.

베잘에게 상담했더니, 나프타는 이 점에 대해서도, 즉 의사가 와 주지 않았으면 좋겠다는 의견을 말했다는 것이다. 나프타에 의하면, 결투를 희망하는 것은 약을 바르거나 붕대를 감기 위해서가 아니라, 서로를 쏘기 위해, 그것도 목숨을 걸고 쏘기 위해서라고 했다. 서로 쏜 결과가 어떻게 될 것인가는 자기는 관심이 없으며, 그때 가면 알게 될 것이라고 말했다. 이것은 어딘지 불길한 성명이긴 했지만, 나프타는 의사를 부를 필요가 없을 것이라고 남몰래 생각하고 있다고 한스 카스토르프는 해석하려 했다. 세템브리니도 페르게를 통해 의사 건은 흥미가 없으므로 그 문제는 거론하지 않았으면 좋겠다고 나프타에게 전갈했다. 두 당사자 어느 쪽도 사실은 피를 흘릴 생각이 없는 것이라고 기대해도 그다지 부조리하다고는 말할 수 없었다. 두 사람은 저 언쟁이 있던 날부터 이틀 밤을 잤고, 앞으로 하룻밤을 더 자게 된다. 점차 흥분이 가시고 머리가 냉정해질 것이다. 이런 감정이라는 것은 시간의 움직임에 좌우되기 때문이다. 내일 새벽 무기를 손에 들었을 때는, 서로 대치하는 두 사람은 이미 그 말다툼을 하던 날 밤과는 다른 기분이 되어 있을 것이다. 그날 밤 같으면 화가 나서 제정신으로 서로 쏘았을지 모르지만, 내일 아침이 되면, 이제 그런 뚜렷한 자유의지는 없어지고 다만 그저 기계적으로 체면상 할 수 없이 움직일 것이다. 그들이 과거의 기분에 구애를 받아 목전의 기분을 부정하는 그런 일은 무슨 일이 있어도 막을 수 있을 것이다.

한스 카스토르프의 예상은 아주 잘못된 것은 아니었다. 유감스럽게도 그가 꿈에도 생각하지 못한 형태이긴 했지만, 그의 예상은 세템브리니 씨에 관한 한은 그대로 적중했다. 그러나 그는 나프타가 마지막 순간까지, 또는 최후 순간까지, 혹은 최후 순간에 이르러서 생각을 어떻게 바꿀 것인가를 예상했다면, 이러한 모든 것을 낳게 한 정신상태가 어떤 것이었든지 간에, 눈앞에 다가온 결투를 어떻게 해서라도 그냥 두지는 않았을 것이다.

불안한 하룻밤을 지낸 뒤, 한스 카스토르프는 약속 장소로 가기 위해 아침 7시에 베르크호프 요양원을 나섰다. 해는 아직 산 위에 떠오르지 않았지만 자욱한 안개가 간신히 걷히기 시작했다. 홀을 청소하던 하녀들이 일손을 쉬고 놀란 얼굴로 그를 쳐다보았다. 바깥 현관문은 이미 열려 있었다. 페르케와 베잘이, 전자는 세템브리니를, 후자는 나프타를 결투장으로 안내하기 위해, 따로따로 갔는지 또는 두 사람이 함께 갔는지는 몰라도 틀림없이 이 문을 지나갔을 것이다. 한스 카스토르프는 판정인이라는 자격으로서 어느 쪽하고도 동행할 수 없었기 때문에 혼자서 떠났다.

그는 지금의 정세를 생각하니 마음이 무거웠지만 체면상 할 수 없이 기계적으로 갔던 것이다. 결투에는 말할 필요도 없이 당연하게 입회해야 했다. 이 결투를 피하고 침대 안에서 결말을 기다리고 있을 수는 없었다. 왜냐하면 첫째로, 그러나 그는 첫째 이유를 드는 것을 주저하고 곧 두 번째의 이유로 넘어 갔는데, 대체로 모든 것을 이처럼 되는 대로 내버려 둘 수만은 없기 때문이라고 생각했다. 고맙게도 아직 불길한 일은 일어나지 않았고, 반드시 일어난다고 결정되어 있지도 않으며, 일어날 것 같지도 않았다. 아직도 전등불이 켜져 있는 시각에 일어나 아침 식사도 하지 않고, 몹시 추운 이른 아침에 바깥에서 만나야 했지만, 그렇게 약속했을 뿐인 것이다. 그러나 마지막 순간에 한스 카스토르프가 그 장소에 있음으로 해서 모든 것이 어떻게 해서든지 호전되어 경사스럽고 밝은 결말을 보게 될 것이다. 어떤 형태가 될 것인지는 지금부터 예상할 수는 없고, 그것을 상상하지 않는 것이 현명할 것이다. 아무리 작은 사건이라도 우리들이 미리 상상한 것과는 전혀 다른 경과를 밟는다는 것은 경험이 가르쳐 주는 바이다.

그러나 어떻든 그날 아침은 한스 카스토르프가 기억하는 가운데서 가장 불유쾌한 아침이었다. 피곤하고 잠도 부족해서 신경질이 나 이가 떨렸고, 마음속 깊은 곳에서는 지금 막 생각한 위안이 이미 믿어지지 않았다. 말다툼으로 불치의 병자가 되어 버린 민스크 부인, 홍차 때문에 계속 아우성을 부린 생도, 비데만과 존넨샤인, 폴란드인들의 구타 사건들이 매우 기분 나쁘게 생각났다. 그는 자기의 눈앞에서, 자기가 입회하는 가운데, 두 인간이 서로 쏘고 피를 흘린다는 것은 상상도 할 수 없었다. 그러나 자기의 눈앞에서 비데만과 존넨샤인이 실제로 행한 것을 생각하면, 자기 자신과 여기 사람들을 신용할 수 없어, 털가죽 웃옷을 입고 있으면서도 한기가 오싹하게 몸에 스며들었다. 그러나 또 한편으로는, 그가 지금 놓여 있는 사태의 이상하고도 비참한 느낌이 이른 아침의 고무하는 듯한 상쾌한 느낌과 결합되어 우울해지기 쉬운 청년의 기분을 북돋고 싱싱하게 해 주었다.

이렇게 얽히고 뒤바뀌는 여러 가지 기분과 생각에 잠기면서, 한스 카스토르프는 점점 밝아 오는 새벽길을 걸어 봅슬레이 코스 종점에서 좁은 들판 길을 따라 비스듬히 올라가 깊은 눈에 덮인 숲에 이르렀다. 봅슬레이 코스에 걸린 나무다리를 지나, 삽이 아닌 사람의 발로 만들어진 길을 따라 나무 사이를 걸어갔다. 걸음을 재촉해 곧 세템브리니와 페르게를 따라잡았다. 페르게는 긴 망토 밑에 한쪽 손으로 권총 케이스를 들고 있었다. 한스 카스토르프는 주저하지 않고 두 사람과 합류했다. 두 사람과 나란히 얼마쯤 더 걸어가자, 앞을 걸어가고 있는 나프타와 베잘의 모습이 보였다.

"추운 아침인데요. 적어도 18도는 내려갔을 겁니다." 하고 한스 카스토르프는 머리를 써서 한 말이라고 생각했지만, 자기 말의 경박함에 깜짝 놀라 덧붙였다. "여러분, 나는 확신합니다."

다른 두 사람은 말이 없었다. 페르게의 선량한 콧수염이 올라갔다 내려갔다 했다. 얼마 뒤에 세템브리니는 발걸음을 멈추고, 한스 카스토르프의 손을 쥐고 그 손에 자기의 한쪽 손을 얹고 말했다.

"나는 죽이지 않습니다. 죽이지는 않습니다. 나는 그의 탄환을 향해 설 것입니다. 내가 남자로서 해야 할 일은 이것으로 전부입니다. 나는 죽이지 않습니다. 믿어 주시오!"

세템브리니는 한스 카스토르프의 손을 놓고 다시 걷기 시작했다. 한스 카스토르프는 크게 감동했지만 몇 발짝 걷다가 비로소 말했다.

"참으로 좋은 생각입니다, 세템브리니 씨. 그러나 상대방이…… 그쪽에서……."

세템브리니는 머리를 흔들 뿐이었다. 한스 카스토르프는 한쪽이 쏘지 않으니 상대방도 쏠 리가 없다고 생각하고 이것으로 모든 것이 잘 끝나리라 느껴져 자기 예상대로 될 것 같은 생각이 들었다. 기분이 한결 가벼워졌다.

그들은 협곡에 걸려 있는 다리를 지났다. 여름에는 물방울을 튀기면서 떨어져 이 그림과 같은 장소의 분위기를 더한층 깊게 해 주는 폭포는, 지금은 얼어붙어 소리를 내지 않았다. 전에 한스 카스토르프가 누워 이상하게 선명한 회상에 잠기면서 코피가 멎기를 기다렸던 벤치 위에는 눈이 희고 두텁게 쿠션처럼 쌓여 있었다. 나프타와 베잘이 그 벤치 앞 눈 위를 이리저리 걸었다. 나프타는 담배를 피웠다. 한스 카스토르프는 그것을 보고 자기도 피워 볼까 했지만, 피우고 싶은 생각이 조금도 들지 않았다. 아무래도 나프타가 평정을 가장하기 위해 피운다고 생각했다. 한스 카스토르프는 이곳을 방문할 때마다 느낀 쾌감을 맛보며, 사랑하는 장소의 웅대하고 친밀감이 가는 경치를 둘러보았다. 눈과 얼음에 덮인 장관은 푸른 꽃들이 만발하는 여름 풍경에 못지않게 아름다웠다. 눈앞에 비스듬히 튀어나와 있는 한 그루의 전나무 줄기와 가지 위에도 눈이 무겁게 쌓여 있었다.

"안녕히 주무셨습니까!" 하고 한스 카스토르프는 그 장소의 공기를 부드럽게 하고 불행을 날려 보내기 위해 명랑한 목소리로 인사했다. 그러나 그것은 아무런 효과도 없었고, 아무도 대답하지 않았다. 모두 했는지 안 했는지 모를 정도로 어색한 무언의 인사만을 교환했다. 그러나 한스 카스토르프는 도착한 흥분, 격한 큰 호흡, 겨울 새벽녘에 빨리 걸었기 때문에 몸 안에 축적된 열을, 때를 놓치지 않고 불행을 막으려고 하는 훌륭한 목적을 위해 활용할 것을 결심하고 입을 열었다.

"여러분, 나는 확신합니다."

"당신의 확신이라는 건 다른 기회에 하도록 하십시오." 하고 나프타는 냉랭하게 그의 말을 가로막았다. 그러고는 "무기를 받고 싶습니다." 하고 여전히 오만한 목소리로 덧붙였다. 한 대 얻어맞은 한스 카스토르프는, 페르게가 외투 밑에서 불길한 케이스를 꺼내고, 옆으로 걸어온 베잘이 권총 한 자루를 건네받아 그것을 나프타에게 넘겨주는 것을 보는 수밖에 없었다. 세템브리니가 페르게의 손에서 다른 한 자루를 받았다. 다음에는 장소를 정리하게 되었다. 페르게가 중얼거리면서 모두 옆으로 비켜 달라고 부탁했다. 그는 거리를 발걸음으로 계산하고 눈으로 표적을 정하기 시작했는데, 바깥 선은 구두의 뒤꿈치로 눈 속에 짧은 선을 그어 나타내고, 안쪽의 다섯 발자국 간격 선은 페르게 자신과 세템브리니의 산책용 지팡이를 가로놓고 명시했다.

선량한 인종자인 페르게가 도대체 무슨 일을 하는 것일까? 한스 카스토르프는 자신의 눈을 믿을 수가 없었다. 다리가 긴 페르게는 그 긴 다리를 완전히 벌려 발걸음을 계산했기 때문에 15보의 간격은 상당했지만, 그러나 그 안쪽에 저주스러운 두 개의 지팡이의 간격은 얼마 떨어지지 않았다. 그렇다, 페르게는 진지하게 일을 했다. 그러나 저러나 이런 끔찍한 준비를 태연히 하는 이 사나이는 대체 어떤 악마에게 홀려서 그 머리가 돌아 버렸단 말인가.

나프타는 털가죽 망토를 벗어 안에 댄 담비털이 보이도록 눈 위에 던지고는, 권총을 한 손에 들고 방금 구두 뒤꿈치로 만든 바깥 선 있는 데로 걸어갔다. 페르게는 그때 아직도 다음 선을 긋기 위해 구두 뒤꿈치로 눈 위를 차고 있었다. 페르게가 끝내기를 기다렸다가 세템브리니도 낡아빠진 털가죽 상의 앞을 벌린 채 정해진 위치에 섰다. 그때까지 멍하니 마비된 것처럼 서 있던 한스 카스토르프는 다시 한 번 용기를 내어 급히 앞으로 나아갔다.

"여러분." 하고 그는 숨이 막힐 듯한 목소리로 말했다. "서두를 건 없습니다! 어쨌든 나는 의무로서……."

"가만히 있어요!" 하고 나프타가 날카롭게 부르짖었다. "신호를 해 주십시오." 그러나 아무도 신호를 하지 않았다. 여기에 대해서는 충분히 타협이 되어 있지 않았다. '시작!'이라는 호령을 내리는 것이 판정인의 역할이라는 것을 아무도 생각하지 못했는지, 아무튼 여기에 대해서는 한마디도 사전에 의논이 없었다. 한스 카스토르프는 잠자코 있었다. 그러자 아무도 그를 대신하여 호령을 내리는 사람은 없었다.

"그러면 시작합시다!" 하고 나프타가 선언했다. "전진하여 나오십시오. 그리고 쏘십시오!" 하고 그는 상대방을 향해 외치고, 팔을 뻗어 권총을 세템브리니의 가슴 높이로 향하면서 전진하기 시작했다. 믿을 수 없는 광경이었다. 세템브리니도 이와 같이 행동했다. 나프타가 방아쇠에 손을 대고 이미 안쪽 선에 이르렀을 때, 세템브리니는 세 발자국 앞으로 나아가 권총의 총구를 위로 올리고는 방아쇠를 당겼다. 날카로운 총소리가 산울림이 되어 울렸다. 주위의 산들에 울리고 그것이 또 섞여 울려 골짜기가 총소리로 채워졌다. 한스 카스토르프는 사람들이 달려오지나 않을까 하고 걱정했다.

마의 산 2

"당신은 하늘을 향해 쏘았습니다." 하고 나프타는 권총을 내리면서 분노를 참으며 말했다.

세템브리니는 대답했다.

"나는 내가 쏘고 싶은 데를 쏩니다."

"다시 한 번 쏘시오."

"그럴 생각은 없습니다. 다음에는 당신이 쏠 차례입니다." 세템브리니 씨는 얼굴을 들고 하늘을 쳐다보면서 몸을 나프타쪽 정면으로 향하지 않고 조금 옆으로 향해 서 있었는데, 감동적인 모습이었다. 결투에서는 상대방에게 가슴 정면을 향하지 않는 것이 예의라는 것을 듣고, 이것을 실행했다는 것을 누구나 알 수 있었다.

"비겁자!" 하고 나프타는 외쳤다. 그는 이 외침을 통해, 쏘는 사람이 공격을 받는 사람보다도 더 용기를 필요로 한다는 것을 긍정했다. 그는 결투하고는 전혀 관계없는 방법으로 권총을 들고는 탄환을 자신의 머리에 쏘았다.

처참한, 잊을 수 없는 광경이었다! 주위의 산들에 이 처참한 행위의 날카로운 총성이 여러 번 메아리치고 있는 동안, 나프타는 두 다리를 앞으로 차올리고 뒤로 두세 걸음 비틀거리며 넘어지면서, 몸 전체를 오른쪽으로 던지듯 비틀고 얼굴을 아래로 하여 눈 속으로 거꾸러졌다.

모두 한순간 멍하니 섰다. 세템브리니는 권총을 멀리 던지고, 누구보다도 먼저 나프타의 곁으로 달려갔다.

"이건 또 무슨 짓인가!" 하고 그는 외쳤다. "이것이 신에 대한 사랑에서 행한 일인가!"

한스 카스토르프는 세템브리니를 도와 나프타의 몸을 반듯하게 뉘었다. 관자놀이 옆에 검붉은 구멍이 보였다. 얼굴은 차마 똑바로 볼 수가 없었으므로, 그들은 나프타의 가슴 주머니에서 한쪽 귀퉁이가 내다보이는 비단 손수건으로 얼굴을 덮었다.

### 청천벽력

한스 카스토르프는 이 위에 7년간 있었다.

7이라는 수는 십진법의 신봉자에게는 어중간한 수이지만, 그러나 이것은 이것대로 훌륭하고 알맞은 수로서, 말하자면 신화적이고 회화적인 뜻을 갖는 시간 단위다. 예를 들면 6 같은 평범한 수보다 마음을 만족시켜 준다. 한스 카스토르프는 식당의 일곱 개 식탁 어느 것에도 앉아 보았다. 어느 식탁에나 각각 1년씩 앉았다. 그는 마지막엔 이류 러시아인 석에 앉아 두 사람의 아르메니아인, 두 사람의 핀란드인, 한 사람의 부하라인, 한 사람의 쿠르드인과 함께 지냈다. 그는 작은 턱수염을 기르고 식탁에 앉아 있었다. 언제부터인가 기르게 된 그 턱수염은 모양이 꽤 산만한 데다 카나리아 빛이어서, 외모에 대한 그의 철학자다운 무관심의 산물이라고 생각하지 않을 수 없었다.

아니, 우리들은 더욱 나아가서 한스 카스토르프가 자신에 대해 무관심하게 된 것과 마찬가지로 주위의 사람들도 그에 대해 무관심해졌다는 것을 보고해야 하겠다. 베르크호프 당국은 그의 기분 전환을 생각하는 일을 그만두었다. 고문관도 이제는 특별히 한스 카스토르프에게 가끔 말을 거는 일도 하지 않아, "잘 잤습니까." 하는 아침 인사가 거의 전부였다. 이것도 다만 수사적인 언어로서 말을 생략하여 하는 데 지나지 않았다. 아드리아티카 폰 밀렌동크(그녀는 요즘에도 또 예의 큰 다래끼를 달고 있었다)도 며칠에 한 번 정도밖에, 더 정확하게 말하면 좀처럼 말을 걸지 않았다. 사람들은 그를 혼자 있게 내버려 두었다. 낙제하여 그 학년에 그냥 남도록 결정되어도, 이제는 문제가 되지 않을 정도가 되어 질문도 받지 않고 공부를 하지 않아도 괜찮다는 이상하고 통쾌한 특전을 향락하는 것이 허락된 생도, 그는 이런 존재가 되었다. 이것은 자유 중에서도 방종한 형태의 자유라고 우리들은 덧붙이고 싶지만, 그러나 자유라는 것에 그 외의 뜻이나 형식의 자유라는 것이 있을 수 있을까 하고 의심해 본다. 아무튼 한스 카스토르프는 자포자기의 반항적인 출발 결심을 할 염려는 없다고 단정을 내렸기 때문에, 베르크호프 당국이 신경을 써서 돌봐 줄 필요가 없는 인물이 되었다. 어디로 가면 좋을지 훨씬 오래전부터 알 수 없게 되었고, 평지로 돌아가는 것도 이제는 전혀 생각할 수 없게 된 의존적 존재, 종신적인 존재였다. 그가 이류 러시아인 석으로 옮겨졌다는 사실에도 그에 대해 더이상 염려하지 않는다는 것을 알 수 있지 않을까? 물론 이렇게 말한다고 해서 이른바 이류 러시아인 석을 조금이라도 깎아내리려는 생각은 없다! 일곱 식탁 사이에는 이렇다 할 우열은 조금도 없었다. 대담하게 말한다면 어느 식탁이나 똑같이 인정받는 주제였다. 이류 러시아인 석에서도 다른 여섯 개의 식탁과 똑같이 굉장히 양이 많은 요리가 서비스되었고 라다만토스 자신도 순번이 오면 그 식탁에 가끔 앉아 큰 손을 접시 앞에 모으고 있었다. 그 식탁에서 식사를 하는 사람들은 라틴어는 전혀 모르며 식사 예절에서도 과도하게 까다롭지 않았지만, 그래도 모두 인류의 훌륭한 일원임에는 틀림이 없었다.

시간, 그것은 정거장 시계의 장침처럼 5분마다 생각난 듯 꿈틀꿈틀 전진하는 것이 아니라, 말하자면 바늘의 전진이 거의 눈에 보이지 않는 아주 작은 시계처럼 전진하는 것이며, 또는 풀이 은밀하게 그 성장을 계속하는데도 아무의 눈에도 띄지 않다가 어느 때가 오면 확연하게 모습을 드러내는 그런 식으로 걸음을 계속하는 것이다. 시간, 그것은 연장(延長)을 가지고 있지 않는 점(點)으로 구성되어 있는 선과 같은 것이다(이렇게 말하면 그 불행한 죽음을 한 나프타라면, 어째서 길이가 없는 점만의 집합이 길이가 있는 선이 될 수 있는가 힐문할 것이겠지만). 즉 그런 시간이 유유히 눈에 보이지 않는 은밀하고 또한 부지런한 전진으로 계속 변화를 일으켰다. 한 가지만 예를 든다면, 테디 소년은 어느 날(물론 특정한 '어느 날'이 아니라 아주 막연한 언젠지 모르는 어느 날부터라고 함이 옳을 것이다) 이미 소년이 아니었다. 그는 가끔 침대에서 일어나 잠옷을 스포츠복으로 바꾸어 입고 아래로 내려가도 부인들은 이제는 그를 무릎 위에 안을 수 없게 되었다. 언제부터인지 주객이 전도되어, 그가 부인들을 자기 무릎 위에 앉히게 되었다. 그런데 그것은 어느 쪽에나 여태까지와 마찬가지로, 아니 여태까지보다 훨씬 즐거운 일이었다. 그는 홍안의 미남 청년이라고는 할 수 없었지만, 어쨌든 키가 큰 청년으로 자랐다. 한스 카스토르프는 그 과정을 알아차리지 못하다가 어느 날 갑자기 그런 결과를 알게 되었다. 그러나 결국 시간이 흘러서 키는 컸지만, 그것은 테디 청년에게는 아무 소용이 없었다. 그런 성장이 그에게는 맞지 않았던 것이다. 끝내 그는 시간의 행복을 누리지 못하였다. 21세를 일기로 하여 그는 그 약한 체질을 침범하던 병 때문에 죽었다. 이리하여 그의 방은 소독되었다. 그의 이때까지의 수평 상태는 이제부터의 영원한 수평 상태와 별로 다를 것이 없었기 때문에, 우리들은 그의 죽음을 침착한 목소리로 말하였다.

그러나 더 중대한 뜻을 갖는 죽음이 있었다. 우리들의 주인공에게 가장 가까운 관계를 갖는, 또는 전에 가지고 있던 평지 사람의 죽음이다. 즉 먼 기억 속에 있는 한스의 종조부이자 양아버지이기도 했던 늙은 티나펠 영사의 죽음이다. 노인은 건강엔 해로운 기압을 조심스럽게 피하여, 그런 기압 속에서 수치를 당하는 것은 야메스 숙부에게 맡겼지만, 마침내 뇌일혈을 피할 수는 없었다. 이리하여 어느 날 한스 카스토르프의 기분 좋은 침대 의자로 노인의 사망을 알리는, 간결하지만 다정하고 위로에 찬 전보가 왔다. 이것을 읽은 한스 카스토르프는 테두리를 한 종이를 사서, 그 위에다 사촌이나 다름없는 숙부들에게 편지를 썼다. 내용은, 어려서 부모를 잃은 자기는 떠날 수 없는 몸이 되어 종조부의 장례에도 참석할 수 없으니 슬픔은 더한층 깊다고 했다.

그가 비탄에 빠진 것처럼 쓴 것은 그럴 듯하게 꾸민 것이겠지만, 그러나 그 무렵의 그의 눈은 여느 때보다도 더 생각에 잠긴 빛을 띠고 있었다. 종조부에 대해서는 전부터 그다지 깊은 애정을 느끼지 않았고, 요 몇 년간의 꿈과 같은 절연 상태 때문에 거의 아무 느낌도 없게 되었다. 그러나 이 노인이 돌아갔다는 것은 평지 세계와의 인간관계가 또 하나 끊어진 것이어서, 한스 카스토르프가 올바르게 자유라고 부른 현재의 경우를 완전하게 만드는 사건이었다. 정말이지 우리들이 지금 말하고 있는 시기에는, 그와 평지와의 연관은 완전히 끊어져 있었다. 그는 평지로 소식을 전하지 않았고, 평지에서도 소식을 보내지 않았다. 그는 이젠 평지로부터 마리아 만치니를 구입하지 않았다. 이 위에서 마음에 든 시가를 발견해, 전에 애용했던 시가와 마찬가지로 애용했다. 그것은 극지 탐험가가 빙설로 갇힌 상황에서 아무리 심한 노고라도 잊게 해 줄 만한 시가로, 이것만 있으면 해변에 누워 있는 것과 마찬가지로 어떤 일에도 견뎌낼 수 있을 것 같았다. 담배 아래 잎으로 만든 특제 시가로, 이름은 '뤼틀리의 맹세'라고 하는데, 마리아보다 좀 더 뭉툭하고, 허리에 푸른 띠가 둘러져 있는 쥐색의 담배로, 맛이 본래 부드럽고 연했다. 외권엽(外卷葉)의 엽맥(葉脈)이 여전히 또렷하게 보이는 새하얀 재는 떨어지지 않았다. 타는 모양이 균등하기 때문에, 이 시가를 피우고 있으면 모래가 균등하게 흘러내리는 모래시계 대신으로 쓸 수도 있을 듯했다. 실상 그는 필요에 따라서는 시계 대신으로도 사용했다. 한스 카스토르프가 회중시계를 가지고 있지 않았기 때문이다. 어느 날 사이드 테이블 위에서 시계가 떨어져 망가졌는데, 고치지 않았기 때문에 그 뒤로는 쭉 움직이지 않게 되었다. 이것은 그가 달력을 비치하여 놓고 그것을 매일 한 장씩 뗀다든가 날짜나 축제일을 미리 조사하는 일을 오래전부터 그만둔 것과 똑같은 이유, 즉 '자유'를 위해서였다. 다른 말로 표현하면, 해변의 산책, 10년이 하루와도 같은 현재와 영원을 위해서였고, 인생으로부터 이탈한 그가 걸리기 쉬운 소질을 나타낸 연금술적 마술 때문이었다. 이 마술은 그의 영혼의 모험의 핵심을 이루고 있어, 단순한 실험 재료인 한스 카스토르프의 연금술적 모험은 모두 그 속에서 행해졌다.

　이렇게 그는 침대 의자에 누워 있었다. 그리고 그가 이 위를 찾아온 계절인 한여름이 다시 돌아왔고, 세월은 그 후 일곱 번이나 그도 모르는 사이에 순환했다.

　그때 청천벽력이 울려 퍼졌다.

　우리들은 그때 울려 퍼지고 일어난 사건을 여기서 과장하여 이야기한다는 것은 수치와 두려움 때문에 할 수 없다. 여기서는 호언장담, 허풍을 떠는 것은 어울리지 않는다! 오히려 목소리를 낮춰 말하면, 우리 모두가 알고 있는 어떤 청천벽력이 울려 퍼졌던 것이다. 즉 오랫동안의 울적한 무감각과 흥분병의 불길한 혼합물이 우리를 귀머거리로 만들 정도로 폭발했다. 외경심을 가지고 말한다면 지구의 모든 토대를 뒤흔든 역사적인 벽력으로서, 우리들에게는 마의 산을 분쇄하고 7년 동안 단잠을 자던 한스 카스토르프를 거칠게 문 밖으로 내던진 벽력이었다. 재삼 훈계를 받으면서도 마이동풍 격으로 신문을 읽는 것을 게을리했던 사나이는 깜짝 놀라 풀 위에 앉아 눈을 비볐다.

지중해 연안에서 태어난 친구이자 선생인 세템브리니는 언제나 신문을 읽지 않는 그를 조금 도와주려고, 스스로 교육을 떠맡은 이 걱정거리 자식에게 평지 사건을 가르치려고 배려했지만, 생도인 한스 카스토르프는 그다지 열심히 듣지 않았다. 현실계의 정신적 영상에 대해서는 '술래잡기'에 의해 여러 가지 방법으로 명상했던 생도도, 현실계 그 자체에 대해서는 주의를 돌리지 않았다. 이것은 영상을 진실이라고 생각하고 진실을 영상이라고 생각하는 오만한 경향 때문이었다. 그러나 진실과 영상의 관계는 오늘날까지도 명백히 규명되지 않았기 때문에, 한스 카스토르프만을 엄하게 꾸짖을 수도 없다.

이전에는 세템브리니 씨가 갑자기 방을 밝게 하고는 수평 상태로 있는 한스 카스토르프의 침대 옆에 앉아 생과 죽음의 문제에 대해 청년의 사고를 교정하려고 하였다. 지금은 반대로 되어, 한스 카스토르프가 두 손을 무릎 사이에 넣고 인문주의자의 침대 옆에 앉아, 또는 카르보나리 당원인 할아버지가 쓰던 의자와 물이 든 물병이 있으며, 떨어져 있어서 마음이 안정되는 다락방의 침대 의자 옆에 앉아 선생이 세계정세를 논하는 것을 공손히 경청했다. 로도비코 씨가 요즈음 침대에서 일어나 있는 일이 별로 없었기 때문이었다. 나프타의 무참한 최후, 날카롭고도 절망에 찬 저 논쟁가의 공포에 찬 행위는 세템브리니의 민감한 심신에 심한 충격을 주었다. 그는 이 충격으로부터 회복되지 못하고, 완전히 쇠약해져, 금방 쓰러질 것만 같았다. 《사회 병리학》의 편집에 협력하여 인간의 고뇌를 다루는 문학상의 걸작을 집대성하는 일도 중단되어 진척을 못 보고, 진보촉진 국제연맹은 계획하고 있는 백과사전 중의 문학 예정 권이 완성되기를 헛되이 기다려야 했다. 이렇게 하여 세템브리니 씨는, 진보촉진에 말로 협력하는 수밖에 없었다. 여기에는 한스 카스토르프의 우정에 의한 방문이 유일한 기회를 주었다. 만일 이 방문이 없었으면, 그는 구두로 협력한다고 하는 기회까지도 잃어버렸을 것이다.

세템브리니 씨는 사회적 수단에 의한 인류의 자기완성에 대해, 연약하지만 아름다운 목소리로 열을 올려 많은 것을 이야기했다. 그의 이야기는 비둘기의 발걸음처럼 조용한 투였지만, 자유를 획득한 민족이 전 세계의 행복을 실현하기 위해 단결하는 화제로 옮겨지면, 그의 말은(그는 아마 그럴 생각도 없고, 그것을 알아차리지도 못했겠지만) 독수리의 날개 소리와 같은 느낌을 주었다. 이것은 로도비코에게는 의심할 바 없이 아버지의 인문적 유산과 결합하여 아름다운 문학을 이룬 할아버지의 정치적 유산임에 틀림없었다. 마치 인도주의와 정치가 문명이라는 고귀하고 화려한 사상 속에 결합하여 있는 것과 마찬가지로, 이 문명이라는 사상, 비둘기의 온화함과 독수리의 용맹성에 찬 사상은 보수와 정체의 원리가 타도되고 부르주아 민주주의의 신성 동맹이 실현되는 날을, 민족 예명의 아침을 기다리고 있었다. 요컨대 여러 가지로 모순을 느끼게 하는 이야기였다. 세템브리니 씨는 인도주의자였지만, 이와 동시에 공공연하게 전투적이기도 했다. 그는 음산한 나프타와의 결투에서는 인간답게 행동했다. 그러나 인간성이 감격에 넘치면서 정치와 결합하여 문명이라는 자랑스러운 지배적인 사상을 만들고 시민의 창(槍)을 인류의 제단에 바친다는 큰 문제가 되면, 즉 개인적인 문제를 떠나게 되면, 그가 손에 피를 묻히는 것을 꺼릴 것이라고는 단언할 수 없었다. 그렇다. 세템브리니 씨의 훌륭한 신념도 주위의 정신 상태에 영향을 받아 비둘기의 온화한 요소가 점점 사라지고 독수리의 용맹한 요소가 점차로 강해져 갔다.

　세계정세의 큰 국면에 대한 세템브리니 씨의 기분은 가끔 분열되고 의혹에 차 동요하였다. 최근에도, 물론 2년인가 1년 반 전인가의 일이지만, 그의 조국 이탈리아가 알바니아에서 오스트리아와 외교적으로 공동보조를 취했기 때문에 그의 말은 안정을 잃었다. 이 공동보조는 라틴어를 이해 못 하는 아시아적 러시아, 태형과 슈뤼셀부르크의 도시에 대해 행해졌다는 점에서 세템브리니 씨를 감격시켰다. 그러나 한편으로는 불구대천의 원수, 보수와 민족 예속의 원리인 비엔나와의 슬픈 결합이라는 점에서 그의 마음은 괴로웠다. 그 후인 작년 가을, 러시아가 폴란드에 철도망을 부설하는 데 프랑스가 러시아에 거액의 융자를 해 준 것이 역시 그에게는 똑같은 모순된 기분을 주었다. 왜냐하면 세템브리니 씨는 조국 이탈리아의 친프랑스적인 당파에 속해 있었기 때문이었다. 그것은 그의 할아버지가 7월 혁명의 수일간을 천지창조의 6일간과 동일시하였던 것을 생각하면 조금도 놀랄 일은 아니다. 이 문명개화의 프랑스 공화국이 비잔틴 문명의 스키타이인 국가와 손을 잡는다는 것은 그의 양심을 당황하게 만들었다. 그러나 러시아가 계획하고 있는 철도망의 전략상의 의의를 생각하자 흥분하여 숨을 거칠게 쉬면서, 고뇌는 희망과 기쁨으로 바뀌었다. 그러자 황태자 사살 사건이 일어났다. 이것은 세계정세에 친숙하지 않은 독일인들을 제외한 모든 사람들에게는 폭풍 경보였다. 사정을 잘 아는 사람들에게는 위협 신호였다. 우리들은 이들 중의 한 사람으로 당연히 세템브리니 씨를 꼽아야 할 것이다. 한스 카스토르프는 세템브리니 씨가 황태자 사살 행위에 대해 개인으로서, 인간으로서 몸을 떠는 것을 보았다. 그러나 세템브리니가 증오하는 반동의 아성인 비엔나에 대한 민족적인 해방 행위라는 이 범행은 모스크바의 위정자들의 책동에 의한 결과라고 생각하지 않을 수 없었기에, 세템브리니 씨는 가슴이 답답해졌다. 3주일 뒤에 오스트리아가 세르비아에 최후통첩을 보냈을 때에는 그 통첩을 인류의 오욕, 무서운 죄악이라고 서슴지 않고 불렀다. 그러나 그는 이 통첩에 의해 일어날 결과를 예견할 수 있는 눈이 있어 숨을 헐떡거리면서 이 결과를 환영했다.

요컨대 세템브리니 씨의 기분은 그가 급속도로 파국으로 돌입하는 것을 본 유럽의 운명과 마찬가지로 복잡했다. 그는 민족적인 예의와 동정에서 제자에게 솔직한 의견을 말하지 않았지만, 반암시적인 말로 유럽의 운명을 보는 눈을 뜨게 하려고 했다. 그는 최초의 동원, 최초의 선전 포고가 있었던 때에 방문한 한스 카스토르프에게 두 손을 내밀어 청년의 손을 꽉 쥐곤 했다. 평범한 청년은 상대방의 그 감동이 잘 이해는 안 갔지만 크게 감동했다. "친구!" 하고 이탈리아인은 말했다. "화약과 인쇄술, 물론 이것들은 당신들이 발명한 것입니다! 그러나 우리들이 혁명의 나라 프랑스로 향해 진군할 것이라고 생각한다면…… 친구……."

숨이 막히고 불안한 기대의 나날이 계속되어, 유럽의 신경이 참을 수 없게 긴장을 거듭하고 있는 동안, 한스 카스토르프는 세템브리니 씨를 방문하지 않았다. 한스 카스토르프의 발코니에도 평지로부터 피비린내 나는 내용의 신문이 직접 전달되어 베르크호프를 뒤흔들었다. 식당뿐만 아니라 중환자와 위독한 환자의 방까지 숨 막히는 유황 냄새로 가득 찼다. 그것은 오랫동안 단잠에 빠져 있던 한스 카스토르프가 무슨 일이 일어났는지 모른 채 자리에서 몸을 일으키고 앉아 눈을 비볐던 순간이었다. 그의 마음의 동요를 이해하기 위해 그 장면을 마지막까지 그려 보기로 하자. 그는 두 다리를 끌어당기고 일어서서 주위를 살폈다. 그는 마력에서 풀리고 구출되고 해방된 것을 알았다. 자기 힘으로 해방된 것이 아니라, 자연의 힘인 외부의 힘에 의해 마의 산으로부터 풀려나왔지만, 그도 이것을 인정하고 얼굴이 붉어지지 않을 수 없었다. 그러나 그 외부의 힘에게는, 그의 해방 같은 것은 아주 보잘것없는 부차적 현상일 뿐이었다. 그러나 그의 작은 운명은 세계 전반의 운명에 말려들어 보이지 않게 되었다고 하더라도, 이 벽력에는 역시 그를 생각하는 바 있었던 신의 자비와 정의가 나타났던 것이 아닐까? 인생은 이 죄 많은 걱정거리 자식을 다시 품에 안는 쉬운 방법으로는 만족하지 않고 역시 이렇게 심각하고 준엄한 형태, 청천벽력의 형태로 받아들였던 것이다. 그리고 이 벽력은 죄 많은 한스 카스토르프에게는 아마 생명을 의미하는 것이 아니라 그의 무덤 위에서 소총으로 쏘아지는 세 번의 예포를 의미할는지도 모른다. 그러자 그는 무릎을 꿇고 얼굴을 하늘로 향해 두 손을 높이 쳐들었다. 유황 냄새가 나는 암담한 하늘이었지만, 이젠 죄 많은 마의 산의 동굴 천장은 아니었다.

마의 산 2

세템브리니 씨는 한스 카스토르프가 이렇게 무릎을 꿇고 있는 것을 발견했다. 이것은 물론 비유적인 표현으로, 우리들도 알고 있듯이, 우리들의 주인공의 검소한 예의범절로는 실제로 그런 몸짓은 할 수 없었다. 실제로 세템브리니 선생은 제자가 짐을 꾸리고 있는 것을 보았다. 한스 카스토르프는 눈을 뜬 순간에, 평지의 폭발적인 벽력에 놀란 사람들이 독단적인 출발에 광분하는 혼란과 소용돌이 속에 말려들어 갔다. '고향'이라고 부른 베르크호프는 우왕좌왕하고 있는 개미 떼와도 같았다. 이 위의 사람들은 시련을 겪고 있는 평지로, 5천 피트의 높이로부터 말하자면 곧장 거꾸로 추락하여 갔다. 작은 기차를 타려고 몰려든 사람들은 승강구에까지 넘쳤고, 몇몇 사람들은 짐을 플랫폼에 줄지어 놓은 채 그것을 버리고 떠났다. 이 혼잡을 이룬 역 상공에, 타는 냄새가 나는 갑갑한 바람이 평지에서 불어오는 것 같았다. 그리고 한스 카스토르프도 함께 추락하여 갔다. 혼잡한 가운데서 로도비코는 한스 카스토르프를 껴안았다. 문자 그대로 그를 팔에 안고 이탈리아인답게(혹은 러시아인처럼) 그의 두 볼에 키스를 하여 무모한 출발을 감행한 청년을 완전히 감동하게 했고 좀 어색하게도 만들었다. 그리고 드디어 기차가 출발했을 때, 세템브리니 씨는 청년을 '지오반니'라고 부르며, 문명개화한 유럽에서 흔히 사용하는 '당신' 대신 '자네'라고만 불러서 한스 카스토르프는 정말 어찌할 줄 몰랐다.

"드디어 돌아가는군요." 하고 세템브리니 씨는 말했다. "드디어 돌아가는군요! 안녕히 가시오, 지오반니! 나는 자네가 이와는 다른 식으로 떠나가는 것을 보고 싶었소. 그러나 괜찮습니다. 이것이 신의 뜻이니 이외에는 별도리가 없었던 거지요. 나는 취업을 하러 떠나가는 자네를 전송하고 싶었지만, 자네는 이제부터 조국의 형제들과 함께 싸울 것이오. 아, 우리들의 소위님이 아니라 자네가 싸우게 되었다니. 인생은 장난꾸러기요. 서로 피로 맺어진 편에 서서 용감하게 싸워 주시오! 이 이상의 것은 현재로서는 아무도 할 수 없다오. 그러나 나는 조국으로 하여금 정신과 신성한 이기주의가 명령하는 편에 서서 싸우도록 하기 위해, 나에게 남겨진 힘을 바치기로 하겠으니 그것을 용서해 주시오. 안녕!"

한스 카스토르프는 기차의 작은 창틀에 꽉 찬 사람들 머리 사이로 얼굴을 내밀었다. 그리고 손을 흔들었다. 세템브리니 씨도 오른손을 흔들고 왼손 넷째 손가락 끝으로 한쪽 눈시울을 남몰래 닦았다.

우리는 어디에 있는 것일까? 저것은 무엇일까? 꿈은 우리들을 어디로 데리고 갔을까? 어스름, 비, 진흙, 흐린 하늘을 태우는 붉은 불꽃, 은은하게 울리는 포성, 휙휙거리는 날카로운 소리와 악마처럼 미친 듯이 날아오는 으르렁 소리가 습기 찬 공기를 찢고 떨어진 장소에서 폭발하여 튀어 오르고 분쇄하여 불타오른다. 그러자 신음 소리와 부르짖음, 찢어져라 불어대는 나팔 소리, 점점 빠르게 두들기는 북소리가 공기를 채웠다. 저기에 숲이 있다. 그 숲으로부터 회색 덩어리가 잇달아 나와 달리고 넘어지고 뛴다. 저쪽에는 언덕이 나란히 있고 그 뒷머리에는 불길이 보인다. 이 불길이 가끔 하나로 뭉쳐 활활 타오른다. 우리들의 주위에 물결처럼 넘실거리는 밭은 이곳저곳 포탄으로 파이고 무너졌다. 한 줄기 진흙투성이 도로 위에는 꺾어진 나뭇가지가 가득 흐트러져 있어 흡사 숲과 같다. 패어져 진흙 구덩이가 된 한 줄기 들길이 도로에서 갈라져 활 모양을 그리며 언덕 쪽으로 사라진다. 나무줄기가 꺾인 그루터기들은 쓸쓸한 모습으로 찬비를 맞고 서 있다. 여기에 이정표가 있다. 그러나 보아도 소용이 없다. 저녁때라 글자를 읽을 수 없고 탄환이 뚫고 지나가 널빤지도 부서졌다. 동쪽일까, 서쪽일까? 여기는 평지다. 전쟁이다. 우리는 길가에 겁을 먹고 멈추어 선 그림자. 아무 위험이 없는 그림자라는 상태가 부끄러워, 큰소리치거나 허풍을 떨 생각은 조금도 없다. 그러나 우리가 '이야기의 영(靈)'에 인도되어 여기에 온 것은, 저 숲 속으로부터 달려 나와 뛰고 넘어지며 북소리를 따라 전진하는 회색의 전우들 중에 우리가 오랜 세월 동안 반려자가 되었던 죄 많고 선량한 청년, 우리가 몇 년간을 두고 목소리를 들었던 친구가 있기 때문이다. 우리는 그의 모습이 영원히 시야에서 사라지기 전에 다시 한 번 저 평범한 얼굴을 보아 두자는 것이다.

전우들이 출동한 것은 벌써 하루 종일 계속되는 전투에 최후의 일격을 가하기 위해서였다. 전방에 연해 있는 언덕과 저 멀리 후방에서 불타는 촌락이 이틀 전에 적에게 빼앗긴 것을 다시 탈환하는 것이 이 전투의 목적이었다. 대부분 청년과 학생으로 구성된 지원병으로만 편성된 연대는 일선에 온 지 아직 며칠 되지 않았다. 그들은 밤사이에 출동 명령을 받고 아침까지 기차로 이동해 비 오는 가운데 점심때가 지나도록 흙탕길을 행진했다. 그것은 길이라고 할 수 없었다. 도로는 모두 막혀 있었기에 그들은 비를 흠뻑 맞아 무거운 외투를 입고 돌격 장비 그대로 밭과 질벅거리는 땅을 7시간이나 강행군했다. 이것은 결핵 요양소의 기분 좋은 산책 같은 것이 아니었다. 구두가 진흙탕에 빠지지 않도록, 한 발자국 디딜 때마다 엎드려 손가락을 가죽 끈 사이에 넣어 끌어당겨야 했다. 그러다 보니 작은 풀밭을 지나는 데에 1시간이 걸렸고, 이렇게 해서 그들은 여기에 도착했다. 젊은 혈기는 모든 장애를 뛰어넘었다. 흥분하고 피로도 극에 달했지만 마지막 남은 힘을 다해 긴장하고 있는 육체는, 잠을 자지도 먹지도 못했던 강행군 뒤에도 잠과 먹을 것을 찾지 않았다. 비와 땀에 젖고 흙탕물이 튄 가죽 끈을 턱에 두른 얼굴은, 회색 천으로 붙들어 맨 기울어진 철모 아래에서 불타듯 상기되었다. 그들의 얼굴은 긴장 때문에, 그리고 진흙탕이 된 숲 속을 진격하는 도중에 입은 아군의 피해를 보았기 때문에 붉게 타올랐다. 적군은 유산탄과 구경이 큰 유탄을 집중적으로 퍼부어 그들의 진격을 막으려고 했다. 진격 저지 포화는 이미 숲을 진격하고 있을 때부터 대열 속에 퍼부어져 윙윙 울리며 튀어 올랐고, 갈아엎은 넓은 밭에도 불을 뿜으며 퍼부어졌다.

마의 산 2

흥분한 3천 명의 청년은 돌진해야 했다. 증원 부대인 그들은 언덕 전후의 참호와 불타는 촌락을 향해 총검 돌격을 감행해야 하며, 지휘관의 호주머니에 들어있는 명령서에 쓰인 모 지점까지 전투를 단행하는 것에 협력해야 했다. 그들이 언덕에, 그리고 촌락에 이르기까지 1천 명의 인명을 잃는다고 예상하고 3천 명을 편성했다. 이것이 3천이라는 숫자의 의미였다. 그들은 아무리 막대한 인명 피해를 내도 계속 싸워 이겨야 한다. 비록 낙오하여 흩어져 나가는 자가 있어도 계속 천의 목소리를 합하여 승리의 만세를 외쳐야 했다. 그들은 그러한 의도에서 편성된, 말하자면 한낱 커다란 육체일 뿐이다. 벌써 여러 사람이 고립하고 낙오되어 쓰러져 갔다. 어리고 약한 자는 강행군을 견뎌내지 못했다. 그들은 얼굴이 창백해지고 비틀거리면서도 이를 악물고 견디려 했지만 결국 낙오했다. 전진하는 종대 옆에서 한동안 몸을 질질 끌면서 걸었지만, 차례로 대열에서 처져 드디어 모습을 감추고 진흙 속에 넘어진 채로 죽음을 기다리게 되었다. 이렇게 하여 청년들은 탄환이 작렬하는 숲 속에 도착했지만, 숲에서 달려 나오는 사람들의 수도 많았다. 3천 명의 청년들은 약간의 사상(死傷)에는 꿈쩍도 하지 않고 여전히 밀집 부대를 형성하고 있었다. 그들이 비를 맞으면서도 포탄이 퍼붓는 지대, 도로, 들길, 진흙탕 밭으로 일제히 돌진하여 나와, 길가에 멈추어 서 있는 그림자인 우리들은 그들의 한가운데로 들어가게 되었다. 숲 가장자리로 나가자, 그들은 익숙하게 손을 놀려 검을 총 끝에 꽂았다. 나팔 소리가 바삐 울렸고, 북이 둔한 소리로 울렸다. 청년들은 날카로운 함성을 지르며, 진흙이 납덩이처럼 무겁게 붙어 있는 꼴사나운 구두를 악몽 속에서처럼 질질 끌며 무작정 돌격해 갔다.

윙윙 소리를 내며 날아오는 포탄 속에서 몸을 엎드렸다가는 다시 뛰어 일어나, 포탄에 맞지 않는 한은 용감하고 날카로운 함성을 지르면서 전방으로 돌진한다. 혹은 그들은 포탄에 맞아 이마를, 심장을, 복부를 꿰뚫리어 팔을 뻗으면서 쓰러진다. 어떤 자는 얼굴을 진흙 속에 파묻고 누워서 움직이지 않는다. 어떤 자는 배낭을 깔고 넘어져 뒤통수를 땅에 처박은 채 두 손으로 허공을 잡는다. 그러나 숲으로부터 쉬지 않고 새 병력이 나와, 엎드렸다 일어나 뛰면서 쓰러진 전우들 사이를, 외치거나 또는 묵묵히 비틀거리면서 돌진해 간다. 배낭을 등에 지고 검을 꽂은 총을 메고, 외투도 구두도 진흙투성이가 된 청년들! 우리들은 인문주의적이고 심미적인 방법으로 그들의 다른 모습을 상상할 수도 있다. 말을 탄 근사한 모습, 애인과 해변을 거니는 모습, 정다운 약혼녀의 귀에 입술을 대고 속삭이는 모습, 행복하고 다정스럽게 활을 쏘는 법을 가르치고 있는 모습을 상상하고 그려 볼 수도 있을 것이다. 그러나 여기선 그렇지가 않다. 그들은 지금 포탄이 쏟아지는 진흙 속에 얼굴을 처박고 누워 있다. 그들은 무한한 불안과 이루 말할 수 없는 어머니의 모정을 가슴에 품으면서도 기꺼이 이곳으로 왔다. 그것은 정말 숭고한, 그리고 우리들로 하여금 부끄러움을 느끼지 않을 수 없게 하는 모습이다. 그러나 그것이 그들을 이러한 모습으로 빠뜨려도 좋다는 이유는 되지 않을 것이다.

저기에 우리의 친구가 있다. 저기에 한스 카스토르프가 있다! 그가 이류 러시아인 석에 있을 때부터 길렀던 작은 턱수염으로, 우리는 아주 멀리에서도 그라는 것을 알 수 있었다. 그도 다른 청년들과 마찬가지로 비와 땀에 흠뻑 젖어 얼굴이 빨갛다. 검이 꽂힌 총을 쥔 손을 내리고, 진흙이 잔뜩 붙은 구두를 끌면서 달리고 있다. 보라. 그는 쓰러져 있는 전우의 손을 밟았다. 징을 박은 무거운 구두로, 나뭇가지가 흐트러져 있는 진흙 속에서 전우의 손을 꽉 밟아 버렸다. 그러나 역시 그임에 틀림없다. 그런데 웬일일까. 그는 노래를 부르고 있다. 얼어붙어 머리가 마비된 듯한 흥분 속에서 자기도 모르게 중얼거리듯, 숨을 헐떡이며 낮은 목소리로 〈보리수〉를 부르고 있다.

마의 산 2

가지에 새기어 놓았노라.

그 많은 사랑의 말을……

그는 넘어졌다. 아니 몸을 엎드렸다. 지옥의 탄환이, 거대한 폭열탄이, 무시무시한 원추형의 덩어리가 악마처럼 으르렁대며 날아왔기 때문이다. 그는 얼굴을 차가운 진흙탕 속에 파묻고, 두 다리를 벌리고 발끝을 비틀어 발꿈치를 땅에 대고 엎드렸다. 포악해진 과학의 산물이 가장 무서운 힘을 숨기고 날아와서 그로부터 비스듬히 30보 가량 떨어진 지면에 마치 악마의 화신처럼 깊숙이 박혀 땅 속에서 굉장한 힘으로 작렬하여 흙덩이와 불과 철과 산산조각이 난 인체를 공중으로 분수처럼 퉁겨 올렸다. 거기에는 두 명의 병사가 엎드려 있었다. 두 사람은 친구인데, 위험을 느껴 무의식중에 나란히 엎드린 것이었다. 그러나 이제 그들은 뒤범벅이 되어 없어져 버렸다.

아, 우리들은 안전한 그림자 상태로 보고 있는 것이 부끄럽다! 퇴장하자! 이야기하는 것을 그만두자! 우리의 친구, 한스 카스토르프는 당했을까? 그는 순간 당했다고 생각했다. 큰 흙덩이가 정강이에 부딪쳐 아팠지만 괜찮았다. 일어서서 진흙이 무겁게 붙은 구두를 질질 끌고 절름거리면서, 다시금 비틀비틀 전진하며 무의식중에 흥얼거렸다.

    흔들리는 가지는 속삭이네.
    내 귀에 말하는 것같이…….

이리하여 그는 혼란 속으로, 빗속으로, 어스름 속으로 우리의 눈에서 사라져 갔다.
안녕, 한스 카스토르프. 인생의 성실한 걱정거리 녀석! 자네 이야기는 끝났다. 우리의 자네 이야기는 끝났다. 우리는 자네 이야기를 끝마쳤다. 짧지도 않고 길지도 않은 이야기, 연금술적인 이야기였다.

우리는 이야기 그 자체가 목적이었기에 이야기한 것이지, 자네를 위해 이야기한 것은 아니었다. 자네는 평범한 젊은이였으니까 말이다. 그러나 생각해 보면 이것은 결국 자네의 이야기였다. 이런 이야기가 자네에게 일어난 것을 보면 자네도 보기와는 달리 보통내기가 아니었음이 분명하다. 또한 우리는 이 이야기를 하면서 자네에게 다분히 교육자다운 애정을 느끼기 시작한 것도 부정하지는 않는다. 그리고 이 애정 때문에 앞으로 자네를 볼 수도 없고 목소리를 들을 수도 없으리라 생각하니, 우리는 손가락 끝으로 살그머니 눈시울을 누르고 싶어진다.

안녕……. 자네가 살아 있든, 또는 이야기의 주인공으로서 머무르든 간에 이것으로 작별이다. 앞날이 결코 밝지만은 않다. 자네가 말려들어 간 사악한 무도회는 앞으로 여러 해 동안 그 죄 많은 춤을 계속 출 것이다. 자네가 거기서 무사히 돌아오리라고는 크게 기대하지 않겠다. 솔직히 말해, 우리는 그 의문에는 크게 신경을 쓰지 않을 것이다. 자네가 겪은 육체와 정신의 모험은 자네의 단순성을 높여서, 육체에 있어서는 아마 오래 살지 못했을 테지만, 정신세계에서는 오래 살게 해 주었다. 자네는 '술래잡기'에 의해 죽음과 육체의 방종 속에서 예감으로 충만되어 사랑의 꿈이 탄생하는 순간을 체험했다. 이 세계를 덮는 죽음의 향연 속에서, 비 내리는 밤하늘을 태우는 저 끔찍한 열병과 같은 맹렬한 불길 속에서, 그러한 것들 속에서도 과연 언젠가는 사랑이 탄생할 것인가.

# 독후감 길라잡이

### ❶ 내용 훑어보기

**┃1부 줄거리┃**

한스 카스토르프라는 젊은이가 고향 함부르크를 떠나 다보스 플라츠라는 결핵 요양지로 3주일 예정의 여행을 간다. 그는 일상생활의 시간과 공간에서 멀어져 미지의 세계로 간다는 것에 흥분과 불안을 느낀다.

그는 부유한 상인 명문가에서 태어났으며 그가 어렸을 때 어머니는 심장마비, 아버지는 폐렴으로 죽는다. 한스는 할아버지 아래에서 자라는데, 할아버지는 보수적인 정치 성향의 시 참의원이면서도 한스와는 따뜻한 추억을 가진 존재다. 하지만 할아버지도 폐렴으로 죽고 한스는 어린 나이에도 죽음에 익숙해져 할아버지의 죽음 앞에서 울면서도 의연하고 침착한 모습을 보인다. 그는 할아버지의 시체 앞에 다른 사람들과 서면서 시체의 냄새를 덮기 위해 장식해 놓은 꽃과 가지런히 기도하듯 모여 있는 두 손 사이의 십자가, 머리맡에 놓인 그리스도 상에서 죽음이 슬프고 아름다운 종교적인 성질을 갖지만, 한편으로는 정반대의 성질도 갖고 있다는 것을 느낀다. 앞에 있는 것은 그저 영혼이 떠난 육체이고, 마치 할아버지 자신이 아니라 죽음이 할아버지의 몸 대신 끼워 넣은 실물 크기의 밀랍인형 같다고 생각한다.

그는 어머니의 삼촌인 티나펠 영사의 집에서 성장하는데, 한스는 차갑고 졸린 듯한 귀족적인 얼굴에 다갈색 금발과 푸른 눈을 가진 전형적인 귀족 청년으로 자라난다. 그는 어떤 일에도 크게 열정이나 노력을 보이지 않았는데, 영사는 그에게 상속 재산에서 나오는 이자로만은 평생 살 수 없으니 직업을 가져야 한다고 말한다. 항구 도시에서 자란 한스가 그나마 익숙하고 관심을 보이는 분야는 배였으므로 지인의 운트 빌름스 조선회사에 엔지니어이자 신진 조선가로서 들어가기로 하고 공부를 시작한다.

그는 대학을 마치고 꽤 좋은 성적으로 1차 본시험을 마치고 회사에 견습 엔지니어로 나가기 전, 시험을 준비하느라 기운이 없어졌으니 이삼 주일을 알프스에서 휴양하는 게 어떻겠냐는 의사의 제안을 받는다. 그리하여 한스는 올여름에 폐병으로 5개월간 요양원 생활을 하고 있는 사촌 요아힘을 위로할 겸 그곳으로 출발한 것이다.

기차를 타고 꼬불꼬불한 차도를 통해 고산지대로 올라가면서 그는 좁은 계곡과 검은 가문비나무 숲을 본다. 도착한 작은 역에는 그를 마중 나온 요아힘이 있었다. 문지기에게 한스의 짐을 맡기고 둘은 숙소로 가는 마차 안에서 대화를 나눈다. 사촌이 생각보다 매우 건강해 보였기에 한스는 3주 뒤 같이 내려가지 않겠느냐고 묻는데, 사촌은 이곳은 저 아래 세상과는 기후와 시간 개념, 모든 것이 다르며 한스도 곧 그것을 알게 될 것이라고 말하고는 자신은 의사가 말하길 반년 더 요양해야 한다고 대답한다. 그 이후의 대화들에서도 마찬가지로 한스는 사촌이 저 아래 세상과 자신들이 사는 이 위의 세상을 상당히 구별해서 말하는 것에 이상함을 느낀다. 그의 사촌은 전과는 조금 다른 점이 있었다.

도착한 요양원은 온통 흰색 일색이었다. 전등, 벽, 간호사의 모자,

문, 방. 한스가 머무를 34호실은 상당히 쾌적한 환경이었다. 한스가 고맙다고 하자 사촌은 그저께 여기서 미국 여자가 각혈을 하고 죽었다고 말한다. 그래도 포르말린으로 깨끗하게 소독을 했다는 사촌의 말에 한스는 흥분하여 멍하니 듣다가 초점에서 벗어난 얘기를 횡설수설한다. 두 사람이 2층으로 내려오는데 예사롭지 않은 오싹한 기침 소리가 들려온다. 마치 죽은 사람의 기침 소리 같은, 기쁨도 따스함도 찾아볼 수 없는 소리였다. 사촌은 그 기침 소리의 주인이 오스트리아 출신의 아마추어 기수라고 가르쳐 준다.

담화실과 마주 보고 있는 밝고 아늑한 식당에서 둘은 식사를 한다. 요아힘은 한스가 온 것이 정말 기쁘며 이 흘러가지 않는 시간 속 무한한 단조로움 속의 하나의 사건, 변화가 될 수 있을 거라고 말한다. 둘은 각자 자신이 있던 곳의 이야기를 즐겁게 나누는데 술을 마시자 한스는 취기와 피곤이 몰려온다. 방으로 돌아가는 길에 만난 의사 크로코브스키가 환자로 왔느냐고 묻자 한스가 자신은 건강하다고 대답한다. 한스는 그날 밤 미국 여자가 죽은 침대에서 잠들어 오늘 경험한 낯선 것들을 망라한 이상한 꿈을 꾼다.

지난밤 피로한 몸으로 잠든 한스는 생각보다 일찍 일어나 아침의 음악 소리를 들으며 여유롭게 몸단장을 한다. 그는 발코니 밖의 정원을 보다가 매우 슬퍼 보이는 중년 부인을 보고 동정을 느낀다. 그때 요아힘이 러시아인 부부가 살고 있다고 말해 줬던 옆방에서 아침에 어울리지 않는 음탕한 소리가 들려 한스는 옆방 사람들과 방음이 안

되는 얇은 벽에 불쾌함을 느끼며 얼굴이 달아오른다.

잠시 후 방으로 찾아와 잘 잤느냐고 묻는 요아힘에게 한스는 간밤에 꾼 이상한 꿈과 방음 문제, 정원의 부인에 대해 이야기한다. 요아힘은 중년 부인은 멕시코인으로 위독한 장남을 돌보기 위해 왔는데 마지막으로 형을 만나러 온 차남까지 앓아누워 그때부터 '둘 다'라는 말밖에 하지 못하는 부인이라고 대답한다. 식당에는 각각 10개의 자리를 가진 일곱 개의 식탁이 있는데, 아이에서부터 노인, 부부까지 다양한 나라의 다양한 특성이 있는 사람들이 모여 있었다. 잿빛 금발과 붉은 얼굴빛을 가진 토끼 이빨의 교양 없는 슈퇴르 부인, 재단사처럼 보이는 볼품없는 여자, 빨간 들장미 차를 마시는 못생긴 영국 노처녀, 요아힘이 짝사랑하는 귀여운 얼굴의 오렌지 향수 아가씨 마루샤 등……. 그때 갑자기 문이 탕 하고 닫히는 소리가 들린다. 예의범절을 중시하는 한스는 화가 나 그쪽을 보는데, 그녀는 붉은 금발에 회색과 푸른색이 섞인 듯한 눈, 치켜 올라간 동양적 눈매와 입술을 도드라져 보이게 하는 높은 광대, 투박한 손을 가진 여자였다. 한스는 그녀를 보고 누군가가 떠오를 듯했지만 그것이 누구인지 알지 못한다.

병원장 베렌스 고문관은 키가 큰 백발의 남자였다. 그는 한스에게 그가 문화인 같으며 요아힘보다 훌륭한 환자가 될 것 같다고 말하면서 한스가 빈혈이 있는 것도 알아본다. 그는 여기 온 김에 다른 환자들처럼 안정을 취하면서 건강에 신경을 쓰라고 말한다.

한스와 요아힘은 식사 후 요양원 앞의 산길로 산책하러 간다. 한스는 여기 온 뒤부터 이상하게 얼굴에 열기가 올라오고 언제나 피우던 시가가 맛없게 느껴져 이상하다고 생각한다. 어떤 30대의 허름한 복장의 우아한 신사가 다가오는데 요아힘은 그를 세템브리니라고 소개한다. 세템브리니는 한스에게 이곳에 얼마나 있어야 하는지 첫 진단 결과가 나왔느냐고 묻는다. 한스가 자신은 아픈 데가 없다고 말하자 그는 이 심연에 청강생으로 왔냐며 얼마나 있다 갈 것이고 저 밑에서 하는 일은 무엇이었느냐고 묻는다. 한스가 조선가라고 대답하자 그는 감탄하며 자신과 요양원에 대해 이것저것을 이야기한다. 그는 신랄하고 재치 있는 말솜씨를 가진 문학가였다.

방으로 돌아온 요아힘과 한스는 체온을 재는 7분이라는 '시간'에 대한 토론을 하게 된다. 요아힘은 시간은 계산할 수 있는 실체라고 하는 반면 한스는 시간은 상대적인 것이며 우리들이 부르는 시간 단위도 단순한 약속일 뿐이라 주장한다. 한스는 이날 처음으로 발코니의 침대 의자에서 식사 시간 사이에 '안정 요양'을 하도록 정해진 병원의 규칙을 실행해 보는데 무척 만족한다.

한스가 방에서 쉬고 있는데 정원에서 알빈이라는 사람이 자살 소동을 벌여 간호사들과 실랑이하는 소리가 들려온다. 한스는 그가 멍청이처럼 느껴지기도 했지만, 한편으로는 낙제생 같은 자유분방함이 부럽기도 했다.

한편 한스의 몸 상태는 이곳에 와서 적응을 못 하는지 이상해진다. 머리가 윙윙 울리고 눈꺼풀이 납처럼 울리고 심장이 뛰어 사람들의 말도 귀에 들어오지 않는데 세템브리니는 그가 이곳 생활이 악영향을 미치는 것 같은데 원래 있던 곳으로 돌아가는 것이 어떻겠냐고 말한다.

한스는 얼마 안 돼서 포기하는 것은 비겁한 일이라 말한다.

베르크호프의 날씨는 사계 순서대로 가지 않고 뒤죽박죽이다. 한스는 갑자기 날씨가 추워지자 불평을 내뱉으며 요아힘과 함께 읍내로 내려가 담요를 산다. 돌아가는 길에 본 세템브리니는 요양원의 실내 온도를 낮게 해두는 것을 비판하며 권력자들의 경제적 이익에 부합한 요양법만이 살아남는다고 비꼰다. 한스는 이 대담하고 반항적인 이야기를 듣고 교양 없는 환자인 슈퇴르 부인에 대해 농담한다. 환자에게는 엄숙하게 대해야 하는데 그녀의 무지와의 부조화 때문에 울어야 할지 웃어야 할지 모르는 딜레마에 빠진다는 것이다. 세템브리니는 병을 존경하고 엄숙하게 대해야 하고 병과 어리석음이 조화될 수 없다는 것에 동의할 수 없다며 반박한다. 한스는 그와 철학적 대화를 하고 헤어진 후에 그의 말재주에 감탄한다.

요양원에서는 똑같은 일정이 매일 반복된다. 이것에 익숙하지 않은 사람에게는 지루하고 시간이 느리게 가는 듯이 느껴질 수 있겠지만, 그것에 순응하면 단조로운 생활의 시간은 매우 빨리 지나간다. 보통 흥미로운 일을 할 때 시간이 빠르게 지나간다고 느끼지만, 그것은 단기적이고 장기적으로는 이런 똑같은 생활의 반복이 시간을 병적으로 단축하는 것이다.

한스는 복도에 나와 열려 있는 다른 방문 사이로 위독 환자를 보게 되고, 그 환자의 의미심장하고 침착한 눈초리에 깊은 인상을 받는다.

언제나 복도에 대기하고 있는 간호사는 병자들 사이에서의 지루하고도 긴 생활이 괴로운 듯 요아힘, 한스와 대화하려고 했으며 그것이 끝나는 것을 병적으로 무서워한다. 또 한스는 '둘 다' 부인을 만나 드디어 '둘 다'라는 말을 실제로 듣게 된다. 그는 당황하지 않고 미리 생각했던 것처럼 알고 있다며 유감스럽다고 대답한다. 부인은 고맙다고 말하고는 걸어간다. 그는 어려서부터 죽음을 남들보다 많이 본 탓인지 그에게는 슬퍼하는 사람과 잘 교제할 수 있는 재주가 있다고 요아힘에게 말한다.

한스가 이곳에 온 첫 주 일요일에는 2주마다 있는 음악회가 열렸다. 한스가 화요일에 도착했으므로 그날은 닷새째였다. 월요일에는 크로코브스키의 강연 '질병 형성력으로서의 사랑'이 열리는데 요아힘은 한스에게 이 강연에 출석해야 한다고 말한다. 한스는 예의상으로, 또 호기심에서 출석하려고 생각하지만, 자신의 몸 상태가 이곳에 오기 전과는 다른 것을 느끼고 그것이 과연 이곳의 마력 때문인지 알고 싶어 벗어나려는 시도로 강연 전에 먼 숲까지 산책하러 나간다. 코피가 심하게 나 시냇물 소리에 귀를 기울이며 누워 있을 때, 갑자기 쇼샤 부인에게서 연상되는 인물이 자신이 어렸을 적 주시하고 미묘한 감정을 가졌던 동료 학생 '히페'라는 것을 깨닫는다. 히페와 친구는 아니었지만 그에게 용기 내어 연필을 빌렸었고 그 연필 부스러기를 서랍에 소중히 보관해 두었던 기억이 남아 있었다. 그러고 나서 한스는 강연 시간을 맞추어 돌아가려고 하지만 얼굴이 파래지고 식은땀이 나며 심장이 뛰는 호흡곤란 증세로 여러 번 쉬느라 짐마차를 빌려 타고서야 겨우 도착한다. 강연장에서 그는 빈자리에 앉는데 이상하게도 앞에 앉아 있는 단정하지 않고 예의 바르지도 못한 쇼샤 부인에게 매력을 느낀다. 한스는 힘겨운 산책으로 강연에 잘 집중하지 못하고 몽상 상태에 빠지지만, 사람들의 경청하는 모습을 보며 사랑에 대한 강연이 꽤 흥미로운 모양이라고 생각한다.

노처녀 여교사는 식사 시간마다 한스가 쇼샤 부인이 문을 탕 하고 닫고 들어오는 것에 대한 대응이 분노에서 무관심을 가장하는 것으로 바뀌었다는 것을 눈치채고 일부러 쇼샤 부인에 대해 이야기를 한다. 그녀는 한스가 쇼샤 부인에게 관심이 있다는 사실을 중매쟁이처럼 흥미 있게 바라보며 쇼샤 부인의 소식을 물어다 주기도 한다. 한스는 유일하게 쇼샤 부인을 볼 수 있는 식사 시간을 낙으로 여기며 쇼샤 부인에 대한 자신의 감정을 확신해 가고 쇼샤 부인과 시선을 마주치는 긴장감을 즐긴다.

한편, 한스는 이제 자신이 명확히 감기에 걸렸다는 것을 인식하고 요아힘은 그를 위해 수간호사를 불러준다. 수간호사는 '감기'에 걸렸다는 것은 평지(요양원 밖의 세계)에서 하는 허튼소리라며 소독약을 주고 체온계를 강매한 뒤 바쁘게 가 버린다. 한스가 그것으로 체온을 재 보니 열이 있어 다른 사람의 조언대로 진찰을 받으니 폐병이라는 결과가 나왔다.

한스는 일단 집에 감기에 걸려 돌아가지 못한다는 편지를 쓰고 매일 자리에 누워 안정을 취한다. 그러나 10여 일이 지나도록 병이 호전되지 않자 세템브리니가 한스를 보기 위해 문병을 온다. 그가 한스의 상태를 물으며 집에 알렸느냐고 묻자, 한스는 의사가 가족력으로 폐에도 관심을 돌리기 시작했으니 출발을 연기해야겠다는 내용의 편지를 어제 한 통 보냈다고 대답한다. 한스가 집에서는 이를 냉정하게 양해해 줄 것이라 말하자 세템브리니는 독일 사람들은 냉정하고 정력적이라고 말한다. 의사는 3주 동안 방에서 지낸 한스에게 이제 방 밖으로 나갈 수 있다는 진단을 주고 한스는 식당으로 나가게 된다. 그곳에서 그는 또 쇼샤 부인에 대한 사랑을 키워 나가는데 자기 말고도 한 명의 사나이가 쇼샤 부인에게 연정이 있다는 걸 발견한다. 그는 만하임 태생의 30세가량의 사나이로서 머리숱이 적고 충치가 있는 말더듬이였다. 그러나 쇼샤 부인이 그에게 눈길도 주지 않는 것을 보고 슬픈 눈으로 그녀를 바라보는 그 사나이에게 한스는 묘한 공감대와 혐오감을 동시에 느낀다. 여교사는 여전히 그에게 쇼샤 부인의 소식을 물어다 주는데 쇼샤 부인의 방으로 어떤 젊은이가 찾아왔다더라, 쇼샤 부인이 베렌스 고문관이 그리는 초상화의 모델이 되었다더라, 하는 소식에 한스는 질투심을 느끼기도 한다.

한스와 요아힘은 X선 검사를 받게 되고 한스의 폐병은 사실로 드러난다. 한스는 이곳에 겨울까지 머무르기로 한다.

세템브리니는 자신이 속한 단체 '진보촉진 국제연맹'에서 글을 의뢰하는 편지를 받는다. 한스에게 자신의 일은 정신적인 것이기에 여기서도 할 수 있지만 한스의 일은 실제적인 것이니 밑의 세상으로 돌아갈 것을 권고한다. 그러나 한스는 집에 돌아가도 병 때문에 얼마 안 있어 돌아오게 될 것으로 생각한다.

그는 우연히 베렌스 고문관을 마주치는데 시가 애호가인 둘은 서로 담배를 교환하며 담소를 나누다 한스가 그림에 대해서 말한다. 베렌스 고문관은 한스와 요아힘을 집으로 초대해 자신의 작품들을 보여 주는데, 사실 한스는 쇼샤 부인의 초상화가 보고 싶었던 것이다.

요양원에서 맞는 첫 겨울이 돌아왔다. 한스는 크리스마스에도 안정 요양 시간마다 과학 분야의 책을 읽으며 '생명'이란 무엇일까에 대해 고뇌한다. 새해가 오기 전에 한스가 온 첫날 끔찍한 기침 소리를 내뱉던 아마추어 기수가 죽는다. 간호사는 그가 지금까지 살아 있었던 것만 해도 기적이라고 말한다. 한스는 식사 시간에 그에 대한 조의를 표하려 얘기를 꺼내지만 슈퇴르 부인은 그런 얘기는 안 하는 게 암묵적 법칙이라며 미친 듯이 화를 낸다. 한스와 요아힘은 임종실로 조문을 간다. 한스는 주위의 이기주의에 대한 반발과 죽음을 진지하게 생각하고 존경하려는 정신적 욕구로 앞으로 위독 환자에게 접근하기로 한다. 그의 계획은 가망이 없는 라일라라는 소녀에게 수국을 보내 완쾌를 비는 것에서 시작한다. 한스와 요아힘은 소녀가 꽃을 보낸 사람을 궁금해하고 감사를 표하길 원해 직접 그 방을 방문한다. 그 뒤로 그는 위독한 사람들에게 위로의 꽃을 보내고 방문하여 그들의 이야기를 듣는 일을 계속한다. 그들이 병에 걸리게 된 사연, 죽음을 앞둔 태도, 외모, 성격 등 모든 것은 그동안 식사 시간 내 같은 식탁 안에서만 한정돼 있었던 한스의 병원 사람들과의 관계를 넓히고 한스를 정신적으로 성장하게 한다.

  사육제가 시작된다. 한스는 여기 온 지 7개월, 요아힘은 원래 예정했던 1년을 채우고 있었다. 다들 복장을 갖추고 축제를 즐기는 분위기다. 한스는 '눈 감고 돼지 그리기' 놀이에 참여하면서 옛날 쇼샤 부인과 꼭 닮은 자신의 동창생에게 그랬던 것처럼 그녀에게 연필을 빌린다. 그것이 계기가 되어 두 사람은 드디어 최초로 긴 대화를 하고 한스는 그녀와 친밀해진 기분이 들었다. 그러나 쇼샤 부인은 자신이 내일 여행을 떠난다고 말한다. 한스는 그녀에게 사랑한다고 고백한다. 그녀는 모호한 태도로 한스가 '설득'을 잘한다고 말하고는 일어나 나가며 '연필을 잊지 마시고 돌려주러 오세요.'라고 한다. 그날 두 사람은 모종의 육체적 관계를 맺는다.

## ▎2부 줄거리 ▎

  한스는 끊임없이 시간이란 무엇인가에 대해 생각한다. 그러나 스스로는 해답을 얻지 못하고 그의 친척 요아힘은 그가 내려갈 날이 또 연기되었다는 것만 생각하고 있다. 밑의 세상으로 복귀하고 싶어 하는 것이다. 사육제가 끝나고 한스는 쇼샤 부인과 겨우 가까워졌지만 그녀는 다음 날, 언젠가 돌아오겠다는 약속을 하고 여행을 떠나버렸다. 한스는 그녀가 주고 간 골격이 드러난 X선 검사 사진을 소중히 여기며 그녀를 기다린다.

  세템브리니는 요양원을 떠나겠다고 선언한다. 베렌스 고문관이 그의 병이 호전될 기미가 없다는 종신형을 내리자 어차피 그렇다면 바깥의 바로 옆 마을에서 살기로 한 것이다. 시간이 흐르면서 그렇게 병세가 호전되지 않고 도리어 입원해야 하는 기간이 점점 늘어나는 것에 반항해 떠나는 사람도 있고, 병이 악화되어 죽은 사람도 있어 식당에는 공석이 생겨난다. 요아힘이 짝사랑하던 마루샤도 떠나자 그는 더욱 평정을 잃어 가며 들꽃이 만발하기 전에 이곳을 떠나겠다는 말도 내뱉는다.

다시 여름이 오고 한스가 이곳에 온 지 1년이 지난다. 한스와 요아힘은 마을에서 세템브리니를 마주치는데, 그는 차가운 인상의 매부리코 사나이와 얘기를 하고 있었다. 세템브리니와 한 하숙집에서 산다는 그의 이름은 나프타다. 둘은 가진 사상이 매우 달라서 자주 언쟁을 벌이곤 한다. 세템브리니는 자유와 인류애를 외치는 인문주의자지만, 나프타는 독단적인 스콜라 철학자 같은 기독 유대인으로서 테러를 통해 국가를 없애고 독재 신본 사회를 수립해야 한다고 말한다. 세템브리니는 한스에게 나프타의 말이 외면적으로는 논리적이지만 본질적으로는 혼돈이며 그의 사상은 죽음의 비호를 받는 음탕한 것이니 나프타를 경계할 것을 권고한다. 또한 나프타는 자본주의를 부정하여 허름한 집에 살면서도 예수회의 지원을 받아 방 안을 호화롭게 꾸미는 모순을 보인다. 한스는 그 둘의 토론 속에 혼란을 느끼면서도 정신적으로 성장한다.

요아힘은 1년 6개월째가 되자 계속 퇴원 시기가 연기되는 것을 참을 수 없다며 병이 완치되지 않았는데도 군대로 복귀한다. 한스도 의사에게 같이 내려가도 좋다는 통보를 받지만, 그는 쇼샤 부인을 기다릴 생각에 가지 못한다. 그 뒤 시간이 더 지나 한스의 숙부 야메스 티나펠이 조카의 용태를 살피러 온다. 숙부는 그의 상태가 건강해 보여 집으로 데려가려고 하지만 이미 한스는 이 위의 세계에 철저하게 속한 사람이 되어 있었다. 숙부는 결국 혼자 집으로 돌아간다.

한스가 위에서 맞는 두 번째 겨울에는 폭설이 내린다. 한스는 눈으로 뒤덮인 산과 더 친밀하게 접촉해 보고 싶다는 생각을 한다. 그래서 몰래 스키를 배우는데 너무 멀리까지 나갔다가 눈보라를 만나 길을 잃는다. 거기서 환상을 보며 죽음을 극복하는 것은 사랑이라는 깨달음을 얻는다. 한스는 자연의 무시무시한 힘 속에서 죽음의 위기에 빠지지만, 자신과 싸워 가면서 그곳을 힘들게 빠져나온다.

요아힘으로부터 소식이 온다. 9개월간의 그의 탈출은 처음에는 성공하는 듯했으나 갈수록 병세가 악화되어 결국 요양원으로 돌아오게 되었다는 것이다. 요아힘은 오는 길에 쇼샤 부인을 우연히 만나 그녀의 '겨울쯤 돌아가겠다.'라는 말을 전해준다. 한스는 요아힘과 다시 만나서 같이 사는 것이 기쁘기도 했지만, 그가 병 때문에 이곳에서 살아야 한다는 사실이 슬프기도 했다. 요아힘은 군대에서 호령했던 것 때문에 목에 무리가 가 후두 결핵이 심해져 죽는다.

시간이 흘러 쇼샤 부인과 함께 페페르코른이라는 네덜란드 남자가 도착한다. 그는 커피 사업을 하던 부호로, 그녀와 매우 가까운 사이로 보이는 종잡을 수 없는 인물이었다. 그는 매우 위엄 있고 당당했으며 인품도 훌륭했다. 쇼샤 부인은 한스와 있었던 일은 잊은 것처럼 그에게 무심했고, 한스는 쇼샤 부인에게 말을 걸지 못한다. 그러다 담화실에서 쉬고 있던 한스에게 쇼샤 부인이 사촌의 안부를 묻자, 한스는 그의 죽음을 전한다. 그것이 계기가 되어 두 사람이 대화를 하고 있는데, 페페르코른이 들어와 한스를 소개받고 그에게 호의를 표시한다. 페페르코른은 호탕하게 병원 사람들을 모아 카드놀이와 다과회를 할 것을 제안하는데, 한스는 그와 같이 어울리면서 그가 사람 중의 사람, 인물이라는 것을 느끼고 친하게 지내게 된다. 쇼샤 부인은 하룻밤을 보냈던 한스와 현재 동반자인 페페르코른이 가까이 지내는 것이 그다지 맘에 들지 않았지만, 한편으로는 한스에게 고마움을 느낀다. 그러나 곧 페페르코른이 쇼샤 부인과 한스 사이의 과거 연정을 눈치채고, 한스에게 묻자 그는 페페르코른을 속일 수 없어 사실대로 대답하며 그래도 그에 대한 호의와 존경은 별개라고 말한다. 페페르코른은 만족하며 그와 쇼샤 부인이 그에게 고통 준 것에 대해 보상해야 한다고 말한다. 둘은 포도주를 나누며 형제의 맹세를 나눈다.

그런데 얼마 지나지 않아 폭포로 다 같이 산책을 다녀와서 페페르코른은 독극물로 자살하고 쇼샤 부인은 그것에 충격을 받았는지 한스에게 인사를 하고 떠나 버린다.

그 뒤로도 병원에는 환자가 교체되고 유령 사건, 폭력 사건, 발작 사건 등 여러 가지 기상천외한 일이 일어난다. 한편, 셈템브리니와 나프타의 용태는 점점 악화되는데, 셈템브리니는 병과 죽음에 대해 정신적인 저항을 계속하면서 자연의 우세한 힘에 짓밟혀 가는 것을 슬퍼하지만, 나프타는 건강 악화에 대한 번민과 비탄 대신 철저한 비웃는 회의와 부정적 태도를 보인다. 둘의 논쟁은 날이 갈수록 극단으로 치달아 나프타가 세템브리니에게 결투를 신청한다. 세템브리니는 사람을 죽이지 못한다고 권총을 하늘로 쏘고 나프타는 그런 그를 보고 자신의 머리에 권총을 쏜다.

한스는 요양원에서 7년을 살면서 요양원 안의 종신적인 존재가 된다. 그때 평지에서 전쟁이 일어나고, 그는 그동안의 여러 체험으로 인간 생존의 비밀을 깨달았다. 그가 접했던 모든 대립적인 개념들의 조화를 위해서는 '인간'의 '사랑'과 '선의'가 필요하다. 그리고 그 신념을 실천하기 위해 한스는 요양원을 떠나 참전한다.

## ❷ 작품 분석하기

### (1) 구성과 플롯, 기법에 대하여

이 작품은 총 7장으로 구성된 방대한 장편소설입니다. 대체로 시간의 흐름에 따르지만, 인물의 과거에 대해 설명할 필요가 있을 때 일부분을 할애하기도 합니다. 사실 이 소설에서 중요한 것은 주인공이 아니라 중간 중간 직접적 개입도 해 가며 전체적인 이야기를 이끌어 나가는 전지적 시점의 작가입니다. 궁극적으로 작가 자신이 하고 싶은 많은 철학적 이야기를 하기 위해서 한스 카스토르프라는 젊은이를 설정하고 그를 객관적으로 관찰하고 있다는 느낌을 지울 수 없습니다. 주인공 '한스 카스토르프'를 계속 성까지 붙여 부르는 것이 작가가 일정한 거리를 두고 있다는 것을 대변합니다. 또한, 작가는 불과 몇 줄로 처리할 수 있는 사고나 사건을 엄청나게 긴 분량으로 늘여서 표현하는 방식을 사용하고 있습니다. 이는 작품의 전개 과정이 역동적인 작품의 플롯이나 주인공의 뚜렷한 개성과 의지, 추진력에 의지하기보다 주인공 내면의 기록과 작가의 개입이 융합되어 주인공의 의식이 서서히 변화하고 발전하는 것에 중점을 두고 있다는 것과도 상통합니다.

또한 이 작품은 전체적으로 이분적 대응구조로 되어 있습니다. 일단 주인공은 성장 배경에서 보수적인 할아버지에게 영향을 받지만, 그와 반대되는 가치관도 내재해 있습니다. 그리고 공간적 배경이 '마의 산'(요양원 베르크호프)과 밑의 평지, 현실 세계로 대비됩니다. 마의 산은 생과 사의 경계에 있는 것 같은 음울한 공간입니다. 평지의 생활 법칙은 거기서 통용되지 않고, 두 정신이 혼재해 있는 한스도 이곳에서는 평지의 속박에서 해방되어 자유에 이끌리게 됩니다. 또한 한스가 접하고 생각하는, 작품 전체를 통해 다뤄지는 개념들도 삶과 죽음, 이성과 감성, 이상과 현실 등 이분적인 경우가 대부분입니다.

### (2) 소재와 내용에 대하여

이 작품은 상실과 망각의 공간 요양원에서 취생몽사한 상태로 살아가던 주인공이 점차 꿈에서 깨어나 사랑만이 죽음을 극복할 수 있다는 진리를 깨닫고 희생정신을 갖고 현실 세계로 내려와 참여하기까지의 승리와 극복 과정을 그린 것입니다. 이는 전통적인 독일의 교양소설이 그러하듯 명확히 구분된 단계의 발전 과정은 아니지만 정신적 성장을 다룬 새로운 형태의 성장소설(교양소설)임에는 분명합니다. 그 과정에서 이 작품에는 주인공 한스뿐만 아니라 셀 수 없는 다양한 인간 군상의 모습들이 요양원 환자로 나타났다가 사라집니다. 그것은 간접적인 학습이지만 한스를 보다 직접적으로 일깨우는 교육적 역할을 하는 인물들도 등장합니다. 세템브리니, 나프타, 페페르코른, 쇼샤 부인인데 작가는 이렇게 이질적인 인물들 속에서 어느 하나의 생각만을 강요하지 않고 주인공과 독자 여러분이 인식의 폭을 넓힐 수 있도록 배려해 놓았다고 할 수 있겠죠. 작품 전체에 도덕, 종교, 생명과 죽음, 시간, 질병, 정신과 육체에 대한 깊은 고찰이 드러나 있습니다.

또한, 이 작품은 한스라는 한 젊은이의 작은 회고록이나 개인적 체험으로 끝나고 마는 것이 아니라 요양원이라는 작은 사회가 가진 상징성처럼 '한스'→'유럽 시민'을 대표하는 것입니다. 그리하여 그의 승리는 유럽 시민을 일깨우는 가르침이 됩니다.

## ❸ 등장인물 알기

**┃한스 카스토르프┃** 작가는 그를 '평범한 젊은이'로 부르지만, 소설 속에서 결코 평범하게만 보이지는 않는 사람입니다. 할아버지에게서 가문의 전통, 보수적 기질을 물려받았으나 거기서 벗어나고 싶어 하며 자유를 추구하는 기질도 지니고 있습니다. 그가 어린 시절 히페에게 끌리고 그 우정을 그와 닮은 쇼샤 부인에 이르러 사랑으로

변조시키는 것은 이런 것을 잘 대변해 줍니다.

**| 요아힘 침센 |** 한스의 사촌으로 선량하고 인내심이 강하고 성실한, 규율의 상징과도 같은 청년입니다. 군인이 되려 하는 사관후보생으로 임용되었다가 폐결핵으로 베르크호프에서 요양하게 됩니다. 그러나 완치되지 않은 채 군에 입영했다가 병이 악화되어 요양원에 돌아와 사망합니다.

**| 클라브디아 쇼샤 |** 한스 카스토르프가 사랑에 빠지게 되는 매력적인 러시아 여인입니다. 무례하지만 자유를 사랑하는 인물로서 야생적인 의미의 자유와 비시민적 세계를 상징합니다. 다게스탄에 남편이 있다는 소문이 있지만 한 번도 요양원에 찾아온 적은 없습니다.

**| 로도비코 세템브리니 |** 자칭 인문주의자인 이탈리아인. 휴머니스트적 기질을 가지고 인류의 고뇌를 해결하기 위해 끊임없이 노력하는 인물입니다. 하지만 육체의 병 때문에 그것의 온전한 실천이 방해받는 것에 깊은 슬픔을 가지고 있습니다. 한스 카스토르프에게 끊임없이 대화를 걸며 정신적인 스승 역할을 합니다. 육체의 해방과 아름다움, 관능의 자유, 행복과 쾌락이 추구되는 경우에는 육체는 존중되고 옹호되어야 하지만, 육체가 둔감과 무기력의 원리가 되고 문명으로 향하는 운동을 방해하는 경우에는 멸시되어야 한다고 주장합니다.

**| 레오 나프타 |** 폴란드인으로 유대인이지만 기독교로 개종하여 예수회 회원입니다. 촉망받는 신학자의 길을 걸었으나 결핵 때문에 요양하고 있으며 세템브리니와 격렬한 논쟁을 펼치며 한스 카스토르프의 정신적인 성숙에 일조합니다. 세템브리니는 그에 대해 스콜라

학파의 우두머리 같은 볼테르주의자이자 합리주의자라고 표현합니다. 정부를 무너뜨리고 테러로 신의 사회를 수립해야 한다고 주장하며 자본주의를 반대하지만, 그 자신은 예수회의 지원을 받아 허름한 하숙집에 살면서도 방을 화려하게 꾸며 놓는 모순된 모습을 보이기도 합니다.

**┃페페르코른┃** 쇼샤 부인이 여행을 떠났다가 데리고 오는 남자입니다. 한스는 그를 '사람 중의 사람', 스케일이 다른 거물로 생각하고 존경합니다. 그는 남을 따르게 하는 위엄과 당당함을 가지고 있는 현세적인 생의 상징이라 할 수 있고, 본능적, 감각적인 세계를 대표합니다. 그러나 인생에 대한 감정, 생명 감정이 쇠퇴하는 것을 우주의 종말이라고 말하던 그는 감정 쇠퇴의 불안에 휩싸여 자살하고 맙니다.

**┃베렌스 고문관┃** 유쾌하면서도 무거운 데가 있는 인물입니다. 요양원장이지만 요양원의 소유주는 아닙니다. 그도 월급을 받고 일하는 간부이며 몇 년 전 현재의 지위를 맡았습니다. 한때 청진과 기흉에 뛰어난 의사로 유명세를 탔었지만, 사랑하는 부인이 쇠약해져서 죽은 뒤로 한동안 우울증을 앓고 사람들로부터 머리가 이상해졌다는 소리를 듣기도 했습니다. 그리고 지금은 그도 폐병 환자로서 이곳에서 환자들을 감독하며 치료하고 있습니다.

**┃크로코브스키┃** 베렌스의 조수 의사이지만 그는 그것이 못마땅한 듯합니다. 정신분석에 관심이 많고 2주에 한 번씩 요양원에서 강연을 합니다.

### ❹ 작가 들여다보기

　토마스 만은 독문학의 3대 거장 중 한 명으로 독문학의 전환점에 서서 그것을 집대성하고 조화시킨 작가입니다. 그의 작품은 니체, 쇼펜하우어, 바그너에게 큰 영향을 받았지만 그 영향에 종속되는 것이 아니라 이것들을 작품 속에 잘 융화시켜 소화하고 있습니다. 그의 작품들은 자전적인 경향을 지니고 있는 것이 많으며 그의 끊임없는 이성과 감성, 삶과 죽음, 예술과 생활, 정신과 육체같이 모순되는 두 세계에 대한 고뇌가 드러나 있습니다. 그것은 각 작품에 각기 다른 결과로 반영되었으며 초기 작품은 우울과 환멸의 경향이 짙었으나 점차 조화와 완성을 지향하며 해결책을 찾게 됩니다.

　토마스 만은 1875년 항구 도시 뤼베크의 부유한 상인 집안에서 태어났습니다. 그의 아버지는 상인이자 시의원이었으며 질서와 규율을 중시하는 이성적 경향을 지닌 사람이었습니다. 그러나 어머니는 혼혈로서 남국인의 정열과 예술적 재능을 가지고 있었죠. 토마스 만은 성장하면서 이 상반된 두 요소에 모두 영향을 받게 됩니다. 그가 아버지로부터 받은 가문을 부흥시키리라는 속세적 생각과 어머니로부터 물려받은 예술적 기질은 그의 안에서 끊임없이 충돌하고 이 고뇌는 초기 작품에 반영됩니다. 이 초기 작품〈토니오 크뢰거〉,《괴로운 한때》중《부덴브로크 집안사람들》이 크게 성공하면서 그는 작가로서의 명성과 부를 얻게 됩니다. 그는 수학 교수의 딸과 결혼하며 삶의 안정적 궤도로 접어드는데 그의 두 번째 시기 작품《대공 전하》

는 이때 발표한 것입니다. 그 다음 발표한 것이 바로 그의 대표작인 《마의 산》입니다. 이 작품은 후대 사람들에게 근대 독일 문학 중 최고의 작품이라는 찬사를 받게 되고 토마스 만이 노벨문학상을 수상하는 데 사실상 크게 기여합니다. 이 작품은 작가의 생전 체험과 관련돼 있는데 바로 토마스 만의 부인이 1921년 폐병으로 스위스 다보스 요양원에서 요양하던 중 그도 X선 사진을 찍어 보고 폐가 안 좋다는 것을 알게 되었던 일입니다. 그는 이것을 소재로 삼아 소설을 구상하고 처음에는 단편 정도로 계획하였으나 1차 대전 중 작품 중단 시기 동안 정치적으로 참여한 뒤 작품의 스케일이 커지게 됩니다. 1933년 아돌프 히틀러가 독일 총통에 취임하면서 나치에 비협조적인 작가들을 탄압하기 시작하는데 그중의 한 명인 토마스 만도 미국으로의 망명을 선택합니다. 그는 연설과 논평을 통해 잘못된 국수주의에 빠진 우매한 독일 민중을 깨우치려고 노력합니다. 또한 그는 《마의 산》을 발표한 뒤 요셉에 관심을 갖고 그런 작품들을 발표하고 그의 작품에서 끊임없이 드러나는 이중적 대립을 극복하는 인물로 괴테를 들어 그의 영향을 받은 작품을 발표합니다.

 그가 작품에서 다룬 것은 일차적으로 조국 독일을 깨우치기 위함이기도 했으나, 그의 작품은 부분적으로 한정되어 있지 않고 범세계적인 개념을 다루고 있습니다. 그래서 현대 시대에도 여전히 혼란을 겪는 우리에게도 불을 밝혀 주는 등대로 평가받게 된 것입니다.

 작가 연보는 다음과 같습니다.

| | |
|---|---|
| 1875년 | 6월 6일, 독일 뤼베크 주에서 아버지 하인리히 만과 어머니 율리아 사이에서 태어남. |
| 1891년(16세) | 10월, 아버지가 죽고 상회는 해산됨. 형 하인리히 만이 베를린 대학 입학. |
| 1892년(17세) | 어머니 율리아가 누이와 동생을 데리고 뤼베크에서 뮌헨으로 이주함. |
| 1894년(19세) | 1년 지원병의 자격을 얻어 뤼베크 실업고등학교를 중퇴하고 뮌헨에서 화재보험회사의 견습사원이 됨. 이때 단편소설 〈전락〉을 《사회》지에 발표. 가을에 보험회사를 그만두고 대학의 청강생이 됨. |
| 1896년(20세) | 《사회》에 시 발표. 3개월간 형과 이탈리아 여행을 하고 《20세기》지에 평론 기고. |
| 1896년(21세) | 최초의 빈 여행을 함. 10월에 이탈리아로 가 형과 함께 로마에 체류. |
| 1897년(22세) | 단편소설 〈작은 프리데만 씨〉, 〈죽음〉, 〈어릿광대〉 발표. 《부덴브로크 집안사람들》 구상 시작. 10월에 쓰기 시작함. |
| 1900년(25세) | 5월, 《부덴브로크 집안사람들》을 완성함. 10월에 1년 지원병으로 바이에른 보병 친위연대에 입대. 12월 병역 부적격자로 제대. |
| 1901년(26세) | 5월에 피렌체, 베네치아로 여행을 감. 10월 《부덴브로크 집안사람들》이 베를린의 출판사에서 간행됨. |

독후감 길라잡이

1903년(28세)  단편소설 〈토니오 크뢰거〉, 〈굶주린 사람들〉, 〈신동〉 발표. 단편소설집 《트리스탄》 간행. 뮌헨 사교계에 출입함.

1905년(30세)  카트야 프링스하임과 결혼. 맏딸 에리카 태어남. 희곡 발표.

1906년(31세)  장남 클라우스 하인리히 만 태어남.

1909년(34세)  장편소설 《대공 전하》 발표. 차남 고드프리트 태어남.

1910년(35세)  차녀 모니카 태어남. 누이 카를라가 자살함.

1912년(37세)  다보스의 요양원에 입원한 부인을 문병함. 중편소설 《베네치아에서의 죽음》 발표

1913년(38세)  《마의 산》 쓰기 시작함.

1914년(39세)  1차 세계대전 발발. 평론 발표.

1918년(43세)  3녀 엘리자베트가 태어남.

1919년(44세)  3남 미카엘이 태어남. 본 대학에서 명예박사 학위 받음.

1924년(49세)  장편소설 《마의 산》 출간.

1927년(52세)  누이 율리아가 자살함.

1929년(54세)  노벨문학상 수상.

1930년(55세)  단편소설 〈마리오와 마술사〉 발표

1933년(58세)  장편소설 《요셉과 그 형제들》 1부 '야곱 이야기' 발표. 유럽 순회강연 도중 스위스로 망명해 1938년까지 취리히 호반의 퀴스나흐트에 정착.

1934년(59세)  《요셉과 그 형제들》 2부 '어린 요셉' 발표
1936년(61세)  《요셉과 그 형제들》 3부 '이집트에서의 요셉' 발표. 독일 국적을 박탈당하고 체코슬로바키아 국적 취득.
1938년(63세)  미국으로 이주.
1939년(64세)  장편소설 《바이마르의 로테》 발표. 독일의 폴란드 침공으로 2차 세계대전 발발.
1943년(68세)  《요셉과 그 형제들》 4부 '부양자 요셉'을 발표하여 이로써 요셉 시리즈 완간.
1947년(72세)  《파우스트 박사》 발표.
1951년(76세)  장편소설 《선택된 인간》 발표.
1954년(79세)  장편소설 《고급 사기꾼 펠릭스 크룰의 고백》 발표.
1955년(80세)  네덜란드 방문 중 혈전증이 발병, 취리히 시립병원에서 8월 12일 80세로 사망함.

독후감 길라잡이

### ❺ 시대와 연관 짓기

그가 태어난 1870년대는 세기말의 공허와 환멸이 난무하던 혼란의 시기였습니다. 문명의 발전과 동시에 군국주의의 어두운 그림자도 시시각각 다가왔고 유럽 사회의 시민계급은 붕괴의 징조를 보이고 있었습니다.

토마스 만은 이런 사회에 편승해 새로운 바람이 불어오던 문학계에 큰 영향을 끼친 작가였습니다. 1차 세계대전 중 겪은 어두운 생의

체험을 바탕으로 그는 태어나서부터 겪어 왔던, 그리고 세계에 퍼져 있는 불안과 회의를 어떻게 극복해야 할 것인지에 대해 고뇌했고 끝내 해답의 실마리를 얻어냈습니다. 삶을 긍정할 수 있는 단서를 찾게 됩니다.

그의 작품은 도덕, 종교, 생명과 죽음, 시간, 질병, 정신과 육체, 진보와 보수, 동양과 서양, 인간과 자연 등 서로 대립하는 문제들의 갈등을 심오하게 풀어냅니다. 그리하여 이원적 개념들의 조화와 완성을 추구하는데 우리는 그 과정에서 그의 숨 막히는 고뇌와 치열한 노력을 엿볼 수 있습니다.

## ❻ 작품 토론하기

**1** 한스 카스토르프는 마지막에 모든 이원적 대립의 문제를 극복할 수 있는 것이 사랑의 힘이라는 것을 깨닫고 참전합니다. 이것이 과연 옳은 방법이었을까요? 오늘날에도 적용될 수 있을까요?

➡ 이것은 단정해서 말하기는 조심스러운 문제입니다. 전쟁, 그 시작 동기가 어떻든 간에, 그것에 동의할 수 없으나 어쩔 수 없이 전쟁이라는 상황을 겪게 된 사람들도 존재할 것입니다. 전쟁이라는 것에는 두 가지 의미가 있습니다. 전쟁은 누군가를 죽이는 것이기도 하지만, 누군가를 지키는 것이기도 합니다. 오늘날에는 '전쟁'이라는 것

이 체감되지 않는 시대여서 '생명'의 가치가 훨씬 우위에 있어 '전쟁 = 죽이는 것 = 안 된다'라는 공식이 성립하지만, 자신의 의지와 상관없이 '전쟁'을 맞았던 많은 사람에게는 일단 사랑하는 사람들을 지키는 것에 초점이 주어졌을 것입니다. 그러므로 이 질문에 대한 대답도 전쟁의 양쪽 측면 중 어느 쪽에 초점을 두느냐에 따라 풀리지 않는 끈처럼 남아 있을 것입니다. 하지만 이 소설의 결말은 세계대전이 일어나던 사회적 배경을 반영한 것이고 오늘날의 소설에서는 거의 적용되지 않는 '사랑의 실천법'이라 할 수 있겠죠.

## ❼ 독후감 예시하기

### ▶▶독후감 1

- 토마스 만의 문체를 모방해 써 보았습니다.

M은 귀퉁이가 조금 찌그러진, 그러나 그것으로서의 역할은 다하고 있는 물병을 들어 물을 벌컥벌컥 들이켰다. 이 고된 작업을 계속해 나가려면 그로서는 힘을 북돋아 줄 만한 에너지가 필요했다. 그는 몸속으로 흘러 들어가는 시원함에 만족스러운 미소를 얼핏 짓고는 책을 좀 더 눈 가까이로 끌어당겼다. M은 책을 읽는 와중에 미간에 희미한 주름을 만들기도 했고, 무언가 골똘히 생각하는 듯 자기도 모르게 입술 밑을 매만지기도 했다.

M에게 이 책은 다른 책보다 충격적이라고 할 수 있었다. 《마의 산》, 그 제목처럼 책을 읽어 나가는 것이 마적인 산을 올라가는 것처럼 느껴지는 1400페이지가량의 장편이었다. 처음에는 여느 책처럼 읽히는 소설이겠거니 하고 20세기 역작으로 불리는 이 소설을 집어 들었다. 하지만 몇 장 지나지 않아 생각을 고쳐먹을 수밖에 없었다. 수많은 철학적 용어들과 삶에 대한 돌고 도는 깊은 고뇌, 그리고 '식당에서 밥을 먹었다'라는 사실을 5페이지 정도로 늘여 표현할 수 있는 작가의 문체적 특질을 보면 이 책은 결코 쉬운 책은 아니었다.

하지만 그 말은 반대로 말하면 이 책을 읽고 나서의 성취감과 얻는 것의 질과 양이 그만큼 대단할 것이란 사실을 뜻한다. 그것이 아직 M이 끈기 있게 이 책을 읽는 데 엄청난 지적 에너지를 투자하고 있는 이유였다. 주인공 한스는 고전동화에 나오는 것처럼 전형적이고 올바르기만 한 타입은 아니었다. 그는 머리부터 발끝까지 선의 편에 서 있지도 않지만 악한 사람도 아니다. 오히려 어찌 보면 선의 쪽에 조금은 가깝다고 하겠다. M은 한스를 가두어 버린 저 위의 죽음과 삶의 경계에 있는 요양원에 관심이 쏠려 있었다. 책을 읽는 동안은 마치 그도 한스와 같은 식당에서 식사를 하고 요양원의 변덕스러운 날씨에 불평하는, 매일 검온을 하는 일에 길든 환자 중 한 사람이 된 것 같았다. 그도 작가처럼 한스를 조용히 관찰하는 시선으로 바라보는 것이다.

또한 M은 책을 읽으면서 작가 토마스 만은 상상도 할 수 없이 생각이 깊은 사람이란 것만은 확신했다. 그가 평소에 아무 생각 없이 지나 쳤던 가벼운 생각들, 시간, 삶과 죽음, 사랑에 대해서 언제 멈춰 서서 가만히 관찰하고 끝없는 사고의 과정에 빠져본 적이 있었던가? 특히 그는 토마스 만이 이 소설에서 중점적으로 다루고 있는 '시간'에 대한 문제에 깊은 감명을 받았다. 토마스 만은 '시간'의 본질을 파헤치려 고 했으며, 작가의 지루한 시간은 단기적으로 보면 느리게 가지만, 그 것에 익숙해지면, 즉 장기적으로는 빠르게 가는 듯 느껴진다는 것에 공감했다. 이런 생각은 평소에 M 자신도 가졌을지도 모르는 것이지 만, 그것을 명확하게 한정하고 본격적으로 생각해 본 적은 없었다.

　M은 자신이 현실 세계, 요양원의 환자들이 저 밑 세상이라고 부르 는 곳에서 사는 소시민에 지나지 않았음을 인정했다. 그는 사회가 그 에게 요구하는 것만을 하려고 했고 그것도 제대로 못 한 적도 있었다. 숨 가쁘게 짜여 있는 일정이나 아무런 사색도 요구하지 않는 감각적, 자극적인 매체의 수레바퀴 안에서 앞만 보고 달려왔음이다. '그러나 토마스 만은 어떤가. 이런 우리를 예상이나 했듯이 그가 사색한 세계 를 훌륭하게 재구성하여 놀라운 방식으로 보여 주고 있다. 우리는 그 의 세계를 책을 통해 엿보고 평소에는 생각하지 못했던, 아마 이 책을 접하지 않았더라면 평생 생각하지 않았을 존재들에 대해 깊이 인식하 게 된다. 그것만으로도 큰 수확이다.'라고 M은 생각했다.

### ▷▶독후감 2 : 토마스 만과의 대담 형식의 독후감

**┃학생┃**　토마스 만 선생님, 안녕하세요? 당신의 작품을 읽고 이렇

게 직접 만나 뵙고 이야기하게 되어 영광입니다!

**┃토마스 만┃** 그래, 나도 환영하네. 무엇이든 얘기해 보게.

**┃학생┃** 우선 제가 당신의 작품을 읽고 깊은 감명을 받았으며 그 감명과 제가 의문을 가진 부분이나 이의를 제기하고 싶은 것은 그것과는 별개로 영향을 미치지 않는다는 것을 밝히고 싶습니다.

**┃토마스 만┃** 허허, 페페르코른과 한스 카스토르프의 대화를 인용했구먼.

**┃학생┃** 네, 배운 것은 써먹어야 살아 숨 쉬는 것이니까요. 우선 제가 궁금한 것은 이것입니다. 한스는 요양원에서 7년 동안 지냈죠?

**┃토마스 만┃** 그렇다네.

**┃학생┃** 한스가 요양원에 도착한 초반부에 대해서는 선생님께서 꽤 자세히 다루고 있는데요, 이 때문에 요양원에서 지낸 7년 동안 앞부분, 즉 한 3주까지는 가장 세세하게 표현되고, 그 뒤로 1년, 2년으로 갈수록 분량이 줄어들고 있는 것 같습니다. 특히 7년으로 갈 때는 너무나 생략되고 갑작스러운 전개로 놀라기도 했었죠.

**┃토마스 만┃** 자네는 내 작품이 기본적으로 시간의 흐름대로 가고 있으면서도 각 부분의 분량이 그 시간적 길이에 비례하지 않는 것을 포착했군.

**┃학생┃** 그렇습니다. 처음에는 그것의 이유를 몰랐지만, 선생님의 작품 내용으로 미루어 보아 조심스레 추측해 보건대, 선생님께서는 일부러 그렇게 하신 것 같습니다. 맞나요?

**┃토마스 만┃** 흥미롭구먼, 왜 그렇게 생각했는지 말해 주겠나?

**┃학생┃** 선생님께서 12년 동안 이 작품의 집필에 매달리셨다고 들었는데, 처음에는 작품 창작에 대한 열정이 대단하여 상세하게 쓰다가, 나중에 가서 에너지가 떨어지고 의욕을 잃어서 그 반대가 되신 것은 아니실 겁니다. 그렇죠?

**┃토마스 만┃** 허허, 자네 농담도 할 줄 아는구먼.

**┃학생┃** (웃음) 괜찮았나요? 그렇다면 선생님께서는 처음부터 그렇게 의도하고 작품의 처음부터 끝까지를 만드신 것일 텐데, 그것은 선생님께서 작품에 담아 놓으신 수많은 주제 중 '시간'에 대한 고찰과 깊은 관련이 있을 것 같습니다.

**┃토마스 만┃** 자네가 짐작하고 있는 것에 대해 더 자세히 말해 보겠나?

**┃학생┃** 네, 계속 얘기해 보자면, 선생님께서는 주인공 한스가 사촌이나 다른 사람과 '시간'에 대해 토론하는 것을 자주 넣으셨고, 또한 직접 개입하여 작가의 목소리로 '시간이란 무엇일까?'에 대해서 진지하게 써 놓으신 부분도 있었습니다. 그중 인상 깊었던 것은 요양원에서의 시간의 흐름이었습니다. 요양원에서는 하루 다섯 번의 식사가 있고, 그 사이 두세 시간 정도는 언제나 환자가 안정 요양을 취해야 하는 규칙이 있죠?

**┃토마스 만┃** 그렇네만.

**┃학생┃** 이는 딱 정해진 틀의 단조로운 일정으로서, 처음 이 요양원에 오면 이것을 지루하다고 느낄 수도 있습니다. 선생님께서 말씀하신 것처럼, 보통 사람들은 지루한 시간이 느리게 간다고 생각하지

않습니까? 하지만 그 일정의 반복에 익숙해지게 되면, 그것은 병적인 시간의 단축을 야기합니다. 누구보다 시간이 빠르게 가는 것처럼 느껴지는 것이죠.

**┃토마스 만┃** 내가 쓴 이야기의 흐름을 잘 파악했군.

**┃학생┃** 그래서 저는 선생님의 이런 생각을 반영해 소설의 구조가 이루어졌다고 생각합니다. 앞부분에는 한스가 병원에 익숙해지기 전이니 시간이 좀 더 길게 느껴지고, 뒤로 갈수록 익숙해져 시간이 빨리 흘러가니 많은 부분이 생략되게 되는 것이죠.

**┃토마스 만┃** 맞았네! 나는 내 독자들이 이 의도를 간파할 것으로 생각했지.

**┃학생┃** 제가 혼자 생각했던 것이지만, 이렇게 직접 말씀드려 확인을 받으니 좋은 지적 체험이 되는군요. 아, 또 한 가지 이의를 제기할 것이 있는데, 사실 이것은 선생님의 방대하고 중요한 철학적 논리에 비해 소소한 것일지도 몰라 말씀드리기가 꺼려집니다만…….

**┃토마스 만┃** 괜찮네, 내 독자와의 대화는 언제든지 유쾌하니까.

**┃학생┃** 선생님의 작품 《마의 산》에서는 거의 폐병 환자들만이 등장하지 않습니까?

**┃토마스 만┃** 그렇네.

**┃학생┃** 그런데 저는 읽으면서 안타까움을 금할 수 없었습니다.

**┃토마스 만┃** 아니, 왜 그렇다는 말인가?

**┃학생┃** 사실 그들의 생활 습관은 오늘날 의학 지식에 비추어 보면 정말 잘못되어 있습니다.

**┃토마스 만┃** 어떤 점이 그렇게 느껴졌나?

**┃학생┃** 하루 5번의 식사와 디저트 타임. 끼니마다 나오는 푸짐하고 다양한 육류, 빵 같은 밀가루 음식 등 온통 기름진 음식들. 이것은 절대 환자의 건강에 좋은 영향을 미치지 못할 것으로 생각했습니다. 오늘날에는 '웰빙'을 중요시해 일반인에게도 건강을 지키는 습관에 대한 지식이 퍼져 있거든요. 또 인터넷에서 그에 대한 정보를 쉽게 접할 수 있고요. 작품을 읽으면서 계속 소식해야 장수하는데, 담배 피우면 폐에 안 좋은데라는 생각이 들었습니다.

**┃토마스 만┃** 자네의 생각은 작품의 논지에서 묘하게 초점이 빗나가 있긴 하지만, 들을 만한 가치는 있군. 그것은 과거의 특색, 즉 무엇이든 영양 보충을 많이 해 주어야 빨리 낫는다는 생각이나 의학 지식의 부족 때문임을 자네도 이미 알고 있겠지? 책 속의 인물에게도 안타까움을 느끼고 알려주고 싶어 하는 자네의 마음씨를 높게 사겠네.

**┃학생┃** 고맙습니다, 선생님.

# 독후감 제대로 쓰기

## ❶ 책을 읽기 전에

　우리는 책을 통해서 지식을 쌓고 학문을 연마하게 됩니다. 또한 교양을 얻고 수양을 쌓게 되지요. 그리하여 즐겁고 보람 있는 생활을 할 수 있는 것입니다. 이러한 습관이 지속된다면 이것이 곧 나의 생활 자체가 되고, 책을 읽는 시간이 얼마나 가치 있고 즐거운 시간인지 깨닫게 될 것입니다.

　독후감을 쓰기 위해서는 책을 읽어야 함은 말할 것도 없습니다. 그러나 아무 책이나 읽는다고 다 좋은 것은 아닙니다. 특히 중학생은 아직 양서를 구별할 만한 충분한 지식을 갖추지 못했기 때문에 선생님 혹은 부모님, 그리고 선배들이 권하는 책이나, 이미 국내적으로나 세계적으로 잘 알려진 명작이나 명저를 찾아 읽는 것이 바른 방법이라고 볼 수 있습니다. 예컨대 사회적으로 존경받을 만한 사람들의 일대기를 그린 위인전이나 자서전 같은 것은 읽을 가치가 있으며, 명시 모음집이나 명작 소설, 특정한 분야의 관찰기, 평론집 같은 것도 좋은 읽을거리가 될 수 있습니다.

　그럼 효율적인 독서를 위해서 유의해야 할 점을 알아볼까요?

　첫째, 본문을 읽기 전에 책의 앞부분에 있는 머리말이나 해설하는 글을 먼저 정독합니다. 그러면 책을 쓰게 된 동기나 평가 등에 대하여 잘 알 수 있게 되죠.

　둘째, 목차를 잘 살펴봅니다. 목차에서 그 책의 내용이 어떻게 전개될 것인가에 대해 미리 파악할 수 있기 때문입니다.

셋째, 본문을 읽기 시작하면, 그 중에 잘 모르는 단어나 문구가 나오기 마련입니다. 그런 것은 곧 사전을 찾아 뜻을 알아두어야 합니다. 그런 것을 무시했다가는 자칫 전체를 이해하지 못하는 오류를 범할 수 있거든요.

넷째, 각 문단별로 소주제가 무엇인지를 파악하고, 그 줄거리를 요약하는 습관을 길러야 합니다. 특히 필자가 표현하려는 것과 그 뒷받침되는 내용이 무엇인지 알아내는 것이 필수겠지요.

다섯째, 글의 배경은 무엇인지, 앞뒤 맥락이 어떻게 이어지고 있는지를 잘 생각하면서 읽어야 합니다. 그리고 소설일 경우에는 주인공과 등장인물들의 성격이나 특성을 파악해야 하지요.

여섯째, 다 읽은 다음에는 줄거리를 만들어 보고, 전체적인 주제가 무엇인지 정리하는 작업도 필요합니다.

독후감 제대로 쓰기

### ❷ 책을 감상하는 방법

책을 읽을 때는 내용을 진지하게 파고들어 가며 읽어야 합니다. 즉 자기의 현재 생활과 비교해 가며 생각의 폭과 사고를 넓히는 것이 중요하답니다. 그리고 작품의 문체·제목·주제·논제 등도 염두에 두고 읽으면 독후감을 쓰기가 좀더 수월해집니다.

그리고 저자가 강조하고 있는 내용과 사건들이 현재 우리 사회에 어떤 의미를 가지고 있으며 어떻게 발전시켜 나가야 할 것인가를 생각하며 읽습니다. 더불어 저자가 작품에서 강조하려고 하는 것이 무엇인가를 파악하며 읽을 필요가 있습니다. 그렇다고 굉장한 부담을 느끼면서 책을 읽을 필요는 없습니다. 책 읽는 것 자체를 즐긴다면 그리 깊게 생각하지 않아도 작가가 말하려는 바를 깨닫게 될 테니까요.

그렇다면 각 문학 장르에 따라 어떤 점에 유념하여 책을 읽어야 하는지 알아볼까요?

▮소설▮ 작품의 주제를 파악하고 작중 인물의 성격과 배경을 생각하며 주인공이 어떻게 변화되어 가고 있는가를 염두에 두고 읽습니다. 자신의 생각이나 현실과 결부시켜 보는 것도 재미를 배가시켜 줄 거예요.

▮시▮ 선입견 없이 그대로 느낌을 받아들이며 읽습니다.

▮희곡▮ 무대 상연을 전제로 하여 쓰여진 것이기 때문에 시간적·공간적 제약을 받는다는 것을 염두에 두어야 합니다.

▮역사 소설▮ 인물·사건 등을 작가가 상상력에 의존하여 구성한 글로서, 항상 계몽사상이나 민족의식 고취 등 어떤 목적이 들어 있는지를 파악하며 읽어야 합니다.

▮역사▮ 역사는 역사 소설과는 구분지어야 합니다. 이것은 정확한 기록으로 글쓴이의 주관적 해석이 들어 있을 수 없으며, 시간의 흐름에 따라 사건을 나열한 것임을 생각해야 합니다.

▮수필▮ 지은이의 인생관이 들어 있습니다. 심리적 부담감이 적으므로 편안한 마음으로 읽을 수 있습니다.

▮전기문▮ 인물의 정신, 자취, 시대적 배경과 사회적 환경을 먼저

파악해야 합니다.

**│과학 도서│** 미지의 세계에 대한 탐구심, 합리적 사고력 배양, 지식과 정보의 입수, 창의력을 기르는 데 도움이 되므로 평소 이에 대한 흥미를 갖는 것이 중요합니다.

## ❸ 독후감이란 무엇인가?

독후감은 말 그대로 어떤 글이나 책을 읽고, 그에 대한 느낌이나 생각을 쓰는 것입니다. 좋은 책을 읽고 그것을 정리해 두지 않는다면 곧 그 내용을 잊어버려, 독서를 한 만큼의 가치를 얻지 못할 수도 있으니까요. 그러므로 한 권의 책을 읽으면 곧 그 책의 내용을 정리하고, 느낌이나 생각을 적어 두는 것이 좋습니다.

독후감은 느낌이나 생각을 거짓 없이 써야 하나, 그렇다고 아무렇게나 써도 되는 것은 아닙니다. 즉 독후감도 글이므로 수필의 형식으로 쓰든, 논술의 형식으로 쓰든, 정확하게 읽고 주제와 내용에 맞게 써야 함은 물론이죠. 아무리 좋은 글이나 책이라도, 잘못 읽어 실제와 맞지 않는 생각이나 느낌을 쓰면 좋은 독후감이라고 할 수 없거든요. 그러므로 좋은 독후감을 쓰려면 독서를 잘해야 한다는 것이 전제됩니다. 독서를 잘하는 방법은 따로 있는 게 아니라, 그저 많이 읽다 보면 요령이 생기고, 이해도 쉽게 되며, 능률도 오르게 되는 것입니다.

## ❹ 독후감은 왜 쓰는가?

독후감을 쓰는 목적은 독후감을 작성함으로써 독서하는 능력이 향상되고 글 쓰는 훈련을 할 수 있기 때문입니다. 그러므로 독후감을 쓰기 위해 책을 읽으면 보다 깊은 생각을 하면서 책을 읽게 됩니다. 또한 책을 통해 생활을 반성하며, 책에서 얻은 지식과 감명을 음미하여 자기 생활에 적용시킬 수 있습니다. 문장력과 논리적 사고가 향상되는 것은 물론이고요! 그럼 독후감을 왜 쓰는지 다음과 같이 정리해 볼까요?

① 읽은 책의 내용을 되살려 다시 음미해 볼 수 있습니다.
② 감동을 간직하고 책 읽는 보람을 얻을 수 있습니다.
③ 책을 통해 지식을 심화시킬 수 있습니다.
④ 책을 통해 자신의 문제를 연관지어 볼 수 있습니다.
⑤ 글을 써 봄으로 해서 생각을 깊이 있게 할 수 있습니다.
⑥ 독서 목표를 확실히 할 수 있습니다.
⑦ 작품에 대한 비판력과 변별력을 기를 수 있습니다.
⑧ 생각을 조리 있게 쓸 수 있는 작문력을 향상시켜 줍니다.
⑨ 사고력과 논리력, 추리력을 기를 수 있습니다.
⑩ 바르게 책을 읽는 습관을 형성할 수 있습니다.

## ❺ 독후감을 쓰기 전에 생각하기

독후감은 수필의 형식이든 논술의 형식으로든 쓸 수 있다고 했는데, 사실 이 둘의 차이는 모호합니다. 다만, 수필이 자유롭게 붓 가는 대로 쓰는 것이라면 논술은 논리 정연하게 쓴다는 점이 다르다고 할 수 있습니다.

붓 가는 대로 자유롭게 수필의 형식으로 쓰는 독후감이라도 글의 앞뒤가 맞지 않는다든지, 주제가 통일되지 않으면 좋은 평가를 받을 수 없습니다. 논리 정연하게 쓰는 독후감이라면, 서론·본론·결론으로 나누어 서술해야 함은 물론이구요.

서론에 해당되는 부분에서는 그 책에 대한 소개나 쓴 사람의 생애, 또는 특기할 만한 일화 같은 것을 적는 것이 일반적입니다.

본론에 해당하는 부분에서는 그 책을 읽고 특별히 다루려는 내용을 체계적이고 구체적으로 써야 합니다.

결론에서는 본론에서 다룬 내용을 요약하거나, 자신이 읽은 후의 감상, 그 책의 좋은 점, 나쁜 점 등을 들어서 마무리를 해야 합니다.

독후감은 짧게 쓰는 것이 상례이므로, 작품 전체를 거론하기보다는 특정한 주제를 잡아서 쓰는 것이 좋습니다. 보편적으로 다룰 수 있는 몇 가지 주제를 제시해 보면 다음과 같습니다.

첫째, 작가의 의식이나 주인공의 언행, 성격과 연관지어 주제를 구현시키는 방법입니다. 문학 작품이라면 주제가 애정이나 애국, 의리나 배반일 수 있으므로 이러한 점에 초점을 두고 써야겠지요. 또한 과학에 관계된 것이라면, 그 발명의 의의나 연구자의 노력과 관련시켜 서술해야 하겠지요.

둘째, 저자의 이념이나 생애, 업적에 관심을 두고 쓰는 방법입니다.

그 작품을 통하여 알 수 있는 저자의 철학이나 사상 또는 저자가 그 작품을 남기기까지의 역경이나 작품을 쓰게 된 동기, 작품의 가치나 다른 작품에 미친 영향 등 작품과 연관시켜 쓰는 것이지요.

셋째, 작품의 내용을 중심으로 기술합니다

예컨대, 작품 속 주인공의 성격을 분석하거나 다른 사람과 비교해 볼 수도 있고, 그 작품의 사건이나 시대적 배경을 논의하거나, 작품의 구성 같은 것에 초점을 두고 이야기할 수도 있습니다.

이와 같이 작품을 읽기 전에 먼저 어떤 점에 중점을 두고 독후감을 쓸 것인가를 염두에 둔다면, 그렇지 않은 경우보다 훨씬 이해가 쉽고, 나중에 독후감을 쓰는 데도 도움이 될 것입니다.

## ❻ 독후감의 여러 가지 유형

1. 처음에 결론부터 쓴 다음 왜 그러한 결론이 도출되었는지 감상을 자세하게 쓰거나, 감상을 먼저 쓰고 결론을 씁니다.
2. 책을 읽게 된 동기부터 설명하고 글 중간에 자기의 감상을 씁니다.
3. 저자나 친구에 대한 편지 형식으로 감상을 쓰거나 주인공에게 대화 형식으로 씁니다.

4. 시(詩)의 형태로 감상문을 씁니다.

5. 대화문(對話文) 형식으로 씁니다.

6. 줄거리부터 요약한 다음 자기의 느낌이나 생각을 씁니다.

## ❼ 독후감을 구체적으로 쓰는 방법

어렵게 쓰겠다는 생각은 하지 말고 쉽게 써야겠다는 마음가짐을 가져야 좋은 글이 나올 수 있습니다. 그리고 무엇보다 감상문을 쓰기 전에 무엇을 어떻게 쓸까 조목별로 골자를 먼저 쓰고, 이 골자에 살을 붙이는 방법으로 쓰려고 노력해야 합니다. 이때 의도적으로 아름답게 잘 쓰려고 하지 않는 것이 좋습니다. 자, 그럼 더 자세하게 알아볼까요?

1. 먼저 제목을 붙입니다.
2. 처음 부분(머리글)을 씁니다.
    - 책을 읽게 된 이유나 책을 대했을 때의 느낌을 씁니다.
    - 자신의 생활 경험과 관련지어 써 봅니다.
    - 제일 감동받은 부분을 씁니다.
    - 지은이나 주인공을 소개하는 글을 씁니다.
3. 가운데 부분을 씁니다.
    - 자기의 생활과 견주어 씁니다.
    - 주인공과 나의 경우를 비교해서 씁니다.

⋙ 시시비비를 분명히 가려야 합니다.

⋙ 가장 극적이었던 부분을 소개합니다.

4. 끝부분을 씁니다.

⋙ 자신의 느낌을 정리합니다.

⋙ 자신의 각오를 씁니다.

독후감을 쓴 다음에는 다음과 같은 추고의 과정이 필요합니다.

첫째, 쓴 글을 다시 한 번 읽으면서 맞춤법이나 표준어 규정에 어긋나는 것은 없는지 살펴봐야 합니다.

둘째, 문장이 잘 구성되어 있는지, 또 문단이 잘 짜여져 있는지 알아보아야 합니다. 한 문단에는 소주제문과 보조문들이 있어야 하는데, 그런 점이 잘 지켜져 있는지 유의해야 합니다.

셋째, 글 전체의 구성이 잘 이루어졌는지 살펴봅니다. 예를 들어 서론에 해당하는 부분이 지나치게 길다든지, 결론에 해당하는 부분이 너무 짧다든지, 전체적인 구성이 균형을 잃고 있다면 다시 고쳐 써야 하겠지요.

우리가 시간을 들여 열심히 책을 읽고 난 후 독후감을 잘 쓰기 위해서는 책을 읽고 있는 동안의 느낌을 잊지 않고 글로써 표현할 줄 알아야 하며, 책을 읽고 가장 감명받은 부분을 기억하고 있어야 합니다. 또한 다른 사람들은 어떻게 독후감을 썼는지 남의 것을 읽어 보고, 자신의 것과 비교해 보며 자주 글을 써 보는 것이 중요합니다. 그렇게 하다 보면 자신만의 개성 있는 필치로 독특한 감상문을 쓸 수 있게 되지요. 학교에서 아무리 독후감 숙제를 내주어도 부담없이 즐거운 기분으로 끝낼 수 있을 겁니다!

## ❽ 그 밖에 알아두면 유익한 것들

### ▮독후감 쓰기 10대 원칙▮

1. 자신의 수준에 맞는 책을 선택합시다.
2. 독후감 쓰는 형식이 있기는 하지만 너무 거기에 구애받을 필요는 없습니다.
3. 자신이 작가라면 어떻게 글을 이끌어갈지를 생각하며 읽어 봅시다.
4. 평소 음악 평론이나 영화 평론을 많이 읽어 봅시다.
5. 읽으면서 마음에 와닿는 것이 있다면 따로 적어 둡시다.
6. 현대 사회의 문제점과 비교하면서 읽어 봅시다.
7. 모르는 것이 있으면 적어 두는 습관을 기릅시다.
8. 신문 사설이나 칼럼을 스크랩해서 필요할 때 사용합시다.
9. 요약하는 데에만 집착하지 말고 제대로 책을 읽읍시다.
10. 읽은 후에는 꼭 독후감을 직접 써 봅시다.

### ▮책을 읽는 10가지 방법▮

1. 아주 어릴 때부터 책과 친하게 지내는 습관을 기릅시다.
2. 너무 속독하려 하지 말고 담겨진 내용을 충실히 읽는 습관을 기

릅시다.
3. 항상 작품이 나와 어떠한 상관 관계가 있는지 체크를 해 가며 읽읍시다.
4. 무조건 책장을 넘길 것이 아니라 시시비비를 가려 가면서 읽읍시다.
5. 매일매일 조금씩이라도 책을 읽는 습관을 들입시다.
6. 책 속에 담긴 뜻을 음미하고 되새기면서 읽읍시다.
7. 너무 자신의 취향에 맞는 책만 읽지 말고 다양한 장르의 책을 골고루 읽도록 합시다.
8. 책 속에 담겨진 교훈을 깊이 생각하고 생활에 적용시킵시다.
9. 책에 따라 읽는 방법을 달리하는 습관을 들입시다. 모든 책이 만화책은 아니기 때문이죠.
10. 바른 자세로 앉아 눈과의 거리를 30cm 두고 밝은 곳에서 읽읍시다.

## ❾ 원고지 제대로 사용하기

### ▌제목 및 첫 장 쓰기 ▌

1. 제목은 석 줄을 잡아 둘째 줄 가운데에 씁니다.
2. 1행 2칸부터 글의 종별을 표시합니다. 가령 수필이면 '수필'이라고 씁니다. 간혹 글의 종별을 비워 두는 경우가 많은데 이는 적는 것을 잊었거나, 원고지 사용법에 무관심하기 때문입니다.

3. 제목을 쓸 때에는 마침표를 찍지 않고, 물음표와 느낌표는 붙이지 않는 것이 좋습니다.
4. 제목에 줄임표는 사용하지 않는 것이 상례입니다.
5. 이름은 넷째 줄 끝에 두 칸 정도를 남기고 씁니다. 특별한 경우에는 서너 칸을 남겨도 됩니다.
6. 성과 이름은 붙여 씁니다. 다만, 성과 이름을 분명히 구별할 필요가 있을 경우에는 띄어 쓸 수 있습니다.
   예) 임채후 (O), 남궁석 (O), 남궁 석 (O)
7. 본문은 여섯째 줄부터 쓰는 것이 좋습니다. 단, 특수한 작문인 경우는 넷째 줄부터 본문을 시작해도 상관없습니다.
8. 학교 이름이나 주소가 길 경우에는 세 줄로 쓸 수 있습니다.
9. 주소는 보통 표제지에 기재하고 원고지 첫 장에는 제목과 성명만 간단하게 적는 것이 상례입니다.
10. 성명의 각 글자는 시각적 효과를 위해 널찍하게 한두 칸씩 비워 써도 무방합니다.
11. 학교 앞에 지명을 기입할 때는 학교명을 모두 붙여 써서 지명과 학교명의 구분을 명확히 해 주는 것이 좋습니다.

## ▮첫 칸 비우기▮

1. 각 문단이 시작될 때는 첫 칸을 비우고 씁니다.
2. 대화체의 경우는 첫 칸을 비우고 씁니다.
3. 인용문이 길 때는 행을 따로 잡아 쓰되, 인용 부분 전체를 한 칸

들여서 씁니다.
4. 첫째, 둘째, 셋째 등으로 이야기를 전개해야 할 때는 시작할 때마다 첫 칸을 비울 수 있습니다. 단, 그 길이가 길거나 제시된 내용을 선명하게 하고자 할 때 비워 둡니다.
5. 시는 처음 두 칸 정도 줄마다 비우고 씁니다.

**┃줄 바꾸기┃**
1. 문단이 바뀔 때는 줄을 바꾸어 씁니다.
2. 대화는 줄을 새로 잡아 씁니다.
3. 인용문을 시작할 때는 줄을 바꾸어 씁니다. 단, 그 길이가 길 때 한해서입니다.
4. 대화나 인용문 뒤에 이어지는 지문은 글이 다시 시작되는 것이므로 한 칸을 들여 씁니다. 단, 이어 받는 말로 시작되는 지문은 첫 칸부터 씁니다.

**┃문장 부호 및 아라비아 숫자, 영문자┃**
1. 문장 부호는 한 칸에 하나씩 넣는 것이 원칙입니다.
2. 아라비아 숫자는 한 칸에 두 자씩 넣습니다.
3. 한자(漢字)로 쓸 때는 띄어 쓰지 않습니다. 그러나 한자와 한글이 함께 쓰이면 띄어 쓰기를 합니다.
4. 마침표(.)와 쉼표(,) 다음에는 통례상 한 칸을 비우지 않으며, 느낌표(!), 물음표(?) 다음에는 통례상 한 칸을 비웁니다.

5. 행의 첫 칸에는 문장 부호를 쓰지 않습니다. 첫 칸에 문장 부호를 써야 할 경우는 그 바로 윗줄의 마지막 칸에 글자와 함께 씁니다.
6. 영문자의 경우, 대문자는 한 칸에 한 글자, 소문자는 한 칸에 두 글자씩 넣습니다.

## ❿ 문장 부호 바로 알고 쓰기

1. 마침표 : 문장을 끝마치고 찍는 문장 부호로 온점(.), 물음표(?), 느낌표(!)를 이르는 말입니다.
2. 쉼표 : 문장 중간에 찍는 반점(,) 가운뎃점(·) 쌍점(:) 빗금(/)을 이르는 말입니다.
3. 따옴표 : 대화, 인용, 특별어구를 나타낼 때 쓰는 문장 부호로 큰따옴표("")와 작은따옴표('')를 씁니다.
4. 그 밖의 문장 부호 : 물결표(~)는 '내지(얼마에서 얼마까지)'라는 뜻에 씁니다. 줄임표(……)는 할말을 줄였을 때와 말이 없음을 나타낼 때 씁니다.

## ⓫ 마치며

초등학교나 중학교에서는 독후감이라는 말을 사용하지만 고등학교에 가게 되면 독후감이라는 말보다는 아마 논술이라는 말을 더 많이 쓰고 더 많이 듣게 될 것입니다. 논술이란 말 그대로 어떠한 논제를 가지고 논리적으로 서술하는 것을 말하는데, 이는 하루아침에 이루어지지 않습니다. 다양한 분야의 많은 것을 폭넓고 깊이 있게 알고, 주관을 뚜렷이 할 때만이 논술을 잘 쓰게 되는 것이지요. 그러기 위해서는 중학교 시절부터 많은 책을 읽어 보고 스스로 글을 써 보는 훈련을 하는 것이 중요합니다.

   실제로 고등학교에 가면 교과목 공부에도 시간이 모자라 제대로 책을 읽을 시간이 없거든요. 무엇을 알아야 글을 쓸 것이고, 자신의 주장을 피력할 것 아니겠어요? 그러니 중학생 시절부터 좋은 책을 많이 읽어 보고, 생각해 보며, 글을 써 보는 노력을 하는 것이 여러분의 미래를 더욱 밝게 해줄 것입니다. 아마 그렇게 한 사람은 그렇지 않은 사람보다 10리쯤 앞서 나가지 않을까 생각되는데 여러분 생각은 어떠세요?

┃성 낙 수┃
한국교원대학교 교수, 연세대학교 졸업, 동 대학원에서 석사·박사 학위 받음
┃오 은 주┃
서울여고 교사, 현재 한국교원대학교 대학원 재학, 국민대학교 졸업
┃김 선 화┃
홍천여고 교사, 현재 한국교원대학교 대학원 재학, 강원대학교 졸업

판 권
본 사
소 유

중학생이 보는
마의 산 2

초판1쇄 인쇄  2012년 3월 25일
초판1쇄 발행  2012년 4월 5일

엮 은 이   성낙수 · 오은주 · 김선화
지 은 이   토마스 만
옮 긴 이   곽복록
펴 낸 이   신원영
펴 낸 곳   (주)신원문화사

주    소   서울시 영등포구 당산동 121-245 신원빌딩 3층
전    화   3664—2131~4
팩    스   3664—2130

출판등록   1976년 9월 16일 제5-68호

＊잘못된 책은 바꾸어 드립니다.

ISBN 978-89-359-1590-3  44800
ISBN 978-89-359-1582-8 (세트)